诗酒山东（上）

《诗酒山东》编委会 编著

山东城市出版传媒集团·济南出版社

图书在版编目（CIP）数据

诗酒山东：全两册 /《诗酒山东》编委会编著 . -- 济南：济南出版社，2021.5
　ISBN 978-7-5488-4668-0

　Ⅰ . ①诗… Ⅱ . ①诗… Ⅲ . ①古典诗歌－诗集－中国 Ⅳ . ① I22

中国版本图书馆 CIP 数据核字 (2021) 第 083987 号

出 版 人	崔　刚
策　　划	山东省白酒协会
责任编辑	朱　琦　代莹莹
封面设计	胡大伟
出版发行	济南出版社
地　　址	济南市市中区二环南路 1 号（250002）
发行电话	（0531）86131729　86131746
	82924885　86131701
印　　刷	济南新科印务有限公司
版　　次	2021 年 5 月第 1 版
印　　次	2022 年 1 月第 1 次
成品尺寸	170mm×240mm　16 开
印　　张	48.5
字　　数	600 千
定　　价	398.00 元（全两册）

（济南版图书，如有印刷质量问题，请与印刷厂联系调换）

《诗酒山东》编委会

名誉主任：宋书玉

主　　任：姜祖模

副 主 任（姓氏笔画排序）：

　　　　　邢宪卿　刘全平　刘念波　汲英民　许大同　李成新

　　　　　李悦明　李新民　张铭新　陈学荣　赵纪文

主　　编：姜辉先

副主编：蒋　彬　张厚伟　于　瑞

编　　辑：刘　新　马海珍　董瑞峰

序

俯仰各有志，得酒诗自成

中国酒业协会理事长　宋书玉

中国，是诗的国度。诗的历史源远流长，名家辈出，不朽名篇，卷帙浩繁，在中华文明中蔚为壮观。从春秋的《诗经》到战国的《楚辞》，从两汉的乐府到魏晋的诗歌，从辉煌的唐诗到经典的宋词，每个时代都有着鲜明的文化印记，都留下了千古传诵的伟大诗篇。

中国，也是酒的故乡。酿酒历史悠久，底蕴厚重，遵循古法，传承至今。从仪狄作醪到杜康酿酒，从《淮南子》到《北齐书》，从河东神曲到九酝酒法，从杯色生玉，到名酒盛名，生生不息，千年传承。采天地之灵气，集五谷之精华，唯岁月之酿育，汇人神之智慧而成的中华美酒，不仅讲究道法自然，天人合一，而且还从中国文化的血脉中延续至今。

诗词，是中华民族宝贵的精神瑰宝；美酒，是华夏儿女创造的物质精华。在中国这个以诗传世并盛产美酒的国家，自远古以来，诗与酒就紧密地交织在一起，结下了不解之缘，从而形成了独具中国特色的"诗酒文化"。酒醉诗情，诗美酒醉；诗借酒神采飞扬，酒借诗名扬天下。酒和诗的绝妙组合，芬芳馥郁，过了千年，依然让人沉迷，诗与酒的浑然一体，相映生辉，造就了绚烂多彩的诗酒文化。

诗能抒言情，酒是风物志。在中国，诗词有不同的流派，酒也有不同的产地，两者的交融，因为不同的时代背景、不同的地理环境和不同的风土人情，也有着多种多样的表现形式。其中，独具齐鲁风韵和地域特色的山东诗酒文化，更是一直享有盛名。

因居太行山以东而得名的山东，背枕华北平原，地处山海之间，在先秦

诗酒山东

时期隶属齐国、鲁国，故而别名齐鲁。这里是中华文化的重要发祥地，是儒家文化的诞生地，也是中国酒文化的发源地之一，有着悠久的酿酒史。

在中华五千年的历史长河中，源远流长、博大精深的齐鲁文化一直深刻影响着中国。作为齐鲁文化的一部分，诗文化和酒文化在山东也有着特色的鲜明体现。早在几千年之前，诗酒文化就已经在齐鲁大地上生根发芽，并因融入了山东的自然美景、风土人情而独具风韵。

细致研究山东的历史，不难发现，在辉煌灿烂的齐鲁文化里，诗与酒犹如相伴相生、交相辉映的两颗明星，一起闪耀在齐鲁大地。以酒赋诗或以诗赞酒，诗酒山东的字里行间，随时都能闻到扑鼻的酒香，诗酒兼优的大家名流更是灿若星河。

无论是孔子的"唯酒无量，不及乱"，还是李白的"兰陵美酒郁金香"，无论是李清照的"东篱把酒黄昏后"，还是辛弃疾的"醉里挑灯看剑"，诸多诗词名家为山东留下了许多传世之作，为中国文学史留下了浓墨重彩的一笔。更可贵的是，这些"以酒抒怀、以酒传情"的宝贵诗篇，极大丰富了齐鲁文化的内涵，是展现山东的一张名片，也是山东人的文化财富。

今天，人们的生活已发生了翻天覆地的变化，诗歌也变得有些"曲高和寡"，但是，诗与酒的精神内涵依然可贵。唤醒当下人们的精神追求，是新时代下文艺工作者的使命。

本书中，作者收集、整理了山东人和在山东生活或游历过的诗人写下的与酒有关的诗作，不仅可以称得上是"全面搜集、应收尽收"，而且非常注重其文化价值，为弘扬和传承中华优秀传统文化提供了丰富的文献支撑。

品读此书，从秦汉到魏晋，从唐宋到宋元，再至明清，沿着历史的脉络，吟诵或回味每一首诗、每一篇词，犹如喝一杯珍藏多年的美酒佳酿，滋味悠长，厚重醇香，并不断带给人一种阅读的愉悦和知识的获取。

苏轼说："俯仰各有志，得酒诗自成。"在物质愈发充沛的当下，有"志"者更显弥足珍贵。从本书中，可以看出作者为挖掘山东的诗酒文化而付出的时间和精力，也让读者们看到了对中国文化传承的情怀与诚意。

编著说明

　　一、注释内容包括：作者自注；对他人注有所补充；对某人介绍、某人注或某人诗加以说明、概括；简化他人较长注释，或对文言文给予翻译或简化；引用他人注释或诗文。另外，自唐、宋以后，大量的典故被反复引用，为了节约篇幅，对于一些诗词用典给予简注或不予重复注释。如有遗漏或错误者，请读者见谅，并向本书编著者提出意见建议。

　　二、注释直接来源于网络的，因不知作者何人，故不作标注。

　　三、全书按照诗词作者简介后为该作者作品的形式排版，作品中不再单独标注作者名。

目 录

上册

序 / 1

编著说明 / 1

开篇五首 / 1

先秦 / 5

秦汉 / 13

魏晋南北朝 / 21

唐朝 / 71

宋朝 / 181

下 册

宋朝（续） / 1

金元 / 91

明朝 / 139

清朝 / 261

现当代山东饮酒诗选 / 359

后记　都在酒里了 / 367

开篇五首

诗酒山东

将进酒

李白

君不见，黄河之水天上来，奔流到海不复回。
君不见，高堂明镜悲白发，朝如青丝暮成雪。
人生得意须尽欢，莫使金樽空对月。
天生我材必有用，千金散尽还复来。
烹羊宰牛且为乐，会须一饮三百杯。
岑夫子，丹丘生，将进酒，杯莫停。
与君歌一曲，请君为我倾耳听。
钟鼓馔玉不足贵，但愿长醉不复醒。
古来圣贤皆寂寞，惟有饮者留其名。
陈王昔时宴平乐，斗酒十千恣欢谑。
主人何为言少钱，径须沽取对君酌。
五花马，千金裘，呼儿将出换美酒，与尔同销万古愁。

饮中八仙歌

杜甫

知章[1]骑马似乘船，眼花落井水底眠。
汝阳[2]三斗始朝天，道逢曲车口流涎，恨不移封向酒泉。
左相[3]日兴费万钱，饮如长鲸吸百川，衔杯乐圣称世贤。
宗之[4]潇洒美少年，举觞白眼望青天，皎如玉树临风前。

苏晋[5]长斋绣佛前,醉中往往爱逃禅。

李白一斗诗百篇,长安市上酒家眠。

天子呼来不上船,自称臣是酒中仙。

张旭三杯草圣传,脱帽露顶王公前,挥毫落纸如云烟。

焦遂[6]五斗方卓然,高谈雄辩惊四筵。

【注释】

〔1〕知章,贺知章,会稽人,自称秘书外监。 〔2〕汝阳,让皇帝长子李琎,封汝阳王。 〔3〕左相,李适之,天宝元年为右丞相。 〔4〕宗之,崔宗之,宰相崔日用之子,袭封齐国公。 〔5〕苏晋,唐朝大臣苏珦之子,官至左庶子。 〔6〕焦遂,《甘泽谣》载,布衣焦遂,为陶岘客。

水调歌头

苏轼

丙辰中秋,欢饮达旦,大醉。作此篇,兼怀子由。

明月几时有,把酒问青天。不知天上宫阙,今夕是何年。我欲乘风归去,又恐琼楼玉宇,高处不胜寒。起舞弄清影,何似在人间。

转朱阁,低绮户,照无眠。不应有恨,何事长向别时圆。人有悲欢离合,月有阴晴圆缺,此事古难全。但愿人长久,千里共婵娟。

如梦令

李清照

昨夜雨疏风骤,浓睡不消残酒。试问卷帘人,却道海棠依旧。知否,知否,应是绿肥红瘦。

破阵子·为陈同甫赋壮语以寄之

辛弃疾

醉里挑灯看剑,梦回吹角连营。八百里分麾下炙,五十弦翻塞外声。沙场秋点兵。

马作的卢飞快,弓如霹雳弦惊。了却君王天下事,赢得生前身后名。可怜白发生。

先秦

诗酒山东

有駜[1]

《鲁颂·有駜》是中国古代第一部诗歌总集《诗经》中的一首诗。这是描写鲁国公室宴饮歌舞盛况的乐歌，叙写鲁僖公君臣在祈年以后的宴饮活动。全诗三章，每章九句，都以惊叹马的肥壮开篇。第一、二章意思大致相同，写王公贵族在官府中忙着饮酒跳舞；第三章祝愿来年丰收，泽被子孙。

有駜有駜，駜彼乘黄[2]。夙夜在公[3]，在公明明[4]。振振鹭[5]，鹭于下。鼓咽咽[6]，醉言舞。于胥[7]乐兮！

有駜有駜，駜彼乘牡[8]。夙夜在公，在公饮酒。振振鹭，鹭于飞。鼓咽咽，醉言归。于胥乐兮！

有駜有駜，駜彼乘駽[9]。夙夜在公，在公载燕[10]。自今以始，岁其有[11]。君子有谷[12]，诒[13]孙子。于胥乐兮！

【注释】

[1]駜（bì），马肥壮貌。　[2]乘（shèng）黄，四匹黄马。古时一车四马曰乘。　[3]公，官府。　[4]明明，通"勉勉"，努力貌。　[5]振振鹭，朱熹《诗集传》："振振，群飞貌。鹭，鹭羽，舞者所持，或坐或伏，如鹭之下也。"　[6]咽咽，不停的鼓声。　[7]于，通"吁"，感叹词。胥，相。　[8]牡，公马。　[9]駽（xuān），青骊马，又名铁骢。　[10]载，则。燕，通"宴"。　[11]岁其有，《毛传》："岁其有丰年也。"　[12]谷，义含双关，字面指五谷，兼有福善之意。　[13]诒，留。

泮水[1]

　　《鲁颂·泮水》是中国古代第一部诗歌总集《诗经》中的一首诗，歌颂鲁僖公平定淮夷之后参加庆祝活动，赞美他能继承祖先事业，平服淮夷，成其武功。全诗八章，每章八句。

　　思乐泮水，薄[2]采其芹[3]。鲁侯戾止[4]，言观其旂[5]。其旂茷茷[6]，鸾声哕哕[7]。无小无大，从公于迈[8]。

　　思乐泮水，薄采其藻[9]。鲁侯戾止，其马蹻蹻[10]。其马蹻蹻，其音昭昭[11]。载色[12]载笑，匪怒伊[13]教。

　　思乐泮水，薄采其茆[14]。鲁侯戾止，在泮饮酒。既饮旨酒[15]，永锡难老[16]。顺彼长道[17]，屈此群丑[18]。

　　穆穆[19]鲁侯，敬[20]明其德。敬慎威仪，维民之则。允文允武，昭假烈祖[21]。靡有不孝[22]，自求伊祜[23]。

　　明明[24]鲁侯，克明其德。既作泮宫，淮夷攸服[25]。矫矫[26]虎臣，在泮献馘[27]。淑[28]问如皋陶，在泮献囚。

　　济济多士，克广德心。桓桓[29]于征，狄[30]彼东南。烝烝皇皇[31]，不吴不扬[32]。不告于讻[33]，在泮献功。

　　角弓其觩[34]，束矢其搜[35]。戎车孔博[36]，徒御无斁[37]。既克淮夷，孔淑不逆[38]。式固尔犹[39]，淮夷卒获[40]。

　　翩彼飞鸮[41]，集于泮林。食我桑葚，怀[42]我好音。憬[43]彼淮夷，来献其琛[44]。元龟象齿[45]，大赂[46]南金。

【注释】

〔1〕宋朱熹："赋其事以起兴也。此饮于泮宫而颂祷之辞也。"泮水，水名。戴震《毛郑诗考证》："泮水出曲阜县治，西流至兖州府城，东入泗。《通

典》云'兖州泗水县有泮水'是也。"〔2〕薄,语助词,无义。〔3〕芹,水中的一种植物,即水芹菜。〔4〕戾,临。止,语尾助词。〔5〕言,语助词,无义。旂(qí),绘有龙形图案的旗帜。〔6〕茷(pèi)茷,严整貌。〔7〕鸾,通"銮",古代的车铃。哕(huì)哕:铃和鸣声。〔8〕公,鲁公,亦指诗中的鲁侯。迈,行走。〔9〕藻,水中植物名。〔10〕跷(qiāo)跷,马强壮貌。〔11〕昭昭,指声音洪亮。〔12〕色,指容颜和蔼。〔13〕伊,语助词,无义。〔14〕茆(mǎo),即今言莼菜。〔15〕旨酒,美酒。〔16〕锡,同"赐",此句相当于"万寿无疆"意。〔17〕道,指礼仪制度等。〔18〕丑,恶,指淮夷。〔19〕穆穆,举止庄重貌。〔20〕敬,努力。〔21〕昭假,犹"登遐",升天。烈,同"列",列祖,指周公旦、鲁公伯禽。〔22〕孝,同"效"。〔23〕祜(hù),福。〔24〕明明,同"勉勉"。〔25〕淮夷,淮水流域不受周王室控制的民族。攸,乃。〔26〕矫矫,勇武貌。〔27〕馘(guó),古代为计算杀敌人数以论功行赏而割下的敌尸左耳。〔28〕淑,善。皋陶(yáo),相传尧时负责刑狱的官。〔29〕桓桓,威武貌。〔30〕狄,同"剔",除。〔31〕烝烝皇皇,众多盛大貌。〔32〕吴,喧哗。扬,高声。〔33〕讻,讼,指因争功而产生的互诉。〔34〕角弓,两端镶有兽角的弓。觩(qiú),弯曲貌。〔35〕束矢,五十支一捆的箭。搜,多。〔36〕孔,很。博,宽大。〔37〕徒,徒步行走,指步兵。御,驾驭马车,指战车上的武士。斁(yì),厌倦。〔38〕淑,顺。逆,违。此句指鲁国军队。〔39〕式,语助词,无义。固,坚定。犹,借为"猷",谋。〔40〕获,克。〔41〕鸮(xiāo),鸟名,即猫头鹰,古人认为其是恶鸟。〔42〕怀,归,此处为回答意。〔43〕憬(jǐng),觉悟。〔44〕琛(chēn),珍宝。〔45〕元龟,大龟。象齿,象牙。〔46〕赂,通"璐",美玉,见俞樾《群经评议》。

闷宫

《鲁颂·闷宫》是中国古代第一部诗歌总集《诗经》中最长的一首诗，是《鲁颂》的第四篇。此诗以鲁僖公作闷宫为素材，广泛歌颂僖公的文治武功，表达诗人希望鲁国恢复其在周初时尊长地位的强烈愿望。全诗九章（另有八章或十章之说），共一百二十句。首章追叙周的始祖姜嫄和后稷；次章叙周兴起于周太王、周文王、周武王；三章叙伯禽受封为鲁公及僖公祭祀祖先；四章叙僖公的祭祀并祝其昌大；五、六两章夸他的战绩并祝其长寿；七章夸他的土地广大；八章颂他能恢复旧土，家齐国治；末章叙僖公作新庙、奚斯作颂。全诗着重从祭祀和武事两方面反映出鲁国光复旧业的成就，而首章、末章又统一在鲁僖公新修的闷宫上，前后呼应，结构完整。

闷宫有侐[1]，实实枚枚[2]。赫赫姜嫄[3]，其德不回[4]。上帝是依[5]，无灾无害。弥月[6]不迟，是生后稷[7]。降之百[8]福，黍稷重穋[9]，稙稚菽[10]麦。奄[11]有下国，俾民稼穑[12]。有稷有黍，有稻有秬[13]。奄有下土，缵禹之绪[14]。

后稷之孙，实维大王[15]。居岐之阳[16]，实始翦[17]商。至于文武[18]，缵大王之绪。致天之届[19]，于牧之野[20]。无贰无虞[21]，上帝临[22]女。敦商之旅[23]，克咸[24]厥功。王曰叔父[25]，建尔元子[26]，俾侯于鲁。大启[27]尔宇，为周室辅。

乃命鲁公，俾侯于东。锡[28]之山川，土田附庸[29]。周公之孙，庄公之子[30]。龙旂承祀[31]，六辔耳耳[32]。春秋匪解[33]，享祀不忒[34]。皇皇后帝，皇祖后稷，享以骍牺[35]，是飨是宜[36]。降福既多，周公皇祖[37]，亦其福女。

秋而载尝[38]，夏而楅衡[39]。白牡骍刚，牺尊将将[40]。毛炰胾羹[41]，笾豆大房[42]。万舞洋洋[43]，孝孙有庆。俾尔炽而昌，俾尔寿而臧[44]。保

9

诗酒山东

彼东方，鲁邦是常^[45]。不亏不崩，不震不腾。三寿作朋^[46]，如冈如陵。

公车千乘，朱英绿縢^[47]，二矛重弓^[48]。公徒^[49]三万，贝胄朱綅^[50]，烝徒增增^[51]。戎狄是膺^[52]，荆舒^[53]是惩，则莫我敢承^[54]。俾尔昌而炽，俾尔寿而富。黄发台背^[55]，寿胥与试^[56]。俾尔昌而大，俾尔耆而艾^[57]。万有^[58]千岁，眉寿^[59]无有害。

泰山岩岩^[60]，鲁邦所詹^[61]。奄有龟蒙^[62]，遂荒大东^[63]。至于海邦，淮夷来同^[64]。莫不率从，鲁侯之功。

保有凫绎^[65]，遂荒徐宅^[66]。至于海邦，淮夷蛮貊^[67]。及彼南夷^[68]，莫不率从。莫敢不诺^[69]，鲁侯是若^[70]。

天锡公纯嘏^[71]，眉寿保鲁。居常与许^[72]，复周公之宇。鲁侯燕^[73]喜，令^[74]妻寿母。宜^[75]大夫庶士，邦国是有。既多受祉^[76]，黄发儿齿^[77]。

徂来^[78]之松，新甫^[79]之柏。是断是度，是寻是尺^[80]。松桷有舃^[81]，路寝孔硕^[82]。新庙奕奕^[83]，奚斯^[84]所作。孔曼^[85]且硕，万民是若^[86]。

【注释】

〔1〕閟（bì），闭。侐（xù），清静貌。　〔2〕实实，广大貌。枚枚，细密貌。　〔3〕姜嫄，周始祖后稷之母。　〔4〕回，邪。　〔5〕依，助。　〔6〕弥月，满月，指怀胎十月。　〔7〕后稷，周之始祖，名弃。后，帝；稷，农官之名，弃曾为尧农官，故曰后稷。　〔8〕百，言其多。　〔9〕黍，糜子。稷，谷子。重穋（tóng lù），两种谷物，通"穜稑"，先种后熟曰"穜"，后种先熟曰"稑"。　〔10〕稙稚（zhī zhì），两种谷物，早种者曰"稙"，晚种者曰"稚"。菽，豆类作物。　〔11〕奄，包括。　〔12〕俾，使。稼穑，指务农，"稼"为播种，"穑"为收获。　〔13〕秬（jù），黑黍。　〔14〕缵（zuǎn），继。绪，业绩。　〔15〕大（tài）王，即太王，周之远祖古公亶父。　〔16〕歧，山名，在今陕西。阳，山南。　〔17〕翦，灭。　〔18〕文武，周文王、周武王。　〔19〕届，诛讨。　〔20〕牧之野，地名，殷都之郊，在今河南淇县西南。　〔21〕贰，二心。虞，误。　〔22〕临，监临。　〔23〕敦，治服。旅，军队。　〔24〕咸，成，备。　〔25〕叔父，指周公旦，周公为武王之

10

弟，成王叔父。王，指成王，武王之子。〔26〕元子，长子。〔27〕启，开辟。〔28〕锡，音义并同"赐"。〔29〕附庸，指诸侯国的附属小国。〔30〕周公之孙、庄公之子，均指鲁僖公。〔31〕承祀，主持祭祀。〔32〕辔，御马的嚼子和缰绳。古代四马驾车，辕内两服马共两条缰绳，辕外两骖马各两条缰绳，故曰六辔。耳耳，众盛貌。〔33〕解，通"懈"。〔34〕享，祭献。忒，变。〔35〕骍（xīn），赤色的马和牛。牺，纯色牲畜。〔36〕宜，肴，享用。〔37〕周公皇祖，即皇祖周公，此倒句协韵。〔38〕尝，秋季祭祀之名。〔39〕楅衡（bì héng），防止牛抵触人用的横木。古代祭祀用牲牛必须是没有任何损伤的，秋祭用的牲牛要在夏天设以楅衡，防止触折牛角。〔40〕牡，公牛。刚，通"犅"，公牛。牺尊，酒樽的一种，形为牺牛，凿背以容酒，故名。将将，音义并同"锵锵"。〔41〕毛炰（páo），带毛涂泥燔烧，此是烧小猪。胾（zì），大块的肉。羹，指大羹，不加调料的肉汤。〔42〕笾（biān），竹制的献祭容器。豆，木制的献祭容器。大房，大的盛肉容器，亦名夏屋。〔43〕万舞，舞名，常用于祭祀活动。洋洋，盛大貌。〔44〕臧，善。〔45〕常，长。〔46〕三寿作朋，古代常用的祝寿语。三寿，《养生经》："上寿百二十，中寿百年，下寿八十。"朋，并。〔47〕朱英，矛上用以装饰的红缨。縢（téng），绳。绿縢，将两张弓捆扎在一起的绿绳。〔48〕二矛，古代每辆兵车上有两支矛，一长一短，用于不同距离的交锋。重弓，古代每辆兵车上有两张弓，一张常用，一张备用。〔49〕徒，步兵。〔50〕贝，贝壳，用于装饰头盔。胄，头盔。綅（qīn），线，用于编缀固定贝壳。〔51〕烝，众。增增，多貌。〔52〕戎狄，指西方和北方在周王室控制以外的两个民族。膺，击。〔53〕荆，楚国的别名。舒，国名，在今安徽庐江。〔54〕承，抵抗。〔55〕黄发台背，皆为高寿的象征。人老则白发变黄，故曰黄发。台，同"鲐"，鲐鱼背有黑纹，老人背有老人斑，如鲐鱼之纹，故云。〔56〕寿胥与试，意为"寿皆如岱"。胥，皆。试，通"岱"。说见王宗石《诗经分类诠释》。〔57〕耉而艾，皆指年老。〔58〕有，通"又"。〔59〕眉寿，指高寿。〔60〕岩岩，山高貌。〔61〕詹，至。陈奂《诗毛氏传疏》："言所至境也。"〔62〕龟蒙，二山名。〔63〕荒，同"抚"，有。大东，指最东的地方。〔64〕淮夷，淮水流域不受周王室控制的民族。同，会盟。〔65〕保，安。凫绎，二山名,凫山在今山东邹县西南,绎山在今邹县东南。 〔66〕徐,国名。宅,居处。 〔67〕蛮貊(mò),泛指北方一些周王室控制外的民族。 〔68〕南夷,泛指南方一些周王室控制外的民族。 〔69〕诺,应诺。 〔70〕若,顺从。 〔71〕公,鲁公。纯,大。嘏(gǔ),福。 〔72〕常与许,鲁国二地名,毛传谓为"鲁南鄙北鄙"。 〔73〕燕,通"宴"。 〔74〕令,善。 〔75〕宜,适宜。 〔76〕祉,福。 〔77〕儿齿,高寿的象征。老人牙落后又生新牙,谓之儿齿。 〔78〕徂来,也作徂徕,山名,在今山东泰安东南。 〔79〕新甫,山名,在今山东新泰西北。 〔80〕度,通"剫",伐木。寻、尺,皆度量单位,此作动词用。 〔81〕桷(jué),方椽。舄(xì),大貌。 〔82〕路寝,指古代天子、诸侯的正厅。孔,很。 〔83〕新庙,指闷宫。奕奕,美好貌。 〔84〕奚斯,鲁大夫。 〔85〕曼,长。 〔86〕若,顾。

秦汉

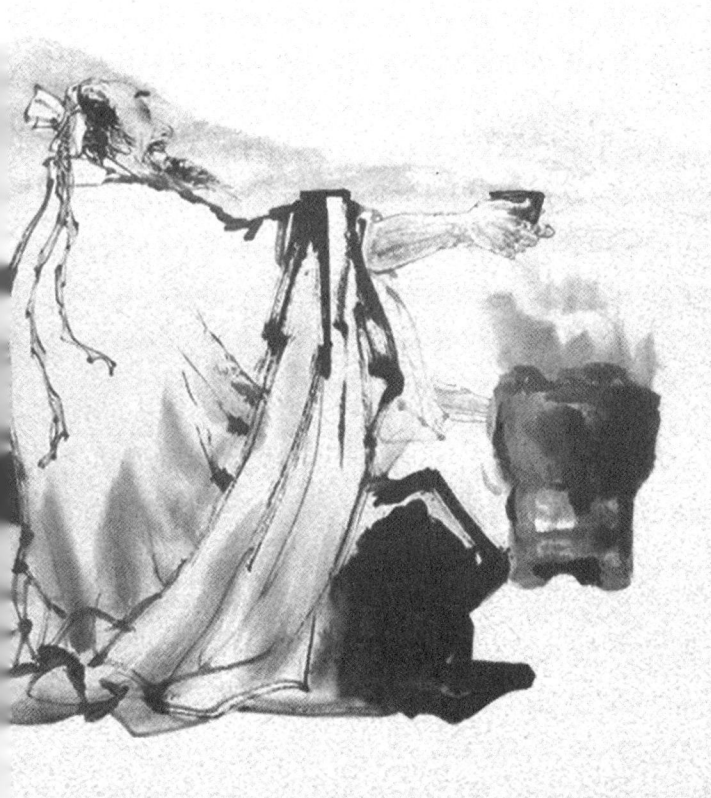

诗酒山东

> 孔融（153—208），字文举，鲁国（今山东曲阜）人，东汉文学家，建安七子之首。家学渊源，是孔子的二十世孙。父宙，太山都尉。少有异才，勤奋好学，与平原陶丘洪、陈留边让并称俊秀。献帝即位后任北军中侯、虎贲中郎将、北海相，时称孔北海。在郡六年，修城邑，立学校，举贤才，表儒术。建安元年，征还为将作大匠，迁少府，又任大中大夫。

诗

坐上客恒[1]满，樽[2]中饮不空。

【注释】

[1]恒，副词，经常、常常。　[2]樽，古代的盛酒器具，下方多有圈足，上有镂空，中间可点火对器中的酒加热。

> 曹操（155—220），即魏武帝，字孟德，一名吉利，小名阿瞒，东汉末沛国谯县（今安徽亳州）人，曹嵩子。用人唯才，抑制豪强，加强集权，兴修水利，以利于社会经济之恢复与发展。精通兵法，著《孙子略解》《兵书接要》等。善诗文，多抒发政治抱负，反映东汉末年人民苦难，辞气慷慨。卒谥武，魏文帝黄初时追尊武帝，庙号太祖。今存《曹操集》。

按：曹操长期在今山东地区为官，其出生地亦与山东为邻，故选其几首饮酒诗代表作入本书。

短歌行

对酒当歌[1]，人生几何[2]。譬如朝露，去日苦多[3]。
慨当以慷[4]，忧思难忘。何以解忧，唯有杜康[5]。
青青子衿，悠悠我心[6]。但为君故，沉吟[7]至今。
呦呦鹿鸣，食野之苹。我有嘉宾，鼓瑟吹笙[8]。
明明如月，何时可掇。[9]忧从中来，不可断绝。
越陌度阡[10]，枉用相存[11]。契阔谈䜩，心念旧恩[12]。
月明星稀，乌鹊南飞。绕树三匝[13]，何枝可依。
山不厌高，海不厌深。周公吐哺，天下归心[14]。

【注释】

[1]对酒当歌，一边喝着酒，一边唱着歌。当，与对同意，犹同门当户对。有注者言此处"当"应作"应该、应当"解，非也。 [2]几何，多少。 [3]去日苦多，逝去的日子太多了，让人痛苦。此句叹息人生短暂。 [4]慨当以慷，指饮酒时的心情慷慨激昂。此处的"当""以"作助词用，以强化作者的情绪。 [5]杜康，相传是最早造酒的人，这里代指酒。 [6]"青青子衿（jīn），悠悠我心"，出自《诗经·郑风·子衿》。原写姑娘思念情人，这里用来比喻渴望得到有才学的人。子，"你"的尊称，犹言君子、您。衿，古式的衣领。青衿，是周代读书人的服装，这里指代有学识的人。悠悠，长久的样子，形容思虑连绵不断。 [7]沉吟，原指思索和小声叨念，这里指对贤人的思念和倾慕。 [8]"呦（yōu）呦鹿鸣，食野之苹。我有嘉宾，鼓瑟吹笙（shēng）"，出自《诗经·小雅·鹿鸣》。 [9]"明明如月，何时可掇（duō）"，贤士像皎洁的明月，我什么时候可以摘取呢？掇，拾取，摘取。 [10]越陌度阡，穿过纵横交错的小路。陌，东西向的田间小路。阡，南北向的小路。 [11]枉用相存，屈驾来访。枉，这里是"枉驾"的意思。用，以。存，问候，思念。 [12]契阔，远近，离散聚合。这句话的意思是，在宴席上交谈着彼此聚合离散，心里怀念着过去的恩情。 [13]三匝，三周，三圈。 [14]"周公吐哺"句，语出《史记》。此指当时辅佐周朝天子的摄政

诗酒山东

相周公旦，即周成王的叔叔、周武王的弟弟姬旦。时周成王年幼，周公遂派儿子伯禽去代替自己赴封国鲁国就任国王，自己留下来与姜太公、弟弟召公姬奭一起尽力辅佐成王巩固帝业。周公吐哺，指周公进食时多次吐出食物停下来不吃，急于迎客。后遂以"周公吐哺"等比喻为了招揽人才而操心忙碌。形容礼贤下士，求才心切。

对酒[1]

对酒歌，太平时，吏不呼门。

王者贤且明，宰相股肱[2]皆忠良。

咸礼让，民无所争讼。

三年耕有九年储，仓谷满盈。

班白不负戴。[3]

雨泽如此，百谷用成。

却走马，以粪其土田。

爵公侯伯子男，咸爱其民，以黜陟幽明[4]。

子养有若父与兄。

犯礼法，轻重随其刑。

路无拾遗之私。

囹圄空虚，冬节不断。[5]

人耄耋，皆得以寿终。

恩德广及草木昆虫。

【注释】

〔1〕此饮酒诗表达了对太平盛世的赞叹和期待。〔2〕股肱，近臣。〔3〕"班白"句，老者没有负担。〔4〕黜，辞退、赶出。陟，登高，提升。幽，阴暗，指阴险的人。明，明亮，指贤明的人。〔5〕"囹圄"句，监狱空虚，冬季不断炊。

徐干（170—217），字伟长，北海郡剧县（今山东寿光）人，东汉末年文学家、哲学家、诗人，"建安七子"之一。他以诗、辞赋、政论著称，代表作有《中论》《答刘桢》《玄猿赋》。其著作《中论》，对历代统治者和文学者影响深远。

情诗

高殿郁崇崇，广厦[1]凄泠泠。
微风起闺闼[2]，落日照阶庭[3]。
踟蹰云屋[4]下，啸歌倚华楹[5]。
君行殊不返，我饰为谁容。
炉薰阖[6]不用，镜匣上尘生。
绮罗[7]失常色，金翠暗无精。
嘉肴既忘御，旨酒[8]亦常停。
顾瞻空寂寂，唯闻燕雀声。
忧思连相属，中心[9]如宿酲[10]。

【注释】
[1]广厦，高大豪华的房屋建筑。厦，高大的房屋。 [2]闼（tà），门，小门。 [3]阶庭，台阶前的庭院。 [4]云屋，高楼。 [5]楹，厅堂前部的柱子。 [6]阖，关闭。 [7]绮罗，泛指华贵的丝织品或丝绸衣服。 [8]旨酒，指美酒。 [9]中心，心中。 [10]宿酲，宿醉。

诗酒山东

王粲（177—217），字仲宣，山阳郡高平县（今山东微山）人，东汉末年文学家，"建安七子"之一。生于豪门之家，少有才名，为著名学者蔡邕所赏识。善属文，其诗赋为"建安七子"之冠，又与曹植并称"曹王"。著《英雄记》，今已散佚。《三国志·王粲传》记其著诗、赋、论、议近60篇，《隋书·经籍志》著录有其文集11卷，明人张溥辑有《王侍中集》。

公燕诗

昊天[1]降丰泽[2]，百卉挺葳蕤。[3]

凉风撤蒸暑[4]，清云却炎晖。[5]

高会君子堂，并坐荫华榱。[6]

嘉肴[7]充圆方[8]，旨酒盈金罍。[9]

管弦发徽音，曲度清且悲。

合坐[10]同所乐，但愬杯行[11]迟。

常闻诗人语，不醉且无归。

今日不极欢[12]，含情[13]欲待谁。

见眷良不翅，守分[14]岂能违。

古人有遗言，君子福所绥。

愿我贤主人，与天享巍巍。[15]

克符周公业[16]，奕世[17]不可追。

【注释】

[1]昊天，苍天。昊，元气博大貌。　[2]丰泽，丰沛的雨水。　[3]葳蕤（wēi ruí），草木茂盛枝叶下垂貌。　[4]蒸暑，形容盛暑天气闷热。　[5]炎晖，炎热的阳光。　[6]华榱（cuī），雕画的屋椽。　[7]嘉肴，美味的菜肴。　[8]圆方，古代盛菜肴的器具。　[9]金罍（léi），

饰金的大型酒器。〔10〕合坐,所有在座的人。〔11〕杯行,沿座行酒。〔12〕极欢,极尽欢乐之情。〔13〕含情,怀着感情,怀着深情。〔14〕守分,安守本分。〔15〕巍巍,崇高伟大。〔16〕克符周公业,指像周公那样实现统一天下的大业。〔17〕奕世,累世,代代。

魏晋南北朝

> 曹植（192—232），字子建，三国魏沛国谯县（今安徽亳州）人。曹操与卞皇后所生第三子。夙慧，有文才。早年为操所爱，但任性而行，失宠。兄曹丕为帝。黄初三年，封鄄城王；黄初四年，徙封雍丘王，备受猜忌；明帝太和三年，徙封东阿；太和六年，改封陈王。每冀试用，终不能得。十一年中三徙都，郁郁而终，谥思，世称陈思王。文才富艳，善诗工文，与曹操、曹丕合称"三曹"。所作经后人辑为《曹子建集》。

按：曹植的成年时期基本上都是在山东度过的，而且死在山东东阿（今济南市平阴县东阿镇），故选其饮酒诗数首入本书。

赠丁翼

嘉宾填城阙[1]，丰膳出中厨。

吾与二三子，曲宴此城隅。[2]

秦筝[3]发西气，齐瑟[4]扬东讴。

肴来不虚归，觞至反无余[5]。

我岂狎异人，朋友与我俱[6]。

大国多良材，譬海出明珠。

君子义休偫，小人德无储[7]。

积善有余庆，荣枯立可须。

滔荡固大节[8]，时俗多所拘[9]。

君子通大道，无愿[10]为世儒[11]。

【注释】

〔1〕填，进入。城阙，帝王居住之处。 〔2〕城隅，城墙角上作为屏障的女

墙。曲宴，禁中之宴，犹言私宴。 〔3〕秦筝，吕延济注："秦女善秦筝，秦在西，故云西气。" 〔4〕齐瑟，吕延济注："齐女善鼓瑟，齐在东，故云东讴。讴，歌也。" 〔5〕"肴来"句，菜肴来了还能剩下，酒到了却没有剩余。指饮酒多于食肴。 〔6〕狎（xiá）异，谓亲近恶人。这两句说我不是跟俗人饮酒，而是和好朋友在一起。俱，一同，一起。 〔7〕偫，储备。这两句说君子的仁德已储备满满可以休憩了，小人的德行修炼还差得远呢。 〔8〕滔荡，广大貌。大节，高远宏大的志向。 〔9〕时俗，流俗，世俗。此句说君子多为流俗所拘束。 〔10〕无愿，不愿意。 〔11〕世儒，浅陋而迂腐的儒士。

箜篌引

置酒高殿上，亲交从我游。
中厨办丰膳，烹羊宰肥牛。
秦筝何慷慨，齐瑟和且柔。
阳阿奏奇舞，京洛出名讴[1]。
乐饮过三爵，缓带倾庶羞[2]。
主称千金寿，宾奉万年酬。
久要[3]不可忘，薄终义所尤。[4]
谦谦君子德，磬折[5]欲何求。
惊风飘白日，光景驰西流。
盛时不再来，百年忽我遒[6]。
生存华屋处，零落归山丘。
先民谁不死，知命复何忧。

【注释】

〔1〕名讴，著名歌曲。 〔2〕庶羞，多种美味。 〔3〕久要，旧交，老朋友。 〔4〕"薄终"句，意为对朋友始厚而终薄是道义所不允许的。 〔5〕磬折，弯腰，表谦恭。 〔6〕遒，迫近。

诗酒山东

送应氏二首（其二）

清时[1]难屡得，嘉会[2]不可常。天地无终极，人命若朝霜。
愿得展嬿婉[3]，我友之[4]朔方[5]。亲昵并集送，置酒此河阳[6]。
中馈岂独薄，宾饮不尽觞[7]。爱至望苦深，岂不愧中肠[8]。
山川阻且远，别促会日长[9]。愿为比翼鸟，施翮[10]起高翔。

【注释】

〔1〕清时，安宁无事之时。黄河不泛滥时曰清。 〔2〕嘉会，美好的相会。 〔3〕愿得展嬿婉，愿我们舒展美好的面容。 〔4〕之，去，到。 〔5〕朔方，北方，此指冀州一带。 〔6〕河阳，河之北。此指洛阳。 〔7〕中馈，酒食。此句说，不是因为酒食不好，是因为离别的缘故所以朋友不能开怀畅饮。 〔8〕"爱至"句，朋友之间越是相爱之极，思念的痛苦越深，这使我心中惭愧不已。 〔9〕别促会日长，离别的日子来得很快，再见面却遥遥无期。别促，分别很仓促。会日长，相会的日子漫长无期。 〔10〕施翮（hé），展翅。

闾丘冲（？—311），字宾卿，高平（今山东巨野）人，西晋诗人。出身于官宦世家，博学多能且有鉴识之才。喜爱音乐以至于"侍婢在侧，不释管弦"。有文集两卷传世。他的诗歌风格清新自然，代表作有《三月三日应诏》《招隐诗》。

三月三日应诏诗二首（其二）

浩浩白水，泛泛龙舟。皇在灵沼[1]，百辟[2]同游。
击棹[3]清歌[4]，鼓枻[5]行酬[6]。闻乐咸和[7]，具醉斯柔。
在昔帝虞，德被遐荒[8]。干戚[9]在庭，苗民[10]来王。[11]
今我哲后[12]，古圣齐芳。惠此中国，以绥四方。
元首[13]既明[14]，股肱惟良[15]。乐酒今日，君子惟康。

【注释】

〔1〕灵沼，沼池的美称。《诗经》中有"王在灵沼，于牣鱼跃"，后喻皇恩泽被朝野。　〔2〕百辟，诸侯，百官。　〔3〕击棹，打桨，谓驾船。　〔4〕清歌，清亮的歌声。　〔5〕鼓枻，划桨，谓泛舟。　〔6〕行酬，谓依次敬酒酬答。　〔7〕咸和，和睦。　〔8〕遐荒，边远荒僻之地。　〔9〕干戚，干，盾牌；戚，大斧。此指皇帝身边有执武器的卫士，以张威仪。　〔10〕苗民，指古三苗部族。　〔11〕来王，指古代诸侯定期朝觐天子。　〔12〕哲后，贤明的君主。后，君主。　〔13〕元首，皇帝。　〔14〕明，贤明。　〔15〕惟良，贤良，贤能的官吏。

赵整，字文业，一名正，济阴（今山东菏泽定陶西北）人，前秦秘书侍郎、秘书监。后出家，更名道整。

酒德歌

地列酒泉[1]，天垂酒池。
杜康[2]妙识[3]，仪狄[4]先知。
纣丧殷邦，桀倾夏国。
由此言之，前危后则。[5]

诗酒山东

【注释】
〔1〕酒泉，周代有酒泉邑，汉代有酒泉郡。　〔2〕杜康，传说为最早造酒的人，借指酒。　〔3〕妙识，深知，精通。　〔4〕仪狄，传说为夏禹时善酿酒者。《战国策·魏策二》："昔者帝女令仪狄作酒而美，进之禹，禹饮而甘之，遂疏仪狄，绝旨酒，曰：'后世必有以酒亡其国者。'"　〔5〕前危后则，前人的危亡，后人应引以为戒。犹言前车之覆，后车之鉴。

酒德歌

获黍西秦[1]，采麦东齐[2]。

春封夏发，鼻纳心迷。

【注释】
〔1〕西秦，指秦国。以其地处西方，故称。　〔2〕东齐，指周朝时齐国。因地处周之东，故称。

> 何承天（370—447），东海郯（今山东郯城）人，南朝宋大臣，著名天文学家、无神论思想家。五岁丧父，赖母徐氏抚养成人。他自幼聪明好学，诸子百家，莫不博览，幼年从学于当时的学者徐广。历官衡阳内史、御史中丞等，世称何衡阳。元嘉时为著作佐郎，撰修宋书未成而卒。通览儒史百家、经史子集，知识渊博，精天文律历和计算，对天文律历造诣颇深。

将进酒[1]

将进酒,庆三朝。备繁礼,荐嘉肴。
荣枯[2]换,霜雾[3]交。缓春带,命朋僚。[4]
车等旗,马齐镳[5]。怀温克[6],乐林濠。[7]
士失志[8],愠情劳[9]。思旨酒[10],寄游遨。
败德人,甘[11]醇醪[12]。耽[13]长夜,或淫妖。[14]
兴屡舞,厉哇谣[15]。形傞傞[16],声号咷。[17]
首既濡,志亦荒[18]。性命夭,国家亡。
嗟[19]后生,节[20]酗觞[21]。匪[22]酒辜[23],孰为孽。[24]

按:这是一首劝诫人们不要酗酒的诗,认为酗酒会导致亡国害命。

【注释】

〔1〕将进酒,汉乐府《铙歌》十八曲之一。 〔2〕荣枯,草木茂盛与枯萎。喻人世的盛衰、穷达。 〔3〕霜雾,寒气。 〔4〕朋僚,亦作"朋寮",同僚。 〔5〕齐镳,并驾。 〔6〕温克,温良克制。 〔7〕林濠,犹林壑,指景物幽深之处。 〔8〕士失志,士大夫失去志向气节。 〔9〕愠情劳,为怒气所困。 〔10〕旨酒,美酒。 〔11〕甘,喜欢。 〔12〕醇醪,味厚的美酒。 〔13〕耽,沉溺于。 〔14〕或,同"惑"。淫妖,淫荡妖媚。此句说为淫荡妖媚所惑。 〔15〕"兴屡舞"句,指高兴了就蹦蹦跳跳,不高兴了就大喊大叫。 〔16〕傞傞,醉舞失态貌。 〔17〕号咷,喧嚣叫嚷。 〔18〕首既濡,志亦荒,意思是脑子混乱,志向荒废放纵。首,头脑。濡,糊涂,迷乱。 〔19〕嗟,叹息,劝诫。 〔20〕节,节制。 〔21〕酗觞,纵酒。 〔22〕匪,同"非"。 〔23〕酒辜,酒的过错。 〔24〕孰为孽,谁造的孽。

> 颜延之（384—456），字延年，祖籍琅邪临沂（今山东临沂），南朝宋文学家。少孤贫，居陋室，好读书，无所不览，文章之美，冠绝当时，与谢灵运并称"颜谢"。嗜酒，不护细行，年三十犹未婚娶。颜延之诗《五君咏》，分咏"竹林七贤"中的阮籍、嵇康、刘伶、阮咸、向秀五人。颜延之初为步兵校尉，以好酒疏诞，出为永嘉太守，内心怨愤，而作此诗。诗中咏阮籍的"物故不可论，途穷能无恸"，咏刘伶的"韬精日沉饮，谁知非荒宴"等句，实际上是通过对这些人的歌咏来寄托自己的怀抱。

按：此两首非饮酒诗，而是赞美和评论了两个著名的"酒仙"——"竹林七贤"中的阮籍和刘伶，故录入本书。

五君咏（其一）

阮步兵

阮公[1]虽沦迹，识密鉴亦洞。
沉醉似埋照[2]，寓词[3]类托讽。[4]
长啸若怀人，越礼[5]自惊众。
物故[6]不可论，途穷[7]能无[8]恸。

【注释】
[1]阮公，指阮籍。阮籍曾为步兵校尉，世称"阮步兵"。 [2]埋照，犹韬光，喻匿迹不使显露。 [3]寓词，寄词，托意。 [4]托讽，谓托物以寄讽喻之意。 [5]越礼，越出礼法的规定，不守规矩。 [6]物故，事故，死亡。 [7]途穷，喻走投无路或处境困窘。 [8]能无，反问语，犹能不。

五君咏（其三）

刘参军[1]

刘伶善闭关[2]，怀清[3]灭闻见。[4]
鼓钟不足欢，荣色岂能眩。[5]
韬精[6]日沉饮[7]，谁知非荒宴[8]。
颂酒[9]虽短章[10]，深衷[11]自此见。

【注释】

〔1〕刘参军，晋刘伶曾仕建威参军，因称"刘参军"。〔2〕闭关，闭门谢客，断绝往来，谓不为尘事所扰。〔3〕怀清，秦始皇以巴（今重庆一带地区）寡妇清为贞妇，为之筑怀清台，后因以"怀清"比喻妇女贞洁，此处指刘伶胸怀清廉自守。〔4〕灭闻见，隐遁不使他人知道、看见。〔5〕荣色，喻美好的容颜。此句与上句意思是，做官尚不屑，美色也不能使他心动目眩。〔6〕韬精，掩藏才华。〔7〕沉饮，沉迷于饮酒，沉醉。〔8〕荒宴，沉溺于宴饮。此处意思是，谁知道他不是纵酒（是在对当朝政治乱象表达不满）。〔9〕颂酒，指刘伶所作的《酒德颂》。〔10〕短章，指篇幅较短的诗文篇章。〔11〕深衷，内心，衷情。

鲍照（约414—466），字明远，祖籍南朝宋东海郡（据考为今山东省临沂市兰陵县）人，久居建康（今南京）。家世贫。少有才情，文辞赡逸。长于乐府，尤善七言歌行，诗风俊逸遒丽。其七言诗于唐代诗歌发展影响甚巨。杜甫有诗赞曰："清新庾开府（庾信），俊逸鲍参军。"著有《鲍参军集》。

按：本篇注除作者注、参考网络外，主要参考了《鲍参军集注》（钱仲联增补集说校）。凡采用该书集注的，一律标明"钱注"。

诗酒山东

酒后诗

晨节无[1]两淹[2]，年意不俱处。[3]
自非[4]羽酌[5]欢，何用[6]慰[7]愁旅。[8]

【注释】
[1]晨节，美好时节，犹言良辰。无，不能，没有。 [2]两淹，重复两次。淹，淹留，留住。 [3]年意，愉快的心情。俱处，共驻。处，停止。此两句说，良辰美景无法留住，愉快的心情也无法一起共享到底。 [4]自非，倘若不是。 [5]羽酌，即以羽觞饮酒。羽觞，耳杯也，酒杯两侧有耳，状如羽翼，故名羽觞。 [6]何用，用什么，靠什么。 [7]慰，慰藉。 [8]愁旅，指漂泊的旅人。

代春日行三言

献岁[1]发，吾将行。
春山茂，春日明。
园中鸟，多嘉声。[2]
梅始发，桃始荣。[3]
泛舟舻[4]，齐棹惊。[5]
奏采菱[6]，歌鹿鸣。[7]
微风起，波微生。
弦亦发，酒亦倾。[8]
入莲池，折桂枝。
芳袖[9]动，芬叶披。[10]
两相思，两不知。[11]

【注释】

〔1〕献岁,进入新的一年,岁首正月。 〔2〕嘉声,美妙的声音。 〔3〕荣,开花。 〔4〕泛舟舻,划船游玩。舟为小船,舻为大船。 〔5〕齐棹惊,指船桨一起划动响声惊人。棹,船桨。 〔6〕采菱,乐府清商曲名,又称《采菱歌》《采菱曲》。 〔7〕鹿鸣,古代宴群臣嘉宾所用的乐歌,源于《诗经·小雅·鹿鸣》,"呦呦鹿鸣"为其首句。 〔8〕弦,管弦,弦乐。亦,也。发,此指管弦演奏。倾,干杯。 〔9〕芳袖,芬芳的衣袖,此指同游的女子。 〔10〕披,指披散,散乱。 〔11〕这句写青年男女各有所思,各有所恋,但却都还没有表达。

拟阮公[1]夜中不能寐[2]

漏分[3]不能卧,酌酒乱繁忧[4]。
惠气[5]凭夜清,素景[6]缘隙[7]流。
鸣鹤时一闻,千里绝无俦[8]。
伫立[9]为谁久,寂寞空[10]自愁[11]。

【注释】

〔1〕阮公,指阮籍。 〔2〕钱注:阮籍《咏怀》诗:"夜中不能寐,起坐弹鸣琴。薄帷鉴明月,清风吹我襟。孤鸿号外野,翔鸟鸣北林。徘徊将何见?忧思独伤心。" 〔3〕漏分,半夜,深夜。 〔4〕乱繁忧,为诸多烦忧所乱。繁,频繁,多。 〔5〕惠气,和气。 〔6〕素景,月光。 〔7〕缘隙,沿着缝隙。隙,同"隙"。 〔8〕俦,俦侣,知音。 〔9〕伫立,久立。 〔10〕空,徒然。 〔11〕自愁,自己发愁。

诗酒山东

赠故人马子乔诗六首（其一）

皎如川上鹄，赫似握中[1]丹。
宿心谁不欺，明白古所难。[2]
凭楹观皓露[3]，洒洒荡忧颜。[4]
永念[5]平生意，穷光不忍[6]还。
淹留徒攀桂，延伫空结兰。[7]

【注释】

[1]握中，手中。 [2]宿心，宿昔本心，本来的心愿。欺，辜负。所难，谓难以做到（的事）。钱注：嵇康诗"内负宿心"，傅毅诗"徂年如流，渺兹暇日"。此句指内心希望朋友朝夕相处，但分别如似水流年是无可奈何的事。 [3]皓露，洁白晶莹的露珠，泛指露水。 [4]洒洒，指饮酒。荡，扫去，荡平。忧颜，忧愁的容颜。 [5]永念，念念不忘。 [6]不忍，不忍心，感情上觉得过不去。 [7]淹留，羁留，久留。钱注：《楚辞·招隐士》："攀桂枝兮聊淹留。"又《离骚》："结幽兰以延伫。"这句意为我们都有攀桂结兰之心，分别时恋恋难舍。攀桂枝、结幽兰均为高洁之士用以明志之辞。

学陶彭泽[1]体

长忧[2]非生意[3]，短愿不须多。
但使尊酒[4]满，朋旧[5]数相过。[6]
秋风七八月，清露润绮罗。[7]
提瑟[8]当户[9]坐，叹息望天河。[10]
保此无倾动[11]，宁复滞风波。[12]

【注释】

〔1〕陶彭泽,即陶渊明,名潜,因其做过彭泽县令,故称陶彭泽。 〔2〕长忧,长期的忧患、忧虑。 〔3〕钱注:陶渊明《九日闲居》诗:"世短意恒多,斯人乐久生。"意,心情,意绪。 〔4〕尊酒,犹杯酒。 〔5〕朋旧,朋友故旧。 〔6〕钱注:陶渊明《移居》诗:"过门更相呼,有酒斟酌之。"数,数次,经常。相过,相过往,相互来往。 〔7〕绮罗,华美的衣服。 〔8〕提瑟,犹言携瑟,携琴瑟。瑟,弦乐器。 〔9〕当户,对着门户。 〔10〕天河,即银河。 〔11〕倾动,倾覆变动,即发生变故。 〔12〕宁复,宁肯。滞,滞留。风波,此指动荡不定的生活遭际。钱注:孔子曰:"不观巨海,何以知风波之患?"

望孤石诗

江南多暖谷[1],杂树茂寒峰。
朱华[2]抱白云,阳条熙朔风。[3]
蚌节[4]流绮藻,辉石[5]乱烟虹。[6]
泄云[7]去无极[8],驰波[9]往不穷。
啸歌[10]清漏[11]毕,徘徊朝景[12]终。
浮生会当几[13],欢酌每盈衷。[14]

【注释】

〔1〕暖谷,冬季温暖的山谷。 〔2〕朱华,指荷花,泛指红花。 〔3〕朔风,北风,寒风。 〔4〕蚌节,蚌的纹理。 〔5〕辉石,闪光的石头。 〔6〕烟虹,云天中的彩虹。 〔7〕泄云,飘散的云。 〔8〕无极,无穷尽,无边际。 〔9〕驰波,谓水波奔腾。 〔10〕啸歌,长啸歌吟。 〔11〕清漏,清晰的滴漏声。古人以漏记时。 〔12〕朝景,早上的景色。 〔13〕会当几,能有几时,犹言浮生若梦。 〔14〕盈衷,满杯。盈,满。衷,同"盅",酒杯。此诗钱注说鲍参军一夜未眠,写下此篇。我同意其分析。

诗酒山东

拟古八首（其五）

伊昔[1]不治业，倦游观五都。

海岱[2]饶[3]壮士，蒙泗[4]多宿儒[5]。

结发起跃马，垂白[6]对讲书。

呼我升上席，陈觯[7]发瓢壶[8]。

管仲死已久，墓在西北隅。

后面崔嵬[9]者，桓公旧冢庐[10]。

君来诚既晚，不睹崇明[11]初。

玉琬徒见传，交友义渐疏[12]。

【注释】

〔1〕伊昔，从前。 〔2〕海岱，今山东省渤海至泰山之间的地带。海，渤海；岱，泰山。 〔3〕饶，丰，多。 〔4〕蒙泗，蒙山、泗水，指现在的山东地区。 〔5〕宿儒，修养有素的儒士。 〔6〕垂白，白发下垂，谓年老。 〔7〕陈觯，摆上酒杯。觯，酒器，形似尊而小。 〔8〕发瓢壶，倒酒。瓢壶，泛指盛酒器物。 〔9〕崔嵬，本指有石的土山，也用来形容高耸巍峨的样子。 〔10〕冢庐，墓旁守丧者住的小草房。 〔11〕崇明，此指齐桓公治下政治清明、民生富足的时代。 〔12〕钱注：玉琬，齐桓公使用之器物。这两句说，虽然齐桓公留下的玉琬传下来了，但像管仲、鲍叔牙那样重情重义的人却日渐稀少。疏，稀疏，少。

拟古八首（其八）

蜀汉[1]多奇山，仰望与云平。

阴崖积夏雪，阳谷散秋荣[2]。

朝朝见云归，夜夜闻猿鸣。

忧人[3]本自悲，孤客[4]易伤情。

临堂设樽酒，留酌思平生。

石以坚为性，君勿惭素诚[5]。

【注释】

〔1〕蜀汉，蜀郡和汉中的并称。〔2〕秋荣，秋花。〔3〕忧人，心情忧伤的人。〔4〕孤客，独自旅居外地的人。〔5〕素诚，朴素坦诚。

三日[1]游南苑诗

采苹[2]及华月[3]，追节逐芳云[4]。

腾蒨溢林疏，丽日晔山文。[5]

清潭圆翠会，花薄缘绮纹。[6]

合樽遽景斜[7]，折荣各组芬。[8]

【注释】

〔1〕三日，指农历三月三日，古为春游、祭祀、择偶、泼水等之佳节。〔2〕苹，生于浅水边多年生之蕨类，亦作萍。采苹，出自《诗经·召南·采苹》。全诗三章，每章四句。此诗描述了女子采苹，置办祭祀祖先的物品等活动。据考，周朝时三月三这一天，男女可以自行谈情说爱，甚至私订终身也不足怪。〔3〕及，赶上。华月，好时光。〔4〕追节，佳节游览。芳云，也指好日子。〔5〕"腾蒨"句，钱注：蒨，蒨蒨，鲜明貌。丽日，风和

日丽之意。晔,使光明。山文,同山纹。此句指流光照在疏林当中,丽日照亮了层峦叠嶂。 〔6〕"清潭"句,清清的潭水荡漾着翠绿的色泽,花朵互相依偎,编织出美丽的图案。圆,使圆,围绕。翠会,翠色交集。绮纹,美丽的花纹。钱注:薄,交也。此指花朵交相掩映。 〔7〕钱注:合樽,《史记·滑稽列传》:"日暮酒阑,合尊促坐。""合樽"句指酒喝完了,太阳也匆匆西坠。 〔8〕折荣,折花。此句说折花编成花环,舍不得这美好时光。吝,怜惜。组,编织。

侍宴覆舟山[1]诗二首(其一)

息雨清上郊,开云照中县[2]。
游轩[3]越丹居[4],晖烛集凉殿[5]。
凌高跻飞槛,追焱[6]起流宴[7]。
枑苑含灵群,岩庭藏物变。[8]
明辉烁神都[9],丽气[10]冠华甸[11]。
目远幽情周,醴洽深恩遍。[12]

【注释】

〔1〕钱注:《寰宇记》:"覆舟山在建康城北五里,周围三里,高三十一丈,状如覆舟,因以为名。" 〔2〕中县,都城周边地区。 〔3〕钱注:《说文》:"轩,曲辀幡车也。"辀,类似轩辕。游轩,巡游的马车。 〔4〕丹居,古时宫殿多用红色涂饰,故用以称宫殿。 〔5〕钱注:凉殿,《乐府子夜歌》:"窈窕瑶台女,冶游戏凉殿。" 〔6〕焱,火焰。追焱,指随着焰火。追,随。 〔7〕流宴,流水宴。 〔8〕钱注:《说文》:"枑,行马也。"即宫中用以阻挡通行木制障碍物,又叫行马。枑苑、岩庭均指宫中。 〔9〕神都,犹言神京。钱注:《广韵》:"天子所宫曰都。" 〔10〕丽气,壮丽的气象。 〔11〕钱注:《书》:"五百里甸服。"甸服,古制称离王城五百里的区域,泛指京城附近的地方。 〔12〕钱注:《说文》:"醴,酒一宿孰也。"

孰，即熟。醴指甜酒，与酒对应，相当于现在的米酒，也有考证说相当于现在的啤酒。总之，是一种度数很低的发酵甜酒。这句是歌颂皇帝恩德的，赞美皇帝目光远大，思虑周密，与臣子宴饮融洽周到。

代少年时至衰老行

忆昔少年时，驰逐[1]好名晨[2]。
结友多贵门，出入富儿邻。
绮罗艳华风，车马自扬尘。
歌唱青齐女[3]，弹筝燕赵人[4]。
好酒多芳气，肴味厌时新[5]。
今日每想念，此事邈无因[6]。
寄语后生子[7]，作乐当及春。

【注释】
[1]驰逐，驱驰追逐。 [2]好，美好。名晨，时辰，时光，晨同"辰"。好名晨，好时光。 [3]青齐女，青州和齐国的女子。青齐泛指山东。 [4]燕赵人，燕国和赵国的人。燕赵泛指今河北地区。 [5]肴味，佳肴美味。厌，满足，吃腻。时新，时令新鲜。此句指新鲜美味的佳肴都吃腻了。 [6]邈无因，遥远而不再有机缘。邈，遥远，无因，没有机缘。 [7]后生子，亦作"后生仔"，指年轻人。

代朗月行

朗月出东山，照我绮窗前。
窗中多佳人，被服妖且妍[1]。
靓妆[2]坐帐里，当户弄清弦[3]。

鬟夺卫女迅[4]，体绝飞燕先[5]。
为君歌一曲，当作朗月篇。
酒至颜自解，声和心亦宣。[6]
千金何足重，所存[7]意气间[8]。

【注释】

〔1〕钱注：枚乘《杂诗》："燕、赵多佳人。"又："被服罗裳衣。"曹植《美女篇》："美女妖且闲。" 〔2〕钱注：郭璞曰："靓妆，粉白黛黑也。" 〔3〕清弦，指琴瑟一类的弦乐器，拨动其弦，则发出清亮的乐音。 〔4〕卫女，据钱注，为汉武帝之卫皇后，因头发美丽而受汉武帝宠爱。此句意为屋内美女鬟发美丽得可以超越卫皇后。迅，快，迅疾。 〔5〕体绝，身材超过。体，身材。绝，超过，超绝。飞燕，指汉成帝赵皇后。先，领先。传说赵飞燕身材纤细轻巧，能做掌上舞。 〔6〕"酒至"两句，指酒喝到一定程度自然开颜自得，歌声美丽，心情也好起来了。 〔7〕所存，谓心志所在。 〔8〕意气间，胸中，豪气之中。钱注：《古乐府》："男儿重意气。"

与荀中书别

劳舟厌长浪[1]，疲斾[2]倦行风[3]。
连翩[4]感孤志，契阔伤贱躬[5]。
亲交笃离爱，眷恋置酒终[6]。
敷文勉征念，发藻慰愁容[7]。
思君吟涉洧[8]，抚己谣渡江[9]。
惭无黄鹤翅，安得久相从。
愿遂宿知[10]意，不使旧山[11]空。

【注释】

〔1〕长浪，绵延不断的波浪。 〔2〕疲斾（pèi），久挂的旌旗。 〔3〕行风，流动的风。 〔4〕连翩，此指与飞鸟一样长年奔波。 〔5〕契阔，离合。指人生的悲欢离合。契，合，近。阔，远，如阔别。贱躬，谦称，指作者自己。 〔6〕亲交，亲友故交。笃，深厚。离爱，离别的爱恋。眷恋，恋恋不舍。置，值，直到。酒终，酒宴结束。此两句说，亲友纷纷表达离别时的深情，依依不舍的心情直到酒终人散。 〔7〕敷文，铺叙文辞，指作文。勉，鼓励，勉励。征念，犹旅思。发藻，与敷文对应，都是指作诗。慰，慰藉，安慰。这两句指，我以这首诗来勉励你的远行志向和安慰我对你的愁思。 〔8〕涉洧，出自《诗经·褰裳》，思念之诗。 〔9〕谣，与吟对仗，也是吟诵、歌唱的意思。渡江，出自《诗经·卫风·河广》："谁谓河广？一苇杭之。" 〔10〕宿知，犹旧交，旧日的知交。 〔11〕旧山，故乡，故居。

苦雨

连阴积浇灌，滂沱下霖乱[1]。
沉云日夕昏，骤雨望朝旦。[2]
蹊洿走兽稀，林寒鸟飞晏。[3]
密雾冥下溪[4]，聚云屯高岸。
野雀无所依，群鸡聚空馆。
川梁日子广[5]，怀人[6]邈渺漫[7]。
徒酌相思酒，空急促明弹。[8]

【注释】

〔1〕霖乱，指雨滴。雨滴下落形成纵横交错的雨线，故称。 〔2〕"沉云"句谓：阴云晚上昏黑，骤雨天亮就下。 〔3〕"蹊洿"句谓：道路泥泞，出来觅食的野兽很稀少，树林寒冷，飞鸟也很晚才出来活动。晏，迟、晚。 〔4〕冥下溪，使下面的溪流昏暗。冥，昏暗。 〔5〕川梁，桥梁，这里指所居处。

39

广，宽阔，这里指空旷。〔6〕怀人，思念他人，一般指思念朋友。〔7〕邈渺，遥远缥缈。漫，漫长。〔8〕此句谓：即便喝相思酒，通宵盼天明，都是徒劳空为（也不一定雨过天晴）。促明，通宵达旦。弹，钱注引京房《易传》："日月如弹丸，照处则明，不照处则暗。"

和王丞

限生归有穷[1]，长意无已年。[2]
秋心日迥绝[3]，春思坐连绵。
衔协旷古愿，斟酌高代贤。[4]
遁迹[5]俱浮海[6]，采药共还山。
夜听横石波，朝望宿岩烟。[7]
明涧子沿越，飞萝予紫牵。[8]
性好必齐遂，迹幽非妄传。[9]
灭志身世表，藏名琴酒间。

【注释】

〔1〕限生，有限的生命。归，终归。有穷，有尽头。穷，穷尽。〔2〕长意，不尽的思绪、志向。无已年，无年已，没有结束的时候。已，结束。〔3〕迥绝，犹连绵不绝貌。〔4〕衔协，犹符合。"衔协"两句意谓，天天思考如何向古代的贤者看齐，努力实现旷古以来人生的崇高理想。高代，古代。〔5〕遁迹，犹隐居，隐迹。〔6〕浮海，航海。〔7〕钱注：涧流横过石上，故曰横石波。山烟早屯岩间，故曰宿岩烟也。宿，过去的，早就存在的。〔8〕子，你。予，我。沿越，钱注引《说文》："沿，缘水而下也。"又："越，度也。"此句谓，我们一起过溪水，援藤萝，在山间穿梭。〔9〕性好，性情爱好。齐遂，相同。迹幽，踪迹幽没，不为人知。妄传，虚假传说。据钱注，这是说后汉与三国时两个著名隐士管宁和庞公的故事。此指我们的性情爱好是相同的，隐遁山林也不是荒诞之辞。

拟青青陵上柏[1]

涓涓乱江泉，绵绵横海烟。

浮生旅昭世[2]，空事叹华年[3]。

书翰[4]幸闲暇，我酌子萦弦[5]。

飞镳出荆路，骛服指秦川[6]。

渭滨[7]富皇居[8]，鳞馆[9]匝河山。

舆童[10]唱秉椒[11]，棹女歌采莲[12]。

孚愉[13]鸾阁[14]上，窈窕凤楹前。

娱生信非谬[15]，安用求多贤[16]。

【注释】

[1]拟，仿效。此诗仿汉乐府《青青陵上柏》之晏游意，表达对古代太平盛世美好生活的向往。 [2]昭世，政治清明的时代。 [3]空事，指无所作为。华年，美好年华。 [4]书翰，文字，书信。亦谓作书。 [5]我酌子萦弦，我喝酒你拨弦。子，你。萦弦，绕弦，即拨弦弹琴。 [6]飞镳，飞马。镳，马嚼子，此指马。骛服，骑马服。骛，马疾驰。出荆路，穿过荆州，直指秦川。秦川，古地区名。泛指今陕西、甘肃的秦岭以北平原地带。因春秋、战国时地属秦国而得名。 [7]渭滨，渭水之滨。 [8]皇居，皇宫。渭水之滨古有丰镐、咸阳、长安等西周、秦、汉的都城。富，多。 [9]钱注：鳞馆，指众鳞所萃之馆也。也就是鱼池遍布的园林馆舍，以形容宫殿周匝豪华。众鳞，指各种珍奇鱼类众多。 [10]舆童，与下句的棹女对仗，分别指骑马的男孩和划船的女孩。 [11]秉椒，指《诗经·陈风》中的《东门之枌》。因诗中有"贻我握椒"句，故称。握，动词，以手握；名词，一把。秉，以手把持，意同握。 [12]采莲，与秉椒同，均为《诗经》中的情歌。 [13]孚愉，愉悦，欢乐。 [14]鸾阁，与下一句的凤楹均指华美的建筑。 [15]娱生，快乐的生活。娱，快乐。此句谓，快乐的生活相信不是假的。谬，错的，不合情理的。 [16]"安用"句，谓哪还需要寻找那么多的贤士。贤，贤士。

三日[1]

气暄动思心[2],柳青起春怀。
时艳怜花药[3],服净悦登台[4]。
提觞[5]野中饮[6],爱心[7]烟未开[8]。
露色染春草,泉源洁冰苔。
泥泥濡露条,袅袅承风栽。[9]
凫雏[10]掇苦荠,黄鸟[11]衔樱梅。
解衿欣景预[12],临流竞覆杯。
美人[13]竟何在,浮心[14]空自摧[15]。

【注释】

〔1〕三日,指农历三月三日上巳节,为春游节气。此日青年男女到野外踏青,泼水相戏,自由择偶,以芍药定情。 〔2〕气暄,天气温暖。思心,思念之心,与下面春怀一样,都是指在天气向暖、柳暗花明时节,动了怀春之思。 〔3〕花药,泛指花。此处当指芍药,芍药为定情物。 〔4〕服净悦登台,春服既成,高兴地登高台春游。方形高一丈曰台,形制不一,多有亭榭筑其上。古人喜筑台,以登高望远或祭祀,如秦始皇筑琅琊台。诗人生活之南朝刘宋时有金陵(南京)凤凰台。 〔5〕提觞,提着酒杯。 〔6〕中饮,犹半酣。 〔7〕爱心,喜爱之情。 〔8〕烟,烟雾,雾气。此指诗人喜欢这柳芽初绽、轻烟未散的初春时节。 〔9〕泥泥,湿漉漉状。濡露条,沾着露水的枝条。袅袅,轻盈状。承风栽,迎着风的枝条。 〔10〕凫雏,幼凫。钱注引古注言此处凫雏为菜名,俗名苦荠,我不从此说。凫,又名野鸭、鹜。 〔11〕钱注:《说文》:"莺,即黄鹂,一名黄鸟。" 〔12〕衿,领扣。欣,高兴。景预,温暖安逸。景,日光,此指日光温暖。预,同豫,安逸快乐。此句谓,日光温暖,心情安逸,所以愉快地解开了衣领。 〔13〕美人,指诗人思念的女子。 〔14〕浮心,浮动不安的情绪。 〔15〕摧,悲摧,难过。

月下登楼连句

佛仿[1]萝月[2]光，缤纷篁雾阴[3]。

乐来乱忧念，酒至歇忧心。[4]

露入觉牗高，萤萤测苑深。

清气澄永夜[5]，流吹[6]不可临。

密峰集浮碧[7]，疏澜道瀛寻[8]。

漱玉[9]延幽性[10]，攀桂[11]藉知音。

辰意事沦晦，良欢戒勿祲。[12]

昭景有遗驷，疏贾无留金。[13]

【注释】

〔1〕佛仿，依稀貌。 〔2〕萝月，藤萝间的明月。 〔3〕篁雾，竹林间的雾。篁，竹子的一种。这句说，月光在藤萝与篁竹间徘徊流连，光影时明时暗。 〔4〕"乐来"两句，乐曲飘来心情杂乱，喝了一些酒忧心暂歇。 〔5〕永夜，长夜。 〔6〕流吹，古代笳箫一类的吹管乐器。《文选·颜延之〈三月三日曲水诗序〉》："春官联事，苍灵奉涂，然后升秘驾，胤缇骑，摇玉銮，发流吹。"李周翰注："流吹，笳箫之类也。" 〔7〕浮碧，浅蓝色。 〔8〕疏澜道瀛寻，稀疏的波涛把自己引向仙境。瀛寻，仙境。钱注：宋本寻作"浔"。宋本此指宋朝版本。 〔9〕漱玉，谓泉流漱石，声若击玉。 〔10〕幽性，谓宁静的心性。 〔11〕攀桂，即攀桂枝，结幽兰，谓志向高洁，不入俗流。语出屈原诗。 〔12〕辰意，谓三辰所示之意。证诸人事，则甚沦晦。祲，妖氛。 〔13〕昭景，钱注指燕昭王、齐景公，都是重视贤才的圣主。遗驷，《战国策》里说，郭隗对燕昭王说，古时的明君让使者花千金去找千里马，马找到了，但马已经死了，于是使者花了五百金买了马的骨头回来了。天下都知道了这件事，第二年来了好几匹千里马。遗驷，指不乏千里马也。疏贾，指汉时的疏广和陆贾，都是仗义疏财的人。

诗酒山东

吴兴黄浦亭庾中郎[1]别

风起洲渚[2]寒，云上日无辉。
连山眇烟雾，长波迥难依。
旅雁[3]方南过，浮客[4]未西归。
已经江海别，复与亲眷[5]违。
奔景易有穷，离袖安可挥？
欢觞为悲酌，歌服成泣衣。
温念[6]终不渝，藻志远存追[7]。
役人[8]多牵滞[9]，顾路惭奋飞。
昧心附远翰，炯言藏佩韦。[10]

【注释】

〔1〕庾中郎，即庾永。钱注补注引吴挚父曰："庾中郎，庾永也。元嘉二十二年，除竟陵王诞北中郎录事参军。" 〔2〕洲渚，水中小块陆地。 〔3〕旅雁，指南飞或北归的雁群。 〔4〕浮客，谓四处漂泊的人。 〔5〕亲眷，谓亲近信爱的人。 〔6〕温念，亲切思念。 〔7〕存追，追念，追慕。 〔8〕役人，钱注自谓也。 〔9〕牵滞，羁留。 〔10〕远翰，谓远行者。韦，柔韧的牛皮或牛皮做的缰绳，绳子。韦皮性柔韧，性急者佩之以自警戒。

送从弟道秀别诗

参差生密念，踟蹰[1]行思悲。
悲思恋光景[2]，密念盈岁时。
岁时多阻折[3]，光景乏安怡[4]。
以此苦风情[5]，日夜惊悬旗。

登山临朝日，扬袂[6]别所思。

浸淫[7]旦潮广，澜漫宿云滋。

天阴惧先发，路远常早辞。

篇诗后相忆，杯酒今无持。

游子苦行役，冀会非远期[8]。

【注释】

〔1〕踯躅，徘徊不进貌。 〔2〕光景，时光，时间。 〔3〕阻折，险阻曲折。 〔4〕安怡，安适愉快。 〔5〕风情，怀抱，志趣。 〔6〕扬袂，举袖。 〔7〕浸淫，水流溢，泛滥。 〔8〕远期，遥远的时日。非远期，即不用等待很久就会再见。

代阳春登荆山[1]行

旦登荆山头，崎岖道难游。

早行犯霜露[2]，苔滑不可留。

极眺[3]入云表[4]，穷目[5]尽帝州[6]。

方都[7]列万室，层城带高楼。

奕奕[8]朱轩[9]驰，纷纷缟衣[10]流。

日氛映山浦[11]，暄雾逐风收。

花木乱平原，桑柘[12]盈平畴[13]。

攀条弄紫茎，藉露折芳柔。

遇物虽成趣[14]，念者不解忧。

且共倾春酒，长歌登山丘。

【注释】

〔1〕荆山，山名，在今湖北省南漳县西部。漳水发源于此。山有抱玉岩，传为楚人卞和得璞处。 〔2〕犯霜露，形容旅途艰苦。 〔3〕极眺，极目眺

望。〔4〕云表,云外。〔5〕穷目,谓用尽目力远望。〔6〕帝州,指京都。〔7〕方都,大都,大城。〔8〕奕奕,犹施施,缓行貌。〔9〕朱轩,红漆的车子,古代为显贵所乘。〔10〕缟衣,白绢衣裳。〔11〕山浦,山麓近水处。〔12〕桑柘,桑木与柘木。〔13〕平畴,平坦的田野。〔14〕钱注:成趣,陶潜《归去来兮辞》:"园日涉以成趣。"

玩月城西门廨[1]中

始见西南楼,纤纤如玉钩[2]。
末映西北墀,娟娟[3]似蛾眉[4]。
蛾眉蔽珠栊[5],玉钩隔琐窗[6]。
三五二八时[7],千里与君同。
夜移衡汉[8]落,裴徊帷户中。
归华[9]先委露,别叶早辞风。
客游[10]厌苦辛,仕子[11]倦飘尘[12]。
休浣[13]自公日,宴慰[14]及私辰[15]。
蜀琴[16]抽白雪,郢曲发阳春[17]。
肴干酒未阕,金壶起夕沦[18]。
回轩驻轻盖,留酌待情人。

【注释】

〔1〕廨,公府,即处理公务之所。〔2〕玉钩,喻新月。〔3〕娟娟,长曲貌。〔4〕蛾眉,指蛾眉月。〔5〕珠栊,珠饰的窗棂。〔6〕琐窗,镂刻有连琐图案的窗棂。〔7〕这句说,大月十六日为满月,小月在十五日为满月。〔8〕衡汉,北斗和天河。〔9〕归华,落花。〔10〕客游,指在外寄居或游历之人。〔11〕仕子,仕宦之人。亦泛指文人、学子。〔12〕飘尘,比喻迁徙不定的生活。〔13〕休浣,指官吏按例休假。〔14〕宴慰,犹闲居。〔15〕私辰,个人用的时光。〔16〕钱注:司马相如工琴而家在蜀地,

所以他弹的琴称蜀琴。 〔17〕郢曲,宋玉《玉笛赋》曰:"师旷将为白雪之曲也。"又《对问》曰:"客有歌于郢中者,其为阳春白雪,国中属而和者,不过数人。"这即"阳春白雪"成语的来历。 〔18〕钱注:肴虽干而酒未止,金壶之漏,已起夕波。此句说,刻在金壶漏上蹲着的小金人已把滴漏(古人水漏计时)用光了。夕沦,指夜深漏尽。

夜听妓二首

(一)

夜来坐几时,银汉[1]倾露落。
澄沧[2]入闺景,葳蕤[3]被园藿。
丝管感暮情[4],哀音绕梁作。
芳盛不可恒,及岁共为乐[5]。
天明坐当散,琴酒驶弦酌。

(二)

兰膏消耗夜转多,乱筵杂坐更弦歌。
倾情逐节宁不苦,特为盛年惜容华。

【注释】

〔1〕银汉,天河,银河。 〔2〕澄沧,清寒。 〔3〕葳蕤,草木茂盛枝叶下垂貌。 〔4〕暮情,晚年的情怀。 〔5〕为乐,奏乐。

诗酒山东

代白纻曲二首

（一）

朱唇[1]动，素腕[2]举。

洛阳少童[3]邯郸女。

古称渌水[4]今白纻[5]。

催弦急管[6]为君舞。

穷秋[7]九月荷叶黄。

北风驱雁天雨霜。

夜长酒多乐未央[8]。

（二）

春风澹荡侠思多。

天色净绿气妍和。

桃含红萼兰紫芽。

朝日灼烁发园华。

卷幌结帷罗玉筵。

齐讴秦吹卢女弦[9]。

千金雇笑买芳年。

【注释】

〔1〕朱唇，红色的口唇，形容貌美。 〔2〕素腕，白皙的手腕，多用于女子。 〔3〕少童，少年男子。 〔4〕渌水，古曲名。 〔5〕白纻，乐府吴舞曲名。 〔6〕急管，亦作"急筦"，节奏急速的管乐。 〔7〕穷秋，晚秋，深秋，指农历九月。 〔8〕乐未央，"长乐未央"的略语。犹言欢乐不尽。 〔9〕齐讴秦吹卢女弦，即齐地的歌，秦地的吹奏，和卢女的弦（丝曰弦，竹曰管）。

代雉朝飞

雉朝飞，振羽翼，专场挟雌恃强力。

媒已惊，翳又逼，蒿间潜彀卢矢[1]直。

刎绣颈，碎锦臆[2]，绝命君前无怨色[3]。

握君手，执杯酒，意气相倾死何有[4]。

【注释】

〔1〕卢矢，黑色的箭。　〔2〕锦臆，禽鸟毛色美丽的胸脯。　〔3〕怨色，怨恨的神态。　〔4〕意气相倾，谓意气相投，互相倾慕。死何有，指死也没有什么可怕。

拟行路难十八首（其一）

奉君金卮[1]之美酒，玳瑁[2]玉匣之雕琴。

七彩芙蓉之羽帐，九华蒲萄之锦衾[3]。

红颜零落岁将暮，寒光宛转时欲沉。

愿君裁悲且减思，听我抵节行路吟。

不见柏梁铜雀[4]上，宁闻古时清吹音[5]？

【注释】

〔1〕金卮（zhī），金制酒器。亦为酒器之美称。　〔2〕玳瑁，指玳瑁的甲壳，亦指用其甲壳制成的装饰品。　〔3〕锦衾，锦缎的被子。　〔4〕柏梁铜雀，即柏梁台和铜雀台，分别为汉武帝刘彻和魏武帝曹操所建，为宫中宴乐之所。　〔5〕现在还能听到古时清越的吹奏歌唱吗？慨叹美好时光一去不返。

诗酒山东

拟行路难十八首（其四）

泻水置平地，各自东西南北流。
人生亦有命，安能行叹复坐愁。
酌酒以自宽[1]，举杯断绝[2]歌路难。
心非木石[3]岂无感[4]，吞声[5]踯躅[6]不敢言。

【注释】
[1]自宽，自我宽慰。 [2]断绝，此指悲伤欲绝。 [3]木石，比喻无知觉、无感情之物。 [4]岂无感，此指岂能没有感觉，没有伤感。 [5]吞声，犹言忍气吞声。 [6]踯躅，犹豫徘徊。

拟行路难十八首（其五）

君不见河边草，冬时枯死春满道。
君不见城上日，今暝没尽去，明朝复更出。
今我何时当然得，一去永灭入黄泉。
人生苦多欢乐少，意气敷腴[1]在盛年。
且愿得志数相就，床头恒有沽酒[2]钱。
功名竹帛[3]非我事，存亡贵贱付皇天[4]。

【注释】
[1]敷腴，喜悦之色。 [2]沽酒，买酒。 [3]竹帛，指古代初无纸，用竹帛书写文字，引申指书籍、历史。 [4]皇天，对天及天神的尊称。

拟行路难十八首（其十一）

君不见枯箨[1]走阶庭[2]，何时复青着故茎。
君不见亡灵蒙享祀[3]，何时倾杯[4]竭壶罂。
君当见此起忧思，宁及得与时人争。
人生倏忽[5]如绝电，华年[6]盛德[7]几时见。
但令纵意存高尚，旨酒[8]嘉肴相胥[9]燕。
持此从朝竟夕暮，差得亡忧消愁怖[10]。
胡为[11]惆怅不能已，难尽此曲令君忤[12]。

【注释】

〔1〕枯箨（tuò），干笋壳，竹皮。 〔2〕阶庭，台阶前的庭院。 〔3〕享祀，祭祀。 〔4〕倾杯，倾倒杯子，指饮酒。 〔5〕倏忽，指很快地，忽而间。 〔6〕华年，青春年华，指青年时代。 〔7〕盛德，高尚的品德。 〔8〕旨酒，美酒。 〔9〕相胥，共同。 〔10〕愁怖，忧愁恐怖。 〔11〕胡为，何为，为什么。 〔12〕忤，触动，感伤。

拟行路难十八首（其十五）

君不见柏梁台，今日丘墟[1]生草莱。
君不见阿房宫[2]，寒云泽雉[3]栖其中。
歌妓舞女今谁在，高坟垒垒满山隅[4]。
长袖纷纷徒竞世，非我昔时千金躯。
随酒逐乐任意去，莫令含叹下黄垆[5]。

【注释】

〔1〕丘墟，废墟，荒地。 〔2〕阿房宫，秦宫殿名。宫的前殿筑于秦始皇三十五年（前212），遗址在今陕西省西安市西阿房村。秦亡时全部工程尚未完

成，故未正式命名。因作前殿阿房，时人即称之为阿房宫。秦亡，为项羽所焚毁。现尚存高大的夯土台基，为全国重点文物保护单位之一。 〔3〕泽雉，生长于沼泽地的野鸡。 〔4〕山隅，山角，山曲。 〔5〕黄垆，犹黄泉。

拟行路难十八首（其十八）

诸君[1]莫叹贫，富贵不由人。
丈夫[2]四十强而仕，余当二十弱冠[3]辰。
莫言草木委冬雪，会应[4]苏息[5]遇阳春。
对酒叙长篇[6]，穷途运命[7]委皇天。
但愿樽中九酝[8]满，莫惜床头百个钱。
直得优游[9]卒一岁，何劳辛苦事百年。

【注释】
〔1〕诸君，敬辞，犹诸位。 〔2〕丈夫，男子，指成年男子。 〔3〕弱冠，古时以男子二十岁为成人，初加冠，因体犹未壮，故称弱冠。 〔4〕会应，犹会当。 〔5〕苏息，休养生息。 〔6〕长篇，长的篇幅，多指诗文或议论。 〔7〕运命，迷信指命中注定的生死、贫富和一切遭遇。 〔8〕九酝，一种经过重酿的美酒。 〔9〕优游，悠闲自得。

秋夜二首（其一）

夜久膏[1]既竭，启明[2]且未央[3]。环情倦始复，空闺起晨装。
幸承天光转，曲影入幽堂。徘徊集通隙，宛转烛回梁。
帷风自卷舒，帘露视成行。岁役急穷晏，生虑备温凉。
丝纨夙染濯，绵绵夜裁张。冬雪旦夕至，公子乏衣裳。
华心爱零落，非直惜容光。愿君剪众念，且共覆前觞。

【注释】

〔1〕膏，古人用以照明的动物油脂。 〔2〕启明，即启明星。 〔3〕旦未央，天还没亮。未央，未尽。旦，天刚亮。

答休上人[1]

酒出野田稻[2]，菊生高冈草。
味貌复何奇，能令君倾倒。
玉碗徒自羞[3]，为君慨此秋。
金盖覆牙柈[4]，何为心独愁。

【注释】

〔1〕休上人，南朝宋僧惠休的别称。 〔2〕野田稻，钱注：邹阳《酒赋》："清者为酒，浊者为醴，皆麹（同曲，酒曲）涓丘之麦，酿野田之米。" 〔3〕钱注：《晋书·周访传》："王敦遗（赠送）玉环玉碗，以申厚意。"《说文》："羞，进献也。"此处"羞"字不作害羞、羞愧讲。 〔4〕牙柈，象牙盘。钱注：《广韵》："盘，俗作柈。"

答客

幽居属有念，含意未连词。[1]
会客从外来，问君何所思。
澄神自惆怅，嘿虑久回疑。
谓宾少安席，方为子陈之。
我以筚门[2]士，负学谢前基。

诗酒山东

爱赏好偏越，放纵少矜持。

专求遂性乐，不计缁名期。

欢至独斟酒，忧来辄赋诗。

声交稍希歇[3]，此意更坚滋。

浮生急驰电，物道险弦丝。

深忧寡情谬，进伏两瞑时。

愿赐卜身要，得免后贤嗤。

【注释】

[1] 属，近的意思。《古诗》："含意具未申。"此句说幽居有心事，思虑多多。 [2] 筚门，蓬门。此指出身贫寒但富有才学。 [3] 希歇，稀少，停息。

王俭（452—489），字仲宝，祖籍琅邪临沂（今属山东），南北朝时南朝齐文学家。东晋名相王导五世孙。其父僧绰、叔僧虔，俱有文学才能。王俭一岁时，父被害，为叔父所养。自幼勤学，手不释卷。齐武帝时任侍中、尚书令、国子祭酒、学士馆主、太子少傅、卫军将军、中书监，死后谥文宪。

侍太子九日宴玄圃诗

明明[1]储后[2]，冲默[3]其量。

徘徊礼乐[4]，优游风尚。

微言外融，几神[5]内王。

就日[6]齐晖，仪云等望。

本茂条荣，源澄流洁。

汉称间平，周云鲁卫。

咨我藩华，方轶前轨。

秋日在房，鸿雁来翔。

寥寥清景，霭霭微霜。

草木摇落，幽兰独芳。

眷言淄苑，尚想濠梁[7]。

既畅旨酒，亦饱徽猷[8]。

有来斯悦，无远不柔[9]。

【注释】

〔1〕明明，古代歌颂帝王用语。谓圣明聪察。　〔2〕储后，储君，太子。　〔3〕冲默，淡泊沉静。　〔4〕礼乐，礼节和音乐。古代帝王常用兴礼乐为手段以求达到尊卑有序、远近和合的统治目的。　〔5〕几神，精微神妙。　〔6〕就日，比喻对天子的崇仰或思慕。　〔7〕濠梁，犹濠上。梁，桥梁。　〔8〕徽猷，美善之道。猷，道，指修养、本事等。　〔9〕"有来"句，意思是来进贡的没有不高兴的，远方的邻邦也无不柔顺（不敢轻易冒犯）。

王僧孺（465—522），山东郯城人，南朝梁诗人、骈文家。出身没落士族家庭，早年贫苦，母亲"鬻纱布以自业"，他"佣书以养母"。南齐后期，因为学识渊博和文才出众，被举荐出仕。梁初官至御史中丞，后任南康王长史，因被典签汤道愍所谗，弃官。后半生颇不得志。

在王晋安酒席数韵[1]

窈窕宋华容，但歌[2]有清曲。

转眄[3]非无以[4]，斜扇还相瞩[5]。

讵减许飞琼，多胜刘碧玉[6]。

何因送款款[7]，半饮杯中醁[8]。

诗酒山东

【注释】
〔1〕此赠妓诗。 〔2〕但歌，汉魏时无伴奏歌曲名。《晋书·乐志下》："但歌，四曲，出自汉世。无弦节，作伎最先唱，一人唱，三人和。魏武帝（即曹操）尤好之。时有宋容华者，清彻好声，善唱此曲，当时之特妙。自晋以来不复传，遂绝。" 〔3〕转盼（pǎn），指眼睛顾盼流转。 〔4〕非无以，不是没有原因。以，所以，缘故。 〔5〕"斜扇"句，斜扇对客送秋波。 〔6〕"讵减"句指歌妓比传说中的仙女许飞琼、刘碧玉长得还美，唱得还好。 〔8〕何因送款款，为何款款相送，意谓互相爱慕。 〔8〕杯中醁，亦作"杯中渌"。指美酒。

王融（466—493），字元长，琅邪临沂（今山东临沂）人，南朝齐文学家，"竟陵八友"之一，东晋宰相王导的六世孙，王僧达之孙，王道琰之子，王俭（王僧绰之子）的从侄。他自幼聪慧过人，博涉古籍，富有文才。年少时即举秀才，入竟陵王萧子良幕，极受赏识。累迁太子舍人。

渌水曲

湛露改寒司，交莺变春旭[1]。
琼树落晨红，瑶塘水初渌。
日霁沙溆[2]明，风泉动华烛[3]。
遵渚[4]泛兰舫[5]，乘漪弄清曲[6]。
斗酒千金轻，寸阴百年促。[7]
何用尽欢娱，王度式如玉。[8]

【注释】

〔1〕湛露，浓重的露水。交莺，相互依偎缠绕的黄莺。此两句谓，冬天过去了，春天来了。　〔2〕沙溆，沙滩临水处。　〔3〕华烛，光彩映照。　〔4〕遵渚，循着水边。　〔5〕泛兰舫，让酒杯顺着水流动以取乐。　〔6〕"乘漪"句意为泛舟演奏着清丽的歌曲。　〔7〕"斗酒"句说，一斗酒胜过千金重，人生匆匆百年，应及时行乐。寸阴，短促的光阴。　〔8〕王度，王者的德行器度。此两句说，为什么极尽欢娱，是蒙圣上的恩泽。

王孙游[1]

置酒[2]登广殿，开襟[3]望所思[4]。
春草行已歇，何事久佳期。[5]

【注释】

〔1〕此春思诗。　〔2〕置酒，陈设酒宴。　〔3〕开襟，敞开衣襟。　〔4〕望所思，盼望所思念的人。　〔5〕"春草"句谓，春天的青草快要老了，是什么耽搁了我们共度良辰美景。久，使久，使耽搁。佳期，美好时光，美好的相聚。

徐勉，字修仁，南朝梁东海郯（今山东郯城）人，孤贫好学，曾奉命主修五礼，累官至侍中、中卫将军，卒谥简肃。著有《流别起居注》《选品》等，皆佚。

诗酒山东

夏诗

夏景厌房栊[1]，促席[2]玩花丛。
荷阴斜合翠，莲影对分[3]红。
此时避炎热，清樽[4]独未空。

【注释】
[1]夏景，夏天。厌，嫌弃。指夏天嫌在房中居住太热。房栊，窗棂。泛指房屋。 [2]促席，座席互相靠近。 [3]对分，分成两半。 [4]清樽，酒器。此指清酒。

> 何逊（？—518），字仲言，东海郯（今山东郯城）人，南北朝时期南朝梁诗人，何承天曾孙，宋员外郎何翼孙，齐太尉中军参军何询子。八岁能诗，弱冠州举秀才，官至尚书水部郎。诗与阴铿齐名，世号阴何。文与刘孝绰齐名，世称何刘。其诗善于写景，工于炼字。为杜甫所推许，有集八卷，今失传，明人辑有《何水部集》一卷。后人称"何记室"或"何水部"。

与苏九德别

宿昔梦颜色，咫尺思言偃。[1]
何况杳来期，各在天一面。[2]
踟蹰[3]暂举酒，倏忽不相见。
春草似青袍[4]，秋月如团扇。
三五[5]出重云[6]，当知我忆君。
萋萋[7]若被径[8]，怀抱[9]不相闻。

【注释】

〔1〕晚上梦见你的面容,近在咫尺还迟疑不能说出思念的话。 〔2〕更何况此别再会时遥遥无期,各在天一方。 〔3〕踟蹰,恋恋不舍的样子。 〔4〕青袍,青色的袍子。 〔5〕三五,指十五,满月时。 〔6〕重云,重重云雾。 〔7〕萋萋,草木茂盛貌。 〔8〕被径,掩径,青草遮住小路。 〔9〕怀抱,此指思念的心情。

临行与故游夜别

历稔[1]共追随,一旦[2]辞群匹。[3]

复如东注水,未有西归日。[4]

夜雨滴空阶,晓灯暗离室。[5]

相悲各罢酒[6],何时同促膝。[7]

【注释】

〔1〕历稔,历年。 〔2〕一旦,一朝,一日。 〔3〕群匹,同类,匹俦。 〔4〕回到西方,像水东流不回一样,朋友走了也很难再见。 〔5〕离室,分别聚饮的房间。此句谓,拂晓的灯光让离室变得黑暗,表示彻夜长谈,不愿作罢。 〔6〕罢酒,因为离别的悲伤,酒喝不下去了。 〔7〕促膝,谓对坐而膝靠近。多形容亲切交谈或密谈。

九日[1]侍宴乐游苑诗为西封侯作

皇德无余让,重规[2]袭帝勋[3]。

垂衣[4]化比屋,眷顾慎为君。

翾飞[5]悦有道,卉木荷平分。

宸襟[6]动时豫[7],岁序[8]属凉氛[9]。

诗酒山东

城霞旦晃朗，槐雾晓氤氲。

鸾舆[10]和八袭，凤驾[11]启千群。

羽觞[12]欢湛露，佾舞[13]奏承云[14]。

禁林[15]终宴晚，华池[16]物色曛。

疏树翻高叶，寒流聚细文。

晴轩连瑞气，同惹御香芬。

日斜迢递[17]宇，风起嵯峨[18]云。

运偶参侯服，恩洽厕朝闻[19]。

于焉[20]藉多幸，岁暮仰[21]游汾[22]。

【注释】

〔1〕九日，即农历九月初九重阳节。古人有此日登高游宴传统。 〔2〕重规，指日月俱圆。后用以喻指两代帝王功德相继。 〔3〕帝勋，指帝尧。 〔4〕垂衣，谓定衣服之制，示天下以礼。后用以称颂帝王无为而治。 〔5〕翻飞，飞翔。 〔6〕宸襟，帝王的思虑、判断。亦借指帝王。 〔7〕时豫，指帝王适时的出游。 〔8〕岁序，天气顺序，季节。 〔9〕凉氛，借指秋季。 〔10〕鸾舆，天子的乘舆，亦借指天子。 〔11〕凤驾，用以称帝王或后妃的车乘。 〔12〕羽觞，古代一种酒器。作鸟雀状，左右形如两翼。 〔13〕佾舞，指乐舞。 〔14〕承云，传说为黄帝乐曲。 〔15〕禁林，皇家园林。 〔16〕华池，景色佳丽的池沼。 〔17〕迢递，遥远。 〔18〕嵯峨，高峻。 〔19〕意思是赶上运气好，能够与皇上、公侯一起出游宴乐。厕，同侧，即在帝侯身边侍奉。 〔20〕于焉，从此，于此。 〔21〕仰，仰仗，感激。 〔22〕游汾，指恩露，与帝侯同游而蒙受的恩泽。

下直[1]出溪边望答虞丹徒敬诗

夫君[2]美章句，席丈珍梁楚。

伊余[3]忝[4]摄官[5]，含毫亦禁阻。[6]

直庐[7]去咫尺，心期得宴语。

休沐[8]乃幽栖，别离未几许。

伫立日将暮，相思忽无绪。

溪北映初星，桥南望行炬。

九重不可越，三爵[9]何由举。

【注释】

〔1〕下直，即下值，下班，离开宫室。 〔2〕夫君，此指虞伊余，自指虞丹徒。 〔3〕伊余，我。 〔4〕忝，自谦词，犹言无功受禄。 〔5〕摄官，任职的谦词，表示暂时代理。 〔6〕指自己在宫中当值身不由己。含毫，犹言衔笔，此指在宫中当值，起草文书之类。禁阻，不自由。 〔7〕直庐，旧时侍臣值宿之处。 〔8〕休沐，休息、洗沐，犹休假。 〔9〕三爵，三杯酒。爵，酒杯。

至大雷[1]联句

高谈会良夕，满酒对羁情[2]。

闵闵[3]风烟动，萧萧江雨声。

密云穷浦暗，飞电[4]远洲明。

若非今宴适，讵[5]使客愁轻。

遥舟似连雁[6]，远火若回星[7]。

江潭望如此，衔卮[8]共君倾。

【注释】

〔1〕大雷，地名，在今安徽省望江县。 〔2〕羁情，旅居的情怀。 〔3〕闵闵，纷乱貌。 〔4〕飞电，闪电。 〔5〕讵，怎么。 〔6〕此句说远处舟船成排似雁群成行。 〔7〕回星，回旋运转的星。 〔8〕衔卮，犹衔杯。卮，酒杯的一种。

诗酒山东

增新曲相对联句

酒阑[1]日隐树，上客[2]请调弦。
娇人挟瑟至，逶迤未肯前。
旧爱今何在，新声徒自怜。
有曲无人听，徙倚[3]高楼前。
徘徊映日照，转侧被风吹。
徒为相思响，伤春君不知。[4]
月昏楼上坐，含悲望别离。
已切空床怨，复看花柳枝。[5]

【注释】

[1]酒阑，谓酒筵将尽。 [2]上客，贵宾。此句与下两句说主人安排了美女弹琴，女子因为思念旧爱故犹豫不前。 [3]徙倚，犹徘徊，逡巡。 [4]此句意思是我白白地弹了思念你的曲子，但我的思念你却不知道。 [5]切，悲切。此句说已经为空床而悲切伤心了，现在又看见了杨柳枝。古人折柳送别，看柳枝表示思念旧爱。

王筠，字元礼，一字德柔，祖籍琅邪临沂（今属山东），王僧虔之孙，曾任昭明太子萧统的属官。南北朝梁武帝中大通三年（531），萧统卒，出为临海太守。还京，任秘书监、太府卿、度支尚书、太子詹事。侯景之乱，坠井而亡。自撰文章，以一官为一集，凡一百卷，今不传。

侍宴饯临川王北伐应诏诗

金版[1]韬英，玉牒[2]蕴精。

帝德乃琥，王威有征。

轩习弧矢[3]，夏陈干戚[4]。

周驽戎车，汉驰羽檄。

我皇俊圣，千年踵武[5]。

德洞十门[6]，威加八柱。

金正[7]圮德，水行失道。

胡马南牧，戎徒西保。

荐食伊瀍[8]，整居丰镐。

金关扬尘，铜台茂草。

命彼膳夫，爰诏协律。

乐赋出车，弦操吉日。

玉馔骈罗，琼浆泛溢。

圣德温温，宾仪秩秩[9]。

【注释】

[1]金版，天子祭告时镂刻告词的金属版。亦用以铭记大事，使不磨灭。 [2]玉牒，古代帝王封禅、郊祀的玉简文书。 [3]弧矢，弓箭。 [4]干戚，盾与斧，古代的两种兵器，亦为武舞所执的舞具。 [5]踵武，跟着别人的脚步走。比喻继承前人的事业。 [6]十门，指八方和上、下。 [7]金正，五行官之一，古代传说中的神。 [8]伊瀍（chán），伊水与瀍水，位于河南，均入洛水，也指该两流域地区。 [9]骈罗，骈比罗列。此两句说美酒佳肴丰盛，以壮征士。

刘缓，字合度，生卒年不详，平原高唐（今山东高唐）人，刘绘之弟。

诗酒山东

在县中庭看月诗

移榻坐庭阴[1]，初弦[2]时复[3]临。
侍儿能劝酒，贵客解弹琴。
柏叶生鬟内，桃花出鬓心[4]。
月光移数尺，方知夜已深。

【注释】
[1]把榻从屋子里移到院子里坐下。 [2]初弦，指阴历每月初七、初八的月亮。其时月如弓弦，故称。 [3]时复，犹时常。 [4]身边侍女的发髻和鬓间都装饰着柏叶和桃花。

徐陵，字孝穆，南朝陈东海郯（今山东郯城）人，徐摛子。八岁能文，及长，博涉史籍，初仕梁为通直散骑常侍。梁武帝太清二年，使魏，值侯景之乱，七年不得归。后归陈，累迁御史中丞。勇于弹劾权要，官至太子少傅。其诗歌骈文辞藻绮丽，与庾信齐名，世称徐庾体。著有《玉台新咏》。

内园逐凉

昔有北山北[1]，今余东海东。[2]
纳凉[3]高树下，直坐落花中。
狭径[4]长无迹[5]，茅斋[6]本自空。
提琴就[7]竹筱[8]，酌酒劝梧桐[9]。

【注释】

〔1〕北山北，指东汉时隐居不肯出仕者法真。见《后汉书·法真传》。　〔2〕作者家居东海，故言我住东海东。此句含有以古贤者为知音的意思。　〔3〕纳凉，乘凉。　〔4〕狭径，小路。　〔5〕无迹，没有痕迹，指没有他人。　〔6〕茅斋，茅盖的屋舍。斋，多指书房、学舍。　〔7〕就，靠近，就近。　〔8〕竹筱，小竹、细竹。　〔9〕因为独饮无伴，只好对着梧桐说话。像后来的李白诗"举杯邀明月，对影称三人"，均寂寞散淡句。

王褒（约513—576），字子渊，琅琊临沂（今山东临沂）人，南北朝文学家。曾祖王俭、祖王骞、父王规，俱有重名。妻子为梁武帝之弟鄱阳王萧恢之女。王褒的诗歌现存40余首，多是到北方后所作，抒发羁旅之情、故国之思和边塞风情，风格雄健，如五言诗《渡河北》《关山月》等。

高句丽[1]

萧萧易水[2]生波，燕赵[3]佳人自多。
倾杯覆碗灌灌[4]，垂手奋袖[5]婆娑。
不惜黄金散尽，只畏白日蹉跎[6]。

【注释】

〔1〕高句丽，汉乐府曲名。　〔2〕易水，水名。在河北省西部。源出易县境，入南拒马河。荆轲入秦行刺秦王，燕太子丹饯别于此。　〔3〕燕赵，指战国时燕赵二国。亦泛指其所在地区，即今河北省北部及山西省西部一带。　〔4〕灌灌，泪流满面的样子。　〔5〕奋袖，挥动衣袖。常用以表示情绪激动。　〔6〕蹉跎，失意，虚度光阴。

诗酒山东

> 张正见，字见赜，南朝陈清河东武城（今山东武城）人。好学有清才。梁武帝太清初，射策高第，除邵陵王国左常侍。元帝立，迁彭泽令。入陈，累迁通直散骑侍郎。宣帝太建中卒，年四十九。善五言诗。明人辑有《张散骑集》。

置酒高殿上[1]

陈王[2]开甲第[3]，粉壁丽椒涂[4]。高窗侍玉女，飞闼[5]敞金铺[6]。
名香散绮幕[7]，石砚凋金炉[8]。清醪称玉馈[9]，浮蚁[10]擅苍梧[11]。
邹严恒接武，申白日相趋[12]。容与升阶[13]玉，差池曳履[14]珠。
千金一巧笑，百万两鬟姝[15]。赵姬未鼓瑟，齐客罢吹竽[16]。
歌喧桃与李，琴挑凤将雏[17]。魏君惭举白[18]，晋主愧投壶[19]。
风云更代序，人事有荣枯。长卿病[20]消渴，壁立[21]还成都。

【注释】

〔1〕此诗仿曹植乐府《箜篌引》，其中有："置酒高殿上，亲友从我游。"　〔2〕陈王，指三国魏曹植。　〔3〕甲第，华丽的门第。　〔4〕椒涂，皇后居住的宫室。因用椒和泥涂壁，故名。此指陈王宴乐处。　〔5〕飞闼（tà），高楼上的门。借指高楼。　〔6〕敞金铺，宽敞，用金粉涂饰。　〔7〕名贵的香气飘散在绮丽的幕帐中。　〔8〕写字用的砚台伤心于金色的香炉，意思是读书不重要，饮酒作乐成了要事了。　〔9〕清醪，清酒。好酒清而劣酒浊。称，相称。玉馈，同玉馔，指佳肴。　〔10〕浮蚁，酒面上的浮沫，借指酒。　〔11〕擅苍梧，指美酒的颜色赶得上苍梧了。擅，长，长过。苍梧，苍老的梧桐叶，指酒的颜色。古代酒琥珀色，若现在的绍兴花雕。　〔12〕美人与主人款款软语，相互追随嬉戏。　〔13〕升阶，自堂下拾级而上。　〔14〕曳履，拖着鞋子，形容闲暇、从容。　〔15〕为了博取美

人高兴不惜一掷千金。 〔16〕鼓瑟、吹竽都是宫廷礼乐。这两句说，礼崩乐坏，歌舞变成俗舞艳曲了。 〔17〕桃与李、凤将雏都是饮酒作乐时唱、奏的艳曲。 〔18〕举白，举杯而尽之，指干杯。 〔19〕投壶，古代宴会礼制。亦为娱乐活动。宾主依次用矢投向盛酒的壶口，以投中多少决胜负，负者饮酒。上两句说，魏武帝、晋帝若活着，也会惭愧没这么放纵地饮酒作乐。 〔20〕长卿病，《史记·司马相如列传》："相如口吃而善著书。常有消渴疾。" 〔21〕壁立，像墙壁一样耸立。室中空无所有，唯余四壁，比喻贫困。

对酒

当歌对玉酒[1]，匡坐[2]酌金罍[3]。
竹叶[4]三清[5]泛，葡萄[6]百味开。
风移兰气入，月逐桂香来。
独有刘将阮[7]，忘情寄羽杯。

【注释】

〔1〕玉酒，醇美的酒，多指御酒。 〔2〕匡坐，正坐。 〔3〕金罍，饰金的大型酒器，泛指酒盏。 〔4〕竹叶，酒名，即竹叶青，亦泛指美酒。 〔5〕三清，与下句百味对仗，指竹叶酒颜色鲜亮，葡萄酒味道醇美。 〔6〕葡萄，指葡萄酒。 〔7〕刘将阮，晋朝"竹林七贤"之刘伶和阮籍，两人均以能饮著名。

御幸乐游苑侍宴诗

大君临四表[1]，荣光普八埏。区中[2]文化洽，海外武功宣。
凤下书丹篆[3]，龟符[4]著绿编。昆明[5]不习战，云梦[6]岂游畋。
轨文[7]通万国，旌节靖三边。高秋藐姑射[8]，睿想[9]属汾川。
两宫明合璧，双阙带非烟。扬銮出城观，诏跸[10]指郊坰。

67

诗酒山东

禁苑回雕辇[11]，离宫建翠旃[12]。流水奔雷毂[13]，追风赴电鞭。
画熊飘析羽，金埒响胶弦。鸣玉升文砌[14]，称觞[15]溢绮筵。
兽舞依钟石，鸾歌应管弦。霞明黄鹄路，风爽白云天。
潦收荷盖折，露重菊花鲜。上林宾早雁，长杨唱晚蝉。
小臣惭艺业，击壤[16]慕怀铅[17]。康衢[18]飞驷羽，大海滴微涓。
咏歌还集木，舞蹈遂临泉。愿荐南山寿[19]，明明奉万年。

【注释】

〔1〕四表，指四方极远之地，亦泛指天下。〔2〕区中，人世间。〔3〕丹篆，用朱砂书写的篆文。此指为皇帝记录盛典。〔4〕龟符，《黄帝出军诀》："（黄帝）伐蚩尤……到盛水之侧，立坛祭以太牢，有元龟衔符从水中出置坛中而去。黄帝再拜稽首受符，视之乃所得梦符也，广三寸，长一尺，于是黄帝佩之以征，即日擒蚩尤。"后遂用作典故称颂帝王顺应天命。〔5〕昆明，古代我国西南部族名。〔6〕云梦，古沼泽名。汉魏之前所指云梦范围并不很大，晋以后的经学家才将云梦泽的范围越说越广，把洞庭湖都包括在内。此与昆明句指天下都在皇帝统御之下。〔7〕轨文，《礼记·中庸》："今天下车同轨，书同文，行同伦。"后以"轨文"指国家体制法度。这些话都是说皇帝号令天下，无有不从。〔8〕邈姑射，神话中的山名。〔9〕睿想，皇帝的思虑或系想。〔10〕诏跸，谓帝王出行。〔11〕雕辇，玉饰的车子，多为对车驾的美称。〔12〕翠旃（zhān），色泽鲜明的曲柄旗。〔13〕雷毂（gū），隆隆作响的车轮声，泛指轰隆之声。〔14〕文砌，华美的石阶。〔15〕称觞，举杯祝酒。〔16〕击壤，古代的一种游戏。〔17〕怀铅，本义为从事著述，此指仰慕陈思王（曹植）的才华。〔18〕康衢，四通八达的大路。〔19〕南山寿，典出《诗·小雅·天保》："如南山之寿，不骞不崩。"孔颖达疏："天定其基业长久，且又坚固，如南山之寿。"后用作为人祝寿之词。

初春赋得池应教诗[1]

遥天[2]收密雨，高阁映奔曦。

雪尽青山路，冰销绿水池。

春光落云叶，花影发晴枝。

琴樽奉终宴，风月岂云疲。[3]

【注释】

〔1〕应教诗，应王命写的唱和之类的诗。〔2〕遥天，犹长空。〔3〕琴樽，琴与酒。此两句谓琴与酒一直陪伴到结束，乐此不疲。

赋新题得兰生野径诗

披襟出兰畹，命酌[1]动幽心[2]。

锄罢还开路，歌喧自动琴。

华灯共影落，芳杜杂花深。

莫言闲径[3]里，遂不断黄金。

【注释】

〔1〕命酌，令人倒酒，泛指饮酒。〔2〕幽心，幽栖之心。〔3〕闲径，小道，僻路。

秋晚还彭泽诗

游人及丘壑，秋气满平皋[1]。

路积康成[2]带，门疏仲蔚[3]蒿。

山明云气画，天静鸟飞高。

69

诗酒山东

自有东篱[4]菊,还持泛浊醪[5]。

【注释】

〔1〕平皋,水边平展之地。 〔2〕康成,汉郑玄之字。 〔3〕仲蔚,指张仲蔚。晋皇甫谧《高士传·张仲蔚》:"张仲蔚者,平陵人也,与同郡魏景卿俱修道德,隐身不仕。明天官博物,善属文,好赋诗,常居穷素,所处蓬蒿没人,闭门养性,不治荣名,时人莫识,唯刘、龚知之。" 〔4〕东篱,指陶渊明。陶公也曾任过彭泽县令,其有诗曰:"采菊东篱下,悠然见南山。" 〔5〕浊醪,浊酒。

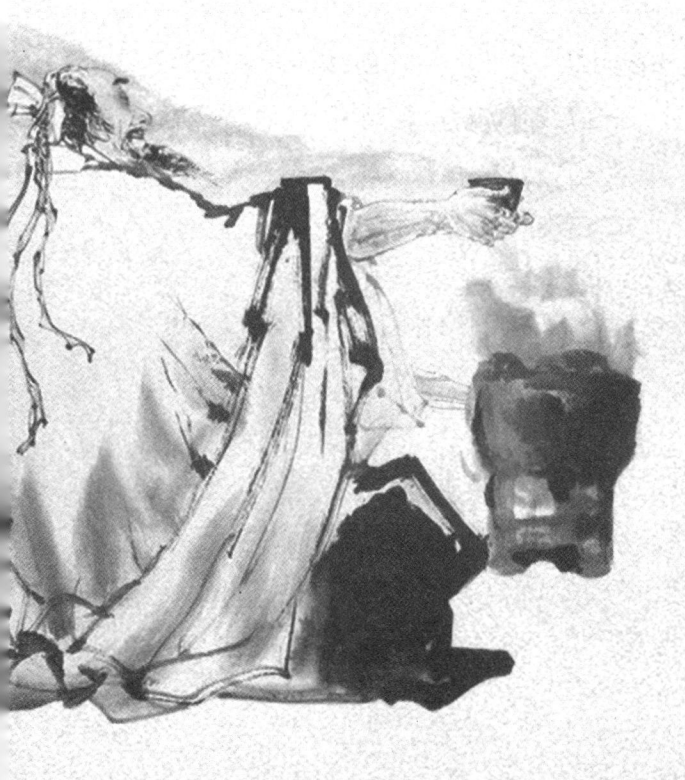

唐朝

诗酒山东

> 崔融（653—706），字安成，唐代齐州全节（今山东济南章丘）人。初应八科制举，皆及第，累补宫门丞、崇文馆学士。中宗李显为太子时，崔融为侍读，兼侍属文，东宫表疏多出其手。

留别杜审言并呈洛中旧游

斑鬓[1]今为别，红颜昨共游。
年年春不待，处处酒相留。
驻马西桥上，回车南陌[2]头。
故人从此隔，风月坐悠悠。

【注释】
[1]斑鬓，鬓毛斑白，谓年老。　[2]南陌，南面的道路。

> 孙逖（696—761），唐朝大臣、史学家，今山东聊城东昌府区沙镇人。自幼能文，才思敏捷。曾任刑部侍郎、太子左庶子、少詹事等职。有作品《宿云门寺阁》《赠尚书右仆射》《晦日湖塘》等传世。

和左卫武仓曹卫中对雨创韵赠右卫李骑曹

林父同官[1]意，宣尼[2]久敬交。文场刊玉篆，武事掌金铙[3]。
道合宜连茹，时清岂系匏[4]。克勤居簿领[5]，多暇屏谯诃[6]。
美酒怀公宴，玄谈俟客嘲。薄云生北阙[7]，飞雨自西郊。
院暑便清旷，庭芜觉渐苞。高门关讵闭，逸韵柱难胶。

枳棘[8]鸾无叹，椅梧凤必巢。忽闻徵并作，观海愧堂坳[9]。

【注释】

〔1〕同官，同僚。　〔2〕宣尼，汉平帝元始元年追谥孔子为褒成宣尼公，后因称孔子为宣尼。　〔3〕金铙，即铙。古军乐器名。"四金"之一。此句赞李骑曹能文能武。　〔4〕系匏，语出《论语·阳货》："吾岂匏瓜也哉，焉能系而不食？"匏瓜味苦，故系置不用。后用"系匏"比喻隐居未仕或弃置闲散。此句说政治清明，没有人才被埋没。　〔5〕簿领，谓官府记事的簿册或文书。　〔6〕灌哤，喧闹；喧噪。此两句说李骑曹勤于公务，严谨不苟。　〔7〕北阙，古代宫殿北面的门楼。　〔8〕枳棘，枳与棘，均指无用和困难之事物。此句说无论处于什么样的环境，都应坚信英雄总有用武之地。　〔9〕"忽闻"两句，意谓忽然听到五音齐鸣，我这住在水洼的人因为看到浩瀚的大海而惭愧。堂坳，堂的低处。泛指低洼之处。此处作者把自己比作堂坳。

> 李白（701—762），字太白，号青莲居士，又号"谪仙人"，是唐代伟大的浪漫主义诗人，被后人誉为"诗仙"，与杜甫并称为"李杜"。为了与另两位诗人李商隐与杜牧即"小李杜"区别，杜甫与李白又合称"大李杜"。其人爽朗大方，爱饮酒作诗，喜交友。有《李太白集》传世。

酬中都[1]小吏携斗酒双鱼于逆旅[2]见赠

鲁酒若琥珀，汶鱼[3]紫锦鳞。

山东豪吏有俊气，手携此物赠远人。

意气相倾两相顾，斗酒双鱼表情素。

双鳃呀呷[4]鳍鬣[5]张，跋剌[6]银盘欲飞去。

呼儿拂几霜刃挥，红肌花落白雪霏。

诗酒山东

为君下箸[7]一餐饱，醉着[8]金鞍上马归。

【注释】

〔1〕中都，今山东汶水县。 〔2〕逆旅，旅舍，客舍。 〔3〕汶鱼，汶河里的鱼。汶河，也称大汶河，发源于山东莱芜，西入东平湖。"汶水西流"为一特殊地理现象。 〔4〕呀呷，吞吐开合貌。 〔5〕鳍鬣，鳍棘。 〔6〕跋刺，翻滚，扑腾。 〔7〕下箸，用筷子取食，吃。 〔8〕醉着，醉蹬。

客中[1]行

兰陵[2]美酒郁金香[3]，玉碗盛来琥珀[4]光。
但使[5]主人能醉客，不知何处是他乡。

【注释】

〔1〕客中，指旅居他乡。 〔2〕兰陵，今山东省临沂市兰陵县，至今仍以产酒闻于世。 〔3〕郁金香，散发郁金的香气。郁金，一种香草，用以浸酒，浸酒后呈金黄色。 〔4〕琥珀，一种树脂化石，呈黄色或赤褐色，色泽晶莹。这里形容酒色如琥珀。前诗李白有句："鲁酒若琥珀。"古时粮食所酿之酒皆此颜色。 〔5〕但使，只要。

寻鲁城北[1]范居士，失道落苍耳中，见范置酒摘苍耳作

雁度秋色远，日静无云时。客心不自得，浩漫将何之[2]。
忽忆范野人[3]，闲园养幽姿。茫然起逸兴，但恐行来迟。
城壕[4]失往路，马首迷荒陂[5]。不惜翠云裘，遂为苍耳欺[6]。

入门且一笑，把臂君为谁。酒客爱秋蔬，山盘荐霜梨[7]。
他筵不下箸，此席忘朝饥。酸枣[8]垂北郭，寒瓜蔓东篱。
还倾四五酌，自咏猛虎词。近作十日欢，远为千载期。
风流自簸荡，谑浪偏相宜。酣来上马去，却笑高阳池[9]。

【注释】

〔1〕鲁城北，即兖州北郭。《居易录》："鲁城北有范氏庄，即太白访范居士，失道落苍耳中者。"苍耳，一种草本植物，高可数尺，果实椭圆形，有刺，沾到头发或衣服上不易摘去。 〔2〕"客心不自得"句，意思是心情暗淡，不知该去哪里。 〔3〕范野人，即范居士。野人，居于草野之人，指隐居者。 〔4〕城濠，江淹诗："饮马出城濠。"吕延济注："濠，城池也。"壕、濠，古字通用。 〔5〕陂，高坡。 〔6〕"不惜"句，意思是从马上摔下来，衣裘沾满了苍耳。翠云裘，语出宋玉《风赋》："翳承日之华，披翠云之裘。" 〔7〕霜梨，《齐民要术》："藏梨法，初霜后即收。"俗称冻梨，可放室外风干其皮，经久不烂。 〔8〕酸枣，即山枣树，野生，八月结实，紫红色，似枣而圆小，味酸，山东各地多见。 〔9〕高阳池，用山简事，山简自称"高阳酒徒"。指能饮者。

赠任城[1]卢主簿

海鸟知天风，窜身[2]鲁门东。
临觞[3]不能饮，矫翼思凌空。
钟鼓不为乐，烟霜谁与同。
归飞未忍去，流泪谢鸳鸿[4]。

按：此诗以鸟自况，言郁郁不得志之情。

【注释】

〔1〕任城，今山东济宁。现主城区名任城区，有太白楼、太白路等。 〔2〕窜身，

藏身。 〔3〕临觞，犹言面对着酒。觞，酒杯。 〔4〕鹓鸿，鹓雏和鸿雁。比喻贤人，也比喻同僚。

秋日鲁郡尧祠[1]亭上宴别杜补阙、范侍御

我觉秋兴[2]逸，谁云秋兴悲。
山将落日去，水与晴空宜。
鲁酒[3]白玉壶，送行驻金羁[4]。
歇鞍憩古木，解带挂横枝。
歌鼓[5]川上亭，曲度神飙[6]吹。
云归碧海夕，雁没青天时。
相失各万里，茫然空尔思。

【注释】

〔1〕鲁郡尧祠在今山东兖州城东泗河金口坝附近。祠、亭今不存。 〔2〕秋兴，秋日的情怀和兴会。 〔3〕鲁酒，鲁国出产的酒，味淡薄。后作为薄酒、淡酒的代称。 〔4〕金羁，借指马。 〔5〕歌鼓，歌唱并击鼓。亦指歌声和鼓声。 〔6〕神飙，谓迅疾若有神灵的风。

鲁郡东石门送杜二甫[1]

醉别复几日，登临[2]遍池台。
何时石门[3]路，重有金樽开。
秋波[4]落泗水[5]，海色明徂徕[6]。
飞蓬[7]各自远，且尽手中杯。

【注释】

〔1〕杜二甫，即杜甫。这是唐代人的一种习惯称呼，杜甫称李白为李十二白，李白称杜甫为杜二甫。　〔2〕登临，登山临水。也指游览。　〔3〕石门，李白当时家住鲁郡沙丘石门。此指何时再见面。　〔4〕秋波，秋天的水波。　〔5〕泗水，即泗水河，发源于鲁中山地新泰南部太平顶山（海拔814米）西麓，西南流经山东济宁市的泗水、曲阜、兖州、邹城、任城区、微山等县市，入南四湖（微山湖），它是山东省中部较大河流。李白时居泗水之滨之沙丘城。见《沙丘城下寄杜甫》。　〔6〕徂徕，山名，在山东省泰安市东南。　〔7〕飞蓬，比喻行踪漂泊不定。《北齐书·文苑传·颜之推》："嗟飞蓬之日永，恨流梗之无还。"

沙丘[1]城下寄杜甫

我来[2]竟[3]何事，高卧沙丘城。
城边有古树，日夕连秋声。
鲁酒不可醉，齐歌空复情[4]。
思君若汶水[5]，浩荡寄南征[6]。

【注释】

〔1〕沙丘，指唐代兖州治城瑕丘。沙丘城一说位于今山东肥城市汶阳镇东、大汶河南下支流洸河（今名洸府河）分水口对岸。而根据1993年出土于兖州城东南泗河中的北齐沙丘城造像残碑（又名沙丘碑），兖州古地名为沙丘，又名瑕丘，唐代为鲁西南重要治所，李白应于此居住。由于此重大考古发现，学术界基本上认同兖州为李白居住之沙丘城。　〔2〕来，将来，引申为某一时间以后，这里意指自从你走了以后。　〔3〕竟，究竟，终究。　〔4〕"鲁酒"两句，古来有鲁国酒薄之称。《庄子·胠箧》："鲁酒薄而邯郸围。"此谓鲁酒之薄，不能醉人；齐歌之艳，听之无绪。皆因无共赏之人。鲁、齐均指山东一带。空复情，徒有情意。　〔5〕汶水，鲁地河流名，河的正流今称大汶河。　〔6〕浩荡，广阔、浩大的样子。南征，南行，指代往南而去的杜甫。

诗酒山东

鲁城北郭曲腰桑下送张子还嵩阳

送别枯桑下,凋叶落半空。
我行愦道远,尔独知天风。
谁念张仲蔚,还依蒿与蓬。
何时一杯酒,更与李膺[1]同。

【注释】

〔1〕李膺(110—169),字元礼,颍川郡襄城县(今属河南襄城县)人,东汉时期名士、官员。太尉李修之孙、赵国相李益之子。李膺最初被举为孝廉,又被司徒胡广征辟,举高第。后升任青州刺史,青州的郡守县长害怕他的严明,大多弃官而去。历任渔阳、蜀郡太守。又转护乌桓校尉,屡次击破犯境的鲜卑,因公事免职。永寿二年(156),鲜卑犯境,桓帝起用李膺为度辽将军,羌人闻讯,都感到畏服,李膺因而声威远播。后入朝为河南尹,因检举不法,被诬陷免官,得应奉上疏援救被赦免。又升任司隶校尉,使众宦官感到畏惧。"党锢之祸"时,李膺遭到迫害下狱,后被赦免回乡。陈蕃、窦武图谋诛杀宦官时,起用李膺为永乐少府,二人遇害后,再被免职。建宁二年(169),"第二次党锢之祸",李膺主动自首,被拷打而死,终年六十岁。

鲁郡尧祠送窦明府薄华还西京[1]

(时久病初起作)

朝策犁眉骓[2],举鞭力不堪。
强扶[3]愁疾向何处,角巾微服尧祠南。
长杨扫地不见日,石门[4]喷作金沙潭。

笑夸故人指绝境，山光水色青于蓝。

庙中往往来击鼓，尧本无心尔何苦。

门前长跪双石人，有女如花日歌舞。

银鞍绣毂往复回，簸林蹶石鸣风雷。

远烟空翠时明灭，白鸥历乱长飞雪。

红泥亭子赤阑干，碧流环转青锦湍。

深沈百丈洞海底，那知不有蛟龙蟠。

君不见绿珠潭水流东海，绿珠红粉沈光彩。

绿珠楼下花满园，今日曾无一枝在。

昨夜秋声闻阊阖[5]来，洞庭木落骚人[6]哀。

遂将三五少年辈，登高远望形神开。

生前一笑轻九鼎，魏武[7]何悲铜雀台。

我歌白云倚窗牖，尔闻其声但挥手。

长风吹月度海来，遥劝仙人一杯酒。

酒中乐酣宵向分，举觞酹尧尧可闻。

何不令皋繇[8]拥彗[9]横八极，直上青天挥浮云。

高阳小饮真琐琐，山公酩酊何如我[10]。

竹林七子去道赊，兰亭[11]雄笔安足夸。

尧祠笑杀五湖[12]水，至今憔悴空荷花。

尔向西秦我东越，暂向瀛洲访金阙。

蓝田太白[13]若可期，为余扫洒石上月。

【注释】

〔1〕西京。指长安。东京为洛阳。朝策，早上策马。　〔2〕犁眉騧（guā），良马名，毛黄色，眉黑。犁，通"黧"。　〔3〕强扶，勉强扶持；勉强撑持。　〔4〕石门，泗河上之石门闸。李白家在此。从这句看，尧祠离石门不远。　〔5〕阊阖，泛指宫门或京都城门。此指屈原。　〔6〕骚人，指屈原。　〔7〕魏武，指魏武帝曹操。铜雀台为魏武所建，在今邯郸临漳县。　〔8〕皋繇（gāo yáo），亦作"皋

陶"。传说尧舜时的司法官。 〔9〕拥彗，古礼，为迎接贵宾而大扫除。彗，此指扫帚。 〔10〕高阳、山公，均指"高阳酒徒"山简。 〔11〕兰亭，此指写《兰亭集序》的书法家王羲之。 〔12〕五湖，此指范蠡。范助越王灭吴王后，泛舟五湖归隐。 〔13〕蓝田、太白，均指长安一带名山。此句表达了李白对长安的渴望和积极用世的心情。

鲁郡尧祠送吴五之琅琊[1]

尧没三千岁，青松古庙存。
送行奠桂酒，拜舞清心魂。
日色促归人，连歌倒芳樽。
马嘶俱醉起，分手更何言。

【注释】

〔1〕琅琊，即琅琊郡，在现在山东临沂。

鲁中送二从弟赴举之西京[1]

鲁客向西笑，君门[2]若梦中。
霜凋逐臣发，日忆明光宫。
复羡二龙[3]去，才华冠世雄。
平衢骋高足，逸翰[4]凌长风。
舞袖拂秋月，歌筵闻蚤鸿[5]。
送君日千里，良会何由同。

【注释】

〔1〕此诗表达了李白想念长安而又无可奈何的心情。 〔2〕君门，指皇宫，即明光宫。 〔3〕二龙，指二从弟。 〔4〕逸翰，指疾飞的鸟。 〔5〕蚤鸿，同早鸿。

赠从弟南平太守之遥二首（其一）

少年不得意，落魄无安居。

愿随任公子[1]，欲钓吞舟[2]鱼。

常时饮酒逐风景，壮心遂与功名疏。

兰生谷底人不锄，云在高山空卷舒[3]。

汉家天子驰驷马，赤军蜀道迎相如[4]。

天门九重谒圣人[5]，龙颜一解四海春。

彤庭[6]左右呼万岁，拜贺明主收沉沦[7]。

翰林秉笔回英眄，麟阁[8]峥嵘谁可见。

承恩初入银台门[9]，著书独在金銮殿。

龙钩雕镫白玉鞍，象床绮席黄金盘。

当时笑我微贱者，却来请谒为交欢。

一朝谢病游江海，畴昔[10]相知几人在。

前门长揖后门关，今日结交明日改。

爱君山岳心不移，随君云雾迷所为。

梦得池塘生春草，使我长价登楼诗[11]。

别后遥传临海作，可见羊何共和之[12]。

【注释】

〔1〕任公子，古代传说中善于捕鱼的人。亦称任公、任父。 〔2〕吞舟，吞舟之鱼的略语。常以喻人事之大者。 〔3〕"兰生谷底"两句谓身在蓬蒿间不得见用，徒生慨叹。 〔4〕相如，指司马相如。相如任中郎将时持节招抚西南夷，蜀人夹道欢迎。 〔5〕谒圣人，此指拜谒皇帝。 〔6〕彤庭，泛指皇宫。 〔7〕沉沦，指埋没不遇的贤士。 〔8〕麟阁，亦作"麟阁"，"麒麟阁"的省称。 〔9〕银台门，官门名。唐时翰林院、学士院都在银台门附近，后因以银台门指代翰林院。此李白怀

念任翰林学士时情形。〔10〕畴昔，往日，从前。〔11〕"梦得"二句：此以灵运与惠连喻己与之遥。《南史·谢惠连传》载："谢惠连十岁能属文，族兄灵运嘉赏之，云：'每有篇章，对惠连辄得佳句。'尝于永嘉西堂思诗，竟日不就，忽梦见惠连，即得'池塘生春草'，大以为工。尝曰：'此语有神助，非吾语也。'"谢灵运有《登池上楼》诗："池塘生春草，园柳变鸣禽。"长价，提高声价。〔12〕"别后"二句：谢灵运有《登临海峤初发疆中作与从弟惠连可见羊何共和之》诗，此用其意。临海，即今台州。羊、何，即泰山羊璿之、东海何长瑜，与谢灵运、谢惠连文章赏会，共为山泽之游。

别中都[1]明府兄

吾兄诗酒继陶君[2]，试宰中都天下闻。
东楼喜奉连枝会，南陌愁为落叶分。
城隅渌水明秋日，海上青山隔暮云。
取醉[3]不辞留夜月，雁行中断惜离群。

【注释】

〔1〕中都，今山东汶水县。〔2〕陶君，指陶渊明。〔3〕取醉，喝酒致醉。

送梁四归东平[1]

玉壶挈美酒，送别强为欢。
大火[2]南星月，长郊北路难。
殷王期负鼎[3]，汶水起垂竿。
莫学东山卧，参差老谢安。

【注释】

〔1〕东平，唐时郡名，即郓州也，唐隶河南道。今为山东省泰安市东平县，汶河自城西入东平湖。　〔2〕《六经天文编》：夏氏曰："仲夏之月，初昏之时，大火见于南方正午之位。"大火即火星。　〔3〕《史记》："阿衡欲干汤而无由，乃为有莘氏媵臣，负鼎俎，以滋味说汤，致于王道。"《越绝书》："伊尹负鼎入殷，遂佐汤取天下。"

单父[1]东楼秋夜送族弟沈之秦

尔从咸阳来，问我何劳苦。

沐猴而冠不足言，身骑土牛滞东鲁[2]。

沈弟欲行凝弟留，孤飞一雁秦云秋。

坐来[3]黄叶落四五，北斗已挂西城楼[4]。

丝桐感人弦亦绝，满堂送君皆惜别。

卷帘见月清兴来，疑是山阴[5]夜中雪。

明日斗酒别，惆怅清路尘[6]。

遥望长安日，不见长安[7]人。

长安宫阙九天上，此地曾经为近臣。

一朝复一朝，发白心不改。

屈平[8]憔悴滞江潭，亭伯[9]流离放辽海。

折翮[10]翻飞随转蓬，闻弦坠虚下霜空[11]。

圣朝久弃青云士，他日谁怜张长公[12]。

【注释】

〔1〕单父，山东县名，即今山东单县。　〔2〕沐猴，即猕猴。沐猴而冠，用项羽事。项羽见秦宫室皆以烧残破，思欲东归，曰："富贵不归故乡，如衣绣夜行，谁知之者？"说者曰："人言楚人沐猴而冠耳，果然。"见《史记·项羽本纪》。沐猴而冠，谓猕猴不耐久着冠带，以喻楚人性情暴躁。身骑土牛，亦猕猴事。三国魏司

83

马懿召辟州泰,仅三十六日,擢泰为新城太守。尚书钟繇戏谓泰曰:"君释褐登宰府,三十六日拥麾盖,守兵马郡,如乞儿乘小车,一何快乎?"泰曰:"诚有此。君,名公之子,少有文采,故守吏职,如猕猴骑土牛,又何迟也!"见《三国志·魏书·邓艾传》裴松之注引《世语》。猕猴骑土牛,喻困顿、升迁之慢。二句以猕猴自喻,前句谓己不堪着冠带在朝,后句谓己困顿迟滞于东鲁。 〔3〕坐来,犹言适才、正当其时。 〔4〕北斗已挂西城楼,指时令入秋。古人云"斗柄指西,天下皆秋"。 〔5〕山阴,今绍兴,晋王子猷在山阴,夜大雪,忽发清兴,思见剡溪戴逵,即命舟前往,未见而归。人问其故,答已尽兴,未必得见。见《世说新语·任诞》。 〔6〕清路尘,曹植《七哀》:"君若清路尘,妾若浊水泥。浮沉各异势,会合何时谐。" 〔7〕长安,今西安。 〔8〕屈平,即屈原。《楚辞·渔父》:"屈原既放,游于江潭,行吟泽畔,颜色憔悴,形容枯槁。" 〔9〕亭伯,东汉人崔骃字。崔骃为车骑将军窦宪掾属,宪擅权骄恣,骃数谏不听,被出为长岑长。见《后汉书·崔骃传》。长岑汉时属乐浪郡,其地在辽东。以上二句以屈原、崔骃自喻,言其出朝事。 〔10〕翮,鸟羽上的茎。 〔11〕闻弦坠虚下霜空:古有善射者名更羸,尝于京台之下为魏王引弓,虚发而下雁。魏王问之,更羸曰:"其飞徐而鸣悲。飞徐者,故疮痛也;鸣悲者,久失群也。雁故疮未息,惊心未忘,闻弓弦音而高飞,故疮裂而陨。"见《战国策·楚策》。句以自喻,言其心灵创痛之深巨。 〔12〕张长公,名挚,西汉张释之之子,官至大夫,后免官。以抗直不能取容于当世,故终身不仕。此以张长公自喻。青云士为作者自指。

答从弟幼成过西园见赠

一身自潇洒,万物何嚣喧。[1]
拙薄谢明时,栖闲归故园。
二季过旧壑,四邻驰华轩。[2]
衣剑照松宇,宾徒光石门。
山童荐珍果,野老开芳樽。[3]
上陈樵渔事,下叙农圃言。

昨来荷花满，今见兰苕繁。[4]

一笑复一歌，不知夕景昏。

醉罢同所乐，此情难具论。[5]

【注释】

[1]谢灵运《王子晋赞》："王子爱清净，区中实嚣喧。" [2]陶潜诗："华轩盈道路。" [3]刘孝绰诗："芳樽散绪寒。"芳樽，美酒。 [4]郭璞诗："翡翠戏兰苕。"李善注："兰苕，兰秀也。"张铣注："苕，枝鲜明也。" [5]《古诗十九首》："欢乐难具陈。"

留别西河刘少府[1]

秋发已种种，所为竟无成。

闲倾鲁壶酒，笑对刘公荣。

谓我是方朔[2]，人间落岁星[3]。

白衣千万乘，何事去天庭。

君亦不得意，高歌羡鸿冥[4]。

世人若醯鸡[5]，安可识梅生。

虽为刀笔吏[6]，缅怀在赤城[7]。

余亦如流萍，随波乐休明[8]。

自有两少妾，双骑骏马行。

东山春酒绿，归隐谢浮名。

【注释】

[1]从"闲倾鲁壶酒"看，此诗作于鲁郡家中。 [2]方朔，汉东方朔的省称。东方朔，今山东德州人。其为人诙谐善辩，相传为岁星化身，有偷仙桃、骑步景驹、献风声木等传说。 [3]岁星，即岁星下凡。 [4]鸿冥，见"鸿飞冥冥"，指高空。 [5]醯鸡，即蠛蠓，古人以为是酒醋上的白霉变成。 [6]刀笔吏，

85

亦省作"刀笔",指掌文案的官吏。 〔7〕赤城,指帝王宫城,因城墙红色,故称。 〔8〕休明,用以赞美明君或盛世。

答王十二[1]寒夜独酌有怀

昨夜吴中雪,子猷[2]佳兴发。

万里浮云卷碧山,青天中道流孤月[3]。

孤月沧浪河汉清[4],北斗错落长庚[5]明。

怀余对酒夜霜白,玉床[6]金井水峥嵘。

人生飘忽百年内,且须酣畅万古情。

君不能狸膏金距[7]学斗鸡,坐令鼻息吹虹霓[8]。

君不能学哥舒,横行青海夜带刀,西屠石堡取紫袍[9]。

吟诗作赋北窗里,万言不直[10]一杯水。

世人闻此皆掉头,有如东风射马耳。

鱼目亦笑我,请与明月[11]同。

骅骝[12]拳局不能食,蹇驴[13]得志鸣春风。

折杨黄华[14]合流俗,晋君听琴枉清角[15]。

巴人谁肯和阳春[16],楚地由来贱奇璞[17]。

黄金散尽交不成,白首为儒身被轻。

一谈一笑失颜色,苍蝇贝锦喧谤声[18]。

曾参岂是杀人者,谗言三及慈母惊[19]。

与君论心握君手,荣辱于余亦何有。

孔圣犹闻伤凤麟[20],董龙更是何鸡狗[21]。

一生傲岸苦不谐[22],恩疏媒劳志多乖[23]。

严陵[24]高揖汉天子,何必长剑拄颐事玉阶[25]。

达亦不足贵,穷亦不足悲。

86

韩信[26]羞将绛灌比，祢衡[27]耻逐屠沽儿。
君不见李北海[28]，英风豪气今何在？
君不见裴尚书[29]，土坟三尺蒿棘居。
少年早欲五湖去[30]，见此弥将钟鼎疏[31]。

【注释】

〔1〕王十二，生平不详。王曾赠李白《寒夜独酌有怀》诗一首，李白以此作答。　〔2〕此以子猷拟王十二。　〔3〕中道，中间。流孤月，月亮在空中运行。　〔4〕苍浪，即沧浪。王琦注："沧浪，犹沧凉，寒冷之意。"这里有清凉的意思。河汉，银河。　〔5〕长庚，星名，即太白金星。《诗经·小雅·大东》："东有启明，西有长庚。"古时把黄昏时分出现于西方的金星称为长庚星。　〔6〕玉床，此指井上的装饰华丽的栏杆。　〔7〕狸膏，用狐狸肉炼成的油脂，斗鸡时涂在鸡头上，对方的鸡闻到气味就畏惧后退。金距，套在鸡爪上的金属品，使鸡爪更锋利。　〔8〕"坐令"句，王琦注："玄宗好斗鸡，时以斗鸡供奉者，若王准、贾昌之流，皆赫奕可畏。"李白《古风·大车扬飞尘》："路逢斗鸡者，冠盖何辉赫，鼻息干虹霓。"　〔9〕哥舒，即哥舒翰，唐朝大将，突厥族哥舒部人，曾任陇右、河西节度使。《太平广记》卷四九五《杂录》："天宝中，哥舒翰为安西节度使，控地数千里，甚著威令，故西鄙人歌之曰：'北斗七星高，哥舒夜带刀。吐蕃总杀尽，更筑两重濠。'"西屠石堡，指天宝八载哥舒翰率大军强攻吐蕃的石堡城。《旧唐书·哥舒翰传》："吐蕃保石堡城，路远而险，久不拔。八载，以朔方、河东群牧十万众委翰总统攻石堡城。翰使麾下将高秀岩、张守瑜进攻，不旬日而拔之。上录其功，拜特进，鸿胪员外卿，与一子五品官，赐物千匹，庄宅各一所，加摄御史大夫。"紫袍，唐朝三品以上大官所穿的服装。　〔10〕直，通"值"。　〔11〕明月，一种名贵的珍珠。《文选》卷二九张协《杂诗十首》之五："鱼目笑明月。"张铣注："鱼目，鱼之目精白者也。明月，宝珠也。"此以鱼目混为明月珠而喻朝廷小人当道。　〔12〕骅骝，骏马，此喻贤才。　〔13〕蹇驴，跛足之驴，此喻奸佞。　〔14〕折扬、黄华，黄华又作皇华、黄花。《庄子·天地》："大声不入于里耳，《折扬》《皇华》则嗑然而笑。"成玄英疏："《折扬》《皇华》，盖古之俗中小曲也，玩狎鄙野，故嗑然动容。"　〔15〕清角，曲调名。传说这个曲调有德之君才能听，否则会引起灾祸。据《韩非子·十过》载，春秋时晋平公

87

强迫师旷替他演奏《清角》，结果晋国大旱三年，平公也得了病。 〔16〕巴人，即《下里巴人》，古代一种比较通俗的曲调。阳春，即《阳春白雪》，古代一种比较高雅的曲调。 〔17〕奇璞，《韩非子·和氏》："楚人和氏得玉璞楚山中，奉而献之厉王。厉王使玉人相之。玉人曰：'石也。'王以和为诳而刖其左足。及厉王薨，武王即位，和又奉其璞而献之武王。武王使玉人相之，又曰：'石也。'王又以和为诳而刖其右足。武王薨，文王即位。和乃抱其璞而哭于楚山之下，三日三夜，泪尽而继之以血。王闻之，使人问其故曰：'天下之刖者多矣，子奚哭之悲也？'和曰：'吾非悲刖也，悲夫宝玉而题之以石，贞士而名之以诳，此吾所以悲也。'王乃使玉人理其璞，而得宝焉。遂名曰和氏之璧。" 〔18〕苍蝇，比喻进谗言的人。《诗·小雅·青蝇》："营营青蝇，止于樊，岂弟君子，无信谗言。"贝锦，有花纹的贝壳，这里比喻谗言。《诗经·小雅·巷伯》："萋兮斐兮，成是贝锦。彼谮人者，亦已太甚。"两句意为谈笑之间稍有不慎，就会被进谗的人作为罪过进行诽谤。 〔19〕曾参：春秋时鲁国人，孔子的门徒。《战国策·秦策二》："曾子处费，费人有与曾子同名姓者而杀人。人告曾子母曰：'曾参杀人。'曾子之母曰：'吾子不杀人。'织自若。有顷焉，一人又曰：'曾参杀人。'其母尚织自若也。顷之，一人又告之曰：'曾参杀人。'其母惧，投杼，逾墙而走。" 〔20〕伤凤麟，《论语·子罕》："子曰：'凤鸟不至，河不出图，吾已矣夫！'"《史记·孔子世家》："鲁哀公十四年春，叔孙氏车子鉏商获兽，以为不祥。仲尼视之曰：'麟也。'叹之曰：'河不出图，雒不出书，吾已矣夫！'颜渊死，孔子曰：'天丧予！'及西狩见麟，曰：'吾道穷矣。'" 〔21〕董龙，《资治通鉴》："秦司空王堕性刚毅。右仆射董荣，侍中强国皆以佞幸进，堕疾之如仇。每朝见，荣未尝与之言。或谓堕曰：'董君贵幸如此，公宜小降意接之。'堕曰：'董龙是何鸡狗？而令国士与之言乎！'"胡三省注："龙，董荣小字。" 〔22〕不谐，不能随俗。 〔23〕恩疏，这里指君恩疏远。媒劳，指引荐的人徒费苦心。乖，事与愿违。 〔24〕严陵，即东汉隐士严光，字子陵，曾与光武帝刘秀同学。刘秀做皇帝后，严光隐居。帝亲访之，严终不受命（见《后汉书》卷八三《逸民传》）。 〔25〕长剑拄颐，《战国策·齐策六》："大冠若箕，修剑拄颐。"事玉阶，在皇宫的玉阶下侍候皇帝。 〔26〕韩信，汉初大将，淮阴人。楚汉战争期间，曾被封为齐王。汉王朝建立后，改封楚王，后降为淮阴侯。《史记·淮阴侯列传》载：韩信降为淮阴侯后，常称病不朝，羞与绛侯周勃、颍阴侯灌婴等并列。 〔27〕祢衡，汉末辞赋家。《后汉书》卷一一〇《祢衡传》："祢衡……少有才辩，而气尚刚毅，矫时慢物……是时许都新建，贤士大夫四方来集。或问衡曰：'盍从陈长文、司马伯达乎？'对曰：'吾焉能从屠沽儿耶！'"　〔28〕李北海，即李邕。　〔29〕裴尚书，即裴敦复，唐玄宗时任刑部尚书。李、裴皆当时才俊之士，同时被李林甫杀害。　〔30〕五湖，太湖及其周围的四个湖。五湖去，是借春秋时越国大夫范蠡功成身退，隐居五湖的故事（见《史记·货殖列传》），说明自己自少年时代就有隐居之志。　〔31〕弥，更加。钟鼎，鸣钟列鼎而食，形容贵族人家的排场。这里代指富贵。

鲁中都东楼醉起作

昨日东楼醉，还应倒接篱[1]。
阿谁[2]扶上马，不省下楼时。

【注释】

〔1〕接篱，白帽。　〔2〕阿谁，疑问代词。犹言谁，何人。

送韩准裴政孔巢父还山[1]

猎客张兔罝[2]，不能挂龙虎。
所以青云人[3]，高歌在岩户。
韩生信英彦，裴子含清真。
孔侯复秀出，俱与云霞[4]亲。
峻节[5]凌远松，同衾[6]卧盘石。
斧冰嗽寒泉，三子同二屐。
时时或乘兴，往往云无心。
出山揖牧伯[7]，长啸轻衣簪[8]。
昨宵梦里还，云弄竹溪月。

诗酒山东

今晨鲁东门[9]，帐饮[10]与君别。
雪崖滑去马，萝径迷归人。
相思若烟草，历乱[11]无冬春。

【注释】

〔1〕还山指还徂徕山。开元二十五年，李白与山东名士韩准、裴正、孔巢父、张叔明、陶沔在泰安府徂徕山下的竹溪隐居，人称"竹溪六逸"。 〔2〕兔罝（jū），捕猎野兔之网。《诗经·周南·兔罝》："肃肃兔罝，施于中林。"孔颖达疏："《笺》云：'罝兔之人，鄙贱之事，犹能恭敬，则是贤者众多也。'"后因以"兔罝"指在野之贤人。 〔3〕青云人，青云，喻高。青云人犹青云士，指立德立言的高尚之人。 〔4〕云霞，云气。一作"烟霞"。 〔5〕峻节，峻，高也。峻节，犹高节，谓高尚的节操或高风亮节。 〔6〕同衾，衾，大被。同衾，犹"共被"。 〔7〕出山揖牧伯，牧伯，称州郡长官。揖，古代拱手平交之礼，长揖不拜。此句是谓韩准、裴政、孔巢父三人出自徂徕山之竹溪隐居处，来兖州治城瑕丘谒见兖州刺史。 〔8〕轻衣簪，轻，此谓轻视，不看重之意。衣簪，犹衣冠簪缨，古代仕宦的服饰，常借指官吏或世家大族。 〔9〕鲁东门，唐鲁郡（兖州）治城瑕丘城东门外。 〔10〕帐饮，谓在郊野张设帷帐宴饮饯行。江淹《别赋》："帐饮东都，送客金谷。" 〔11〕历乱，犹言纷乱，杂乱。南朝宋鲍照《拟行路难》诗之九："锉蘖染黄丝，黄丝历乱不可治。"诗言"历乱"，喻心烦意乱。

对雨书怀走邀许主簿[1]

东岳云峰起，溶溶满太虚[2]。
震雷翻幕燕[3]，骤雨落河鱼[4]。
座对贤人酒[5]，门听长者车[6]。
相邀愧泥泞，骑马到阶除。

90

【注释】

〔1〕此指李白骑马邀许主簿共饮。 〔2〕"东岳"二句,即《公羊传》"泰山之云,触石而出,肤寸而合,不崇朝而雨天下"意。《说苑》:"泰山,东岳也。"谢道韫诗:"峨峨东岳高,秀极冲青天。"《楚辞》:"云溶溶兮雨溟溟。"《内经》:"太虚寥廓。" 〔3〕《国语》:"震雷出滞。"《左传》:吴公子札聘于上国,宿于戚,闻孙林父击钟,曰:"夫子之在此,犹燕之巢于幕上。"严有翼曰:"幕非巢燕之所,此言其至危。"潘岳《西征赋》:"危素卵之累壳,甚立燕之幕巢。"丘希范书:"将军鱼游鼎沸之中,燕巢飞幕之上。"盖用此意。杜诗"震雷翻幕燕",则仍合本意矣。 〔4〕《老子》:"骤雨不终日。"《始皇本纪》:"八年,河鱼大上。""谓河水溢,鱼大上平地。" 〔5〕《魏略》:"太祖时禁酒,而人窃饮之,故难言酒,以白酒为贤人,清酒为圣人。" 〔6〕《陈平传》:"平家负郭穷巷,以席为门,然门外多长者车辙。"

赠武十七谔并序[1]

序:门人武谔,深于义者也。质本沉悍[2],慕要离之风,潜钓川海(潜钓江海),不数数[3]于世间事。闻中原作难,西来访余(西来谒余)。余爱子伯禽在鲁,许将冒胡兵以致之。酒酣感激,援笔而赠。

马如一匹练,明日过吴门。
乃是要离[4]客,西来欲报恩。
笑开燕匕首,拂拭竟无言。
狄犬吠清洛,天津成塞垣[5]。
爱子隔东鲁[6],空悲断肠猿[7]。
林回弃白璧,千里阻同奔。
君为我致之,轻赍[8]涉淮原。
精诚合天道,不愧远游(一作邓攸)魂。

诗酒山东

【注释】

〔1〕此诗写于"安史之乱"期间。时李白子伯禽在东鲁（兖州），门人武谔冒死相救，所以李白写诗相赠。　〔2〕沈悍，亦作"沉悍"。沉毅勇猛。　〔3〕不数数，犹言不汲汲。引申谓不急切于功名富贵。　〔4〕要离，春秋末吴国刺客。相传吴王阖闾派专诸刺杀王僚后，又派要离谋刺出奔在卫的王子庆忌。要离请吴王断其右手，杀其妻子，诈称得罪出逃。及至卫国，见庆忌，庆忌喜，与之谋。当同舟渡江时，庆忌被他刺中要害。庆忌释令归吴，他行至江陵，也伏剑自杀。事见《吕氏春秋·忠廉》、汉袁晔《吴越春秋·阖闾内传》《史记·鲁仲连邹阳列传》。汉邹阳《狱中上书自明》："然则荆轲湛七族，要离燔妻子，岂足为大王道哉！"晋葛洪《抱朴子·嘉遁》："要离灭家以效功。"清杨焯《庆忌塔铁棺》诗："误识要离死不难，石潭风雨夜深寒。"后亦用以称壮烈之士。　〔5〕塞垣，本指汉代为抵御鲜卑所设的边塞。后亦指长城，边关城墙。　〔6〕东鲁，原指春秋鲁国。后以指鲁地（相当今山东省）。　〔7〕断肠猿，语出南朝宋刘义庆《世说新语·黜免》："桓公入蜀，至三峡中，部伍中有得猿子者，其母缘岸哀号，行百余里不去，遂跳上船，至便即绝，破视其腹中，肠皆寸寸断。公闻之，怒，令黜其人。"后世用作因思念爱子而极度悲伤之典。　〔8〕轻赍（qīng jī），随身携带的少量粮食。《史记·卫将军骠骑列传》："约轻赍，绝大幕。"《汉书》引此文颜师古注："轻赍者，不以辎重自随，而所赍粮食少也。一曰赍字与资同，谓资装也。"携带少量资财。

醉后赠王历阳

书秃千兔毫[1]，诗裁两牛腰[2]。
笔踪[3]起龙虎，舞袖拂云霄。
双歌[4]二胡姬，更奏远清朝[5]。
举酒挑朔雪[6]，从君不相饶。

【注释】

〔1〕兔毫，兔毛。《初学记》卷二一引晋王羲之《笔经》："汉时诸郡献兔毫，

出鸿都,唯有赵国毫中用。时人咸言兔毫无优劣,管手有巧拙。"指用兔毛制成的笔,亦泛指毛笔。 〔2〕牛腰,牛的腰部。喻诗文数量之大。 〔3〕笔踪,犹笔迹。谓运笔之痕迹。 〔4〕双歌,指由上下两阕相迭而成的词。 〔5〕清朝,清晨。 〔6〕朔雪,北方的雪。

对雪醉后赠王历阳

有身莫犯飞龙鳞,有手莫辫猛虎须。
君看昔日汝南市,白头仙人隐玉壶[1]。
子猷闻风动窗竹,相邀共醉杯中绿[2]。
历阳何异山阴时,白雪飞花乱人目。
君家有酒我何愁,客多乐酣秉烛游[3]。
谢尚自能鸲鹆舞[4],相如免脱鹔鹴裘[5]。
清晨(一作兴罢)鼓棹[6]过江去,千里相思明月楼(一作他日西看却月楼)。

【注释】

〔1〕玉壶,东汉费长房欲求仙,见市中有老翁悬一壶卖药,市毕即跳入壶中。费便拜叩,随老翁入壶。但见玉堂富丽,酒食俱备。后知老翁乃神仙。事见《后汉书·方术传下·费长房》。后遂用以指仙境。 〔2〕杯中绿,指美酒。 〔3〕秉烛游出自汉乐府《古诗十九首》:"昼短苦夜长,何不秉烛游。" 〔4〕鸲鹆(qú yù)舞,乐舞名。 〔5〕鹔鹴(sù shuāng)裘,相传为汉司马相如所着的裘衣,由鹔鹴鸟的皮制成。一说用鹔鹴飞鼠之皮制成。 〔6〕鼓棹,划桨。

诗酒山东

赠钱征君[1]少阳（一作送赵云卿）

白玉一杯酒，绿杨三月时。
春风余几日，两鬓各成丝。
秉烛唯须饮，投竿[2]也未迟。
如逢渭川[3]猎，犹可帝王师。

【注释】
〔1〕征君，征士的尊称。 〔2〕投竿，投钓竿于水。谓垂钓。 〔3〕渭川，即渭水，亦泛指渭水流域。此处引用吕尚在垂钓的水边碰到思贤若渴的明君，也还能成为帝王之师，辅助国政，建立功勋的典故。

北山独酌寄韦六

巢父[1]将许由[2]，未闻买山隐[3]。
道存迹自高，何惮去人近。
纷吾下兹岭，地闲喧亦泯。
门横群岫开，水凿众泉引。
屏高而在云，窦深莫能准。
川光昼昏凝，林气夕凄紧[4]。
于焉[5]摘朱果[6]，兼得养玄牝[7]。
坐月[8]观宝书，拂霜弄瑶轸[9]。
倾壶事幽酌，顾影还独尽。
念君风尘游，傲尔令自哂。

按：一本此下有"安知世上人，名利空蠢蠢"二句。

【注释】

〔1〕巢父，传说为尧时的隐士。 〔2〕许由，亦作"许繇"。传说中的隐士。相传尧让以天下，不受，遁居于颍水之阳箕山之下。尧又召为九州长，由不愿闻，洗耳于颍水之滨。 〔3〕买山隐，谓退隐。 〔4〕凄紧，谓寒风疾厉，寒意逼人。 〔5〕于焉，从此，于此。 〔6〕朱果，泛指呈红色的水果。特指柿子。 〔7〕玄牝（pìn），道家指孳生万物的本源，比喻道。 〔8〕坐月，坐于月下。 〔9〕瑶轸（zhěn），玉制的琴轸。借指琴。

寄东鲁二稚子（在金陵作）

吴地[1]桑叶绿，吴蚕[2]已三眠[3]。

我家寄东鲁，谁种龟阴田[4]。

春事已不及，江行复茫然。

南风吹归心，飞堕酒楼前。

楼东一株桃，枝叶拂青烟。

此树我所种，别来向三年。

桃今与楼齐，我行尚未旋。

娇女字平阳，折花倚桃边。

折花不见我，泪下如流泉。

小儿名伯禽，与姊亦齐肩[5]。

双行桃树下，抚背复谁怜。

念此失次第[6]，肝肠日忧煎。

裂素[7]写远意，因之汶阳川[8]。

按：娇女字平阳下，一作"娇女字平阳，有弟与齐肩。双行桃树下，折花倚桃边。折花不见我，泪下如流泉。"

诗酒山东

【注释】

〔1〕吴地,春秋时吴国所辖之地域,包括今之江苏、上海大部和安徽、浙江、江西的一部分。亦指东汉时的吴郡(今江苏省)。 〔2〕吴蚕,吴地之蚕。吴地盛养蚕,故称良蚕为吴蚕。 〔3〕三眠,蚕初生至成蛹,蜕皮三四次。蜕皮时不食不动,成睡眠状态。第三次蜕皮谓之三眠。 〔4〕龟阴田,指山东龟山北面的土地。春秋鲁定公十年(前500),鲁国在孔子帮助下,迫使齐景公归还了以前侵夺的鲁国三邑,即此。《左传·定公十年》:"齐人来归郓、欢、龟阴之田。"此事亦载于《史记·孔子世家》。后遂用作典故,或以"龟阴田"比喻归还的失地或失物。 〔5〕齐肩,两者高度相等。 〔6〕次第,犹常态。 〔7〕裂素,裁剪白绢以绘画作文。 〔8〕汶阳川,指汶水。隋开皇四年置汶阳县,地近汶水。

独酌清溪江石上寄权昭夷

我携一樽酒,独上江祖石。
自从天地开,更长几千尺。
举杯向天笑,天回[1]日西照。
永愿坐此石,长垂严陵[2]钓。
寄谢山中人,可与尔同调。

【注释】

〔1〕天回,天旋、天转。形容气象雄伟壮观。指时光流逝。 〔2〕严陵,即严光,字子陵,省称严陵,东汉会稽余姚人。少曾与汉光武帝刘秀同游学。秀即帝位后,光变姓名隐遁。秀遣人觅访,征召到京,授谏议大夫,不受,退隐于富春山。后人称他所居游之地为严陵山、严陵濑、严陵钓台等。诗文中常用其事。今浙江桐庐有严陵钓台。

自汉阳病酒[1]归寄王明府[2]

去岁左迁夜郎[3]道,琉璃砚水[4]长枯槁。

今年敕放巫山[5]阳,蛟龙笔翰[6]生辉光。

圣主还听子虚[7]赋,相如却与(一作欲)论文章。

愿扫鹦鹉洲[8],与君醉百场。

啸起白云飞七泽[9],歌吟渌水[10]动三湘[11]。

莫惜连船沽美酒,千金一掷买春芳。

【注释】

〔1〕病酒即饮酒而病。 〔2〕明府,汉亦有以"明府"称县令,唐以后多用以专称县令。 〔3〕夜郎,汉时我国西南地区古国名,在今贵州省西北部及云南、四川二省部分地区。李白因入永王璘幕府获罪左迁夜郎,半途遇赦。 〔4〕砚水,砚池中用以磨墨的水。 〔5〕巫山,山名,在四川、湖北两省边境。北与大巴山相连,形如"巫"字,故名。长江穿流其中,形成三峡。 〔6〕笔翰,毛笔。 〔7〕子虚,汉司马相如作《子虚赋》,假托子虚、乌有先生、亡是公三人互相问答。后因称虚构或不真实的事为"子虚"。 〔8〕鹦鹉洲,在今湖北省武汉市西南长江中。相传东汉末江夏太守黄祖长子射在此大会宾客,有人献鹦鹉,祢衡作《鹦鹉赋》,故名。后衡为黄祖所杀,葬此。自汉以后,由于江水冲刷,屡被浸没,今鹦鹉洲已非宋以前故地。 〔9〕七泽,相传古时楚有七处沼泽。后以"七泽"泛称楚地诸湖泊。 〔10〕渌(lù)水,清澈的水。 〔11〕三湘,湖南湘乡、湘潭、湘阴(或湘源),合称三湘。

留别[1]曹南[2]群官之江南(节选)

我昔钓白龙,放龙溪水傍。

道成本欲去,挥手凌苍苍。

时来不关人,谈笑游轩皇[3]。

献纳少成事，归休辞建章[4]。

十年罢西笑[5]，览镜如秋霜[6]。

闭剑琉璃匣，炼丹紫翠房。

身佩豁落图[7]，腰垂虎鞶囊[8]。

仙人驾彩凤，志在穷遐荒[9]。

恋子四五人，裴回[10]未翱翔。

东流送白日，骤歌兰蕙[11]芳。

仙宫两无从，人间久摧藏。

范蠡[12]脱勾践，屈平去怀王。

飘飘（一作飙）紫霞心，流浪忆江乡。

愁为万里别，复此一衔觞。

【注释】

〔1〕留别，多指以诗文作纪念赠给分别的人。 〔2〕曹南，即曹州，因古曹国南部有山，名曹南山，鲁僖公十九年，宋、曹、邾三国曾会盟于此，相传山下有会盟坛，故前人常把曹州称作曹南。 〔3〕轩皇，即黄帝轩辕氏。 〔4〕建章，建章宫。南朝宋时以京城建康（今江苏南京）北邸为建章宫。 〔5〕西笑，语本汉桓谭《新论·祛蔽》："人闻长安乐，则出门西向而笑；肉味美，对屠门而嚼。"长安是汉的京城。西望长安而笑，谓渴慕帝都。 〔6〕秋霜，喻白发。 〔7〕豁落图，道教的符箓。 〔8〕鞶囊（pán náng），革制的囊。古代职官用以盛印绶。北魏后，以其不同绣饰表示官阶。 〔9〕遐荒，边远荒僻之地。 〔10〕裴回，彷徨，徘徊不进貌。 〔11〕兰蕙，兰和蕙，皆香草。多连用以喻贤者。 〔12〕范蠡（lí），春秋末年政治家、军事家，字少伯，楚国宛（今河南南阳）人，出身微贱。仕越为大夫，擢上将军。他与文种协助勾践着手重建国家。

别于十一兄逖裴十三游塞垣

太公[1]渭川[2]水，李斯上蔡门。

钓周猎秦安黎元[3]，小鱼蜗兔何足言。
天张云卷有时节，吾徒[4]莫叹羝触藩[5]。
于公白首大梁野，使人怅望何可论。
既知朱亥[6]为壮士，且愿束心秋毫[7]里。
秦赵虎争血中原，当去抱关救公子。
裴生览千古，龙鸾[8]炳文章。
悲吟雨雪动林木，放书辍剑思高堂。
劝尔一杯酒，拂尔裘上霜。
尔为我楚舞，吾为尔楚歌。
且探虎穴向沙漠，鸣鞭走马凌黄河。
耻作易水[9]别，临岐[10]泪滂沱。

【注释】

〔1〕太公，即太公望吕尚。 〔2〕渭川，即渭水，亦泛指渭水流域。太公钓于渭水之滨。 〔3〕黎元，亦作"黎玄"，即黎民。 〔4〕吾徒，犹我辈。 〔5〕羝触藩（dī chù fān），羝羊触藩，公羊角钩在篱笆上。比喻进退两难。 〔6〕朱亥，战国时侠客，魏大梁人，有勇力，隐于屠肆。秦兵围赵，信陵君既计窃兵符，帅魏军，又虑魏将晋鄙不肯交兵权，遂使，亥以铁椎击杀晋鄙，夺晋鄙军以救赵。 〔7〕秋毫，指毛笔。 〔8〕龙鸾，龙与凤，亦喻贤士。 〔9〕易水，水名，在河北省西部，源出易县境，入南拒马河。荆轲入秦行刺秦王，燕太子丹饯别于此。 〔10〕临岐，本为面临歧路，后亦用为赠别之辞。

东武吟[1]

好古笑流俗，素闻贤达风。
方希佐明主，长揖辞成功。
白日在高天，回光烛微躬。
恭承凤凰诏[2]，欻起云萝[3]中。

清切[4]紫霄[5]（一作垣）迥，优游丹禁[6]通。

君王赐颜色，声价凌烟虹。

乘舆[7]拥翠盖[8]，扈从[9]金城[10]东。

宝马丽绝景[11]，锦衣入新丰[12]。

依（一作倚）岩望松雪，对酒鸣丝桐。

因学扬子云，献赋甘泉[13]宫。

天书美片善，清芬播无穷。

归来入（一作向）咸阳，谈笑皆王公（一本无此二句）。

一朝去金马，飘落成飞蓬。

宾客（一作友）日疏散，玉樽亦已空（一作日成空）。

才力犹可倚（一作恃），不惭世上雄。

闲作东武吟，曲尽情未终。

书此谢知己，吾寻黄绮[14]翁（一作扁舟寻钓翁）。

【注释】

〔1〕一作出东门后书怀留别翰林诸公，又作还山留别金门知己。东武吟为古乐府曲名。东武，东夷之地，在今山东诸城。晋陆机、南朝宋鲍照、梁沉约等均有拟作。内容多咏叹人生短促，荣华易逝。 〔2〕凤凰诏，指诏书。 〔3〕云萝，藤萝，即紫藤。因藤茎屈曲攀绕如云之缭绕，故称。指深山隐居之处。 〔4〕清切，清贵而切近。指清贵而接近皇帝的官职。 〔5〕紫霄，高空。指帝王所居。 〔6〕丹禁，指帝王所住的紫禁城。 〔7〕乘舆，坐车子。古代特指天子和诸侯所乘坐的车子。 〔8〕翠盖，饰以翠羽的车盖。帝王的乘舆有翠羽为饰的华盖。 〔9〕扈从，皇帝出巡时的护卫侍从人员。 〔10〕金城，京城。 〔11〕绝景，良马名。 〔12〕新丰，县名。汉高祖七年置，唐废。治所在今陕西省西安市临潼区西北。本秦骊邑。汉高祖定都关中，其父太上皇居长安宫中，思乡心切，郁郁不乐。高祖乃依故乡丰邑街里房舍格局改筑骊邑，并迁来丰民，改称新丰。据说士女老幼各知其室，从迁的犬羊鸡鸭亦竞识其家。太上皇居新丰，日与故人饮酒高会，心情愉快。后乃用作新兴贵族游宴作乐及富贵后与故人聚饮叙旧之典。今为镇名。在江苏省镇江市丹徒区，产名酒。诗文中用以泛指美酒产地。 〔13〕甘泉，宫名，故址在今陕西

淳化西北甘泉山。本秦宫。汉武帝增筑扩建，在此朝诸侯王，飨外国客；夏日亦作避暑之处。　〔14〕黄绮，汉初商山四皓中之夏黄公、绮里季的合称。

夜别张五

吾多张公子，别酌酣高堂。

听歌舞银烛，把酒轻罗裳[1]。

横笛弄秋月，琵琶弹陌桑[2]。

龙泉解锦带，为尔倾千觞[3]。

【注释】

〔1〕罗裳，即罗裙，丝质的下衣。　〔2〕陌桑，陌上桑，亦称"陌上歌"。乐府《相和曲》名。　〔3〕龙泉，宝剑名，即龙渊，泛指剑。此句说把我的佩剑解下来与你痛饮一番。

魏郡别苏明府因北游

魏都接燕赵，美女夸芙蓉。

淇水流碧玉，舟车日奔冲。

青楼夹两岸，万室喧歌钟。

天下称豪贵，游此每相逢（一作天下称豪游，此中每相逢）。

洛阳苏季子[1]，剑戟森词锋。

六印[2]虽未佩，轩车[3]若飞龙。

黄金数百镒[4]，白璧[5]有几双。

散尽空掉臂[6]，高歌赋还邛[7]。

落魄乃如此，何人不相从。

诗酒山东

远别隔两河,云山杳千重(一作云天满愁容)。
何时更杯酒,再得论心胸。

【注释】
〔1〕季子,指战国时洛阳人苏秦。秦早年外出游说,黄金耗尽,穷困而归,家人皆耻笑之。后佩六国相印,又经洛阳,兄弟妻嫂不敢仰视。秦问其嫂:"何前倨而后恭也?"嫂答:"见季子位高金多也。"事见《史记·苏秦列传》。后借指穷困者或先穷后通者。 〔2〕六印,唐时官马身上的六种印记。 〔3〕轩车,有屏障的车。古代大夫以上所乘。后亦泛指车。 〔4〕百镒,亦作"百溢",极言货币之多。镒,古代黄金计量单位,一镒为二十两或二十四两。 〔5〕白璧,平圆形而中有孔的白玉。 〔6〕掉臂,甩动胳膊走开。表示不顾而去。自在行游貌。 〔7〕还邛(qióng),指司马相如归居临邛之事。

留别广陵诸公(一作留别邯郸故人)

忆昔作少年,结交赵与燕。
金羁[1]络骏马,锦带横龙泉[2]。
寸心[3]无疑事,所向非徒然。
晚节觉此疏,猎精[4]草太玄[5]。
空名束壮士,薄俗弃高贤。
中回圣明顾,挥翰[6]凌云烟。
骑虎不敢下,攀龙[7]忽堕天。
还家守清真,孤洁励秋蝉。
炼丹费火石[8],采药穷山川。
卧海[9]不关人,租税[10]辽东田。
乘兴忽复起,棹歌溪中船。
临醉谢葛强,山公[11]欲倒鞭。
狂歌自此别,垂钓沧浪前。

【注释】

〔1〕金羁,金饰的马络头。 〔2〕龙泉,宝剑名。即龙渊。泛指剑。 〔3〕寸心,指心。旧时认为心的大小在方寸之间,故名。 〔4〕猎精,搜取精华。 〔5〕太玄,深奥玄妙的道理。 〔6〕挥翰,犹挥毫。 〔7〕攀龙,攀髯。传说黄帝铸鼎于荆山下,鼎成,有龙下迎,黄帝乘之升天,群臣后宫从上者七十余人。余小臣不得上龙身,乃持龙髯,而龙髯拔落,并堕黄帝之弓。百姓遂抱其弓与龙髯而号哭。事见《史记·封禅书》。后用为追随皇帝或哀悼皇帝去世的典故。 〔8〕火石,即燧石。 〔9〕卧海,《三国志·魏志·管宁传》:"天下大乱,(管宁)闻公孙度令行于海外,遂与原及平原王烈等至于辽东。度虚馆以候之。既往见度,乃庐于山谷。时避难者多居郡南,而宁居北,示无迁志,后渐来从之。"裴松之注引晋傅玄《傅子》:"宁往见度,语唯经典,不及世事。还乃因山为庐,凿坏为室。越海避难者,皆来就之而居,旬月而成邑。"后用以为典,有隐处之意。 〔10〕租税,旧时国家征收田赋和各种税款的总称。 〔11〕山公,晋山简,时人亦称山公。简字季伦,山涛幼子,性嗜酒,镇守襄阳,常游高阳池,饮辄大醉。后世诗词中或用为作者自况,或借称嗜酒的朋友。

广陵赠别

玉瓶沽美酒,数里送君还。
系马垂杨下,衔杯大道间。
天边看渌水,海上见青山。
兴罢各分袂,何须醉别颜。

金陵酒肆留别[1]

风吹[2]柳花满店香,吴姬压酒唤客尝[3]。

诗酒山东

金陵子弟[4]来相送，欲行不行各尽觞[5]。
请君试问[6]东流水，别意与之谁短长。

【注释】
〔1〕金陵，今江苏南京。酒肆，酒店。留别，临别留给送行者。 〔2〕风吹，一作"白门"。 〔3〕吴姬，吴地的青年女子，这里指酒店中的侍女。压酒，压糟取酒。古时新酒酿熟，临饮时方压糟取用。唤，一作"劝"，一作"使"。 〔4〕子弟，指李白的朋友。 〔5〕欲行，将要走的人，指诗人自己。不行，不走的人，即送行的人，指金陵子弟。尽觞，喝尽杯中的酒。觞，酒杯。 〔6〕试问，一作"问取"。

南陵[1]别儿童入京

白酒新熟山中归，黄鸡啄黍秋正肥。
呼童烹鸡酌白酒[2]，儿女嬉笑[3]牵人衣。
高歌取醉欲自慰，起舞落日争光辉[4]。
游说万乘苦不早[5]，着鞭跨马涉远道。
会稽愚妇轻买臣[6]，余亦辞家西入秦[7]。
仰天大笑出门去，我辈岂是蓬蒿人[8]。

【注释】
〔1〕南陵，一说在东鲁，曲阜市南有陵城村，人称南陵；一说在今安徽省南陵县。据《李白年谱》，写此诗时李白家居东鲁，应诏入长安任翰林学士。 〔2〕白酒，古代酒分清酒、白酒两种。见《礼记·内则》。《太平御览》卷八四四引三国魏鱼豢《魏略》："太祖时禁酒，而人窃饮之。故难言酒，以白酒为贤人，清酒为圣人。" 〔3〕嬉笑，欢笑，戏乐。《魏书·崔光传》："远存瞩眺，周见山河，因其所眄，增发嬉笑。" 〔4〕起舞落日争光辉，指人逢喜事光彩焕发，与日光相辉映。 〔5〕游说，战国时，有才之人以口辩舌战打动诸侯，获取官位，称为游说。万乘（shèng），君主。周朝制度，天子地方千里，车万乘。后来称皇帝为万乘。苦

不早，意思是恨不能早些见到皇帝。 〔6〕会稽愚妇轻买臣，用朱买臣典故。买臣，即朱买臣，西汉会稽郡吴（今江苏苏州境内）人。据《汉书·朱买臣传》："朱买臣，会稽郡吴人，家贫，好读书，不治产业。常刈薪樵，卖以给食，担束薪行且诵读。其妻亦负担相随，数止买臣毋歌讴道中，买臣愈益疾歌，妻羞之求去。买臣笑曰：'我年五十当富贵，今已四十余矣。汝苦日久，待我富贵报汝功。'妻恚怒曰：'如公等，终饿死沟中耳，何能富贵？'买臣不能留，即听去。后买臣为会稽太守，入吴界见其故妻、妻夫治道。买臣驻车，呼令后车载其夫妻到太守舍，置园中，给食之。居一月，妻自尽死。" 〔7〕西入秦，即从南陵动身西行到长安去。秦，指唐时首都长安，春秋战国时为秦地。 〔8〕蓬蒿人，草野之人，也就是没有当官的人。蓬、蒿，都是草本植物，这里借指草野民间。

梦游天姥吟留别（一名别东鲁诸公）

海客谈瀛洲，烟涛微茫信难求；
越人语天姥，云霞明灭或可睹。
天姥连天向天横，势拔五岳掩赤城。
天台四万八千丈，对此欲倒东南倾。
我欲因之梦吴越，一夜飞度镜湖月。
湖月照我影，送我至剡溪。
谢公宿处今尚在，渌水荡漾清猿啼。
脚着谢公屐，身登青云梯。
半壁见海日，空中闻天鸡。
千岩万转路不定，迷花倚石忽已暝。
熊咆龙吟殷岩泉，栗深林兮惊层巅。
云青青兮欲雨，水澹澹兮生烟。
列缺霹雳，丘峦崩摧。
洞天石扉，訇然中开。
青冥浩荡不见底，日月照耀金银台。

105

霓为衣兮风为马，云之君兮纷纷而来下。
虎鼓瑟兮鸾回车，仙之人兮列如麻。
魂悸以魄动，恍惊起而长嗟。
惟觉时之枕席，失向来之烟霞。
世间行乐亦如此，古来万事东流水。
别君去兮何时还？且放白鹿青崖间。
须行即骑访名山。安能摧眉折腰事权贵，
使我不得开心颜！

南阳送客

斗酒勿为薄，寸心贵不忘。
坐惜故人去，偏令游子伤。
离颜怨芳草，春思结垂杨。
挥手再三别，临岐空断肠。

金陵酬翰林谪仙子

君抱碧海珠，我怀蓝田玉。各称希代宝，万里遥相烛。
长卿[1]慕蔺久，子猷意已深。平生风云人，暗合江海心。
去秋忽乘兴，命驾[2]来东土。谪仙[3]游梁园[4]，爱子在邹鲁。
二处一不见，拂衣向江东。五两[5]挂海月，扁舟随长风。
南游吴越遍，高揖[6]二千石。雪上天台山，春逢翰林伯。
宣父[7]敬项橐[8]，林宗重黄生。一长复一少，相看如弟兄。
惕然[9]意不尽，更逐西南去。同舟入秦淮，建业龙盘处。
楚歌对吴酒，借问承恩初。宫买长门赋[10]，天迎驷马车。

才高世难容，道废可推命。安石重携妓，子房[11]空谢病。
金陵百万户，六代帝王都。虎石据西江，钟山[12]临北湖。
二山信为美，王屋人相待。应为歧路多，不知岁寒在。
君游早晚还，勿久风尘间。此别未远别，秋期到仙山。

【注释】

〔1〕长卿，汉辞赋家司马相如的字。 〔2〕命驾，命人驾车马，也指乘车出发。 〔3〕谪仙，谪居世间的仙人。常用以称誉才学优异的人。借指被谪降的官吏。 〔4〕梁园，即梁苑。西汉梁孝王的东苑。借指皇室的宅第园林。 〔5〕五两，古代的测风器。鸡毛五两或八两系于高竿顶上，借以观测风向、风力。 〔6〕高揖，双手抱拳高举过头作揖。古代作为辞别时的礼节。 〔7〕宣父，旧时对孔子的尊称。 〔8〕项橐（tuó），春秋时期莒国的一位神童，虽然只有七岁，孔夫子依然把他当作老师一般请教，后世尊项橐为圣公。 〔9〕惕然，忧虑貌。 〔10〕长门赋，长门买赋，陈皇后以百金力请司马相如作赋，感动了汉武帝，重又得到亲幸。 〔11〕子房，西汉开国大臣张良的字。张良曾行刺秦始皇未遂，逃亡下邳。 〔12〕钟山，山名，即紫金山，在今江苏省南京市东北。三国吴孙权避祖讳，更名蒋山。至宋复名钟山。

送当涂赵少府[1]赴长芦

我来扬都[2]市，送客回轻舠[3]。
因夸楚太子，便睹广陵涛[4]。
仙尉[5]赵家玉，英风凌四豪[6]。
维舟[7]至长芦，目送烟云高。
摇扇对酒楼，持袂把蟹螯。
前途倘相思，登岳一长谣。

诗酒山东

【注释】

〔1〕少府,县尉的别称。 〔2〕扬都,指扬州。 〔3〕轻舠(dāo),轻快的小舟。 〔4〕广陵涛,汉枚乘《七发》:"将以八月之望,与诸侯远方交游兄弟,并往观涛乎广陵之曲江。"后即以"广陵涛"称广陵(今扬州)曲江潮。汉时其势浩大,蔚为壮观。尔后势渐杀。唐大历后迄不见。 〔5〕仙尉,汉梅福的美称。梅字子真,为郡文学,补南昌尉。后归里,一旦弃妻子去,传以为仙,故称。见《汉书·梅福传》。前蜀韦庄《南昌晚眺》诗:"南昌城郭枕江烟,章水悠悠浪拍天。芳草绿遮仙尉宅,落霞红衬贾人船。"后以"仙尉"为县尉的誉称。 〔6〕四豪,指战国时孟尝君、平原君、信陵君、春申君四人。 〔7〕维舟,古代诸侯所乘之船。维连四船,使不动摇,故称。

送杨少府赴选[1]

大国置衡镜[2],准平[3]天地心。
群贤无邪人,朗鉴[4]穷情深。
吾君咏南风,衮冕[5]弹鸣琴。
时泰多美(一作英)士,京国[6]会(一作当)缨簪[7]。
山苗[8]落涧底,幽松出高岑[9]。
夫子[10]有盛才,主司[11]得球琳[12]。
流水非郑曲[13],前行遇知音。
衣工[14]剪绮绣,一误伤千金。
何惜刀尺[15]余,不裁寒女[16]衾。
我非弹冠[17]者,感别但开襟。
空谷[18]无白驹[19],贤人岂悲吟。
大道安弃物,时来或招寻。
尔见山吏部[20],当应无陆沈[21]。

【注释】

〔1〕赴选，指前往吏部听候铨选。〔2〕衡镜，衡器和镜子。衡可以称轻重，镜可以照美丑。比喻辨别是非善恶的标准。〔3〕准平，测量平面的仪器。均等，均衡。〔4〕朗鉴，明镜。〔5〕衮冕（gǔn miǎn），衮衣和冕。古代帝王与上公的礼服和礼冠。〔6〕京国，京城，国都。〔7〕缨簪（yīng zān），缨和簪，古代显贵的冠饰。借指贵官。〔8〕山苗，山上初生的草木。〔9〕高岑，高山。〔10〕夫子，古代对男子的敬称。〔11〕主司，主管。主管某项工作的官员或部门。〔12〕球琳，球、琳皆美玉名。亦泛指美玉。比喻贤才。〔13〕郑曲，春秋郑国的乐曲。多指俗曲。〔14〕衣工，制衣工匠。〔15〕刀尺，剪刀和尺。裁剪工具。〔16〕寒女，贫家女子。〔17〕弹冠，比喻相友善者援引出仕。〔18〕空谷，空旷幽深的山谷。多指贤者隐居的地方。〔19〕白驹，白色骏马。比喻贤人、隐士。〔20〕山吏部，晋山涛为吏部尚书，善甄拔人才。后以"山吏部"借称善于甄拔人才之官。〔21〕陆沈，陆沉。陆地无水而沉，比喻隐居、埋没，不为人知。

对雪奉饯任城[1]六父秩满[2]归京

龙虎[3]谢鞭策，鹓鸾[4]不司晨[5]。

君看海上鹤，何似笼中鹑。

独用天地心，浮云乃吾身。

虽将簪组[6]狎，若与烟霞亲。

季父[7]有英风，白眉[8]超常伦。

一官即梦寐，脱屣归西秦。

窦公敞华筵，墨客尽来臻[9]。

燕歌[10]落胡雁[11]，郢曲[12]回阳春。

征马百度嘶，游车[13]动行尘。

踌躇未忍去，恋此四座人。

饯离驻高驾，惜别空殷勤。

109

何时竹林下，更与步兵[14]邻。

【注释】

〔1〕任城，古县名，今山东省西南部济宁地。汉置，明废。 〔2〕秩满，谓官吏任期届满。 〔3〕龙虎，喻英雄俊杰。 〔4〕鹓鸾（yuān luán），比喻朝官。 〔5〕司晨，谓雄鸡报晓。 〔6〕簪组，冠簪和冠带。借指官宦。 〔7〕季父，叔父。亦指最小的叔父。 〔8〕白眉，《三国志·蜀志·马良传》："马良，字季常，襄阳宜城人也。兄弟五人，并有才名，乡里为之谚曰：'马氏五常，白眉最良。'良眉中有白毛，故以称之。"后因以喻兄弟或侪辈中的杰出者。 〔9〕来臻，来到。 〔10〕燕歌，战国时，燕太子丹命荆轲入秦刺秦王，至易水上，高渐离击筑，荆轲慷慨作歌曰："风萧萧兮易水寒，壮士一去兮不复还！"见《战国策·燕策三》。后以"燕歌"泛指悲壮的燕地歌谣。 〔11〕胡雁，雁。雁来自北方胡地，故称。 〔12〕郢（yǐng）曲，战国楚宋玉《对楚王问》："客有歌于郢中者，其始曰《下里巴人》，国中属而和者数千人；其为《阳阿》《薤露》，国中属而和者数百人；其为《阳春白雪》，国中属而和者不过数十人；引商刻羽，杂以流徵，而和者数人而已。"后以"郢曲"泛指乐曲。 〔13〕游车，巡游之战车。 〔14〕步兵，三国魏阮籍的别称。籍尝官步兵校尉。明何景明《西郊秋兴》诗之七："步兵常嗜酒，水部本能文。"

金乡[1]送韦八之西京

客自长安来，还归长安去。
狂风吹我心，西挂咸阳[2]树。
此情不可道，此别何时遇。
望望不见君，连山起烟雾。

【注释】

〔1〕金乡在今山东济宁金乡县。李白常在鲁郡和单父间游历。 〔2〕咸阳,指长安。

送族弟单父[1]主簿凝摄宋城主簿[2]至郭南月桥却回栖霞山留饮赠之

吾家青萍[3]剑,操割[4]有余闲。
往来纠二邑,此去何时还。
鞍马月桥南,光辉歧路间。
贤豪相追饯,却到栖霞山。
群花散芳园,斗酒开离颜。
乐酣相顾起,征马无由攀。

【注释】

〔1〕单父(chán fù),春秋鲁国邑名,故址在今山东省单县南。孔子弟子宓子贱为单父宰,甚得民心,孔子美之。见《孔子家语·七十二弟子解》。后因以喻有治绩的郡县或官员。栖霞山在今单县西南。 〔2〕主簿,官名。汉代中央及郡县官署多置之。其职责为主管文书,办理事务。至魏晋时渐为将帅重臣的主要僚属,参与机要,总领府事。此后各中央官署及州县虽仍置主簿,但任职渐轻。唐宋时皆以主簿为初事之官。明清时各寺卿也有设主簿的,或称典簿。外官则设于知县以下,为佐官之一。后省并。 〔3〕青萍,古宝剑名。 〔4〕操割,执刀而割。比喻出仕处理政事。

诗酒山东

鲁郡尧祠[1]送张十四游河北

猛虎伏尺草,虽藏难蔽身。
有如张公子,肮脏[2]在风尘。
岂无横腰剑,屈彼淮阴人[3]。
击筑[4]向北燕[5],燕歌易水滨。
归来泰山上,当与尔为邻。

【注释】
[1]鲁郡尧祠在今山东兖州城东泗河金口坝附近。祠今不存。 [2]肮脏,一名昂藏,指人仪表轩昂伟岸。 [3]淮阴人,指汉朝淮阴侯韩信。信曾受胯下之辱,故言委屈。此句说英雄还没有施展志向时,只能像淮阴侯一样暂受屈辱。 [4]击筑,典出《史记·刺客列传·荆轲传》,言战国末刺客荆轲游于燕市,曾与高渐离结伴,渐离击筑,荆轲和歌,自抒哀乐,旁若无人。这里用燕市击筑来点明诗人与张十四的深厚友谊。筑:古代弦乐器,像琴,有十三根弦,用竹尺敲打。 [5]北燕,国名。指秦末农民大起义中,韩广重建之燕国。

送杨燕之东鲁[1]

关西[2]杨伯起,汉日旧称贤。
四代三(一作五)公族,清风播人天。
夫子华阴居,开门对玉莲[3]。
何事历衡霍[4],云帆今始还。
君坐稍解颜[5],为君歌此篇。
我固侯门士,谬登圣主筵。
一辞金华殿[6],蹭蹬[7]长江边。
二子鲁门东[8],别来已经年。
因君此中去,不觉泪如泉。

【注释】

〔1〕此诗写于李白自翰林"赐金放还",在安徽长江诸县游历时。之东鲁,到山东去。 〔2〕关西,指函谷关或潼关以西的地区。 〔3〕玉莲,白莲。 〔4〕衡霍,即衡山。衡山一名霍山,故称。 〔5〕解颜,开颜欢笑。 〔6〕金华殿,古殿名。殿在未央宫内。借指内庭。 〔7〕蹭蹬,险阻难行。 〔8〕指李白的女儿与儿子。鲁门东,李白家在鲁郡(兖州)东门,靠近泗河。

送萧三十一之鲁中兼问稚子伯禽

六月南风吹白沙,吴牛喘月[1]气成霞。

水国[2]郁(一作歊)蒸不可处,时炎道远无行车。

夫子如何涉江路,云帆袅袅[3]金陵去。

高堂倚门望伯鱼[4],鲁中正是趋庭[5]处。

我家寄在沙丘[6]傍,三年不归空断肠。

君行既识伯禽子,应驾小车骑白羊[7]。

【注释】

〔1〕吴牛喘月,吴地之牛畏热,见月疑日而气喘。形容酷热难当。 〔2〕水国,犹水乡。 〔3〕袅袅,纤长柔美貌。 〔4〕伯鱼,孔子的儿子鲤的字。见《孔子家语·本姓解》。《论语·季氏》:"陈亢问于伯鱼曰:'子亦有异闻乎?'对曰:'未也。'尝独立,鲤趋而过庭。曰:'学诗乎?'"后用作对别人儿子的美称。 〔5〕趋庭,《论语·季氏》:"(孔子)尝独立,鲤趋而过庭。曰:'学诗乎?'对曰:'未也。''不学诗,无以言。'鲤退而学诗。他日,又独立,鲤趋而过庭。曰:'学礼乎?'对曰:'未也。''不学礼,无以立。'鲤退而学礼。"鲤,孔子之子伯鱼。后因以"趋庭"谓子承父教。"鲁中"句,指我的孩子正好是要读书的时候。鲁中,山东。 〔6〕沙丘,亦称瑕

丘，李白在鲁郡的住所。 〔7〕驾小车骑白羊，是诗人想象自己儿子在家玩耍的情形。

送韩侍御之广德

昔日绣衣[1]何足荣，今宵贳酒[2]与君倾。
暂就东山[3]赊月色，酣歌一夜送泉明[4]。

【注释】

〔1〕绣衣，彩绣的丝绸衣服，古代贵者所服。今多指饰以刺绣的丝质服装。 〔2〕贳酒，赊酒。 〔3〕东山，据《晋书·谢安传》载，谢安早年曾辞官隐居会稽之东山，经朝廷屡次征聘，方从东山复出，官至司徒要职，成为东晋重臣。又，临安、金陵亦有东山，也曾是谢安的游憩之地。后因以"东山"为典。指隐居或游憩之地。 〔4〕泉明，指晋陶渊明。渊明为彭泽令时，因不能"为五斗米折腰"，弃官归隐。见《晋书·隐逸传·陶潜》。后遂借指欲作归隐之计的县令。

送别

斗酒渭城[1]边，垆头[2]耐醉眠。
梨花千树雪，杨（一作柳）叶万条烟。
惜别添壶酒，临岐赠马鞭。
看君颍上去，新月到家圆。

【注释】

〔1〕渭城，地名。本秦都咸阳，汉高祖元年改名新城，后废。武帝元鼎三年复置，改名渭城。东汉并入长安县。治所在今陕西咸阳东北二十里。 〔2〕垆头，酒坊。

饯校书[1]叔云

少年费白日，歌笑矜朱颜。
不知忽已老，喜见春风还。
惜别且为欢，裴回桃李间。
看花饮美酒，听鸟临晴山。
向晚竹林寂，无人空闭关[2]。

【注释】
[1]校书，古代掌校理典籍的官员。汉有校书郎中，三国魏始置秘书校书郎，隋、唐等都设此官，属秘书省。　[2]闭关，闭门谢客，断绝往来。谓不为尘事所扰。

宣州谢朓楼[1]饯别校书叔云（一作陪侍御叔华登楼歌）

弃我去者，昨日之日不可留；
乱我心者，今日之日多烦忧。
长风万里送秋雁，对此可以酣高楼。
蓬莱文章建安骨[2]，中间小谢[3]又清发[4]。
俱怀逸兴壮思飞，欲上青天览日月。
抽刀断水水更流，举杯销愁愁更愁。
人生在世不称意，明朝散发[5]弄扁舟。

【注释】
[1]谢朓（tiǎo）楼，即谢公楼。谢朓为宣城太守时所建之高斋地。一名北楼。唐咸通间，刺史独孤霖改建后，称迭嶂楼。　[2]建安骨，指汉魏之际曹操父子和建安七子等人诗文的刚健遒劲的风格。建安，汉献帝年号。　[3]小谢，指南朝齐谢

115

眺。〔4〕清发,清明焕发。〔5〕散发,披散头发。喻指弃官隐居,逍遥自在。

早秋单父南楼酬窦公衡

白露见日灭,红颜随霜凋。
别君若俯仰[1],春芳辞秋条。
泰山嵯峨[2]夏云在,疑是白波涨东海。
散为飞雨川上来,遥帷却卷清浮埃。
知君独坐青轩[3]下,此时结念同所怀。
我闭南楼看道书,幽帘清寂在仙居。
曾无好事来相访,赖尔高文[4]一起予。

【注释】

〔1〕俯仰,比喻时间短暂。 〔2〕嵯峨(cuó é),山高峻貌。 〔3〕青轩,《庄子·让王》:"子贡乘大马,中绀而表素,轩车不容巷。"成玄英疏:"子贡,孔子弟子,名赐,好荣华。其轩盖是白素,里为绀色,车马高大,故巷道不容也。"绀,深青赤色。后因以"青轩"指豪华的车子。借指豪华的居室。 〔4〕高文,指优秀诗文。亦用作对对方诗文的敬称。

酬张卿夜宿南陵见赠

月出鲁城[1]东,明如天上雪。
鲁女惊莎鸡[2],鸣机[3]应秋节。
当君相思夜,火落[4]金风[5]高。
河汉挂户牖[6],欲济无轻舠。
我昔辞林丘,云龙[7]忽相见。
客星[8]动太微[9],朝去洛阳殿。

尔来[10]得茂彦[11]，七叶[12]仕汉余。

身为下邳客，家有圯桥书[13]。

傅说未梦时，终当起岩野[14]。

万古骑辰星，光辉照天下。

与君各未遇，长策委蒿莱[15]。

宝刀隐玉匣，锈涩空莓苔。

遂令世上愚，轻我土与灰。

一朝攀龙去，蛙黾[16]安在哉？

故山定有酒，与尔倾金罍[17]。

【注释】

〔1〕鲁城，曲阜的别称。曲阜曾为鲁国都城，故名。南陵，在曲阜城南。 〔2〕莎鸡，虫名。又名络纬。俗称纺织娘、络丝娘。 〔3〕鸣机，即机杼。织布机。开动机杼。谓织布。 〔4〕火落，大火星为夏季南天之标识，因以"火落"谓炎暑消失，初秋来临。 〔5〕金风，秋风。 〔6〕户牖（yǒu），门窗。 〔7〕云龙，云和龙。比喻君臣风云际会。喻朋友相得。〔8〕客星，对天空中新出现的星的统称，如新星、超新星等。 〔9〕太微，古代星官名。三垣之一。位于北斗之南，轸、翼之北，大角之西，轩辕之东。诸星以五帝座为中心，作屏藩状。用指朝廷或帝皇之居。 〔10〕尔来，从那时以来。近来。 〔11〕茂彦，晋李毅，字茂彦，淹通有智识，与以清尚见称的李重同为王戎所选，任吏部郎，各得其所。后因以"茂彦"指代优异之士。 〔12〕七叶，七世，七代。 〔13〕圯（yí）桥书，亦称"圯上书""圯下兵法"，指秦末一老父于圯上授予张良的《太公兵法》。下邳客指当时潜居下邳（今江苏徐州东）的张良。 〔14〕岩野，傅岩之野。语本《书·说命上》："王庸作书以诰曰：'以台正于四方，惟恐德弗类，兹故弗言。恭默思道，梦帝赉予良弼，其代予言。'乃审厥象，俾以形旁求于天下。说筑傅岩之野，惟肖，爰立作相。王置诸其左右。"后用以指隐士所居之处或山野。 〔15〕蒿莱，野草；杂草。草野。 〔16〕蛙黾（měng），蛙类动物。比喻谗谀之人。 〔17〕金罍（léi），饰金的大型酒器。泛指酒盏。

117

诗酒山东

酬岑勋见寻就元丹丘对酒相待以诗见招

黄鹤[1]东南来，寄书写心曲。
倚松开其缄，忆我肠断续。
不以千里遥，命驾来相招。
中逢元丹丘，登岭宴碧霄[2]。
对酒忽思我，长啸临清飙[3]。
蹇予未相知，茫茫绿云[4]垂。
俄然[5]素书[6]及，解此长渴饥。
策马望山月，途穷造阶墀[7]。
喜兹一会面，若睹琼树枝。
忆君我远来，我欢方速至。
开颜酌美酒，乐极忽成醉。
我情既不浅，君意方亦深。
相知两相得，一顾轻千金。
且向山客笑，与君论素心[8]。

【注释】

〔1〕黄鹤，喻贤才，大才。 〔2〕碧霄，亦作"碧宵"。青天。 〔3〕清飙，犹清风。指清高俊逸的风范。 〔4〕绿云，绿色的云彩。多形容缭绕仙人之瑞云。 〔5〕俄然，一会儿，短暂的时间，突然。 〔6〕素书，古人以白绢作书，故以称书信。 〔7〕阶墀(chí)，台阶。亦指阶面。 〔8〕素心，本心，素愿。

玩月[1]金陵[2]城西孙楚酒楼,达曙[3]歌吹,日晚乘醉,着紫绮裘、乌纱巾[4],与酒客数人棹歌秦淮,往石头访崔四侍御

昨玩西城月,青天垂玉钩。

朝沽金陵酒,歌吹孙楚楼[5]。

忽忆绣衣人,乘船往石头。

草裹乌纱巾,倒被紫绮裘。

两岸拍手笑,疑是王子猷。

酒客十数公,崩腾醉中流[6]。

谑浪[7]棹海客,喧呼傲阳侯[8]。

半道逢吴姬,卷帘出揶揄[9]。

我忆君到此,不知狂与羞。

一月(一作月下)一见君,三杯便回桡[10]。

舍舟共连袂,行上南渡桥。

兴发歌绿水,秦客[11]为之摇。

鸡鸣复相招,清宴逸云霄。

赠我数百字,字字凌风飙。

系之衣裘上,相忆每长谣[12]。

【注释】

〔1〕玩月,赏月。鲍照有诗《玩月城西门解中》。 〔2〕金陵,古邑名。今南京市的别称。战国楚威王七年(前333)灭越后在今南京市清凉山(石城山)设金陵邑。 〔3〕达曙,犹达旦。 〔4〕乌纱巾,即乌纱帽。又称唐巾。 〔5〕孙楚楼,古酒楼名,在金陵(今南京)城西。后亦泛指酒楼。 〔6〕中流,江河中央,水中。 〔7〕谑浪,戏谑放荡。 〔8〕阳侯,古代传说中的波涛之神。 〔9〕吴姬,吴地的美女。此指金陵城下舟中的歌姬。揶揄,指笑话、做鬼脸

119

等表情。 〔10〕回桡，掉转船头，改变航向。桡，船桨。 〔11〕秦客，指秦时避乱移居桃源洞之人。借指避世隐居之士。 〔12〕长谣，放声高歌。

醉后答丁十八以诗讥余捶碎黄鹤楼

黄鹤高楼已槌碎，黄鹤仙人无所依。
黄鹤上天诉玉帝，却放黄鹤江南归。
神明太守再雕饰，新图粉壁[1]还芳菲。
一州笑我为狂客，少年往往来相讥。
君平[2]帘下谁家子[3]，云是[4]辽东[5]丁令威[6]。
作诗调我惊逸兴，白云绕笔窗前飞。
待取[7]明朝酒醒罢，与君烂漫寻春晖。

【注释】

〔1〕粉壁，指白色墙壁。 〔2〕君平，汉高士严遵的字。严遵隐居不仕，曾卖卜于成都。 〔3〕谁家子，谁，何人。 〔4〕云是，如此。 〔5〕辽东，指辽河以东的地区，今辽宁省的东部和南部。 〔6〕丁令威，传说是汉辽东人，学道于灵虚山，后成仙化鹤归来，落城门华表柱上。时有少年，举弓欲射之，鹤乃飞，徘徊空中而言曰："有鸟有鸟丁令威，去家千年今始归。城郭如故人民非，何不学仙冢累累。"后用以比喻人世的变迁。 〔7〕待取，等到。

秋猎孟诸夜归置酒单父东楼观妓[1]

倾晖[2]速短炬，走海[3]无停川。
冀餐圆丘草[4]，欲以还颓年。
此事不可得，微生若浮烟。
骏发跨名驹，雕弓控鸣弦。

120

鹰豪鲁草白，狐兔多肥鲜。
邀遮[5]相驰逐，遂出城东田。
一扫四野空，喧呼鞍马前。
归来献所获，炮炙[6]宜霜天[7]。
出舞两美人，飘飘若云仙。
留欢不知疲，清晓[8]方来旋。

【注释】

〔1〕此诗亦作于山东单县之东楼。孟诸，亦作"孟猪""孟潴"，古泽薮名，在今河南商丘东北、虞城西北。 〔2〕倾晖，指斜阳。 〔3〕走海，航行于海上。此指日光疾驰于海上，谓时光如梭。 〔4〕圆丘草，指仙山圆丘所产的芝草。据说食之可以延年。 〔5〕邀遮，拦阻。 〔6〕炮炙，烘烤，烧烤。 〔7〕霜天，深秋天气。 〔8〕清晓，天刚亮时。

秋夜与刘砀山泛宴喜亭池

明宰试舟楫[1]，张灯宴华池[2]。
文招梁苑[3]客，歌动郢[4]中儿。
月色望不尽，空天交相宜。
令人欲泛海，只待长风吹。

【注释】

〔1〕舟楫，《诗·卫风·竹竿》："桧楫松舟。"毛传："楫所以棹舟，舟楫相配，得水而行。"后以"舟楫"泛指船只。 〔2〕华池，神话传说中的池名，在昆仑山上。 〔3〕梁苑，西汉梁孝王所建的东苑，故址在今河南省开封市东南。园林规模宏大，方三百余里，宫室相连属，供游赏驰猎。梁孝王在其中广纳宾客，当时名士司马相如、枚乘、邹阳等均为座上客。也称兔园。 〔4〕郢（yǐng）中，郢都。此处指其中有擅歌者，可与郢中儿媲美。

诗酒山东

下终南山[1]过斛斯山人宿置酒

暮从碧山下,山月随人归。
却顾[2]所来径,苍苍横翠微。
相携及田家,童稚开荆扉[3]。
绿竹入幽径,青萝[4]拂行衣。
欢言得所憩,美酒聊共挥。
长歌吟松风,曲尽河星(一作星河)稀。
我醉君复乐,陶然[5]共忘机[6]。

【注释】
[1]终南山,山名,秦岭主峰之一,在陕西省西安市南。一称南山,即狭义的秦岭。古名太一山、地肺山、中南山、周南山。 [2]却顾,回顾,回转头看。 [3]荆扉,柴门。 [4]青萝,松萝。一种攀生在石崖、松柏或墙上的植物。 [5]陶然,醉乐貌。 [6]忘机,消除机巧之心。常用以指甘于淡泊,与世无争。

陪从祖济南太守[1]泛鹊山湖[2]三首(其一)

初谓鹊山[3]近,宁知湖水遥。
此行殊访戴,自可缓归桡[4]。

按:从祖济南太守指时任北海太守的李邕,为李白远房亲戚。古时游湖必以诗酒相属,且李白游济南乃济南美谈。故存入本卷。

【注释】

〔1〕太守，官名。秦置郡守，汉景帝时改名太守，为一郡最高的行政长官。隋初以州刺史为郡长官。唐承隋制。宋以后改郡为府或州，太守已非正式官名，只用作知府、知州的别称。明清时专指知府。　〔2〕鹊山湖，湖名，在今济南大明湖北至鹊山一带广大地区。唐宋时黄河均不经过济南，清时（1855年）黄河决口才夺济水入海。　〔3〕鹊山，山名，在今山东省济南市天桥区泺口黄河渡口北岸。　〔4〕归桡，犹归舟。

陪从祖济南太守泛鹊山湖三首（其二）

湖阔数千里，湖光摇碧山。
湖西正有月，独送李膺还。

按：李白在此将李邕比作李膺。谓李邕亦豪杰也。

陪从祖济南太守泛鹊山湖三首（其三）

水入北湖去，舟从南浦[1]回。
遥看鹊山转，却似送人来。

【注释】

〔1〕南浦，南面的水边。后常用称送别之地。

把酒问月（故人贾淳令予问之）

青天有月来几时，我今停杯一问之。

人攀明月不可得，月行却与人相随。

皎如飞镜[1]临丹阙[2]，绿烟灭尽清辉[3]发。

但见宵从海上来，宁知晓向云间没。

白兔捣药秋复春，嫦娥孤栖与谁邻。

今人不见古时月，今月曾经照古人。

古人今人若流水，共看明月皆如此。

唯愿当歌对酒时，月光长照金樽里。

【注释】

〔1〕飞镜，比喻明月。 〔2〕丹阙，赤色的宫阙。借指皇帝所居的宫廷。 〔3〕清辉，清光。多指日月的光辉。

金陵凤凰台[1]置酒

置酒延落景[2]，金陵凤凰台。

长波写万古，心与云俱开。

借问往昔时，凤凰为谁来。

凤凰去已久，正当今日回。

明君越羲轩[3]，天老[4]坐三台[5]。

豪士无所用，弹弦醉金罍。

东风吹山花，安可不尽杯。

六帝没幽草，深宫冥绿苔。

置酒勿复道，歌钟但相催。

【注释】

〔1〕凤凰台，古台名，在今江苏省南京市南面。 〔2〕落景，夕阳。 〔3〕羲轩，伏羲氏和轩辕氏（黄帝）的并称。 〔4〕天老，相传为黄帝辅臣。 〔5〕三台，古代天子有灵台、时台、囿台，合称三台。

秋浦[1]清溪雪夜对酒客有唱山鹧鸪者

披君（一作我）貂襜褕[2]，对君白玉壶。

雪花酒上灭，顿觉夜寒无。

客有桂阳至，能吟山鹧鸪。

清风动窗竹，越鸟[3]起相呼。

持此足为乐，何烦笙与竽。

【注释】

[1]秋浦，秋日的水滨。 [2]襜褕（chān yú），古代一种较长的单衣，有直裾和曲裾二式，为男女通用的非正朝之服，因其宽大而长作襜襜然状，故名。 [3]越鸟，即鹧鸪。以越地最多，故谓之越鸟。

与周刚清溪玉镜潭宴别

题注：潭在秋浦桃树陂下，余新名此潭。

康乐[1]上官去，永嘉[2]游石门。

江亭（一作中）有孤屿[3]，千载迹犹存。

我来游（一作憩）秋浦，三入桃陂源。

千峰照积雪，万壑尽啼猿。

兴与谢公合，文因周子论。

扫崖去落叶，席（一作带）月开清樽。

溪当大楼南，溪水正南奔。

回作玉镜潭，澄明洗心魂。

诗酒山东

此中得佳境，可以绝嚣喧。

清夜方归来，酣歌出平原。

别后经此地，为余谢兰荪[4]。

【注释】

[1]康乐，指南朝宋文学家谢灵运。　[2]永嘉，永嘉郡，治所在今浙江永嘉县。　[3]孤屿，孤立的岛屿。南朝宋谢灵运《登江中孤屿》诗："乱流趋正绝，孤屿媚中川。"　[4]兰荪，即菖蒲，一种香草。

宴陶家亭子

曲巷幽人宅，高门大士家。

池开照胆镜[1]，林吐破颜[2]花。

绿水藏春日，青轩秘晚霞。

若闻弦管妙，金谷[3]不能夸。

【注释】

[1]照胆，相传秦咸阳宫中有大方镜，能照见五脏病患。女子有邪心者，以此镜照之，可见胆张心动。　[2]破颜，露出笑容，笑。　[3]金谷，指晋石崇所筑的金谷园。借指仕宦文人游宴饯别的场所。

流夜郎至江夏陪长史[1]叔及薛明府宴兴德寺南阁

绀殿[2]横江上，青山落镜中。

岸回沙不尽，日映水成空。

天乐[3]流（一作闻）香阁[4]，莲舟[5]扬晚风。
恭陪竹林宴，留醉与陶公[6]。

【注释】

〔1〕长史，官名，秦置。汉相国、丞相，后汉太尉、司徒、司空、将军府各有长史。 〔2〕绀殿（gàn diàn），指佛寺。 〔3〕天乐，指自然界和谐的音响，天籁。 〔4〕香阁，宫廷或佛寺的台阁。 〔5〕莲舟，采莲的船。 〔6〕陶公，指陶潜，此处喻指薛明府。

泛沔州城南郎官湖

序：乾元岁，秋八月，白迁于夜郎，遇故人尚书郎张谓出使夏口[1]，沔州牧杜公、汉阳宰王公，觞于江城之南湖，乐天下之再平也。方夜，水月如练，清光可掇。张公殊有胜概[2]，四望超然，乃顾白曰："此湖古来贤豪游者非一，而枉践佳景，寂寥无闻。夫子可为我标之嘉名，以传不朽。"白因举酒酹水，号之曰郎官湖，亦犹郑圃[3]之有仆射[4]陂也。席上文士辅翼岑静，以为知言，乃命赋诗纪事，刻石湖侧，将与大别山[5]共相磨灭焉。

张公多逸兴，共泛沔城隅。
当时秋月好，不减武昌都。
四座醉清光，为欢古来无。
郎官爱此水，因号郎官湖。
风流若未减，名与此山俱。

【注释】

〔1〕夏口，古地名，位于汉水下游入长江处，由于汉水自沔阳以下古称夏水，故名。夏口在江北，三国吴置夏口督屯于江南，北筑城于武汉市黄鹄山上，与夏口隔江相对。 〔2〕胜概，美景、美好的境界。 〔3〕郑圃，古地名，郑之圃

田,在今河南省中牟县西南。相传为列子所居。 〔4〕仆射(yè),官名。秦始置,汉以后因之。汉成帝建始四年,初置尚书五人,一人为仆射,位仅次尚书令,职权渐重。汉献帝建安四年,置左右仆射。唐宋左右仆射为宰相之职。宋以后废。太平天国曾设仆射一职。 〔5〕大别山,在豫、鄂、皖三省边境,西接桐柏山,东延为霍山,为长江和淮河的分水岭。该山海拔1000米左右,主峰天堂寨在湖北省罗田县东北,高1729米。富林、矿资源。

陪侍郎叔游洞庭醉后三首(其一)

今日竹林宴,我家贤侍郎。
三杯容小阮[1],醉后发清狂[2]。

【注释】
〔1〕小阮,称晋阮咸。咸与叔父籍都是"竹林七贤"之一,世因称咸为小阮。后借以称侄儿。 〔2〕清狂,痴癫,放逸不羁。

陪侍郎叔游洞庭醉后三首(其二)

船上齐桡乐,湖心泛月归。
白鸥闲不去,争拂酒筵飞。

陪侍郎叔游洞庭醉后三首(其三)

刬却[1]君山[2]好,平铺湘水[3]流。
巴陵[4]无限酒,醉杀洞庭秋。

【注释】

〔1〕刬（chǎn）却，铲去，除掉。 〔2〕君山，山名，在湖南洞庭湖口，又名湘山。 〔3〕湘水，即湘江。 〔4〕巴陵，山名，在岳阳县治西南，濒洞庭湖。

夜泛洞庭寻裴侍御清酌

日晚湘水绿，孤舟无端倪。
明湖涨秋月，独泛巴陵西。
过憩裴逸人，岩居[1]陵丹梯[2]。
抱琴出深竹，为我弹鹍鸡[3]。
曲尽酒亦倾，北窗醉如泥。
人生且行乐，何必组与圭。

【注释】

〔1〕岩居，山居，多指隐居山中。 〔2〕丹梯，指高入云霄的山峰。 〔3〕鹍鸡（kūn jī），古曲名。

陪族叔刑部侍郎晔及中书贾舍人至游洞庭五首（其二）

南湖秋水夜无烟，耐可[1]乘流直上天。
且就（一作问）洞庭赊月色，将船买酒白云边。

【注释】

〔1〕耐可，怎得，安得。

诗酒山东

陪族叔刑部侍郎晔及中书贾舍人至游洞庭五首（其四）

洞庭湖西秋月辉，潇湘江北早鸿飞。
醉客满船歌白苎，不知霜露入秋衣。

九日登山

渊明归去来，不与世相逐。
为无杯中物，遂偶本州牧。
因招白衣人[1]，笑酌黄花菊。
我来不得意，虚过重阳时。
题舆[2]何俊发[3]，遂结城南期。
筑土按响山，俯临宛水湄[4]。
胡人叫玉笛，越女弹霜丝。
自作英王胄，斯乐不可窥。
赤鲤[5]涌琴高[6]，白龟[7]道冯夷[8]。
灵仙如仿佛，奠酹[9]遥相知。
古来登高人，今复几人在。
沧洲[10]违宿诺[11]，明日犹可待。
连山似惊波，合沓[12]出溟海[13]。
扬袂挥四座，酩酊安所知。
齐歌送清扬，起舞乱参差。
宾随落叶散，帽逐秋风吹[14]。
别后登此台，愿言长相思。

【注释】

〔1〕白衣人，南朝宋檀道鸾《续晋阳秋·恭帝》："王宏为江州刺史，陶潜九月九日无酒，于宅边东篱下菊丛中摘盈把，坐其侧。未几，望见一白衣人至，乃刺史王宏送酒也。即便就酌而后归。"后因以为重阳故事。亦用作朋友赠酒或饮酒、咏菊等典故。　〔2〕题舆，东汉周景任豫州刺史时，尝辟陈蕃（字仲举）为别驾。蕃辞不就。景题别驾舆曰："陈仲举座也。"不复更辟。蕃惶惧，起视职。事见《太平御览》卷二六三引三国吴谢承《后汉书》。后遂用作典故，以"题舆"谓景仰贤达，望其出仕。　〔3〕俊发，犹英发，谓才识、情性、文采等充分表现出来。　〔4〕水湄（méi），水边。　〔5〕赤鲤，赤色鲤鱼。传说中仙人所骑。　〔6〕琴高，传说周末赵人，能鼓琴，后于涿水乘鲤归仙。　〔7〕白龟，白色的龟，古人以为瑞物。传说晋咸康中，豫州刺史毛宝戍邾城，有军人于市买得一白龟子长四五寸，养之渐大，放诸江中。邾城之败，养龟人自投于水中，觉如堕一石上，视之，乃先所养白龟，长五六尺，送至东岸，徐游而去。　〔8〕冯夷，传说中的黄河之神，即河伯。泛指水神。　〔9〕奠酹（lèi），犹奠酒。　〔10〕沧洲，滨水的地方。古时常用以称隐士的居处。　〔11〕宿诺，谓未及时兑现的诺言。预先的许诺，诺言。　〔12〕合沓，重叠，攒聚。纷至沓来。　〔13〕溟海，神话传说中的海名。大海。　〔14〕帽逐秋风，孟嘉落帽，典故名，成语，形容才子名士的风雅洒脱、才思敏捷。孟嘉，东晋时大将军桓温的参军。

九日

今日云景好，水绿秋山明。

携壶酌流霞[1]，搴菊泛寒荣[2]。

地远松石古，风扬弦管清。

窥觞照欢颜，独笑还自倾。

落帽[3]醉山月，空歌怀友生。

诗酒山东

【注释】

〔1〕流霞,传说中天上神仙的饮料。 〔2〕寒荣,寒天的花。 〔3〕落帽,《晋书·孟嘉传》:"(嘉)后为征西桓温参军,温甚重之。九月九日,温燕龙山,寮佐毕集。时佐吏并着戎服,有风至,吹嘉帽堕落,嘉不之觉。温使左右勿言,欲观其举止。嘉良久如厕,温令取还之,命孙盛作文嘲嘉,著嘉坐处。嘉还见,即答之,其文甚美,四坐嗟叹。"后因以"落帽"作为重九登高的典故。

九日龙山饮

九日龙山饮,黄花笑逐臣。
醉看风落帽,舞爱月留人。

九月十日即事

昨日登高罢,今朝更举觞。
菊花何太苦,遭此两重阳[1]。

【注释】

〔1〕两重阳,指农历九月初九重阳与九月初十小重阳。

登单父陶少府[1]半月台

陶公有逸兴,不与常人俱。
筑台像半月,迥出高城隅。
置酒望白云,高飙起寒梧。
秋山入远海,桑柘[2]罗平芜[3]。

水色渌且明,令人思镜湖[4]。

终当过江去,爱此暂踟蹰。

【注释】

[1]少府,县尉的别称。 [2]桑柘,桑木与柘木。 [3]平芜,草木丛生的平旷原野。 [4]镜湖,古代长江以南的大型农田水利工程之一,在今浙江绍兴会稽山北麓,东汉永和五年(140)在会稽太守马臻主持下修建。以水平如镜,故名。

对酒醉题屈突[1]明府[2]厅

陶令八十日,长歌归去来。

故人建昌宰,借问几时回。

风落吴江[3]雪,纷纷入酒杯。

山翁今已醉,舞袖为君开。

【注释】

[1]屈突,复姓。 [2]明府,汉亦有以"明府"称县令,唐以后多用以专称县令。 [3]吴江,吴淞江的别称。

月下独酌四首(其一)

花间(一作下,一作前)一壶酒,独酌无相亲。

举杯邀明月,对影成三人。

月既不解饮,影徒随我身。

暂伴月将影,行乐须及春。

我歌月裴回,我舞影零乱。

醒时同交欢，醉后各分散。

永结无情游，相期邈云汉（一作碧岩畔）。

月下独酌四首（其二）

天若不爱酒，酒星[1]不在天。

地若不爱酒，地应无酒泉。

天地既爱酒，爱酒不愧天。

已闻清比圣，复道浊如贤。

贤圣既已饮，何必求神仙。

三杯通大道，一斗合自然。

但得酒中趣，勿为醒者传。

【注释】

[1] 酒星，古星名。也称酒旗星。

月下独酌四首（其三）

三月咸阳城（一作时），千花昼如锦。

谁能春独愁，对此径须[1]饮。

穷通与修短[2]，造化夙所禀。

一樽齐死生，万事固难审。

醉后失天地，兀然就孤枕。

不知有吾身，此乐最为甚。

【注释】

〔1〕径须,直须。 〔2〕修短,长短。指人的寿命。

月下独酌四首(其四)

穷愁千万端(一作有千端),美酒三百杯(一作唯数杯)。

愁多酒虽少,酒倾愁不来。

所以知酒圣,酒酣心自开。

辞粟卧首阳[1](一作伯夷),屡空[2]饥颜回。

当代不乐饮,虚名安用哉。

蟹螯即金液[3],糟丘[4]是蓬莱。

且须饮美酒,乘月醉高台。

【注释】

〔1〕首阳,山名。一称雷首山,相传为伯夷、叔齐采薇隐居处。 〔2〕屡空,经常贫困。谓贫穷无财。 〔3〕金液,古代方士炼的一种丹液,谓服之可以成仙。喻美酒。 〔4〕糟丘,积糟成丘。极言酿酒之多,沉湎之甚。

待酒不至

玉壶系青丝,沽酒来何迟。

山花向我笑,正好衔杯时。

晚酌东窗下,流莺复在兹。

春风与醉客,今日乃相宜。

诗酒山东

独酌

春草如有意,罗生玉堂阴。
东风吹愁来,白发坐相侵。
独酌劝孤影,闲歌[1]面芳林。
长松尔何知(一作本无情),萧瑟[2]为谁吟。
手舞石上月,膝横花间琴。
过此一壶外,悠悠非我心。

按:一本云"春草遍绿野,新莺有佳音。落日不尽欢,恐为愁所侵。独酌劝孤影,闲歌面芳林。清风寻空来,岩松与共吟。手舞石上月,膝横花下琴。过此一壶外,悠悠非我心。"

【注释】
〔1〕闲歌,亦作"间歌",古时吹笙与歌唱相交替的一种礼制。 〔2〕萧瑟,形容风吹树木的声音。

春日独酌二首(其一)

东风扇淑气[1],水木荣春晖[2]。
白日照绿草,落花散且飞。
孤云还空山,众鸟各已归。
彼物皆有托,吾生独无依。
对此石上月,长醉歌(一作歌醉)芳菲。

【注释】
〔1〕淑气,温和之气。 〔2〕春晖,春日的阳光。

春日独酌二首（其二）

我有紫霞想，缅怀沧洲间。
思（一作且）对一壶酒，澹然[1]万事闲。
横琴[2]倚高松，把酒望远山。
长空去鸟没，落日孤云还。
但恐光景晚，宿昔成秋颜。

【注释】
〔1〕澹（dàn）然，恬淡貌，安定貌，安静貌。　〔2〕横琴，谓抚琴，弹琴。

金陵江上遇蓬池隐者（时于落星石[1]上以紫绮裘换酒为欢）

心爱名山游，身随名山远。
罗浮[2]麻姑[3]台，此去或未返。
遇君蓬池隐，就我石上饭。
空言不成欢，强笑惜日晚。
绿水向雁门，黄云蔽龙山。
叹息两客鸟，裴回吴越间。
共（一作一）语一执手，留连夜将久。
解我紫绮裘，且换金陵酒。
酒来笑复歌，兴酣乐事多。
水影弄月色，清光奈愁何。
明晨挂帆席，离恨满沧波[4]。

诗酒山东

【注释】

〔1〕落星石，即陨石。 〔2〕罗浮，山名，在广东省东江北岸。此山风景优美，为粤中游览胜地。晋葛洪曾在此山修道，道教称为"第七洞天"。相传隋赵师雄在此梦遇梅花仙女，后多为咏梅典实。 〔3〕麻姑，神话中仙女名。传说东汉桓帝时曾应仙人王远（字方平）召，降于蔡经家，为一美丽女子，年可十八九岁，手纤长似鸟爪。蔡经见之，心中念曰："背大痒时，得此爪以爬背，当佳。"方平知经心中所念，使人鞭之，且曰："麻姑，神人也，汝何思谓爪可以爬背耶？"麻姑自云："接侍以来，已见东海三为桑田。"她又能掷米成珠，为种种变化之术。事见晋葛洪《神仙传》。 〔4〕沧波，碧波。

山中与幽人[1]对酌

两人对酌山花开，一杯一杯复一杯。
我醉欲眠卿且去，明朝有意抱琴来。

【注释】

〔1〕幽人，幽隐之人，隐士。

春日醉起言志[1]

处世若大梦，胡为劳其生。
所以终日醉，颓然卧前楹[2]。
觉来盼庭前，一鸟花间鸣。
借问此何时，春风语流莺。
感之欲叹息，对酒还自倾。
浩歌待明月，曲尽已忘情。

【注释】

〔1〕言志,指诗歌。语出《书·舜典》:"诗言志。"　〔2〕前楹,殿堂前部的柱子。

相和歌辞对酒二首（其二）

劝君莫拒杯,春风笑人来。

桃李如旧识,倾花向我开。

流莺啼碧树,明月窥金罍。

昨来（集作日）朱颜子[1],今日白发催。

棘生石虎殿[2],鹿走姑苏台[3]。

自古帝王宅,城阙闭黄埃。

君若不饮酒,昔人安在哉。

【注释】

〔1〕朱颜子,谓年轻人。　〔2〕石虎殿,后赵石虎营建的宫殿。　〔3〕姑苏台,《国语·越语下》:"吴王帅其贤良与其重禄,以上姑苏。"韦昭注:"姑苏,宫之台也,在吴阊门外,近湖。"《史记·吴太伯世家》:"越因伐吴,败之姑苏。"司马贞索隐:"姑苏,台名,在吴县西三十里。"《后汉书·济南安王康传》:"吴兴姑苏而灭。"李贤注:"姑苏台一名姑胥台。"明梁辰鱼《浣纱记·谋吴》:"姑击之于欈李,复败于姑苏。"

诗酒山东

醉题王汉阳厅

我似鹧鸪[1]鸟，南迁[2]懒北飞。
时寻汉阳令，取醉月中归。

【注释】
[1]鹧鸪，鸟名，形似雌雉，头如鹑，胸前有白圆点，如珍珠。背毛有紫赤浪纹。足黄褐色。以谷粒、豆类和其他植物种子为主食，兼食昆虫，为中国南方留鸟。古人谐其鸣声为"行不得也哥哥"，诗文中常用以表示思念故乡。 [2]南迁，被贬谪、流放到南方。

自遣

对酒不觉暝，落花盈我衣。
醉起步溪月，鸟还人亦稀。

拟古[1]十二首（其三）

长绳难系日[2]，自古共悲辛[3]。
黄金高北斗，不惜买阳春。
石火[4]无留光，还如世中人。
即事已如梦，后来我谁身。
提壶莫辞贫，取酒会四邻。
仙人殊恍惚，未若[5]醉中真。

【注释】
[1]拟古，诗文仿效古人的风格形式。 [2]长绳系日，谓留住时光。 [3]悲

辛,悲伤辛酸。〔4〕石火,以石敲击迸发出的火花,其闪现极为短暂。〔5〕未若,不如,比不上。

拟古十二首(其五)

今日风日好,明日恐不如。

春风笑于人,何乃^[1]愁自居。

吹箫舞彩凤,酌醴^[2]鲙神鱼。

千金买一醉,取乐不求余。

达士遗天地,东门有二疏^[3]。

愚夫同瓦石^[4],有才知卷舒^[5]。

无事坐悲苦,块然^[6]涸辙^[7](一作鲋)鱼。

【注释】

〔1〕何乃,怎能,何能。何故,为何。 〔2〕酌醴,酌酒。 〔3〕二疏,指汉宣帝时名臣疏广与兄子受。广为太傅,受为少傅,同时以年老乞致仕,时人贤之。归日,送者车数百辆,设祖道,供张东都门外。致仕指官员退休归里。 〔4〕瓦石,瓦片石头。常比喻无价值的东西。 〔5〕卷舒,犹进退,隐显。 〔6〕块然,孤独貌,独处貌。 〔7〕涸辙(hé zhé),比喻穷困的境地。犹搁浅。

拟古十二首(其十)

仙人骑彩凤,昨下阆风岑^[1]。

海水三清浅,桃源一见寻。

遗我绿玉杯,兼之紫琼琴。

杯以倾美酒,琴以闲素心。

二物非世有,何论珠与金。

诗酒山东

琴弹松里风，杯劝天上月。

风月长相知，世人何倏忽[2]。

【注释】

〔1〕阆（láng）风岑，即阆风巅。 〔2〕倏忽（shū hū），迅疾貌。此指目视不明貌。

鲁东门观刈蒲

鲁国寒事早，初霜刈渚蒲。

挥镰若转月，拂水生连珠。

此草最可珍，何必贵龙须。

织作玉床席，欣承清夜娱。

罗衣[1]能再拂，不畏素尘[2]芜。

【注释】

〔1〕罗衣，轻软丝织品制成的衣服。 〔2〕素尘，犹灰尘。比喻雪花。

咏山樽二首（其一）

蟠木[1]不雕饰，且将斤斧[2]疏。

樽成山岳势，材是栋梁余。

外与金罍并，中涵玉醴[3]虚。

惭君垂拂拭，遂忝玳筵居。

按：此首题一作《咏柳少府山瘿木樽》。

【注释】
〔1〕蟠木（pán mù），指盘曲而难以为器的树木。　〔2〕斤斧，斧头。　〔3〕玉醴，美酒。

咏山樽二首（其二）

拥肿寒山木，嵌空成酒樽。
愧无江海量，偃蹇在君门[1]。

【注释】
〔1〕君门，犹官门。此指柳少府家。

前有一尊酒行二首（其一）

春风东来忽相过，金尊绿酒生微波。
落花纷纷稍觉多，美人欲醉朱颜酡。
青轩桃李能几何？流光欺人忽蹉跎。
君起舞，日西夕，当年意气不肯倾（集作平），白发如丝叹何益。

前有一尊酒行二首（其二）

琴奏龙门之绿桐[1]，玉壶美酒清若空[2]。
催弦拂柱与君饮，看朱成碧[3]颜始红。
胡姬[4]貌如花，当炉笑春风。
笑春风，舞罗衣，君今不醉欲（集作将）安归。

诗酒山东

【注释】

〔1〕绿桐，绿色梧桐树。桐木佳者可以制琴，因亦借指琴。 〔2〕清若空，酒名。 〔3〕看朱成碧，把红的看成绿的。形容眼花不辨五色。 〔4〕胡姬，原指胡人酒店中的卖酒女，后泛指酒店中卖酒的女子。

山人劝酒

苍苍云松，落落绮皓[1]。

春风尔来为阿谁[2]，胡蝶忽然满芳草。

秀眉霜雪颜桃花（一作雪霜桃花貌），骨青髓绿（一作青髓绿发）长美好。

称是秦时避世人，劝酒相欢不知老。

各守兔[3]（集作麋）鹿志，耻随龙虎争。

欻起佐太子，汉王（一作皇）乃复惊。

顾谓戚夫人[4]，彼翁羽翼成。

归来南（一作商）山下，泛若云无情。

举觞酹巢由[5]，洗耳何独（一作太）清？

浩歌望嵩岳[6]，意气还（一作遥）相倾。

【注释】

〔1〕绮皓，绮里季，古人名，姓吴名实，汉初隐士，"商山四皓"之一。典出《史记》卷五十五《留侯世家》。秦末东园公、绮里季、夏黄公、甪里先生，避秦乱，隐商山，年皆八十有余，须眉皓白，时称"商山四皓"。后高祖欲废太子，吕后用留侯计，迎四皓，辅太子，遂使高祖辍废太子之议。绮里季为其中之一，后亦以"绮里季"泛指隐士。 〔2〕阿谁，疑问代词，犹言谁，何人。 〔3〕守兔，语出南朝宋鲍照《拟古诗》："南国有儒生，迷方独沦误。伐木清江湄，设置守毚兔。"后因以"守兔"喻指怀志以待时。 〔4〕戚夫人，山东定陶人，汉高祖刘邦宠妃，生刘邦第三子赵王刘如意。她与吕后争主太子失败，被吕后断手足，去眼熏耳，饮喑药，使居窟室中，名曰"人彘"，死得非常悲惨。 〔5〕巢由，巢父和许由的并称。相传

他俩皆为尧时隐士，尧让位于二人，皆不受。因用以指隐居不仕者。 〔6〕嵩岳，即嵩山。

对酒二首（其一）

题注：一作对酒行。

松子[1]栖金华[2]，安期[3]入蓬海。
此人古之仙，羽化[4]竟何在？
浮生速流电，倏忽变光彩。
天地无凋换，容颜有迁改。
对酒不肯饮，含情欲谁待。

【注释】

〔1〕松子，传说中神仙赤松子的省称。 〔2〕金华，即金华山。 〔3〕安期，安期生，仙人名，秦、汉间齐人，一说琅琊阜乡人。传说他曾从河上丈人习黄帝、老子之说，卖药东海边。秦始皇东游，与语三日夜，赐金璧数千万，皆置之阜乡亭而去，留书及赤玉舄一双为报。后始皇遣使入海求之，未至蓬莱山，遇风波而返。一说他生平与蒯通友善，尝以策干项羽，未能用。后之方士、道家因谓其为居海上之神仙。 〔4〕羽化，指飞升成仙。

王维（701—761，一说699—761），字摩诘，号摩诘居士，世称"王右丞"，汉族，唐朝河东蒲州（今山西运城）人，祖籍山西祁县，唐朝著名诗人、画家，早年信道，后期因仕途波折而倾心奉佛。开元九年（721），出任济州（治今山东茌平）司仓参军。

145

诗酒山东

济州过赵叟家宴

虽与人境接，闭门成隐居。
道言庄叟事，儒行鲁人余[1]。
深巷斜晖静，闲门高柳疏。
荷锄修药圃，散帙[2]曝农书[3]。
上客[4]摇芳翰[5]，中厨馈野蔬。
夫君第高饮，景晏出林间[6]。

【注释】

[1]此两句说赵叟既能言庄子，也是个典型的能够践行儒家学说的山东人。 [2]散帙，打开书籍。 [3]曝农书，晾晒关于农事的书籍。 [4]上客，犹贵宾。 [5]芳翰，对他人翰墨的敬称。唐玄宗《登蒲州逍遥楼》诗："一览遗芳翰，千载肃如神。" [6]"夫君"两句，谓在你家饮酒喝到了很晚才离开。第，家中。景晏，时间已晚。景，光景，时间。林间，乡野里门。《文选·颜延之〈赠王太常〉诗》："林间时晏开，亟回长者辙。"李善注："《尔雅》曰：'野外谓之林。'郑玄《周礼注》云：'间，里门也。'"

任华，唐代文学家。生卒年不详，青州乐安（今山东博兴）人。唐肃宗时任秘书省校书郎、监察御史等职，还曾任桂州刺史参佐。任华性情耿介，狂放不羁，自称"野人""逸人"，仕途不得志。与高适友善，也有寄赠李白、杜甫的诗存世。

按：下面的几首诗均不能算作饮酒诗，但选入本书有两个理由：一是作者寄赠和描写的人都是名垂千古的人物；二是他生动描写了这几个名家饮酒写诗和狂书的情形，不但为酒文化添彩增姿，而且也是翔实宝贵的历史资料。另外可以想象：作者如不饮酒，怎能写出这样奇妙的诗句？所以收入饮酒诗一点也不奇怪。

寄李白

古来文章有能奔逸气,耸高格。清人心神,惊人魂魄。

我闻当今有李白,大猎赋,鸿猷文,嗤长卿,笑子云[1]。

班张[2]所作琐细不入耳,未知卿云[3]得在嗤笑限。登庐山,观瀑布,海风吹不断,江月照还空。

余爱此两句:登天台,望渤海云垂大鹏飞,山压巨鳌背,斯言亦好在。

至于他作多不拘常律,振摆超腾,既俊且逸。或醉中操纸,或兴来走笔[4]。

手下忽然片云飞,眼前划见孤峰出。而我有时白日忽欲睡,睡觉欻然起攘臂[5]。

任生知有君,君也知有任生未。中间闻道在长安,及余戾止[6],君已江东访元丹,邂逅不得见君面。每常把酒,向东望良久。

见说往年在翰林,胸中矛戟何森森。新诗传在宫人口,佳句不离明主心。

身骑天马多意气,目送飞鸿[7]对豪贵。承恩召入凡几[8]回,待诏归来仍半醉。

权臣妒盛名,群犬多吠声。有敕放君却归隐沧处,高歌大笑出关去。

且向东山为外臣,诸侯交迓驰朱轮[9]。白璧一双买交[10]者,黄金百镒[11]相知人。

平生傲岸[12]其志不可测,数十年为客,未尝一日低颜色。

八咏楼[13]中坦腹眠,五侯门下无心忆。繁花越台[14]上,细柳吴宫[15]侧。

绿水青山知有君,白云明月偏相识。养高兼养闲,可望不可攀。

庄周万物外,范蠡五湖间。人传访道[16]沧海上,丁令王乔每往还。

蓬莱径是曾到来,方丈岂唯方一丈。伊余[17]每欲乘兴往相寻,江湖拥隔[18]劳寸心。

今朝忽遇东飞翼,寄此一章表胸臆。倘能报我一片言,但访任华有人识。

147

诗酒山东

【注释】

〔1〕长卿、子云，汉代辞赋家司马相如（字长卿）、扬雄（字子云）的并称。 〔2〕班张，汉班固和张衡的并称，二人以擅长辞赋著称。 〔3〕卿云，此指马相如（字长卿）、扬雄（字子云）。 〔4〕走笔，谓挥毫疾书。 〔5〕攘臂，捋起衣袖，伸出胳膊。常形容激奋貌。 〔6〕戾止，来到。《诗·鲁颂·泮水》："鲁侯戾止，言观其旂。"《毛传》："戾，来；止，至也。" 〔7〕飞鸿，飞行着的鸿雁。 〔8〕凡几，共计多少。 〔9〕朱轮，古代王侯显贵所乘的车子。因用朱红漆轮，故称。 〔10〕买交，花钱交朋友。 〔11〕百镒，亦作"百溢"。极言货币之多。《韩非子·五蠹》："铄金百溢，盗跖不掇。"王先慎集解："《论衡》溢作镒。"《史记·孟子荀卿列传》："于是送以安车驾驷，束帛加璧，黄金百镒，终身不仕。"三国魏阮籍《咏怀》之八："黄金百溢尽，资用常苦多。" 〔12〕傲岸，高傲。 〔13〕八咏楼，在浙江省金华市南隅，婺江北岸。南朝齐太守沈约于隆昌元年（494）建。原名"元畅楼"。宋至道中，郡守冯伉因沈约曾于此作《八咏诗》，改名"八咏楼"。历代迭经毁建，现存建筑乃清代所建。唐李白、崔颢，宋李清照，清吴伟业等均有题咏。 〔14〕越台，指春秋时越王勾践登眺之所。故址在今浙江绍兴种山。种山今称府山。有府山公园。 〔15〕吴宫，此当指三国吴主的宫殿。吴主孙权，建都建康（今南京）。李白有诗："吴宫花草埋幽径，晋代衣冠成古丘。" 〔16〕访道，寻访真人、道士。丁令、王乔，传说中海上隐居的神仙。蓬莱、方丈、瀛洲，古代传说的三仙山，有时简称"三山"。 〔17〕伊余，自指，我。三国魏曹植《责躬诗》："伊余小子，恃宠骄盈。" 〔18〕拥隔，阻隔。《三国志·魏志·夏侯玄传》："若省郡守县皆径达，事不拥隔，官无留滞。"省郡守县，指管理郡、县。省，视察；守，管理。

寄杜拾遗[1]

杜拾遗，名甫第二才甚奇。任生与君别，别来已多时，何尝一日不相思。

杜拾遗，知不知，昨日有人诵得数篇黄绢词[2]。吾怪异奇特借问，果然称是杜二之所为。

势攫虎豹，气腾蛟螭。沧海无风似鼓荡，华岳平地欲奔驰。

曹刘[3]俯仰惭大敌，沈谢[4]逡巡称小儿。昔在帝城中，盛名君一个。

诸人见所作，无不心胆破。郎官丛里作狂歌，丞相阁中常醉卧。

前年皇帝归长安，承恩阔步青云端。积翠扈游[5]花匝匝[6]，披香寓直月团栾[7]。

英才特达[8]承天眷，公卿无不相钦慕。只缘[9]汲黯[10]好直言，遂使安仁[11]却为掾。

如今避地锦城[12]隅，幕下英僚每日相随提玉壶。半醉起舞捋髭须，乍低乍昂傍若无。

古人制礼但为防俗士，岂得为君设之乎。而我不飞不鸣亦可以，只待朝廷有知己。

已曾读却无限书，拙诗一句两句在人耳。如今看之总无益，又不能崎岖傍朝市。

且当事耕稼，岂得便徒尔[13]。南阳葛亮为友朋，东山谢安[14]作邻里。

闲常把琴弄，闷即携樽起。莺啼二月三月时，花发千山万山里。

此时幽旷无人知，火急将书凭驿使[15]，为报杜拾遗。

【注释】

〔1〕拾遗，官名。唐武则天时置左右拾遗，掌供奉讽谏。杜甫曾任左拾遗，世称杜拾遗，因族中排行老二，也称杜二。 〔2〕黄绢词，亦作"黄绢辞"。指优美的诗文。 〔3〕曹刘，指三国魏时曹植与刘桢。 〔4〕沈谢，南朝诗人梁沈约、南朝齐谢朓的并称。 〔5〕扈游，随从皇帝出游。 〔6〕匝匝，周匝环绕。 〔7〕团栾，圆貌。 〔8〕特达，特出，突出。南朝宋刘义庆《世说新语·言语》："此子圭璋特达，机警有锋。" 〔9〕只缘，只因为。 〔10〕汲黯，指出事情的阴暗面。 〔11〕安仁，安心于实行仁道。 〔12〕锦城，锦官城，城名。故址在今四川成都南。成都旧有大城、少城。少城古为掌织锦官员之官署，因称"锦官城"。后用作成都的别称。作者写此诗时，杜甫居于此，筑有草堂，并有诸多名篇写于此。 〔13〕徒尔，徒然，枉然。 〔14〕谢安，谢安，字安石，自号东山，与王导并称王谢，东晋望族，曾任宰相，也是著名诗人。李白诗有"但用东山谢安石，为君谈笑净胡沙"。 〔15〕驿使，传递公文、书信的人。

149

诗酒山东

怀素上人[1]草书歌

吾尝好奇，古来草圣[2]无不知，岂不知右军与献之[3]。

虽有壮丽之骨，恨无狂逸[4]之姿。中间张长史，独放荡而不羁，以颠为名倾荡[5]于当时。

张老颠[6]，殊不颠于怀素。怀素颠，乃是颠。人谓尔从江南来，我谓尔从天上来。

负颠狂之墨妙[7]，有墨狂之逸才。狂僧前日动京华[8]，朝骑王公大人[9]马，暮宿王公大人家。

谁不造素屏[10]，谁不涂粉壁[11]。粉壁摇晴光，素屏凝晓霜，待君挥洒兮不可弥忘。

骏马迎来坐堂中，金盆盛酒竹叶[12]香。十杯五杯不解意，百杯已后始颠狂。

一颠一狂多意气，大叫一声起攘臂。挥毫倏忽千万字，有时一字两字长丈二[13]。

翕若长鲸泼剌动海岛，欻若长蛇戎律透深草。回环缭绕相拘连，千变万化在眼前。

飘风骤雨相击射，速禄飒拉[14]动檐隙。掷华山巨石以为点，掣衡山阵云以为画。

兴不尽，势转雄。恐天低而地窄，更有何处最可怜，袅袅枯藤万丈悬。

万丈悬，拂秋水，映秋天。或如丝，或如发，风吹欲绝又不绝，锋芒利如欧冶剑[15]。

劲直浑是并州铁，时复枯燥何褵褷。忽觉阴山突兀横翠微，中有枯松错落一万丈。

倒挂绝壁蹙枯枝，千魑魅兮万魍魉[16]，欲出不可何闪尸[17]。

又如翰海日暮愁阴浓，忽然跃出千黑龙。夭矫偃蹇[18]，入乎苍穹。

150

飞沙走石满穷塞,万里飕飕西北风。狂僧有绝艺,非数仞高墙不足以逞其笔势。

或逢花笺与绢素,凝神执笔守恒度[19]。别来筋骨多情趣,霏霏微微点长露。

三秋月照丹凤楼,二月花开上林树。终恐绊骐骥之足,不得展千里之步。

狂僧狂僧,尔虽有绝艺。犹当假良媒,不因礼部张公将尔来。

如何得声名,一旦喧九垓[20]。

【注释】

[1]上人,即僧人或得道之人。此指怀素和尚。怀素(737—799),唐名僧。长沙钱氏,字藏真。善草书,以狂草出名,继承张旭笔法,世称颠狂素。 [2]草圣,对在草书艺术上有卓越成就的人的美称。如汉代张芝、唐代张旭等。 [3]右军,晋王羲之曾任右军将军,后称羲之为"右军"。献之为王右军之子,亦以书著称于世。 [4]狂逸,指书法狂放飘逸。 [5]倾荡,指名倾一时。 [6]张老颠,此指张旭。 [7]墨妙,精妙的书法。 [8]京华,京城之美称。因京城是文物、人才汇集之地,故称。 [9]王公大人,国君重臣。后泛指高官贵人。 [10]素屏,白色的屏风。 [11]粉壁,指白色墙壁。素屏、粉壁,都是为邀请怀素狂书而准备的。 [12]竹叶,酒名。即竹叶青。亦泛指美酒。 [13]丈二,数量词。十进制的度量衡往往将量词前置表示整数量,数词后置表示分数量。丈二,为一丈二尺。 [14]速禄飒拉,象声词。风雨声。 [15]欧冶剑,春秋时著名剑工欧冶子所铸的剑。相传他曾为越王铸五剑,为楚王铸三剑。 [16]魑魅、魍魉,古谓能害人的山泽之神怪。亦泛指鬼怪。 [17]闪尸,忽隐忽现的样子。 [18]夭矫,屈伸纵恣貌。偃寒,高耸貌,盛气凌人貌。 [19]恒度,一定的法度。 [20]九垓,亦作"九陔"。中央至八极之地。此句指你有朝一日一定闻名天下。

诗酒山东

> 杜甫（712—770），原籍湖北襄阳，生于河南巩县。初唐诗人杜审言之孙。唐肃宗时，官左拾遗。后入蜀，友人严武推荐他做剑南节度府参谋，加检校工部员外郎，故后世又称他杜拾遗、杜工部。他忧国忧民，人格高尚，一生写诗1500多首，诗艺精湛，被后世尊称为"诗圣"。

按：杜甫青壮年时期（736—740年）曾两次游历山东。他还与李白携手游历今山东济南、泰安、济宁等地，两人"醉眠秋共被，携手日同行"，感情很深，互有诗赠。他在山东期间写下了很多著名饮酒诗。其中数在济南大明湖上宴饮时写下的"海右此亭古，济南名士多"最有名。今选其在山东游历期间所作饮酒诗以记之。

刘九法曹郑瑕丘石门宴集[1]

秋水[2]清无底，萧然静客心[3]。
掾曹[4]乘逸兴，鞍马到荒林。
能吏逢联璧[5]，华筵[6]直一金[7]。
晚来横吹[8]好，泓下亦龙吟[9]。

【注释】

〔1〕此诗是杜甫在瑕丘（亦作沙丘，今山东兖州）所作。 〔2〕秋水，秋天的江湖水，雨水。 〔3〕客心，同旅思，即客居他乡的愁思。 〔4〕掾曹，犹掾史。古代分曹治事，故称。 〔5〕联璧，并列的美玉。喻两者可相媲美。此句说刘、曹两个都是有能力的官员，如联璧一般。 〔6〕华筵，丰盛的筵席。 〔7〕一金，古代钱币数量名称。二十两或一斤为一金。后亦用以称银一两。 〔8〕横吹，指吹笛之类。 〔9〕泓下，水下。此句说，上面的人歌吹欢聚，水下的龙也跟着叫起来。龙吟，龙的叫声。

同李太守[1]登历下古城员外新亭

新亭[2]结构罢,隐见清湖阴。
迹籍台观旧,气溟海岳深。
圆荷想自昔,遗堞[3]感至今。
芳宴此时具,哀丝千古心。
主称寿尊客[4],筵秩宴北林。
不阻蓬荜[5]兴,得兼梁甫吟[6]。

【注释】

〔1〕李太守为李邕,时任北海(驻地青州)太守。 〔2〕作者原注:"亭对鹊山湖。"鹊山湖,据今人张忠纲考,鹊山在今济南市北,鹊山与历下古城之间有莲子湖(今淤),即鹊山湖。员外新亭当位于历下古城北城墙外,北望可见此湖。 〔3〕堞,城上的矮墙。 〔4〕称,举杯。尊客,指李邕。 〔5〕蓬荜,"蓬门荜户"的略语,比喻穷人住的房子。此作者自称。 〔6〕梁甫吟,挽歌。梁甫,山名,在泰山下,死人聚葬之处。今所传《梁甫吟》,相传为诸葛孔明作,诗中写齐相晏平中以二桃杀三士之典,表达以谋略用世之心。

陪李北海宴历下亭

题注:天宝初,李邕为北海太守。历下亭在齐州,以历山得名。

东藩[1]驻皂盖[2],北渚[3]凌清河[4]。
海右[5]此亭古,济南名士多[6]。
云山已发兴[7],玉佩[8]仍当[9]歌。
修竹[10]不受暑,交流[11]空涌波。
蕴真[12]惬[13]所遇,落日将如何。
贵贱俱物役[14],从公难重过[15]。

诗酒山东

【注释】
〔1〕东藩，李北海，均指李邕。北海在京师之东，故称东藩。司马相如《上林赋》："齐列为东藩。"　〔2〕皂盖，青色车盖。汉时太守皆用皂盖。　〔3〕北渚，指历下亭北边水中的小块陆地。　〔4〕清河，大清河，又名济水。　〔5〕海右，古时正向为南，因海在东，陆地在西，故称陆地为"海右"。　〔6〕济南名士多，此句作者自注："时邑人蹇处士等在座。"自汉以来的经师如伏生等，皆济南人，故曰名士多。这两句诗，因为颂扬得实，已为后人作为对联，悬挂亭中（今改为门联）。　〔7〕云山已发兴（xìng），曹毗文："招仪凤于云山。"云山指远处的云影山色。发兴，催发作诗的兴致。　〔8〕玉佩，唐时宴会有女乐，此处指唱歌侑酒的歌妓。　〔9〕当，是当对的当。语本曹操诗："对酒当歌。"有人解作应当或读作去声。　〔10〕修竹，修长的竹子。阮籍诗："修竹隐山阴。"江淹《竹赋》："亦中暑而增肃。"交流，此与彼受谓之"交"。指历水与泺水，二水同入鹊山湖。　〔11〕交流，两河交汇。《东征赋》："望河济之交流。"《三齐记》："历水出历祠下，众源竞发，与泺水同入鹊山湖。所谓交流也。"历祠传在大明湖西，即今之五龙潭处。历水发于此。　〔12〕蕴真，蕴含着真正的乐趣。用谢灵运诗"表灵物莫赏，蕴真谁为传"是说此亭蕴含真趣（自然美），故以得一游为快。　〔13〕惬，称心，满意。　〔14〕贵，尊贵，指李邕。贱，低贱，杜甫自谦之称。俱，都。物役，为外物所役使。　〔15〕公，指李邕。难重过，难以再有同您一起重游的机会。

苏端、薛复筵，简薛华醉歌

文章有神交有道，端复得之名誉早。
爱客满堂尽豪翰[1]，开筵上日[2]思芳草。
安得健步移远梅，乱插繁花向晴昊[3]。
千里犹残旧冰雪，百壶[4]且试开怀抱。
垂老恶闻战鼓悲，急觞为缓忧心捣。

少年努力纵谈笑,看我形容已枯槁。

坐中薛华善醉歌,歌辞自作风格老。

近来海内为长句,汝与山东李白[5]好。

何刘沈谢[6]力未工,才兼鲍昭[7]愁绝倒。

诸生颇尽新知乐,万事终伤不自保。

气酣日落西风来,愿吹野水添金杯。

如渑[8]之酒常快意,亦知穷愁安在哉。

忽忆雨时秋井[9]塌,古人白骨生青苔,

如何不饮令心哀。

按:此诗题目容易混淆,故在此加注。全题意为,苏端、薛复宴请诸友,中间有薛华歌醉酒长句,简以记之。

【注释】

〔1〕豪翰,指文才出众的人。 〔2〕上日,朔日,即农历初一。佳日,佳节。 〔3〕晴昊,晴空。 〔4〕百壶,泛言酒多。 〔5〕山东李白,李白时家山东,故言。汝,你。说薛华的醉歌长句与山东李白一样好。 〔6〕何刘沈谢,指何逊、刘孝卓、沈约、谢朓。 〔7〕鲍昭,鲍照,字明远,文辞赡逸,尝为古乐府,文甚遒丽。临海王子顼为荆州,照为前军参军,掌书记之任。子顼败,为乱兵所杀。 〔8〕渑,渑水,在今山东临淄,淄河支流。 〔9〕秋井,犹金井。陵墓。

与李十二白[1]同寻范十隐居

李侯有佳句[2],往往似阴铿[3]。

余亦东蒙[4]客,怜君[5]如弟兄。

醉眠秋共被,携手日同行。

更想幽期[6]处,还寻北郭生[7]。

入门高兴发[8],侍立小童清。

155

落景[9]闻寒杵[10]，屯云[11]对古城。
向来[12]吟橘颂[13]，谁欲讨莼羹[14]。
不愿论簪笏[15]，悠悠沧海情。

【注释】

〔1〕李白在家族排行十二，故称李十二白。 〔2〕李白诗有《寻鲁城北范居士诗》。 〔3〕阴铿，字子坚，南朝陈文学家。武威姑臧（今甘肃武威）人。初仕梁，入陈，官至晋陵太守、员外散骑常侍。长于五言诗，声律上已接近唐律诗，为杜甫所称赞。 〔4〕东蒙，山东蒙山的别称。因在鲁国之东，故名。 〔5〕怜君，喜欢你。 〔6〕幽期，幽隐之期，即与范居士约定之期。 〔7〕北郭生，此指范居士。因在鲁城之北，故称北郭。 〔8〕高兴发，指见到李杜非常高兴。 〔9〕落景，夕阳。 〔10〕寒杵，寒秋捣衣的棒槌。 〔11〕屯云，积云，囤聚不去的云彩。 〔12〕向来，从来，一直以来。 〔13〕橘颂，屈原的诗。此两句谓，每天吟诵橘颂，以彰其孤洁。 〔14〕莼羹，用莼菜烹制的羹。 〔15〕簪笏（zān hù），冠簪和手版。古代仕宦所用。比喻官员或官职。此句谓，不愿谈论做官的事，倒处处显示出隐士沧海一般的胸襟，令人心生敬慕。

赠李白

秋来[1]相顾[2]尚飘蓬[3]，未就[4]丹砂[5]愧葛洪[6]。
痛饮狂歌空度日，飞扬跋扈[7]为谁雄。

按：此诗与上首诗表达了对李白的深切关心和真挚的情感，读之欲哭。

【注释】

〔1〕秋来，入秋以来。 〔2〕相顾，过来看望。 〔3〕尚飘蓬，说李白还像飘飞的蓬草一样到处漂泊（求仙）。 〔4〕就，炼就，炼成。 〔5〕丹砂，即朱砂。

矿物名。色深红，古代道教徒使用以化汞炼丹，中医作药用，也可制作颜料。指丹砂炼成的丹药。 〔6〕葛洪（284—364），字稚川，自号抱朴子，东晋道家、医学家、炼丹术家。丹阳句容（今属江苏）人。自幼好神仙导养之法。先后从郑隐、鲍玄学炼丹术和道术。后闻交趾出丹砂，求为勾漏令。携子侄至广州，止于罗浮山炼丹。著有《抱朴子》《金匮药方》《神仙传》《西京杂记》等。 〔7〕飞扬跋扈，谓意气举动越出常规，不受拘束。《杜诗镜诠》云："是白一生小像。公赠白诗最多，此旨最简，而足以尽之。"

春日忆李白

白也诗无敌，飘然思不群[1]。
清新庾开府[2]，俊逸鲍参军[3]。
渭北[4]春天树，江东[5]日暮云。
何时一樽酒，重与细论文[6]？

【注释】

〔1〕不群，不平凡，高出于同辈。这句说明上句，思不群故诗无敌。 〔2〕庾开府，指庾信。在北周官至骠骑大将军、开府仪同三司（司马、司徒、司空），世称庾开府。 〔3〕俊逸，一作"豪迈"。鲍参军，指鲍照。南朝宋时任荆州前军参军，世称鲍参军。 〔4〕渭北，渭水北岸，借指长安（今陕西西安）一带，当时杜甫在此地。 〔5〕江东，指今江苏省南部和浙江省北部一带，当时李白在此地游历。 〔6〕论文，即论诗。六朝以来，通称诗为文。细论文，一作"话斯文"。

崔惠童，生卒年不详，博州（今山东聊城）人。崔庭玉之子，尚玄宗女晋国公主，为驸马都尉。在长安城东有庄园，常于此宴饮宾客。事迹散见《新唐书·宰相世系表二下》《新唐书·诸帝公主传》《唐诗纪事》卷二五。《全唐诗》存诗一首。

诗酒山东

宴城东庄

一月主人笑几回,相逢相识且衔杯[1]。
眼看春色如流水,今日残花昨日开[2]。

【注释】
[1]衔杯,口含酒杯。指饮酒。 [2]"眼看"两句,指春色留不住,行乐当及时。

> 魏万,生卒年不详。后改名炎,又改名颢,博州(今山东聊城)人。曾在王屋山隐居,号王屋山人。唐玄宗天宝十三年(754),在广陵(扬州)见到李白,同游金陵(南京)。李白尽出诗文,命为集,作诗送其回归,并称赞他"爱文好古""尔后必著大名于天下"。魏万还与李颀友善,李氏有《送魏万之京》诗。上元元年(760)进士及第。次年整理战乱后幸存的部分李白诗文,编成《李翰林集》两卷,并为之作序,后官终御史中丞。

金陵酬李翰林谪仙子

君抱碧海珠,我怀蓝田玉。各称希代宝,万里遥相烛。
长卿慕蔺[1]久,子猷意已深。平生风云人,暗合江海心。
去秋忽乘兴,命驾来东土。谪仙[2]游梁园,爱子在邹鲁[3]。
二处一不见,拂衣向江东。五两挂海月,扁舟随长风。
南游吴越遍,高揖二千石[4]。雪上天台山,春逢翰林伯。
宣父[5]敬项橐[6],林宗重黄生[7]。一长复一少,相看如弟兄。

158

惕然意不尽，更逐西南去。同舟入秦淮，建业[8]龙盘处。
楚歌对吴酒，借问承恩初。宫买长门赋，天迎驷马车。
才高世难容，道废可推命。安石[9]重携妓，子房[10]空谢病。
金陵[11]百万户，六代[12]帝王都。虎石据西江，钟山临北湖。
二山信为美，王屋[13]人相待。应为歧路多，不知岁寒在。
君游早晚还，勿久风尘间。此别未远别，秋期[14]到仙山。

【注释】

〔1〕慕蔺，《史记·司马相如列传》："其亲名之曰犬子……既学，慕蔺相如之为人，更名相如。"后因称慕贤为"慕蔺"。唐李白《赠饶阳张司户燧》诗："慕蔺岂囊古，攀嵇是当年。" 〔2〕谪仙，谪居世间的仙人。后专指李白。 〔3〕邹鲁，邹国、鲁国的并称。邹，孟子故乡；鲁，孔子故乡。此指山东。此诗也证明了李白当时家在山东。 〔4〕二千石，汉制，郡守俸禄为二千石，即月俸百二十斛。世因称郡守为"二千石"。 〔5〕宣父，旧时对孔子的尊称。 〔6〕项橐，传为孔子老师。《战国策·秦策五》："甘罗曰：'夫项橐生七岁而为孔子师，今臣生十二岁于兹矣！君其试焉，奚以遽言叱也？'"后以"项橐"代称早慧的儿童。 〔7〕郭泰（128—169），字林宗。太原郡介休县（今属山西）人。东汉时期名士，与许劭并称许郭，被誉为介休三贤之一。黄生，林宗弟子。 〔8〕建业，南京旧称。今有南京市建邺区。 〔9〕安石，指东晋名臣谢安，字安石，以畜妓有名。 〔10〕子房，西汉开国大臣张良的字。曾行刺秦始皇未遂，逃亡下邳。秦末农民战争中为刘邦重要谋士；汉朝建立，封留侯。 〔11〕金陵，古邑名。今南京市的别称。〔12〕六代，此指三国吴、东晋和南朝之宋、齐、梁、陈。 〔13〕王屋，山名。在山西省阳城、垣曲两县之间。山有三重，其状如屋，故名。时魏万隐居王屋山。 〔14〕秋天。此指魏万邀请李白到秋天访问王屋山。

卢象（约741年前后在世），字纬卿，汶水人。携家久居江东。开元中，与王维齐名。仕为秘书郎。转右卫仓曹掾。

诗酒山东

乡试后自巩还田家因谢邻友见过[1]

鸡鸣出东邑,马倦登南峦。
落日见桑柘,翳然丘中寒。
邻家多旧识,投暝[2]来相看。
且问春税苦,兼陈行路难。
园场近阴壑[3],草木易凋残。
峰晴雪犹积,涧深冰已团。
浮名知何用,岁晏不成欢[4]。
置酒共君饮,当歌聊自宽。

【注释】
〔1〕见过,见访,来看望。 〔2〕投暝,傍晚。 〔3〕阴壑,幽深的山谷,背阳的山谷。 〔4〕"岁晏"句,因为听到邻居诉说收成和春税的困境,心情也无法快乐,还是置酒共饮,聊以自慰吧。岁晏,岁晚,一年将尽。

奉和张使君宴加朝散[1]

佐理星辰[2]贵,分荣涣汗[3]深。
言从大夫后,用荅圣人心。
骑拥轩裳[4]客,鸾惊[5]翰墨林。
停杯歌麦秀[6],秉烛醉棠阴。
爽气凌秋笛,轻寒散暝砧。
秖应[7]将四子,讲德谢知音。

【注释】
〔1〕加朝散,又升任朝散大夫。 〔2〕星辰,同下面涣汗,均指皇帝或

朝廷。　〔3〕涣汗，喻帝王的圣旨、号令。　〔4〕轩裳，代称有高位的人。　〔5〕鸾惊，喻指笔势飞动。　〔6〕麦秀，指麦子秀发而未实。　〔7〕祗应，应当。此句说你只需带你的四个儿子，感谢皇上的知遇之恩。将，带领。

送祖咏

田家宜伏腊，岁晏子言归[1]。
石路雪初下，荒村鸡共飞。
东原多烟火，北涧隐寒晖。
满酌野人酒，倦闻邻女机[2]。
胡为困樵采，几日罢朝衣[3]。

按：祖咏（699—746），开元十二年（724）进士，长期未授官。后入仕，又遭迁谪，仕途落魄，后归隐汝水一带，诗以《终南望积雪》和《望蓟门》最为著名，有赠卢象诗《归汝坟山庄留别卢象》。

【注释】
〔1〕"田家"句，指农人应该按一年四季的规律作息。伏腊，"伏"，伏天，夏季；"腊"在农历十二月，冬天。岁晏，一年将尽时。　〔2〕野人酒，指百姓喝的酒，浊酒。邻女机，邻家女的机杼声，即织布机的声音。　〔3〕"胡为"句，意谓我为什么还在为是否辞官归隐而犹豫不决呢？樵采，采樵，此指归隐田园。

送赵都护[1]赴安西

下客候旌麾[2]，元戎[3]复在斯。
门开都护府，兵动羽林儿。

黠虏[4]多翻覆，谋臣有别离。
智同天所授，恩共日相随。
汉使开宾幕[5]，胡笳[6]送酒卮。
风霜迎马首，雨雪事鱼丽[7]。
上策应无战，深情属载驰[8]。
不应行万里，明主寄安危[9]。

【注释】
〔1〕唐设安西都护府，都护为其首长。　〔2〕旌麾，帅旗。〔3〕元戎，主将，统帅。　〔4〕黠虏，狡猾的敌人。　〔5〕宾幕，此指筵席。　〔6〕胡笳，我国古代北方民族的管乐器，传说由汉张骞从西域传入，汉魏鼓吹乐中常用之。此指席上演奏胡笳等音乐。　〔7〕鱼丽，亦作"鱼丽陈"。古代战阵名。《左传·桓公五年》："为鱼丽之陈。"晋杜预注："《司马法》：'车战二十五乘为偏。'以车居前，以伍次之，承偏之隙而弥缝阙漏也。五人为伍。此盖鱼丽陈法。"　〔8〕"上策"句，指不战而屈人之兵为上策。属载驰，叮嘱帅掌车马的人。此指寄语都护。载驰，车和马的代称。　〔9〕"不应"句，指国家安危寄托在你身上，希望你不用太过操劳就能取胜。

句

吴越山多秀，新安江[1]甚清。
书名会粹[2]才偏逸，酒号屠苏味更醇。
初疑轻烟淡古松，又似山开万仞峰。

【注释】
〔1〕新安江，钱塘江的支流，在浙江省北部，长293公里。　〔2〕书名，与下面"酒号"，指书叫作……酒名作……。会粹，汇集，聚集。

徐彦伯（？—714），名洪，以字行，兖州人。七岁能为文，对策高第。调永寿尉，蒲州司兵参军。时司户韦暠善判，司士李亘工书，而彦伯属辞，称河东三绝。屡迁给事中，预修《三教珠英》。由宗正卿出为齐州刺史，移蒲州，擢修文馆学士、工部侍郎，历太子宾客卒。

奉和兴庆池戏竞渡应制

夹道传呼翊翠虬[1]，天回日转御芳洲。
青潭晓霭笼仙跸[2]，红屿晴花隔彩旒。
香溢金杯环广坐，声传妓舸匝中流。
群臣相庆嘉鱼乐，共哂横汾[3]歌吹[4]秋。

【注释】
〔1〕翠虬，指舟船。 〔2〕仙跸，指天子的车驾。 〔3〕横汾，据《汉武故事》，汉武帝尝巡幸河东郡，在汾水楼船上与群臣宴饮，自作《秋风辞》，中有"泛楼船兮济汾河，横中流兮扬素波"句。后因以"横汾"为典，用以称颂皇帝或其作品。 〔4〕歌吹，歌唱吹奏。

夜宴安乐公主新宅应制

凤楼[1]开阖引明光，花酎[2]连添醉益香。
欲知帝女[3]薰天贵[4]，金柯[5]玉柱[6]夜成行。

【注释】
〔1〕凤楼，此指安乐公主新宅。 〔2〕花酎，以鲜花酿造的醇酒。 〔3〕帝女，帝王之女。 〔4〕薰天贵，特别的贵重。 〔5〕金柯，树枝的美称。 〔6〕玉柱，玉石做成的柱子。

诗酒山东

侍宴韦嗣立山庄应制

鼎臣[1]休浣[2]隙，方外结遥心。别业[3]青霞境，孤潭碧树林。
每驰东墅策，遥弄北溪琴。帝眷纾时豫[4]，台园赏岁阴。
移銮明月沼，张组白云岑。御酒瑶觞[5]落，仙坛竹径深。
三光悬圣藻[6]，五等冠朝簪。自昔皇恩感，咸言独自今。

【注释】
[1]鼎臣，重臣；大臣。 [2]休浣，指官吏按例休假。 [3]别业，别墅。 [4]时豫，指帝王适时的游兴。 [5]瑶觞，玉杯。多借指美酒。 [6]圣藻，帝王的文辞。

送特进李峤入都[1]祔庙[2]

特进[3]三公下，台臣百揆[4]先。孝图开寝石，祠主卜牲筵。
恩级青纶[5]赐，徂装紫橐悬。绸缪金鼎席，宴饯玉潢川。
北斗分征路，东山起赠篇。乐池歌绿藻，梁苑[6]藉红荃。
骑转商岩[7]日，旌摇关塞烟。庙堂须鲠议[8]，锦节伫来旋。

【注释】
[1]入都，进宫。 [2]祔庙，此指参与皇家祭祀活动。 [3]特进，官名。始设于西汉末。授予列侯中有特殊地位的人，位在三公下。东汉至南北朝仅为加官，无实职。隋唐以后为散官。明以特进光禄大夫为正一品。清废。 [4]百揆，百官。 [5]青纶，青绶。佩系官印的青色丝带。 [6]梁苑，禁苑。 [7]商岩，傅说初版筑于傅岩之野，后被商王武丁举以为相。见《书·说命上》。后以"商岩"比喻在野贤士。 [8]鲠议，刚直的议论。

羊士谔（约762—819），泰安属（今山东）人。贞元元年礼部侍郎鲍防下进士。顺宗时，累至宣歙巡官，为王叔文所恶，贬汀州宁化尉。元和初，宰相李吉甫知奖，擢为监察御史，掌制诰。后以与窦群、吕温等诬论宰执，出为资州刺史。士谔工诗，妙造梁《选》，作皆典重。与韩梓材同在越州，亦以文翰称。著集有《墨池编》《晁公武郡斋读书志》。

暇日适值澄霁江亭游宴

碧落[1]风如洗，清光镜不分。

弦歌方对酒，山谷尽无云。

振卧淮阳病[2]，悲秋宋玉[3]文。

今来强携妓，醉舞石榴裙[4]。

【注释】

[1]碧落，天空，青天。 [2]淮阳病，《汉书·汲黯传》："召黯为拜淮阳太守……黯泣曰：'臣自以为填沟壑，不复见陛下，不意陛下复收之。臣常有狗马之心，今病，力不能任郡事。'"后人往往引此以自况多病。 [3]宋玉，战国时楚人，辞赋家。或称是屈原弟子，曾为楚顷襄王大夫。《汉书·卷三十·艺文志第十》录有赋16篇，现多亡佚，流传作品有《九辨》《风赋》《高唐赋》《登徒子好色赋》等，但后3篇有人怀疑不是他所作，所谓"下里巴人""阳春白雪""曲高和寡"的典故皆从他而来。 [4]石榴裙，朱红色的裙子。亦泛指妇女的裙子。

诗酒山东

雨中寒食

令节[1]逢烟雨，园亭但掩关。

佳人宿妆薄，芳树彩绳闲。

归思[2]偏消酒[3]，春寒为近山。

花枝不可见，别恨[4]灞陵间。

【注释】

[1]令节，犹节日。 [2]归思，回归的念头。 [3]消酒，谓饮酒。消，消受。 [4]别恨，离别之愁。最后两句为思念佳人之语。

腊夜[1]对酒

琥珀[2]杯中物，琼枝席上人。

乐声方助醉，烛影已含春。

自顾行将老，何辞坐达晨。

传觞[3]称厚德，不问吐车茵[4]。

【注释】

[1]腊夜，即除夕。 [2]琥珀，指美酒。 [3]传觞，宴饮中传递酒杯劝酒。 [4]吐车茵，《汉书·丙吉传》："吉驭吏耆酒，数逋荡，尝从吉出，醉欧丞相车上。西曹主吏白欲斥之，吉曰：'以醉饱之失去士，使此人将复何所容？西曹地忍之，此不过污丞相车茵耳。'"后因谓醉后过失为"吐车茵"。

166

资阳郡中咏怀

腰章[1]非达士[2],闭阁是潜夫[3]。
匣剑宁求试,笼禽[4]但自拘[5]。
江清牛渚镇,酒熟步兵厨[6]。
唯此前贤意,风流似不孤。

【注释】
[1]腰章,古代官印。常系腰间,故名。亦指系印于腰,借喻服官赴任。 [2]达士,见识高超、不同于流俗的人。 [3]潜夫,隐者。 [4]笼禽,笼中之鸟。比喻不自由之身。 [5]自拘,束缚自己,局限自己。 [6]"江清"句解析:牛渚,是安徽当涂西北紧靠长江的一座山,北端突入江中,即著名的采石矶。据《晋书·文苑传》记载:袁宏少时孤贫,以运租为业。镇西将军谢尚镇守牛渚,秋夜乘月泛江,听到袁宏在运租船上讽咏他自己的咏史诗,非常赞赏,于是邀宏过船谈论,直到天明。袁宏得到谢尚的赞誉,从此声名大著。李白有名诗《夜泊牛渚怀古》。此句与下句都指自己如袁宏一样有谢尚和阮步兵这样的知音,所以不感到孤独。步兵,指阮籍,阮籍曾任步兵校尉,故称阮步兵,为"竹林七贤"之一,以能饮闻于世。

郡中言怀寄西川萧员外

功名无力愧勤王[1],已近终南得草堂。
身外尽归天竺[2]偈,腰间唯有会稽[3]章。
何时腊酒[4]逢山客,可惜梅枝压石床。
岁晚我知仙客意,悬心应在白云乡[5]。

【注释】
[1]勤王,谓尽力于王事。 [2]天竺,印度的古称。此指已参禅悟道。 [3]会

稽，此指已学王羲之"一觞一咏"，准备归隐山林。〔4〕腊酒，腊月酿制的酒。〔5〕白云乡，《庄子·天地》："乘彼白云，游于帝乡。"后因以"白云乡"为仙乡。旧题汉伶玄《飞燕外传》："吾老是乡矣，不能效武皇帝（汉武帝）求白云乡也。"

郡斋感物寄长安亲友

晴天春意并无穷，过腊[1]江楼日日风。
琼树花香故人别，兰卮[2]酒色去年同。
闲吟铃阁[3]巴歌里，回首神皋[4]瑞气中。
自愧朝衣[5]犹在箧，归来应是白头翁。

【注释】
〔1〕过腊，指过年。〔2〕兰卮，雕有兰草的酒杯。卮，酒杯。〔3〕铃阁，指翰林院以及将帅或州郡长官办事的地方。〔4〕神皋，指京畿。〔5〕朝衣，君臣上朝时穿的礼服。

忆江南旧游二首

曲水[1]三春弄彩毫，樟亭[2]八月又观涛。
金罍几醉乌程酒[3]，鹤舫闲吟把蟹螯。

【注释】
〔1〕曲水，古代风俗，于农历三月上巳日（上旬的巳日，魏晋以后始固定为三月三日）就水滨宴饮，认为可被除不祥，后人因引水环曲成渠，流觞取饮，相与为乐，称为曲水。〔2〕樟亭，古地名。在今浙江省杭州市，为观潮胜地。〔3〕乌程酒，佳酿名。唐李贺《拂舞辞》："尊有乌程酒，劝君千万寿。"

野望二首（其二）

忘怀[1]不使海鸥疑，水映桃花酒满卮。
亭上一声歌白苎[2]，野人归棹[3]亦行迟。

【注释】
[1]忘怀，不介意，不放在心上。 [2]即白纻曲，汉乐府之一，传为吴地之歌。吴歌之源头也。 [3]归棹，指归舟。

游西山兰若[1]

路傍垂柳古今情，春草春泉咽又生。
借问山僧好风景，看花携酒几人行。

【注释】
[1]兰若，即阿兰若。佛教名词，其中"若"字原意是森林，引申为"寂静处""空闲处""远离处"，躲避人间热闹处之地，有些房子可供修道者居住静修之用，或一人或数人。也泛指一般的佛寺。

泛舟入后溪

东风朝日破轻岚，仙棹初移酒未酣。
玉笛闲吹折杨柳[1]，春风无事傍鱼潭。

诗酒山东

【注释】
〔1〕折杨柳，词牌名。即《杨柳枝》，送别之曲。

州宴行营回将

九剑盈庭〔1〕酒满卮，戍人〔2〕归日及瓜〔3〕时。
元戎〔4〕静镇无边事〔5〕，遣向营中偃画旗〔6〕。

【注释】
〔1〕盈庭，亦作"盈廷"。充满房庭。〔2〕戍人，古代守边官兵的通称。〔3〕及瓜，《左传·庄公八年》："齐侯使连称管至父戍葵丘，瓜时而往，曰：'及瓜而代'。"言任期一年，今年瓜时往，来年瓜时代之。后因以"及瓜"指任职期满。瓜时，瓜成熟的时候。代，即士兵换防或回家。〔4〕元戎，主将，统帅。〔5〕边事，边境上的战事或争端。〔6〕偃画旗，即偃旗息鼓，表示暂停备战状态。

九月十日郡楼独酌

掾史〔1〕当授衣〔2〕，郡中稀物役〔3〕。
嘉辰怅已失，残菊谁为惜。
棂轩〔4〕一尊泛，天景洞虚〔5〕碧。
暮节独赏心，寒江鸣湍石。
归期北州〔6〕里，旧友东山客。
飘荡云海深，相思桂花白。

【注释】
〔1〕掾史，官名。汉以后中央及各州县皆置掾史，分曹治事。多由长官自行辟

举。唐宋以后，掾史之名渐移于胥吏。　〔2〕授衣，谓制备寒衣。古代以九月为授衣之时。　〔3〕物役，《荀子·正名》："故向万物之美而盛忧，兼万物之利而盛害……夫是之谓以己为物役矣。"杨倞注："己为物之役使。"后谓为外界事物所役使为"物役"。　〔4〕棂轩，有窗格的长廊。　〔5〕洞虚，深幽。　〔6〕北州，泛指北方地区。作者在南方任职，故乡在北方山东，故言北州。

段成式（约803—863），字柯古，晚唐邹平人，唐代著名志怪小说家，约生于唐德宗贞元十九年（803），卒于懿宗咸通四年（863）。其父段文昌，曾任宰相，封邹平郡公，工诗，有文名。在诗坛上，他与李商隐、温庭筠齐名。段成式信佛读经，饮酒赋诗唱和，以解其忧，诗中多流露出超脱世俗的消极情绪。

醉中吟

只爱糟床[1]滴滴声，长愁声绝又醒醒。
人间荣辱不常定，唯有南山依旧青。

【注释】
〔1〕糟床，榨酒的器具。

和徐商贺卢员外赐绯

云雨轩悬莺语新，一篇佳句占阳春。
银黄年少偏欺酒，金紫风流不让人。
连璧座中斜日满，贯珠[1]歌里落花频。

莫辞倒载[2]吟归去，看欲东山又吐茵。

〔1〕贯珠，比喻珠圆玉润的诗文、声韵。 〔2〕倒载，倒卧车中，沉醉之态。

刘沧（约公元867年前后在世），字蕴灵，汶阳（今山东宁阳）人。生卒年均不详，比杜牧、许浑年辈略晚。体貌魁梧，尚气节，善饮酒，好谈古今，令人终日倾听不倦。大中八年（854），刘沧与李频同榜登进士第。调华原尉，迁龙门令。著有诗集一卷（《新唐书·艺文志》）传于世。据《唐才子传》，刘沧屡举进士不第，得第时已白发苍苍。

春日游嘉陵江

独泛扁舟映绿杨，嘉陵江水色苍苍。
行看芳草故乡远，坐对落花春日长。
曲岸危樯移渡影，暮天栖鸟入山光。
今来谁识东归意，把酒闲吟思洛阳。

晚秋野望

秋尽郊原情自哀，菊花寂寞晚仍开。
高风疏叶带霜落，一雁寒声背水来。
荒垒几年经战后，故山终日望书回。
归途休问从前事，独唱劳歌醉数杯。

看榜日

禁漏[1]初停兰省[2]开，列仙[3]名目上清来。
飞鸣晓日莺声远，变化春风鹤影回。
广陌万人生喜色，曲江[4]千树发寒梅。
青云已是酬恩处，莫惜芳时醉酒杯。

【注释】

〔1〕禁漏，宫中计时漏刻。亦指漏刻发出的声响。 〔2〕兰省，即兰台。指秘书省。 〔3〕列仙，此指中第者。 〔4〕曲江，即唐代首都长安之曲江池。

留别崔澣秀才昆仲[1]

汶阳离思水无穷，去往情深梦寐中。
岁晚虫鸣寒露草，日西蝉噪古槐风。
川分远岳秋光静，云尽遥天霁色空。
对酒不能伤此别，尺书凭雁往来通。[2]

【注释】

〔1〕昆仲，犹言兄弟。 〔2〕"尺书"句，言今后凭鸿雁传书吧。尺书，书信。

深愁喜友人至

不避驱羸[1]道路长，青山同喜惜年光。
灯前话旧阶草夜，月下醉吟溪树霜。
落叶已经寒烧尽，衡门犹对古城荒。

此身未遂归休[2]计，一半生涯寄岳阳。

【注释】
〔1〕驱羸，骑瘦马。　〔2〕归休，辞官退休，归隐。

访友人郊居

登原过水访相如[1]，竹坞莎庭[2]似故居。
空塞山当清昼晚，古槐人继绿阴余。
休弹瑟韵伤离思，已有蝉声报夏初。
醉唱劳歌翻自叹，钓船渔浦梦难疏。[3]

【注释】
〔1〕相如，作者把朋友比作司马相如。　〔2〕莎庭，长满莎草的庭院。　〔3〕"钓船"句，思归隐之意。疏，少。

长安逢友人

上国[1]相逢尘满襟，倾杯一话昔年心。
荒台共望秋山立，古寺多同雪夜吟。
风度重城宫漏[2]尽，月明高柳禁烟[3]深。
终期白日青云路，休感鬓毛霜雪侵。

【注释】
〔1〕上国，指京师长安。　〔2〕宫漏，宫中计时工具。古人以漏计时，或用水，或用沙。　〔3〕禁烟，宫中烟树。

赠隐者

何时止此幽栖处，独掩衡门长绿苔。

临水静闻灵鹤语，隔原时有至人[1]来。

五湖仙岛几年别，九转[2]药炉深夜开。

谁识无机[3]养真性，醉眠松石枕空杯。

【注释】

〔1〕至人，道家指超凡脱俗达到无我境界的人。 〔2〕九转，指九转丹或其炼制秘诀。 〔3〕无机，没有心机。

题桃源处士山居留寄

白云深处葺茅[1]庐，退隐衡门与俗疏。

一洞晓烟留水上，满庭春露落花初。

闲看竹屿吟新月，特酌山醪[2]读古书。

穷达尽为身外事，浩然元气乐樵渔。

【注释】

〔1〕葺茅，用茅草覆盖。 〔2〕山醪，山中人家酿造的浊酒。

题郑中丞东溪

一境新开雉堞[1]西，绿苔微径[2]露凄凄。

高轩夜静竹声远，曲岸春深杨柳低。

山霁月明常此醉，草芳花暗省曾迷。

诗酒山东

即随凤诏归清列[3]，几忆风花梦小溪。

【注释】
〔1〕雉堞（zhì dié），城上短墙。泛指城墙。　〔2〕微径，小路。　〔3〕凤诏，即诏书。清列，高贵的官位。

送友人下第[1]东归

漠漠[2]杨花灞岸[3]飞，几回倾酒话东归。
九衢春尽生乡梦，千里尘多满客衣。
流水雨余芳草合，空山月晚白云微。
金门自有西来约，莫待萤光照竹扉。[4]

【注释】
〔1〕下第，落第，即未考中。　〔2〕漠漠，密布貌。杨花，杨柳的花絮。　〔3〕灞岸，灞水岸边，长安人在此折杨柳送别。　〔4〕"金门"句，诗人安慰朋友的话。谓幸运自会降临，不必过于苦读。金门，宫门，此指及第。萤光，取萤火虫入囊中深夜照明读书。指苦读。

入关留别主人

此来多愧食鱼[1]心，东阁将辞强一吟。
羸马客程秋草合，晚蝉关树古槐深。
风生野渡河声急，雁过寒原岳势侵。
对酒相看自无语，几多离思入瑶琴。

【注释】
〔1〕食鱼,比喻受到重视、优待。

及第后宴曲江[1]

及第新春选胜游,杏园初宴曲江头。
紫毫粉壁题仙籍,柳色箫声拂御楼。
霁景露光明远岸,晚空山翠坠芳洲。
归时不省花间醉,绮陌香车似水流。

【注释】
〔1〕此诗描写及第后在曲江庆贺宴饮的场面。

萧祐(生卒年不详),字祐之,兰陵(今山东兰陵县)人。以处士征,拜拾遗。元和(唐宪宗年号)初,历御史中丞、桂管防御观察使。为人闲澹贞退,善鼓琴赋诗,精妙书画,游心林壑,名人高士多与之游。

奉陪武相公西亭夜宴陆郎中

弘阁陈芳宴,佳宾此会难。
交逢[1]贵日重,醉得少时欢。
舒黛凝歌思[2],求音足笔端。
一闻清佩动,珠玉夜珊珊[3]。

诗酒山东

【注释】

〔1〕交逢，遇到，逢上。 〔2〕歌思，歌颂思慕。南朝宋鲍照《从过旧宫》诗："官陛留前制，歌思溢今衢。"此指歌曲。 〔3〕"舒黛"四句，描写歌妓陪同歌舞及饮酒到深夜的情形。舒黛，舒展的眉毛，此指歌女。求音足笔端，歌女向客人询问歌词，客人笔端飞动一应而足。求音，所求的音韵。清佩，响声清越的玉佩。珊珊，玉佩声。

和凝（898—955），字成绩，五代时文学家、法医学家，郓州须昌（今山东东平）人。幼时颖敏好学，十七岁举明经，梁贞明二年（916）十九岁登进士第。好文学，长于短歌艳曲。后唐时官至中书舍人，工部侍郎。后晋天福五年（940）拜中书侍郎同中书门下平章事。入后汉，封鲁国公。后周时，赠侍中。尝取古今史传所讼断狱、辨雪冤枉等事，著为《疑狱集》两卷（951年）。子和（山蒙）又增订两卷，合成四卷。

山花子（其一）

银字笙[1]寒调正长，水纹簟冷画屏凉。玉腕重因金扼臂[2]，淡梳妆。

几度试香纤手暖，一回尝酒绛唇光。伴弄红丝蝇拂子，打檀郎[3]。

【注释】

〔1〕银字笙，古笙的一种。笙管上标有表示音调高低的银字。 〔2〕扼臂，手镯。 〔3〕檀郎，《晋书·潘岳传》《世说新语·容止》载："晋潘岳美姿容，尝乘车出洛阳道，路上妇女慕其丰仪，手挽手围之，掷果盈车。"岳小字檀奴，后因以"檀郎"为妇女对夫婿或所爱慕的男子的美称。

> 张直，自号逍遥先生，生卒年不详，濮州（今山东鄄城）人。唐末王师范为平卢节度使时，曾辟其为幕吏。《全唐诗》存诗2首。

宿顾城[1]二首（其一）

绿草展青裯，樾影连春树。
茅屋八九家，农器六七具。
主人有好怀[2]，搴衣留我住。
春酒[3]新泼醅[4]，香美连糟滤。
一醉卧花阴，明朝送君去。

【注释】
〔1〕顾城在河南范县东，属山东地。 〔2〕好怀，好兴致。晋陶潜《饮酒》诗之十："清晨闻叩门，倒裳往自开。问子为谁欤，田父有好怀。" 〔3〕春酒，冬酿春熟之酒，亦称春酿秋冬始熟之酒。 〔4〕泼醅，即酦醅。重酿未滤的酒。

宿顾城二首（其二）

醉卧夜将半，土底[1]闻鸡啼。
惊骇[2]问主人，为我剖荒迷。
武汤[3]东伐韦，固君含悲凄。
神夺悔悟魄，幻化为石鸡[4]。
形骸仅盈寸，咿喔若啁霓。
吾村耕耘叟，多获于锄犁[5]。

诗酒山东

【注释】

〔1〕土底，土底下。 〔2〕"惊骇"句，指作者做了土底闻鸡叫的梦，主人帮他解梦。 〔3〕武汤（约前1670—前1587），即成汤，商汤本名，子姓，名履，又名天乙（殷墟甲骨文称成、唐、大乙，宗周甲骨与西周金文称成唐），河南商丘人。汤是契的第十四代孙，主癸之子，商朝开国君主。商汤原是夏朝方国商国的君主，在伊尹、仲虺等人的辅助下陆续灭掉邻近的葛国（今河南宁陵）以及夏朝的方国韦（今河南滑县，即后来大彭）、顾（今河南范县）、昆吾（今河南许昌）等，十一征而无敌于天下，成为当时的强国，而后作《汤誓》，与桀大战于鸣条（今河南封丘东），最终灭夏。经过三千诸侯大会，汤被推举为天子，定都亳（今河南商丘谷熟镇西），定国号为"商"，成为商朝的开国君主。 〔4〕"武汤"以下四句，说原来的国君被深夺去了魂魄，变成了石鸡。 〔5〕"形骸"以下四句，言石鸡小不盈寸，在地下哭泣如蝉鸣，家乡父老常在耕种时获之。

宋朝

诗酒山东

> 许仲宣，字希粲，青州（今属山东）人。后汉乾祐间进士。后周显德初为济阴主簿，淄州团练判官。入宋，太祖擢授知北海军。

清洛喜英公大师相访

方袍[1]紫染出彤庭[2]，久在林泉养性灵。
无事挠心长见醉，有名传世不曾醒。
多年别我头先白，此日逢师眼倍青。
记得上都相会否，夜飞杯篆老君经。

【注释】
〔1〕方袍，僧人所穿的袈裟。因平摊为方形，故称。 〔2〕彤庭，汉代宫廷。因以朱漆涂饰，故称。泛指皇宫。

> 柴成务，字宝臣，曹州济阴（今山东曹县）人。太祖乾德六年（968）进士。

禁林宴会之什

内署延宾宴玉堂，紫闱[1]深启会琳琅。
云霏宝额题宸翰[2]，金错[3]瑶编[4]勒御章。
盘荐异羞罗彩翠，盏颂醇醴[5]湛清光。
柳当朱槛春先到，日过花砖影渐长。
吟客尽容窥绮阁，栖禽应许托雕梁。

观荣共乐文明代,惟愿登歌颂圣皇。

【注释】

〔1〕紫闱,指皇宫。 〔2〕宸翰,帝王的墨迹。 〔3〕金错,谓在器物上用黄金涂饰或镶嵌文字或花纹。 〔4〕瑶编,珍贵的书册。亦为书籍的美称。 〔5〕醇醴,味厚的美酒,酒味甘美。

张齐贤(943—1014),字师亮,曹州冤句(今山东曹县西北)人。太宗太平兴国二年(977)进士,为大理评事,通判衡州。

答西京留守惠花酒

有花无酒头慵举,有酒无花眼倦开。

好是西园无事日,洛阳花酒一齐来。

戚纶,字仲言,应天楚丘(今山东曹县)人。太宗太平兴国八年(983)进士。历知州县,入为光禄寺丞。真宗即位,除秘阁校理。

送何水部蒙出牧袁州

连翩作牧蔼嘉声,重叠光华是此行。

画隼前驱男子贵,锦衣当昼故乡荣。

虎溪驻目曾游熟,采石维舟旧吏迎[1]。

来暮讴谣应载路,迟留桑梓肯忘情。

郡楼拥翠峰峦合,井邑交光竹树明。

诗酒山东

醇酎[2]岂知千日醉，温泉[3]常见四时清。

下车不问山河改，布政先期狱讼平。

何日紫宸偏顾瞩，圣君留意在编氓。

【注释】

〔1〕作者自注："旧吏迎，公旧讲学庐阜，复经太平州旧治。" 〔2〕作者自注："醇酎，宜春旧多醇酎。" 〔3〕作者自注："温泉，郡下温泉，夏冷冬暖，春饮之宜人，郡得名焉。"（此指宜春名字由来）

张咏（946—1015），字复之，自号乖崖，濮州鄄城（今山东鄄城）人。谥号忠定。亦称张忠定、张乖崖。太平兴国间进士。累擢枢密直学士，真宗时官至礼部尚书，诗文俱佳。他是北宋太宗、真宗两朝的名臣，尤以治蜀著称。北宋仁宗时期，士大夫们将他与赵普、寇准并列。他的文集也被命名为《张乖崖集》。

县斋秋夕

才薄难胜任，空销懒惰情。

公堂群吏散，苔地乱蛩声。

隔岁乡书绝，新寒酒病生。

方今圣明代，不敢话辞荣。

新秦遣怀

貂褐[1]久从戎，因令笔砚慵。
梳中见白发，枕上忆孤峰。
风动沙昏昼[2]，寒多雪折松。
此心无与问，长愿酒盈钟。

【注释】
〔1〕貂褐，用貂皮制的短衣。 〔2〕昏昼，犹言日和夜。

送赵寺丞罢秩游青城山

公余长闭目，只是老心情。
闻道寻山去，连忙出户迎。
好峰须到顶，灵迹要知名。
回日从容说，余将少解酲[1]。

【注释】
〔1〕解酲，醒酒，消除酒病。

归越东旧隐留别秦中知己

客亭杨柳叶初残，歌咽秋空惨别颜。
吟爱好峰归越路，醉冲寒雨出秦关。
烟萝庭户重栖倚，渔浦人家旧往还。
纵使功名无分得，免教心在怨尤间。

郊居寄朝中知己

年来流水坏平田，客径穷愁自可怜。
汀苇乱摇寒夜雨，沙鸥闲弄夕阳天。
狂嫌浊酒难成醉，冷笑清诗不直钱。
碧落故人知我否，几回相忆上渔船。

舟行感怀

风帆江上往来频，渔叟应多笑此身。
自愧无才酬圣泽，已甘行乐负青春。
疲羸未复空忘味，纲绪难条欲问津。
更拟倾杯祝天地，世间不用长奸人。

吴宫石

何人移置向何年，牢落空庭见断顽。
竹外松间滋澹伫，土昏苔染更斓斑。
贪怜玩月名偏好，莫问朝天信不还。
闲醉闲吟聊自得，渐无魂梦忆归山。

旅中感怀

人世贪名岂是闲，几回思算几凄然。
故乡路远不得信，寒月夜来还复圆。
霜趁悲鸿归楚泽，风移残烧下秦川。
莫言酒作销忧物，更有新诗一两篇。

晚泊长台驿

驿亭斜掩楚城东，满引[1]浓醪[2]劝谏慵。
自恋明时休未得，好山非是不相容。

【注释】
〔1〕满引，斟满饮尽。 〔2〕浓醪（láo），浓烈的浊酒。

夜

四檐寒雨滴秋声，醉起重挑背壁灯。
世事不穷身不定，令人闲忆虎溪[1]僧。

【注释】
〔1〕虎溪，溪名。在江西省九江市南庐山东林寺前。相传晋慧远法师居此，送客不过溪，过此，虎辄号鸣，故名虎溪。

和人牡丹

桃源分散恨无期，忽意江城见有时。
歌绕醉围抛不得，几人终夜起题诗。

暮春忆友人

杨花零落暮春风，醉起南轩夕照红。
闲倚焦桐坐无语，故人相隔海门东。

郊居会傅逸人

久客惊魂倦，田居乞暂安。
乂宁忘力学，贫要奉亲欢。
枕外河声老，门前野色宽。
支流狂绕砌，丛苇品当栏。
书叶招邻彦，扶筇话肺肝。
吟怀难契遇，醉语动辛酸。
隐几岁时变，凭轩雷雨残。
致君须有分，会此掷鱼竿。

劝酒惜别

春日迟迟辗空碧，绿杨红杏描春色。
人生年少不再来，莫把青春枉抛掷。
思之可不令人惊，中有万恨千愁并。
今日就花始畅饮，座中行客酸离情。
我欲为君舞长剑，剑歌苦悲人苦厌。
我欲为君弹瑶琴，淳风死去无回心。
不如转海为饮花为幄，赢取青春片时乐。
明朝匹马嘶春风，洛阳花发胭脂红。
车驰马走狂似沸，家家帐幕临晴空。
天子盛明君正少，勿恨功名苦不早。
富贵有时来，偷闲强欢笑，莫与离忧贾生老。

赠刘吉

天地有至私，刘生与英气。
学必摘其真，文能取诸类。
叫回尧舜天，聒破周孔耳。
通塞不我知，要在欢生意。
居危不苟全，凭艰立忠义。
归国有贤名，天子闻之喜。
倒海塞横流，掀天建高议。
冒死雪忠臣，谠言警贵侍。
四海多壮夫，望风毛骨起。
如今竟陵城，榷司茶荙利。
鹤情终是孤，仁性困亦至。

劳劳忧众民，咄咄骂贪吏。
方期与叫阍，此实不可弃。
如何不自持，稍负纤人累。
酣歌引酒徒，乱入垂杨市。
狂来拔剑舞，踏破青苔地。
群口咤若奇，我心忧尔碎。
请料高阳徒，何如东山器。
请料酒仙人，何如留侯志。
去矣刘跛江，深心自为计。

留别博州推官杨丹

郊亭欲别时，霜叶翻空日。
男儿志在乘长风，去便离忧惨颜色。
镆铘煌煌对尊酒，醉舞不成空握手。
耻唱悠悠易水歌，羞折丝丝关外柳。
我欲为君操峻节、研清词，古来贤圣同驱驰。
连城白璧不足道，济时才略为藩篱。
一以答惠贶，再欲酬心知。
从今明月夜，应有远相思。

淮西叙别

天门高兮未我揭，驱马淮西阻风雪。
高阳狂客夜敲门，清谈大笑倾金尊。
一饮使君楼，腾腾醉未休。

再约娱宾曲，歌舞喧耳目。
宛若是子之哲兮，精神多崛奇。
穆矣簪缨之后兮，动止饶令仪。
繁花不染君子道，大鹏自有飞鸣时。
何顾我之弥弥，不可无言而辞。

淮西有答

天教明道知经纶，只在尊君兼庇民。
鹤板未征身且贱，轻车素佩游红尘。
飘飘飒飒齐与鲁，半醉半醒陈复楚，夜倚西风拔剑舞。
拔剑舞，击剑歌，青云路遥心奈何。

酣饮

不敢指天象，象中皆有神。
不敢说人事，谩致奸邪嗔。
岂若内酣饮，兀然陶吾真。

筵上赠小英

天教拚百花，拚作小英明如花。
住近桃花坊北面，门庭掩映如仙家。
美人宜称言不得，龙脑薰衣香入骨。
维扬软縠如云英，亳郡轻纱若蝉翼。

诗酒山东

我疑天上婺女星之精，偷入筵中名小英。

又疑王母侍儿初失意，谪向人间为饮妓。

不然何得肤如红玉初碾成，眼似秋波双脸横。

舞态因风欲飞去，歌声遏云长且清。

有时歌罢下香砌，几人魂魄遥相惊。

人看小英心不足，我看小英心本足。

为我高歌送一杯，我今赠尔新翻曲。

王禹偁（954—1001），字元之，北宋白体诗人、散文家。济州钜野（今山东巨野）人。太平兴国八年进士，历任右拾遗、左司谏、知制诰、翰林学士。敢于直言讽谏，因此屡受贬谪。宋真宗即位，召还，复知制诰。后贬至黄州，故世称王黄州，后又迁蕲州病死。王禹偁为北宋诗文革新运动的先驱，文学韩愈、柳宗元，诗崇杜甫、白居易，多反映社会现实，风格清新平易。词仅存一首，反映了作者积极用世的政治抱负，格调清新旷远。著有《小畜集》。

按：本卷仍依前例，注从简或不注，对长题给予断句以使晓达。

日长简仲咸

日长何计到黄昏，郡僻官闲昼掩门。

子美[1]集开诗世界，伯阳[2]书见道根源。

风飘北院花千片，月上东楼酒一樽。

不是同年来主郡，此心牢落共谁论。

【注释】

〔1〕子美,杜甫,字子美。 〔2〕伯阳,老子的字。

春日

门冷官闲似死灰,人言今日是春来。
犹残旧锡银幡胜,且向山州当酒杯[1]。

【注释】

〔1〕当酒杯,对酒杯。

和仲咸杏花三绝句

老去对花多感叹,春来耽酒少康宁。
也知此事终无益,免被渔人笑独醒。

春游南静川

南过高车岭,川原似掌平。
峰峦开画障,畎亩列棋枰。
帝女柔桑绿,王孙野莫生。
提壶催我醉,戴胜劝人耕。
商岭堪携妓,丹河好濯缨。
盖圆松影密,鞭乱竹根狞。
勃勃畬田气,磷磷水碓声。

野桃谁是主，山鸟不知名。

欲舞宁无蝶，思歌亦有莺。

官闲春日永，担酒此中行。

次韵和仲咸感怀贻道友

莫问穷通事若何，遇花逢酒且狂歌。

人情易逐炎凉改，官路难防陷阱多。

只合收心抛世网，不须推命说天罗。

如今玉石休分别，免被无辜刖下和。

赴长洲县作

移任长洲县，孤帆冒雨行。

全家随逆旅，一夜泊江城。

身世漂沦极，功名早晚成。

惟当泥尊酒[1]，得丧任浮生。

【注释】

[1]泥尊酒，沉溺于酒。泥，胶着，沉泥。

暮春

索寞红芳又一年，老郎空解惜春残。
才闻莺啭夸杨柳，已被蝉声哭牡丹。
壮志休磨三尺剑，白头谁藉两梁冠。
酒樽何必劳人劝，且折余花更尽欢。

芍药诗

满院匀开似赤城[1]，帝乡齐点上元灯。
感伤纶阁[2]多情客，珍重维扬[3]好事僧。
酌处酒杯深蘸甲[4]，折来花朵细含棱。
老郎为郡辜朝寄[5]，除却吟诗百不能。

【注释】
[1]赤城，指帝王宫城，因城墙红色，故称。 [2]纶阁，中书省的代称。为代皇帝撰拟制诰之处。 [3]维扬，扬州的别称。 [4]蘸甲，酒斟满，捧觞蘸指甲。表示畅饮。 [5]朝寄，朝廷的委托。

即席送许制之曹南省兄

梅烂荷圆六月天，归帆高背虎丘烟。
到时自是成行雁，别处休听满树蝉。
卖剑为赊吴市酒，携家犹借洞庭船。
待看春榜来江外，名占蓬莱第几仙。

诗酒山东

清明日独酌

一郡官闲唯副使，一年冷节是清明。

春来春去何时尽，闲恨闲愁触处生。

漆燕黄鹂夸舌健，柳花榆荚斗身轻。

脱衣换得商山酒，笑把离骚独自倾。

送郝校书从事相州

提笔从戎别帝乡，官清兼领校书郎。

将军幕下红莲媚，诗客袖中丹桂香。

吟倚旌旗春过雨，醉听刁斗夜含霜。

金台莫作多时计，非久应归振鹭行。

送李中舍罢萧山赴阙

吏隐[1]江东[2]五六年，归时犹恋好山川。

野僧送别携诗句，瘦马临歧当酒钱。

吴苑[3]醉逢梅弄雪，隋堤[4]吟见柳垂烟。

自言更共秋涛约，未拾西兴[5]一钓船。

【注释】

〔1〕吏隐，虽居官而犹如隐者。 〔2〕江东，长江在芜湖、南京间作西南南、东北北流向，隋唐以前，是南北往来主要渡口的所在，习惯上称自此以下的长江南岸地区为江东。 〔3〕吴苑，即长洲苑，吴王之苑。 〔4〕隋堤，隋炀帝时沿通济渠、邗

沟河岸修筑的御道，道旁植杨柳，后人谓之隋堤。 〔5〕西兴，渡口名。在浙江省萧山（今杭州萧山区）西北。本名固陵，相传春秋时越范蠡于此筑城。六朝时为西陵戍，五代吴越改名"西兴"。

送史馆学士杨亿闽中迎侍

迎侍闽川去路长，才名官职过欧阳。
翰林贵族夸东榻，史馆清衔庆北堂。
别酒正逢寒菊绽，归舟应见早梅香。
拾遗健羡吟诗送，莫笑蹉跎两鬓霜。

戏题二章述滁州官况，寄翰林旧同院

要知滁上兴如何，养拙偷安幸亦多。
小郡既无衣袄使，丰年兼有裤襦歌。
公余处处携山屐，官酝时时泛海螺。
病眼白头唯醉睡，朝廷好事不闻他。

雪夜看竹

梦断闲窗酒半醺，月华薄薄雪纷纷。
莫言官散无拘束，一夜披衣见此君。

诗酒山东

自笑

年来失职别金銮,身世漂沦鬓发残。

贫藉俸钱犹典郡[1],老为郎吏是何官。

开樽暂喜愁肠破,堆案仍劳病眼看。

自笑不归田里去,谩将名姓挂朝端[2]。

【注释】
[1]典郡,谓任郡守。 [2]朝端,朝廷。

春日登楼

红桃飞尽绿杨深,独倚危楼半日吟。

六里山川多逐客,贰车官职是笼禽。

蓬沾残雪经秋鬓,葵隔浮云向日心。

身世荣衰不能算,且倾村酒沃愁襟。

次韵和仲咸送池秀才西游

夏课诗成又旅游,离离秦树叶惊秋。

青霄路在何难到,白雪才高岂易酬。

几处读碑寻野径,共谁沽酒上高楼。

商于迁客曾如此,系滞空思十二旒[1]。

【注释】
[1]十二旒(liú),天子冕冠前后各悬垂的十二条玉串。借指天子。

独酌自吟拙诗，次吏报转运使到郡，戏而有作

日高睡足更何为，数首新篇酒一卮。
郡吏谩劳相告报，转输应不管吟诗。

赋得南山行送冯中允之辛谷冶[1]按狱

商山三月花如火，草树青葱雨初过。
柳条渐软蝶双飞，桑叶尚多蚕一卧。
薄情野水流不回，无力春云慵欲堕。
团团榆荚是谁抛，漠漠游丝向人弹。
可怜花木间岚光，花前正好飞觥觞。
冯君凤驾一何速，捧檄银坑按辛谷。
转输昨日又移文，小畎诉牒何纷纭。
见说南山六百里，趄尽马蹄摧屐齿。
是何屈于不知己，冲斗太阿教补履。
龙无尺水且蟠泥，骥困盐车但垂耳。
片言折狱亦胡为，必也无讼方君子。
吾徒事业本稽古，得行其志当刑措。
画衣画地免烦苛，抵璧捐金返淳素。
未行此道且营营，营营为禄聊代耕。
残春小别不足念，为君高唱南山行。
南山一月期回首，莫诉临歧数卮酒。

【注释】

〔1〕辛谷冶，犹言辛谷冶炼厂或矿山。

秋居幽兴

园林经积雨，晚步思悠哉。
宿鸟头相并，秋瓜顶自开。
药田荒野蔓，屐齿没苍苔。
幽兴将何遣，燋琴贳酒杯。

送王司谏赴淮南转运

白兽樽[1]前侍玉除[2]，暂分邦计别宸居[3]。
映淮风月供吟笔，拱极[4]星辰伴使车。
别岸酒浓桑叶落，野亭霜薄菊花疏。
东南莫作三年调，红药香繁在直庐[5]。

【注释】

〔1〕白兽樽，即白虎樽。唐避太祖讳，改虎为"兽"。 〔2〕玉除，玉阶，用玉石砌成或装饰的台阶。借指朝廷。 〔3〕宸居，指帝王居住。前二句指暂时告别皇上赴地方任职。 〔4〕拱极，犹拱辰。拱辰，拱卫北极星。此指客人如众星拱卫。 〔5〕直庐，旧时侍臣值宿之处。

雪中看梅花因书诗酒之兴

冬来滁上兴何长，唯把吟情入醉乡。
雪片引诗胜玉帛，梅花劝酒似嫔嫱。
凝眸未厌频频落，拥鼻还怜细细香。
谪宦老郎无一物，清贫犹且放怀狂。

官酝

为郡得官醞，月给盈三斛。
地僻少使车，时清罕留狱。
老大复迁谪，吾怀颇幽独。
婵娟楼上月，烂漫池边菊。
东院与西亭，翛翛风弄竹。
对此不开樽，骚人应恸哭。
独酌入醉乡，陶然瞑双目。
醒来成浩叹，胡为事口腹。
彝酒[1]书垂诫，群饮圣所戮。
汉文亦禁酒，患在糜人谷。
自从孝武来，用度常不足。
榷酤[2]夺人利，取钱入官屋。
古今事相倍，帝皇道难复。
吾无奈尔何，更尽杯中渌[3]。

按：官酝，即官府配给的酒，与私酿相对应。

诗酒山东

【注释】

〔1〕彝酒（yí jiǔ），谓经常饮酒。　〔2〕榷酤，官府专利卖酒。　〔3〕杯中渌（lù），杯中醁。指美酒。

寄海州副使田舍人

系即匏瓜转即蓬，可怜踪迹与君同。
眼前有酒长须醉，身外除诗尽是空。
闲采紫芝饥可疗，欲浮沧海道应穷。
声名官职相磨折，休忆西垣药树红。

寄潘阆处士

烂醉狂歌出上都，禾风时节忆鲈鱼。
江城卖药长将鹤，古寺看碑不下驴。
一片野心云出岫，几茎吟发雪侵梳。
算应冷笑文场客，岁岁求人荐子虚。

送第三年[1]朱严先辈从事和州

赁船东下历阳湖，榜眼科名释褐初。
宾职不忧无厚俸，郡斋唯喜有藏书。
伴吟先买秋江鹤，醒酒时烹晚市鱼。
廉使多情应问我，为言衰病似相如。

【注释】

〔1〕第三年,谓先三年进士者。

送河阳任长官

宰君行李苦萧疏,妻子龙钟尚跨驴。
醉眼且看花满县,愁颜莫望果盈车。
头衔新换呼明府,科第元高得校书。
谁解吟诗送行色,茂陵多病老相如。

送寇谏议赴青州

表海镇峥嵘,枢臣辍禁庭。
两蕃申族帐,七县造图经。
密勿君恩异,循良祖德馨。
旌旗驱驿路,鼓角出郊坰。
归梦寻温树,行尘动福星。
上仪三道判,排设十间厅。
风静衙门戟,霜寒郡阁铃。
看山楼号白,封社土分青。
花好诗难惜,梨甘酒易醒。
征还都几日,莫爱妓娉婷。

诗酒山东

岁除日，同年冯中允携觞见访，因而沉醉，病酒三日

除夜浑疑便白头，携壶相劝醉方休。
敢辞枕上三朝卧，且免灯前一夕愁。
薄命我甘离凤阁，多才君亦滞龙楼。
相逢不尽杯中物，何以支当[1]寂寞州。

【注释】
〔1〕支当，支撑、抵挡。

别商山·量移[1]解州作

欲辞苍翠入尘嚣，把酒看山思寂寥。
莫动移文苦相责，解梁闻说近中条。

【注释】
〔1〕量移，多指官吏因罪远谪，遇赦酌情调迁近处任职。泛指迁职。

再赋二章，一以颂高人之风，一以伸俗吏之意，之一

表让皇家买酒钱，醉乡归去便陶然[1]。
吾君若问征君[2]意，自有东皋[3]种黍田。

【注释】

〔1〕陶然,醉乐貌。喜悦、快乐貌。 〔2〕征君,征士的尊称。征士,指不就朝廷征辟的士人。 〔3〕东皋,隐居地。

诗酒

白头郎吏合归耕,犹恋君恩典郡城。
已觉功名乖素志,祇凭诗酒送浮生。
刚肠减后微微讽,病眼昏来细细倾。
樽杓不空编集满,未能将此换公卿。

睡

此境一何醇,熙熙别得春。
有声皆俗格,无梦是天真。
壁上登山屐,床头漉酒巾。
轻轻龟喘息,苒苒蝶精神。
滞寂通禅理,无何等道人。
曲肱高胜枕,藉草软于茵。
吟苦魂初瞑,杯酣味更珍。
觉知身是幻,静与死为邻。
酷恨巢檐燕,生憎欹户宾。
功成归展转,先兆自嚬呻。
不入荣名客,还宜放逐臣。
东窗一丈日,且作自由身。

诗酒山东

淳化二年八月晦日，夜梦于上前[1]赋诗。既寤，唯省一

句云：九日山州见菊花。间一日，有商于贰车之命，实以十月三日到郡。重阳已过，残菊尚多，意梦已征[2]矣。今忽然一岁，又逼登高，追续前诗句，因成四韵。

节近登高忽叹嗟，经年憔悴别京华。
贰车何处搔蓬鬓，九日山州见菊花。
梦里荣衰安足道，眼前杯酒且须赊。
商于邹鲁虽迢递，大底携家即是家。

【注释】
[1]梦于上前，即在皇帝面前。 [2]已征，指梦已被证实。

对酒吟

劝君莫把青铜照，一瞬浮生何足道。
麻姑又采东海桑，阆苑宫中养蚕老。
任是唐虞与姬孔，萧萧寒草埋孤冢。
我恐自古贤愚骨，叠过北邙高突兀。
少年对酒且为娱，几日樽前垂白发。
安得沧溟尽为酒，滔滔倾入愁人口。
从他一醉千百年，六辔苍龙任奔走。
男儿得志升青云，须教利泽施于民。
穷来高枕卧白屋，蕙带藜羹还自足。

功名富贵不由人，休学唐衢放声哭。

立春前二日雪

一夕满淮海，莎阶晓欲平。
气寒知腊在，势猛共春争。
飘泊残梅妒，龙钟老桧擎。
随风无定态，入竹有繁声。
倚槛吟忘倦，援毫画不成。
南乡消瘴疠，东作助农耕。
片扬鹅毛远，光翻蝶翅轻。
在贫添酒债，慵扫慰诗情。
慵玉峰峦秀，华胥世界清。
老郎无政术，沉醉卧江城。

送江州孙膳部归阙兼寄承旨侍郎

九江为郡鬓成霜，淮海相逢共黯伤。
放逐翰林同李白，蹉跎郎署是冯唐。
才名各负诗千首，离别无辞酒一觞。
归见鳌头如借问，为言枨枻减刚肠。

王曾，字孝先，青州益都（今山东青州）人。宋真宗咸平五年，试礼部及殿试皆为第一，除将作监丞，通判济州。

诗酒山东

送李寺丞归临江

辞荣知退出尘埃，泽国皆推隐逸才。

清世不为王事累，白云重向帝乡来。

僧因好古留棋诀，鸥为忘机恋钓台。

应见酒旗回马首，远烟浓淡百花开。

送钱易

籍其声名喧魏阙，幽奇风物指吴乡。

上饶此去逾千里，莫惜临岐[1]酒满觞。

【注释】

〔1〕临岐，分别。

穆修（979—1032），字伯长，郓州汶阳（今属山东汶上）人。后居蔡州（今河南汝阳）。他在柳开之后继续倡导韩、柳古文，曾亲自校正、刻印韩愈和柳宗元文集。

村郭寒食雨中作

寂寥村郭见寒食，风光更着微雨遮。

秋千闲垂愁稚子，杨柳半湿眠春鸦。

白社皆惊放狂客，青钱尽送沽酒家。

眼前不得醉消遣，争奈恼人红杏花。

和毛秀才江墅幽居好十首（其一）

江墅幽居好，南塘枕野亭。
菰蒲颤风绿，菱荇盖波清。
系苇一鱼艇，翘烟双雪翎。
相携二三叟，扶醉不曾醒。

和毛秀才江墅幽居好十首（其二）

江墅幽居好，老农时款扉。
浊醪忧共醉，野话坦无机。
山雨欲到槛，竹风先满衣。
溪南秋更乐，稻熟又鱼肥。

和毛秀才江墅幽居好十首（其三）

江墅幽居好，宾来定不愁。
酒醵新出榨，鱼活旋离钩。
移席追松影，调琴和涧流。
陶然方外乐，名教縶何由。

诗酒山东

和毛秀才江墅幽居好十首（其四）

江墅幽居好，身如醉伯伦。
浮名抛可得，荒宴罢何因。
酪酊乘篮舆，逍遥岸角巾。
人间莫回首，容伪不容真。

汝阴偶书呈一二知己

汝阴穷猭计何疏，四十无成坐讽书。
不务功名师捭阖，独将仁义守蓬庐。
敢同贾傅[1]希前席[2]，况异邹生[3]托后车。
除泥诸公时一醉，等闲犹且忘归欤。

【注释】
[1]贾傅，汉贾谊。因曾官长沙王太傅，故称。 [2]前席，指为了更接近而靠前。此指敢于为国担当。《汉书·贾谊传》："文帝思贾谊，征之。至入见，上（皇帝）方受厘（汉代祭天地时，皇帝派人祭祀或郡国祭祀后，把剩余的肉送回皇上，以示受福，叫受厘），坐宣室。上因感鬼神事而问鬼神之本，谊具道所以然之故。至夜半，文帝前席。" [3]邹生，指邹衍。

送毛得一秀才归淮上

江天梅雨画萧萧，送别愁吟白纻[1]谣。
处士才高融未荐，骚人魂断玉方招。
自伤枥骥心千里，空羡冥鹏志九过。

酒罢征鞍迢递去，不堪回首木兰桡。
君归迢递淮西路，我客萧条秋浦城。
恻恻相看复恻恻，行行送别重行行。
途中猿鸟哀声断，马上云山远碧横。
富贵穷通俱未决，直倾樽酒沃离情。

【注释】
〔1〕白纻谣，亦作"白苎"，即白纻歌，吴地舞曲，常指相思。

送孙立东游

诗笔知名曾苦刻，文章多难久漂流。
睢阳纵酒黄金尽，提剑东方暂一游。

江上送陈翘还无为

江上寂寥春雨晴，江边冉冉春潮平。
相逢未尽斗酒醉，相送又速孤舟行。
篁竹穷锁秋浦郡，烟波渺隔无为城。
音尘两地不千里，勿使负君金玉声。

一百五日同周越陈永锡游吉祥僧舍

痛饮方期数百杯，寻芳何事又空回。
花愁酒困春无着，却访野僧萧寺[1]来。

【注释】

〔1〕萧寺，唐李肇《唐国史补》卷中："梁武帝造寺，令萧子云飞白大书'萧'字，至今一'萧'字存焉。"后因称佛寺为萧寺。

> 李冠，约公元1019年前后在世，字世英，齐州历城（今山东济南）人。与王樵、贾同齐名，又与刘潜同时以文学称京东。举进士不第，得同三礼出身，调乾宁主。著有《东皋集》二十卷，不传。存词五首。有《宋史本传》传于世。

蝶恋花

贴鬓香云双绾绿。柳弱花娇，一点春心足。不肯玉箫闲度曲，恼人特把青蛾蹙。

静夜溪桥霜薄屋。独影行歌，惊起双鸾宿。愁破酒阑闺梦熟，月斜窗外风敲竹。

> 范仲淹（989—1052），字希文，苏州吴县人。北宋杰出的思想家、政治家、文学家。两岁丧父，母亲改嫁山东长山朱氏（今山东邹平长山镇），遂更名朱说。在邹平南山苦读10余年。大中祥符八年（1015）及第，授广德军司理参军，迎母归养，改回本名。谥号"文正"，世称范文正公。政绩卓著，文学成就突出。他倡导的"先天下之忧而忧，后天下之乐而乐"思想和仁人志士节操，对后世影响深远。有《范文正公文集》传世。

按：范仲淹在山东生活近20年，故其饮酒诗词选编入本卷。另外，要特别指出的是，范仲淹很少饮酒或醉酒，所以饮酒诗在他的整部诗集中占了极小的部分，这跟大多数诗人是很不相同的。

苏幕遮

碧云天，黄叶地，秋色连波，波上寒烟翠。山映斜阳天接水。芳草无情，更在斜阳外。

黯乡魂，追旅思。夜夜除非，好梦留人睡。明月楼高休独倚。酒入愁肠，化作相思泪。

滕子京魏介之二同年相访丹阳郡

长江天下险，涉者利名驱。
二公访贫交，过之如坦途。
风波岂不恶，忠信天所扶。
相见乃大笑，命歌倒金壶。
同年三百人，大半功名呼。
没者草自绿，存者颜无朱。
功名若在天，何必心区区。
莫竞贵高路，休防谗疾夫。
孔子作旅人，孟轲号迂儒。
吾辈不饮酒，笑杀高阳徒。

诗酒山东

中元夜百花洲作

南阳太守清狂发，未到中秋先赏月。
百花洲里夜忘归，绿梧无声露光滑。
天学碧海吐明珠，寒辉射空星斗疏。
西楼下看人间世，莹然都在青玉壶。
从来酷暑不可避，今夕凉生岂天意。
一笛吹销万里云，主人高歌客大醉。
客醉起舞逐我歌，弗舞弗歌如老何。

依韵和安陆孙司谏见寄

穰下故都今善藩，沃衍千里多丰年。
孙公顷以清净化，我来代之惭二天。
人物高传卧龙里，神仙近接弄珠川。
汉光旧烈山河在，徘徊吊古良依然。
二十八将固不朽，风云一代皆忠贤。
我亦明时得君者，出处十载功不前。
尚得州麾养衰疾，优游岂减居林泉。
因逢故人作宴喜，琴樽风月夕不眠。
之翰诗来若金石，重于我辈何其偏。
相其直道了无悔，宁争蠖屈与鹏骞。

野色

非烟亦非雾，幂幂映楼台。
白鸟忽点破，夕阳还照开。
肯随芳草歇，疑逐远帆来。
谁谓山公意，登高醉始回。

西溪书事

卑栖曾未托椅梧[1]，敢议雄心万里途。
蒙叟[2]自当齐黑白，子牟[3]何必怨江湖。
秋天响亮频闻鹤，夜海瞳昽每见珠。
一醉一吟疏懒甚，溪人能信解嘲无。

【注释】

〔1〕椅梧，椅树和梧桐树。 〔2〕蒙叟，指庄周。 〔3〕子牟，即魏公子牟。战国时人。因封于中山，也叫中山公子牟。曾说："身在江海之上，心居乎魏阙之下。"见《吕氏春秋·审为》。此指未敢消极遁世。这个思想在范仲淹的《岳阳楼记》"先天下之忧而忧，后天下之乐而乐"句中得到了充分体现。

知府孙学士见示和终南监宫太保道怀五首因以缀篇（其五）

门外烟岚紫阁横，九衢风土更何情。
篱边醉傲渊明饮，陇上歌随桀溺耕。
三乐放怀千古重，万钟回首一毫轻。
鹏鷃共适逍遥理，谁复人间问不平。

诗酒山东

渔家傲·秋思

塞下秋来风景异，衡阳雁去无留意。四面边声连角起，千嶂里，长烟落日孤城闭。

浊酒一杯家万里，燕然未勒归无计。羌管悠悠霜满地，人不寐，将军白发征夫泪。

御街行·秋日怀旧

纷纷坠叶飘香砌。夜寂静，寒声碎。真珠帘卷玉楼空，天淡银河垂地。年年今夜，月华如练，长是人千里。

愁肠已断无由醉。酒未到，先成泪。残灯明灭枕头欹，谙尽孤眠滋味。都来此事，眉间心上，无计相回避。

石介（1005—1045），字守道，一字公操，兖州奉符（今山东省泰安市岱岳区徂徕镇桥沟村）人，北宋初学者、思想家，宋理学先驱。天圣八年（1030）进士，与欧阳修、蔡襄等同年登科，历任郓州观察推官、南京留守推官等职。

岁晏[1]村居

岁晏有余粮，杯盘气味长。
天寒酒脚落[2]，春近臛头香。

菜色青仍短,茶芽嫩复黄。

此中得深趣,真不羡膏粱。

【注释】

〔1〕岁晏,一年将尽的时候。 〔2〕酒脚落,指酒喝得多,壶快尽了。

赴任嘉州嘉陵江泛舟

中心横大江,两面叠青嶂。

江山相夹间,何人事吟放。

半樽岸帻[1]坐,永日开舲望。

孤棹已夷犹,数峰更清尚。

危影倒波底,凝岚浮水上。

鸣鹭答猿啼,樵歌应渔唱。

并生泉石心,堪愧庸俗状。

【注释】

〔1〕岸帻(àn zé),推起头巾,露出前额。形容态度洒脱,或衣着简率不拘。

赴任嘉州嘉陵江泛舟

江心清照人,江面平如掌。

有客去逍遥,扁舟浮荡漾。

远与城市绝,深将泉石向。

水鸟忽东西,溪云时下上。

轩冕谁富贵,琴樽自闲放。

诗酒山东

酒色照渌波,吟声入秋浪。
五湖何范蠡,磻溪无吕望。
吾家徂徕下,汶水有清响。
常时夜雨急,随雨来枕上。
魂魄寒无寐,山居得真尚。
一为尘缨缚,不得闲时饷。
两耳聒欲聋,喧嚣千万状。
雨夜自潺湲,宦途空悲怆。
剑南四千里,地遐接蛮瘴。

泥溪驿中作

山驿[1]萧条酒倦倾,嘉陵相背去无情。
临流不忍轻相别,吟听潺湲坐到明。

【注释】
〔1〕山驿,山中驿站。

送弟及之就彭门侍养

城南车骑晓骎骎,欲去重留酒屡斟。
惜尔浪浪辞我泪,感予切切恋我心。
庭闱最乐无妨学,风月余闲岂废吟。
别后不尤书信少,但闻为善是嘉音。

送范曙赴天雄李太尉辟命

吾家泰山徂徕间,浓岚泼翠粘衣冠。
君来访我茅屋下,正值山色含春寒。
终日把酒对山坐,几片山色落酒盘。
峰头云好望无倦,笠裹酒多倾不干。
临行再拜殷勤别,请我一言披心肝。
吾贫无钱以赠君,门前峨峨横两山。
愿君节似两山高,眼看富贵如鸿毛。

欧阳修(1007—1072),字永叔,号醉翁、六一居士,吉州永丰(今江西省吉安市永丰县)人,北宋政治家、文学家。因吉州原属庐陵郡,以"庐陵欧阳修"自居。官至翰林学士、枢密副使、参知政事,谥号文忠,世称欧阳文忠公。累赠太师、太尉、兖国公、康国公、楚国公。宋代文学的宗师。后人将其与韩愈、柳宗元和苏轼合称"千古文章四大家"。又与韩愈、柳宗元、苏轼、苏洵、苏辙、王安石、曾巩被世人称为"唐宋散文八大家"。

按:神宗熙宁元年(1068)八月乙巳,欧阳修转兵部尚书,改知青州,充京东东路安抚使,至熙宁三年(1070)七月离任知蔡州。在青州期间,有多首饮酒诗传世。"唐宋八大家"之宋六大家中,有四人(欧阳修、苏轼、苏辙、曾巩)曾经在山东为官。

闻沂州卢侍郎致仕有感（熙宁元年）

少年相与探花开，老病惟愁节物催。
蹉跎归计荒三径[1]，牢落生涯泥一杯。
颍上先生[2]招不起，沂州太守[3]亦归来。
自愧国恩终莫报，尚贪荣禄此徘徊。

【注释】
〔1〕三径，即归隐。泥，犹成瘾，迷恋。　〔2〕颍上先生，诗人自指。公知颍州时，喜当地风物，遂卜居终老此间。知青州时公已在颍上（境界安徽阜阳）筑居。　〔3〕沂州太守，指卢侍郎。

表海亭

望海高亭古堞间，独凭危槛俯人寰。
苦寒冰合双流水[1]，欲雪云垂四面山。
髀[2]肉已消嗟病骨，村醪犹可慰愁颜。
颍田二顷春芜没，安得柴车自驾还。

【注释】
〔1〕双流水，作者自注：南洋、北洋河也，一在州中，一在城外。四面山，作者自注：州城四面皆山，东西二面山差远，唯此亭高，尽见之。　〔2〕髀，大腿。

水磨亭子

多病山斋厌郁蒸，经时久不到东城。
新荷出水双飞鹭，乔木成阴百啭鸣。

载酒未妨佳客醉,凭轩仍见老牛耕。
使君自有林泉趣,不用丝篁乱水声。

读易（熙宁二年）

莫嫌白发拥朱轮,恩许东州[1]养病臣。
饮酒横琴销永日,焚香读易过残春。
昔贤轩冕如遗屣,世路风波偶脱身。
寄语西家隐君子,奈何名姓已惊人。

【注释】
〔1〕东州,指青州。

春晴书事（熙宁二年）

莫笑青州太守顽,三齐人物旧安闲。
晴明风日家家柳,高下楼台处处山。
嘉客但当倾美酒,青春终不换颓颜。

游石子涧

题注:富相公创亭,熙宁二年。

巀嶭高亭古涧隈,偶携嘉客共徘徊。
席间风起闻天籁,雨后山光入酒杯。

诗酒山东

泉落断崖春壑响,花藏深崦过春开。
麋鹿禽鸟莫惊顾,太守不将车骑来。

休逸台(熙宁三年)

清谈终日对清樽,不似崇高富贵身。
已有山川资胜赏,更将风月醉嘉宾。

留题南楼

一

偷得青州一岁闲,四时终日面孱颜[1]。
须知我是爱山者,无一诗中不说山。

二

醉翁到处不曾醒,问向青州作么生?
公退留宾夸美酒,睡余倚枕看山横。

【注释】
〔1〕孱颜,同巉岩,高峻貌。

> 曾巩(1019—1083),字子固,建昌军南丰(今江西省南丰县)人,后居临川,北宋散文家、史学家、政治家。人称南丰先生。曾任齐州(济南)太守,有政声,大明湖北岸有南丰祠。

离齐州后五首

云帆十幅顺风行,卧听随船白浪声。
好在西湖[1]波上月,酒醒还到纸窗明。

【注释】
[1]西湖,济南大明湖古分东湖、西湖,东湖后来收缩,称"小东湖"。后小东湖周边建筑拆除扩建,与原大明湖景区堤桥相通,无复东西之说。

> 苏轼(1037—1101),字子瞻,又字和仲,号东坡居士,自号道人,世称苏仙,宋代文学最高成就的代表。与父亲苏洵、弟弟苏辙并称"三苏"。北宋眉州眉山(今属四川省眉山市)人。宋仁宗嘉祐(1056—1063)年间进士。其诗题材广阔,清新豪健,善用夸张比喻,独具风格,与黄庭坚并称"苏黄"。词开豪放一派,与辛弃疾同是豪放派代表,并称"苏辛"。又工书画。有《东坡七集》《东坡易传》《东坡乐府》等。

按:苏轼曾任密州(今山东诸城)知州、登州(今山东蓬莱)知州,在山东任职期间写过多首著名诗词。

沁园春·赴密州[1]早行马上寄子由

孤馆灯青,野店鸡号,旅枕梦残。渐月华收练,晨霜耿耿[2],云山摛锦,朝露漙漙[3]。世路无穷,劳生有限,似此区区长鲜欢。微吟罢,凭征鞍无语,往事千端。

当时共客长安[4]。似二陆[5]初来俱少年。有笔头千字，胸中万卷，致君尧舜，此事何难。用舍[6]由时，行藏[7]在我，袖手何妨闲处看。身长健，但优游卒岁，且斗尊前。[8]

【注释】

〔1〕密州，今山东诸城，故称东武。　〔2〕耿耿，鲜明。　〔3〕洿洿，众多。　〔4〕长安，此指北宋首都开封（汴京）。　〔5〕二陆，指西晋陆机、陆云兄弟。皆著名文学家。　〔6〕用舍，指朝廷用还是不用。　〔7〕行藏，指进退。　〔8〕"优游卒岁"句，指喝酒吟诗，悠闲度日。卒岁，度过一年。卒，结束，终了。尊前，酒杯前。

江城子·密州出猎

老夫聊发少年狂，左牵黄，右擎苍[1]。锦帽貂裘，千骑卷平冈。为报倾城随太守，亲射虎，看孙郎[2]。

酒酣胸胆尚开张，鬓微霜，又何妨？[3]持节云中，何日遣冯唐？[4]会挽雕弓如满月，西北望，射天狼[5]。

按：密州，即今山东诸城，苏轼知密州时密州辖诸城、高密、安丘、胶西（板桥，即今胶州）、莒县五县。范围还包括今黄岛、日照、莒南、五莲部分地区。可谓横跨齐鲁，依傍海岳。

【注释】

〔1〕牵黄，牵黄犬。擎苍，擎着苍鹰。　〔2〕"为报倾城"句，为报答全城人民跟随我出猎。射虎，此指三国时吴主孙权于建业（今南京）栖霞山下射虎故事。孙郎，指三国吴主孙权。　〔3〕"酒酣"句意，痛饮美酒，心胸开阔，胆气更为豪壮，两鬓微白，又有何妨？　〔4〕"持节云中，何日遣冯唐"，是说

朝廷何日派遣冯唐去云中郡赦免魏尚的罪呢？这里作者用了一个典故。据《史记·张释之冯唐列传》记载：汉文帝时，魏尚为云中太守，抵御匈奴有功，只因报功时多报了六个首级而获罪削职。后来，文帝采纳了冯唐的劝谏，派冯唐持符节到云中去赦免了魏尚。这里作者是以魏尚自喻，说什么时候朝廷能像派冯唐赦魏尚那样重用自己呢？〔5〕射天狼，此指像云中太守一样击溃匈奴。天狼，星名。天空中非常明亮的恒星，属大犬座。古以为主侵掠，故以天狼代指匈奴或入侵者。

水调歌头

丙辰[1]中秋，欢饮达旦，大醉。作此篇，兼怀子由[2]。

明月几时有？把酒问青天。不知天上宫阙，今夕是何年。我欲乘风归去，又恐琼楼玉宇，高处不胜寒。起舞弄清影，何似在人间。

转朱阁，低绮户，照无眠。不应有恨，何事长向别时圆？人有悲欢离合，月有阴晴圆缺，此事古难全。但愿人长久，千里共婵娟[3]。

【注释】
〔1〕丙辰，北宋神宗熙宁九年（1076）。〔2〕怀，想念。子由，苏轼的弟弟苏辙，字子由，时任齐州（济南）掌书记。〔3〕婵娟，即明月。

满江红·东武会流杯亭

上巳[1]日作。城南有坡。土色如丹。其下有堤。壅郏淇[2]水入城。

东武南城，新堤固、涟漪初溢。隐隐遍、长林高阜，卧红堆碧。枝上残花吹尽也，与君试向江头觅。问向前、犹有几多春，三之一。

诗酒山东

官里事,何时毕。风雨外,无多日。相将泛曲水,满城争出。君不见、兰亭修禊事,当时坐上皆豪逸。到如今、修竹满山阴,空陈迹。[3]

【注释】

[1]上巳,即农历三月初三,古时为水边郊游、曲水流觞以图吉祥的重要节日。　[2]郏淇,即今山东诸城扶城河。东坡任密州时有堤防水患。壅,阻挡。　[3]"兰亭"句以下,作者慨叹王羲之作《兰亭集序》的情形,有人生如梦之感。修竹,修长的竹子。《兰亭集序》有"曲水流觞、茂林修竹"句子。

水调歌头

余去岁在东武,作《水调歌头》以寄子由。今年子由相从彭门[1]居百余日,过中秋而去,作此曲[2]以别。余以其语过悲,乃为和之,其意以不早退为戒,以退而相从之乐为慰云耳。

安石[3]在东海,从事鬓惊秋[4]。中年亲友难别,丝竹缓离愁[5]。一旦功成名遂,准拟东还海道,扶病入西州[6]。雅志困轩冕[7],遗恨寄沧洲。

岁云暮[8],须早计,要褐裘[9]。故乡归去千里,佳处辄迟留[10]。我醉歌时君和,醉倒须君扶我,惟酒可忘忧[11]。一任刘玄德,相对卧高楼[12]。

【注释】

[1]彭门,指徐州。　[2]此曲,指苏辙《水调歌头·徐州中秋》词。　[3]安石,谢安,字安石,阳夏(今河南太康)人。东晋名臣,以功封建昌县公,死后赠太傅。东海,谢安早年隐居会稽(今浙江绍兴),东面濒临大海,故称东海。李白有句:"但用东山谢安石,为君谈笑净胡沙。"　[4]"从事"句,意为谢安出仕时鬓发已开始变白。谢安少有重名,屡征不起,直到四十多岁才出仕从政。　[5]"中年"两句,《晋书·王羲之传》:"谢安尝谓羲之曰:'中年以来,伤于哀乐,与亲友别,辄作数日

恶。'羲之曰：'年在桑榆，自然至此。顷正赖丝竹陶写，恒恐儿辈觉，损其欢乐之趣。'"丝竹，泛指管弦乐器。　〔6〕"一旦"三句，意思是说谢安功成名就之后，一定准备归隐会稽，不料后来抱病回京了。西州，代指东晋都城建康（今江苏南京）。　〔7〕雅志，指退隐东山的高雅的志趣。轩冕，古代官员的车服。借指做官。　〔8〕岁云暮，即岁暮。云，语助词。　〔9〕要褐裘（qiú），指换上粗布袍，意为辞官归乡，做普通百姓。　〔10〕迟留，逗留，停留。　〔11〕"惟酒"句，语本《晋书·顾荣传》："恒纵酒酣畅，谓友人张翰曰：'惟酒可以忘忧，但无如作病何耳。'"　〔12〕"一任"二句，意思是说，任凭有雄心大志的人瞧不起我们，也不去管它了。刘玄德，刘备。

附：苏辙词

水调歌头·徐州中秋

离别一何久，七度[1]过中秋。去年东武今夕，明月不胜愁。岂意彭城山下，同泛清河古汴，船上载凉州[2]。鼓吹助清赏，鸿雁起汀洲。

坐中客，翠羽帔，紫绮裘。素娥无赖，西去曾不为人留[3]。今夜清尊对客，明夜孤帆水驿，依旧照离忧。但恐同王粲，相对永登楼[4]。

【注释】

〔1〕七度，指七年兄弟俩才一起过了个中秋节。　〔2〕"船上"句，指船上有演奏《凉州词》者。该曲是一首别离时演奏的悲伤曲子。最著名的是王之涣的诗句："羌笛何须怨杨柳，春风不度玉门关。"　〔3〕"素娥"句，是说月亮不管人的心情，留也留不住，径自向西沉去。素娥，月亮。　〔4〕"但恐"句是说，又可能像王粲一样，只能作《登楼赋》表达伤怀了。王粲（177—217），字仲宣，山阳高平（今山东金乡，一说山东微山）人，"建安七子"之首。曾跟随刘表12年，不被见用，客居荆州时作《登楼赋》。以简洁明快语句，忧愍世道，怀念故乡，热烈冀望太平盛世到来，对自己坎坷遭遇，抒发强烈的感慨。后归顺曹操，为曹氏父子所重。

诗酒山东

除夜病中赠段屯田

龙钟[1]三十九，劳生已强半。
岁暮日斜时，还为昔人叹。
今年一线在，那复堪把玩。
欲起强持酒，故交云雨散。
惟有病相寻，空斋为老伴。
萧条灯火冷，寒夜何时旦。
倦仆触屏风，饥鼯嗅空案。
数朝闭阁卧，霜发秋蓬乱。
传闻使者来，策杖就梳盥。
书来苦安慰，不怪造请缓。
大夫忠烈后[2]，高义金石贯。
要当击权豪，未肯觑衰懦。
此生何所似，暗尽灰中炭。
归田计已决，此邦聊假馆。
三径粗成资，一枝有余暖。
愿君更信宿，庶奉一笑粲。

作者自注：乐天诗云，行年三十九，岁暮日斜时。

【注释】
〔1〕龙钟，犹老态龙钟。　〔2〕大夫忠烈后，据《旧唐书》："段秀实赠太尉，谥忠烈。"这里赞扬段屯田乃忠烈之后。段屯田，名绎，字释之，时为提刑。见苏辙《栾城集》。

乔太博[1]见和复次韵答之

百年三万日，老病常居半[2]。

其间互忧乐，歌笑杂悲叹。

颠倒不自知，直为神所玩。

须臾便堪笑，万事风雨散。

自从识此理，久谢少年伴。

逝将游无何[3]，岂暇读城旦。

非才更多病，二事可并案[4]。

愧烦贤使者，弭节整纷乱。

乔侯瑚琏质，清庙尝荐盥。

奋髯百吏走，坐变齐俗缓[5]。

未遭甘鹓退[6]，并进耻鱼贯[7]。

每闻议论余，凛凛激贪懦。

莫邪当自跃[8]，岂复烦炉炭。

便应朝秣越[9]，未暮刷燕馆。

胡为守故丘，眷恋桑榆暖[10]。

为君叩牛角，一咏南山粲[11]。

【注释】

〔1〕乔太博，名叙，字禹功。曾任太常博士，濮州雷泽县知县。 〔2〕"百年"句，太白诗："百年三万六千日。" 〔3〕游无何，《庄子·逍遥游篇》："游于无何有之乡。"即游于乌有之乡。 〔4〕"非才"两句，指非才与多病，可以一并作案例。详见《后汉·孔融传》。孟浩然诗："不才明主弃，多病故人疏。" 〔5〕"乔侯"以下四句，赞扬乔太博人品高洁，为政有方。犹如其汉朝琅琊太守朱博。据《汉书·朱博传》，朱博任太守时，当地官员办事拖拉，纲纪松弛。朱博迅速撤换了不作为的官员，"视事数年，大改其俗"。

诗酒山东

齐俗缓，山东官员办事拖拉迟缓。　〔6〕"未遭"句，指被鸟被风吹得倒着飞，意不逢时。作者说他还不至于如此。　〔7〕"并进"句，指在官场像鱼贯而入。以入俗流为耻。　〔8〕"莫邪"句，此指当奋发有为。《庄子·大宗师》：大冶铸金，金踊跃曰："我必且为莫邪。"大冶必以为不祥之金。莫邪，宝剑名。　〔9〕"便应"句，应当朝夕有所作为。　〔10〕"胡为"句，指为什么要贪图安逸呢？　〔11〕"为君"句，指要像齐桓公时的名士宁戚一样，击牛角高歌，为君王效力。此句也有希望君王重视自己的意思。

二公再和亦再答之

寒鸡知将晨，饥鹤知夜半。
亦如老病客，遇节尝感叹。
光阴等敲石，过眼不容玩。
亲友如抟沙，放手还复散。
羁孤每自笑，寂寞谁肯伴。
元达号神君，高论森月旦[1]。
纪明本贤将，汩没事堆案[2]。
欣然肯相顾，夜阁灯火乱。
盘空愧不饱，酒薄仅堪盥。
雍容许着帽，不怪安石缓[3]。
虽无窈窕人，清唱弄珠贯。
幸有纵横舌，说剑起慵懦。
二豪沉下位，暗火埋湿炭[4]。
岂似草玄人，默默老儒馆[5]。
行看富贵逼，炙手借余暖[6]。
应念苦思归，登楼赋王粲[7]。

【注释】

〔1〕"元达"句,《晋书·良吏传》:"乔智明为隆虑、共二县令,二县爱之,号为神君。"此句赞扬乔太博。月旦,指每月要对人物做出评价。事见《后汉·许劭传》。 〔2〕"纪明"句,据《后汉书》,段颎,字纪明,为护羌校尉,与官兵亲密无间,官民皆为之死战。此句赞扬段屯田。 〔3〕"雍容"句,指东晋桓温请谢安(字安石)为司马。拜访谢安时,安正在理发。安性情迟缓,桓温耐心等待,一直到谢安戴好帽子才进去拜访。表示对谢安的尊重。 〔4〕"二豪"句,指乔、段二位没得到重用,屈才了。 〔5〕"岂似"句,指杨雄,研究玄,终老此生。 〔6〕"行看"句,指我也不想做炙手可热的人物,沾点朝廷恩泽酒满足了。 〔7〕"应念"句,王粲有著名的《登楼赋》,表达对故乡的强烈思念。

谢人见和前篇二首(其一)

已分酒杯欺浅懦,敢将诗律斗深严。
渔蓑句好应须画[1],柳絮才高不道盐[2]。
败履尚存东郭足,飞花又舞谪仙[3]檐。
书生事业真堪笑,忍冻孤吟笔退尖[4]。

【注释】

〔1〕"渔蓑"句,郑谷《雪》句:"江上晚来堪画处,渔人披得一蓑归。" 〔2〕"柳絮"句,指谢道韫等咏雪句,有说下雪像向空中撒盐者,谢道韫说,"未若柳絮因风起"。谢道韫为东晋著名女诗人。 〔3〕谪仙,指李白。李白曾有诗:"飞花送酒舞前檐。" 〔4〕"忍冻"句,指天寒把毛笔的笔尖都冻住了,但还是挡不住书生写诗作画。

诗酒山东

谢人见和前篇二首

九陌凄风战齿牙,银杯逐马带随车[1]。
也知不作坚牢玉,无奈能开顷刻花[2]。
得酒强欢愁底事[3],闭门高卧定谁家[4]。
台前日暖君须爱,冰下寒鱼渐可叉[5]。

【注释】
[1]"九陌"句,都是咏雪句。韩退之(愈)《雪》诗:"随车翻缟带,逐马散银杯。" [2]"也知"句,指雪不像玉一样坚牢,一会就化了。 [3]愁底事,即为什么事发愁。[4]"闭门"句,《汝南先贤传》记载,洛阳大雪,积地丈余。洛阳令出门巡视雪情,到袁安门口,发现没有行迹,以为安已死,遂命人扫雪进屋,发现袁安高卧家中。问他为什么不出门,袁安说,下雪天人皆饿,不宜叫人出门干事。洛阳令以为贤,举为孝廉。 [5]"台前"二句,指天气渐暖,可以取鱼叉破冰叉鱼了。

成伯家宴,造坐无由,辄欲效颦而酒已尽,入夜,不欲烦扰,戏作小诗,求数酌而已

道士令[1]严难继和,僧伽帽小却空回。
隔篱不唤邻翁饮[2],抱瓮须防吏部来[3]。

【注释】
[1]作者自注:道士令,悦神乐中所谓离而复合者。令,酒令。此指道士酒令要求苛刻,一时间无法写诗唱和。 [2]杜甫诗:"肯与邻翁相对饮,隔篱呼取尽余杯。" [3]"抱瓮"句,指防韩吏部(韩愈)。韩愈,曾任吏部侍郎,好饮,常夺人酒喝。

铁沟行赠乔太博

城东坡陇何所似？风吹海涛低复起。

城中病守无所为，走马来寻铁沟水。

铁沟水浅不容舠，恰似当年韩与侯[1]。

有鱼无鱼何足道，驾言聊复写我忧[2]。

孤村野店亦何有，欲发狂言须斗酒。

山头落日侧金盆，倒着接䍦[3]搔白首。

忽忆从军年少时，轻裘细马百不知。

臂弓腰箭南山下，追逐长杨射猎儿[4]。

老去同君两憔悴，犯夜醉归人不避[5]。

明年定起故将军，未肯先诛霸陵尉[6]。

【注释】

〔1〕韩与侯：韩退之（愈）诗："吾党侯生字叔起，呼我持杆钓温水。"此句说铁沟水行舟不行，但可以钓鱼。 〔2〕"有鱼无鱼"句，韩退之诗："此纵有鱼何足求？" 〔3〕倒着接䍦，倒戴着帽子。接䍦，帽子。《世说新语·任诞》："山季伦（山简）为荆州（刺史），时出酣畅。人为之歌曰：'山公时一醉，径造高阳池。日莫（暮）倒载归，酩酊无所知。复能乘骏马。倒着白接䍦。举手问葛疆，何如并州儿。'高阳池在襄阳，疆是其爱将，并州人也。" 〔4〕"臂弓腰箭"二句，汉《杨雄传》：上（皇上）将大夸胡人以多禽兽，命右扶风（官署名）发民入南山，捕熊、黑、豪、猪、虎、豹、狖、玃、狐、兔、麋、鹿、输长杨射熊馆，以网为周阹，纵禽兽其中，令胡人手搏之，上亲监观焉。雄从至射熊馆，还，上（上书）长林赋以风谏。 〔5〕"犯夜"句，古代有禁止夜行的规定。这句是说汉将军李广醉酒夜归被霸陵尉关押的事。 〔6〕"明年"句，此句指传说李广复官后，令曾经关押他的霸陵尉随军，并斩杀其于军中。对此后人多有怀疑，认为李广未必那么心胸狭窄，坡公也认为李广"未肯先诛霸陵尉"。

诗酒山东

莫笑银杯小答乔太博

陶潜一县令，独饮仍独醒。
犹将公田二顷五十亩，种秫作酒不种粳。
我今号为二千石，岁酿百石何以醉宾客。
请君莫笑银杯小，尔来岁旱东海窄。
会当拂衣归故丘，作书贷粟监河侯[1]。
万斛船中着美酒，与君一生长拍浮[2]。

【注释】
[1]监河侯，《庄子·外物篇》："庄周家贫，故往贷粟于监河侯。" [2]拍浮，《晋书》："毕卓尝谓人曰：'得酒满数百斛船，四时甘味置两头，右手持酒杯，左手持蟹螯，拍浮酒船中，便足了一生矣。'"

送段屯田分得于字

劝农使者[1]古大夫，不惜春衫践泥涂。
王事靡盬[2]君甚劬，奉常客卿虬两须。
东武[3]县令天马驹，泮宫先生非俗儒[4]。
相与野饮四子俱，乐哉此乐城中无。
溪边策杖自携壶，腰笏不烦何易于[5]。
胶西病守老且迂，空斋愁坐纷墨朱。
四十岂不知头颅，畏人不出何其愚[6]。

【注释】
[1]劝农使者，指段屯田。 [2]王事靡盬，《诗经》句。《诗·唐风·鸨

羽》："王事靡盬，不能艺黍稷。"指公事不能止息。盬，息也。艺，种植。 〔3〕东武，密州东武县，东汉东武县也。时赵之晦为东武县令。〔4〕"泮宫先生"句，章传道、赵明叔皆为密州教授。 〔5〕"腰笏"句，孙樵《书何易于事》云："为益昌令，刺史崔朴常乘春从宾客泛舟，索民挽舟。易于腰笏（笏挂腰上），引（用绳子牵引）舟上下。刺史惊，问状，易于曰：'方春百姓不耕即蚕，隙不可夺。属令（指本县令）无事，可以充役（充当劳役）。'刺史跳出舟，骑还去。" 〔6〕"四十"句，《摭遗》载陶弘景《与从兄书》云："昔仕官，期四十左右作尚书郎，即抽簪高迈。今三十六放作奉朝请，头颅可知，不如早去。"

谢郡人田、贺二生献花

城里田员外，城西贺秀才。
不愁家四壁，自有锦千堆。
珍重尤奇品，艰难最后开。
芳心困落日，薄艳战轻雷。
老守仍多病，壮怀先已灰。
殷勤此粲者，攀折为谁哉？
玉腕揎红袖，金樽泻白醅。
何当镊霜鬓，强插满头回。

和顿教授见寄

我笑陶渊明，种秫二顷半。
妇言既不用，还有责子叹[1]。
无弦则无琴，何必劳抚玩。
我笑刘伯伦，醉发蓬茅散。

诗酒山东

二豪苦不纳，独以锸自伴[2]。
既死何用埋，此身同夜旦。
孰云二子贤？自结两重案[3]。
笑人还自笑，出口谈治乱。
一生涴尘垢，晚以道自盥。
无成空得懒，坐此百事缓。
仄闻顿夫子，讲道出新贯。
岂无一尺书，恐不记庸懦。
陋邦贫且病，数米铢称炭[4]。
惭愧章先生[5]，十日坐空馆。
袖中出子诗，贪读酒屡暖。
狂言各须慎，勿使输薪粲[6]。

【注释】

〔1〕责子叹，陶渊明有《责子》诗。 〔2〕既然如此喜欢喝酒，死了连埋也没必要，所以锸（铁锹）也不用带了。因为人生无常，也不知道什么时候死。二豪，指刘伶、阮籍。均以能饮闻名于世。 〔3〕两重案，指对二人是否为贤者，各有各的说法。 〔4〕"陋邦"二句，指我贫病交加，干不了什么大事。 〔5〕章先生，指章传道，时为州学教授。 〔6〕薪粲，鬼薪、白粲的简称，汉时刑罚，指三年以上的刑罚。此二句指说话要小心，免得坐罪。

和子由四首·韩太祝送游太山[1]

偶作郊原十日游，未应回首厌笼囚[2]。
但教尘土驱驰足，终把云山烂漫酬[3]。
闻道逢春思濯锦[4]，便须到处觅菟裘[5]。
恨君不上东封顶[6]，夜看金轮出九幽。

【注释】

〔1〕太山，即泰山。　〔2〕笼囚，指把做官当成笼中之囚。　〔3〕"但教"句，指虽然我们为官到处奔波，但最终会归隐田园，作云山烂漫之游。　〔4〕濯锦，指成都。　〔5〕菟裘，地名，在山东泰山东南部，后指隐退之地。　〔6〕东封顶，即泰山极顶。《史记·封禅书》："武帝封禅，上太山，乃令人上石，立之太山巅。"

附子由原诗：

> 羡君官局最悠游，笑我区区学问囚。
> 今日登临成独往，终年勤苦粗相酬。
> 春深绿野初开绣，云解青山半脱裘。
> 回首红尘读书处，煮茶留客小亭幽。

和子由四首·送春

梦里青春可得追，欲将诗句绊余晖。
酒阑病客惟思睡，蜜熟黄蜂亦懒飞。
芍药樱桃俱扫地，鬓丝禅榻两忘机。
凭君借取《法界观》，一洗人间万事非。

诗酒山东

和子由四首·首夏官舍即事

安石榴[1]花开最迟，绛裙深树出幽菲。

吾庐想见无限好，客子倦游胡不归。

坐上一樽虽得满，古来四事巧相违。

令人却忆湖边寺，垂柳阴阴昼掩扉。

【注释】

[1] 张骞使西域还，得安石榴。据说取汁停盆中，数日成美酒。

和子由四首·送李供备席上和李诗

家声赫奕盖并凉[1]，也解微吟锦瑟傍。

擘水取鱼湖起浪，引杯看剑坐生光。

风流别后人人忆，才器归来种种长。

不用更贪穷事业，风骚分付与沉湘[2]。

【注释】

[1] 并凉，并州和凉州，边关重地。　[2] 沉湘，屈原沉于湘水。

小儿

小儿不识愁，起坐牵我衣。

我欲嗔小儿，老妻劝儿痴。

儿痴君更甚，不乐愁何为。

还坐愧此言，洗盏当我前[1]。

大胜刘伶妇，区区为酒钱[2]。

【注释】

〔1〕"还坐"句,指妻觉得惭愧,又把酒端到自己身边。 〔2〕"大胜"句,指自己妻比刘伶妻好多了。据《晋书》,刘伶酒渴,向其妻乞酒,其妻把酒泼了,把酒器毁了,哭劝他控制喝酒。刘伶说自己控制不了,要向神发誓。妻子听了他的话,准备好酒肉给他。结果刘伶的祈祷竟然是:"天生刘伶,以酒为名,一饮一斛,五斗解酲。妇儿之言,慎不可听!"仍引酒御肉,隗然复醉。

张安道乐全堂

列子御风殊不恶,犹被庄生讥数数[1]。
步兵饮酒中散琴,于此得全非至乐[2]。
乐全居士[3]全于天,维摩丈室空俨然[4]。
平生痛饮今不饮,无琴不独琴无弦。
我公天与英雄表,龙章凤姿照鱼鸟。
但令端委坐庙堂,北狄西戎谈笑了。
如今老去苦思归,小字亲书寄我诗。
试问乐全全底事?无全何处更相亏?[5]

【注释】

〔1〕"列子"二句,指庄子讥讽列子御风五日,得到他恩泽的也没有几人。 〔2〕"步兵"二句,指阮籍听说当官有酒喝,就去做了步兵校尉,所以也算不上达到了至乐的境界。 〔3〕乐全居士,指张安道。 〔4〕"维摩"句,指念维摩经的方丈室空空如也。 〔5〕"试问"二句,庄子说,乐全谓得志。古之所谓得志者,非轩冕(即做官)之谓也,谓无以益(增加)其乐而已矣。

诗酒山东

和梅户曹会猎铁沟

山西从古说三明，谁信儒冠也捍城。
竿上鲸鲵犹未掩，草中狐兔不须惊。
东州赵叟饮无敌，南国梅仙诗有声。
向不如皋闲射雉，归来何以得卿卿。

和章七出守湖州二首（其一）

方丈仙人出渺茫，高情犹爱水云乡。
功名谁使连三捷，身世何缘得两忘。
早岁归休心共在，他年相见话偏长。
只因未报君恩重，清梦时时到玉堂。

和章七出守湖州二首（其二）

绛阙云台总有名，应须极贵又长生。
鼎中龙虎黄金贱，松下龟蛇绿骨轻。
雪水未浑缨可濯，弁峰初见眼应明。
两厄春酒真堪羡，独占人间分外荣。

立春日，病中邀安国，仍请率禹功同来。仆虽不能饮

原题：立春日，病中邀安国，仍请率禹功同来。仆虽不能饮，当请成伯主会，某当杖策倚几于其间，观诸公醉笑，以拨滞闷也（其一）

孤灯照影夜漫漫，拈得花枝不忍看。
白发欹簪羞彩胜，黄耆煮粥荐春盘[1]。
东方烹狗阳初动，南陌争牛卧作团[2]。
老子从来兴不浅，向隅谁有满堂欢。

【注释】
[1]"白发"两句，指立春日要举行剪西王母（戴胜）彩像、作膏粥祠门户。羞彩胜，指自己的白发让西王母见笑。 [2]"东方烹狗"二句，指古时立春祭祀活动。

望江南·超然台作

春未老，风细柳斜斜。
试上超然台上看，半壕春水一城花，
烟雨暗千家。
寒食后，酒醒却咨嗟[1]。
休对故人思故国，且将新火[2]试新茶，
诗酒趁年华[3]。

【注释】
[1]咨嗟（zī jiē），赞叹。叹息。 [2]新火，唐宋习俗，清明前一日禁火寒

食,到清明节再起火赐百官,称为"新火"。〔3〕年华,谓春光。指一年中的好时节。此句谓,吟诗喝酒要趁年轻时光。

超然台记

　　凡物皆有可观。苟有可观,皆有可乐,非必怪奇伟丽者也。哺糟啜醨,皆可以醉;果蔬草木,皆可以饱。推此类也,吾安往而不乐?夫所为求福而辞祸者,以福可喜而祸可悲也。人之所欲无穷,而物之可以足吾欲者有尽,美恶之辨战乎中,而去取之择交乎前。则可乐者常少,而可悲者常多。是谓求祸而辞福。夫求祸而辞福,岂人之情也哉?物有以盖之矣。彼游于物之内,而不游于物之外。物非有大小也,自其内而观之,未有不高且大者也。彼挟其高大以临我,则我常眩乱反复,如隙中之观斗,又焉知胜负之所在。是以美恶横生,而忧乐出焉,可不大哀乎!余自钱塘移守胶西,释舟楫之安,而服车马之劳;去雕墙之美,而蔽采椽之居;背湖山之观,而适桑麻之野。始至之日,岁比不登,盗贼满野,狱讼充斥;而斋厨索然,日食杞菊。人固疑余之不乐也。处之期年,而貌加丰,发之白者,日以反黑。予既乐其风俗之淳,而其吏民亦安予之拙也。于是治其园圃,洁其庭宇,伐安丘、高密之木,以修补破败,为苟全之计。而园之北,因城以为台者旧矣,稍葺而新之。时相与登览,放意肆志焉。南望马耳、常山,出没隐见,若近若远,庶几有隐君子乎!而其东则庐山,秦人卢敖之所从遁也。西望穆陵,隐然如城郭,师尚父、齐桓公之遗烈,犹有存者。北俯潍水,慨然太息,思淮阴之功,而吊其不终。台高而安,深而明,夏凉而冬温。雨雪之朝,风月之夕,予未尝不在,客未尝不从。撷园蔬,取池鱼,酿秫酒,瀹脱粟而食之,曰:"乐哉游乎!"方是时,予弟子由,适在济南,闻而赋之,且名其台曰"超然",以见余之无所往而不乐者,盖游于物之外也。

薄薄酒二首（并叙）

胶西先生赵明叔，家贫，好饮，不择酒而醉。常云：薄薄酒，胜茶汤，丑丑妇，胜空房。其言虽俚，而近乎达，故推而广之以补东州之乐府；既又以为未也，复自和一篇，聊以发览者之一噱云耳。

薄薄酒，胜茶汤；粗粗布，胜无裳；丑妻恶妾胜空房。
五更待漏靴满霜，不如三伏日高睡足北窗凉。
珠襦玉柙万人相送归北邙，不如悬鹑百结独坐负朝阳。
生前富贵，死后文章，百年瞬息万世忙。
夷齐盗跖俱亡羊，不如眼前一醉是非忧乐都两忘。

薄薄酒，饮两钟；粗粗布，着两重；美恶虽异醉暖同，丑妻恶妾寿乃公。
隐居求志义之从，本不计较东华尘土北窗风。
百年虽长要有终，富死未必输生穷。
但恐珠玉留君容，千载不朽遭樊崇。
文章自足欺盲聋，谁使一朝富贵面发红。
达人自达酒何功，世间是非忧乐本来空。

玉盘盂[1]并引（其一）

东武旧俗，每岁四月，大会于南禅、资福[2]两寺。以芍药供佛，而今岁最盛。凡七千余朵，皆重跗累萼，繁丽丰硕。中有白花，正圆如覆盂[3]，其下十余叶，稍大，承之如盘，姿格绝异，独出于七千朵之上。云：得之于城北苏氏园中，周宰相莒公之别业[4]也。而其名甚俚，乃为易之。

杂花狼藉占春余，芍药开时扫地无。
两寺妆成宝璎珞[5]，一枝争看玉盘盂。
佳名会作新翻曲，绝品难逢旧画图。
从此定知年谷熟，姑山亲见雪肌肤[6]。

【注释】

[1]玉盘盂，白芍药的别名。 [2]资福，取福，求福。 [3]覆盂，倒置的盂。 [4]别业，别墅。 [5]璎珞（yīng luò），用珠玉穿成的装饰物。多用作颈饰。 [6]姑山，即姑射山。此指神仙所居，也称邈姑射，常年积雪。雪肌肤，指花白如雪。

玉盘盂并引（其二）

花不能言意可知，令君痛饮更无疑。
但持白酒[1]劝嘉客，直待琼舟覆玉彝[2]。
负郭相君[3]初择地，看羊属国[4]首吟诗。
吾家岂与花相厚，更问残芳有几枝。

【注释】

[1]白酒，古代酒分清酒、白酒两种。清酒薄，白酒厚。 [2]琼舟覆玉彝，指酒倾杯尽。琼舟，大酒壶美称；玉彝，大酒杯美称。 [3]负郭相君，战国时，苏秦不遇而困，后发愤攻读，游说六国合纵抗秦，为六国相，衣锦荣归，感慨而曰："且使我有洛阳负郭田二顷，吾岂能佩六国相印乎！"见《史记·苏秦列传》。故后人称苏秦为"负郭相君"。苏秦的话意思是：如果我有洛阳负郭田二顷（就可能会耽于安乐），我怎么能佩六国相印呢！ [4]看羊属国，此指苏武牧羊的故事。苏武持节不屈，归汉后拜典属国。

和潞公超然台次韵

我公厌富贵,常苦勋业寻。
相期赤松子,永望白云岑。
清风出谈笑,万窍为号吟。
吟成超然诗,洗我蓬之心。
嗟我本何人,麋鹿强冠襟[1]。
身微空志大,交浅屡言深。
嘱公如得谢,呼我幸寄音。
但恐酒钱尽,烦公挥橐金[2]。

【注释】

[1]"嗟我"句,指自己像山野之人,勉强为官而已。 [2]"但恐"二句,意思是别像刘伶那样向妻乞钱买酒。陶渊明诗:"虽无挥金事,浊酒聊可恃。"

闻乔太博换左藏[1]知钦州,以诗招饮

今年果起故将军[2],幽梦清诗信有神。
马革裹尸真细事,虎头食肉更何人[3]。
阵云[4]冷压黄茅瘴[5],羽扇斜挥白葛巾[6]。
痛饮从今有几日,西轩月色夜来新。

【注释】

[1]换左藏,指以文职官员改为武职。左藏,武职。 [2]"今年"句,指乔太博又像故将军李广一样被重新起用。 [3]"马革裹尸"二句,用后汉马援、班超两个著名将领的故事赞扬乔太博。虎头,班超去相面,相面人说班超长得像飞虎,是万里侯的模样。 [4]阵云,浓重厚积形似战阵的云。古人以为战争之兆。 [5]黄茅瘴,亦称"黄芒瘴"。我国岭南在秋季草木黄落时的瘴气。 [6]"羽扇"句,指诸葛亮羽扇葛巾,指挥若定。

诗酒山东

乔将行，烹鹅鹿出刀剑以饮客，以诗戏之

破匣哀鸣出素虬[1]，倦看鹥鹥[2]听呦呦[3]。
明朝只恐兼烹鹤，此去还须却佩牛。
便可先呼报恩子，不妨仍带醉乡侯[4]。
他年万骑归应好，奈有移文在故丘[5]。

【注释】

[1]素虬，比喻锋刃雪亮的刀剑。 [2]鹥鹥（yì yì），鹅鸣声。亦借指鹅。 [3]呦呦（yōu yōu），象声词。鹿鸣声。 [4]醉乡侯，指刘伶。唐人诗："若使刘伶为酒帝，亦须封我醉乡侯。" [5]周彦伦先隐北山，复出为海盐令。欲还山，稚归（孔稚归）乃假山灵之意，作文移之，不许其至。

寄黎眉州

胶西高处望西川[1]，应在孤云落照边。
瓦屋[2]寒堆春后雪，峨眉[3]翠扫雨余天。
治经方笑《春秋》学，好士今无六一贤。
且待渊明赋归去，共将诗酒趁流年。

【注释】

[1]此苏轼念故乡诗。西川此指家乡蜀山。 [2]瓦屋，瓦屋山，在四川眉山市洪雅县，坡公故乡。 [3]峨眉，峨眉山，在四川乐山市以西。

登常山[1]绝顶广丽亭

西望穆陵关[2],东望琅邪台[3]。
南望九仙山[4],北望空飞埃。
相将叫虞舜,遂欲归蓬莱。
嗟我二三子,狂饮亦荒哉[5]。
红裙欲仙去,长笛有余哀。
清歌入云霄,妙舞纤腰回。
自从有此山,白石封苍苔。
何尝有此乐,将去复徘徊。
人生如朝露,白发日夜催。
弃置当何言,万劫终飞灰。

【注释】

〔1〕常山,在今山东诸城南。 〔2〕穆陵关,在今山东沂水县马站镇,北临临朐县,为古齐鲁重要的关隘。 〔3〕琅邪台,台名。在山东琅琊山上。秦始皇筑层台刻石纪功处。现原台已废圮,遗址如小山丘,地临黄海,气象恢宏。今已复建,成青岛著名景区。 〔4〕卢山在诸城东南四十五里,又二十五里为九仙山。 〔5〕荒哉,荒唐。

赵郎中见和,戏复答之

赵子吟诗如泼水,一挥三百六十字。
奈何效我欲寻医,恰似西施藏白地。
赵子饮酒如淋灰[1],一年十万八千杯。
若不令君早入务[2],饮竭东海生黄埃。
我衰临政[3]多缪错,羡君精采如秋鹗。

诗酒山东

颇哀老子今日饮，为君坐啸[4]主画诺。

【注释】
[1]淋灰，谓水淋灰中，瞬息即干。用以喻饮酒快速。 [2]入务，宋代掌酒税之官名酒务，亦借称酒店。因以"入务"谓止酒不饮。 [3]临政，亲理政务。 [4]坐啸，闲坐吟啸。后因以"坐啸"指为官清闲或不理政事。

送碧香酒与赵明叔教授[1]

闻君有妇贤且廉，劝君慎勿为楚相[2]。
不羡紫驼[3]分御食，自遣赤脚沽村酿。
嗟君老狂不知愧，更吟丑妇恶嘲谤。
诸生闻语定失笑，冬暖号寒卧无帐。
碧香近出帝子家，鹅儿破壳酥流盎。
不学刘伶独自饮，一壶往助齐眉[4]饷。

【注释】
[1]教授，学官名。 [2]楚相，《史记·滑稽列传》载："楚相孙叔敖死，其子贫困。优孟为叔敖衣冠见楚王。庄王大惊，以为孙叔敖复生也，欲以为相。优孟曰：'请归与妇计之……妇言慎无为，楚相不足为也。如孙叔敖之为楚相，尽忠为廉以治楚，楚王得以霸。今死，其子无立锥之地，贫困负薪以自饮食。必如孙叔敖，不如自杀。'" [3]紫驼，指用驼峰做成的珍贵菜肴。 [4]齐眉饷，指回去与老妻一起品尝。齐眉，举案齐眉，此指赵妻。

留别雩泉[1]

举酒属雩泉,白发日夜新。
何时泉中天,复照泉上人。
二年饮泉水,鱼鸟亦相亲。
还将弄泉手,遮日向西秦[2]。

【注释】
〔1〕雩（yú）泉,泉名。在山东省诸城市西南常山上。宋熙宁八年,苏轼守密州,祷雨于此而应,故名。 〔2〕西秦,此指希望尽快与家人见面。

除夜大雪,留潍州。元日[1]早晴,遂行,中途雪复作

除夜雪相留,元日晴相送。
东风吹宿酒[2],瘦马兀残梦。
葱昽[3]晓光开,旋转余花弄。
下马成野酌,佳哉谁与共。
须臾晚云合,乱洒无缺空。
鹅毛垂马骏[4],自怪骑白凤[5]。
三年东方旱,逃户[6]连欹栋。
老农释耒[7]叹,泪入饥肠痛。
春雪虽云晚,春麦犹可种。
敢怨行役劳,助尔歌饭瓮[8]。

【注释】
〔1〕元日,正月初一。 〔2〕宿酒,犹宿醉。 〔3〕葱昽,明丽

貌。　〔4〕马骏，马鬃。　〔5〕白凤，传说中的神鸟。　〔6〕逃户，古代为逃避赋役，流亡外地而无户籍的人。　〔7〕释耒（lěi），放下农具。谓停止耕作。　〔8〕饭瓮，一种盛饭的陶器，腹部较大。

至济南，李公择以诗相迎，次其韵二首（其一）

敝裘[1]羸马古河滨，野阔天低糁玉尘。
自笑餐毡[2]典属国[3]，来看换酒谪仙人[4]。
宦游到处身如寄，农事何时手自亲。
剩作新诗与君和，莫因风雨废鸣晨[5]。

【注释】

〔1〕敝裘，破旧的皮衣。　〔2〕餐毡，《汉书·苏武传》："天雨雪，武卧啮雪与旃毛并咽之。"　〔3〕典属国，苏武持节归汉，拜典属国（官名，负责管理属国问题。属国，即附属国）。　〔4〕谪仙人，指李白。李白诗："五花马，千金裘，呼儿将出换美酒，与尔同销万古愁。"　〔5〕鸣晨，《诗经》："风雨如晦，鸡鸣不已。"杜子美诗："不昧风雨晨，乱离减忧愁。"

和孔密州五绝·见邸家园留题

大旆传闻载酒过，小诗[1]未忍著砖磨。
阳关三叠[2]君须秘，除却[3]胶西不解[4]歌。

按：孔密州，即孔宗翰，时知密州。此诗为坡公在徐州任上作。邸，姓氏，此指汉上郡太守邸柱家园林。

【注释】

〔1〕小诗，短诗。此指小诗不忍舍弃。 〔2〕阳关三叠，古曲名。又称《渭城曲》。因唐王维《送元二使安西》诗"渭城朝雨浥轻尘，客舍青青柳色新。劝君更尽一杯酒，西出阳关无故人"而得名。后入乐府，以为送别之曲，反复诵唱，谓之《阳关三叠》。 〔3〕除却，除去。表示所说的不算在内。 〔4〕解，理解，懂得。

和孔密州五绝·和流杯石上草书小诗

蜂腰[1]鹤膝[2]嘲希逸，春蚓秋蛇病子云[3]。
醉里自书醒自笑，如今二绝更逢君。

【注释】

〔1〕蜂腰，旧诗作法中的八病之一。相传为南朝梁沈约、谢朓、王融所提出。《南史·陆厥传》："约等文皆用宫商，将平上去入四声，以此制韵，有平头、上尾、蜂腰、鹤膝。" 〔2〕鹤膝，律诗作法中的八病之一。 〔3〕春蚓秋蛇，喻书法拙劣，婉曲无状。此指王羲之批评子云挟人自重，自己书法水平一般。 希逸、子云，分别为谢庄和萧子云。见《南史》。

过密州次韵赵明叔、乔禹功[1]

先生依旧广文[2]贫，老守时遭醉尉[3]嗔。
汝辈何曾堪一笑，吾侪[4]相对复三人。
黄鸡催晓凄凉曲[5]，白发惊秋见在身[6]。
一别胶西[7]旧朋友，扁舟归钓五湖春[8]。

诗酒山东

【注释】

〔1〕此东坡公赴登州（今山东蓬莱）任过密州时作。 〔2〕广文,"广文先生"的简称。泛指清苦闲散的儒学教官。 〔3〕醉尉,《史记·李将军列传》："尝夜从一骑出,从人田间饮。还至霸陵亭。霸陵尉醉,呵止广。广骑曰：'故李将军。'尉曰：'今将军尚不得夜行,何乃故也!'止广宿亭下。"仍用李广为霸陵尉醉酒喝止故事。 〔4〕吾侪（chái）,我辈。 〔5〕黄鸡催晓凄凉曲,典出白居易《醉歌（示伎人商玲珑）》："罢胡琴,掩秦瑟,玲珑再拜歌初毕。谁道使君不解歌,听唱黄鸡与白日。黄鸡催晓丑时鸣,白日催年西前没。腰间红绶系未稳,镜里朱颜看已失。玲珑玲珑奈老何,使君歌了汝更歌。" 〔6〕"白发惊秋"句,指突然发现我们都老了。东坡公任密州时方三十多岁（1074年）,再过密州时已十一年以后了（1085年）。 〔7〕胶西,此指密州。 〔8〕"扁舟"句,指范蠡泛舟五湖的故事,指我也快隐退了。唐杜牧诗句："惆怅无因见范蠡,参差烟树五湖东。"

再过超然台赠太守霍翔[1]

昔饮雩泉别常山,天寒岁在龙蛇[2]间。
山中儿童拍手笑,问我西去何当还。
十年不赴竹马约,扁舟独与渔蓑闲。
重来父老喜我在,扶挈老幼相遮攀。
当时襁褓皆七尺,而我安得留朱颜。
问今太守为谁欤,护羌充国鬓未斑。
躬持牛酒劳行役,无复杞菊嘲寒悭。
超然置酒寻旧迹,尚有诗赋镵坚顽。
孤云落日在马耳,照耀金碧开烟鬟。
郑淇自古北流水[3],跳波下濑鸣玦环。
愿公谈笑作石埭,坐使城郭生溪湾。

【注释】

〔1〕元丰八年五月,霍翔知密州。 〔2〕岁在龙蛇,坡公辰年冬末罢知密州,正在辰巳之间。二十属相排列,辰龙,巳蛇。另古人认为,龙蛇交替之年不吉。 〔3〕超然,超然台;马耳,山名。在山东省诸城市西南。郏淇,密州河名。

过莱州雪后望三山[1]

东海如碧环,西北卷登莱。
云光与天色,直到三山回。
我行适冬仲,薄雪收浮埃。
黄昏风絮定,半夜扶桑[2]开。
参差太华[3]顶,出没云涛堆。
安期与羡门[4],乘龙安在哉。
茂陵[5]秋风客[6],劝尔麾一杯。
帝乡不可期,楚些[7]招归来。

【注释】

〔1〕此诗作于东坡公卸任登州知州后归经莱州三山岛。由莱州之三山岛想到海上之三仙山,即"蓬莱、瀛洲、方丈"。 〔2〕扶桑,《说文》:"榑桑,神木,日所出也。"后榑、扶通用。扶桑花开,谓太阳将十浴而出。 〔3〕太华,山名。即西岳华山,在陕西省华阴县南,因其西有少华山,故称太华。此以华山三峰比莱州三山。 〔4〕羡门,此指另一神仙名。 〔5〕茂陵,汉武帝刘彻的陵墓。在今陕西省兴平县东北。 〔6〕秋风客,指汉武帝。武帝曾作《秋风辞》。李贺《金铜仙人辞汉歌》:"茂陵刘郎秋风客,夜闻马蹄晓无迹。" 〔7〕楚些,《楚辞·招魂》是沿用楚国民间流行的招魂词的形式而写成,句尾皆有"些"字。后因以"楚些"指招魂歌,亦泛指楚地的乐调或《楚辞》。帝乡,指京城。此指坡公欲学屈原、陶渊明,归隐江湖。

诗酒山东

> 晁端礼，字次膺，宋济州钜野（今山东巨野）人，晁端友弟。神宗熙宁六年进士。两为县令，忤上官，坐废。晚年以承事郎为大晟府协律，未上卒。工于词。有《闲适集》。

绿头鸭（其一）

锦堂深，兽炉轻喷沈烟。紫檀槽、金泥[1]花面[2]，美人斜抱当筵。挂罗绶、素肌莹玉，近鸾翅、云鬓梳蝉。玉笋[3]轻拢，龙香细抹，凤凰飞出四条弦。碎牙板[4]、烦襟消尽，秋气满庭轩。今宵月，依稀向人，欲斗婵娟。

变新声、能翻往事，眼前风景依然。路漫漫、汉妃出塞，夜悄悄、商妇移船。马上愁思，江边怨感，分明都向曲中传。困无力、劝人金盏，须要倒垂莲。拼沈醉，身世恍然，一梦游仙。

【注释】

[1]金泥，铅粉之类化妆品。　[2]花面，如花的脸。形容女子貌美。　[3]玉笋，喻女子手指。　[4]牙板，象牙或木制的拍板。歌时击之为节拍。

蓦山溪（其三）

广寒宫殿，千里同云晓。飞雪满空来，剪云英、群仙齐到。乱飘僧舍，密处洒歌楼，闲日少，风光好，且共宾朋笑。

华堂深处，满满觞船[1]掉。梅蕊拆来看，已偷得、春风些小。绮罗香暖，不怕卷珠帘，沈醉了，樽前倒，红袖休来叫。

【注释】
〔1〕觥船，容量大的饮酒器。

蓦山溪（其四）

春来心事，分付千钟酒。午醉梦还醒，两眉愁、才消又有。天涯远梦，归路日中迷，楚云深，孤馆静，潇洒梨花手。

回文歌罢，幽恨新兼旧。帘影卷斜阳，乱红飞、风摇暮柳。独携此意，和泪上层楼，尽平芜，穷远目，认断千山首。

喜迁莺

嫩柳初摇翠。怪朝来早有，飞花零坠。洞门斜开，珠帘初卷，惊起谢娘[1]吟缀。蕊珠宫殿晓，谁乱把、云英揉碎。气候晚，被寒风卷渡，龙沙千里。

沈醉。深院里。粉面照人，疑是瑶池会。润拂炉烟，寒欺酒力，低压管弦声沸。艳阳过半也，应是好、郊原新霁。待更与上层楼，遍倚栏干十二。

【注释】
〔1〕谢娘，晋王凝之妻谢道韫有文才，后人因称才女为"谢娘"。

金盏倒垂莲

流水漂花，记同寻阆苑，曾宴桃源。痛饮狂歌，金盏倒垂莲。未省负、佳时良夜，烂游风月三年。别后空抱瑶琴，谁听朱弦。

诗酒山东

风流少年儒将,有威名震房,谈笑安边。寄我新诗,何事赋归田。想歌酒、情怀如旧,后房应也依然。此外莫问升沈,且斗樽前。

新燕过妆楼

枫叶初丹,苹花渐老,蘅皋谁系扁舟。故人思我,征棹少淹留。一尊潋滟西风里,共醉倒、同销万古愁。况今宵自有,明月照人,逼近中秋。

常爱短李家声,金闺彦士,才高沈谢何刘。片帆初卷,歌吹是扬州。此心自难拘形役,恨未能、相从烂熳游。酒醒时,路遥人远,为我频上高楼。

玉蝴蝶

淡淡春阳天气,夜来一霎,微雨初晴。向暖犹寒,时候又是清明。乱沾衣、桃花雨闹,微弄袖、杨柳风轻。晓莺声。唤回幽梦,犹困春酲[1]。

牵萦。伤春怀抱,东郊烟暖,南浦波平。况有良朋,载酒同放彩舟行。劝人归、啼禽有意,催棹去、烟水无情。黯销凝。暮云回首,何处高城。

【注释】
〔1〕春酲(chūn chéng),春日醉酒后的困倦。

木兰花慢

苦春宵漏短,梦回晚、酒醒迟。正小雨初收,余寒未放,怯试单衣。娇痴。最尤殢处,被罗襟、印了宿妆眉。潇洒春工斗巧,算来不在花枝。

芳菲。正好踏春,携素手、暂分飞。料恨月愁花,多应瘦损,风柳腰肢。归期。况春未老,过南园、尚及牡丹时。拼却栏边醉倒,共伊插满头归。

黄鹂绕碧树

鸳瓦霜轻，玳帘风细，高门瑞气非烟。积厚源深，有长庚应梦，乔岳生贤。妙龄秀发，庆谢庭、兰玉争妍。名动缙绅，况文章政术，俱是家传。

别有阴功厚德，向东州、治狱平反。玉函高篆，仙风道骨，锡与长年。最好素秋新霁，对画堂、高启宾筵。何妨纵乐笙歌，剩举觥船。

满江红

五两风轻，移舟向、斜阳岛外。最好是、潇湘烟景，自然心会。倒影芙蓉明镜底，更折花嗅蕊西风里。待问君、明日向何州，东南指。

人生事，谁如意。剩拼取，尊前醉。想升沈有命，去来非己。菊老松深三径在，田园已有归来计。问甚时、重此望归舟，远相对。

感皇恩

蜀锦满林花，三年重到。应被花枝笑人老。半开微谢，占得几多时好。便须拼痛饮、花前倒。

醉中但记，红围绿绕。人面花光斗相照。缭墙重院，爱惜遮藏[1]须早。免如攀折柳，临官道。

【注释】

[1]遮藏，遮藏深闺，指少女青春年华。此及后两句指少女宜早找好人家，否则人老珠黄，就如官道柳树一样，任人攀折。

诗酒山东

御街行

柳条弄色梅飘粉。还是元宵近。小楼深巷月胧明,记得恁时风景。庭花影转,珠帘人静,依旧厌厌闷。

如今对酒翻成恨。春瘦罗衣褪。王孙何处草萋萋,辜负小欢幽兴。谁知此际,有人灯下,偷把归期问。

临江仙

今夜征帆何处落,烟村几点人家。莫惊双泪向风斜。渔人西塞曲[1],商女[2]后庭花[3]。

从此五湖归去好,一杯酒送生涯。多情犹解惜年华。春闺重见处,霜鬓不须嗟。

【注释】

〔1〕西塞,山名。在浙江省湖州市西南。西塞曲,渔歌曲调。 〔2〕商女,歌女。 〔3〕后庭花,乐府清商曲吴声歌曲名。唐为教坊曲名。本名《玉树后庭花》,南朝陈后主制。其辞轻荡,而其音甚哀,故后多用以称亡国之音。杜牧诗:"商女不知亡国恨,隔江犹唱后庭花。"

蝶恋花

潋滟长波迎鹢首,雨淡烟轻,过了清明候。岸草汀花浑似旧,行人只是添清瘦。

沈水香消罗袂透，双橹声中，午梦初惊后。枕上懵腾犹病酒，卷帘数尽长堤柳。

蝶恋花（其二）

骨秀肌香冰雪莹，潇洒风标，赋得温柔性。松髻遗钿慵不整。花时长是厌厌病。

枕上晓来残酒醒，一带屏山，千里江南景。指点烟村横小艇。何时携手重寻胜。

清平乐（其四）

清樽泛菊，共剪西窗烛。一抹朱弦新按曲，更遣歌喉细逐。

明朝匹马西风，黄云衰草重重。试问剑歌悲壮，何如玉指轻拢。

浣溪沙

误入仙家小洞来，碧桃花落乱浮杯。满身罗绮裹香煤。

醉倒任眠深径里，醒时须插满头归。更收余蕊酿新醅。

浣溪沙（其二）

紫蔓凝阴绿四垂，暗香撩乱扑罗衣。醉眠惟有落花知。

玉笋纤纤初嗅罢，乌云娜娜乱簪时。此般风韵雅相宜。

诗酒山东

一斛珠

伤春怀抱，清明过后莺声老，劝君莫向愁人道。又被香轮，碾破青青草。夜来风雨连清晓，秋千院落无人到，梦回酒醒愁多少。犹赖春寒，未放花开了。

少年游

建溪灵草已先尝，欢意尚难忘。未放笙歌，暂留簪佩，犹有紫芝汤。醉中纤手殷勤捧，欲去断人肠。绛蜡迎归，绣鞍扶下，笑语尽闻香。

虞美人

木兰舟[1]稳桃花浪，重到清溪上。刘郎[2]惆怅武陵迷，无限落英飞絮、水东西。

玉觞潋滟谁相送，一觉扬州梦[3]。不知何物最多情，惟有南山不改、旧时青。

【注释】

〔1〕木兰舟，用木兰树造的船。后常用为船的美称，并非实指木兰木所制。 〔2〕刘郎，此指刘禹锡，有咏桃花诗。 〔3〕扬州梦，唐杜牧《遣怀》诗："十年一觉扬州梦，赢得青楼薄幸名。"

鹧鸪天

并蒂芙蓉本自双,晓来波上斗新妆。朱匀檀口都无语,酒入圆腮各是香。
辞汉曲,别高唐,芳心应解妒鸳鸯。不封虢国并秦国,应嫁刘郎与阮郎[1]。

【注释】
[1] 刘郎与阮郎,指刘伶与阮籍,以嗜酒著称。

朝中措

短亭杨柳接长亭,攀折赠君行。莫怪尊前无语,大多分外多情。
何须苦计,时间利禄,身后功名。且尽十分芳酒,共倾一梦浮生。

丑奴儿(其二)

来朝匹马萧萧去,且醉芳卮。明夜天涯,浅酌低吟欲殢谁。
归来应过重阳也,菊有残枝。纤手重携,未必秋香一夜衰。

行香子

别恨绵绵,屈指三年。再相逢、情分依然。君初霜鬓,我已华颠。况其间有,多少恨,不堪言。
小庭幽槛,菊蕊阑斑。近清宵、月已婵娟。莫思身外,且斗樽前。愿花长好,人长健,月长圆。

诗酒山东

玉叶重黄

玉纤初捻梅花蕊。早忆着、上元[1]天气。重寻旧曲声韵，收拾放灯[2]欢计。

况人生、百岁能几。任东风、笑我双鬓里。重来花下醉也，不减旧时风味。

【注释】
[1]上元，节日名。俗以农历正月十五为上元节，也叫元宵节。[2]放灯，指农历正月元宵节燃点花灯供民游赏的风俗。放灯之期，代有不同，约在正月十一日至二十日之间。

金蕉叶

楼头已报咚咚鼓。华堂渐、停杯投箸。更闻急管频催，凤口香销炷。花映玉山倾处。

主人无计留宾住。溪泉泛、越瓯春乳。醉魂一啜都醒，绛蜡迎归去。更看后房歌舞。

雨中花慢

小小中庭，深深洞户，谁人笑里相迎。有三年窥宋[1]，一顾倾城。舞态方浓，箫声未阕，又黯离情。怎奈向，赢得多情怀抱，薄幸声名。

良宵记得，醉中携手，画楼月皎风清。难忘处、凭肩私语，和泪深盟。假使钗分金股，休论井引银瓶。但知记取，此心常在，好事须成。

【注释】

〔1〕窥宋，战国楚宋玉《登徒子好色赋》："天下之佳人，莫若楚国，楚国之丽者，莫若臣里，臣里之美者，莫若臣东家之子……然此女登墙窥臣三年，至今未许也。"后因以"窥宋"指女子对意中人的爱慕。卧里，指我家。臣，宋玉自指。

满庭芳（其一）

天与疏慵，人怜憔悴，分甘抛弃簪缨。有时乘兴，波上叶舟轻。十里横塘过雨，荷香细、苹末风清。真如画，残霞淡日，偏向柳梢明。

凝情。尘网外，鲈鱼旋烩。芳酒深倾。又算来、何须身后浮名。无限沧浪好景，蓑笠下、且遣余生。长歌去，机心尽矣，鸥鹭莫相惊。

满庭芳（其二）

绿绕群峰，红摇千柄，夜来暑雨初收。共君乘兴，轻舸信悠悠。且尽一尊别酒，荷香里、满酌轻讴。明朝去，征帆夜落，何处好汀洲。

风流。吾小阮，朝辞东观，夕向南州。况圣时、争教贾傅淹留。若过浔阳亭上，琵琶泪、莫洒清秋[1]。堤边柳，从今爱惜，留待系归舟。

【注释】

〔1〕"若过浔阳亭"上句，指白居易《琵琶行》所述事。

诗酒山东

水龙吟（其四）

倦游京洛风尘，夜来病酒无人问。九衢雪小，千门月淡，元宵灯近。香散梅梢，冻消池面，一番春信。记南楼醉里，西城宴阕，都不管、人春困。

屈指流年未几，早人惊、潘郎双鬓。当时体态，如今情绪，多应瘦损。马上墙头，纵教瞥见，也难相认。凭栏干，但有盈盈泪眼，把罗襟揾。

踏莎行（其三）

衰柳残荷，长山远水。扁舟荡漾烟波里。离杯莫厌百分斟，船头转便三千里。

红日初斜，西风渐起。琵琶休洒青衫泪[1]。区区游宦亦何为，林泉早作归来计。

【注释】
〔1〕"琵琶"句，白居易《琵琶行》有句："座中泣下谁最多？江州司马青衫湿。"

李之仪（1048—1117），字端叔，自号姑溪居士、姑溪老农，北宋词人。汉族，沧州无棣（今山东庆云）人。哲宗元祐初为枢密院编修官，通判原州。元祐末从苏轼于定州幕府，朝夕倡酬。元符中监内香药库，御史石豫参劾他曾为苏轼幕僚，不可以任京官，被停职。徽宗崇宁初提举河东常平。后因得罪权贵蔡京，除名编管太平州（今安徽当涂），后遇赦复官，晚年卜居当涂。著有《姑溪词》一卷、《姑溪居士前集》五十卷和《姑溪题跋》二卷。

按：本卷对于重复的典故不予注释，对于一些过长的标题给予断句以使晓畅。

回酒

莫笑和州酒，和州酒却醇。

聊资千岁祝，用赞一阳春。

柳信[1]涡将报，梨晴点向真。

醉寻平日路，好在武陵人。

【注释】

〔1〕柳信，谓柳树发芽带来春的信息。

三家店早饮，主人似喜余至，而庭下残花犹在也。酒客辄见避，余固止之，因得揽其醉态（其一）

再过三家店[1]，还投旧酒垆[2]。

重攀红踯躅[3]，争认白髭须[4]。

所惜自拘束，无因[5]同拍扶。

他年遂卜筑，终为伴歌呼[6]。

【注释】

〔1〕三家店，指村镇小店。〔2〕酒垆，卖酒处安置酒瓮的砌台。亦借指酒肆、酒店。〔3〕红踯躅，红杜鹃花的别称。〔4〕髭须（zī xū），胡子。

唇上曰髭，唇下为须。〔5〕无因，没有机缘。此指自己为官，与民不能同乐。〔6〕卜筑，择地建筑住宅，即定居之意。此指将来自己退隐，就可以与民同乐了。拍扶、歌呼，都是指酒酣后的行为。

三家店早饮，主人似喜余至，而庭下残花犹在也。酒客辄见避，余固止之，因得揽其醉态（其二）

醉人休见避，我恨未如君。
到了[1]输他乐，何须强自分[2]。
稻粱[3]姑取足，鸡鹜[4]漫离群。
上马冲寒[5]去，回头愧垄云。

【注释】

〔1〕到了，毕竟。〔2〕自分官民。上两句说我恨不能与你们同乐，你们更不要回避我。〔3〕稻粱，稻和粱，谷物的总称。〔4〕鸡鹜（wù），鸡和鸭。〔5〕冲寒，冒着寒冷。

除夜[1]小舟中雨不止，而作雪寄德麟

醉侣今何在，寒灯倍黯然。
却应听雨梦，犹是散花天。
老境不自得，客程谁我怜。
晓钟催去路，明日又新年。

【注释】
〔1〕除夜，即除夕。

戏子微兼次韵陈君俞寄题兰皋

和风暖日作霜天，冰雪相投岂偶然。
特枉新诗咏陈迹，便同佳趣赏当年。
学优曼倩三冬足，才过荆州十部贤。
为问醉衾[1]应好在，莫教痴望似蚕眠。

【注释】
〔1〕醉衾，醉人盖的被子。

次韵葛大川喜王君相过，并寄吴思道

君恩曾未报纤埃，倦绪淹时郁不开。
高义不忘辕下旧，好音常自日边来。
欣逢雅好非空至，顿感阳春泛酒回。
早晚退朝红蕊下，细谈陈迹共余杯。

次储子椿金陵作别韵

千里波涛一叶中，急难平日但闻风。
自非积习有天得，那复间关特地同。
乐事放怀须命酒，生涯何处不飘蓬。
先归只作寻常别，切莫樽前感断鸿。

又次子椿同君俞三诗

倦途回首已无牛,独向田间涉早秋。
倚仗固知同失马,攀援犹恐昧操舟。
渐逢陌上相推醉,尚有空中未下鸥。
可是道边无葬地,肯将身世曲如钩。

澄虚堂

公子高明悟劫灰,鼎开轩语致幽怀。
萦云叠巘镜天去,极目沧波入坐来。
千首诗成谈笑里,百分[1]酒尽管弦催。
自怜曾是高堂客,欲赋惭无宋玉才。

【注释】
[1]百分,犹满杯。

邂逅故人(其一)

湖山胜处得君家,怀祖曾于膝上夸。
不见多年应宦远,相逢何事却天涯。
朱弦无复来湘水,骏骨分明产渥洼。
闻道贤劳多野处,新醅聊寄傲霜花。

邂逅故人（其二）

已将身世等浮云，又向江边得故人。
数日暝寒埋雪意，一番佳境为时新。
村醅[1]淡薄聊资笑，洞户深闲自有春。
已幸邻封同寄老，却应风月费精神。

【注释】
[1] 村醅（pēi），农家自酿的未过滤的酒。

题韦深道寄傲轩

南窗何似北窗凉，寄傲来风各有方。
千古光辉如昨日，一时收拾付新堂。
已惊盏里醅初绿，更觉篱边菊渐黄。
就使主人官即显，此门高兴定难忘。

袭前韵再简少孙四首（其四）

记得金樽特地开，举头新岁又重来。
银潢[1]已分经年隔，玉节[2]犹期旧腊回。
千汲浪迷云表梦，百分愁寄烛残杯。
醉乡谁谓无消息，已觉歌声傍落梅。

【注释】
[1] 银潢，天河。　[2] 玉节，此指远处为官（持玉节者）的朋友。

诗酒山东

后圃

鹁鸠呼妇天欲雨，杏子退花莺未雏。
庭前已觉绿半毯，酒面忽有红双凫。
芳物恋客不忍去，主人好贤谁复如。
会应百岁享此乐，何妨画作重屏图。

次韵早秋

冲冲时序一邮亭，睡美从今气不蒸。
便好心期金叶酒[1]，乍惊梦在玉壶冰[2]。
栽松种竹来三径，效策输龟待十朋。
百尺楼高谁与共，倦途初喜接陈登。

【注释】
〔1〕金叶酒，美酒。 〔2〕玉壶冰，该句语意双关，既有希望暑气尽销意，又有与朋友饮玉壶冰酒之意。

陪曾延之泛舟历湖至苦竹寺，次韵陈致君席上所赋

已凉时节未霜前，十里平湖共酒船。
岩岫涌寒清澈水，芰荷翻浪绿连天。
百年过眼真聊尔，一笑投怀岂适然。
独有黄花似回避，定缘红粉不能先。

延之云累日把酒，止在相近处，殊不快人意。坐间命遍索城内外可以延处之地，将往。因之得城南张氏园，秋花斑驳可喜，遂剧饮，待月上戴花作乐而归。市犹未撤，观者如堵，次致君韵

累日相看似处阴，今朝乘兴共追寻。
曲栏方沼争留步，秀色新啼总会心。
酒面屡从罗绮发，花心休被雪霜侵。
烛城醉路凌初月，但觉人山一径深。

偶书二首（其二）

小山相对数椽地，乐与心期境自多。
有酒未妨同客醉，无情到了任君魔。
采薇行歌亦劳矣，饮水曲肱还会么。
只恐时来把不住，更看究竟事如何。

诗酒山东

次韵圭首座

阴重炉和欲雪天，氤氲香篆不藏烟。

南游步步如同历，西竺层层有旧缘。

未觉鸦声惊户外，似传梅信到窗前。

老来酒量无消息，负此佳时一慨然。

读东坡诗（其二）

东坡流落坐[1]多言，我欲无言亦未全。

好辨悬知非获已，力行到底信为贤。

抱琴有味无彭泽[2]，沽酒何妨问玉川[3]。

只拟饮呼出门去，强縻置网岂当然。

【注释】

〔1〕流落，流放。坐，获罪。　〔2〕彭泽，陶渊明。　〔3〕玉川，此指诗人卢仝，喜饮茶，尝汲井泉煎煮，因自号"玉川子"。

端午

彩丝百缕纫为佩，艾叶千窠结作人。

散诞何妨儿女戏，漂流不觉岁时新。

清歌尚记书裙带，旧恨安能吊放臣。

角黍[1]粉团[2]矜节物，一樽聊与寄逡巡。

【注释】

〔1〕角黍,即粽子。以箬叶或芦苇叶等裹米蒸煮使熟。状如三角,古用黏黍,故称。 〔2〕粉团,食品名。用糯米制成,外裹芝麻,置油中炸熟,犹今芝麻团。

周臣约过景裕第会饮,先寄此诗,卒章因以投诚也

悬知昨过邻家馆,更挽明珰间玉钗。
虽喜黄姑论隔岁,偶陪摩诘事长斋。
啸歌未阕云间接,莺燕难逃席上猜。
预怅醒醒独回马,何如为赋酒如淮。

次韵关圣源送董无求

何劳楚些为招魂,是处春风似僻园。
可复京尘难共乐,却应江月要深论。
灯花昨夜占行馆,鹊语今朝报里门。
想见慈颜问行李,一樽浮蚁侑芳荪。

诗酒山东

朱伯宣、才英昆仲见过,曲相慰藉,因留饮,得花字

新春穷巷几伤嗟,联璧[1]俄来照䔲家[2]。
意厚旋倾新酿酒,眼明初见未开花。
百寻[3]自是松难老,什袭[4]终惭玉有瑕。
便觉赋成无用处,漫劳憔悴叹长沙。

【注释】
〔1〕联璧,此指兄弟两人。 〔2〕䔲家,此作者自谓其屋如草堂也。 〔3〕百寻,形容极高或极长。寻,八尺。 〔4〕什袭,重重包裹,谓郑重珍藏。什,十。"百寻"两句指自己虽然老去仍气节高洁,但再努力也如白璧微瑕。

范倅置酒雨花台

流传胜致有无间,投老方能一倚栏。
千里江山来极目,万家烟雨锁初寒。
奸雄几许埋蓁莽,笑语何妨拥蕙兰。
便觉寸阴真可惜,须将酒户[1]为君宽。

【注释】
〔1〕酒户,酒量。古称酒量大者为大户或上户,不能多饮的称小户或下户。

食牛炙[1]

西来谁为炙牛心，惜事拘文不敢寻。
岂谓邻邦无百里，骤令馋口得千金。
登台未论前人比，扪腹翻惊用思深。
从此耒阳休吊古[2]，便思白酒与同斟。

【注释】

〔1〕牛炙，烤牛肉。 〔2〕耒阳吊古，耒阳，杜甫死处。后人多作诗文吊之。

阳翟道中有怀存之二首（其二）

夕阳风里得君心，常约清香带月寻。
红萼似披经几嗅，绿条如弄已难禁。
野狂不惯娉婷醉，蓬鬓偏宜蓓蕾侵。
准拟归时更浮动，琼樽宁谢十分斟。

失题九首（其六）

映月临灯万萼披，喜随宾客宴芳菲。
诸姨队合骊山晓，猎骑夜从云梦归。
须把玉觞酬胜丽，徒劳彩笔强依稀。
回头便见飘红雨[1]，莫惜频歌金缕衣[2]。

【注释】

〔1〕飘红雨，指伴酒的美女多。 〔2〕金缕衣，曲调名。此指行乐当及时。

诗酒山东

赏花亭致语口号

绿阴初合燕归来，煮酒新尝换拨醅。

不独江山想王谢[1]，须知宾客尽邹枚[2]。

十分欢意休教剩，万斛愁心亦自开。

倒载任他路人笑，更将何处作春台。

【注释】
[1]王谢，东晋王导，谢安。 [2]邹枚，邹衍，枚乘。邹衍，战国齐人（墓地今济南章丘），阴阳五行学说创始人。枚乘，西汉著名辞赋家。

题郭熙画扇（又书扇）

几年无事在江湖，醉倒黄公旧酒垆。

觉后不知新月上，满身花影倩人扶。

次韵湖阴[1]韦深道五小诗[2]（其二）

书去书来又一年，只应提处是虚鞭。

相逢会得笔头语，莫惜频寻酒里天。

【注释】
[1]湖阴，湖的南边。 [2]小诗，短诗。

次韵东坡梅花十绝（其二）

奸雄投老恋层台，随得分香散处开。
枝上休论歌舞旧，尊中且泛绿于苔。

次韵东坡梅花十绝（其四）

软火明窗酒一尊，余杯未减日尤昏。
谁人为折东来阁，续得何郎日断魂。

和州太守曾延之置酒鼓角楼

楼台烟树接平芜，水墨丹青十幅图。
认得黄山家住处，云中相对似相呼。

延之置酒当利楼侍人劝酒

云山远近浅还深，宛转愁颜顿不任。
独有绮罗知此意，故拈金盏十分斟。

诗酒山东

延之置酒连云观，北望丘墟掩翳，相与凭栏感叹，延之以所持扇见授，云不可不记也，因书之

后垄前冈一色松，相看冠剑几悲风。
今朝笑语明朝哭，莫厌尊中酒不空。

延之置酒南园因书柱上

尊前景气朝朝别，醉里歌呼处处新。
一度拈来一回好，主人须信异于人。

曾延之置酒后阁供帐[1]，酒馔[2]物物皆内出，侍人以裙带求书

御醅盏畔千头菊，椽烛[3]光中四和香。
红粉莫嗟霜满颔，也应歌处似周郎。

【注释】
〔1〕供帐，亦作"供张"。供宴会用的帷帐。 〔2〕酒馔，酒肴。 〔3〕椽烛（chuánzhú），如椽之烛。指大烛。

书龚彦本庄壁二绝（其二）

重阳过了十二日，阶下黄花方盛开。
节物参差何足较，且浮新蕊共衔杯。

绝句七首

海燕初飞掠水轻，醁醾开就照人明。
旋倾煮酒尝青杏，唯有风光不世情。

谢荆州太守

荆州太守紫微仙，远寄渔翁白玉泉。
长钓久垂鱼未食，为君一醉卧长川。

次韵李方叔宋镇立秋五绝（其五）

南北区区浪自催，不妨随遇且徘徊。
鲈鱼白酒何须得，一醉端从好句来。

路西田舍示虞孙小诗二十四首（其一）

雪上归来过了春，枝头杏子可尝新。
旋追老酒医佳况，更谢提壶解劝人。

诗酒山东

路西田舍示虞孙小诗二十四首(其十八)

朝衣行市头颅落,六印垂腰手足分。

旋煮河豚加鲚脍,争如闲处醉醺醺。

蒙宠惠朋樽[1],深佩眷意,聊奉一噱

万国衣冠拱醉容,钧天梦断失云龙。

多情尚寄当时约,宛似阇黎[2]饭后钟[3]。

【注释】

[1]朋樽,两樽。 [2]阇黎(dū lí),意谓高僧。亦泛指僧。 [3]饭后钟,相传唐王播少年孤贫,客居扬州惠明寺木兰院,随僧斋食。日久,众僧厌恶,故意斋后才敲钟。王播闻声就食,扑空,因题下"上堂已了各西东,惭愧阇黎饭后钟"两句诗。

累日气候差暖,梅花辄已弄色,聊课童仆芟削培灌,以助其发,戏成小诗三首(其三)

花是主人身是客,更欲花前罗酒食。

花应笑我强相亲,毕竟人花谁是得。

金樽到手我自醉,道人何妨且观色。

三界观来即是空,醉里宁知渐游北。

等为圆镜随身现,认着分明却虚掷。

280

持此问花花不答，嗟我与君徒入域。
不如收却闲眼坐，万境纷纷在披坼。
一番风雨便纷飞，念垢情尘漫磨拭。
今年春尽有明年，花落花开几今昔。

和郭功甫游采石

卒岁愔愔无地雪，三首新诗报明发。
使君近作采石游，胜践传闻惊久缺。
亢阳便有欲雪意，和气先期振岩穴。
想见旌旗锦绣张，如从元君朝北阙。
后携一老何奇哉，朱颜鹤发超尘埃。
叫呼江上来席上，迤逦万古随云开。
骑鲸仙人不敢避，玉镜台郎俄复回。
分明月下遇赏叹，将军新自天边来。
逡巡落笔轰春雷，落花乱点荒池台。
沈埋蓁莽见一旦，名高此地真当才。
从来不许说前辈，寄声鱼鸟休惊猜。
直疑乘槎叩月窟，又若登临望天台。
酒行已彻更须酌，醉倒宁辞无算杯。
卓然一段极则事，遣我击节因谁催。

诗酒山东

丁德儒置酒，适与陈君俞联坐，聊赋小诗为君俞谢，因以赎先起[1]之罪

春风不解事，吼地如雷霆。
谁知一席间，笑语灯荧荧。
主人意弥敦，设置不少停。
而我槁木然，感慨时自惊。
多情接胜友，孤朗如初星。
微吟间相警，似欲慰独醒。
我老百不堪，已分如漂萍。
邂逅因事乐，尚或有此形。
不惭引去先，得意耳暂清。
展转寻断梦，间关愧微生。
何当万里浪，相与同沧溟。

【注释】

〔1〕先起，指提前退席。

次韵陈君俞携酒见过

野人欣莫逆，君子戒多上。幸尔违朝市，聊复图蕙帐。
薄田几负郭，山水分背向。巾车俯秋成，舒啸会随杖。
吾友真可人，轻舟数相访。投怀失枯槁，达意信摇荡。
时哉固难得，触境沈波浪。谓我来岁寒，种种不少创。
杯盘挽气类，论辨极户量。敢辞屡举白，自喜老弥壮。
回头易陈迹，倾倒乃惆怅。乐事须勉旃，何适非酝酿。

白钤辖[1]席上琵琶歌

青海传烽沙绕塞,谋将橐戈身不介。
却携红袖弄烟月,醉笑溪山穷物外。
文章声名家世事,投笔收功无十载。
天子几嗟相见晚,暂许南来聊旷快。
一时宾客多可人,坐令五月如深春。
画栋潭潭帘半卷,蒙蒙香雾无纤尘。
云披霞散烂红绿,洸漾无处投精神。
秦楼风轻雁初泊,玉指如流乍前却。
捍拨当胸拍屡催,一段风光来濩索。
虽无仪凤与舞兽,击拊分明谐振跃。
猴岭排空午夜凉,杳杳鸾吟上寥廓。
逡巡舞袖回飞雪,红茸毯衬鸦头袜。
落花飞絮互缤纷,流星掣电争明灭。
主人情不已,下客欢正浓,更邀娅姹持金钟。
从来酒户落人后,潋滟不觉随手空。
金张燕接平生惯,照眼今朝真未见。
敢辞醉倒菊花偏,只恐银潢低晓箭。
钧天一梦固依稀,欲问桃源路已迷。
何时再到红茸地,更遣游丝惹住伊。

【注释】

〔1〕钤辖(qián xiá),节制管辖。宋代武官名。

诗酒山东

送郑产庄

酌君白玉杯，送君正黄梅。
长安风沙眯人眼，君行暂诣黄金台。
剧辛已老乐毅去，荆棘平地多龙媒。
九重深沉四海远，快便谁许参云雷。
黄金台高不易上，并州雄节几尘埃。
当时勋业皎白日，余风表表皆雄才。
龙睛豕腹实异相，肝膈上下罗琼瑰。
丹青万物大门婿，妙论尔汝无嫌猜。
同时舒卷一门盛，将见烈火生寒灰。
十年早飞不足叹，青云自此亨途开。
我暂追随极天末，有酒取醉长追陪。
离亭雨足绿蔽眼，健帆危挂寒风催。
黄金台不知几千尺，劝君窣衣直上首莫回。
时和岁丰亦足被君赐，还须远过青山隈。

晚步汴堤，始见春色。次夜与蔡君规、郑希仁同饮进奏官舍

昨日行河堤，柳色绿如埽。
只疑晚烟罩寒林，细看始知春已到。
春来本不与我期，病中蹉却春来时。
尘埃雨过风不起，但见红紫咄咄陵高枝。
年年见春随分喜，今年见春略无意。
泊然相遇等幻化，况是客愁如梦里。

前年随春入都门，去年探春海上村。
今年作客还到此，万里漂浮谁与论。
故人邂逅罗酒樽，白发相逢情更亲。
身世崎岖有底急，终日裂脐如归云。
倚门几夜环连梦，勃窣稚子行逡巡。
扁舟早晚东南奔，车马纷纷愁杀人。

送俞叔通归四明

终军弃关繻[1]，李斯逐黄犬[2]。
功名事业自有时，咄嗟所得亦蹇浅。
雷奔电掣千里雨，鱼变为龙如掌反。
侯嬴抱关谁复论，公子感之在一言。
担簦屐履遍列国，平揖相印须臾间。
簣中不死魏齐困，口中舌在天应旋。
莫叹髀肉消，休悲釜生鱼。
挥斥八极神不变，秦人岂识照乘珠。
气吁虹霓亘天地，有时一笑海可枯。
泰山排云天下小，纷纷何足论贤愚。
得君本如此，君知我无朱。
几年飞鸣共抢榆，长惭瓦砾参璠玙。
都城逾月同朝晡，蹩然别我还旧庐。
引君一杯酒，洗君衣上尘。
我歌虽促非酸辛，未忍祝别惟加飧。
直教探取虎穴子，西来射策黄金门。

诗酒山东

【注释】

〔1〕关繻（xū），出入关隘的帛制凭证。 〔2〕黄犬，猎犬。《史记·李斯列传》："二世二年七月，具斯五刑，论腰斩咸阳市。斯出狱，与其中子俱执，顾谓其中子曰：'吾欲与若复牵黄犬俱出上蔡东门逐狡兔，岂可得乎！'遂父子相哭，而夷三族。"

王为道东轩梅花、小桃相次弄色，置酒见邀，出琉璃盆浸花贮酒。半移即花，既辞，留名壁间

搔发满爪垢，扑衣满襟尘。
百年信几时，吾生苦纷纭。
黄河源从天上流，忽然河底为沙丘。
张良身不满三尺，从使沛公君列侯。
淮阴小儿亦何者，俯首无辞出胯下。
晨炊蓐食为得计，一饭千金岂无价。
相君之背贵莫言，前趋鼎镬何等闲。
使为故主已枭首，奏事犹如冕旒前。
轵深井里有屠者，荆歌壮士不复还。
伯乐相马只相骨，咄咄常情迷贾鞭。
春来万事不欲语，惟愿沽酒不著钱。
大铛长杓酌还引，日日如此过百年。
相家新有检正官，谓我落魄早见怜。
东轩小桃间梅蕊，清香秀色能相先。
不将贵势略雅旧，脱巾取酒容流连。
琉璃盆深花透过，爱花移向花边坐。

286

时时飘蕊落盆中，冉冉天仙空里坠。
醉后草书疑有神，墙间怒角拿飞云。
扫秃千毫兴未尽，惆怅粉壁何时新。
盆空不记上马去，晓来但见衣巾污。
古人名节堆故纸，多少沉埋不知数。
明朝花落在须臾，莫遣高门无入路。

春日同梁十四宴李公昭朝霞阁，侍儿舞凉州曲彻，客有以润罗为赠，公昭命玉杯满酌酬之，又以金钟邀儿相属，既醻，出乌丝栏索诗

都城春风吹落花，都城九陌无尘沙。
貂裘公子宴何处，阑干百尺陵朝霞。
凤筝新调玉指软，黄金捍拨当胸遮。
紫檀屡碎翻成拍，红茸毯衬鸦头袜。
回旋谁许彩云轻，欲断还催犹未彻。
新莺弄雏乳燕飞，一曲凉州春日迟。
百匹缠头随玉杯，咿哑一闹争扶持。
公子笑不已，下客欢正浓。
更邀娅姹持金钟，一醻直欲沧溟空。
从他海若在平地，明珠堕泪愁蛟龙。
珊瑚突兀撑高峰，便疑巴姬御来风。
月渐满，银河低。归路促，街鼓稀。
何时再到红茸地，更倩游丝惹住衣。

诗酒山东

饮散,留别希仲自江州倅罢归,壁间挂庐山图,约为象戏[1],终席不果。又约明日而才彻[2],余遂行

密雨着地三四尺,斑驳云开日已西。
坐来指点经行处,问我何年别虎溪。
十分酒到一举尽,笑我强饮如登梯。
灯火荧荧夜未艾,回首但觉娥眉低。
今朝未食先破赵,明日凭熊欲下齐。
门外马嘶独未起,据鞍才许趋鸡啼。

【注释】
[1]象戏,下象棋。[2]才彻,才实现。

合流遇潘子真,出斯文相示因置酒

山谷老子久不见,豫章诗人何许来。
章江未觉清彻骨,西山一带寒烟开。
文章明镜现诸相,句律蛰户惊春雷。
红炉劝坐且一醉,为我更赋扬州梅。

喜雨用前韵

凋瘵尪残不胜煮，欲救镬汤须是雨。
天公爱人甚赤子，忍将性命轻毛缕。
使君屹起石门城，归路壶浆喧笑语。
定知此雨必随来，何用与龙争喜怒。
初疑点点洒醍醐，渐次蒙蒙萦瑞雾。
一滴入地须一尺，万室焦枯如洗去。
我惭无力助精虔，独致微诚祈佛祖。
深扃不得陪贺燕，坐跂歌姝参舞女。
近传一斛出六斗，盏面浮蛆泛牛乳。
烦君说与猿臂翁，留得滂沱猛如注。
醉中寄我庆丰谣，想见今朝宾与主。

苏子瞻因胶西赵明叔赋薄薄酒。杜孝锡、晁尧民、黄鲁直从而有作。孝锡复以属予，意则同也。聊以广之（其一）

薄薄酒，胜茶汤。刳麝脐，为有香。
断尾山鸡避文章，直木先伐甘井竭，谁将列鼎移黄粱。
扬雄草玄反嘲白，曲蘖宁非井丹食。
却念牛衣儿女心，王郎漫致回天力。
五湖归去弄烟月，伏剑成名空玉雪。
饮薄酒，醉后纷纷亦何有。

苏子瞻因胶西赵明叔赋薄薄酒。杜孝锡、晁尧民、黄鲁直从而有作。孝锡复以属予,意则同也。聊以广之(其二)

莫厌薄酒薄,莫恶丑妇丑。
君不见王寻百万驱虎豹,千兵扫荡同拉朽。
又不见高堂笙歌午夜饮,明日哭声喧正寝。
莫厌薄酒薄,到头一醉亦足乐。

过雨饮临颍何希仲家,蒙督诗[1],即席为赠

君不见张子房,素书未授抵游侠。
又不见萧望之,不能碌碌反抱关。
汉业已成赤松去,杀吾贤傅终感叹。
乘时致用固不免,要须缯缴无由攀。
八十钓渭滨,挥旄仗钺兴艰难。
臂鹰上蔡市,复得不可空多言。
周倾秦得汉亦起,虎噬鲸吞羝触藩。
一兴一废竟谁有,要之有数归元元。
元元亦何为,与君论子细。
须将剧孟作敌国,未信叶公真勇士。
窃借声名人自叹,白公枭首方为是。
乾旋坤转只等闲,收放仅在毫端耳。
何郎目如电,奋髯儿童惊。眼光在酒里,一饮黄河倾。
不作么么贵公子,横行欲得十万兵。
吾语何郎少卑之,犀有角兮麝有脐。

果知有累不早计，抑扬毕竟何所之。

满酌劝君饮，吾语无文章。

鞭笞六龙驾扶桑，上朝元君陪紫皇。

霞衣玉简须如霜，俯仰八极何茫茫。

方时与君俱此举，如何烦君暂起舞。

舞彻听我歌，我歌端为我辈作。

蠢蠢万类随江河，肯同儿女战蜗角，酒酣雨泪挥滂沱。

【注释】

〔1〕蒙督诗，承蒙督促作诗。

三家店主人劝饮

早饮欲过午，感此去路遥。解衣酒家床，主人喜相招。

逡巡出饾饤，劝我饮一瓢。举手谢殷勤，宿醒犹未消。

报言雪满野，征辔相无聊。何如酩酊去，更可忘今朝。

年来颇解官，径欲随所邀。端愧五浆期，未觉群心摇。

偷薄日益窘，妙论轻鸿毛。何当受一廛，醉倒同渔樵。

张圣行解官入京，僚友饯别，分韵劝酒，得醇字

密雪不着地，朔风暖如春。天公岂无心，慰此东归人。

吾人晚相投，每见每更亲。逾年稻粱俱，未觉旦暮频。

欲识分浅深，荡荡风中云。问其美如何，表里无缁磷。

深湛子云默，高广太丘真。汲汲惜日短，奄兹奉离樽。

莫辞十分斟，酒薄情则醇。庶几一举尽，泾渭从此分。

万里自咫尺，百岁均埃尘。行人定向识，他年期问津。

蓦山溪·采石值雪

蛾眉亭上，今日交冬至。已报一阳生，更佳雪、因时呈瑞。匀飞密舞，都是散天花，山不见，水如山，浑在冰壶里。

平生选胜，到此非容易。弄月与燃犀，漫劳神、徒能惊世。争如此际，天意巧相符，须痛饮，庆难逢，莫诉厌厌醉。

蓦山溪（其四）

晚来寒甚，密雪穿庭户。如在广寒宫，惊满目、瑶林琼树。佳人乘兴，应是得欢多，泛新声，催金盏，别有留心处。

争知这里，没个人言语。拨尽火边灰，搅愁肠、飞花舞絮。凭谁子细，说与此时情，欢暂歇，酒微醺，还解相思否。

江神子（其二）

今宵莫惜醉颜红，十分中，且从容。须信欢情，回首似旋风。流落天涯头白也，难得是，再相逢。

十年南北感征鸿，恨应同，苦重重。休把愁怀，容易便书空。只有琴樽堪寄老，除此外，尽蒿蓬。

蝶恋花（其一）

天淡云闲晴昼永。庭户深沈，满地梧桐影。骨冷魂清如梦醒，梦回犹是前时景。

取次杯盘催酩酊。醉帽频欹，又被风吹正。踏月归来人已静，恍疑身在蓬莱顶。

蝶恋花（其三）

万事都归一梦了。曾向邯郸，枕上教知道。百岁年光谁得到，其间忧患知多少。

无事且频开口笑。纵酒狂歌，销遣闲烦恼。金谷繁花春正好，玉山一任樽前倒。

浣溪沙·为杨姝作

玉室金堂不动尘，林梢绿遍已无春。清和佳思一番新。
道骨仙风云外侣，烟鬟雾鬓月边人。何妨沉醉到黄昏。

浣溪沙（其二）

雨暗轩窗昼易昏，强欹纤手浴金盆。却因凉思谢飞蚊。
酒量羡君如鹄举[1]，寒乡怜我似鸥蹲[2]。由来同是一乾坤。

诗酒山东

【注释】
〔1〕鹄举，鸿鹄高飞。 〔2〕鸱蹲（chī dūn），如鸱蹲状，局促而瑟缩。

浣溪沙（其三）

声名自昔犹时鸟，日月何尝避覆盆。是非都付鬓边蚊。
邂逅风雷终有用，低回囊槛要深蹲。酒中聊复比乾坤。

浣溪沙（其四）

昨日霜风入绛帷，曲房深院绣帘垂。屏风几曲画生枝。
酒韵渐浓欢渐密，罗衣初试漏初迟。已凉天气未寒时。

踏莎行

绿遍东山，寒归西渡。分明认得春来处。风轻雨细更愁人，高唐何在空朝暮。

离恨相寻，酒狂无素。柳条又折年时数。一番情味有谁知，断魂还送征帆去。

采桑子·席上送少游[1]之金陵

相逢未几还相别，此恨难同。细雨蒙蒙，一片离愁醉眼中。
明朝去路云霄外，欲见无从。满袂仙风，空托双凫作信鸿。

【注释】

〔1〕少游，即秦观，"苏门四学士"之一。

临江仙·景修席上再赋

难得今朝风日好，春光佳思平分。虽然公子暗招魂。其如抬眼看，都是旧时痕。

酒到强寻欢日路，坐来谁为温存。落花流水不堪论。何时弦上意，重为拂桐孙。

减字木兰花·得金陵报，喜甚，从赵景修借酒

揉花催柳，一夜阴风几破牖。平晓无云，依旧光明一片春。

掀衣起走，欲助喜欢须是酒。惆怅空樽，拟就王孙借十分。

好事近·与黄鲁直[1]于当涂花园石洞听杨姝弹

相见两无言，愁恨又还千叠。别有恼人深处，在懵腾双睫。

七弦虽妙不须弹，惟愿醉香颊。只恐近来情绪，似风前秋叶。

【注释】

〔1〕黄鲁直，即黄庭坚，北宋著名文学家。

诗酒山东

好事近（其二）

春到雨初晴，正是小楼时节。柳眼向人微笑，傍阑干堪折。
暮山浓淡锁烟霏，梅杏半明灭。玉斝莫辞沈醉，待归时斜月。

好事近·再和

上尽玉梯云，还见一番佳节。惆怅旧时行处，把青青轻折。
倚阑人醉欲黄昏，飞鸟望中灭。天面碧琉璃上，印弯弯新月。

菩萨蛮（其二）

青梅又是花时节，粉墙闲把青梅折。玉镫偶逢君，春情如乱云。
藕丝牵不断，谁信朱颜换。莫厌十分斟，酒深情更深。

晁补之（1053—1110），字无咎，号归来子，济州巨野（今属山东巨野）人，北宋时期著名文学家，为"苏门（苏轼门下）四学士"（另有北宋诗人黄庭坚、秦观、张耒）之一。曾任吏部员外郎、礼部郎中。工书画，能诗词，善属文。与张耒并称"晁张"。其散文语言凝练、流畅，风格近柳宗元。诗学陶渊明。其词格调豪爽，语言清秀晓畅，近苏轼。著有《鸡肋集》《晁氏琴趣外篇》等。

按：为节约篇幅，注释从简或不注。

清平乐·黄花过也

黄花过也。月酒何曾把。寒蝶多情爱潇洒。晴日双双飞下。

沈吟独倚朱阑。采芳贻向谁边。枕上醉排金靥，幽香付与谁怜。

临江仙·尽说彭门新半刺

尽说彭门新半刺[1]，昆吾[2]剚玉如泥。功名余事不须为。才情诗里见，风味酒边知。

好在阿咸[3]同老也，青云往岁心期。千钟百首兴来时。伯伦[4]从妇劝，元亮[5]信儿痴。

【注释】

[1]半刺，意即半个刺史，指州郡长官下属的官吏，如长史、别驾、通判等。 [2]昆吾，用昆吾石冶炼成铁制作的刀剑。 [3]阿咸，阮籍侄阮咸，有才名，后因称侄为"阿咸"。 [4]伯伦，晋刘伶的字。 [5]元亮，晋诗人陶潜，字元亮，曾任彭泽令。

临江仙·十岁儿曹同砚席

十岁儿曹同砚席，华裾织翠如葱。一生心事醉吟中。相逢俱白首，无语对西风。

莫道尊前情调减，衰颜得酒能红。可怜此会意无穷。夜阑人总睡，独绕菊花丛。

临江仙·身外闲愁空满眼

身外闲愁空满眼,就中欢事常稀。明年应赋送君诗。试从今夜数,相会几多时。

浅酒欲邀谁共劝,深情唯有君知。东溪春近好同归。柳垂江上影,梅谢雪中枝。

行香子·前岁栽桃

前岁栽桃,今岁成蹊。更黄鹂、久住相知。微行清露,细履斜晖。对林中侣,闲中我,醉中谁。

何妨到老,常闲常醉,任功名、生事俱非。衰颜难强,拙语多迟。但酒同行,月同坐,影同嬉。

行香子·归鸟翩翩

归鸟翩翩,楼上黄昏。黯天气、残照余痕。曲阑干里,有个愁人。向不言中,千载事,一年春。

春来似客,春归如云。付楼前、行路双轮。倾江变酒,举斛为尊。断浮生外,愁千丈,不关身。

千秋岁·江头苑外

江头苑外,常记同朝退。飞骑轧,鸣珂[1]碎。齐讴[2]云绕扇,赵舞[3]风回带。严鼓断,杯盘藉草犹相对。

洒涕谁能会,醉卧藤阴盖。人已去,词空在。兔园高宴悄,虎观英游[4]改。重感慨,惊涛自卷珠沈海。

【注释】
[1]鸣珂,显贵者所乘的马以玉为饰,行则作响,因名。 [2]齐讴(ōu),同"齐歌"。 [3]赵舞,相传古代赵国女子善舞,后因以指美妙的舞蹈。 [4]英游,英俊之辈,才智杰出的人物。

定风波·跨鹤扬州一梦回

跨鹤扬州一梦回,东风拂面上平台。阆苑花前狂覆酒,拍手,东风骑凤却教来。

谪好伯阳丹井畔。官满,平台还见片帆开。上界虽然官府好,总道,散仙无事好追陪。

虞美人·荒城又见重阳到

荒城又见重阳到,狂醉还吹帽。人生开口笑难逢,何况良辰一半、别离中。

平台朱履登高处,犹自怀人否。且簪黄菊满头归[1],惟有此花风韵、似年时。

诗酒山东

【注释】
〔1〕杜牧诗："尘世难逢开口笑，菊花须插满头归。"

洞仙歌·江陵种橘

江陵种橘，尚比封侯贵。何况江涛转千里。带天香，含洞乳，宜人春盘，红荔子，驰驿风流仅比。

齿疏潘令老，怯咀冰霜，十颗金苞谩分遗。记觞前、须细认，别有余甘，从此去，枉却栽桃种李。想相如酒渴对文君，迥不是人间，等闲风味。

摸鱼儿·东皋寓居

买陂塘、旋栽杨柳，依稀淮岸江浦。东皋嘉雨新痕涨，沙嘴鸥来鹭聚。堪爱处。最好是、一川夜月光流渚。无人独舞。任翠幄张天，柔茵藉地，酒尽未能去。

青绫被，莫忆金闺故步。儒冠曾把身误。弓刀千骑成何事，荒了邵平瓜[1]圃。君试觑。满青镜、星星鬓影今如许。功名浪语。便似得班超，封侯万里，归计恐迟暮。

【注释】
〔1〕邵平瓜，即东陵瓜。邵平，秦故东陵侯，秦亡后，为布衣，种瓜长安城东青门外，瓜味甜美，时人谓之"东陵瓜"。

江城子

双鸳池沼水融融，桂堂东，又春风。今日看花，花胜去年红。把酒问花花不语，携手处，遍芳丛。

留春且住莫匆匆，秉金笼，夜寒浓。沈醉插花，走马月明中。待得醒时君不见，不随水，即随风。

望海潮·人间花老

人间花老，天涯春去，扬州别是风光。红药[1]万株，佳名千种，天然浩态狂香。尊贵御衣黄[2]。未便教西洛，独占花王。困倚东风，汉宫谁敢斗新妆。

年年高会维阳。看家夸绝艳，人诧奇芳。结蕊当屏，联葩就幄，红遮绿绕华堂。花面映交相。更秉营观洧，幽意难忘。罢酒风亭，梦魂惊恐在仙乡。

【注释】
〔1〕红药，芍药花。　〔2〕御衣黄，牡丹花名。因其色如君王袍服之色，故称。

感皇恩·常岁海棠时

常岁海棠时，偷闲须到。多病寻芳懒春老。偶来恰值，半谢妖娆犹好。便呼诗酒伴，同倾倒。

繁枝高荫，疏枝低绕。花底杯盘花影照。多情一片，恨我归来不早。断肠铺碎锦，门前道。

千秋岁·玉京仙侣

玉京仙侣,同受琅函结。风雨隔,尘埃绝。霞觞翻手破,阆苑花前别。鹏翼敛,人间泛梗[1]无由歇。

岂忆山中酒,还共溪边月。愁闷火,时间灭。何妨心似水,莫遣头如雪。春近也,江南雁识归时节。

【注释】
[1]泛梗,《战国策·齐策三》:"有土偶人与桃梗相与语。桃梗谓土偶人曰:'子,西岸之土也,挺子以为人,至岁八月,降雨下,淄水至,则汝残矣。'土偶曰:'不然,吾西岸之土也,吾残则复西岸耳。今子,东国之桃梗也,刻削子以为人,降雨下,淄水至,流子而去,则子漂漂者将何如耳。'"后因以"泛梗"喻漂泊。桃梗,桃核。

八六子·喜秋晴

喜秋晴,淡云萦缕,天高群雁南征。正露冷初减兰红,风紧潜凋柳翠,愁人漏长梦惊。重阳景物凄清。渐老何时无事,当歌好在多情。

暗自想、朱颜并游同醉,官名缰锁,世路蓬萍。难相见,赖有黄花满把,从教渌酒深倾。醉休醒,醒来旧愁旋生。

永遇乐

红日葵开，映墙遮牖，小斋端午。杯展荷金，簪抽笋玉，幽事还数。绿窗纤手，朱奁轻缕。争斗彩丝艾虎。想沈江怨魄归来，空惆怅、对菰黍。

朱颜老去，清风好在，未减佳辰欢聚。趣蜡酒深斟，菖蒩细糁，围坐从儿女。还同子美，江村长夏，闲对燕飞鸥舞。算何须、楚王雄风，方消畏暑。

蓦山溪·金樽玉酒

金樽玉酒，佳味名仙桧。恐是九龙泉，堪一饮、霜毛却翠。何须说此，只但饮陶陶，灯光底，百花春，自是仙家地。

星郎早贵，惯见风流事。留我不须归，倒尊空、烛堆红泪。飞凫令尹，才调更翩翩，休吊古，枉伤神，有兴来同醉。

江城子

旧山铅椠[1]倦栖迟。叩宸闱。向淮圻[2]。五马行春，初喜后车随。太守风流容客醉，花压帽，酒淋衣。

隋宫烟外草萋萋。菊花时。动旌旗。起舞留公，且住慰相思。王粲诗成何处寄，人北去，雁南飞。

【注释】

〔1〕铅椠（qiān qiàn），古人书写文字的工具。铅，铅粉笔；椠，木板片。指写作，校勘。 〔2〕淮圻（huái qí），指淮河附近一带。

303

诗酒山东

和胡戡七首

相逢樽酒未辞深,握手盱眙[1]十载心。
车马凄凉人夜别,出门落月与横参[2]。

【注释】

[1]盱眙(xū yí),地名,在江苏省。 [2]横参,横斜的参星。参星在夜深之时横斜。

漫成呈文潜五首(其四)

平时无欢苦易醉,自怪饮乐颜先酡。
乃知醉人不是酒,真是情多非酒多。

叙旧感怀呈提刑毅父并再和六首(其一)

儿童豪气自堪惊,未入乡人月旦评。
叔向[1]亦闻呼使上,子将[2]一见便知名。
平生兰省追高步,老去秦川共此行。
赖有蒲城桑落酒[3],高楼条华慰人情。

【注释】

[1]叔向,即羊舌肸(xī),复姓羊舌,名肸,字叔向,又称叔肸、杨肸。春秋时期荀国绛州王守庄人,王守庄俗称羊舌村。晋国大夫。历事晋悼公、晋平公、晋昭公三世。主要活动在晋平公、晋昭公时期(前557—前526)。食邑在杨(今山西洪洞县东南15里),故又称杨肸。与郑国的子产、齐国的晏婴齐名。 [2]子将,即许劭(shào)(约150—约195),字子将。汝南平舆(今

河南平舆县射桥镇）人，东汉末年著名人物评论家。据说他每月都要对当时人物进行一次品评，人称为"月旦评"。　〔3〕桑落酒，古代美酒名。

叙旧感怀呈提刑毅父并再和六首（其五）

郎潜[1]如我未宜惊，户部须推宰相评。
他日碧山思却走，当年紫府[2]已收名。
共知白发生青鬓，未废长歌续短行。
樽酒不空多坐客，君家余事足陶情。

【注释】
〔1〕郎潜，汉颜驷自文帝时为郎，历景帝至武帝，驷已庞眉皓发，三世不遇，老于郎署。见《汉武故事》。后以"郎潜"谓老于郎署。喻为官久不升迁。　〔2〕紫府，道教称仙人所居。

采石李白墓

客星一点太微傍，谈笑青蝇玉失光。
载酒五湖狂到死，只今天地不能藏。

春雨呈文潜

倦将乌帽障黄日，一雨新开春已融。
忽惊宫瓦出新碧，更喜海棠舒小红。
爱酒邻张不可奈，听歌老谢无由同。
春如行客只欲去，若为挽取须壶空。

诗酒山东

次韵太学宋学正遐叔考试小疾见寄

萧然如裴叔则，颊毛疏复长。

邈然如王夷甫，高致宜庙廊。

功名四皓云泉外，诗赋三闾草木香。

君莫夸熙宁登科面玉雪，只今未老鬓发苍。

不应弹琴酒炉坐，消渴还有禅病缚。

不忘相抛白社一岁长，浮我杜举[1]须十觞。

结交齐东李文叔，自倚笔力窥班扬。

谈经如市费雌黄，冰炭何用置我肠。

胜游独不思迎祥，漾舟荷渚水中央。

【注释】

〔1〕杜举，春秋时，晋大夫知悼子（荀盈）卒，平公饮酒、击钟。宰夫杜蒉责以大臣丧日，不应举乐。平公引过自责，饮酒示罚，杜蒉洗而扬觯。平公曰："如我死则必无废斯爵也。"以戒后世。事见《礼记·檀弓下》。后因以称享宴礼毕而举杯为杜举。

次韵王正甫马陵感事

风雨关河浩荡愁，骚人僚栗对清秋。

追君旧事何堪听，投我新诗不易酬。

纸上安知百年后，酒中聊可一生浮。

言归款段谁能约，正有疏顽马少游。

次韵文潜病中作时方求补外[1]

贫炉初着灰,浊酒寒不温。

邻张病未来,独负南窗暄。

昨日往过之,欢喜能两餐。

酲醲[2]涣然解,愧无枚乘言。

祝君抱虚一,邪气袭无门。

今晨有起色,迎笑眉宇轩。

扶掖两男儿,总丱佳弟昆。

遣诵寄我诗,妙可白玉刊。

平生俱豪气,见酒渴骥[3]奔。

赐休常苦稀,晨谒良不闲。

约君向南邦,勿厌敲扑喧。

公余未忘饮,何必醨十分。

时平但行乐,卧治安足论。

琵琶五十面,雷雨出昆弦。

【注释】

〔1〕时方求补外,指正在申请离开都城外补官职。 〔2〕酲醲(chéng nóng),醉酒。 〔3〕渴骥,渴骥奔泉。此指贪酒如口渴的骏马奔向水泉。

次韵文潜忆杨翰林元素家淮上夜饮作

老人得坐安若山,畏寒缩颈衣裳间。

不如公子拥樽酒,诗材春乱词涛翻。

想见杨家美人出,玉面朱唇映琴瑟。

冰船着炬光照淮，雪乱风筵饮方逸。
只今愁坐私自怜，寒书冻砚尘满前。
人生何者非昨梦，还如归去散花天。
老人已复形槁木，真幻那知然不然。
蚓鸣小鼎藜羹熟，闭眼圆蒲不是禅。

复用前韵，答十五叔父任城相会见和诗。任城有李白旧游处，录于诗中

太华玉莲甘适口，我欲求之青壁斗。
昆仑不睹睹大宛，何异学射中涂还。
平生傲世予南阮，臧否未容留齿间。
七贤远迹冥鸿上，咸也复幸青云赏。
归来浊酒厌独倾，疲马却走诸任城。
红桃白李晚寂莫，黄菊独曝秋阳荣。
谪仙酒楼余旧址，明月年年飘桂子。
不见山东故小吏，斗酒双鱼谁共喜。
恸哭穷涂自古难，不应更待雍门弹。
瓜田今岁初自垦，柴车后日复谁攀。
东阿下望有归意，且为子建留鱼山。

送刘景文两浙西路都监

刘侯八尺力如虎，遣守黄河千里堤。
闭门寒郊似深隐，虫响秋巷墙悬梨。
我官北门四换岁，访饮屡过城濠西。

雁飞不到建章阙，欲往何异车无輗。
诗篇惊人众侧耳，蚤有高誉无卑栖。
诏绥兵马吴八郡，画船下汴光生霓。
西湖灵隐天下冠，幽人释子多招提。
松林竹坞我行地，拂拭定有尘埃题。
山堂清酒小泥赤，吴歌白纻双蛾低。
少年放意入云水，只今块坐愁冠笄。
君行日夜向佳景，洞庭霜落羞鯯夷。
莫夸能饭便鞍马，闽琛海赆通蛮溪。
时平游宦行乐耳，属有佳客须频携。
明年我亦丐一邑，扁舟江上随凫鹥。

饮酒二十首同苏翰林先生次韵追和陶渊明

（其一）

少贱足可喜，险阻更尝之。
为亲谋斗粟，无意出竞时。
缅焉效一官，报国方在兹。
宁当不恤纬，对酒怀忧疑。
学道恨力浅，中遭世网持。

饮酒二十首同苏翰林先生次韵追和陶渊明
（其二）

沉饮非荒宴，凛然忽颓山。
或人欲问事，已醉不能言。
古来亦如此，名字垂千年。
但问酒中适，岂计饮者传。

饮酒二十首同苏翰林先生次韵追和陶渊明
（其三）

陶公群于人，而无人之情。
诗岂世外语，世语不可名。
东坡怜此翁，同调但隔生。
形光来户扉，真处人不惊。
得酒自醒醉，放意无亏成。

饮酒二十首同苏翰林先生次韵追和陶渊明
（其七）

庭前两古柏，凌霄灿其英。
问此谁荣枯，雪霜见其情。
荣枯何足计，有酒还自倾。
熟寐暂展转，觉来一蝉鸣。
归休但如此，便足了平生。

饮酒二十首同苏翰林先生次韵追和陶渊明（其九）

城东故盐渠，自昔谁所开。
似说全盛时，邈焉一长怀。
穿渠引江水，此计未为乖。
千帆竞暮入，集浦如乌栖。
万畴分白浪，嘉稻擢新泥。
恐此太多事，且当寄嬉谐。
疏通养鱼鸟，花柳共低迷。
时时载酒往，江上亦忘回。

饮酒二十首同苏翰林先生次韵追和陶渊明（其十六）

王道无偏党，此语闻诸经。
高贤如大海，亦以众流成。
文饶叹维州，刀锯人所更。
相如后私怨，此语惊秦庭。
小人虑事疏，妄意盐车鸣。
安得如江酒，洗我尘垢情。

直舍[1]即事

秋云多重阴,凌旦亦可乐。
虚斋坐亭午,寒雨依高阁。
王官有忧责,霖潦河未落。
孝先但欲眠,不奈弟子谑。
黄花迫晚景,白露下丛薄。
独当慰佳节,得酒自斟酌。

【注释】
[1] 直舍,即当值的官舍。

呈毅父提刑

不酌公荣有意哉,可能元亮此公侪。
但读离骚政须酒,不应须为菊花来。

次韵苏公翰林赠同职邓温伯怀旧作

雪堂[1]蜜酒[2]花作酷,教蜂使酿花自栽。
堂前雪落蜂正蛰,恨蜂不采西山梅。
漫浪饮处空有迹,无酒可沃胸崔嵬。
不知几唤樊口渡,五见新历颁清台。
邓公昔叹不可挽,素衣未化京洛埃。
山中相邀阻筇杖,天上对直同金罍。
只今江边春更好,渔蓑不晒悬墙隈。

百年变化谁得料，剑光自出丰城苔。
老儒经济国势定，近臣献纳天颜开。
蜀公亭上别公处，花柳未逐东风摧。
尚容登堂谭落屑，不愧索米肠鸣雷。
因知流落本天命，何必挽引须时来。
九关沉沉虎豹静，无复极目江枫哀。

【注释】

〔1〕雪堂，宋苏轼在黄州，寓居临皋亭，就东坡筑雪堂。故址在今湖北省黄州市东。　〔2〕蜜酒，用蜂蜜酿造的酒。亦泛指甜酒。

次韵文潜馆中作

蓬山前临九轨路，三日街晴案吹土。
直庐凿牖面宫垣，青壁崭崭看垂雨。
殿阁风斜碧瓦寒，翅湿苍鸢不能乳。
却思穷巷亦可言，一埽蚊虻通昔苦。
郁蒸书课未须忙，午漏传休听天语。
平生豪气对樽酒，山鸡见镜犹能舞。
城南寺近晚堪过，笙歌凉月闻千户。
但忧伏日细君须，割肉无缘待归俎。

拟古六首上鲜于大夫子骏（其二）

东城高且长，下瞰阡与陌。
谷风丽百草，春华纷已白。

诗酒山东

良时忽如此，驰景一何逼。
唱彼饭牛诗，终年守寒厄。
恭俭夙所敦，葛屦伤褊窄。
身为物逆旅，生乃远行客。
岂无百日蜡，乐此一日泽。
美人颜煌煌，奇服烂五色。
弹筝奋新响，杯酒纵相索。
斗鸡逐狐兔，六博呼一掷。
贫士悲失职，坎壈何所迫。
安知黄鹄举，随时振六翮。

谯都对酒忆玉函山

不遣西楼对玉函，宋谯[1]频缀副车衔。
今年重污花前酒，犹是扬州别驾衫。

【注释】
〔1〕宋谯，指谯王郭宋文。

泗洲王谏议明叟留饮

云水东游蚤岁怀，半生尘土却教回。
两行堤柳关心在，一点淮山入眼来。
北省主人夸酒好，南风稚子喜帆开。
扬州底事牵行色，端为琼花芍药催。

压沙观梨

邺城旁缺通清沟，城南之水城中流。
白沙涨陆最宜果，万梨压树当高秋。
去年花开往独晚，不见琼苞肠欲断。
隆冬骑马傍高原，却恨枯枝寒日短。
忽然变化何处来，一夜东风吹雪满。
晴川极望百亩开，三山银阙正崔嵬。
杂花不容一朵间，照眼冷艳云为堆。
堂中置酒对已好，千葩万蕊谁能绕。
暖景氤氲一片忙，蝴蝶飞来落青草。
人间浩荡看春光，岂徒田猎心发狂。
向人惨淡迫归兴，落日岘山催羽觞。
故园桃李春蹉没，惜哉拔去无奇术。
明日重寻倘可期，暴雨流阶不能出。

饮谢公辅家

皇天于春自着意，安排未遣东皇家。
朝雨已教润压土，晓风更将寒约花。
诗篇驱使到老得，酒船拍浮即生涯。
四年逢春今日好，可是芳物年年加。

自蒲赴湖至板桥逢杜谋伯

二年两度踏京尘,犹喜常逢杜子春。
文学老来从旧日,金兰同好更何人。
身惭随檄终难强,计欲归耕未敢陈。
正是桃花红似血,不应无酒但沾巾。

李昭玘,字成季,济州钜野(今山东巨野)人。神宗元丰二年(1079)进士(《直斋书录解题》卷一五),任徐州教授。哲宗元祐五年(1090),自秘书省正字除校书郎(《续资治通鉴长编》卷四四五)。通判潞州,入为秘书丞、开封府推官,出提点永兴、京西、京东路刑狱。徽宗立,召为右司员外郎,迁太常少卿,出知沧州。崇宁初,入党籍(指因结党惹祸),居闲十五年,自号乐静先生。钦宗靖康元年,以起居舍人召,未赴而卒。

道中书怀三首(其二)

渐入临淮路,移舟每问津。
行行风逆水,处处雨随人。
啼鸟如留客,幽花忽见春。
白鱼不论价,沽酒莫辞频。

道中书怀三首（其三）

平野青芜合，长桥绿树低。
客愁须白酒，春意属黄鹂。
落日乡关远，孤村烟水迷。
清明能几日，却过浙江西。

天长[1]道中

细草眠黄犊，短篱穿绿杨。
春声鹁鸪急，田径蜘蛆长。
地暖足春物，雨频宜水乡。
羁怀不可话，倒橐[2]酒须尝。

【注释】
〔1〕天长，今安徽省天长县。　〔2〕倒橐（tuó），倒出袋子里所有的钱物，谓倾其所有。

十月晦，过舍弟庭玉处，见诸人棋战方酣。顷之复过，集者皆散，独枰尚在窗户阒然。因成三篇呈子常汉臣（其三）

得失信偶尔，好谋徒自穷。
前功竟何在，百战漫争雄。
昧者甘守拙，高人成悟空。
不如来饮酒，听唱小桃红。

317

诗酒山东

暮冬书怀赠次膺四首（其二）

不住寒岩不姓庞，亦无短艇钓清江。
门庭昼寂人欹枕，几案春生日上窗。
五鼎甘心争逐兽，万夫落胆看寻橦。
何如种秫东皋秋，烂醉床头酒百缸。

过盱眙宿慈氏寺

行役[1]经旬不自聊，强将登览寄春醪。
淮吞汴水长增急，城睨南峰不让高。
贾客正来喧万井，夕阳初下舣千艘。
明朝更作留连计，醉卧西窗听夜涛。

【注释】
〔1〕行役，旧指因服兵役、劳役或公务而出外跋涉。

赠盱眙令王邦直

樽酒留连淮水边，一灯相对共茫然。
退闲得计我华发，抚字有声君壮年。
幸有高情种松竹，可无余思落淮川。
南金不用充行赆，古锦囊中乞数篇。

和程适正见赠二首（其二）

簿领栖迟叹陆沈，滔滔何处觅知音。
凌云词句豪难敌，似水交情老更深。
鼹鼠饮河聊满腹，白云出岫本无心。
从今收拾身闲计，洗竹锄花日醉吟。

北园偶成二首（其一）

游宦归来似系匏，偶依河渚寄衡茅。
以贫为乐漫喜酒，与世无求非绝交。
倚杖静闻风过竹，枕书闲看燕争巢。
却怜多事扬夫子，更为玄文作解嘲[1]。

【注释】
[1]"却怜多事"句，指扬雄作《太玄》事。

喜晴寄张使君

使君仁术物同情，日望田畴祝颂成。
夜滴未休心欲折，朝阳初放眼先明。
比年岁熟多中上，此事边防系重轻。
食足讼稀真可乐，时倾杯酒话平生。

诗酒山东

送徐州举人赴省试

淮夷之珠照夜明,泗滨之石声泠泠。
昔时大禹致方物,神光玉色罗广庭。
比年入献多豪英,褒雄妙思相凭陵。
飘飘束书去观国,瘦马踏雪须垂冰。
长廊白昼天宇清,落笔冉冉风云生。
千官拱笏赭袍近,碧沟新柳黄鹂鸣。
金挝虎士传姓名,鱼龙卷尾随雷声。
州人洗眼望归期,会约春风载酒迎。

晁说之,宋济州巨野(今山东巨野)人,字以道,一字伯以,自号景迂生。晁端彦子。神宗元丰五年进士。以文章典丽,为苏轼所荐。哲宗元符三年知无极县,上书斥王安石及绍述诸臣政事之非。高宗即位,召授徽猷阁待制兼侍读,以病未赴。晚年信佛。工诗,善画山水。博通五经,尤精于《易》。有《儒言》《晁氏客语》《景迂生集》。

按:以下仍依前例,对前朝诗人已用的典故和比较容易理解的诗句给予简注或不注。

见诸公唱和暮春诗轴次韵作九首(其九)

令公头皓白,执拂妓殷红[1]。
绮席千觞醉,芳尘一夕空。
颠狂援北斗,飘荡怨东风。
得意伤春甚,癯儒况路穷。

【注释】
〔1〕"执拂"句，意谓画中手持拂尘的歌妓衣着鲜红。

次韵饮酒

舒怀来游地，悲欢付与君。
深惭偏爱酒，有客总能文。
春去欣搜粟，秋来漫护军。
何如东里老，憨腹醉醺醺。

无那

无那客愁翻作乐，寻常闭目暂时开。
沉沉月向波心出，渺渺人从天际来。
莫道一山无积雪，谁家千树落寒梅。
洛阳故旧吾怜汝，愁绝终朝[1]泥酒杯[2]。

【注释】
〔1〕终朝，整天。 〔2〕泥酒杯，犹嗜酒。

席上别诸公

西城别袂望东城，勇发征车却怯行。
朋肯声前金阙恨，胡卢歌里玉关情。
莺啼有意因风断，山影无垠为月横。
人世分携吾可那，千钟不醉在天明。

诗酒山东

送邢子强还洛

行乐洛城为第一,暂劳使节持还家。
桥头铺遍中秋月,楼上吹残九日花。
谁听高谈擒虎豹,且容浊酒傲烟霞。
从君一笑知无分,短发长途倍叹嗟。

乞酒

积雨深秋与恨翻,悠悠何力胜朝昏。
久同下里饶诗句,乍学高人傍酒樽。
径醉便知能傲世,狂吟更觉解招魂。
颇怜陶令徒全美,只肯丁宁乞食言。

九日宴李德充中大家次韩三十六丈韵作

重阳风雨每凄凄,物色今年得所期。
赐第好贤多骥子,三山酾酒过鹅儿[1]。
红楼尚想吹箫夕,碧树今夸出日枝。
我与韩公殊辈行,门阑感旧泪俱垂。

【注释】
〔1〕鹅儿,指鹅黄酒。

九日陪韩三十六丈大夫集李德充家再蒙赋诗相似谨次韵攀和

丈人邂逅共悲凄,九日芳樽敢有期。
感慨既能追壮士,欢欣复自学群儿。
菊憎紫蕊侵黄蕊,萸愤南枝胜北枝。
萧史高楼幸登眺,但惭清唱手空垂。

李德充再赋九日期字韵诗辄亦复作

多才公子莫凄凄,九日不嘲风雨期。
清酒玉腴浮盏底,黄花金蕊粲铃儿。
百年歌吹骖鸾地,万里旌幢鸣凤枝。
前后杨刘是宾客,声名孰敢与争垂。

别亲旧

岁暮征裘返故园,愀然去国亦难论。
独寻碧草日三径,谁在红莲夜五门。
久分云霄能割席,乍惊襟缕有离尊。
即看短发边城去,风雨仇池役梦魂。

诗酒山东

饮酒

与君厌苦洛阳尘，望断今朝那得亲。
为问红旗白马客，何如左蔗右螯人。
醉来无意诛谗鬼，醒后倾身事曲神[1]。
辜负景钟[2]勋业志，杜康庙里作功臣。

【注释】
〔1〕曲神，酒神。 〔2〕景钟，春秋晋景公所铸之钟。《国语·晋语七》："昔克潞之役，秦来图败晋功，魏颗以其身却退秦师于辅氏，亲止杜回，其勋铭于景钟。"韦昭注："景钟，景公钟。"后以"景钟"指建立功勋。

岁暮

客舍光阴白发催，高援北斗梦徘徊。
多愁须用枕双叠，无问何须酒一杯。
风去六朝迷远树，云来一日忍新梅。
即今盗贼须擒馘，牧守不逃言壮哉。

赠弟送山酝

山酝今朝熟，溪氛起正炎。
醉予难酩酊，泣汝泪阑干。

戏作

终日一杯终日醉,看潮初上看潮回。
自疑前世陶贞白[1],乘兴闲游鄞县来。

【注释】
[1]陶贞白,指南朝梁陶弘景。

闻圆机累日病酒,戏作存问之

善人有怒而无嗔,美酒何曾病着人。
夫君自是愁鬼着,愁鬼一勺百气振。
夫君何以致愁鬼,十年一官冷于水。
况令复似未第时,酪酊长编痛料理。
君言不觉身无聊,西家醪胜东家醪。
是中有米亦可饱,枉费东坡歌小槽[1]。

【注释】
[1]小槽,古时制酒器中的一个部件,酒由此缓缓流出。

次韵王立之雪中以酒见饷

同云惨惨驱朝暄,龙沙一雪人相怜。
寒猿哀啸失山木,饥鹤仰唳空无天。
当年补天真戏尔,不知修月何时已。
坐烦耆旧说辛卯,至遣儿童忧甲子。

诗酒山东

城中米价贵如玉，举家倒廪无斗粟。
千金狐裘岂易得，百结鹑衣不堪鬻。
我生但识茅与菅，何曾过眼逢瑶璠。
展君新诗问所似，欲辩不敢非忘言。
开壶酌酒浇我胸，酒酣起舞颜为红。
会见东风扫冰雪，江梅塞柳烦春工。

李元膺，东平（今属山东）人，曾于哲宗绍圣间为李孝美《墨谱法式》作序。徽宗时官南京教官，因讥讽蔡京，终生不得召用。事见《高斋漫录》。今存诗词十二首。

蓦山溪·送蔡元长

溪堂欢燕[1]。惯捧玻璃盏。今日祖西城，更忍把、一杯重劝。别离情味，自古不堪秋，催泪雨，湿西风，肠共危弦断。

夕阳去路，五马旌旗乱。便是古都春，应醉恋、曲江池[2]馆。须知别后，叠翠倚阑情，青嶂晚，碧云深，日近长安远。

【注释】
〔1〕欢燕，犹欢宴。 〔2〕曲江池，在今陕西省西安市东南。秦为宜春苑，汉为乐游原，有河水水流曲折，故称。隋文帝以曲名不正，更名芙蓉园。唐复名曲江。开元中更加疏凿，为都人中和、上巳等盛节游赏胜地。

洞仙歌（其二）

　　一年春物，惟梅柳间意味最深。至菜花烂熳时，则春已衰迟，使人无复新意。予作洞仙歌，使探春者歌之，无后时之悔。

　　雪云散尽，放晓晴池院。杨柳于人便青眼。更风流多处，一点梅心、相映远。约略颦轻笑浅。
　　一年春好处，不在浓芳，小艳疏香最娇软。到清明时候，百紫千红花正乱。已失春风一半。早占取韶光，共追游，但莫管春寒，醉红[1]自暖。

【注释】
〔1〕醉红，酒醉后颜面泛红色。

一落索

　　天上粉云如扫，放小楼清晓。古今何处想风流，最潇洒，龙山帽。
　　人似年华易老，且芳樽频倒。西风于我更多情，露金靥，篱边笑。

浣溪沙

　　饮散兰堂[1]月未中，骅骝[2]娇簇绛纱笼。玳簪[3]促坐客从容。
　　已醉人间千日酒，赐来天上密云龙[4]。蓬仙清兴欲乘风。

【注释】
〔1〕兰堂，厅堂的美称。　〔2〕骅骝，周穆王八骏之一。此代指侍酒女子。　〔3〕玳簪，即玳瑁簪。此亦女子代称。　〔4〕密云龙，茶名。

诗酒山东

> 晁冲之（生卒年不详），宋代江西派诗人，字叔用，早年字用道。济州巨野（今山东巨野）人。晁氏是北宋名门、文学世家。晁冲之的堂兄晁补之、晁说之、晁祯之都是当时有名的文学家。早年师从陈师道。绍圣（1094—1097）初，党争剧烈，兄弟辈多人遭谪贬放逐，他便在阳翟（今河南禹县）具茨山隐居，自号具茨。十多年后回到汴京，当权者欲加任用，拒不接受。终生不恋功名，授承务郎。他同吕本中为知交，来往密切，其子晁公武是《郡斋读书志》的作者。

亭成

故里佗年[1]隐，新亭此日成。
江山俱有助，草木尽知名。
圃菊黄浮酒，汀莼紫泛羹。
松风如与便，愿许从诸生[2]。

【注释】

[1]佗年，他年，指过去。 [2]从诸生，意谓与松风相伴终老。

次二十一兄（季此）九日[1]韵

清秋九日至，晚菊两三开。
愁把他乡酒，思登故国台。
赐怀朝士宠，诗想从臣才。
向晚能无泪，飘飘雁影来。

【注释】
〔1〕九日,重阳节。

复和少蕴内翰甥兼谢伯蕴通判兄再赠

西湖波浪还佳色,风物悲人老可惊。
游接竹林公对叔,梦迷春色我思兄。
酒沽鹦鹉杯行尽,诗傍蟾蜍研[1]立成。
壮思不逢韩吏部[2],高名谁伴谢宣城[3]。

【注释】
〔1〕蟾蜍研,形似蟾蜍的器物,砚滴或砚台。此两句鹦鹉杯、蟾蜍研(砚)对仗。 〔2〕韩吏部,指唐韩愈。韩愈曾为吏部侍郎,故称。 〔3〕谢宣城,指南朝齐谢朓。谢朓曾任宣城太守,故称。

又次韵谢王立之惠红丝花

老来嗜酒无宾主,我醉应眠不遣卿。
如许此花同九日,为君采掇笑渊明。

和王立之蜡梅二首(其二)

老去攀翻[1]兴益奇,招携风月作新知[2]。
但令春酿皆如此,百罚深杯亦倒垂。

诗酒山东

【注释】

〔1〕攀翻，攀援。 〔2〕新知，新朋友。

春晚圃田道中三首（其二）

酒酣驰马笑弯弓，便拟长驱向房中。
但恐老儒无骨相，不堪剑履画南宫。

和新乡二十一兄华严水亭五首（其三）

嗜酒不知淹岁月，好闲久欲弃簪缨。
暂游莲社同陶令，终向瓜田学邵平。

和十二兄五首（其一）

渊明诗百篇，无一不说酒。四顾宇宙间，独与此物厚。
子云〔1〕苦家贫，日给或亡有。艰难识奇字〔2〕，草玄〔3〕至白首。
时时载酒来，尚乃好事友。吾兄斯人徒，性亦嗜醇酎〔4〕。
宁知俗士嫌，益觉儿女丑。孰云醉无度，婉婉春月柳。
区区布肉论，迟速同一朽。但看古圣贤，得如饮者不。

【注释】

〔1〕子云，扬雄。 〔2〕此指扬雄研究古文字。 〔3〕草玄，指扬雄作《太玄》。 〔4〕醇酎（chún zhòu），味厚的美酒，此泛指酒。

和十二兄五首（其二）

伯也今代豪，嗜诗如嗜酒。赋多转遒劲，语老愈深厚。
尘言删不存，妙句元自有。白华忽补亡，关雎[1]不为首。
埙篪起兄弟，珠玉到朋友。吟咏九日菊，沉酣八月酎。
搜剔发清新，联翩杂奇丑。详味吁谟章，用意过扬柳[2]。
但使身愈穷，未信名可朽。不知造物意，令作清庙不。

【注释】

〔1〕关雎，指《诗经》"关关雎鸠"。 〔2〕扬柳，此指扬雄、柳宗元。

玉蝴蝶

目断江南千里，灞桥[1]一望，烟水微茫。尽锁重门，人去暗度流光。雨轻轻，梨花院落，风淡淡、杨柳池塘。恨偏长。佩沈湘浦[2]，云散高唐[3]。

清狂。重来一梦，手搓梅子，煮酒初尝。寂寞经春，小桥依旧燕飞忙。玉钩栏、凭多渐暖，金缕枕、别久犹香。最难忘。看花南陌，待月西厢[4]。

【注释】

〔1〕灞桥，桥名。本作霸桥。据《三辅黄图·桥》，霸桥，在长安东，跨水作桥。汉人送客至此桥，折柳赠别。 〔2〕沈湘浦，指屈原沉入湘江支流汨罗江自尽。指贤者不为浊世所容，愤而自戕。 〔3〕高唐，战国时楚国台观名。在云梦泽中。传说楚襄王游高唐，梦见巫山神女，幸之而去。后为男女相会代称。 〔4〕待月西厢，唐元稹《莺莺传》载，莺莺约张生月夜会于花园，题《月明三五夜》诗一首，着红娘送去。其诗曰："待月西厢下，迎风户半开。拂墙花影动，疑是玉人来。"后因以"待月西厢"谓情人私相约会。

感皇恩（其一）

　　小阁倚晴空，数声钟定[1]。斗柄[2]寒垂暮天净。向来残酒，尽被晓风吹醒。眼前还认得，当时景。

　　旧恨与新愁，不堪重省。自叹多情更多病。绮窗犹在，敲遍阑干谁应。断肠明月下，梅摇影。

【注释】
〔1〕钟定，指夜深人静时刻。古代亥时（相当于午后九时至十一时）以后，人们开始安息，称为人定。人定鸣钟为信，故称。　〔2〕斗柄，北斗柄。指北斗的第五至第七星，即衡、开泰、摇光。北斗，第一至第四星像斗，第五至第七星像柄。

感皇恩（其二）

　　蝴蝶满西园，啼莺无数。水阁桥南路。凝伫。两行烟柳，吹落一池飞絮。秋千斜挂起，人何处。

　　把酒劝君，闲愁莫诉。留取笙歌住。休去。几多春色，禁得许多风雨。海棠花谢也，君知否。

上林春慢

　　帽落宫花，衣惹御香，凤辇晚来初过。鹤降诏飞，龙擎烛戏，端门万枝灯火。满城车马，对明月、有谁闲坐。任狂游，更许傍禁街，不扃金锁。

　　玉楼人、暗中掷果[1]。珍帘下、笑著春衫袅娜。素蛾绕钗，轻蝉扑鬓，垂垂柳丝梅朵。夜阑饮散，但赢得、翠翘双亸。醉归来，又重向、晓窗梳裹[2]。

【注释】

〔1〕掷果,谓妇女对美男子表示爱慕。 〔2〕梳裹,指男子梳发并裹巾帻。

临江仙

万里彤云密布,长空琼色交加。飞如柳絮落泥沙。前村归去路,舞袖拂梨花。

此际堪描何处景,江湖小艇渔家。旋斟香酝过年华。披蓑乘远兴,顶笠过溪沙。

按:该词写酒后乘兴赏雪情景。琼色、梨花、飞絮,都指雪。用另一种形式诠释了柳宗元的《江雪》:"千山鸟飞绝,万径人踪灭。孤舟蓑笠翁,独钓寒江雪。"

临江仙(其三)

谩道追欢惟九日,年年此恨偏浓。今朝吹帽[1]与谁同。黄花都未拆,和泪泣西风。

应恐登临肠更断,故交烟雨迷空。为君一曲送飞鸿。谁能推毂[2]我,深入醉乡中。

【注释】

〔1〕吹帽,《晋书·孟嘉传》:"九月九日,温(桓温)燕(宴)龙山,僚佐毕集,时佐吏并着戎服,有风至,吹嘉帽(孟嘉的帽子)堕落,嘉不之觉。"后以"吹帽"为重九登高雅集典故。 〔2〕推毂(tuī gǔ),推车前进。此指陪伴。

诗酒山东

如梦令（其三）

门在垂杨阴里，楼枕曲江春水。一阵牡丹风，香压满园花气。沈醉，沈醉，不记绿窗先睡。

乐府二首（其一）

病来饮不敌群豪，笑岸纱巾卸锦袍。
一座空烦春笋[1]手，玉杯乳酪贮樱桃。

【注释】
[1]春笋，春季的竹笋。喻女子纤润的手指。

乐府二首（其二）

自摘酴醾[1]满架空，拟将豪气敌春风。
欲知盏面玻璃阔[2]，看照红颜在酒中。

【注释】
[1]酴醾（tú mí），花名。以花颜色似之，故取以为酒名。此指酒。 [2]盏面玻璃阔，指酒杯大而酒多。玻璃，玻璃杯，此指酒。

商倚，北宋诗人，淄川（今山东淄博）人。哲宗元祐中官太学博士。绍圣四年（1097）通判保州（《续资治通鉴长编》卷四九〇）。徽宗建中靖国元年（1101）为殿中侍御史。崇宁三年（1104）入党籍。事见《元祐党人传》卷六。

和慎思秋日同文馆（其一）

秋日同文馆，高堂燕集齐。杯盘[1]供鲁酒[2]，肴核欠张梨。
杨孟持新论，韩庄鄙旧题。须知宗匠手，文采冠朝闱。

【注释】
〔1〕杯盘，亦作"杯柈"。杯与盘。亦借指酒肴。　〔2〕鲁酒，鲁国出产的酒。味淡薄。后作为薄酒、淡酒的代称。

和慎思秋日同文馆（其三）

秋日同文馆，栖林看晚鸡。斗垂宫殿北，月转户庭西。
酒劝杯中渌，诗分烛下题。何时还九陌，细雨莫成泥。

和慎思未试即事杂书，率用秋日同文馆为首句（其三）

旁舍回廊接，重帘昼日开。鸣蝉随雨退，疏雁拂云来。
吟兴降难韵，羁怀寄浅杯。惊飙渐凄紧，又欲作寒媒。

诗酒山东

次韵余干试院即事呈诸公

风生帘幕撼层波，况值清秋一半过。
堂上簪裾方鹭集，案间图史已星罗。
东篱采菊朝尝酒，北里吹竽夜听歌。
早晚奏名闻黼坐[1]，望中无奈白云何。

【注释】
[1]黼（fǔ）坐，帝王的宝座。

再呈慎思诸公兼以言怀

南窗寂若隐山河，时枉金门步见过。
谈笑且看挥麈玉，篇章宁惜洒笺罗。
已羞轩冕婴身住，更问功名抚剑歌。
赊得凉秋好风月，不成吟醉奈愁何。

次韵重九之什（其二）

昔年此日故园东，烂醉牛山到暮钟。
已往光阴那再得，如今羁旅又重逢。
渊明把菊情虽厚，子美登台愿莫从。
且看群书欹枕卧，病多仍负酒杯浓。

> 吕颐浩,字元直,世居沧州乐陵(今山东乐陵西南),五世祖官于齐州,遂为齐州(今山东济南)人。哲宗绍圣元年(1094)进士。历成安尉,密州司户参军,邠州教授。徽宗宣和末燕山之役,以转输功累官河北都转运使。以病辞,提举崇福宫。高宗建炎元年(1127),起知扬州。

次韵郭传师宠寄闲居之什

小隐[1]丹丘[2]郡,安闲世虑空。运筹边阃[3]帅,昭代[4]将家风。
牙帐[5]霜矛[6]白,宾筵舞袖红。何时同把臂[7],醉伴[8]钓鱼翁。

【注释】

〔1〕小隐,谓隐居山林。语出东方朔"大隐隐于市,小隐隐于野"。即在朝廷为官。 〔2〕丹丘,亦作"丹邱"。传说中神仙所居之地。 〔3〕边阃(biān kǔn),犹边关。 〔4〕昭代,政治清明的时代。常用以称颂本朝或当今时代。 〔5〕牙帐,将帅所居的营帐。前建牙旗,故名。 〔6〕霜矛,明亮锋利的矛。 〔7〕把臂,同"把鼻"。握持手臂。表示亲密。 〔8〕醉伴,酒友。

离京师

春光冉冉过皇州,桂棹东归汴水流。
满岸风光连别浦,两行烟柳送归舟。
粗官[1]自不随时用,拙宦[2]安能为己谋。
香寺故人来话别,一樽清酒散牢愁。

【注释】

〔1〕粗官,古代重文轻武,呼武官为"粗官"。 〔2〕拙宦,不善为官,仕途不顺。多用以自谦。

诗酒山东

次石迪功韵（其二）

丹丘无限好山川，叠翠峰峦插暝烟。
郊外幽居三岁换，天边明月几回圆。
野堂半隐慵敧枕，健笔题诗思涌泉。
小圃剩开桃李径，飞觞同醉待来年。

次洪成季韵

壮岁勤劳不自量，退居栽植复何忙。
静思身外功名误，老觉闲中气味长。
雨后群山千叠翠，春回幽圃百花香。
农人不识归休客，载酒相邀入醉乡。

次郑顾道韵

南郊同赋出郊篇[1]，二纪[2]光阴速箭传。
祠馆退归乖素志，帅藩承乏[3]愧前贤。
羸驱岂愿留湖外，清梦时惊到海壖[4]。
待得秋风归旧隐，黄鸡白酒养衰年。

【注释】
〔1〕作者自注：郊篇，大观年中，同出邠州东郊观鸣玉泉，有诗。顾道、吕子固、张志行同赋。 〔2〕二纪，二十四年。 〔3〕承乏，承继空缺的职位。后多用作任官的谦词。 〔4〕海壖（ruán），海边地。此指故乡山东。

偶成

金风萧瑟动疏帘,细雨霏微拂画檐。
篱菊半开家酿熟,自惭生理胜陶潜[1]。

【注释】
[1]作者自注:古诗云"山僧须不饮,沽酒引陶潜"。生理,生计。

新酒金橘寄李德升

稻醅初熟鹅儿[1]色,金橘方包弹子[2]新。
寄与乡朋供一醉,捧觞应笑独醒人。

【注释】
[1]鹅儿,指鹅黄酒。鹅黄色。 [2]弹子,即弹丸。

龙兴寺[1]阁

危梯凌碧空,不与廛间通。朝烟翳高栋,霭霭犹从龙。
遥睇辨沧海,纵观分岱宗。常山与马耳[2],历历在目中。
良时无停景,远宦如飘蓬。汩没困簿领[3],何以舒心胸。
公余频登临,勿使酒樽空。行看五六月,下视零雨蒙。

【注释】
[1]龙兴寺,寺名。在密州(诸城)。此诗为作者任密州参军时作。 [2]常山、

诗酒山东

马耳，山名。在山东省诸城市西南。东坡知密州时亦常提及此两山。 〔3〕簿领，此指处理公事。

> 綦崇礼，字叔厚，高密（今山东高密）人，后徙北海（今山东潍坊）。登徽宗重和元年（1118）上舍第，调淄县主簿。召为太学正，迁博士。高宗建炎三年（1129），以起居郎兼权给事中，拜中书舍人（《建炎以来系年要录》卷二一）。建炎四年，除试吏部侍郎，兼直学士院，未几出知漳州。绍兴五年，罢，退居台州。绍兴十二年卒，年六十。

德升劝酒，为已懋尚书寿，予即席赋长句以代俳谐

禁掖东西曾并直[1]，銮坡[2]先后亦联名。
那知白发归田舍，却见朱轓[3]莅海城。
往事回头真是梦，流年屈指只堪惊。
一杯相属[4]公应悉，冷暖难移故旧情。

【注释】
〔1〕禁掖（yè），谓宫中旁舍。亦泛指宫廷。并直，同并值，指同事。 〔2〕銮坡，唐德宗时，尝移学士院于金銮殿旁的金銮坡上，后遂以銮坡为翰林院的别称。 〔3〕朱轓（fān），车乘两旁之红色障泥。 〔4〕相属，向人敬酒。

国佐侍郎并示佳篇谨复次韵

漂流岁晚怜羁迹,慷慨平时仰令名。
问俗卜邻依里社,登瀛得友自都城。
谏书昔睹言常用,伟论今传众尚惊。
未足朝眠何所事,良辰诗酒最关情。

赋东城梅花示哲上人

一枝冷落为谁开,欲遣寒香入酒杯。
铁石心肠犹解赋,芝兰风味合相陪。
腊前颇讶疏疏见,春尽何妨得得来。
十里东城不嫌远,待看山月照徘徊。

漫成

生平雅志在林溪,故里尘昏未定栖。
晚向琼台谐问舍,喜当淮塞罢鸣鞞。
出郊剩喜园亭胜,策杖应须酒榼[1]携。
随意一觞兼一咏,醉言无次亦无题。

【注释】
[1] 酒榼(jiǔ kē),古代的贮酒器,可提挈。

诗酒山东

漫成（其二）

书迷今古懒不读，樽列圣贤时一中。
顾我本无当世志，爱君真有古人风。
赐环忽恐归期促，放盏常嗟乐事空。
山鹿野麋便茂草，凤凰终合止梧桐。

重九日宴临漳亭

九日追欢异昔年，强随时节到层巅。
俯观殊俗身如客，平瞰丹霄势欲仙。
故国伤心沧海外，行朝倾首碧云边。
兴阑酒罢催归驭，四面岚光合暮烟。

次韵成季尚书宁川即事五首·窗下独酌

独饮自成趣，世情何用论。
生平龙坂客，谁过雀罗门。

德升尚书再用前韵见示五绝·窗下独酌

忘忧有妙理，细与曲生[1]论。
相携醉乡去，醒见月当门。

【注释】

〔1〕曲生,唐郑棨《开天传信记》载:"道士叶法善,居玄真观,有朝客数十人来访,解带淹留,满座思酒。突有一人傲睨直入,自称曲秀才,抗声谈论,一座皆惊,良久暂起,如风旋转。法善以为是妖魅,俟其复至,密以小剑击之,随手坠于阶下,化为瓶榼,醲酝盈瓶。坐客大笑饮之,其味甚佳。坐客醉而揖其瓶曰:'曲生风味,不可忘也。'"后因以"曲生"作酒的别称。

次韵国佐侍郎即事

雪霁春未和,寒云惨多阴。
同乡有期约,学海慵沿寻。
吾衰今得友,晚交契则深。
岁寒见松柏,茂悦依同林。
倚市人所贱,在山泉可斟。
蟠桃着实迟,劝我简蒿簪。
吟窗拥翠娥,分定那得侵。
愧笑领君意,取酒问胸襟。

次韵国佐二诗(其一)

羁旅念乡县,衰迟惊岁阴。
交朋慰幽独,诗酒相追寻。
求盟敌难弭,助顺天意深。
边书息障候,喜气到山林。
联裾得良会,举白[1]毋缓斟。
话旧喧笑语,拼醉欹冠簪。

诗酒山东

梁尘歌响堕，玉颊酒红侵。
殷勤捧杯意，不惜污罗襟。

【注释】
〔1〕举白，举杯告尽。犹干杯。

次韵国佐二诗（其二）

官闲一何幸，安坐阅光阴。
世事来无端，循环那可寻。
名高毁易至，官达忧常深。
岂敢慕华屋，且愿依中林。
主人真好客，置酒每共斟。
里仁知有托，计决拟投簪。
乐饮不泰至，归夜从深侵。
梅英苦留恋，著人香满襟。

德升尚书出示岁除用韦苏州韵，前后二篇，及两郎属和，粲然盈轴。赏叹之余，有感于中，亦辄次韵，书山居一时事（其一）

寒宵送徂岁，青灯照华发。天时自代谢，人事更治忽。
圣朝今中兴，正朔几书月。未作故乡归，又见新花发。
稚女巧娱予，剪彩妆风物。一醋焚尾[1]觞，颓然百忧歇。

按：韦苏州，指唐代诗韦应物。

【注释】

〔1〕婪尾（lán wěi），酒巡至末座。

李邴，字汉老，号云龛，济州任城（今山东济宁）人。徽宗崇宁五年（1106）进士。除给事中，迁翰林学士。钦宗靖康间知越州。高宗建炎初召为兵部侍郎。崇宁三年（1129），拜尚书右丞，改参知政事（《建炎以来系年要录》卷二二）。以与吕颐浩不合，提举杭州洞霄宫。未几起知平江府。因兄邺失守越州，坐累落职。绍兴十六年（1146）卒于泉州，年六十二。

九日

木落霜洲溪水清，登临满目是飘零。
黄花有意怜幽独，白酒无聊漫醉醒。
牢愁错倚西风立，楚些巴渝不可听。

李清照（1084—1155），号易安居士，汉族，山东济南章丘人，宋代（南北宋之交）最著名的女词人，"婉约派"代表，有"千古第一才女"之称。所作词，前期多写其悠闲生活，后期多悲叹身世，情调感伤。形式上善用白描手法，自辟途径，语言清丽。论词强调协律，崇尚典雅，提出词"别是一家"之说，反对以作诗文之法作词。能诗，留存不多，部分篇章感时咏史，情辞慷慨，与其词风不同。有《易安居士文集》《易安词》，已散佚。后人有《漱玉词》辑本。今有《李清照集校注》。

诗酒山东

按：本章注释除小部分来自网络及本人自注特加标明外，均参照齐鲁书社《漱玉词》陈祖美注。

渔家傲

雪里已知春信[1]至，寒梅点缀琼枝腻[2]。香脸半开娇旖旎[3]，当庭际，玉人[4]浴出新妆洗。

造化[5]可能偏有意，故教明月玲珑地。共赏金尊[6]沈绿蚁[7]，莫辞醉，此花不与群花比。

【注释】
[1]春信，春天的信息。 [2]琼脂腻，梅枝清瘦，着雪而丰腴。腻，肥。 [3]旖旎，美好。 [4]玉人，美人。此指梅花。 [5]造化，天地，自然界。 [6]金尊，见"金樽"。酒尊的美称。 [7]绿蚁，酒的代称。

玉楼春[1]

红酥[2]肯放琼苞[3]碎，探著[4]南枝[5]开遍未[6]。不知酝藉[7]几多香，但见包藏[8]无限意。

道人[9]憔悴春窗底，闷损[10]阑干[11]愁不倚。要来小酌[12]便来休[13]，未必明朝风不起[14]。

【注释】
[1]此调又名《木兰花》《玉楼春令》等。 [2]红酥，亦作"红苏"。形容红润柔腻。以"红酥"比拟梅花花瓣宛如红色凝脂。 [3]琼苞，花苞的美称，指梅花像玉一样温润欲放。 [4]探著，打探，探看。 [5]南枝，

向阳的梅花。 〔6〕开遍未,开遍了没有。 〔7〕蕴藉,含蓄,与下句包藏意近。 〔8〕包藏,隐藏;包含。 〔9〕道人,作者的自称,意为学道之人。 〔10〕闷损,犹烦闷。 〔11〕阑干,此指栏杆。辛弃疾有:"把阑干拍遍,无人会,登临意。" 〔12〕小酌,比较随便的饮酒。 〔13〕休,语助词,含有"啊"的意思。便来休,即"快来啊"。 〔14〕"未必"句,指生活无常。意含说不定明天花风被摧毁了,或者人生发生了什么变故。

如梦令

常记溪亭日暮,沉醉不知归路,兴尽晚回舟,误入藕花深处。争渡,争渡,惊起一滩鸥鹭。

如梦令

昨夜雨疏风骤,浓睡不消残酒。试问卷帘人,却道海棠依旧。知否?知否?应是绿肥红瘦。

菩萨蛮

风柔日薄[1]春犹早,夹衫[2]乍著心情好。睡起觉微寒,梅花鬓上残。故乡何处是?忘了除非醉。沉水[3]卧时烧,香消酒未消。

【注释】
〔1〕日薄,阳光还较微弱。 〔2〕夹衫,犹夹衣。 〔3〕沉水,陈香。此句说陈香是睡前点燃的。但现在陈香已经消散,但酒意没有消散。有梦故乡而不愿醒来之意。

诗酒山东

浣溪沙

莫许[1]杯深琥珀[2]浓,未成沉醉意先融[3],疏钟[4]已应晚来风。
瑞脑[5]香消魂梦断,辟寒金[6]小髻鬟松,醒时空对烛花红。

【注释】
[1]莫许,当莫辞,莫抱怨。 [2]琥珀,指酒的颜色。 [3]意先融,醉意盎然,很享受那种浅醉的感觉。 [4]疏钟,缥缈的钟声,隐隐约约的钟声。 [5]瑞脑,一种香料。 [6]辟寒金,一种金钗之类的发饰。此句说,金钗太小,因为醉酒,发髻也松散了。

蝶恋花

泪湿罗衣脂粉满,四叠[1]《阳关》,唱到千千遍。人道山长山又断,萧萧微雨闻孤馆[2]。

惜别伤离方寸乱,忘了临行,酒盏深和浅。好把音书凭过雁,东莱[3]不似蓬莱[4]远。

【注释】
[1]四叠,出自王维《渭城曲·送元二使安西》,是一首折杨柳送别的古诗曲。后两句为:"劝君更尽一杯酒,西出阳关无故人。"因为最后一句要唱三遍,故称三叠。四叠,指恋恋不舍的别离曲子,唱了无数遍。 [2]孤馆,孤寂的客舍。 [3]东莱,山东古地名,秦时即有东莱郡,治所在今山东烟台莱州市。宋时为莱州府。词人写此篇时正在去探望在莱州做官的丈夫,于昌乐客舍写给众姐妹。 [4]此处蓬莱指海上仙山,缥缈不知居于何处。李商隐有诗:"此去蓬山无多路,青鸟殷勤为探看。"蓬山即指传说中的海上仙山蓬莱,而青鸟为传说中的信使,与"过雁"意同。

蝶恋花

暖雨晴风初破冻,柳眼梅腮[1],已觉春心动。酒意诗情谁与共?泪融残粉[2]花钿[3]重。

乍试夹衫金缕缝,山枕[4]斜欹,枕损钗头凤。独抱浓愁无好梦,夜阑犹剪灯花弄。

【注释】

[1]柳眼梅腮,形容早春初抽的柳叶和盛开的梅花。 [2]残粉,指因为眼泪流淌损害了粉妆,故称残粉。 [3]花钿,用金翠珠宝制成的花形首饰。上此两句总的意思是:因为诗情酒意无人与共,故泪水损了粉黛,而头上的花钿,也与心情一样感觉更沉重了。 [4]山枕,两头高中间低的玉枕或木枕。

鹧鸪天

寒日萧萧上琐窗,梧桐应恨夜来霜。酒阑更喜团茶[1]苦,梦断偏宜瑞脑香。

秋已尽,日犹长,仲宣[2]怀远更凄凉。不如随分[3]尊前醉,莫负东篱菊蕊黄。

【注释】

[1]团茶,宋代用圆模制成的茶饼。太平兴国初,用龙凤模特制,专供宫廷饮用。庆历间蔡襄又制小团茶,以为贡品。 [2]仲宣,汉末文学家王粲(山东金乡人,一说微山人,邹城人)的字,为"建安七子"之一。博学多识,文思敏捷,善诗赋,因其貌不扬,体弱多病,不被重用。其《登楼赋》表达了对故乡的思念。后为曹氏子重用,卒年39。 [3]随分,犹云随便、随意。

诗酒山东

醉花阴

薄雾浓云愁永昼。瑞脑消金兽。佳节又重阳,玉枕纱厨,半夜凉初透。
东篱把酒黄昏后,有暗香盈袖。莫道不消魂,帘卷西风,人似黄花瘦。

好事近

风定落花深,帘外拥红堆雪。长记海棠开后,正伤春时节。
酒阑歌罢玉尊空,青缸[1]暗明灭。魂梦不堪幽怨,更一声啼鴂[2]。

【注释】
〔1〕青缸,青灯。 〔2〕啼鴂,亦名鹈鴂。与鹧鸪、杜鹃相类的小鸟。古人有鹧鸪叫声,似"行不得也哥哥"之说。意指往事不堪回首,前路漫漫多舛。伤心时闻此叫声心惊肉跳。山东另一名诗人辛弃疾词有"青山遮不住,毕竟东流去。江晚正愁余,山深闻鹧鸪",也是表达对现实和人生无奈之情。

诉衷情

夜来沈醉卸妆迟,梅萼插残枝。酒醒熏破春睡,梦断不成归。
人悄悄,月依依,翠帘垂。更挼残蕊,更拈余香,更得些时。

忆秦娥·咏桐

临高阁,乱山[1]平野烟光薄。烟光薄,栖鸦归后,暮天闻角[2]。
断香残酒情怀恶,西风吹衬梧桐落。梧桐落,又还秋色,又还寂寞。

350

【注释】

〔1〕乱山,指山影横斜无序。 〔2〕角,古代军中号角。此处含有金兵南逼之意。

念奴娇·春情

萧条庭院,又斜风细雨,重门[1]须闭。宠柳娇花寒食近,种种恼人天气。险韵诗[2]成,扶头酒[3]醒,别是闲滋味。征鸿过尽,万千心事难寄。

楼上几日春寒,帘垂四面,玉栏干慵倚。被冷香消新梦觉,不许愁人不起。清露晨流,新桐初引[4],多少游春意!日高烟敛,更看今日晴未?

【注释】

〔1〕重门,大户人家有好几进房屋,自然有好几重门。此处指多重门都应关闭,以防春寒侵袭。 〔2〕险韵诗,以冷僻难押的字做韵脚的诗。 〔3〕扶头酒,头晚喝醉,次日用好酒再饮几杯以使得以纾解酒意,谓扶头酒。山东也叫"投投",古称"解酲"酒。 〔4〕初引,初长。

蝶恋花·上巳召亲族

永夜恹恹欢意少,空梦长安,认取长安道。为报今年春色好,花光月影宜相照。

随意杯盘虽草草,酒美梅酸,恰称人怀抱。醉里插花花莫笑,可怜人似春将老。

诗酒山东

声声慢

寻寻觅觅,冷冷清清,凄凄惨惨戚戚。乍暖还寒时候,最难将息。三杯两盏淡酒,怎敌他、晚来风急?雁过也,正伤心,却是旧时相识。

满地黄花堆积,憔悴损,如今有谁堪摘?守着窗儿,独自怎生得黑?梧桐更兼细雨,到黄昏、点点滴滴。这次第,怎一个愁字了得?

庆清朝[1]

禁幄低张[2],彤阑[3]巧护,就中独占残春。容华淡伫[4],绰约俱见天真。待得群花过后,一番风露晓妆新。妖娆艳态,妒风笑月,长殢东君[5]。

东城边,南陌上,正日烘池馆,竞走香轮。绮筵散日,谁人可继芳尘[6]。更好明光宫殿[7],几枝先近日边匀。金尊倒,拚了尽烛,不管黄昏。

【注释】

〔1〕此词人谓咏芍药。 〔2〕禁幄低张,指护花的帷幕低垂。 〔3〕彤阑,红色的栏杆。 〔4〕容华淡伫,指素淡的芍药就像不施粉黛的少女一样,久久地伫立在那里。伫,久立。 〔5〕"妒风笑月"三句谓,让风嫉妒,让月亮在夜间微笑,让太阳神在白天留恋不去。殢,滞留。 〔6〕芳尘,一指香车扬尘的美称,二指这种可以入禁苑赏花的待遇。 〔7〕明光宫殿,汉代宫殿名,泛指宫殿。

张表臣,字正民,单父(今山东单县南)人(《仪顾堂题跋》卷一三)。徽宗宣和末为宋城地方官(《珊瑚钩诗话》卷二)。高宗绍兴中通判常州。官至司农丞。有《珊瑚钩诗话》。事见《宋诗纪事》卷四六。

蓦山溪

楼横北固[1],尽日厌厌雨。欸乃数声歌,但渺漠、江山烟树。寂寥风物,三五过元宵,寻柳眼,觅花英,春色知何处。

落梅呜咽,吹彻江城暮。脉脉数飞鸿,杳归期、东风凝伫。长安不见,烽起夕阳间,魂欲断、酒初醒,独下危梯去。

【注释】

[1]北固,山名。固,也写作"顾"。在今江苏省镇江市东北。有南、中、北三峰。北峰三面临江,形势险要,故称"北固"。

青田核[1]碧筒酒

酿忆青田核,觞宜碧藕筒[2]。

直须千日醉,莫放一杯空。

【注释】

[1]青田核,传说中产于乌孙国的一种果实的核。 [2]碧藕,指碧莲。筒,酒杯。

晁公溯,一写晁公遡,字子西,济州巨野(今山东菏泽市巨野县)人,公武弟。高宗绍兴八年进士。史籍无传,据其诗文,知其举进士后历官梁山尉、洛州军事判官、通判施州,绍兴末知梁山军。孝宗干道初知眉州,后为提点潼川府路刑狱,累迁兵部员外郎。著有《嵩山居士文集》54卷,刊于乾道四年,又有《抱经堂稿》等,已佚。

诗酒山东

按：该卷为了节省篇幅，同时也因为用典多与前代诗人相同，故简注或不予解释。对于长标题给予断句以使晓达。

李悦夫刘文潜坐上醉归作

将老尚逐食，相逢聊举觞。贫非原宪[1]病，酒发次公[2]狂。
未至世臣国，先登君子堂。谁能更拘束，短发已沧浪。

【注释】

〔1〕原宪，孔子弟子，为清贫高洁之士。见《庄子·让王》。 〔2〕次公，汉盖宽饶字次公。为官廉正不阿，刺举无所回避。平恩侯许伯治第新成，权贵均往贺，宽饶不行，请而后往，自尊无所屈。许伯亲为酌酒，宽饶曰："无多酌我，我乃酒狂。"丞相魏侯笑道："次公醒而狂，何必酒也？"见《汉书·盖宽饶传》。

去通义，按刑汉嘉，至中岩，师伯浑临别于此，因成二诗（其二）

相送自崖返，忍看骑马回。故情真独厚，叠鼓未须催。
此去无三舍，相留尽一杯。风林如惜别，摵摵暮声哀。

挐檝

挐檝吾何往，闲临积水边。晚红看落日，春碧爱晴川。
蜂蝶低窥酒，凫鹭狎近船。平生五湖兴，见此一欣然。

出郭

出郭花相引,寻荒草欲迷。绿低怜独卧,红缺见莺啼。
溪石皆堪坐,山醪[1]亦偶携。淹留[2]送落日,直过石城西。

【注释】
〔1〕山醪(láo),山中人家酿造的浊酒。 〔2〕淹留,逗留。

送王章赴长宁通判

仰事各黄发,今为闾里荣。共看朱绂贵,更益彩衣明。
泥轼幸小驻,羽觞当缓行。期君如石建[1],烜赫汉西京。

【注释】
〔1〕石建,汉武帝时重臣,曾任郎中令,以忠孝闻于世。

杨复先寄荔子,仍和予昨所赠二诗,因次韵(其三)

遥想载酒客,时来从子云。山高去天咫,日永惜阴分。
秋稼田亩接,夏弦闾里闻。草堂无数出,猿鹤有移文。

至日[1],留滞荆渚,同邓氏兄弟饮酒

今日当长至,穷年尚远行。野晴春草细,江晚夕阳明。
衰病依僮仆,经过得友生。浊醪来近市,坚坐且徐倾。

诗酒山东

【注释】
〔1〕至日，此指夏至。

扫径

扫径通春屐，开林启夕扉。浮鸥避人去，轻燕引雏飞。
尊俎深留客，风尘渐息机。不妨坐至晚，少待月同归。

春畦

水满春畦白，云连晚照黄。野花时结子，溪柳不成行。
客礼容吾懒，酣歌与世忘。晚来得新句，吟罢立苍茫。

正月二日至九江，过陈汉卿

行路伤徂岁，思家伫远情。云迷五尺道，春动九江城。
耆旧无元亮[1]，交游得仲卿。尊前见芳草，已似唤愁生。

【注释】
〔1〕元亮，晋诗人陶潜，字元亮。

官舍

雨径苍苔滑，风帘翠筱斜。邑居藏万室，驿道接三巴。
晓堞调清角，春庭放早衙。归休幸无事，随意酌流霞[1]。

【注释】
〔1〕流霞,传说中天上神仙的饮料。泛指美酒。

李仁甫将至郭下,以诗迎之

公馆可休舍,良宵宜对床。肯污白云屦,来过碧澜堂。
置馔同三饭,开筵累十觞。凉秋当泛菊[1],小住撷微芳。

【注释】
〔1〕泛菊,古人指重阳节登山宴饮菊花酒的活动。

绕树

绕树行百匝,临池把一杯。白知茶蕊上,红对烛花开。
已作寻芳去,何辞尽夜回。恶风无藉在,明日满苍苔。

池上与师伯浑饮酒

冉冉烟生树,溶溶水满池。藻寒鱼不食,花暖蝶先知。
相对饮凿落,不妨歌接篱。还山何用遽,同过艳阳时。

吕子山杨廷仲廷试归

布席三峨见,升堂二妙来。端须置尊酒,一为洗尘埃。
翔雪吴江渡,薰风汉殿开。往还虽万里,亲得到蓬莱。

诗酒山东

樊口[1]

林乌晴自语，水鹤暮知还。故国浮云外，寒溪积雪间。
东行临赤岸，北望阻青关。石上洼尊在，吾将酌次山。

【注释】
〔1〕樊口，地名。在湖北鄂城县西北。因当樊港入江之口，故名。洼尊，指深酒杯。

东津

东津草生花未开，西山雪消水欲来。
玻瓈江尽不受垢，葡萄酒浓初酦醅[1]。
啄木唤君有扣户，提壶劝我勤举杯。
春能几何看即暮，一月杖藜须百回。

【注释】
〔1〕酦醅（pō pēi），重酿未滤的酒。

次韵鲜于晋伯清明日过水南

盈笺寄我送春诗，不减风流杜牧之。
觅句已应儿辈觉，论书那得外人知。
如闻此上三年最，相过能成一段奇。
况及霜天宜把酒，四郊物色胜花时。

师袭卿来权摄[1]峨眉县禄，东之来乃去，送以诗，乃元日也

白水诸山翠作堆，岂令飞舄[2]著尘埃。
勿嫌屈子峨眉县，正得同吾婪尾杯。
淑日升堂迎昼永，和风排闼送春来。
还家尚可为亲寿，柏叶清尊手自开。

【注释】
〔1〕权摄，暂时代理。东之，指鲜于东之，诗人之友。 〔2〕飞舄，用王乔任叶县县令飞舄见皇帝事，寓意双关。

王元才甥见过，其弟元济甥继来，有诗次韵

把酒悲歌望蜀天，感今怀昔重凄然。
道坚或谓如无忌，灵运[1]还欣对阿连[2]。
他日鹏应自鹍化，此生蚿岂待夔怜。
笔锋剩淬犹锥利，明岁文场破两甄。

【注释】
〔1〕灵运，南朝宋诗人谢灵运。 〔2〕阿连，指谢灵运从弟谢惠连。后以为兄弟的代称。

诗酒山东

游园

林阴忽忽已藏鸦,作急寻芳赏岁华。
尊每不空缘好客,席无何乡为随花。
开新合故从衣薄,度密穿深信帽斜。
傥有归休五亩宅,老夫著处便为家。

六月八日雷雨大作喜呈张仲季孟

云雾相缠暝不开,披衣冲雨独登台。
风号旷野吹江立,雷擘苍山震地来。
从使郊原昏白昼,剩教草木洗黄埃。
夜凉如此真堪饮,喜折圆荷作酒杯。

行役

胡为行役尚殊方,已觉春容近艳阳。
石齿漱江翻翠浪,蒋牙穿渚出青芒。
艰难去国成淹泊,老大逢辰倍感伤。
幕府吾归具朋酒[1],兕觥[2]犹及享公堂。

按:行役,指在外做官,语出《诗经》。

【注释】
〔1〕朋酒,两樽酒。谓亲友聚饮。 〔2〕兕觥(sì gōng),酒器。

予己未十月二十有二日去涪上，越明年八月二十有八日以事再来，观山川之胜无异于昔，而予之幽忧、抑郁亦自若也

重来闲曳杖藜行，白帽依前似管宁。
风雨只如当日恨，江山不改故时青。
天寒未夕窗先暝，霜晚无声叶自零。
诗罢时为洛生咏，醉吟聊使故人听。

四月一日舟中

渺渺无风浪自平，顺流乘晓放舟行。
汀蘋不与春同老，池草能随梦复生。
山色向人元不改，年华转景未须惊。
故人相会无多日，有酒何妨为我倾。

登梁山县亭

举觞自起劝西风，吹尽千林木叶红。
遮断前山浑不见，恐妨极目送飞鸿。

诗酒山东

送张君玉赴宁江幕府七首（其五）

远景楼高风月清，酒酣要看笔纵横。
山川有待君知否，可是东坡赋不成。

鲜于东之[1]晋伯之子赠诗次韵（其二）

堂上诗书抵万钟，席间樽俎是千峰。
萧然更听松风曲，唤起江东阮仲容[2]。

【注释】
〔1〕鲜于东之，字晋伯。　〔2〕仲容，晋阮咸的字。

鲜于东之晋伯之子赠诗次韵（其四）

尊前每诵赤壁赋，如见当年秃鬓翁。
谁谓流传到乔木，果然遗响托悲风。

病酒[1]

遣愁自笑笔无功，醉觉花梢入眼红。
本拟消磨付杯勺[2]，不堪中酒[3]过春风。

【注释】
〔1〕病酒，醉酒。　〔2〕杯勺，酒杯和勺子。借指饮酒。　〔3〕中酒，病酒。

二月（其二）

门外春寒数日风，登楼聊恃醉颜红。
水浮渺莽春畦外，山在冥茫暮雨中。

外舅卫尉持节于此，作尽心堂，时与亲戚会饮，今三十年。予复与卫尉内外属置酒堂上，不减当时，喜赋一诗

卫尉筑此堂，栋宇真杰立。几容五百坐，可饮三千客。
府中省文书，堂上会亲戚。金杯浪翻江，铜盘光吐日。
侍女发清歌，华筵美遥夕。当时俊分散，回首遂陈迹。
岂知吾继来，复见少长集。虽诚慰阔绝，得无感畴昔。
在者皆其孙，乐极悲且泣。欢娱殆不减，左右或太息。
谅曾事卫尉，始壮今发白。诸郎各勉旃，宗族期烜赫。

从宋宪[1]登万景楼

胜地开杰观，大川壮重关。使者[2]领我来，共此须臾闲。
玉节照绿野，银瓶[3]落青纶。酒酣望八极，气豪吞百蛮。
俯窥二江水，远指三峨山。遂令苍茫外，尽在顾盼间。
崔嵬凌云寺，缭绕含风湾。洲渚递隐见，烟霞渺斓斑。
静看浮鸥没，坐数昏鸦还。作者必磊落，后来莫能攀。
不减鹳鹊楼，可想熊豹颜。下有安乐园，惜哉半荆菅。
谁其为起废，叹息岁方艰。

诗酒山东

【注释】
〔1〕宋宪，宋姓知府。　〔2〕使者，指宋宪。按察使等官吏的简称。　〔3〕银瓶，酒瓶。

师伯浑自所居东山来，赋诗相示，用韵酬之

东山鸣凤在九霄，高翔千仞那可招。
胡为相顾肯下集，竹实醴泉吾用饶。
春来淘河吓飞燕，泉中老翁谁复见。
崇桃炫昼烂明霞，秾李照夜舒素练。
去年念我守此州，樽前歌者有莫愁。
遥持一杯属父老，日暮仰天搔白头。

王伯厚和予墙字韵，因用其韵，记五月八日同饮池上之作

蜀人工词赋，作者司马扬。其声中律吕，今有房中章。
顾尝评笔力，盖可补诗亡。追思每叹息，浩歌徒慨慷。
虽无铜水池，想见金芝芳。属此乐大予，遍之署清商。
是邦故俎豆，夫岂数乐浪。能唱襄阳曲，不减大堤倡。
助我饮在泮，惭君并游梁。临波揽芙蓉，翠叶以为觞。
酌酒满贮之，如挹白露光。放杯且勿遽，更当谋乐方。
左右嗟未省，旁观犹堵墙。

比[1]以酒饷师伯浑，辱[2]诗为谢，今次韵

荷花为我衣，荷叶为我觞。白露以为醴，濯我冰雪肠。
念君在东山，宛若天一方。想亦能自乐，饮菲仍食芳。
及兹菰黍节，日吉辰甚良。笑揽北斗柄，安可挹酒浆。
我有江南春，的皪犹竹光。传呼急走送，两足骈复僵。
取君池中鱼，酹此脍蜀姜。遥知快大嚼，饔子刀如霜。

【注释】
〔1〕比，地名。　〔2〕辱，谦辞，承蒙。辱诗为谢，承蒙他作诗答谢。

与李绍祖刘文潜饮酒

刘子我所敬，未尝言嗫嚅。李子我所畏，气豪才有余。
自昔得二子，重之比璠玙。喜今至是邦，乃与二子俱。
刘子忽告行，具舟下东吴。念欲相挽留，佐我治文书。
天台望其来，交章满公车。李子复继往，刺史亲题舆。
似云日延伫，正此州家须。二子古益友，终岁可与居。
一朝舍我去，别泪湿襟裾。

鲜于大任自吴下来比，与之饮。大任自取毗陵惠山泉[1]，酌之色清而味胜，蜀无有也，喜赋诗

君从毗陵来，载酒与偕行。酿以陆子泉，可使伦父惊。
香味橄榄严，颜色蒲萄清。得非续玉浆，无乃挹金茎。

诗酒山东

固应压白堕[2]，亦未数乌程[3]。老夫家巴蜀，华发思南烹。
饮此惟恐尽，酌之且徐倾。君如建吴樯，再见毗陵城。
相烦送一车，救我枯肠鸣。

【注释】

〔1〕惠山泉，酒名。严，同酽，谓酒烈，滋味醇厚。浓茶亦称酽茶。 〔2〕白堕，人名。北魏杨炫之《洛阳伽蓝记·法云寺》："河东人刘白堕善能酿酒。季夏六月，时暑赫晞，以罂贮酒，暴于日中。经一旬，其酒不动，饮之香美而醉，经月不醒。"后用作美酒别称。 〔3〕乌程，古名酒产地。

过陈行之饮

陈郎见我江阳城，自起唤妇亲庖烹。
殷勤纤手为俎割，始饮一杯和且平。
一杯已尽催进酒，平头奴子皆传声。
几州春色入此盎，陈郎调酒如调羹。
我家东床有孙子，亦得从容陪燕喜。
门前有客不速来，笑说今朝动食指。
陶然胸次吞渭泾，入口岂知醨与醇。
从兹剩致百家酒，更可作意呼真真。

岁试士竟，置酒起文堂，延主司[1]，且作诗送之

吾州俗近古，他邦那得如。饮食犹俎豆，佣贩皆诗书。
今年属宾兴，诏下喧里闾。白袍五千人，崛起塞路衢。

入门坐试席，正冠曳长裾。谈经慕康成，对策拟仲舒。
吟诗必二雅，作赋规三都。传闻选主司，考阅须鸿儒。
果然提权衡，未尝谬锱铢。得者固惊喜，失者亦欢呼。
乡党为叹息，是事盖久无。老守蒙此声，增重西南隅。
何以为子谢，举觞挽行车。少留尽一醉，归驾且勿驱。

【注释】
〔1〕延，邀请。主司，主考官。

送杜时可归太学

宴安不可怀，百年能几何。况今五学开，皆以礼为罗。
既书内舍籍，天门近嵯峨。云胡久不归，滞留蜀江沱。
要须勇一往，行即中十科。君妇定复贤，相敦戒蹉跎。
暂别德曜桉，勿操子犯戈。会看此里闾，高车再来过。
路人笑指点，驷马金盘陀。远游那足悲，所得盖已多。
罢酒当就途，执杯听我歌。司业乃父兄，养材如菁莪。

谢张待制赴饮

我如沐猴冠，强佩刺史章。傥令入朝班，惊倒鵷鹭行。
安敢延贵人，置酒登此堂。知公盖超然，轩冕等秕糠。
但逢臭味同，握手出肺肠。肯为宣明面，贫贱乃遽忘。
远从三峡来，欲访五亩桑。闻昨去郡时，送者倾城隍。
皆言民疾苦，公见必惨伤。奏疏每建白，细书亲贴黄。
岂容廊庙具，而久滞一方。使民济大川，行矣为舟航。

杖屦可少留，吉日辰甚良。歌公竹枝词，举我柏叶觞[1]。

勿辞饮之醨，不发宽饶狂。酿以老翁泉，中有班马香。

【注释】

〔1〕柏叶觞，柏叶酒。

赠罗仲思今夏来试群士，八月予被朝命为别

子初至我邦，受命蜀行台。群士森如林，手自拣条枚。

试席莫敢哗，棘门乃大开。知是诤臣乡，所出非凡材。

益州外南宫，将遣与计偕。诏书选主司，帝谓汝往哉。

深喜与子逢，再持钧石来。因得享成事，笑歌杂诙谐。

秋风吹帽裙，白露入酒杯。饮我玻瓈江，泻子琼瑰怀。

相看语不厌，预忧归驾催。

四月十三日池上饮

圆荷受白露，可爱池上凉。相将携筇来，羽衣飒飘扬。

停觞待明月，少焉出西方。澄波照河汉，俯仰清茫茫。

悠然望高天，邀月入我觞。肺肝聊一洗，吸此空中光。

微风吹芙蕖，杂以草木香。岂复知有暑，踏冰挟飞霜。

乐哉且勿归，况乃夜未央。自疑非人间，今夕不可忘。

任季明见和池上诗，再用韵奉简，且识子拳拳怀向之万分也

甘泉洗心清，好风吹面凉。循池步涟漪，澹然波不扬。
怀君佳弟兄，元方与季方。正兹阻会集，恍若限渺茫。
顾欲烦飞廉，为子飘羽觞。翔空浮河汉，上略参井光。
因思从之去，手攀蟾窟香。结以飞霜佩，衣以袍赤霜。
俯问夜何其，未及庭燎央。自笑乃默存，蓬蓬真坐忘。

今年正月二十五日，行园见群花尽开。怅然追思去年是日去江津县，亲戚相送，今一岁矣。嗟叹不足情，见乎辞

去年别津乡，两岸麦离离。亲戚知我行，晓出相追随。
系船五里沙，江水清涟漪。俯窥皆白石，绿色可染衣。
何以谢送者，呼酒聊共持。放杯不忍去，看我船解维。
至今念其处，岁月忽如驰。还复见荞麦，青青满陵陂。
桃李亦尽开，风吹总成泥。一岁春一来，少留能几时。
乃若远行客，日夜只欲归。正须勤往游，步绕芳菲枝。
酾渠引微流，浮萍已生池。无事但日饮，更赋涉园诗。

369

诗酒山东

竹光酒

旧闻蜀酒浓，今乃举此觞。可怜如甘言[1]，难置烈士肠。
近者营糟丘[2]，始传柱下方。青菽为曲蘖[3]，碧蓼有微芳。
调和火齐[4]得，泉洁器甚良。酿成酗樽中，盎盎流琼浆。
味胜松醪春[5]，色作竹露光。知君却奇温，苦冷卧欲僵。
五十不致毁，无彻桂与姜。强起为我饮，季冬天雨霜。

【注释】
〔1〕甘言，好听的话。 〔2〕糟丘，积糟成丘。极言酿酒之多，沉湎之甚。〔3〕曲蘖，酒曲。〔4〕火齐，火候。〔5〕松醪春，酒名。

游仙都山

松环楼殿青，江绕石壁流。
清波天让碧，月照无边秋。
风景自清好，江山难独游。
举觞聊一醉，放怀忘百忧。

天寒

树头谡谡风声来，木叶已尽吹黄埃。
是时霜飞万瓦白，晓雾欲破晨光开。
严天御寒惟酒可，急唤江南鹦鹉杯[1]。
一杯未尽醉色起，红入两颊惊春回。
惟愁见守不少贷，酒力未解还相催。

遥瞻浮云蔽北极，故乡何在心悠哉。
茂陵先帝傥见梦，敢不奏记通天台。

【注释】
〔1〕鹦鹉杯，一种酒杯，用鹦鹉螺制成。

饮兵厨[1]羔羊酒

沙晴草软羔羊肥，玉肪与酒还相宜。
鸾刀荐味下曲糵[2]，酿久骨醉凝浮脂。
朝来清香发瓮面，起视绿涨微生漪。
入杯无声泻重碧，仅得一醉夫何为。
君不见先王作诰已刺讥，后来为此尤可悲。

【注释】
〔1〕兵厨，三国魏阮籍闻步兵校尉厨贮美酒数百斛，营人善酿，乃求为校尉。后因以"兵厨"代称储存好酒的地方。 〔2〕曲糵，指酒曲。

乐温舟中作

密云卷雨归空山，暮林接翅昏鸦还。
须臾水面明月出，沧江万顷琉璃寒。
波平汗漫天无风，水光月色相为容。
临流爱此无尽碧，乘月直下沧浪中。
江心石出高崔嵬，水作镜面无停埃。
琉璃万顷忽破碎，知是一苇横江来。
中流与月更媚妩，湛湛无声翠光舞。

飘然长啸顺流下，棹夫请留恐仙去。
姑令结缆寒沙边，月方正中光入船。
洗杯索酒属明月，今夕之乐宁非天。

今秋久雨至八月望夕始晴月色尤清澈可爱置酒

玉斧琢月玻璃声，月中桂树秋风惊。
终年待此一轮满，不忧蛙食忧鼍鸣。
白鼍十日鸣空山，雨师乘云呼不还。
黄尘晓涨三尺潦，明河夜飞千丈澜。
广寒不复观霓裳，公子岂解歌秋阳。
釜星未灭日已出，风梠雨隙栖清光。
须臾绀缯展秋碧，仰见西山衔半璧。
青天冥冥星益疏，光芒寒溢千山白。
今夕何夕谁与度，举杯属月当起舞。
陶然相对影凌乱，不觉惊乌起庭树。
树头霏霏木叶坠，白露悬空斗垂地。
虽无丝竹为陶写，亦有鸣蛙当鼓吹。
向来悲歌子桑子，饥坐虚忧木生耳。
安知上帝思澄清，要令六合无泥滓。

十月晦日，同一属官刘司户、师教授、孙司理游九顶山，登万景楼，分韵赋诗，得游字韵

今日当赐沐，幸同官属休。于时舆梁成，径绝苍江流。
山灵念我来，遂使蒙雨收。林端膏泽滋，岩际阳光浮。
倚杖送飞云，列席俯沧洲。所携坐上客，不减枚与邹。

被服玳瑁簪，辞华珊瑚钩。樽中潇湘清，引满[1]更献酬。[2]
欲观南东亩，往登西北楼。其下岛屿出，凄然洞庭秋。
将归各赋诗，聊复记此游。

【注释】
[1]引满，谓斟酒满杯而饮。　[2]献酬，谓饮酒时主客互相敬酒。

师伯浑以诗告别次韵

闲居何不乐，非愿世兼收。利乃庶人意，道惟君子忧。
野花开北陌，官酒[1]酤东楼。故里有书至，应言无久留。
此去即乡党，子宁无友生。不堪今日别，真见故人情。
杯覆葵花小，尊倾竹叶清[2]。送行须尽醉，兼为破愁城。

【注释】
[1]官酒，官酿官卖的酒。一称官酝。　[2]竹叶清，古代酒名。

王千秋，字锡老，号审斋，东平（今属山东）人，寓居金陵（今江苏南京）。有《审斋词》一卷。

沁园春·晁共道侍郎生日

豆蔻娇春，烟花羞暖，物华渐嘉。也不须莺怨，桃封绛萼，也不须蜂恨，兰郁金芽。料是东君，都将和气，分付清丰诗礼家。充闾庆，有青毡事业，丹凤才华。

乘槎。早上云霞。侍祠甘泉瞻羽车。试笑凭熊轼，嘉禾合穗，进思鱼钥，菡萏骈花。萧寇勋名，龚黄模样，入拜行趋堤上沙。今宵里，且舣船满棹，醉帽敧斜。

醉蓬莱·送汤

正歌尘惊夜，斗乳回甘，暂醒还醉。再煮银瓶，试长松风味。玉手磨香，镂金檀舞，在寿星光里。翠袖微揎，冰瓷对捧，神仙标致。

记得拈时，吉祥曾许，一饮须教，百年千岁。况有阴功在，遍江东桃李。紫府春长，凤池天近，看提携云耳[1]。积善堂前，年年笑语，玉簪珠履。

【注释】
[1] 云耳，饰有云纹提梁的酒器。

西江月（其一）

心事几多白发，客情无数青山。廉纤细雨褪余寒。正是花期酒限。
一自瓶簪信杳，空留钿带香残。我今多病寄江干。瘦似东阳也惯。

西江月（其二）

老去频惊节物，乱来依旧江山。清明雨过杏花寒。红紫芳菲何限。
春病无人消遣，芳心有酒摧残。此情拍手问阑干。为甚多愁我惯。

念奴娇·荷叶浦雪中作

扁舟东下，正岁华将晚，江湖清绝。万点寒鸦高下舞，凝住一天云叶。映筱渔村，衡茅酒舍，淅沥鸣飞雪。壮怀兴感，悔将钗凤轻别。

遥望杰阁层楼，明眸秾艳，许把同心结。东欹西倾浑未定，终恐前盟虚设。爇兽炉温，分霞酒满，此夕欢应狎。多情言语，又还知共谁说。

水调歌头

迟日江山好，老去倦遨游。好天良夜，自恨无地可销忧。岂意绮窗朱户，深锁双双玉树，桃扇避风流。未暇泛沧海，直欲老温柔。

解檀槽，敲玉钏，泛清讴。画楼十二，梁尘惊坠彩云留。座上骑鲸仙友，笑我胸中磊魄，取酒为浇愁。一举千觞尽，来日判扶头。

减字木兰花

阴檐雪在，小雨廉纤寒又透。莫上危楼，楼迥空低雁更愁。

一杯浊酒，万事世间无不有。待早归田，欲买田无使鬼钱。

风流子

同云垂六幕，啼鸟静、风御玉妃寒。渐声入钓蓑，色侵书幌，似花如絮，结阵成团。倦游客、一番诗思苦，无算酒肠[1]宽。黄竹调悲，绮衾人马，岂堪梅蕊，索笑巡檐。

诗酒山东

一杯知谁劝，空搔首、远是忆旧青毡。问素娥早晚，光射江干。待醉披鹤氅，高吟冰柱，剡溪何妨，乘兴空还。只恐橹声咿轧，栖鸟难安。

【注释】
〔1〕酒肠，代指酒量。

清平乐

吹花何处，桃叶江头路。碧锦障泥冲暮雨，一霎峭寒如许。

归来索酒浇春，潮红秋水增明。却自不禁春恼，偎人低度歌声。

水调歌头·九日

壮日遇重九，跃马纵欢游。如今何事多感，双鬓不禁秋。目断五陵台路，无复临高千骑，鼓吹簇轻裘。霜露下南国，淮汉绕神州。

钓松鲈，斟郢酒，听吴讴。壮心铄尽，今夕重见紫茱羞。月落笳鸣沙碛，烽静人耕榆塞，此志恐悠悠。拟欲堕清泪，生怕菊花愁。

好事近（其二）

明日发骊驹，共起为传杯[1]绿。十岁女儿娇小，倚琵琶翻曲。

绝怜啄木欲飞时，弦响颤鸣玉。虽是未知离恨，亦晴峰微蹙。

【注释】
〔1〕传杯，谓宴饮中传递酒杯劝酒。

蓦山溪·海棠

清明池馆。侧卧帘初卷。还是海棠开,睡未足、余酲[1]满面。低头不语,浑似怨东风,心始吐,又惊飞,交现垂杨眼。

少陵情浅。花草题评遍。赋得恶因缘,没一字、聊通缱绻。黄昏时候,凝伫怯春寒,笼翠袖,减丰肌,脉脉情何限。

【注释】
[1]余酲(yú chéng),宿醉。

生查子(其二)

花飞锦绣香,茗碾枪旗[1]嫩。是处绿连云,又摘斑斑杏。
愁来苦酒肠,老去闲花阵。燕子不知人,尚说行云信。

【注释】
[1]枪旗,成品绿茶之一。由带顶芽的小叶制成。芽尖细如枪,叶开展如旗,故名。

西江月

梦幻影泡有限,风花雪月无涯。莫分粗俗与精华。日醉石间松下。
菜尽邻家解与,杯空稚子能赊。通幽即步尽横斜。不问墩犹姓谢。

瑞鹤仙（其一）

征鸿翻塞影。怅悲秋人老，浑无佳兴。鸣蛩问酒病。更堆积愁肠，摧残诗鬓。起寻芳径。菊羞人、依丛半隐。又岂知，虚度重阳，浪阔渺无归恨。

无定。登高人远、戏马台闲，怨歌谁听。香肩醉凭。镇常是、笑得醒。到如今何在，西风凝伫，冠也无人为正。看他门、对插茱萸，恨长怨永。

水调歌头·赵可大生日

披锦泛江客，横槊赋诗人。气吞宇宙，当拥千骑静胡尘。何事折腰执版，久在泛莲幕府，深觉负平生。踉跄众人底，欲语复吞声。

庆垂弧，期赐杖，酒深倾。愿君大耐，碧眸丹颊百千龄。用即经纶天下，不用归谋三径，一笑友渊明。出处两俱得，斥鷃亦鹍鹏。

临江仙

柳巷莺啼春未晓，画堂环佩珊珊。薰炉烘暖鹧鸪斑。寿杯须斗酌，舞袖正弓弯。

未说珥貂横玉事，勋名且勒燕然。归来方卜五湖闲。年年花月夜，沈醉绮罗间。

虞美人·和姚伯和

风花南北知何据。常是将春负。海棠开尽野棠开。匹马崎岖、还入乱山来。

尊前人物胜前度。谁记桃花句。老来情事不禁浓。玉佩行云、切莫易丁东。

谒金门·次李圣予月中韵

春漠漠。闲尽绮窗云幕。悔不车轮生四角。却成缘分薄。
想画鸦儿方学。小蹙恨人无托。不道月明谁共酌。这般情味恶。

水调歌头·席上呈梁次张

笔力卷鲸海，人物冠麟台。向来朱邸千字，不省有惊雷。人似曲江风韵，刚要重来持节，不道玉堂开。草诏坐扛鼎，琐屑扫尊罍[1]。

金错落，貂掩映，玉崔嵬。看公谈笑，长河千里静氛埃。散马昼闲榆塞，辫发春趋瑶陛，都出济川才。老子尚顽健，东阁亦时来。

【注释】
[1]尊罍（léi），泛指酒器。扫，扫荡，指能饮。

点绛唇（其五）

何处春来，试烦君向盘中看。韭黄犹短。玉指呵寒剪。
犀箸[1]调匀，更为双双卷。情何限。怕寒须暖。先酌黄金盏[2]。

【注释】
[1] 犀箸，用犀角制成的筷子。 [2] 黄金盏，酒杯名。

西江月

璀璨雕笼洒笔[1]，联翩荐鹗[2]飞书。翻阶红药[3]试妆梳。管取不言温树。
容我一杯为寿，看君九万鹏图。髻鬟人小串珠玑。岁岁绿窗朱户。

【注释】
[1] 洒笔，犹挥毫。用毛笔书写或绘画。 [2] 荐鹗，汉孔融《荐祢衡表》："鸷鸟累百，不如一鹗。"后因以"荐鹗"指推荐贤人。 [3] 红药，芍药花。

无题二首（其二）

功名竹上鱼，富贵槐根蚁。三万六千场，排日[1]扶头[2]醉。
高怀隘世间，壮气横天际。常是惜春残，不会东君意。

【注释】
[1] 排日，每天，逐日。 [2] 扶头，形容醉态。亦谓醉倒。

侯寘，宋东武（今山东诸城）人，字彦周。晁谦之甥。曾为耒阳令。高宗绍兴中以直学士知建康。有《懒窟词》，风格婉约，一时推崇。

瑞鹤仙·送张丞罢官归柯山

楚山无际碧。湛一溪晴绿，四郊寒色。霜华弄初日。看玉明遥草，金铺平碛。天涯倦翼。更何堪、临岐送客。念飞蓬、断梗无踪，把酒后期难觅。

愁寂。梅花憔悴，茅舍萧疏，倍添凄恻。维舟岸侧。留君饮，醉休惜。想柯山春晚，还家应对，菊老松坚旧宅。叹宦游、索寞情怀，甚时去得。

满江红·再用韵

老矣何堪，随处是、春衫酒滴。醉狂时、一挥千字，贝光玉色。失意险为湘岸鬼，浩歌又作长安客。且乘流、除却五侯门，无车迹。

惊人句，天外得。医国手，尘中识。问鼎槐何似，卧云歆石。梦里略无轩冕念，眼前岂是江湖窄。拚蝇头、蜗角去来休，休姑息。

念奴娇·探梅

衰翁憨甚，向尊前、手捻一枝寒玉。想见梅台花更好，一片琼田栖绿。短箬轻舆，大家同去，取酒偿醽醁。元来春晚，万包空间黄竹。

休恨雪小云娇，出群风韵，已觉桃花俗。羯鼓声高回笑脸，怎得天公来促。江上风平，岭南人远，谁度单于曲。明朝酒醒，但余诗兴天北。

风入松（其二）

东楼烟重暗山光，春意堕微茫。小红嫩绿匀如剪，黯无言、云渡澄江。没处与人消遣，倚阑情寄斜阳。

共君今夜举清觞，投老各殊方。痴儿官事何时了，恨花时、潘鬓先霜。唤取客帆聊住，将予同下潇湘。

蓦山溪·建康郡圃赏芍药

玉麟春晚，绿遍甘棠荫。可是惜花深，旋移得、翻阶红影。朱帘卷处，如在古扬州，宝璎珞，玉盘盂，娇艳交相映。

蓬莱殿里，几样春风鬓。生怕逐朝云，更罗幕、重重遮定。多情绛蜡，常见醉时容，萦舞袖，蔌歌尘，莫负良宵永。

风入松（其三）

霏霏小雨恼春光，烟水更弥茫。昨宵把酒高歌处，任一声、鸡唱清江。憔悴杏花如许，情怀应似东阳。

宿醒犹在莫传觞，消闷苦无方。几时玉杵蓝桥路，约云英、同捣玄霜。冷落黄昏庭院，梦回家在三湘。

玉楼春（其一）

市桥灯火春星碎，街鼓催归人未醉。半嗔还笑眼回波，欲去更留眉敛翠。
归来短烛余红泪，月淡天高梅影细。北风休遣雁南来，断送不成今夜睡。

菩萨蛮·命觞

休文多病疏杯酌，被花恼得心情恶。碧树又惊秋，追欢怀旧游。
与君聊一醉，醉倒花阴里。斜日下阑干，满身金屑寒。

青玉案·东园钱母舅晁阁学镇临川

东风一夜吹晴雨，小园里、春如许。桃李无言情难诉。阳关车马，灞桥风月，移入江天暮。

双旌明日留难住，今夕清觞且频举。咫尺清明三月暮。寻芳宾客，对花杯酌，回首西江路。

昭君怨

晴日烘香花睡，花艳浮杯人醉。杨柳绿丝风，水溶溶。
留恋芳丛深处，懒上锦鞯归去。待得牡丹开，更同来。

四犯令

月破轻云天淡注,夜悄花无语。莫听阳关牵离绪,拼酩酊、花深处。
明日江郊芳草路,春逐行人去。不似酴醿开独步,能着意、留春住。

朝中措(其四)

依微春绿遍江干,烟水小屏寒。惆怅雁行南北,新词不忍拈看。
从今寄取,临风把酒,役梦忘飡。飞絮落花时候,扁舟也到孤山。

朝中措·元夕上潭帅刘共甫舍人

年来玉帐罢兵筹,灯市小迟留。花外香随金勒,酒边人倚红楼。
沙堤此去,传柑侍宴,天上风流。还记月华小队,春风十里潭州。

朝中措·为云庵寿

年年重午近佳辰,符艾一番新。满酌九霞奇酝[1],寿君两鬓长春。
闺中秀美,何如赋得,林下精神。早办荆钗布袖,共为云水闲人。

【注释】
[1]九霞奇酝,指五光十色的美酒。

苏武慢·湖州赵守席上作

　　暗雨收梅，晴波摇柳，万顷水精宫冷。桥森画栋，岸列红楼，两岸翠帘交映。天上行舟，鉴中开户，人在蕊珠仙境。况吟烟啸月，弹丝吹竹，太平歌咏。

　　人尽说、铜虎分贤，银潢储秀，巩固行都藩屏。棠阴散暑，鼎篆凝香，永日一庭虚静。红袖持觞，彩笺挥翰，适意酒豪诗俊。看飞云丹诏，行沙金勒，待公归觐。

浣溪沙·三衢陈签上作

　　客里匆匆梦帝州，故人相遇一杯休。疏梅些子最清幽。
　　双绾香螺春意浅，缓歌金缕楚云留。不知妆镜若为俦。

浣溪沙·次韵王子弁红梅

　　倚醉怀春翠黛长，肉红衫子半窥墙。兰汤浴困嫩匀妆。
　　应为长年餐绛雪，故教丹颊耐清霜。弄晴飞馥笑冯唐。

临江仙·约同官出郊

　　一抹烟林屏样展，轻花岸柳无边。连朝春雨涨平川。冬冬迎社鼓，渺渺下陂船。

　　同事多才饶我懒，乘闲纵饮郊园。鬐花敧侧醉巾偏。时丰容卒岁，游乐更明年。

临江仙·同官招饮席上作

失脚青云何所往，故山松竹应秋。痴儿官事几时休。可怜双白鬓，斗粟尚迟留。

尊酒偷闲聊放旷，夜凉河汉西流。从教孤笛喷高楼。与君同一醉，明日旋分愁。

杏花天·豫章重午

宝钗整鬓双鸾斗，睡未醒、熏风襟袖。彩丝皓腕宜清昼，更艾虎、衫儿新就。

玉杯共饮菖蒲酒，愿耐夏、宜春厮守。榴花故意红添皱，映得人来越瘦。

柳梢青·赠张丞

小院轻寒，酒浓香软，深沈帘幕。我辈相逢，欢然一笑，春在杯酌。

家山辜负猿鹤。轩冕意、秋云似薄。我自西风，扁舟归去，看君寥廓。

江城子·萍乡王圣俞席上作

萍蓬踪迹几时休，尽飘浮。为君留。共话当年，年少气横秋。莫叹两翁俱白发，今古事，尽悠悠。

西风吹梦入江楼,故山幽。谩回头。又是手遮,西日望皇州。欲向西湖重载酒,君不去,与谁游。

南歌子·为吕圣俞寿

菊润初经雨,橙香独占秋。碧琳仙酿试新筘[1]。内集熙熙休试、蚁浮瓯。家世传黄阁,功名起黑头。双凫聊傍故人舟。咫尺青云歧路、看英游。

【注释】
〔1〕碧琳,此指酒。筘,滤。

瑞鹧鸪·送晁伯如舅席上作

遥天拍水共空明,玉镜开奁特地晴。极目秋容无限好,举头醉眼暂须醒。白眉公子催行急,碧落仙人著句清。后夜萧萧葭苇岸,一尊独酌见离情。

天仙子·宴五侯席上作

暖日丽晴春正好,杨柳池塘风弄晓。露桃云杏一番新,花窈窕,香缥缈。玉帐靓深闻语笑。

新赐绣鞯花映照,须信浓恩春共到。汉家飞将久宣劳,迎禁诏,瞻天表。入卫帝庭常不老。

诗酒山东

醉落魄·夜静闻琴

　　铜壶漏歇，纱窗倒挂梅梢月。玉人酒晕消香雪[1]。促轸[2]调弦，弹个古离别。

　　雏莺小凤交飞说，嘈嘈软语丁宁切。相如攲枕推红氍。脉脉无言，还记旧时节。

【注释】
〔1〕玉人，似玉美人。酒晕，饮酒后脸上泛起的红晕。香雪，比喻妇女用的花粉。　〔2〕促轸（zhěn），旋紧调弦的轴。轸，弦乐器上调弦的轴。

诗酒山东

（下）

《诗酒山东》编委会 编著

山东城市出版传媒集团·济南出版社

图书在版编目（CIP）数据

诗酒山东：全两册 /《诗酒山东》编委会编著 . ——济南：济南出版社，2021.5
　ISBN 978-7-5488-4668-0

Ⅰ.①诗… Ⅱ.①诗… Ⅲ.①古典诗歌－诗集－中国 Ⅳ.①I22

中国版本图书馆 CIP 数据核字 (2021) 第 083987 号

出 版 人	崔　刚
策　　划	山东省白酒协会
责任编辑	朱　琦　代莹莹
封面设计	胡大伟
出版发行	济南出版社
地　　址	济南市市中区二环南路 1 号（250002）
发行电话	（0531）86131729　86131746
	82924885　86131701
印　　刷	济南新科印务有限公司
版　　次	2021 年 5 月第 1 版
印　　次	2022 年 1 月第 1 次
成品尺寸	170mm×240mm　16 开
印　　张	48.5
字　　数	600 千
定　　价	398.00 元（全两册）

（济南版图书，如有印刷质量问题，请与印刷厂联系调换）

目　录

上册

序　/ 1

编著说明　/ 1

开篇五首　/ 1

先秦　/ 5

秦汉　/ 13

魏晋南北朝　/ 21

唐朝　/ 71

宋朝　/ 181

下册

宋朝（续） / 1

金元 / 91

明朝 / 139

清朝 / 261

现当代山东饮酒诗选 / 359

后记　都在酒里了 / 367

宋朝（续）

辛弃疾（1140—1207），字幼安，号稼轩，山东东路济南府历城县（今济南市历城区遥墙镇四凤闸村）人，南宋豪放派词人，人称词中之龙，与苏轼合称"苏辛"，与李清照并称"济南二安"。辛弃疾生于金国，少年抗金归宋，曾任江西安抚使、福建安抚使、镇江知府、绍兴知府等职，其中在江西铅山鹅湖闲居10多年，并终于此。追赠少师，谥忠敏。有词集《稼轩长短句》，现存词600多首。

按：本卷注释除部分来自网络及本人自注特加标注外，均采用齐鲁书社《稼轩词注》之邓红梅、薛祥生两先生注，标为邓注，并据此本对各词加以校正，另外对其注释也作了一些简化，对其中未予注释者，请参考上述《稼轩词注》以了解详情。特别要说明的，该书收入稼轩词中629首，饮酒诗词超过一半，可见诗词与酒的密切关系。

沁园春·弄溪赋

有酒忘杯，有笔忘诗，弄溪奈何。看纵横斗转，龙蛇[1]起陆，崩腾决去，雪练倾河。袅袅东风，悠悠倒影，摇动云山水又波。还知否，欠菖蒲攒港，绿竹缘坡。

长松谁剪嵯峨。笑野老来耘山上禾。算只因鱼鸟，天然自乐，非关风月，闲处偏多。芳草春深，佳人日暮，濯发沧浪独浩歌。徘徊久，问人间谁似，老子[2]婆娑。

【注释】

〔1〕邓注：龙蛇，此指水势。　〔2〕邓注：老子，指陶侃。见《晋书·陶侃传》。婆娑，舞貌，放逸貌。

送赵江陵东归，再用前韵

伫立潇湘[1]，黄鹄高飞，望君不来。被东风吹堕，西江对语，急呼斗酒，旋拂征埃。却怪英姿，有如君者，犹欠封侯万里哉。空赢得，道江南佳句，只有方回[2]。

锦帆画舫行斋[3]。怅雪浪沾天江影开。记我行南浦[4]，送君折柳，君逢驿使，为我攀梅。落帽山前，呼鹰台[5]下，人道花须满县栽。都休问，看云霄高处，鹏翼徘徊。

【注释】

[1]潇湘，指潇湘二水，泛指今湖南江西福建一带地方。 [2]邓注，方回，即贺铸，自方回，有诗名。 [3]行斋，犹游船，行进的船。 [4]南浦，南面的水边。后常用称送别之地。 [5]呼鹰台，台名。即景升台。在今湖北襄阳。传为汉末荆州刺史刘表所建。以登台鼓琴作乐，有鹰来集，故名。

满江红·游南岩和范廓之韵

笑拍洪崖，问千丈、翠岩谁削？依旧是、西风白马，北村南郭。似鳌复斜僧屋乱，欲吞还吐林烟薄。觉人间、万事到秋来，都摇落。

呼斗酒，同君酌。更小隐[1]，寻幽约。且丁宁休负，北山猿鹤[2]。有鹿从渠求鹿梦[3]，非鱼定未知鱼乐[4]。正仰看、飞鸟却应人，回头错。

【注释】

[1]小隐，谓隐居山林。 [2]猿鹤，猿和鹤。借指隐逸之士。 [3]鹿梦，据《列子·周穆王》载，春秋时，郑国樵夫打死一只鹿，怕被别人看见，就把它藏在坑中，盖上蕉叶，后来他去取鹿时，忘了所藏的地方，于是就以为是一场梦。后以"鹿梦"比喻得失荣辱如梦幻。 [4]邓注：非鱼句，见庄子《秋水篇》。

诗酒山东

水调歌头·九日游云洞和韩南涧[1]韵

今日复何日，黄菊为谁开。渊明漫爱重九，匆次正崔嵬。酒亦关人何事，正自能不尔，谁遣白衣来。醉把西风扇，随处障尘埃[2]。

为公饮，须一日，三百杯。此山高处东望，云气见蓬莱[3]。翳凤骖鸾公去，落佩倒冠吾事，抱病且登台[4]。归路有明月，人影共徘徊。

【注释】

〔1〕邓注：九日，即重阳节。韩南涧尚书，即韩元吉。 〔2〕邓注："醉把"句，意谓对弹劾者的气势汹汹，唯有王公对庾公那样，以扇子障避其气焰。见《世说新语·轻诋篇》。 〔3〕邓注："此山高出东望"句，美言云洞之美，可与仙山蓬莱相接。 〔4〕邓注："翳凤骖鸾"句，指韩公功成名就，而自己正落魄归隐中。

水调歌头·和王正之右司吴江观雪见寄

造物故豪纵，千里玉鸾[1]飞。等闲更把，万斛琼粉盖玻璃[2]。好卷垂虹千丈，只放冰壶一色，云海路应迷。老子旧游处，回首梦耶非。

谪仙人，鸥鸟伴，两忘机[3]。掀髯把酒一笑，诗在片帆西。寄语烟波旧侣，闻道莼鲈正美，休制芰荷衣。上界足官府，汗漫[4]与君期。

【注释】

〔1〕玉鸾，此指白雪。 〔2〕邓注：此指水面冰冻如玻璃。 〔3〕谪仙人，指李白。忘机，指"鸥鹭忘机"，有著名古琴曲。机，机心，算计。 〔4〕邓注：汗漫，散漫，自由自在。

水调歌头·和郑舜举蔗庵[1]韵

万事到白发,日月几西东。羊肠九折歧路,老我惯经从[2]。竹树前溪风月,鸡酒[3]东家父老,一笑偶相逢。此乐竟谁觉,天外有冥鸿[4]。

味平生,公与我,定无同。玉堂金马[5],自有佳处著诗翁。好锁云烟窗户,怕入丹青图画,飞去了无踪。此语更痴绝[6],真有虎头风。

【注释】

[1]邓注:信州太守郑汝谐,字舜举。蔗庵,郑氏宅第。 [2]邓注:惯经从,指人生如羊肠小道且多歧路磨难,自己已经习以为常了。 [3]鸡酒,鸡和酒。指简单的酒菜。 [4]冥鸿,高飞的鸿雁。比喻高才之士或有远大理想的人。 [5]玉堂金马,玉堂殿和金马门的并称。玉堂殿,原为汉未央宫的属殿;金马门,原为汉宫宦者署门。均为学士待诏之所。后亦沿用为翰林院的代称。 [6]痴绝,《晋书·顾恺之传》:"恺之在桓温府,常云:'恺之体中痴黠各半,合而论之,正得平耳。'故俗传恺之有三绝:才绝,画绝,痴绝。"后以"痴绝"为藏拙或不合流俗之典。

水调歌头·寿韩南涧七十

上古八千岁,才是一春秋。不应此日,刚把七十寿君侯。看取垂天云翼,九万里风在下,与造物同游[1]。君欲计岁月,当试问庄周。

醉淋浪,歌窈窕,舞温柔。从今杖屦[2]南涧,白日为君留。闻道钧天帝所,频上玉卮[3]春酒,冠佩拥龙楼[4]。快上星辰去,名姓动金瓯[5]。

【注释】

[1]邓注:"看取垂天羽翼"句,此处言韩南涧如鲲鹏傲视天下。典出《庄子·逍遥游》:"有鸟焉,其名为鹏,背若泰山,翼若垂天之云。"庄周,庄子。淋浪,乱。 [2]杖屦(zhàng jù),手杖与鞋子。古礼,五十岁老人可

扶杖；又古人入室鞋必脱于户外，辈长者可先入室，后脱鞋。补：此指韩南涧可在南涧逍遥度日。钧天帝所，指天宫。 〔3〕玉卮，玉制酒杯。 〔4〕龙楼，汉代太子宫门名。借指太子所居之宫。借指太子。指朝堂。 〔5〕邓注："名姓"句，意谓韩南涧为皇帝所重用。《新唐书·崔琳传》："玄宗每命相（按，指任命宰相），皆先书其名。一日，书琳等名，覆以金瓯（用金瓯盖住），会太子入（正赶上太子进来），帝谓曰：此宰相名，若自意之（如果你自己猜的话），谁乎？即中，且赐酒（如果猜中了，就赐你酒喝）。太子曰：非崔琳、卢从愿乎？帝曰：然。"金瓯，金的盆、盂之属。

贺新郎·赋水仙

云卧衣裳冷[1]。看萧然、风前月下，水边幽影。罗袜尘生凌波去，汤沐烟江万顷。爱一点、娇黄成晕。不记相逢曾解佩，甚多情、为我香成阵。待和泪，收残粉。

灵均[2]千古怀沙恨。记当时、匆匆忘把，此仙题品。烟雨凄迷僝僽[3]损，翠袂摇摇谁整。谩写入、瑶琴幽愤。弦断招魂无人赋，但金杯的皪[4]银台润。愁殢酒，又独醒。

【注释】

〔1〕邓注：以仙女夜降人间形容水仙幽姿。云卧衣裳冷，杜甫《游龙门奉先寺》："天阙象纬逼，云卧衣裳冷。" 〔2〕邓注：灵均，战国楚文学家屈原字。此句说带着千古遗恨怀沙投水而死的屈原生前题遍芳草，却没来得及题写一下水仙。 〔3〕邓注：僝僽（chán zhòu），烦恼；愁苦。此句说水仙无知音，无人为其作赋招魂，缺少了这涧残水仙的世界，依然金杯闪烁、银台光润。 〔4〕皪，光亮、鲜明貌。

念奴娇·和南涧载酒见过雪楼观雪

兔园[1]旧赏,怅遗踪、飞鸟千山都绝。缟带银杯[2]江上路,惟有南枝[3]香别。万事新奇,青山一夜,对我头先白[4]。倚岩千树,玉龙[5]飞上琼阙。

莫惜雾鬟风鬟,试教骑鹤,去约尊前月。自与诗翁磨冻砚,看扫幽兰[6]新阕。便拟明年,人间挥汗,留取层冰洁。此君[7]何事,晚来还易腰折[8]。

【注释】

〔1〕兔园,园囿名。也称梁园。在今河南商丘县东。汉梁孝王刘武所筑。为游赏与延宾之所。 〔2〕邓注:缟带银杯,用韩愈诗咏雪:《咏雪赠张籍》:"随车翻缟带,逐马散银杯。" 〔3〕邓注:南枝,南向之梅枝。《白孔六帖(致孔六信)梅部》:"大庾岭上梅,南枝落,北枝开,寒暖之候异也。" 〔4〕"青山"两句,用刘禹锡《苏州白舍人寄新诗有"谈早白无儿"之句,因以赠之》:"雪里高山头白早,海中仙果子生迟"诗意。 〔5〕邓注:玉龙,喻飞雪。 〔6〕邓注:幽兰,古琴曲名。 〔7〕邓注:此君,指竹。《世说新语·任诞篇》:"王子猷暂寄人空宅住,便令种竹。或问:暂住何烦尔?(暂住何必这样麻烦?)王啸咏良久,直指竹曰:何可一日无此君。" 〔8〕腰折,指雪大可能会把竹子压折。

念奴娇·登建康赏心亭[1]呈史致道留守

我来吊古,上危楼、赢得闲愁千斛。虎踞龙蟠[2]何处是,只有兴亡满目[3]。柳外斜阳,水边归鸟,陇上吹乔木。片帆西去,一声谁喷霜竹[4]。

却忆安石风流,东山岁晚,泪落哀筝曲[5]。儿辈功名都付与,长日惟消棋局。宝镜难寻,碧云将暮,谁劝杯中绿[6]。江头风怒,朝来波浪翻屋[7]。

【注释】

〔1〕邓注:赏心亭在建康下水门之上,是当时的游览名胜,辛弃疾特爱登此眺

望。建康，南京旧称。〔2〕虎踞龙蟠，形容地势极峻峭险要。典出诸葛亮语："钟山龙盘，石城虎踞，真帝王之宅。"〔3〕邓注："兴亡"句，指过去以建康为首都的六个朝代皆已灭亡。六朝指三国孙权吴国，东晋，及南朝的宋、齐、梁、陈。〔4〕邓注："柳外斜阳"五句描绘所见西风中的黄昏景色，表明作者心意幽咽。陇上，泛指田野。喷霜竹，即吹笛。黄庭坚《念奴娇》："孙郎微笑，坐来声喷霜竹。"霜竹，秋天之竹，代指竹笛。〔5〕邓注："却忆"三句，借东晋名臣谢安晚年因功高而隐忧事，表明自己忧谗畏讥的心境。安石，谢安，字安石，东晋名宰相。出仕前曾隐居东山（今浙江上虞境内）。补，李白有诗："但用东山谢安石，为君谈笑净胡沙。"这里也反映出辛弃疾复杂的心境。〔6〕邓注："宝镜"三句，言自己抗金复国的忠义肝胆惟天可鉴，可惜无人明了，人生易老，只能以酒销忧。杯中绿，杯中绿酒。〔7〕邓注："江头"两句，以遥望江上风急浪高，来比喻政治形势险恶。

念奴娇·书东流[1]村壁

野棠花落，又匆匆、过了清明时节。划地[2]东风欺客梦，一夜云屏寒怯。曲岸持觞，垂杨系马，此地曾轻别。楼空人去，旧游飞燕能说。

闻道绮陌东头，行人长见，帘底纤纤月[3]。旧恨春江流未断，新恨云山千叠。料得明朝，尊前重见，镜里花难折。也应惊问，近来多少华发。

【注释】
〔1〕东流，旧县名，在今安徽省东至县。〔2〕划地，无端，无缘无故。〔3〕纤纤月，古代原形容女子的脚，这里借指美人。

念奴娇·西湖和人韵

晚风吹雨，战新荷、声乱明珠苍璧。谁把香奁收宝镜，云锦红涵湖碧。

飞鸟翻空，游鱼吹浪，惯趁笙歌席。坐中豪气，看公一饮千石。

遥想处士[1]风流，鹤随人去，老作飞仙伯。茅舍疏篱今在否，松竹已非畴昔。欲说当年，望湖楼[2]下，水与云宽窄。醉中休问，断肠桃叶[3]消息。

【注释】

〔1〕邓注：处士，此指林逋，北宋初年著名诗人。一生不仕不娶，所居多植梅蓄鹤。林逋有咏梅名句："疏影横斜水清浅，暗香浮动月黄昏。"〔2〕望湖楼，古楼名。在今浙江省杭州市。苏轼《六月二十七日望湖楼醉书》："黑云翻墨未遮山，白雨跳珠乱入船。卷地风来忽吹散，望湖楼下水如天。"〔3〕桃叶，晋王献之爱妾名。借指爱妾或所爱恋的女子。

念奴娇·赋雨岩

近来何处有吾愁，何处还知吾乐。一点凄凉千古意，独倚西风寥郭。并竹寻泉，和云种树，唤做真闲客，此心闲处，不应长藉邱壑。

休说往事皆非，而今云是[1]，且把清尊酌。醉里不知谁是我，非月非云非鹤。露冷风高，松梢桂子[2]，醉了还醒却。北窗高卧[3]，莫教啼鸟惊著。

【注释】

〔1〕云是，如此。 〔2〕桂子，桂花。 〔3〕高卧，安卧；悠闲地躺着。

新荷叶·和赵德庄韵

人已归来，杜鹃欲劝谁归。绿树如云，等闲借与莺飞。兔葵燕麦，问刘郎[1]、几度沾衣。翠屏幽梦，觉来水绕山围。

有酒重携。小园随意芳菲。往日繁华，而今物是人非。春风半面，记当年、初识崔徽[2]。南云雁少，锦书无个因依。

诗酒山东

【注释】
〔1〕邓注：刘郎，指刘禹锡。兔葵燕麦，野草和野麦。用刘禹锡二十四年间三游玄都观事，指人事变迁之大。　〔2〕崔徽，唐歌妓名。曾与裴敬中相爱，敬中移官，既别，欲随裴去不得从。后托画家写其肖像寄敬中抒思念之情，曰："崔徽一旦不及画中人，且为郎死。"敬中未予理会。随后自杀。

新荷叶·再和前韵

春色如愁，行云带雨才归。春意长闲，游丝尽日低飞。闲愁几许，更晚风、特地吹衣。小窗人静，棋声似解重围。

光景难携，任他鹎鵊芳菲。细数从前，不应诗酒皆非。知音弦断，笑渊明、空抚余徽[1]。停杯对影，待邀明月相依。

【注释】
〔1〕邓注："知音"两句，《晋书·陶潜传》："性不解音，而蓄素琴一张，弦徽不具。每朋酒之会，则抚而和之，曰：'但识琴中趣，何劳弦上声。'"徽，琴徽，系弦的绳。

最高楼·醉中有四时歌者，为赋

长安道，投老倦游归。七十古来稀。藕花雨湿前湖夜，桂枝风淡小山时。怎消除，须殢酒，更吟诗。

也莫向、竹边孤负雪。也莫向、柳边孤负月。闲过了，总成痴。种花事业无人问，对花情味只天知。笑山中，云出早，鸟归迟。

10

最高楼·和杨民瞻席上用前韵赋牡丹

西园买,谁载万金[1]归。多病胜游稀。风斜画烛天香夜,凉生翠盖酒酣时。待重寻,居士谱[2],谪仙诗[3]。

看黄底、御袍元自贵[4]。看红底、状元新得意[5]。如斗大,只花痴。汉妃翠被娇无奈[6],吴娃粉阵恨谁知。但纷纷,蜂蝶乱,送春迟。

【注释】

〔1〕邓注:万金,指牡丹。 〔2〕邓注:居士谱,欧阳修,号六一居士,著有《洛阳牡丹记》。居士谱指此。 〔3〕邓注:谪仙诗,指李白《清平调》诗。 〔4〕邓注:御袍黄,牡丹名品之一。 〔5〕邓注:状元红,《洛阳牡丹记》:"状元红,千叶深红花也。色类丹砂而浅……其色甚美,迥出众花之上,故洛人以状元呼之。" 〔6〕"娇无奈"诸句都是对牡丹千姿百态的赞美。

洞仙歌

访泉于期师,得周氏泉,为赋。

飞流万壑,共千岩争秀。孤负平生弄泉手。叹轻衫短帽,几许红尘,还自喜,濯发沧浪依旧。

人生行乐耳,身后虚名,何似生前一杯酒。便此地、结吾庐,待学渊明,更手种、门前五柳[1]。且归去、父老约重来,问如此青山,定重来否。

【注释】

〔1〕陶渊明喜种柳,人称"五柳先生"。

诗酒山东

八声甘州

为建康胡长文留守寿。时方阅折红梅[1]之舞,且有锡带之宠。

把江山好处付公来,金陵帝王州。想今年燕子,依然认得,王谢风流[2]。只用平时尊俎,弹压万貔貅[3]。依旧钧天梦[4],玉殿东头。

看取黄金横带,是明年准拟,丞相封侯。有红梅新唱,香阵卷温柔。且华堂、通宵一醉,待从今、更数八千秋[5]。公知否,邦人香火,夜半才收。

【注释】

[1]邓注:折红梅,乐舞名。锡带,宋制,凡各路府帅之政绩卓著者,多遣中使赐金带。锡,赐。金陵句,谢朓《八朝曲》:"江南佳丽地,金陵帝王州。"此处用之。 [2]邓注:燕子三句,反用刘禹锡《乌衣巷》"朱雀桥边野草花,乌衣巷口夕阳斜。旧时王谢堂前燕,飞入寻常百姓家"诗意。王谢,六朝望族王氏、谢氏的并称。《南史·侯景传》:"景请娶于王谢,帝曰:'王谢门高非偶,可于朱张以下访之。'"后以"王谢"为高门世族的代称。王谢家族到东晋王导、谢安时达到鼎盛时期,到南朝梁逐渐衰微。王氏来自山东琅琊郡(今临沂),谢氏来自河南陈郡,其中心在今河南周口市。 [3]邓注:樽俎,分别为古代所用之酒器与和置肉之几。貔貅,一种猛兽,通常喻指勇猛之士。弹压,控制;制服。 [4]钧天梦,谓梦闻钧天广乐。 [5]邓注:八千秋,《庄子·逍遥游》:"上古有大椿者,以八千岁为春,八千岁为秋。"香火,这里指胡长文有惠于民,邦人像祭祀鬼神一样纪念他。

江神子·和陈仁和韵

玉箫声远忆骖鸾[1],几悲欢,带罗宽。且对花前,痛饮莫留残。归去小窗明月在,云一缕,玉千竿。

吴霜应点鬓云斑[2],绮窗闲,梦连环[3]。说与东风,归意有无间。芳草姑苏台[4]下路，和泪看，小屏山。

【注释】

〔1〕邓注：玉箫声远，指情人远逝。骖鸾，乘鸾。江淹《别赋》："驾鹤上汉，骖鸾腾天。"　〔2〕邓注："吴霜"句，形容衰老。　〔3〕邓注：梦连环，梦见还家。　〔4〕邓注：姑苏台，在今江苏吴县西南姑胥山上，为春秋时吴王阖闾所建，供其与西施游处。小屏山，屏风上所画之山。

江神子·博山[1]道中书王氏壁

一川松竹任横斜，有人家，被云遮。雪后疏梅，时见两三花。比著桃源溪上路，风景好，不争多。

旗亭[2]有酒径须赊，晚寒些，怎禁他。醉里匆匆，归骑自随车。白发苍颜吾老矣，只此地，是生涯。

【注释】

〔1〕邓注：博山，在江西永丰西二十里，古名通元峰，以形似庐山香炉峰，故改今名。香炉称博山炉。　〔2〕旗亭，酒楼。悬旗为酒招，故称。

六么令

用陆氏事，送玉山[1]令陆德隆侍亲东归吴中。

酒群花队，攀得短辕折。谁怜故山归梦，千里莼羹[2]滑。便整松江一棹，点检能言鸭[3]。故人欢接。醉怀双橘，堕地金圆醒时觉[4]。

长喜刘郎马上，肯听诗书说。谁对叔子[5]风流，直把曹刘[6]压。更看君侯事业，不负平生学。离觞愁怯。送君归后，细写茶经煮香雪[7]。

13

【注释】

〔1〕邓注：玉山，县名，当时属于信州。　〔2〕千里莼羹，语出南朝宋刘义庆《世说新语·言语》："陆机诣王武子，武子前置数斛羊酪，指以示陆曰：'卿江东何以敌此？'陆曰：'有千里莼羹，但未下盐豉耳！'"千里，湖名，在江苏溧阳市。莼羹，用莼菜煮的汤。原为具有吴地风味的名菜，后泛指本乡特产，含思乡之意。　〔3〕能言鸭，唐陆龟蒙故事。比喻文人囊中虽无所有，但其才智足以惊人。　〔4〕邓注："故人"三句，用陆绩怀橘的故事。《三国志·吴书·陆绩传》："绩年六岁，于九江见袁术。术出橘，绩怀三枚去。拜辞，坠地。术谓曰：陆郎作宾客而怀橘乎？绩跪答曰：欲归遗母（要回家送给母亲）。术大奇之。"　〔5〕叔子，晋名臣羊祜字。祜有治绩，通兵法，博学广闻，镇守荆州时曾以药赠吴将陆抗，抗服之不疑，当时成为美谈。后常用以为典。　〔6〕曹刘，曹操、刘备的并称。即魏、蜀。　〔7〕邓注："不负"句，《旧唐书·陆贽传》："贽以受人主殊遇，不敢爱身，事有不可，极言无隐。（有认为不可做的事直言不讳），朋友规（规劝）之，以为太峻（指言辞太过犀利直率），贽曰：'吾上不负天子，下不负吾所学，不恤（在乎，在意）其他。'"《茶经》，唐陆羽，字鸿渐，竟陵人。隐居苕溪，杜门（闭门）著书，有《茶经》三卷。

六么令·再用前韵

倒冠一笑，华发玉簪折。阳关[1]自来凄断，却怪歌声滑。放浪儿童归舍，莫恼比邻鸭。水连山接。看君归兴，如醉中醒、梦中觉。

江上吴侬[2]问我，一一烦君说。坐客尊酒频空，剩欠真珠压[3]。手把鱼竿未稳，长向沧浪学[4]。问愁谁怯。可堪杨柳，先作东风满城雪。[5]

【注释】

〔1〕阳关，此指《阳关三叠》。唐人句："劝君更尽一杯酒，西出阳关无故

人。"〔2〕吴侬,吴地自称曰我侬,称人曰渠侬、个侬、他侬。因称人多用侬字,故以"吴侬"指吴人。〔3〕邓注:"坐客"句,用《后汉书》孔融故事。孔融好客,"及退闲职,宾客日盈其门,常叹曰:坐上客常满,尊中酒不空,吾无忧矣。"此处变其意以自嘲。剩欠句,意即甚少酿造酒。真珠,指酒。李贺《将进酒》:"琉璃钟,琥珀浓,小槽酒滴真珠红。"压,压酒,即酿酒。李白《金陵酒肆留别》:"风吹柳花满店香,吴姬压酒劝客尝。"〔4〕"手把"两句,言其尚未习惯赋闲生活。《楚辞·渔夫》:"渔夫见屈原不能远离世俗,乃鼓枻而去,歌曰:'沧浪之水清兮,可以濯吾缨;沧浪之水浊兮,可以濯吾足。'遂不复与言。"〔5〕"可堪"两句,《世说新语·言语》:"谢太傅寒雪日内集,与儿女讲论文义。俄而雪骤,公欣然曰:'白雪纷纷何所似?'兄子胡儿曰:'撒盐满空差可拟。'兄女曰:'未若柳絮因风起。'公大笑乐。"此处即化用其兄女(谢道韫)诗意。

满庭芳·游豫章东湖再用韵

柳外寻春,花边得句,怪公喜气轩眉[1]。《阳春》《白雪》,清唱古今稀。曾是金銮旧客,记凤凰、独绕天池。挥毫罢,天颜有喜,催赐上方彝。(辛原注:公在词掖,尝拜尚主宝鼎之赐)

只今江海上,钧天梦觉,清泪如丝。算除非,痛把酒疗花治。明日五湖[2]佳兴,扁舟去、一笑谁知。溪堂好,且拚一醉,倚杖读韩碑[3]。

【注释】

〔1〕轩眉,犹扬眉。形容得意。〔2〕五湖,此指太湖。此用范蠡故事。杜牧诗:"惆怅无因见范蠡,参差烟树五湖东。"〔3〕邓注:溪堂、韩碑,韩愈作《郓州溪堂诗》,诗前有长序,备叙建溪堂理由,当时即将此诗并序刻石郓州,以昭后世。按:"溪堂"三句原注云:"堂记,公所制。"洪景伯原唱自注说:"司马汉章作山雨楼,景卢为之记。"因知此处之"堂记""溪堂""韩碑",应指司马汉章之山雨楼及洪景卢之《山雨楼记》。

诗酒山东

鹧鸪天·鹅湖[1]归病起作

翠竹千寻上薜萝[2]。东湖经雨又增波。只因买得青山好,却恨归来白发多。

明画烛,洗金荷[3]。主人起舞客齐歌。醉中只恨欢娱少,明日醒时奈病何。

【注释】
〔1〕鹅湖,山名。亦为书院名。江西省铅山县北荷湖山,有湖,多生荷。晋末有龚氏者,畜鹅于此,因名鹅湖山。宋淳熙二年朱熹与吕祖谦、陆九渊兄弟讲学鹅湖寺,后人立为四贤堂。淳祐中赐额"文宗书院",明正德中徙于山巅,改名"鹅湖书院"。按,此处指辛弃疾住处。公时家鹅湖。前后十余年,后终于此。 〔2〕薜萝,薜荔和女萝。两者皆野生植物,常攀缘于山野林木或屋壁之上。 〔3〕金荷,烛台上承烛泪的器皿。形如莲叶,用金、银或铜制成,亦借指烛。

丑奴儿近·博山道中效李易安体

千峰云起,骤雨一霎时价。更远树斜阳,风景怎生图画。青旗卖酒,山那畔、别有人间,只消山水光中,无事过这一夏。

午醉醒时,松窗竹户,万千潇洒。野鸟飞来,又是一般闲暇。却怪白鸥,觑着人、欲下未下。旧盟[1]都在,新来莫是,别有说话。

【注释】
〔1〕旧盟,指原来与鸥鹭结的盟约,即远离官场倾轧,过简单的生活。

定风波·暮春漫兴[1]

少日春怀似酒浓,插花走马醉千钟。老去逢春如病酒,唯有,茶瓯香篆[2]小帘栊。

卷尽残花风未定,休恨,花开元自[3]要春风。试问春归谁得见,飞燕,来时相遇夕阳中。

【注释】
〔1〕漫兴,谓率意为诗,并不刻意求工。 〔2〕香篆,香名,形似篆文。指焚香时所起的烟缕。因其曲折似篆文,故称。 〔3〕元自,犹言原本,本来。

临江仙

醉宿崇福寺,寄祐之弟,祐之以仆[1]醉先归。

莫向空山吹玉笛,壮怀酒醒心惊。四更霜月太寒生。被翻红锦浪,酒满玉壶冰。

小陆[2]未须临水笑,山林我辈钟情。今宵依旧醉中行。试寻残菊处,中路候渊明。[3]

【注释】
〔1〕仆,诗人自指。 〔2〕邓注:小陆,此处作者自比陆机,以祐之(辛弃疾族弟比陆云)。二陆是晋代有名的两兄弟,都在朝廷任要职。苏轼曾把他与其弟苏辙比作"二陆",其词《沁园春赴密州早行马上寄子由》有句:"当时共客长安。似二陆初来俱少年。" 〔3〕邓注:"中路"句,以陶渊明自况。说江州刺史半路置酒候渊明故事。见《宋书·陶潜传》。苏轼诗:"但得低头拜东野,不辞中路伺渊明。"东野,唐诗人孟郊字东野。不辞,不推辞,不惜。

诗酒山东

临江仙

再用前韵，送祐之弟归浮梁。

钟鼎山林[1]都是梦，人间宠辱休惊。只消闲处遇平生。酒杯秋吸露[2]，诗句夜裁冰。

记取小窗风雨夜，对床[3]灯火多情。问谁千里伴君行。晚山眉样翠，秋水镜般明。

【注释】
〔1〕钟鼎山林，比喻富贵和隐逸。　〔2〕吸露，吸饮露水。喻高洁。　〔3〕对床，两人对床而卧。喻相聚的欢乐。

菩萨蛮·坐中赋樱桃

香浮乳酪玻璃碗，年年醉里尝新惯。何物比春风，歌唇一点红。
江湖清梦断，翠笼明光殿。万颗写轻匀，低头愧野人。

木兰花慢·滁州送范倅

老来情味减，对别酒、怯流年。况屈指中秋，十分好月，不照人圆。无情水、都不管，共西风、只等送归船。秋晚莼鲈江上，夜深儿女灯前。

征衫[1]，便好去朝天，玉殿正思贤。想夜半承明[2]，留教视草[3]，却遣筹边[4]。长安故人问我，道寻常、泥酒只依然。目断秋霄落雁，醉来时响空弦。

【注释】
〔1〕征衫,旅人之衣。借指远行之人。 〔2〕承明,古代天子左右路寝称承明,因承接明堂之后,故称。补,此指受皇帝恩惠教导,为朝廷服务。 〔3〕视草,古代词臣奉旨修正诏谕一类公文,称"视草"。 〔4〕筹边,筹划边境的事务。

朝中措·崇福寺道中归寄祐之弟

篮舆[1]袅袅破重冈,玉笛两红妆。这里都愁酒尽,那边正和诗忙。
为谁醉倒,为谁归去,都莫思量。白水东边篱落,斜阳欲下牛羊。

【注释】
〔1〕篮舆,古代供人乘坐的交通工具,形制不一,一般以人力抬着行走,类似后世的轿子。

乌夜啼·山行约范廓之不至

江头醉倒山公[1],月明中。记得昨宵归路、笑儿童。
溪欲转,山已断,两三松。一段可怜风月、欠诗翁。

【注释】
〔1〕醉倒山公,典出南朝宋刘义庆《世说新语·任诞》,"山季伦为荆州,时出酣畅,人为之歌曰:'山公时一醉,径造高阳池,日莫倒载归,茗艼(即酩酊)无所知。'"后以"醉倒山公"形容酒醉。

诗酒山东

乌夜啼·廓之见和，复用前韵

人言我不如公，酒频中。更把平生湖海、问儿童。
千尺蔓，云叶[1]乱，系长松。却笑一身缠绕、似衰翁。

【注释】
〔1〕云叶，犹云片，云朵。浓密的叶子。

鹊桥仙·为人庆八十席间戏作

朱颜晕酒，方瞳[1]点漆[2]，闲傍松边倚杖。不须更展画图看，自是个、寿星模样。
今朝盛事，一杯深劝，更把新词齐唱。人间八十最风流，长帖在、儿儿额上。[3]

【注释】
〔1〕方瞳，方形的瞳孔。古人以为长寿之相。 〔2〕点漆，乌黑光亮貌。 〔3〕邓注："人间"两句，宋代习俗，每用朱笔于小儿额上书"八十"字样，以求长生。儿儿，孩儿。陈藻《丘叔乔八十》："大家于此且贪生，八十孩儿题向额。"

一络索·闺思

羞见鉴鸾孤却[1]，倩人梳掠。一春长是为花愁，甚夜夜、东风恶。
行绕翠帘珠箔，锦笺谁托。玉筯泪满却停觞，怕酒似、郎情薄。

【注释】
〔1〕鉴鸾,犹镜鸾。孤却,一个人照镜子。

千秋岁·金陵寿史帅致道时有版筑役

塞垣秋草,又报平安好。尊俎上,英雄表。金汤生气象,珠玉霏谭笑。春近也,梅花得似人难老。

莫惜金尊倒,凤诏看看到。留不住,江东小。从容帷幄去,整顿乾坤了。千百岁,从今尽是中书考。

感皇恩·滁州为范倅寿

春事到清明,十分花柳。唤得笙歌劝君酒。酒如春好,春色年年如旧。青春元不老,君知否。

席上看君,竹清松瘦。待与青春斗长久。三山归路,明日天香襟袖。更持银盏起,为君寿。

西江月·渔父词

千丈悬崖削翠,一川落日镕金。白鸥来往本无心。选甚风波一任。

别浦[1]鱼肥堪脍,前村酒美重斟。千年往事已沈沈。闲管兴亡则甚。

【注释】
〔1〕别浦,河流入江海之处称浦,或称别浦。

诗酒山东

清平乐·检校山园书所见

连云[1]松竹,万事从今足。拄杖东家分社肉[2],白酒床头初熟。西风梨枣山园,儿童偷把长竿。莫遣旁人惊去,老夫静处闲看。

【注释】
〔1〕连云,与天空之云相连。形容高远,众多。 〔2〕社肉,谓社日祭神之牲肉。

生查子·山行寄杨民瞻

昨宵醉里行,山吐三更月。不见可怜人,一夜头如雪。
今宵醉里归,明月关山笛。收拾锦囊诗,要寄扬雄宅。

生查子·民瞻见和,复用前韵

谁倾沧海珠,簸弄千明月。唤取酒边来,软语裁春雪。
人间无凤凰,空费穿云笛。醉倒却归来,松菊陶潜宅[1]。

【注释】
〔1〕陶潜宅,此指作者罢归之家。

摸鱼儿

两岩有石状怪甚,取离骚九歌名曰山鬼,因赋摸鱼儿,改名山鬼谣。

问何年,此山来此,西风落日无语。看君似是羲皇上[1],直作太初[2]名汝。溪上路,算只有、红尘不到今犹古。一杯谁举。笑我醉呼君,崔嵬未起,山鸟覆杯去。

须记取,昨夜龙湫[3]风雨。门前石浪掀舞。四更山鬼吹灯啸,惊倒世间儿女。依约处,还问我、清游杖履公良苦。神交心许。待万里携君,鞭笞鸾凤[4],诵我远游赋。

【注释】
[1]羲皇上,即伏羲氏。 [2]太初,天地未分之前的混沌元气。 [3]龙湫,上有悬瀑下有深潭谓之龙湫。此指风雨落龙湫。 [4]鞭笞鸾凤,谓仙人鞭策凤鸾乘之以行。比喻闲逸、高雅的生活。

声声慢

滁州旅次[1],登奠枕楼作,和李清宇韵。

征埃成阵,行客相逢,都道幻出层楼。指点檐牙高处,浪拥云浮。今年太平万里,罢长淮、千骑临秋。凭栏望,有东南佳气,西北神州。

千古怀嵩人去,应笑我、身在楚尾吴头[2]。看取弓刀,陌上车马如流。从今赏心乐事,剩安排、酒令诗筹。华胥梦,愿年年、人似旧游。

【注释】
[1]邓注:作者时任滁州太守。旅次,作客途中,词人将滁州之任视为旅途暂

居之地。〔2〕邓注:"千古"二句,言曾经在滁州建筑怀嵩楼,终能回归故乡。唐人李德裕,当笑话我何以旅居在此,而不回归故乡(词人故乡山东济南)。怀嵩人,指唐人李德裕。李德裕被贬任滁州刺史时,曾在滁州筑"怀嵩楼",并写下《怀嵩楼记》,取怀归嵩洛之意。嵩洛,嵩山、洛阳,李德裕故乡。楚尾吴头,安徽滁州地处古代吴楚两国的交界处,故有此称。

满江红

送徐抚干[1]衡仲之官三山,时马叔会侍郎帅闽。

绝代佳人,曾一笑、倾城倾国。休更叹、旧时清镜,而今华发。明日伏波[2]堂上客,老当益壮翁应说。恨苦遭、邓禹笑人来,长寂寂。[3]

诗酒社,江山笔。松菊径,云烟屐。怕一觞一咏,风流弦绝。我梦横江孤鹤去,觉来却与君相别。记功名、万里要吾身,佳眠食。

【注释】
〔1〕邓注,徐抚干即徐安国,字衡仲。三山,今福建省福州市。城中有三山,故名。 〔2〕邓注:伏波,指马援,字文渊,曾拜伏波将军。常谓宾客曰:"丈夫为志,穷当益坚,老当益壮。"(《后汉书·马援传》) 〔3〕邓注:"恨苦遭"句,《南史·王融传》:"融躁于名利,自恃人地,三十内望为公辅,及为中书郎,尝抚案叹曰:为尔汲汲,邓禹笑人。"邓禹(2—58),字仲华,今河南南阳新野人,东汉初年军事家,云台二十八将第一位。邓禹年轻时曾在长安学习,与刘秀交好。更始元年(23),刘秀巡行河北,邓禹前往追随,提出"延揽英雄,务悦民心,立高祖之业,救万民之命"的方略,被刘秀"恃之以为萧何"。邓禹协助刘秀建立东汉,"既定河北,复平关中",功劳卓著。刘秀称帝后,封邓禹为大司徒、酂侯。后改封高密侯,进位太傅。永平元年(58)去世,谥号元侯。

贺新郎

陈同父自东阳来过余[1]，留十日，与之同游鹅湖，且会朱晦庵于紫溪。不至，飘然东归。既别之明日，余意中殊恋恋，复欲追路。至鹭鹚林，则雪深泥滑，不得前矣。独饮方村，怅然久之，颇恨挽留之不遂也。夜半，投宿泉湖吴氏四望楼，闻邻笛悲甚，为赋贺新郎以见意。又五日，同父书来索词。心所同然者如此，可发千里一笑。

把酒长亭说。看渊明、风流酷似，卧龙诸葛。何处飞来林间鹊，蹙踏[2]松梢微雪。要破帽、多添华发。剩水残山[3]无态度，被疏梅、料理成风月。两三雁，也萧瑟。

佳人重约还轻别。怅清江、天寒不渡，水深冰合。路断车轮生四角，此地行人销骨。问谁使、君来愁绝。铸就而今相思错，料当初、费尽人间铁。长夜笛，莫吹裂。

【注释】

〔1〕邓注：陈同父，即陈亮。朱晦庵，即朱熹。过余，来看我。紫溪，江西铅山县南。　〔2〕蹙踏（cù tà），踩踏。践临；到达。　〔3〕剩水残山，语本唐杜甫《陪郑广文游何将军山林》之五："剩水沧江破，残山碣石开。"剩水，指人工池塘；残山，指假山。

贺新郎·同父见和，再用前韵

老大犹堪说。似而今、元龙臭味，孟公瓜葛[1]。我病君来高歌饮，惊散楼头飞雪。笑富贵、千钧如发。硬语盘空谁来听，记当时、只有西窗月。重进酒，唤鸣瑟。

诗酒山东

事无两样人心别。问渠侬[2]、神州毕竟，几番离合。汗血盐车[3]无人顾，千里空收骏骨。正目断、关河路绝。我最怜君中宵舞，道男儿、到死心如铁。看试手，补天裂。

【注释】

[1]邓注：元龙，三国时陈登字元龙。孟公，西汉名士陈遵字孟公，性情豪爽，嗜酒好客。 [2]渠侬，方言。他，她。 [3]汗血盐车，骏马拉运盐的车子。"汗血"，骏马。后以"汗血盐车"喻人才埋没受屈。

水调歌头·送信守[1]王桂发

酒罢且勿起，重挽史君须[2]。一身都是和气，别去意何如。我辈情钟休问，父老田头说尹，泪落独怜渠[3]。秋水见毛发，千尺定无鱼[4]。

望清阙[5]，左黄阁[6]，右紫枢。东风桃李陌上，下马拜除书[7]。屈指吾生余几，多病故人痛饮，此事正愁余。江湖有归雁，能寄草堂[8]无。

【注释】

[1]邓注：信守，信州太守。 [2]邓注："重挽"句，苏轼诗句："吏民莫作官长看，我是识字耕田夫。妻啼儿号刺史怒，时有野人来挽须。"言与民众关系密切。史君，指王桂发。 [3]邓注："父老"句说王桂发在信州有善政，得民心。尹，府尹，知府。杜甫诗："酒酣夸新尹，畜眼未见有。" [4]邓注："秋水"句，语本东方朔《答客难》："水至清则无鱼，人至察则无徒。" [5]清阙，指皇宫。 [6]邓注：黄阁，谓中书门下省，为丞相理政处。紫枢，指枢密院，国家军事首脑机关。 [7]邓注：除书，指授官诏令。 [8]邓注：草堂，此指作者所居宅第。

水调歌头

淳熙丁丁酉，自江陵移帅隆兴，到官之三月被召，司马监、赵卿、王漕饯别。司马赋水调歌头，席间次韵。时王公明枢密薨，坐客终夕为兴门户之叹[1]，故前章及之。

我饮不须劝，正怕酒尊空。别离亦复何恨，此别恨匆匆。闻上貂蝉贵客[2]，花外麒麟高冢[3]，人世竟谁雄。一笑出门去，千里落花风。

孙刘辈，能使我，不为公[4]。余发种种如是，此事付渠侬[5]。但觉平生湖海，除了醉吟风月，此外百无功。毫发皆帝力，更乞鉴湖东。

【注释】

〔1〕邓注：门户之叹，时王公明枢密（王炎）死，追随者多受排挤，故兴门户之叹。 〔2〕邓注：貂蝉贵客，头戴貂蝉冠的贵人。 〔3〕邓注：麒麟高冢，立着石麒麟的高大坟墓。 〔4〕邓注："孙刘辈"三句，朝廷上把持权力的权贵们，能够使我不做三公，却不能使我媚事他们。孙刘，指三国时魏国中书监刘放和中书令孙资。《三国志·辛毗传》：孙、刘当政，唯有辛毗不从。他说："吾之立身，自有本末。就与刘孙不平，不过令吾不作三公而已。何危害之有焉？有大丈夫欲为公而毁其高节者邪？"此处稼轩用 "辛"姓前辈故事表明心胸。公，即三公。东汉时，以太尉、司徒、司空为三公。后世以此为高官的代称。 〔5〕邓注："余发"二句，我已经掉发衰老，门户之争的事，就让他们去折腾吧。种种，头发稀少貌。付渠侬，交给他们，指当代权贵们。

水调歌头

元日投宿博山寺，见者惊叹其老。

头白齿牙缺，君勿笑衰翁。无穷天地今古，人在四之中。臭腐神奇[1]俱尽，贵贱贤愚等耳，造物也儿童。老佛更堪笑，谈妙说虚空。

坐堆㾕[2]，行答飒，立龙钟。有时三盏两盏，淡酒醉蒙鸿[3]。四十九年前事，一百八盘[4]狭路，拄杖倚墙东。老境何所似，只与少年同。

【注释】

〔1〕臭腐神奇，《庄子·知北游》："是其所美者为神奇，其所恶者为臭腐，臭腐复化为神奇，神奇复化为臭腐。故曰，通天下一气耳。"按：此谓造化弄人。 〔2〕堆㾕，困顿貌。 〔3〕蒙鸿，迷迷糊糊的样子。 〔4〕一百八盘，本形容山路弯曲险阻，后亦以喻世路崎岖。

念奴娇·双陆[1]和陈仁和韵

少年握槊[2]，气凭陵、酒圣诗豪余事。缩手旁观初未识，两两三三而已。变化须臾，鸥飞石镜，鹊抵星桥外。捣残秋练，玉砧犹想纤指。

堪笑千古争心，等闲一胜，拚了光阴费。老子忘机浑谩与，鸿鹄飞来天际。武媚宫中[3]，韦娘局上[4]，休把兴亡记。布衣百万[5]，看君一笑沉醉。

【注释】

〔1〕双陆（数字六之大写），亦称"双鹿"。古代一种博戏。《五杂俎》："双陆本是胡戏。……子随骰行，若得双六则无不胜，故名。" 〔2〕邓注：握槊，古代博戏之一。少年握槊，语义双关。明咏双陆，暗指作者横槊上马，率众起义之往事。鸥翻四句，当时描述双陆博戏的情景。浑谩与，姑且漫然应付之意。杜甫诗："老去诗篇浑漫与，春来花鸟莫深愁。" 〔3〕邓注：武媚宫中，武媚，指武则天，唐太宗召其入宫，赐号武媚。此言武媚与狄仁杰论梦与人双陆频不胜故事。见吴曾《能改斋漫录》卷六"双陆"条引《狄仁杰家传》 〔4〕邓注：韦娘局上，韦娘，指唐中宗皇后韦氏。中宗被废，韦后与武三思升御床博戏，帝从旁典筹，不为忤。即皇帝中宗被废之后，在韦氏与武三思（武则天侄）旁边整理筹码，不以为忤（不以为他们犯上）。 〔5〕邓注：布

衣百万，杜甫诗："咸阳客舍一事无，相与博赛为欢娱。君莫笑刘毅从来布衣愿，家无儋石输百万。"儋石，计量谷物的器具。杜诗此句说此人家里没有一石粮食，结果赌钱输了上百万。

最高楼

吾拟乞归，犬子以田产未置止我，赋此骂之。

吾衰矣，须富贵何时。富贵是危机。暂忘设醴[1]抽身去，未曾得米弃官归。穆先生，陶县令，是吾师。

待葺个、园儿名佚老[2]。更作个、亭儿名亦好。闲饮酒，醉吟诗。千年田换八百主，一人口插几张匙。休休休，更说甚，是和非。

【注释】

[1]设醴，《汉书·楚元王刘交传》："元王每置酒，常为穆生设醴。"颜师古注："醴，甘酒也。"后以"设醴"指礼遇贤士。邓注：穆生，原来楚元王未登基前在封地的知己，本不饮酒，元王为表示尊重，每设醴酒相待，后元王登基后逐渐忘了置酒的事，穆生遂称病离去。 [2]佚老，遁世隐居的老人。

鹧鸪天·送元济之归豫章

敲枕婆娑两鬓霜。起听檐溜[1]碎喧江。那边云筯销啼粉，这里车轮转别肠。

诗酒社，水云乡。可堪醉墨[2]几淋浪[3]。画图恰似归家梦，千里河山寸许长。

【注释】
〔1〕檐溜,屋檐水。　〔2〕醉墨,谓醉中所作的诗画。　〔3〕淋浪,泼染,挥洒。形容书写流畅。

鹊桥仙·乙酉山行书所见

松冈避暑,茅檐避雨。闲去闲来几度。醉扶孤石看飞泉,又却是、前回醒处。

东家娶妇,西家归女[1]。灯火门前笑语。酿成千顷稻花香,夜夜费、一天风露。

【注释】
〔1〕归女,嫁女。

临江仙·即席和韩南涧韵

风雨催春寒食近,平原一片丹青[1]。溪边唤渡柳边行。花飞蝴蝶乱,桑嫩野蚕生。

绿野先生闲袖手[2],却寻诗酒功名。未知明日定阴晴。今宵成独醉,却笑众人醒。

【注释】
〔1〕丹青,红色和青色。亦泛指绚丽的色彩。　〔2〕袖手,藏手于袖。表示闲逸的神态。

定风波·席上送范先之游建康

听我尊前醉后歌,人生亡奈[1]别离何。但使情亲千里近,须信,无情对面是山河。

寄语石头城[2]下水,居士,而今浑不怕风波。借使[3]未如鸥鸟惯,相伴,也应学得老渔蓑。

【注释】
[1]亡奈,无奈。 [2]石头城,古城名。又名石首城。故址在今江苏省南京市清凉山。本楚金陵城,汉建安十七年孙权重筑改名。城负山面江,南临秦淮河口,当交通要冲,六朝时为建康军事重镇。唐以后城废。 [3]借使,假设,连词。即使,纵然。

定风波

大醉归自葛园,家人有痛饮之戒,故书于壁。

昨夜山公倒载[1]归,儿童应笑醉如泥。试与扶头[2]浑未醒,休问,梦魂犹在葛家溪。

千古醉乡来往路,知处,温柔东畔白云西。起向绿窗[3]高处看,题遍,刘伶元自有贤妻。

【注释】
[1]山公倒载,谓醉酒后躺倒在车上。形容烂醉不醒。 [2]扶头,谓酒醉醒后又饮少量淡酒用以解醒。 [3]绿窗,绿色纱窗。指女子居室。

鹊桥仙·赠人

风流标格[1]，惺松言语，真个十分奇绝。三分兰菊十分梅，斗合[2]就、一枝风月。

笙簧未语[3]，星河易转，凉夜厌厌[4]留客。只愁酒尽各西东，更把酒、推辞一霎。[5]

【注释】

[1]标格，犹。风范，风度。 [2]斗合，凑在一起；聚集。 [3]笙簧未语，指笙。簧，笙中之簧片。此指未以笙歌伴唱。 [4]厌厌，精神不振貌。 [5]一霎，谓时间极短。

感皇恩·寿范倅

七十古来稀，人人都道。不是阴功[1]怎生到。松姿虽瘦，偏耐云寒霜晓。看君双鬓底，青青好。

楼雪初晴，庭闱[2]嬉笑。一醉何妨玉壶倒。从今康健，不用灵丹仙草。更看一百岁，人难老。

【注释】

[1]阴功，迷信的人指在人世间所做而在阴间可以记功的好事。 [2]庭闱，内舍，家中。

一枝花·醉中戏作

千丈擎天手[1]，万卷悬河口。黄金腰下印，大如斗。更千骑弓刀，挥霍[2]遮前后。百计千方[2]久。似斗草儿童，赢个他家偏有。

算枉了、双眉长恁皱，白发空回首。那时闲说向，山中友。看丘陇牛羊，更辨贤愚否。且自栽花柳。怕有人来，但只道、今朝中酒[4]。

【注释】
〔1〕擎天手，托得住天的手。 〔2〕挥霍，迅疾貌。 〔3〕百计千方，谓想尽或用尽所有办法。 〔4〕中酒，醉酒。

清平乐·寿道夫

此身长健，还却功名愿。枉读平生三万卷，满酌金杯听劝。

男儿玉带[1]金鱼，能消几许诗书。料得今宵醉也，两行红袖[2]争扶。

【注释】
〔1〕玉带，饰玉的腰带，古代贵官所用。 〔2〕红袖，女子的红色衣袖，指美女。

新荷叶

赵茂嘉、赵晋臣和韵见约初秋访悠然，再用韵。

物盛还衰，眼看春叶秋萁。贵贱交情，翟公门外人稀。酒酣耳热[1]，又何须、幽愤裁诗[2]。茂林修竹，小园曲迳疏篱。

秋以为期。西风[3]黄菊开时。拄杖敲门，从他颠倒裳衣。去年堪笑，醉题诗、醒后方知。而今东望，心随去鸟先飞。

【注释】
〔1〕酒酣耳热，形容酒喝得畅快，酒兴正浓。 〔2〕裁诗，作诗。 〔3〕西风，西面吹来的风。此指秋风。

玉楼春·再和

人间反覆成云雨，凫雁[1]江湖来又去。十千[2]一斗饮中仙，一百八盘天上路。

旧时枫叶吴江[3]句，今日锦囊无著处。看封关外水云侯，剩按山中诗酒部。

【注释】
[1] 凫雁，野鸭与大雁。 [2] 十千，一万。极言其多。 [3] 吴江，吴淞江的别称。

满江红

宿酒醒时，算只有、清愁而已。人正在、青涂堂上，月华如洗。纸帐梅花[1]归梦觉，莼羹[2]鲈鲙[3]秋风起。问人生、得意几何时，吾归矣。

君若问，相思事。料长在，歌声里。这情怀只是，中年如此。明月何妨千里隔，顾君与我何如耳。向尊前、重约几时来，江山美。

【注释】
[1] 纸帐梅花，一种由多样物件组合、装饰而成的卧具。 [2] 莼羹，用莼菜烹制的羹。 [3] 鲈鲙，鲈鱼脍。后以"鲈鱼脍"为思乡赋归之典。

木兰花慢（题上饶郡圃翠微楼）

旧时楼上客，爱把酒、向南山。笑白发如今，天教[1]放浪，来往其间。登楼更谁念我，却回头、西北望层栏。云雨珠帘画栋，笙歌雾鬓云鬟[2]。

近来堪入画图看，父老愿公欢。甚拄笏悠然，朝来爽气，正尔相关。难忘使君后日，便一花一草报平安。与客携壶且醉，雁飞秋影江寒。

【注释】
〔1〕天教，上天示意，以为教诲。　〔2〕雾鬓云鬟，形容女子细密柔美的头发。亦借指美女。

水调歌头

壬子三山被召，陈端仁给事饮饯，席上作。

长恨复长恨，裁作短歌行[1]。何人为我楚舞[2]，听我楚狂[3]声？余既滋兰九畹[4]，又树蕙[5]之百亩，秋菊更餐英[6]。门外沧浪水，可以濯吾缨。

一杯酒，问何似，身后名？人间万事，毫发常重泰山轻[7]。悲莫悲生离别，乐莫乐新相识，儿女古今情。富贵非吾事，归与白鸥盟。

【注释】
〔1〕短歌行，《乐府·相和歌·平调曲》的乐曲名，因其声调短促，故名。多为宴会上唱的乐曲。　〔2〕楚舞，楚地之舞。　〔3〕楚狂，《论语·微子》："楚狂接舆歌而过孔子曰：'凤兮凤兮，何德之衰！'"邢昺疏："接舆，楚人，姓陆名通，字接舆也。昭王时，政令无常，乃披发伴狂不仕，时人谓之楚狂也。"后常用为典，亦用为狂士的通称。　〔4〕九畹（jiǔ wǎn），《楚辞·离骚》："余既滋兰之九畹兮，又树蕙之百亩。"王逸注："十二亩曰畹。"一

说,田三十亩曰畹。见《说文》。后即以"九畹"为兰花的典实。 〔5〕树蕙,种植香草。喻修行仁义。 〔6〕餐英,《楚辞·离骚》:"朝饮木兰之坠露兮,夕餐秋菊之落英。"后世咏菊时遂用"餐英"为典故,隐喻高洁之意。 〔7〕邓注:"一杯酒"五句,与身后永恒的名声相比,生前杯酒带来的快乐究竟谁大?看穿人间万事便知,有时泰山(代指名声)反而很轻,而毫毛(及时之快乐)反而很重。《庄子·齐物论》:"天下莫大于秋毫之末,而泰山为小。"

水调歌头·醉吟

四坐且勿语,听我醉中吟。池塘春草未歇,高树变鸣禽。鸿雁初飞江上,蟋蟀还来床下,时序百年心。谁要卿料理,山水有清音。

欢多少,歌长短,酒浅深。而今已不如昔,后定不如今。闲处直须行乐,良夜更教秉烛,高会[1]惜分阴[2]。白发短如许,黄菊倩谁簪。

【注释】
〔1〕高会,盛大宴会。 〔2〕惜分阴,极言珍惜时间。

沁园春·将止酒[1],戒酒杯使勿近

杯汝来前,老子今朝,点检形骸[2]。甚长年抱渴,咽如焦釜,于今喜睡,气似奔雷[3]。汝说刘伶,古今达者,醉后何妨死便埋[4]。浑如此,叹汝于知己,真少恩哉![5]

更凭歌舞为媒。算合作平居鸩毒猜。况怨无大小,生于所爱,物无美恶,过则为灾。与汝成言,勿留亟退,吾力犹能肆汝杯。杯再拜,道麾之即去,招则须来。

【注释】

〔1〕邓注：止酒，戒酒。戒酒杯使勿近，警告酒杯不许靠近我。　〔2〕邓注："杯汝"三句，呼杯来前，告以我将戒酒。汝，你，指酒杯。点检形骸，指检查身体。意谓自我保养，不再纵酒伤身。　〔3〕邓注："甚长年"四句，言昔因纵酒成疾，如今因病罢酒，唯思酣睡。抱渴，患酒渴病，长年口渴思饮。　〔4〕邓注："汝说"三句，酒杯劝告词人，便学刘伶，醉死何妨，不必戒酒。　〔5〕邓注："浑如此"三句，词人谓酒杯竟然说出如此话来，未免太少情意。

沁园春

城中诸公载酒入山，余不得以止酒为解，遂破戒一醉，再用韵。

杯汝知乎，酒泉罢侯，鸱夷乞骸[1]。更高阳入谒[2]，都称齑臼[3]，杜康初筮，正得云雷[4]。细数从前，不堪余恨，岁月都将曲蘖埋[5]。君诗好，似提壶却劝，沽酒何哉。

君言病岂无媒。似壁上雕弓蛇暗猜[6]。记醉眠陶令，终全至乐，独醒屈子，未免沈灾[7]。欲听公言，惭非勇者，司马家儿解覆杯[8]。还堪笑，借今宵一醉，为故人来。

【注释】

〔1〕邓注：酒泉侯已罢免，酒袋子求告退，皆喻止酒。酒泉，郡名，汉置，在今甘肃省，以城下有金泉，味如酒，故名。据《拾遗记》，羌人姚馥嗜酒，但言渴于酒，人呼为"渴羌"。后武帝擢为朝歌（地名，在今河南淇县）宰，迁酒泉太守。杜甫《饮中八仙歌》："道逢曲车（运酒车）口流涎，恨不移封向酒泉。"此反用其意。鸱夷，酒袋。乞骸，本指年老官吏自请退职，比喻止酒。　〔2〕邓注："更高阳"两句，谓辞退酒徒，即止酒之意。高阳，指"高阳酒徒"郦食其。入谒（yè），晋见，请见。　〔3〕齑（jī）白，"辞"字之

隐语。后因以称极好的文词。 〔4〕邓注："杜康"两句，谓杜康出仕，不再酿酒，亦止酒之意。杜康，古之善酿酒者，亦指酒。初筮，即指筮任，古人将出仕，先占卦以问吉凶。云雷，《易经·屯卦·象》："云雷屯，君子以经纶。"此处用以指屯卦之义。 〔5〕邓注："细数"三句，回忆往事，恨大好岁月在饮酒中虚度。曲蘖，酿酒用的发酵物，此指酒。提壶，鸟名，以谐音引申为提壶（携酒壶）沽酒。 〔6〕邓注："君言"两句，凡病必有缘由，不应自我猜疑，以饮酒为病因。 〔7〕邓注："记醉眠"四句，陶潜醉眠，得以全身自乐；屈原独醒，却遭汨罗之祸。 〔8〕邓注："欲听"三句，自惭不如司马睿，缺乏勇气坚持戒酒。《世说新语·规箴篇》注引邓粲《晋记》，谓晋元帝司马睿"性素好酒，将渡江，王导深以谏，帝乃令左右进觞，饮而覆之，自是遂不复饮。"覆杯，倒置酒杯，形容尽饮。

念奴娇·和赵国兴知录韵

　　为沽美酒，过溪来、谁道幽人难致。更觉元龙楼百尺，湖海平生豪气[1]。自叹年来，看花索句，老不如人意。东风归路，一川松竹如醉。

　　怎得身似庄周[2]，梦中蝴蝶，花底人间世。记取江头三月暮，风雨不为春计。万斛愁来，金貂头上，不抵银瓶贵[3]。无多笑我，此遍聊当《宾戏》[4]。

【注释】

〔1〕邓注："更觉"两句，谓友人似有元龙湖海豪气，当卧百尺楼头，受人尊敬。元龙，陈登，字元龙。许汜谓其"湖海之士，豪气不除"，见《三国志·陈登传》。 〔2〕庄周，庄子，庄周梦蝶故事见《庄子·齐物论》。 〔3〕邓注："万斛"三句，谓何以解愁，唯有醉酒。银瓶，酒器，代指酒。万斛愁，极言愁之多。 〔4〕邓注：宾戏，即《答宾戏》，是东汉班固的一篇散文赋。内容表现不计名利的志趣，辛词借此明志以复友人。

感皇恩·寿铅山陈丞及之[1]

富贵不须论,公应自有。且把新词祝公寿。当年仙桂,父子同攀希有。人言金殿上,他年又。

冠冕在前,周公拜手[2]。同日催班鲁公后。此时人羡,绿鬓朱颜[3]依旧。亲朋来贺喜,休辞酒。

【注释】
〔1〕邓注:陈丞及之,陈拟,字及之,罗源人。与其父与行,同榜,终通直郎。上阕均言陈及之父子同领乡荐同举进士事。 〔2〕拜手,此说周公与其子伯禽即鲁公先后受拜于鲁(今山东曲阜)的故事。见《史记·鲁周公世家》《公羊传》文公十三年所记。 〔3〕绿鬓朱颜,此指陈及之。

锦帐春·席上和叔高韵

春色难留,酒杯常浅。把旧恨、新愁相间。五更风,千里梦,看飞红几片。这般庭院。

几许风流,几般娇懒[1]。问相见、何如不见。燕飞忙,莺语乱。恨重帘不卷。翠屏平远[2]。

【注释】
〔1〕娇懒,懒散倦怠。 〔2〕平远,平夷远阔。

浪淘沙·山寺夜半闻钟[1]

身世酒杯中,万事皆空,古来三五个英雄。雨打风吹何处是,汉殿秦宫。

梦入少年丛,歌舞匆匆,老僧夜半误鸣钟。惊志西窗眠不得,卷地西风。

诗酒山东

【注释】
〔1〕此词说醉梦中被钟惊醒，壮志未酬的惆怅之情。

玉楼春

　　三三两两谁家女，听取鸣禽枝上语。提壶沽酒[1]已多时，婆饼[2]焦时须早去。
　　醉中忘却来时路，借问行人家住处。只寻古庙那边行，更过溪南乌桕[3]树。

【注释】
〔1〕提壶沽酒，双关语。一为提壶鸟叫声，一指沽酒饮之。　〔2〕婆饼，即婆饼焦。见宋高承《事物纪原·虫鱼禽兽·婆饼》篇："昔人有远戍，其妇山头望之，化为石。其母为饼，将以为饷，使其子侦之，恐其焦不可食也，往已无及矣。因化此物，但呼婆饼焦也。今江淮所在有之。"　〔3〕乌桕（jiù），落叶树。实如胡麻子，多脂肪，可制肥皂及蜡烛等。

鹧鸪天·席上吴子似诸友见和再用韵答之

　　翰墨诸君久擅场[1]。胸中书传许多香。苦无丝竹衔杯乐，却看龙蛇[2]落笔忙。
　　闲意思，老风光。酒徒今有几高阳[3]。黄花不怯秋风冷，只怕诗人两鬓霜。

【注释】
〔1〕擅场，《文选·张衡〈东京赋〉》："秦政利嘴长距，终得擅场。"薛综注："言秦以天下为大场，喻七雄为斗鸡，利喙长距者终擅一场也。"后谓技艺超群。　〔2〕龙蛇，指笔走龙蛇。　〔3〕高阳，"高阳酒徒"的略语。

乌夜啼

晚花露叶风条,燕飞高。行过长廊西畔、小红桥。

歌再起,人再舞,酒才消。更把一杯重劝、摘樱桃。

念奴娇

晋臣十月望生日,自赋词,属余和韵。

看公风骨,似长松磊落,多生奇节。世上儿曹都蓄缩,冻芋旁堆秋瓞[1]。结屋溪头,境随人胜,不是江山别。紫云[2]如阵,妙歌争唱新阕。

尊酒一笑相逢,与公臭味[3],菊茂兰须悦。天上四时调玉烛[4],万事宜询黄发[5]。看取东归,周家叔父,手把元龟说[6]。祝公长似,十分今夜明月。

【注释】

[1]邓注:蓄缩,退缩、懈怠。"冻芋"句,韩愈《石鼎联句》:"秋瓜未落地,冻芋强抽萌。"瓞,小瓜。 [2]邓注:紫云,指歌妓。《唐诗纪事》卷五十六:"杜牧为御史,分务洛阳,时李愿罢镇(罢职)闲居,声伎豪侈,高会朝客(朝廷来的客人),杜瞠目注视,问李云:'闻有紫云者,孰是?'李指之,杜凝睇良久,曰:'名不虚传,宜以见惠。'李俯而笑,诸伎亦回首破颜。" [3]臭味,比喻同类,臭味相投。 [4]调玉烛,谓四季气候调和,四时之气和畅。形容太平盛世。 [5]黄发,指年老,亦指老人。 [6]邓注:"看取"三句,周家叔父,指周公。周公相成王,将东征,作《大诰》,中有云:"宁王遗我大宝龟。"宁王,指周武王。大宝龟,即元龟,古代用以占卜。

诗酒山东

玉蝴蝶·叔高书来戒酒，用韵

贵贱偶然，浑似随风帘幌，篱落飞花[1]。空使儿曹，马上羞面频遮[2]。向空江、谁捐玉佩？寄离恨、应折疏麻[3]。暮云多。佳人何处？数尽归鸦[4]。

侬家。生涯蜡屐，功名破甑[5]，交友抟沙[6]。往日曾论，渊明似胜卧龙些[7]。记从来、人生行乐，休更问、日饮亡何[8]。快斟呵。裁诗未稳，得酒良佳[9]。

【注释】

[1]邓注："贵贱"三句，人生贵贱是偶然的，就像树花同发，而一者因风落入帘幕下（谓富贵），一者因风落入篱落边（谓贫贱）。典出《南史·范缜传》。 [2]邓注："空使"二句，那些侥幸获得富贵的人，作态弄姿掩饰自己，也没有什么意思。典出《南齐书·刘祥传》。儿曹，儿辈。稼轩经常以此指称政治庸才。 [3]邓注："向空江"三句，是谁向我投赠玉佩，我将把疏麻的花朵折下来送给他以寄托思念。 [4]邓注：佳人，指杜叔高。"暮云"三句言自己十分思念杜叔高。 [5]破甑（zèng），《后汉书·郭太传》："孟敏字叔达，钜鹿杨氏人也。客居太原，荷甑堕地，不顾而去。林宗见而问其意。对曰：'甑已破矣，视之何益？'"后遂以"破甑"喻不值一顾的事物。邓注："侬家"四句，言自己的生活淡泊随意：生活在山水中，功名已不再留恋，朋友像手上的细沙一样，随意地新陈代谢。侬家，我。生涯蜡屐，谓游山玩水即是生涯。补：蜡屐，以蜡涂木屐。 [6]抟（tuán）沙，捏沙成团。比喻聚而易散。 [7]邓注："渊明"句，谓陶渊明的弃官归隐胜似诸葛亮的出山就仕。 [8]邓注："算从来"两句，人生本当及时行乐，不要责备我每天除了饮酒，也没有做别的事情。问，责问，责备。亡何，没有做什么。 [9]邓注："快斟呵"三句，此为故意淘气的态度：赶紧倒酒啊，好诗还没有吟稳便，正待借酒兴唤起灵感呢。未稳，指诗句还不够妥帖工稳。

破阵子·为陈同甫赋壮语以寄之

醉里挑灯看剑，梦回吹角连营。八百里分麾下炙[1]，五十弦[2]翻塞外声。沙场秋点兵。

马作的卢飞快，弓如霹雳弦惊[3]。了却君王天下事，赢得生前身后名。可怜白发生。

【注释】
[1]邓注：麾下，部下。炙，烤肉。 [2]邓注：五十弦，本指瑟，古瑟为五十弦。此处泛指军中乐器。 [3]邓注："马作"二句，指鏖战的场面。的卢，一种烈性快马。据《三国志》，刘备遇险，其所骑的卢"一跃三丈"。

临江仙

和信守王道夫韵，谢其为寿，时仆作闽宪。[1]

记取年年为寿客，只今明月相随。莫教弦管便生衣[2]。引壶觞自酌，须富贵何时。

入手清风词更好，细书[3]白茧乌丝[4]。海山问我几时归。枣瓜[5]如可啖，直欲觅安期[6]。

【注释】
[1]邓注：闽宪，指福建提点刑狱。 [2]生衣，指物体表面寄生的菌藻类植物。此指及时行乐，莫使管弦尘封。 [3]细书，写小字。 [4]白茧乌丝，绢帛，可供书写。 [5]枣瓜，传说中的仙枣。又称安期枣。 [6]安期，安期生。《史记·封禅书》载方士李少君语："臣常游海上，见安期生。安期生食枣大如瓜。"

诗酒山东

鹧鸪天·再赋牡丹

去岁君家把酒杯。雪中曾见牡丹开。而今纨扇[1]薰风[2]里，又见疏枝月下梅。

欢几许，醉方回。明朝归路有人催。低声待向他家道，带得歌声满耳来。

【注释】
〔1〕纨扇，细绢制成的团扇。　〔2〕薰风，和暖的风。

临江仙·老去浑身无着处

老去浑身无着处，天教只住山林。百年光景百年心。更欢须叹息，无病也呻吟。

试向浮瓜沈李处，清风散发披襟。莫嫌浅后更频斟。要他诗句好，须是酒杯深。

西江月·遣兴

醉里且贪欢笑，要愁那得[1]工夫。近来始觉古人书，信着[2]全无是处。昨夜松边醉倒，问松我醉何如。只疑松动要来扶，以手推松曰去。

【注释】
〔1〕那得，哪有。　〔2〕信着，相信。

贺新郎·又和

碧海成桑野。笑人间江翻平陆,水云高下。自是三山[1]颜色好,更着雨婚烟嫁。料未必、龙眠[2]能画。拟向诗人求幼妇[3],倩诸君、妙手皆谈马。须进酒,为陶写[4]。

回头鸥鹭瓢泉社。莫吟诗莫抛尊酒,是吾盟也。千骑而今遮白发,忘却沧浪亭榭。但记得、灞陵呵夜[5]。我辈从来文字饮[6],怕壮怀、激烈须歌者[7]。蝉噪也,绿阴夏。

【注释】

〔1〕三山,指福州。 〔2〕龙眠,宋代著名画家李公麟的别号。公麟致仕后,归老于龙眠山,自号龙眠居士。 〔3〕邓注:幼妇,指绝妙好辞。 〔4〕陶写,谓怡悦情性,消愁解闷。写,同泻,宣泄。 〔5〕邓注:灞陵呵夜,用李广夜归灞陵被亭尉呵斥事。 〔6〕文字饮,谓文人间把酒赋诗论文。 〔7〕邓注:岳飞《满江红》:"抬望眼,仰天长啸,壮怀激烈。"

贺新郎

邑中园亭,仆皆为赋此词[1]。一日,独坐停云[2],水声山色,竞来相娱。意溪山欲援例者,遂作数语,庶几仿佛渊明思亲友之意云[3]。

甚矣我衰矣!怅平生、交游零落,只今余几?白发空垂三千丈,一笑人间万事。问何物、能令公喜?我见青山多妩媚,料青山、见我应如是。情与貌,略相似。

一尊搔首东窗里。想渊明、停云诗就,此时风味。江左沉酣求名者,岂识浊醪妙理!回首叫、云飞风起。不恨古人吾不见,恨古人、不见吾狂耳。知我者,二三子[4]。

诗酒山东

【注释】

〔1〕邓注：邑，指铅山县邑。仆，词人谦称。此词，指《贺新郎曲调》。　〔2〕停云，停云堂。稼轩瓢泉居处有停云堂。　〔3〕意，猜度，料想。援例，依照前例。指以词赋邑中园亭事。庶几，差不多。渊明思亲友，晋陶潜《停云》诗四首自序称"停云，思亲友也"。　〔4〕二三子，犹言诸君；几个人。

贺新郎·再用前韵[1]

　　鸟倦飞还矣。笑渊明、瓶中储粟，有无能几[2]。莲社[3]高人留翁语，我醉宁论许事。试沽酒、重斟翁喜。一见萧然音韵古，想东篱、醉卧参差是[4]。千载下，竟谁似。

　　元龙百尺高楼里。把新诗、殷勤问我，停云情味[5]。北夏门高从拉攞，何事须人料理[6]。翁曾道、繁华朝起。[7]尘土人言宁可用，顾青山、与我何如耳。[8]歌且和，楚狂子。[9]

【注释】

〔1〕邓注，再用前韵，指前面《贺新郎》（甚矣吾衰矣）之韵。　〔2〕邓注："笑渊明"二句，谓渊明存粮无多，生活清贫。　〔3〕莲社，佛教净土宗最初的结社。晋代庐山东林寺高僧慧远，与僧俗十八贤结社念佛，因寺池有白莲，故称。邓注：此谓渊明与莲社高贤诗酒相娱。　〔4〕邓注："一见"二句，萧闲古朴，仿佛想见渊明醉卧东篱风神。　〔5〕邓注："元龙"三句，谓友人频频来诗词问候。元龙，指陈登。　〔6〕邓注："北夏门"两句，谓时局危艰，独木难支大厦之既倒。拉攞（luó），崩塌。　〔7〕邓注：繁华朝起，陶渊明作《荣木》诗四章，以依道立善自勉，其二诗云："采采荣木，于兹托根。繁华朝起，慨暮不存。"以鲜花朝开暮落，喻人应珍惜时光。此处繁华指繁花。　〔8〕邓注："尘土"两句，谓唯与青山为伴。"顾青山，与我何如耳"

46

谓其乐意与自然融为一体。〔9〕邓注："歌且"两句，谓和楚狂人之《风兮歌》，即意在谢仕。

念奴娇

洞庭春〔1〕晚，旧传恐是，人间尤物〔2〕。收拾瑶池倾国艳，来向朱栏一壁。透户龙香，隔帘莺语，料得肌如雪。月妖真态，是谁教避人杰。〔3〕

酒罢归对寒窗，相留昨夜，应是梅花发。赋了高唐犹想象，不管孤灯明灭〔4〕。半面难期，多情易感，愁点星星发。绕梁声在，为伊忘味三月。〔5〕

【注释】

〔1〕邓注：洞庭春，皇甫曾《送人还荆州》："水传云梦晚，山接洞庭春。"又为酒名。　〔2〕邓注：尤物，旧称绝色女子。亦指物之绝美者。　〔3〕"收拾"七句，言唐时武三思（武则天侄）被月妖勾引迎娶之，月妖欲以荡言淫技迷惑武三思，以兴李氏王朝。月妖因狄仁杰公正强毅，独怕见他，叮嘱武三思不要宴请狄仁杰。不想武三思邀狄仁杰赴宴，月妖遂隐遁而去。人杰，当指狄仁杰。龙香，常绿乔木。高可达30米。木材淡黄褐色，细致，有芳香，可提炼芳香剂。也称垂柏。　〔4〕"赋了"两句，意谓不见伊人，虽已赋尽，意犹未尽。高唐，战国时楚国台观名，在云梦泽中。传说楚襄王游高唐，梦见巫山神女，幸之而去。宋玉有《高唐赋》。　〔5〕绕梁，余音绕梁。忘味三月，孔子闻《韶》，三月不知肉味。

念奴娇

余既为傅岩叟两梅赋词，傅君用席上有请云：家有四古梅，今百年矣，未有以题品，乞援香月堂例。欣然许之，且用前篇体制戏赋。

是谁调护，岁寒枝[1]、都把苍苔封了。茅舍疏篱江上路，清夜月高山小。摸索应知，曹刘沈谢[2]，何况霜天晓。芬芳一世，料君长被花恼。

惆怅立马行人，一枝最爱，竹外横斜好。我向东邻曾醉里，唤起诗家二老[3]。拄杖而今，婆娑雪里，又识商山皓[4]。请君置酒，看渠与我倾倒。

【注释】

[1]邓注：岁寒枝，指梅，因梅为岁寒三友之一。 [2]"摸索"二句，用四名人喻四古梅。此四名人当指南朝之何逊、刘孝绰、沈约、谢朓。杜甫亦有"何刘沈谢力未工"之句。辛词谓曹（植）刘（桢），当为一时误记或笔误。 [3]"我向"两句，指傅岩叟家香月堂两梅。诗家二老，指李白和白居易。 [4]商山，山名。在今陕西商县东。亦名商岭、商阪、地肺山、楚山。地形险阻，景色幽胜。秦末汉初四皓曾在此隐居。这里以商山四皓喻四古梅。

水调歌头

落日古城角，把酒劝君留。长安路远，何事风雪敝貂裘[1]。散尽黄金身世，不管秦楼人怨，归计狎沙鸥[2]。明夜扁舟去，和月载离愁。

功名事，身未老，几时休。[3]诗书万卷，致身须到古伊周。[4]莫学班超投笔，纵得封侯万里；憔悴老边州[5]。何处依刘客[6]，寂寞赋《登楼》？

【注释】

[1]邓注："落日"四句，劝慰朋友不必辛苦奔赴前程，不如暂留此处饮酒作乐。古城角，古城边，指扬州。长安路远，此处指南宋首都临安。风雪敝貂裘，在风雪中穿着破旧的貂裘，表示建议不被君王采纳，而导致身世落魄。典出《战国策·秦策》。词人南来，先后于1165年和1170年向朝廷上奏《美芹十论》《九议》，历陈伐金复土方略，却都未被采纳。词人因此而失望，并时有报国无门、南来错算之感。 [2]邓注："散尽"三句，承上文而来，言自己如同苏秦一

样为图王霸之术成功而散尽黄金，身世落魄，今后将不管妻子的埋怨而归隐江湖，与沙鸥相亲相近。秦楼人，指妻子。　〔3〕邓注："功名"三句，言既然尚未年老力衰，就难免为建功立业、留名百世的念头所缠。此是为朋友叹息，也是自叹。　〔4〕邓注："诗书"二句，谓友人饱读诗书，应该以古代贤相伊周（商伊尹和西周周公旦。两人都曾摄政，后常并称）为榜样，将君国带向大治。　〔5〕"莫学"三句，劝友人别学班超投笔从戎，实际上是劝朋友别学自己走武功立业的道路，因为即使封侯于域外，也不过是在边远之州郡憔悴老去，像依附刘表的王粲一样，作《登楼赋》怀念故乡。班超（32—102），字仲升，东汉大将、外交家。扶风安陵（今陕西咸阳东北）人。班固弟。公元73年，随窦固出击北匈奴获胜。又奉命出使西域，帮助西域各族摆脱匈奴的束缚和奴役，使"丝绸之路"重又畅通。后被任命为西域都护。曾派副使甘英出使大秦（罗马帝国），至今波斯湾而归。他在西域活动31年，使西域与内地的联系更加密切。封定远侯。　〔6〕依刘客，依附刘表的客人。指王粲（山东金乡人，建安七子之首）。

水调歌头·和赵景明知县韵

官事未易了，且向酒边来[1]。君如无我，问君怀抱向谁开[2]。但放平生丘壑，莫管旁人嘲骂，深蛰要惊雷[3]。白发还自笑，何地置衰颓。[4]

五车书，千石饮，百篇才[5]。新词未到，琼瑰先梦满吾怀[6]。已过西风重九，且要黄花入手，诗兴未关梅。君要花满县，桃李趁时栽。

【注释】

〔1〕邓注：官府之事（牵扯人际），很难轻易了断，不妨饮酒为乐。　〔2〕邓注：您如果没有遇见我，您的满怀衷肠将向谁诉呢？　〔3〕邓注："但放"三句，不妨归隐于山林丘壑，而不管他人的嘲笑，如龙蛇深潜，等待惊雷发起春意，出仕机会重来。　〔4〕"白发"二句，转而叹息自己命运不遇，言想寻一块地方安置自己衰老颓放的身体。　〔5〕邓注："五车书"三句，极口

称赞赵景明的学问与才华。五车书，赞学问；千石饮，赞酒量；百篇才，赞才华。　〔6〕邓注："新词"二句，言还没有收到赵景明酬和本词的新作，却已经梦见满怀琼玉，对赵词充满了美好的期待。琼瑰，多彩的美玉。喻美好的诗文。

水调歌头

三山用赵丞相韵，答帅幕王君，且有感于中秋近事，并见之末章。

说与西湖客，观水更观山。淡妆浓抹西子[1]，唤起一时观。种柳人今天上，对酒歌翻《水调》，醉墨卷秋澜[2]。老子兴不浅，歌舞莫教闲[3]。

看尊前，轻聚散，少悲欢[4]。城头无限今古，落日晓霜寒[5]。谁唱黄鸡白酒，犹记红旗清夜，千骑月临关[6]。莫说西州路，且尽一杯看[7]。

【注释】
〔1〕邓注："淡妆"句，指也可欣赏如同西子般美丽的女子。苏轼诗："欲把西湖比西子，淡妆浓抹总相宜。"　〔2〕邓注："种柳人"三句，谓幸有赵汝愚（丞相）当年在此疏浚和美化西湖，他吟咏西湖的墨迹犹在，如同秋水扬波，醉墨淋漓。种柳人，指赵汝愚。天上，指朝廷。醉墨卷秋澜，形容醉墨淋漓。　〔3〕"老子"二句，老夫我的兴致也不减于赵相，定教湖边歌舞不休。闲，闲置，停止。　〔4〕邓注："看尊前"三句，虽是离宴，人们却看轻聚散，少动悲欢之情。　〔5〕邓注："城头"二句，城外落日继晓霜，循环无穷，今古皆然，司空见惯。　〔6〕邓注："谁唱"三句，是谁在唱起归隐之歌，还记得当年月照旌旗、千骑临关的英雄往事吗？黄鸡白酒，谓退隐后的田园生活。　〔7〕邓注："莫说"二句，不要说仕进是违心的，且干杯中酒吧。西州路，指西州城，东晋时在今南京市台城之西。东晋名臣谢安虽见重于朝廷，但始终有退隐东山之志。后因病笃疏请还乡，不许，被诏还京师。当他入京经过西州门时，深感违意逆志之痛。他去世后，其甥羊昙悲伤悼念，终生不过西州门。见《晋书·谢安传》。

水调歌头

即席和金华杜仲高韵,并寿诸友,惟釂[1]乃佳耳。

万事一杯酒,长叹复长歌。杜陵有客,刚赋云外筑婆娑[2]。须信功名儿辈,谁识年来心事,古井不生波[3]。种种看余发,积雪就中多。

二三子,问丹桂,倩素娥。平生萤雪,男儿无奈五车何[4]。看取长安得意,莫恨春风看尽,花柳自蹉跎[5]。今夕且欢笑,明月镜新磨。

【注释】
〔1〕邓注:釂,饮酒尽也。犹今"干杯"之意。 〔2〕邓注:"杜陵"二句,杜陵,在长安城南,杜甫曾居于此,自称杜陵野老。因两人同姓,故以前者指后者。云外婆娑当指杜仲高诗中句。 〔3〕邓注:"古井"句,言心如死水,不为外事所动。孟郊诗曰"妾心古井水,波澜誓不起"。 〔4〕邓注:素娥,嫦娥的别称;萤雪,指囊萤映雪,形容苦读。晋车胤尝以囊盛萤照读,孙康尝于冬夜映雪读书,故云。五车,谓学富五车。此指学问多如不见用,也是空费时光。 〔5〕"看取"句,孟郊及第作诗,"春风得意马蹄疾,一日看尽长安花",结果没有看。此指凡事勿求速成。

水调歌头·赋傅岩叟悠然阁

岁岁有黄菊,千载一东篱[1]。悠然政须两字,长笑退之诗[2]。自古此山原有,何事当时才见,此意有谁知。君起更斟酒,我醉不须辞。

回首处,云正出,鸟倦飞。重来楼上,一句端的与君期。都把轩窗写遍,更使儿童诵得,归去来兮辞。万卷有时用,植杖且耘耔。

诗酒山东

【注释】

〔1〕邓注："岁岁"二句，谓千百年来每岁都有黄菊，能写出"采菊东篱下，悠然见南山"者，只有陶渊明一人。 〔2〕韩愈，字退之。其写《南山》诗，凡一百零二韵，不识南山妙意，缺乏"悠然"韵味，故稼轩以"长笑"评之。此谐语取嘲也。

按：以下作品均请参见邓注。

水调歌头·送杨民瞻

日月如磨蚁，万事且浮休。君看檐外江水，滚滚自东流。风雨瓢泉夜半，花草雪楼春到，老子已菟裘。岁晚问无恙，归计橘千头。

梦连环，歌《弹铗》，赋《登楼》。黄鸡白酒，君去村社一番秋。长剑倚天谁问，夷甫诸人堪笑，西北有神州。此事君自了，千古一扁舟。

满江红

汉水东流，都洗尽、髭胡膏血。人尽说、君家飞将，旧时英烈。破敌金城雷过耳，谈兵玉帐冰生颊。想王郎、结发赋从戎，传遗业。

腰间剑，聊弹铗。尊中酒，堪为别。况故人新拥，汉坛旌节。马革裹尸当自誓，蛾眉伐性休重说。但从今、记取楚楼风，裴台月。

定风波·自和

金印累累佩陆离。河梁更赋断肠诗。莫拥旌旗真个去。何处。玉堂元自要论思。

且约风流三学士。同醉。春风看试几枪旗。从此酒酣明月夜。耳热。那边应是说侬时。

临江仙

冷雁寒云渠有恨，春风自满余怀。更教无日不花开。未须愁菊尽，相次有梅来。

多病近来浑止酒，小槽空压新醅。青山却自要安排。不须连日醉，且进两三杯。

临江仙·壬戌岁生日书怀

六十三年无限事，从头悔恨难追。已知六十二年非。只应今日是，后日又寻思。

少是多非惟有酒，何须过后方知。从今休似去年时。病中留客饮，醉里和人诗。

临江仙

醉帽吟鞭花不住，却招花共商量。人生何必醉为乡。从教斟酒浅，休更和诗忙。

一斗百遍风月地，饶他老子当行。从今三万六千场。青青头上发。还作柳丝长。

鹧鸪天·和张子志提举

别恨妆成白发新。空教儿女笑陈人。醉寻夜雨旗亭酒，梦断东风辇路尘。骑驿骝，蹑青云。看公冠佩玉阶春。忠言句句唐虞际，便是人间要路津。

鹧鸪天

指点斋尊特地开。风帆莫引酒船回。方惊共折津头柳，却喜重寻岭上梅。催月上，唤风来。莫愁瓶罄耻金罍。只愁画角楼头起，急管哀弦次第催。

瑞鹧鸪

期思溪上日千回。樟木桥边酒数杯。
人影不随流水去，醉颜重带少年来。
疏蝉响涩林逾静，冷蝶飞轻菊半开。
不是长卿终慢世，只缘多病又非才。

丑奴儿

醉中有歌此诗以劝酒者，聊隐括之。

晚来云淡秋光薄，落日晴天。落日晴天。堂上风斜画烛烟。
从渠去买人间恨，字字都圆。字字都圆。肠断西风十四弦。

丑奴儿

寻常中酒扶头后,歌舞支持。歌舞支持。谁把新词唤住伊。
临岐也有旁人笑,笑己争知。笑己争知。明月楼空燕子飞。

添字浣溪沙·三山戏作

记得瓢泉快活时。长年耽酒更吟诗。蓦地捉将来断送,老头皮。
绕屋人扶行不得,闲窗学得鹧鸪啼。却有杜鹃能劝道,不如归。

满江红

老子当年,饱经惯、花期酒约。行乐处,轻裘缓带,绣鞍金络。明月楼台箫鼓夜,梨花院落秋千索。共何人、对饮五三钟,颜如玉。

嗟往事,空萧索。怀新恨,又飘泊。但年来何待,许多幽独。海水连天凝望远,山风吹雨征衫薄。向此际、羸马独骎骎,情怀恶。

一剪梅

歌罢尊空月坠西。百花门外,烟翠霏微。绛纱笼烛照于飞。归去来兮。归去来兮。

酒入香腮分外宜。行行问道,还肯相随。娇羞无力应人迟。何幸如之。何幸如之。

诗酒山东

好事近·春日郊游

春动酒旗风,野店芳醪留客。系马水边幽寺,有梨花如雪。
山僧欲看醉魂醒,茗碗泛香白。微记碧苔归路,衮一鞭春色。

贺新郎·和吴明可给事安抚

世路风波恶。喜清时、边夫袖手,□将帷幄。正值春光二三月,两两燕穿帘幕,又怕个、江南花落。与客携壶连夜饮,任蟾光、飞上阑干角。何时唱,从军乐。

归欤已赋居岩壑。悟人世、正类春蚕,自相缠缚。眼畔昏鸦千万点,□欠归来野鹤。都不恋、黑头黄阁。一咏一觞成底事,庆康宁、天赋何须药。金盏大,为君酌。

按:缺字处方框表示原文已破损或无法辨识。

渔家傲·湖州幕官作舫室

风月小斋模画舫。绿窗朱户江湖样。酒是短桡歌是桨。和情放。醉乡稳到无风浪。

自有拍浮千斛酿。从教日日蒲桃涨。门外独醒人也访。同俯仰。赏心却在鸱夷上。

金菊对芙蓉·重阳

远水生光,遥山耸翠,霁烟深锁梧桐。正零瀼玉露,淡荡金风。东篱菊有黄花吐,对映水、几簇芙蓉。重阳佳致,可堪此景,酒酽花浓。

追念景物无穷。叹少年胸襟,忒煞英雄。把黄英红萼,甚物堪同。除非腰佩黄金印,座中拥、红粉娇容。此时方称情怀,尽拼一饮千钟。

水调歌头·寿赵漕介庵

千里渥洼种,名动帝王家。金銮当日奏草,落笔万龙蛇。带得无边春下,等待江山都老,教看鬓方鸦。莫管钱流地,且拟醉黄花。

唤双成,歌弄玉,舞绿华。一觞为饮千岁,江海吸流霞。闻道清都帝所,要挽银河仙浪,西北洗胡沙。回首日边去,云里认飞车。

浣溪沙·赠子文侍人名笑笑

侬是嶔崎可笑人。不妨开口笑时频。有人一笑坐生春。

歌欲颦时还浅笑,醉逢笑处却轻颦。宜颦宜笑越精神。

满江红·建康史致道留守席上赋

鹏翼垂空,笑人世、苍然无物。还又向、九重深处,玉阶山立。袖里珍奇光五色,他年要补天西北。且归来、谈笑护长江,波澄碧。

佳丽地,文章伯。金缕唱,红牙拍。看尊前飞下,日边消息。料想宝香黄阁梦,依然画舫青溪笛。待如今、端的约钟山,长相识。

诗酒山东

西江月·为范南伯寿

秀骨青松不老，新词玉佩相磨。灵槎准拟泛银河。剩摘天星几个。
奠枕楼东风月，驻春亭上笙歌。留君一醉意如何。金印明年斗大。

一剪梅

独立苍茫醉不归。日暮天寒，归去来兮。探梅踏雪几何时。今我来思。杨柳依依。

白石江头曲岸西。一片闲愁，芳草萋萋。多情山鸟不须啼。桃李无言，下自成蹊。

霜天晓角·旅兴

吴头楚尾，一棹人千里。休说旧愁新恨，长亭树、今如此！
宦游吾倦矣，玉人留我醉：明日落花寒食，得且住，为佳耳。

鹧鸪天

樽俎风流有几人，当年未遇已心亲。金陵种柳欢娱地，庾岭逢梅寂寞滨。
樽似海，笔如神，故人南北一般春。玉人好把新妆样，淡画眉儿浅注唇。

满江红·题冷泉亭

直节堂堂，看夹道、冠缨拱立。渐翠谷、群仙东下，佩环声急。闻道天峰飞堕地，傍湖千丈开青壁。是当年、玉斧削方壶，无人识。

山木润，琅玕湿。秋露下，琼珠滴。向危亭横跨，玉渊澄碧。醉舞且摇鸾凤影，浩歌莫遣鱼龙泣。恨此中、风月本吾家，今为客。

满江红·再用前韵

照影溪梅，怅绝代、幽人独立。更小驻、雍容千骑，羽觞飞急。琴里新声风响佩，笔端醉墨鸦栖壁。是使君、文度旧知名，方相识。

清可漱，泉长滴。高欲卧，云还湿。快晚风吹赠，满怀空碧。宝马嘶归红斾动，团龙试碾铜瓶泣。怕他年、重到路应迷，桃源客。

摸鱼儿

淳熙己亥，自湖北漕移湖南，同官王正之置酒小山亭，为赋。

更能消、几番风雨，匆匆春又归去。惜春长怕花开早，何况落红无数。春且住。见说道、天涯芳草无归路。怨春不语，算只有殷勤，画檐蛛网，尽日惹飞絮。

长门事，准拟佳期又误，蛾眉曾有人妒。千金纵买相如赋，脉脉此情谁诉？君莫舞。君不见，玉环飞燕皆尘土！闲愁最苦。休去倚危栏，斜阳正在，烟柳断肠处。

诗酒山东

水调歌头

淳熙己亥，自湖北漕移湖南，周总领、王漕、赵守置酒南楼，席上留别。

折尽武昌柳，挂席上潇湘。二年鱼鸟江上，笑我往来忙。富贵何时休问，离别中年堪恨，憔悴鬓成霜。丝竹陶写耳，急羽且飞觞。

序兰亭，歌赤壁，绣衣香。使君千骑鼓吹，风采汉侯王。莫把骊驹频唱，可惜南楼佳处，风月已凄凉。在家贫亦好，此语试平章。

木兰花慢·席上送张仲固帅兴元

汉中开汉业，问此地、是耶非？想剑指三秦，君王得意，一战东归。追亡事、今不见，但山川满目泪沾衣。落日胡尘未断，西风塞马空肥。

一编书是帝王师，小试去征西。更草草离宴，匆匆去路，愁满旌旗。君思我、回首处，正江涵秋影雁初飞。安得车轮四角？不堪带减腰围。

满江红

倦客新丰，貂裘敝、征尘满目。弹短铗、青蛇三尺，浩歌谁续？不念英雄江左老，用之可以尊中国。叹诗书万卷致君人，翻沉陆。

休感慨，浇醽醁。人易老，欢难足。有玉人怜我，为簪黄菊。且置请缨封万户，竟须卖剑酬黄犊。叹当年寂寞贾长沙，伤时哭。

满江红

风卷庭梧,黄叶坠、新凉如洗。一笑折秋英同赏,弄香挼蕊。天远难穷休久望,楼高欲下还重倚。拼一襟寂寞泪弹秋,无人会。

今古恨,沈荒垒。悲欢事,随流水。想登楼青鬓,未堪憔悴。极目烟横山数点,孤舟月淡人千里。对婵娟从此话离愁,金尊里。

满庭芳

和洪丞相景伯韵,呈景卢舍人。

急管哀弦,长歌慢舞,连娟十样宫眉。不堪红紫,风雨晓来稀。惟有杨花飞絮,依旧是、萍满芳池。醁醾在,青虬快剪,插遍古铜彝。

谁将春色去,鸾胶难觅,弦断朱丝。恨牡丹多病,也费医治。梦里寻春不见,空肠断、怎得春知。休惆怅,一觞一咏,须刻右军碑。

满江红

席间和洪景卢舍人,兼简司马汉章大监。

天与文章,看万斛、龙文笔力。闻道是、一诗曾赐,千金颜色。欲说又休新意思,强啼偷笑真消息。算人人、合与共乘鸾,銮坡客。

倾国艳,难再得。还可恨,还堪忆。看书寻旧锦,衫裁新碧。莺蝶一春花里活,可堪风雨飘红白。问谁家、却有燕归梁,香泥湿。

诗酒山东

西河·送钱仲耕自江西漕赴婺州

西江水。道是西风人泪。无情却解送行人,月明千里。从今日日倚高楼,伤心烟树如荠。

会君难,别君易。草草不如人意。十年着破绣衣茸,种成桃李。问君可是厌承明,东方鼓吹千骑。

对梅花、更消一醉。看明年、调鼎风味。老病自怜憔悴。过吾庐、定有幽人相问,岁晚渊明归来未。

贺新郎·赋滕王阁

高阁临江渚。访层城、空余旧迹,黯然怀古。画栋珠帘当日事,不见朝云暮雨。但遗意、西山南浦。天宇修眉浮新绿,映悠悠、潭影长如故。空有恨,奈何许。

王郎健笔夸翘楚。到如今、落霞孤鹜,竞传佳句。物换星移知几度,梦想珠歌翠舞。为徙倚、阑干凝伫。目断平芜苍波晚,快江风、一瞬澄襟暑。谁共饮,有诗侣。

惜分飞·春思

翡翠楼前芳草路,宝马坠鞭暂驻。最是周郎顾,尊前几度歌声误。

望断碧云空日暮,流水桃源何处。闻道春归去,更无人管飘红雨。

减字木兰花·宿僧房有作

僧窗夜雨。茶鼎熏炉宜小住。却恨春风。勾引诗来恼杀翁。

狂歌未可。且把一尊料理我。我到亡何。却听侬家陌上歌。

水调歌头·盟鸥

带湖吾甚爱,千丈翠奁开。先生杖履无事,一日走千回。凡我同盟鸥鸟,今日既盟之后,来往莫相猜。白鹤在何处?尝试与偕来。

破青萍,排翠藻,立苍苔。窥鱼笑汝痴计,不解举吾杯。废沼荒丘畴昔,明月清风此夜,人世几欢哀?东岸绿阴少,杨柳更须栽。

水调歌头

严子文同傅安道和前韵,因再和谢之。

寄我五云字,恰向酒边来。东风过尽归雁,不见客星回。闻道琐窗风月,更著诗翁杖履,合作雪堂猜(子文作雪斋,寄书云:近以旱,无以延客)。岁旱莫留客,霖雨要渠来。

短灯檠,长剑铗,欲生苔。雕弓挂壁无用,照影落清杯。多病关心药裹,小摘亲锄菜甲,老子正须哀。夜雨北窗竹,更倩野人栽。

诗酒山东

水调歌头

汤朝美司谏见和，用韵为谢。

白日射金阙，虎豹九关开。见君谏书频上，谈笑挽天回。千古忠肝义胆，万里蛮烟瘴雨，往事莫惊猜。政恐不免耳，消息日边来。

笑吾庐，门掩草，径封苔。未应两手无用，要把蟹螯杯。说剑论诗余事，醉舞狂歌欲倒，老子颇堪哀。白发宁有种？——醒时栽。

蝶恋花

和杨济翁韵，首句用丘宗卿书中语。

点检笙歌多酿酒。蝴蝶西园，暖日明花柳。醉倒东风眠永昼。觉来小院重携手。

可惜春残风雨又。收拾情怀，长把诗僝僽。杨柳见人离别后。腰肢近日和他瘦。

蝶恋花·继杨济翁韵饯范南伯知县归京口

泪眼送君倾似雨。不折垂杨，只倩愁随去。有底风光留不住。烟波万顷春江橹。

老马临流痴不渡。应惜障泥，忘了寻春路。身在稼轩安稳处。书来不用多行数。

蝶恋花·席上赠杨济翁侍儿

小小华年才月半。罗幕春风,幸自无人见。刚道羞郎低粉面,傍人瞥见回娇盼。

昨夜西池陪女伴。柳困花慵,见说归来晚。劝客持觞浑未惯,未歌先觉花枝颤。

蝶恋花

洗尽机心随法喜。看取尊前,秋思如春意。谁与先生宽发齿?醉时惟有歌而已。

岁月何须溪上记。千古黄花,自有渊明比。高卧石龙呼不起,微风不动天如醉。

水调歌头·再用韵答李子永提干

君莫赋幽愤,一语试相开。长安车马道上,平地起崔嵬。我愧渊明久矣,独借此翁湔洗,素壁写归来。斜日透虚隙,一线万飞埃。

断吾生,左持蟹,右持杯。买山自种云树,山下斫烟莱。百炼都成绕指,万事直须称好,人世几舆台。刘郎更堪笑,刚赋《看花》回。

满江红·送汤朝美司谏自便归金坛

瘴雨蛮烟,十年梦、尊前休说。春正好、故园桃李,待君花发。儿女灯前和泪拜,鸡豚社里归时节。看依然、舌在齿牙牢,心如铁。

活国手，封侯骨。腾汗漫，排闾阖。待十分做了，诗书勋业。常日念君归去好，而今却恨中年别。笑江头、明月更多情，今宵缺。

满江红·送李正之提刑入蜀

蜀道登天，一杯送、绣衣行客。还自叹、中年多病，不堪离别。东北看惊诸葛表，西南更草相如檄。把功名、收拾付君侯，如椽笔。

儿女泪，君休滴；荆楚路，吾能说。要新诗准备，庐山山色。赤壁矶头千古浪，铜鞮陌上三更月。正梅花、万里雪深时，须相忆。

蝶恋花

用赵文鼎提举送李正之提刑韵送郑元英。

莫向城头听漏点。说与行人，默默情千万。总是离愁无近远。人间儿女空恩怨。

锦绣心胸冰雪面。旧日诗名，曾道空梁燕。倾盖未偿平日愿。一杯早唱阳关劝。

水龙吟

次年南涧用前韵为仆寿。仆与公生日相去一日，再和以寿南涧。

玉皇殿阁微凉，看公重试薰风手。高门画戟，桐阴阁道，青青如旧。兰佩空芳，蛾眉谁妒，无言搔首。甚年年却有，呼韩塞上，人争问、公安否。

金印明年如斗。向中州、锦衣行昼。依然盛事，貂蝉前后，凤麟飞走。富贵浮云，我评轩冕，不如杯酒。待从公，痛饮八千余岁，伴庄椿寿。

玉楼春·效白乐天体

少年才把笙歌盏，夏日非长秋夜短。因他老病不相饶，把好心情都做懒。
故人别后书来劝，乍可停杯强吃饭。云何相遇酒边时，却道达人须饮满。

玉楼春·用韵呈仲洽

狂歌击碎村醪盏，欲舞还怜衫袖短。身如溪上钓矶闲，心似道旁官堠懒。
山中有酒提壶劝，好语多君堪鲊饭。至今有句落人间，渭水西风黄叶满。

玉楼春·用韵答吴子似县尉

君如九酝台黏盏，我似茅柴风味短。几时秋水美人来，长恐扁舟乘兴懒。
高怀自饮无人劝，马有青刍奴白饭。向来珠履玉簪人，颇觉斗量车载满。

虞美人·送赵达夫

一杯莫落他人后，富贵功名寿。胸中书传有余香。看写兰亭小字、记流觞。

问谁分我渔樵席，江海消闲日。看君天上拜恩浓。却恐画楼无处、著东风。

诗酒山东

虞美人

夜深困倚屏风后，试请毛延寿。宝钗小立白翻香。旋唱新词犹误、笑持觞。

四更山月寒侵席，歌舞催时日。问他何处最情浓。却道小梅摇落、不禁风。

临江仙

逗晓莺啼声昵昵，掩关高树冥冥。小渠春浪细无声。井床听夜雨，出藓辘轳青。

碧草旋荒金谷路，乌丝重记兰亭。强扶残醉绕云屏。一枝风露湿，花重入疏棂。

临江仙

春色饶君白发了，不妨倚绿偎红。翠鬟催唤出房栊。垂肩金缕窄，蘸甲[1]宝杯浓。

睡起鸳鸯飞燕子，门前沙暖泥融。画楼人把玉西东[2]。舞低花外月，唱彻柳边风。

【注释】
〔1〕蘸甲，酒斟满，捧觞蘸指甲。表示畅饮。　〔2〕玉西东，酒杯。亦指酒。

一剪梅·中秋无月

忆对中秋丹桂丛。花在杯中,月在杯中。今宵楼上一尊同,云湿纱窗,雨湿纱窗。

浑欲乘风问化工。路也难通,信也难通。满堂惟有烛花红,杯且从容,歌且从容。

江神子·和人韵

剩云残日弄阴晴,晚山明,小溪横。枝上绵蛮,休作断肠声。但是青山山下路,春到处,总堪行。

当年彩笔赋芜城,忆平生,若为情。试取灵槎,归路问君平。花底夜深寒色重,须拼却,玉山倾[1]。

【注释】
〔1〕玉山倾,指酒醉人倒。

江神子·和人韵

梨花著雨晚来晴,月胧明,泪纵横。绣阁香浓,深锁凤箫声。未必人知春意思,还独自,绕花行。

酒兵[1]昨夜压愁城,太狂生,转关情。写尽胸中,磈磊未全平。却与平章珠玉价,看醉里,锦囊倾。

【注释】
〔1〕酒兵,《南史·陈暄传》:"故江咨议有言:'酒犹兵也,兵可千日而不

用，不可一日而不备，酒可千日而不饮，不可一饮而不醉。'"后因谓酒为"酒兵"。吾乡人常言："喝酒喝不够，不如挨顿揍。"果真异曲同工，每念忍俊不禁。余尝与云南亲友言此，成一时席上流行语。

点绛唇

身后功名，古来不换生前醉。青鞋自喜，不踏长安市。
竹外僧归，路指霜钟寺。孤鸿起，丹青手里，剪破松江水。

蝶恋花·月下醉书雨岩石浪

九畹芳菲兰佩好，空谷无人，自怨蛾眉巧。宝瑟泠泠千古调，朱丝弦断知音少。

冉冉年华吾自老，水满汀洲，何处寻芳草？唤起湘累歌未了，石龙舞罢松风晓。

满江红·和廓之雪

天上飞琼，毕竟向、人间情薄。还又跨、玉龙归去，万花摇落。云破林梢添远岫，月临屋角分层阁。记少年、骏马走韩卢、掀东郭。

吟冻雁，嘲饥鹊。人已老，欢犹昨。对琼瑶满地，与君酬酢[1]。最爱霏霏迷远近，却收扰扰还寥廓。待羔儿[2]、酒罢又烹茶，扬州鹤。

【注释】

〔1〕酬酢（zuò），主客相互敬酒，主敬客称酬，客还敬称酢。　〔2〕羔儿，即羊羔酒。

念奴娇·赋白牡丹，和范廓之韵

对花何似，似吴宫初教，翠围红阵。欲笑还愁羞不语，惟有倾城娇韵。翠盖风流，牙签名字，旧赏那堪省。天香染露，晓来衣润谁整。

最爱弄玉团酥，就中一朵，曾入扬州咏。华屋金盘人未醒，燕子飞来春尽。最忆当年，沈香亭北，无限春风恨。醉中休问，夜深花睡香冷。

鹧鸪天·代人赋

陌上柔桑破嫩芽，东邻蚕种已生些。平冈细草鸣黄犊，斜日寒林有暮鸦。

山远近，路横斜，青旗[1]沽酒有人家。城中桃李愁风雨，春在溪头荠菜花。

【注释】
[1]青旗，即青帘，也称酒招，是古代卖酒的标志。

鹧鸪天·游鹅湖，醉书酒家壁

春入平原荠菜花，新耕雨后落群鸦。多情白发春无奈，晚日青帘[1]酒易赊。

闲意态，细生涯，牛栏西畔有桑麻。青裙缟袂谁家女？去趁蚕生看外家。

【注释】
[1]青帘，旧时酒店门口挂的幌子。多用青布制成。借指酒家。

诗酒山东

鹧鸪天·鹅湖归，病起作

着意寻春懒便回，何如信步两三杯？山才好处行还倦，诗未成时雨早催。携竹杖，更芒鞋。朱朱粉粉野蒿开。谁家寒食归宁女，笑语柔桑陌上来。

鹧鸪天·重九席上

戏马台[1]前秋雁飞，管弦歌舞更旌旗。要知黄菊清高处，不入当年二谢诗。倾白酒，绕东篱，只于陶令有心期。明朝重九浑潇洒，莫使尊前欠一枝。

【注释】
[1]戏马台，古迹名。在江苏省徐州铜山县南。即项羽戏马台。晋义熙中，南朝宋武帝刘裕曾大会宾客于此。

满江红·送信守郑舜举郎中赴召

湖海平生，算不负、苍髯如戟。闻道是、君王着意，太平长策。此老自当兵十万，长安正在天西北。便凤凰、飞诏下天来，催归急。

车马路，儿童泣。风雨暗，旌旗湿。看野梅官柳，东风消息。莫向蔗庵追语笑，只今松竹无颜色。问人间、谁管别离愁，杯中物[1]。

【注释】
[1]杯中物，指酒。

蝶恋花·送祐之弟

衰草残阳三万顷。不算飘零，天外孤鸿影。几许凄凉须痛饮，行人自向江头醒。

会少离多看两鬓。万缕千丝，何况新来病。不是离愁难整顿，被他引惹其他恨！

朝中措·崇福寺道中归寄祐之弟

篮舆袅袅破重冈，玉笛两红妆。这里都愁酒尽，那边正和诗忙。
为谁醉倒，为谁归去，都莫思量。白水东边篱落，斜阳欲下牛羊。

临江仙·探梅

老去惜花心已懒，爱梅犹绕江村。一枝先破玉溪春。更无花态度，全有雪精神。

剩向空山餐秀色，为渠著句清新。竹根流水带溪云。醉中浑不记，归路月黄昏。

水调歌头·送郑厚卿赴衡州

寒食不小住，千骑拥春衫。衡阳石鼓城下，记我旧停骖。襟以潇湘桂岭，带以洞庭春草，紫盖屹东南。文字起《骚》《雅》，刀剑化耕蚕。

看使君，于此事，定不凡。奋髯抵几堂上，尊俎自高谈。莫信君门万里，但使民歌五袴，归诏凤凰衔。君去我谁饮，明月影成三。

诗酒山东

破阵子·赠行

少日春风满眼，而今秋叶辞柯。便好消磨心下事，莫忆寻常醉后歌。可怜白发多。

明日扶头[1]颠倒，倩谁伴舞婆娑。我定思君拼瘦损，君不思兮可奈何。天寒将息呵。

【注释】
〔1〕扶头，形容醉态。亦谓醉倒。

踏莎行·庚戌中秋后二夕带湖篆冈小酌

夜月楼台，秋香院宇，笑吟吟地人来去。是谁秋到便凄凉？当年宋玉悲如许！

随分杯盘，等闲歌舞，问他有甚堪悲处？思量却也有悲时，重阳节近多风雨。

沁园春·答杨世长

我醉狂吟，君作新声，倚歌和之。算芬芳定向，梅间得意，轻清多是，雪里寻思。朱雀桥边，何人会道，野草斜阳春燕飞。都休问，甚元无霁雨，却有晴霓。

诗坛千丈崔嵬。更有笔如山墨作溪。看君才未数，曹刘敌手，风骚合受，屈宋降旗。谁识相如，平生自许，慷慨须乘驷马归。长安路，问垂虹千柱，何处曾题。

74

西江月·三山作

贪数明朝重九,不知过了中秋。人生有得许多愁。惟有黄花如旧。

万象亭中嚏酒[1],九江阁上扶头[2]。城鸦唤我醉归休。细雨斜风时候。

【注释】
〔1〕嚏(tì)酒,沉湎于酒;醉酒。 〔2〕扶头,醉酒貌。

西江月·用韵和李兼济提举

且对东君痛饮,莫教华发空催。琼瑰千字已盈怀,消得津头一醉。

休唱阳关别去,只今凤诏归来。五云两两望三台,已觉精神聚会。

菩萨蛮

旌旗依旧长亭路,尊前试点莺花数。何处捧心颦,人间别样春。

功名君自许,少日闻鸡舞。诗句到梅花,春风十万家。

水调歌头·题张晋英提举玉峰楼

木末翠楼出,诗眼巧安排。天公一夜,削出四面玉崔嵬。畴昔此山安在,应为先生见晚,万马一时来。白鸟飞不尽,却带夕阳回。

劝公饮,左手蟹,右手杯。人间万事变灭,今古几池台。君看庄生达者,犹对山林皋壤,哀乐未忘怀。我老尚能赋,风月试追陪。

清平乐

寿赵民则提刑。时新除,且素不喜饮。

诗书万卷,合上明光殿。案上文书看未遍,眉里阴功早见。
十分竹瘦松坚,看君自是长年。若解尊前痛饮,精神便是神仙。

祝英台近

与客饮瓢泉,客以泉声喧静为问,余醉,未及答。或以"蝉噪林逾静"代对,意甚美矣。翌日为赋此词以褒之。

水纵横,山远近。拄杖占千顷。老眼羞将,水底看山影。试教水动山摇,吾生堪笑,似此个、青山无定。
一瓢饮,人问翁爱飞泉,来寻个中静。绕屋声喧,怎做静中境。我眠君且归休,维摩方丈,待天女、散花时问。

水龙吟

用"些"语再题瓢泉,歌以饮客,声韵甚谐,客为之釂。

听兮清佩琼瑶些,明兮镜秋毫些。君无去此,流昏涨腻,生蓬蒿些。虎豹甘人,渴而饮汝,宁猿猱些。大而流江海,覆舟如芥,君无助、狂涛些。
路险兮、山高些。块余独处无聊些。冬槽[1]春盎,归来为我,制松醪[2]些。其外芳芬,团龙片凤,煮云膏些。古人兮既往,嗟余之乐,乐箪瓢些。

【注释】
〔1〕槽,酿酒用的槽床。盎,盛酒用的盆。　〔2〕松醪,松子酿的酒。

卜算子·饮酒不写书

一饮动连宵,一醉长三日。废尽寒暄不写书,富贵何由得。
请看冢中人,冢似当时笔。万札千书只恁休,且进杯中物[1]。

【注释】
〔1〕杯中物,指酒。

卜算子·饮酒成病

一个去学仙,一个去学佛。仙饮千杯醉似泥,皮骨如金石。
不饮便康强,佛寿须千百。八十余年入涅槃,且进杯中物。

卜算子·饮酒败德

盗跖倘名丘,孔子还名跖。跖圣丘愚直至今,美恶无真实。
简册写虚名,蝼蚁侵枯骨。千古光阴一霎时,且进杯中物。

菩萨蛮·赠周国辅侍人

画楼影蘸清溪水,歌声响彻行云里。帘幕燕双双,绿杨低映窗。曲中特地误,要试周郎顾。醉里客魂消,春风大小乔。

鹧鸪天·送欧阳国瑞入吴中

莫避春阴上马迟,春来未有不阴时。人情展转闲中看,客路崎岖倦后知。梅似雪,柳如丝,试听别语慰相思。短篷炊饭鲈鱼熟,除却松江枉费诗。

行香子

归去来兮,行乐休迟。命由天、富贵何时。百年光景,七十者稀。奈一番愁,一番病,一番衰。

名利奔驰,宠辱惊疑。旧家时、都有些儿。而今老矣,识破关机。算不如闲,不如醉,不如痴。

临江仙·和叶仲洽赋羊桃

忆醉三山芳树下,几曾风韵忘怀。黄金颜色五花开。味如卢橘熟,贵似荔枝来。

闻道商山余四老,橘中自酿秋醅。试呼名品细推排。重重香腑脏,偏殢圣贤杯。

鹧鸪天·寄叶仲洽

是处移花是处开,古今兴废几池台。背人翠羽偷鱼去,抱蕊黄须趁蝶来。掀老瓮,拨新醅,客来且尽两三杯。日高盘馔供何晚,市远鱼鲑买未回。

水调歌头·席上为叶仲洽赋

高马勿捶面,千里事难量。长鱼变化云雨,无使寸鳞伤。一壑一丘吾事,一斗一石皆醉,风月几千场。须作猬毛磔,笔作剑锋长。

我怜君,痴绝似,顾长康。纶巾羽扇颠倒,又似竹林狂。解道澄江如练,准备停云堂上,千首买秋光。怨调为谁赋,一斛贮槟榔。

浣溪沙·偶作

艳杏夭桃两行排,莫携歌舞去相催。次第未堪供醉眼,去年栽。

春意才从梅里过,人情都向柳边来。咫尺东家还又有,海棠开。

西江月

粉面都成醉梦,霜髯能几春秋。来时诵我伴牢愁,一见尊前似旧。

诗在阴何侧畔,字居罗赵前头。锦囊来往几时休,已遣蛾眉等候。

诗酒山东

满江红·山居即事

　　几个轻鸥,来点破、一泓澄绿。更何处、一双鸂鶒,故来争浴。细读离骚还痛饮,饱看修竹何妨肉。有飞泉、日日供明珠,三千斛。

　　春雨满,秧新谷。闲日永,眠黄犊。看云连麦垄,雪堆蚕簇。若要足时今足矣,以为未足何时足。被野老、相扶入东园,枇杷熟。

满庭芳·和章泉赵昌父

　　西崦斜阳,东江流水,物华不为人留。铮然一叶,天下已知秋。屈指人间得意,问谁是、骑鹤扬州。君知我,从来雅意,未老已沧州。

　　无穷身外事,百年能几,一醉都休。恨儿曹抵死,谓我心忧。况有溪山杖屦,阮籍辈、须我来游。还堪笑,机心早觉,海上有惊鸥。

木兰花慢

　　中秋饮酒将旦,客谓前人诗词有赋待月,无送月者,因用《天问》体赋。

　　可怜今夕月,向何处、去悠悠?是别有人间,那边才见,光影东头?是天外,空汗漫,但长风浩浩送中秋?飞镜无根谁系?嫦娥不嫁谁留?

　　谓经海底问无由,恍惚使人愁。怕万里长鲸,纵横触破,玉殿琼楼。虾蟆故堪浴水,问云何玉兔解沉浮?若道都齐无恙,云何渐渐如钩?

声声慢·隐括渊明停云诗

停云霭霭,八表同昏,尽日时雨蒙蒙。搔首良朋,门前平陆成江。春醪湛湛独抚,限弥襟、闲饮东窗。[1]空延伫,恨舟车南北,欲往何从。

叹息东园佳树,列初荣枝叶,再竞春风。日月于征,安得促席从容。翩翩何处飞鸟,息庭树、好语和同。当年事,问几人、亲友似翁。

【注释】
〔1〕"春醪"句,谓独饮春酒。

新荷叶

徐思上巳乃子似生日,因改定。

曲水流觞,赏心乐事良辰。今几千年,风流禊事如新。明眸皓齿,看江头、有女如云。折花归去,绮罗陌上芳尘。

丝竹纷纷,杨花飞鸟衔巾。争似群贤,茂林修竹兰亭。一觞一咏,亦足以畅叙幽情。清欢未了,不如留住青春。

鹧鸪天·吴子似过秋水

秋水长廊水石间,有谁来共听潺湲。羡君人物东西晋,分我诗名大小山。穷自乐,懒方闲。人间路窄酒杯宽。看君不了痴儿事,又似风流靖长官。

诗酒山东

清平乐

清词索笑，莫厌银杯小。应是天孙新与巧，剪恨裁愁句好。

有人梦断关河，小窗日饮亡何。想见重帘不卷，泪痕滴尽湘娥。

念奴娇·重九席上

龙山何处？记当年高会，重阳佳节。谁与老兵供一笑，落帽参军华发。莫倚忘怀，西风也解，点检尊前客。凄凉今古，眼中三两飞蝶。

须信采菊东篱，高情千载，只有陶彭泽。爱说琴中如得趣，弦上何劳声切。试把空杯，翁还肯道，何必杯中物。临风一笑，请翁同醉今夕。

念奴娇·用韵答傅先之

君诗好处，似邹鲁儒家，还有奇节。下笔如神强压韵，遗恨都无毫发。炙手炎来，掉头冷去，无限长安客。丁宁黄菊，未消勾引蜂蝶。

天上绛阙清都，听君归去，我自癯山泽。人道君才刚百炼，美玉都成泥切。我爱风流，醉中颠倒，丘壑胸中物。一杯相属，莫孤风月今夕。

武陵春

桃李风前多妩媚，杨柳更温柔。唤取笙歌烂漫游，且莫管闲愁。

好趁春晴连夜赏，雨便一春休。草草杯盘不要收。才晓更扶头[1]。

【注释】

[1]扶头，扶着头。形容醉态，亦谓醉倒。

玉蝴蝶·追别杜叔高

古道行人来去,香红满树,风雨残花。望断青山,高处都被云遮。客重来、风流觞咏,春已去、光景桑麻。苦无多。一条垂柳,两个啼鸦。

人家,疏疏翠竹,阴阴绿树,浅浅寒沙。醉兀[1]篮舆,夜来豪饮太狂些。到如今、都齐醒却,只依旧、无奈愁何。试听呵,寒食近也,且住为佳。

【注释】
〔1〕醉兀:醉得昏昏沉沉。

贺新郎

韩仲止判院山中见访,席上用前韵。

听我三章约(用《世说》语),有谈功、谈名者舞,谈经深酌。作赋相如亲涤器,识字子云投阁。算枉把、精神费却。此会不如公荣者,莫呼来、政尔妨人乐。医俗士,苦无药。

当年众鸟看孤鹗。意飘然、横空直把,曹吞刘攫。老我山中谁来伴,须信穷愁有脚。似剪尽、还生僧发。自断此生天休问,倩何人、说与乘轩鹤。吾有志,在沟壑。

雨中花慢·子似见和,再用韵为别

马上三年,醉帽吟鞭,锦囊诗卷长留。怅溪山旧管,风月新收。明便关河杳杳,去应日月悠悠。笑千篇索价,未抵葡萄,五斗凉州。

诗酒山东

停云老子，有酒盈尊，琴书端可消忧。浑未办、倾身一饱，淅米矛头。心似伤弓塞雁，身如喘月吴牛。晚天凉也，月明谁伴，吹笛南楼。

鹧鸪天·和赵晋臣敷文韵

绿鬓都无白发侵，醉时拈笔越精神。爱将芜语追前事，更把梅花比那人。回急雪，遏行云。近时歌舞旧时情。君侯要识谁轻重，看取金杯几许深。

临江仙·戏为期思詹老寿

手种门前乌桕树，而今千尺苍苍。田园只是旧耕桑。杯盘风月夜，箫鼓子孙忙。

七十五年无事客，不妨两鬓如霜。绿窗划地调红妆。更从今日醉，三万六千场。

念奴娇·赠夏成玉

妙龄秀发，湛灵台一点，天然奇绝。万壑千岩归健笔，扫尽平山风月。雪里疏梅，霜头寒菊，迥与余花别。识人青眼，慨然怜我疏拙。

遐想后日娥眉，两山横黛，谈笑风生颊。握手论文情极处，冰玉一时清洁。扫断尘劳，招呼萧散，满酌金蕉叶[1]。醉乡深处，不知天地空阔。

【注释】

〔1〕金蕉叶，酒杯名。

念奴娇·三友同饮，借赤壁韵

论心论相，便择术满眼，纷纷何物。踏碎铁鞋三百纳，不在危峰绝壁。龙友相逢，洼樽[1]缓举，议论敲冰雪。何妨人道，圣时同见三杰。

自是不日同舟，平戎破虏，岂由言轻发。任使穷通相鼓弄，恐是（真）金[2]难灭。寄食王孙，丧家公子，谁握周公发。冰[壶]皎皎，照人不下霜月。

【注释】
〔1〕洼樽，唐开元中李适之登岘山，见山上有石窦如酒尊，可注斗酒，因建亭其上，名曰"洼樽"。唐·颜真卿《登岘山观李左相石樽联句》："李公登饮处，因石为洼樽。"后因称形状凹陷、可以盛酒的山石为"洼樽"。亦借指深杯。 〔2〕"金""壶"二字原缺，今人补之，以括号区别。

鹧鸪天·和陈提干

剪烛西窗夜未阑，酒豪诗兴两联绵。香喷瑞兽金三尺，人插云梳玉一弯。

倾笑语，捷飞泉。觥筹[1]到手莫留连。明朝再作东阳约，肯把鸾胶续断弦。

【注释】
〔1〕觥筹，酒器和酒令筹。

水调歌头·和马叔度游月波楼

客子久不到，好景为君留。西楼着意吟赏，何必问更筹？唤起一天明月，照我满怀冰雪，浩荡百川流。鲸饮未吞海，剑气已横秋。

野光浮，天宇迥，物华幽。中州遗恨，不知今夜几人愁？谁念英雄老矣？不道功名蕞尔，决策尚悠悠。此事费分说，来日且扶头[1]！

诗酒山东

【注释】

〔1〕扶头：扶头酒。此指痛饮。

> 卫博，历城（今山东济南）人。高宗绍兴三十二年为左承奉郎（《宋会要辑稿》兵一九之六）。孝宗乾道三年，主管礼兵部架阁文字。四年，为枢密院编修官，旋致仕。有《定庵类稿》十二卷（《宋史·艺文志》），已逸。

张君请同次前韵，速成郑少尹赏桃

邂逅溪源一梦中，空余罗袖叠春丛。
生怜烟杏匀肌薄，不分江梅映肉红。
要识临塘比西子，便须索酒对东风。
随君拄杖敲门去，莫惜觥船[1]一棹[2]空。

【注释】

〔1〕觥船，容量大的饮酒器。 〔2〕一棹，一桨。借指一舟。

再次前韵送行

匆匆行役驻无因，缟纻相看足礼文。
江阔孤舟谁伴我，夜阑尊酒独思君。
离筵不用歌三叠[1]，元夕重来月十分。
更欲四方随孟子，此生安得化为云。

【注释】

〔1〕三叠，即阳关三叠，送别曲。

次韵赠汪解元行

平湖画鹢春无际，古寺名花色斩新。
走马未同追胜处，出门翻作送行频。
诗成转觉伤离绪，别去应烦说旧因。
野店无人山月白，明朝尊酒更愁人。

和人雪诗

白玉楼台近广寒，冷侵银海眩光翻。
只应天上梨花老，聊作人间柳絮繁。
庆卜有年先一白，喜随宽令到千门。
使君浩兴怜诗酒，隽饮谁供五石尊。

醉歌行

软沙挟径草微微，画堂甲帐光流离。
堂外花骢玛瑙羁，传呼直到黄金墀。
黄金墀下班如剪，苍槐不动蟠蛟螭。
出门胆落金吾将，归去泣走铜山儿。
河龙供鲤桂为醯，御厨珍送丝络垂。
乾坤整顿万事了，蹴踏四海乘丹梯。

诗酒山东

丈夫生时重意气，胡为到处潜伤悲。
乡里小儿狐白腋，五陵豪客颠倒衣。
酒酣耳热歌浩荡，挥斥八极隘九围。
投戈却日日不住，焚膏尚卜升朝曦。
君看博浪沙中客，圯下偷生天地窄。
相期要看后五日，路逢莫问前一着。

送齐六归石城

春衫快马君来时，寒江稳泛君今归。
人生聚散定何许，怅望十年三别离。
忆昔见君石城下，杂佩瑶瑜间兰麝。
三年一鸣惊倒人，欲和薰风奏韶夏。
翰林主人子墨卿，文章意气飘朝云。
君归但扫三千牍，后会却揩贤书登。
离离漠漠霜芜没，江上阴风搅寒日。
不用长吟河畔草，与君且尽杯中物。

赵闻礼（约公元1247年前后在世），字立之，一作正之，亦字粹夫，号钓月，临濮（今山东鄄城）人。

水龙吟·水仙花

几年埋玉蓝田，绿云翠水烘春暖。衣薰麝馥，袜罗尘沁，凌波步浅。钿碧搔头，腻黄冰脑，参差难剪。乍声沉素瑟，天风佩冷，蹁跹舞、霓裳遍。

湘浦盈盈月满。抱相思、夜寒肠断。含香有恨，招魂无路，瑶琴写怨。幽韵凄凉，暮江空渺，数峰清远。粲迎风一笑，持花酹酒，结南枝伴。

隔浦莲近

愁红飞眩醉眼，日淡芭蕉卷。帐掩屏香润，杨花扑、春云暖。啼鸟惊梦远，芳心乱，照影收奁晚。

画眉懒，微醒带困，离情中酒相半[1]。裙腰粉瘦，怕按六么歌板。帘卷层楼探旧燕，肠断，花枝和闷重捻。

【注释】
[1]离情中酒相半，指离情和醉酒各占一半。

谒金门

人病酒，生怕日高催绣。昨夜新翻花样瘦，旋描双蝶凑。

慵凭绣床呵手，却说新愁还又。门外东风吹绽柳，海棠花厮勾。

吕同老，字和甫，号紫云（《宋诗纪事小传补正》卷四），济南（今属山东）人。宋遗民。事见《洞霄诗集》卷一二、《宋诗纪事》卷八〇。

九锁山十咏·来贤岩

昔贤所游地，道路行透迤。中分山腰半，倒插石脚危。

诗酒山东

公生元祐时，名与日月垂。至今草木间，英气光离离。
我行得遗迹，酾酒[1]兴遐思。天风豁然至，吹落琼琚辞。
不惜古人远，但嗟我生迟。安得五云表，一假黄鹤骑。

【注释】
〔1〕酾（shāi）酒，斟酒。

九锁山十咏·翠蛟亭

洞泬古涧深，蜿蜒层湍壮。长年蓄飞泉，一决起豪宕。
高有百尺松，蓊郁蔽青障。下有荇与萍，翠色映空旷。
恍如千丈虬，穷壑潜异状。忽乘风云会，奋迅九天上。
尚想玉堂仙，妙思发雄放。醉持白芙蕖，乘流动清唱。

天香·宛委山房拟赋龙涎香[1]

　　冰片熔肌，水沈换骨，蜿蜒梦断瑶岛。剪碎腥云，杵匀枯沫，妙手制成翻巧。金篝候火，无似有、微薰初好。帘影垂风不动，屏深护春宜小。

　　残梅舞红褪了。佩珠寒、满怀清峭。几度酒余重省，旧愁多少。荀令[2]风流未减，怎奈向飘零赋情老。待寄相思，仙山路杳。

【注释】
〔1〕龙涎香，抹香鲸病胃的分泌物。类似结石，从鲸体内排出，漂浮海面或冲上海岸。为黄、灰乃至黑色的蜡状物质，香气持久，是极名贵的香料。　〔2〕荀令，指荀彧（yù），佐曹操之功臣，官至侍中，守尚县令，封万岁亭侯。据说他在别人家做客，离席后余香缭绕不散，被称为"荀令香"。

金元

诗酒山东

> 马定国（约1138年前后在世），字子卿，茌平人。自少志趣不群。宣政末（1125）题诗酒家壁，有"苏、黄不作文章伯，童、蔡翻为社稷臣"之句，坐讥讪得罪，亦因是知名。阜昌初（即绍兴元年）游历下，以诗感齐王刘豫。豫大悦，授监察御史。仕至翰林学士。他尝著《石鼓辩》万余言，定为五代周所造，出入传记，引据甚明，学者以比蔡珪的《燕王墓辩》。定国初学诗时，未有入处，梦其父上方寸白笔，从此文章大进。自号齐堂先生，有《齐堂集》行世。

送图南

壶觞[1]送客柳亭东，回首三齐[2]落照[3]中。
老去厌陪新客醉，兴来多与古人同。
戍楼[4]藤角垂新绿，山店桎花落细红。
他日诗名满江海，荠堂相见两衰翁[5]。

【注释】

〔1〕壶觞，酒器。此指饮酒。 〔2〕三齐，秦亡，项羽以齐国故地分立齐、胶东、济北三国，皆在今山东东部，后泛称"三齐"。 〔3〕落照，夕阳的余晖。 〔4〕戍楼，边防驻军的瞭望楼。 〔5〕衰翁，老翁。

宿田舍

狂风作帚扫春阴，投宿田庐话古今。
樽俎只如平日事，干戈方识故人心。
凄凉一树梅花发，迤逦千门柳色深。
天子蒙尘今不返，酒酣相对泣沾襟。

秋日书事

南山悠悠去天尺，雀寒未晚争投棘。
野人篱落不胜荒，溪欲绝流堆乱石。
小园蔬药知有无，未免杖藜烦两屐。
雾蒙甘菊细茎紫，风动牵牛晚花碧。
邻舍翁归竹几空，秋天日落松窗寂。
小杯翻酒足自娱，闾巷浮枕真可惜。

四月十日遇周永昌二首

竹里娟娟雨未晴，日高窗牖受虚明。
数家燕雀青雏出，是处园林绿棵成。
贫觉酒杯真有味，病思丘壑岂无情。
东山旧隐许相过，他日秋原看耦耕。
幼时种木已巢鸢，犹向花前作酒颠。
郭外青山招晓出，圃中明月照春眠。
世无苏黄六七子，天断文章三十年。
今日逢君如旧识，醉持杯酹望青天。

雪

红楼翠瓦不禁寒，欲剪梅花去路难。
净扫竹亭聊饮酒，恰如明月照金盘。

送王松年之汶上

去去东平道，飞辕不可攀。地邻邾子国，天近穆陵关。
问俗徵前事，移家卜好山。溪堂醉花月，春兴几时还。

村居五首

溪头梅是去年花，闲日初长迳竹斜。
向晚孤烟三十里，不知樵唱落谁家。

蚕蛹成蛾桑柘稀，海棠花发照窗扉。
离骚读罢无人会，独立溪南看夕晖。

五月南风化蟪蛄，野塘晚笋未成蒲。
柽花落尽红英细，沙渚鸳鸯半引雏。

柿叶经霜菊在溪，天寒落日见鸡栖。
西家有客笃新酒，红叶萧萧盖芋畦。

岁暮行人竟不来，空吟溪树弥寒梅。
何时消尽关山雪，收拾春风入酒杯。

> 孙不二（1119 — 1182），孙姓，名富春，法名不二，号清静散人，或称孙仙姑。金代宁海（今山东牟平）人。本马丹阳（马钰）之妻，生三子。金大定七年，王重阳住其家，以"分梨"为喻点化孙不二与马丹阳。金大定九年（1169），孙不二于金莲堂出家。王重阳授之以天符云篆秘诀。后修道于洛阳凤仙姑洞，六七年丹成。

卜算子·辞世

握固[1]披衣候。水火频交媾[2]。万道霞光海底生，一撞三关[3]透。
仙乐频频奏。常饮醍醐[4]酒。妙药都来顷刻间，九转金丹[5]就。

【注释】

〔1〕握固，屈指成拳。 〔2〕交媾，阴阳交合。 〔3〕三关，古代三个重要关隘的合称，此指下丹田。 〔4〕醍醐，比喻美酒。 〔5〕九转金丹，即九转丹。道教谓经九次提炼、服之能成仙的丹药。

> 马钰（1123 — 1183），道教全真道祖师，原名从义，字宜甫，入道后更名钰，字玄宝，号丹阳子，世称马丹阳。山东宁海（今山东牟平）人。道教全真道道士。在出家前，马钰与孙不二是夫妇。马钰是全真道祖师王重阳在山东收下的首位弟子。大定十年王重阳逝世后，马钰成为全真道第二任掌教。在道教历史和信仰中，他与王重阳另外六位弟子合称为"北七真"。著有《洞玄金玉集》十卷。

诗酒山东

踏云行

师父赠谭仙词曰，张公吃酒李公来，李公夺了张公饮，击发钰谨和。豁豁洋洋，详详审审。仙家出语何须恁。

山侗[1]自揣一鳌，金鳞晃日如新锦。云水逍遥，身心恣任。欲为上士相争甚。大家共喜白庆来，玄中玄酒宜同饮。

【注释】
[1]山侗，道家山中隐者。

西江月·尽说仙家饮酒

尽说仙家饮酒，仙家不饮糟浆。自然玉液味偏长，浇溉黄芽[1]荣旺。
月下风前清爽，荐杯玉蕊馨香。醉经[2]饱德[3]访蓬庄，高卧仙宫方丈。

【注释】
[1]黄芽，亦作"黄牙"。道教称从铅里炼出的精华。 [2]醉经，隋王通《中说·事君》："子游河间之渚，河上丈人曰：'何居乎斯人也？心若醉六经，目若营四海。'"后以"醉经"指潜心经学。 [3]饱德，谓充满高尚品德。

黄鹤洞中仙·继重阳韵

不敢心狂走。极谢师真守。芋栗今番六次餐，美味常甘口。
不作东叟。不恋东风柳。参从[1]风仙物外游，共饮长生酒。

【注释】
[1]参从，跟从。

杨柳枝·赠赵道济

日里金鸡叫一声。梦初惊。清风枕上有余清。酒初醒。雾卷云收天似水，月初明。虚堂寂寂绝尘情。性初平。

迎春乐·赠汝先生

身中应候腾清秀。何须律管泥牛。芝田凭仗云耕透。更无用，扶犁手。
养生布德功夫就。黄芽遍吐胜花柳。玉洞[1]彦胎仙[2]，自然饮，长生酒。

【注释】

〔1〕玉洞，指仙道或隐者的住所。 〔2〕胎仙，鹤的别称。古代鹤有仙禽之称，又相传胎生，故名。

玉楼春·赠姜道全

先生饮罢琼浆酒，卧月眠云闲弄斗。依时斡运不交差，这个功夫凭匠手。
满堂金玉无中有，国富民安神气秀。玉楼春色十分奇，不是莺花并缘柳。

西江月·地肺重阳师父

地肺重阳师父，吕公专遗云游。秘玄隐奥访东牟[1]，钓我夫妻两口。
十化分梨匠手，百朝锁户机谋。千篇诗曲拽回头，万劫同杯仙酒。

诗酒山东

【注释】

〔1〕东牟，即牟平。南有昆嵛山，为北全真教祖庭。

西楼月

常清常净常闲，脱尘凡。自在逍遥云水，访龙山。

琼浆酒，无中有，养金丹。炼就重阳归去，列仙班。

捣练子·赠文登马彦高

长寿酒，安乐杯，能医百病正当时。助清吟，乐道归。

将进酒，凤衔杯。香山会上惜芳时，醉仙吟，月下归。

满庭芳·赠辛五翁姜四翁

豪富过人，作为异众，莱阳姜鉴辛通。文登趁醮，不惮冒霜风。来往近乎千里，投坛告、马钰姜公。持孝道，宰公[1]闻得，惠酒劳奇功。[2]

虔诚逢感应[3]，醮仪[4]才罢，仙现云中。命丹青妙手，传写奇容。从此住行坐卧，搜斡运、阴里阳宫。忘尘事，乡人钦羡，相重更相崇。

【注释】

〔1〕宰公，对县令的尊称。 〔2〕奇功，异常的功劳、功勋。 〔3〕感应，谓神明对人事的反响。 〔4〕醮仪（jiào yí），道士祭神的礼仪。

两只雁儿

三更里,月正圆。笙歌消夜天。金童[1]喜,玉女[2]欢。凡间不一般。长生酒,醉不颠。饮了还少年。曲江上,望悬悬[3]。酾买不用钱。

【注释】

〔1〕金童,仙人的侍童。 〔2〕玉女,常与"金童"对举,指侍奉仙人的女童。 〔3〕悬悬,指满月。

谭处端(1123—1185),宁海(今山东牟平)人。初名玉,字伯玉,后改法名处端,字通正,号长真子。金大定年间师事王重阳,为全真道南无派创立者。传平昔好书龟蛇二字,奉道信士多收藏之。元世祖赠"长真水蕴德真人",世称"长真真人"。著有《水云集》。

满路花·重阳佳节至

重阳佳节至,云水寄天涯。玄朋邀共饮、赏黄花。特临雅会,南望翠烟霞。极目岚光里,隐约依稀,瑞云深处仙家。

任陶陶、畅饮喧哗,觥泛笑擎夸。樽前唯对酒、喜何加。浮金潋滟,默默采灵葩。饮罢还重劝,不醉无归,月明初上窗纱。

酹江月·题酒

杜康得妙,酿三光真秀,清澄醇酎[1]。太白仙才乘兴饮,一斗佳篇百首。倒载山翁,襄阳童稚,笑唱齐拍手。陶潜篱下,醉眠门外五柳。

东里生死俱忘，待宾截发，陶母款贤友。文举无忧樽满酌，香醑频开笑口。喜遇尧年，醉乡丰乐，古所希闻有。玉壶春色，禄延益算眉寿。

【注释】
〔1〕醇酎，一名九酝，汉时祭祀用酒，酝酿九月始成。

> 朱自牧，字好谦，棣州厌次（今山东无棣）人。生卒年均不详，约金海陵王贞元末前后在世。皇统中进士。

晚泊济阳

江北秋阴一半晴，晚凉留与客襟清。
水边画角孤城暮，云底残阳远树明。
旅雁为谁来有信，断蓬如我去无程。
寥寥天地谁知己，村酒悠然自独倾。

过浑源留别田仲祥同知节使

金台前梦杳无踪，一阻云山莫计重。
双鲤附书常不达，两萍浮海偶相逢。
燕南落日车分辙，代北春风酒满钟。
明日去留牵世务，灯前谈笑且从容。

赵沨（生卒年不详），字文孺，号黄山，东平人。金世宗大定二十二年进士。二十七年由襄城令入为应奉翰林文字，二十九年任《辽史》编修官。金章宗明昌（1190—1196）末年，终于礼部郎中。赵沨性情冲淡，学道有得，能文善书，与党怀英并称"党赵"。原有《黄山集》，已逸，《全辽金诗》辑赵沨诗31首。

聚远台

独上平台上，风雪万里来。
青山一尊酒，落日未能回。

立秋

日月如川流，去矣不复回。万物各有营，荣悴更相催。
余生苦多艰，壮志久摧颓。念欲学还丹，郁纡殊未谐。
今朝立新秋，庭树西风来。举首望天宇，飞雪独裴徊。
呼儿且沽酒，浩歌豁秋怀。醉中得妙理，逸兴何悠哉。

用仲谦元夕[1]诗韵

闻道蓝田辋口庄，欱湖前日具飞航。
李膺定已回仙棹，王绩无由入醉乡。
薄宦系人如坐井，穷愁染鬓欲成霜。
早知上界多官府，只向人间作酒狂。

诗酒山东

【注释】

〔1〕元夕，元宵节。

和崔深道春寒

长风忽落青林端，风声汹若江声寒。
大阴盘礴乱天序，推书扑笔成长叹。
美人何许媚幽独，使我不见心无欢。
颇闻隐居诵庄屈，蓬窗坐拥尘编残。
琴歌酒赋两寂寞，悬知此兴殊未阑。
迟君一来吐款要，举杯放目云天宽。

刘迎（？—1180），字无党，号无诤居士，东莱（今山东莱州）人。初以荫试部掾。金世宗大定十三年（1173）荐书对策第一，次年登进士第。曾任完颜永成豳王府记室、太子司经等。深得太子完颜冗荣器重。大定二十年从驾凉陉，因病去世。原有《山林长语》，已逸，今存诗78首。

按：此选其一首代表作以为志。

雨后

尘埃日日厌风霾，一雨方容眼界开。
水底天光大圆镜，树头山色小飞来[1]。
马中涉地元相及，鸥鹭知人已不猜[2]。
更得扁舟等明月，一杯容我醉云罍。

【注释】

〔1〕小飞来，即小飞来峰。 〔2〕云罍，饰有云状花纹的酒壶。

党怀英（1134—1211），金代文学家、书法家。字世杰，号竹溪，谥号文献，冯翊（今陕西大荔县）人，后定居山东泰安。大定十年（1170）进士，官至翰林学士承旨，世称"党承旨"，谥文献。擅长文章，工画篆籀，称当时第一，著有《竹溪》十卷。

青玉案

红莎绿蒻春风饼，趁梅驿[1]，来云岭，紫桂岩空琼窦冷。佳人却恨，等闲分破，缥缈双鸾影。

一瓯月露心魂醒，更送清歌助清兴。痛饮休辞今夕永。与君洗尽，满襟烦暑，别作高寒境。

【注释】

〔1〕梅驿，驿所的雅称。

西湖晚菊

重湖汇城曲，佳菊被水涯。
高寒逼素秋，无人自芳菲。
鲜飙散幽馥，晴露堕余滋。
蹊荒绿苔合，采采叹后时。
古瓶贮清泚，芳樽湔尘霏。

诗酒山东

远怀渊明贤，独往谁与期。

徘徊东篱月，岁晏有余悲。

王处一（1142—1217），号玉阳子（一说字玉阳，号全阳子，一说号华阳子）。宁海（今山东牟平）人。金大定八年（1168）师从王重阳，长期隐居昆嵛山烟霞洞。后玉阳独去文登铁槎山（今属荣成市）云光洞结庵，苦心修炼9年，被称为"铁脚仙人"。后下山西行传真布道，足迹遍及山东、江西、陕西、山西、北京等地，在中国北方产生极大影响。

谢师恩·请观额度牒

须知尘世光阴短。当种福兴仙观。浩劫长存功德案。添名注寿，补还愆过，出了阴司管。庆云缭绕恩无断。霞友云朋唤。共赏仙花香烂熳。流霞泛饮，醉归何处，宴息蓬莱馆。

丘处机（1148—1227），字通密，道号长春子，登州栖霞（今山东省烟台栖霞市）人，道教全真道掌教、真人、思想家、政治家、文学家、养生学家和医药学家。

沁园春·示众

世事纷纷，似水东倾，甚时了期。叹利名千古，争驰虎豹，丘原一旦，总伴狐狸。枳棘丛中，桑榆影里，乱冢堆堆谁是谁。君知否，漫徒劳百载，空皱双眉。

争如归去来兮。放四大、优游无所为。向碧岩古洞，完全性命，临风对月，笑傲希夷。一曲玄歌，千钟美酒，日月循环不老伊。童颜在，镇龟龄鹤寿，罢喝黄鸡。

沁园春·列鼎雄豪

列鼎雄豪，兔走乌飞，转头悄然。似电光开夜，云中乍闪，晨霜迎日，草上难坚。立马文章，题桥名誉，恍惚皆如作梦传。争如我，效忘机息虑，返朴归原。

壶中异景堪怜。是别有风花雪月天。玩四时时见，祥云瑞气，三光光罩，玉洞琼筵。满泛流霞，高吟古调，骨健神清丹自圆。真堪爱，待功成一举，永镇飞仙。

满庭芳·九日

寒雁声回，园林色变，暮秋别是风光。练波横地，锦树映天长。过雨云山磊落，迎霜茂、金菊芬芳。佳辰会，千门万户，欢笑庆重阳。

嘉祥。谁得遇，吾门四友，极味先尝。乃频沾清露，时倒霞浆。饮罢醍醐灌顶，归来后、月满虚堂。无愁思，陶陶快乐，酩酊入仙乡。

望江南

山中好，最好是春时。红白野花千种样，间关幽鸟百般啼。空翠湿人衣。
茶自采，笋蕨更同薇。百结布衫忘世虑，几壶村酒适天机。一醉任东西。

玩丹砂

景金本注云：本名《浣溪纱·游历》。

云水飘飘物外吟，醍醐[1]默默醉中斟。神仙活计道人心。
容易肯争三寸气[2]，寻常不贮一文金。清贫柔弱祸难侵。

【注释】
[1]醍醐，从酥酪中提制出的油。比喻美酒。 [2]三寸气，犹言一口气。借指生命。

沁园春·九日虢县传宅作朝真醮

晔晔重阳，秀气飘飘，廓周大千。正故庵交会，宾朋浩浩，青霄依约，鸿雁翩翩。是处登高，衔杯逸兴，放旷犹如陆地仙。朝真会，赞金风淡荡，玉露新鲜。

黄花嫩蕊堪怜。散袅袅、清香满坐传。使众人得味，皆明至道，群莺无语，独王秋天。艳杏妖桃，繁华春景、莫与迎霜敢斗坚。乘佳趣，对芳丛烂饮，一醉千年。

忍辱仙人·春兴

春日春风春景媚，春山春谷流春水，春草春花开满地。乘春势，百禽弄古争春意。

泽又如膏田又美，禁烟[1]时节堪游戏。正好花间连夜醉，无愁系，玉山[2]任倒和衣睡。

【注释】
〔1〕禁烟，犹禁火。亦指寒食节。　〔2〕玉山，对秀丽山峰的美称。

更漏子[1]·秋霁

夕阳红，秋水澹。雨过碧天如鉴。篱菊绽，塞鸿归，长郊叶乱飞。
上西山，斟北海。酩酊神游仙界。霜夜冷，月华清。醺醺醉未醒。

【注释】
〔1〕更漏子，词牌名。因唐温庭筠词中多咏更漏而得名。

瑶台月·劝酒

浮名浮利，叹今古、悠悠颠倒人泥。茫茫宇宙，多少含灵愚智。尽劳生、终日贪图，竞抵死、奔波沉滞。观乌兔，嗟身世。百年寿，一春寐，虚费。争如满酌，流霞送醉。

助四大聊壮神气，辨万化休论富贵。时时访，出谷道人游戏。戏效猖狂、物外高吟。庆滑辣、杯中美味。开怀抱，忘愁系。解其忿，挫其锐。遥致。青松皓鹤，绵绵度岁。

> 尹志平，为金末及元代蒙古时期著名全真道士。祖籍河北沧州，宋时徙居莱州（今山东掖县）。生于金大定九年（1169）。邱处机卒时遗命志平嗣教（或云遗命宋道安嗣教。待处机丧事终，宋以年老请志平代），是为全真道第六代掌教宗师。

江城子

西山之通仙观，卜以重阳作醮。前数日，北风严恶，天气昏暝，小雪微作，众意忧惶。八日发牒之后，俄而开霁，两昼夜毕。十日阴雪复作，万古一辞，赞叹希有胜缘。因作一词，以纪其实。

重阳佳节醮西山。暮天寒。叶斑斓。和气满川，无个不开颜。滞魄孤魂皆受度，功德备，出幽关。

河清谷静气闲闲。寸心宽。保全安。白酒黄花，高会列仙坛。共庆吾门祖师祐，众真喜，万人欢。

巫山一段云·龙阳观九日

白酒宽怀抱，黄花喷鼻香。此般真味庆重阳，性月自圆方。
山后三秋无别，幽槛几丛开彻。两轩各各斗芳鲜，雅胜洞中天。

登高

白露零时秋意深，纷纷红叶坠寒林。
黄花亭上三般乐，把酒高歌遣兴吟。

> 杨宏道（1189 — 1272），字叔能，号素安、默翁，淄川人（今属山东淄博市）。少年即孤，就学乡里，博学多识，不事科举。金宣宗兴定五年（1221），在汴京与元好问相会，并深得赵秉文、杨云翼等人赏识，诗名大振。金哀宗正大元年（1224），出任麟游县酒税。后避乱入宋地，任襄阳府学教谕。宋理宗端平二年（1235）清明后出任唐州司户。元兵南下时，杨宏道北上寓家济源，以诗文自娱。他性情淡泊，不苟言笑，生活简素，能文善诗。有《小亨集》。

鹧鸪天

邂逅梁园对榻眠，旧游回首一凄然。当时好客谁为最，李赵风流两谪仙。

居接栋，稼临田，与君诗酒度残年。飘零南北如相避，开岁[1]还分陇上泉。

【注释】
〔1〕开岁，谓来年。

> 杜仁杰（约1201—1282），字仲梁，号止轩，原名之元，字善夫，一作善甫，济南长清人。金正大中，尝偕麻革、张澄隐内乡山中，以诗篇倡和，名声相埒。元至元中，屡征不起。子元素仕元（按：仕元，即在元朝为官），任福建闽海道廉访使。仁杰以子贵，赠翰林承旨、资善大夫，谥文穆。仲梁性善谑，才宏学博，气锐而笔健，业专而心精。平生与李献能钦叔、冀禹锡京父二人最为友善。遗山元好问《送仲梁出山诗》有云"平生得意钦与京，青眼高歌望君久。"其相契之深可知也。今存《善夫先生集》。

诗酒山东

送信云父

居士身轻日，秋天木落时。山青云冉冉，川白草离离。
涉世心将破，怀人鬓已丝。相逢琴酒乐，应怪久违期。

病中呈裕之

十载犹能复笑谈，归来重觅读书龛。
耒阳白酒[1]君应具，勾漏[2]丹砂我自惭。
民讼几时消自苦，山城虽小得穷探。
也知清俭难持久，好趁秋风酒菊潭。

【注释】

〔1〕白酒，古代酒分清酒、白酒两种。泛称美酒。 〔2〕勾漏，山名。在今广西北流县东北。有山峰耸立如林，溶洞勾曲穿漏，故名，为道家所传三十六小洞天的第二十二洞天。

> 商挺（1209—1288），元散曲家。字孟卿，一作梦卿，号左山老人。曹州济阴（今山东曹县）人。年二十四，北走与元好问、杨奂游。东平严忠济辟为经历，出判曹州。宪宗三年（1253）入侍忽必烈于潜邸，遣为京兆宣抚司郎中，就迁副使。至元元年（1264）入京拜参知政事。六年同签枢密院事，八年升副使。九年出为安西王相。十六年生事罢。二十年复枢密副使，以疾免。卒后赠太师鲁国公，谥文定。有诗千余篇，惜多散佚。《元诗选》癸集存其诗四首。《全元散曲》从《阳春白雪》辑其小令十九首，多写恋情及四季风景。

双调·潘妃曲（节选）

闷酒将来刚刚咽，欲饮先浇奠。频祝愿，普天下厮爱早团圆。谢神天，教俺也频频的勤相见。

徐琰（约1220—1301），字子方（一作子芳），号容斋，一号养斋，又自号汶叟，东平（今属山东省）人。元代官员、文学家，"东平四杰"之一。少有文才，曾肄业于东平府学。元代东平府学宋子贞作新庙学，请前进士康晔、王磐为教官，教授生徒几百人，培养的阎复、徐琰、孟祺、李谦等号称元"东平四杰"，学成入仕后，皆为元初名宦。徐琰文名显于当时，曾主持杭州西湖书院，与侯克中、王恽、姚燧、吴澄等有交谊，著有双调《沉醉东风》《蟾宫曲》等；另著有《爱兰轩诗集》及《泰山萃美亭记》。明朱权《太和正音谱》将其列于"词林英杰"一百五十人之中。

双调·沉醉东风

赠歌者吹箫。

金凤小斜簪髻云，似樱桃一点朱唇。秋水清，春山恨。引青鸾玉箫声韵，莫不是另得东君一种春，既不呵紫竹上重生玉笋。

御食饱清茶漱口，锦衣穿翠袖梳头。有几个省部交，朝廷友。樽席上玉盏金瓯，封却公男伯子侯，也强如不识字烟波钓叟。

诗酒山东

杨玉翁山居

天为诗翁性爱山，故教坐在万山间。
朝凭山坐舒青眼，暮对山眠拥翠鬟。
山馆读书风俗美，山田足食子孙闲。
龟肠日饮山中醁，何必仙山觅九还。

王旭（约1264年前后在世），字景初，号兰轩，东平（今属山东）人。元代词人。与同郡王构、王磐具以文章有名，世称"三王"。家贫力学，曾师事杜仁杰，做过砀山令幕僚。教授四方，尝寓安阳、峪城、鲸川。又至泰山、杭州、豫章、扬州、长沙等地，游迹几半天下。著有《兰轩集》。《四库全书总目》评价说："其诗随意抒写，不屑屑于雕章琢句，而气体超迈，亦复时见性灵。"

水调歌头

鲸川四重午[1]，岁月若飘风。诗书万卷何事，白首课儿童。试把楚词高咏，更取清尊细酌，醒醉竟谁同。俯仰百年了，求足不求丰。

愧吾身，犹未脱，世尘中。还丹有诀谁悟，回首忆仙翁。我欲乘云归去，独与山灵晤语，修道倘成功。笑谢醯鸡瓮[2]，白日看长空。

【注释】
[1]四重午，四个端午节。指四年。　[2]醯(xī)鸡瓮，比喻狭小的天地。

水调歌头·和张都运李氏柳塘赏荷韵

我爱此塘好，碧水映红蕖。垂杨袅袅烟笼，绿发倩风梳。医却尘埃俗病，唤起沧浪幽兴，怀抱一时舒。更把直钩钓，得意不须鱼。

忆当年，吟北渚，醉西湖[1]。兰舟撑入云锦，未必画中如。世事春风一梦，回首欢游安在，烟海隔蓬壶。清赏有今日，题壁记来初。

【注释】
[1] 北渚、西湖，均济南名胜地。

水调歌头·端午

漱齿汲寒井，理发趁凉风。先生畏暑晨起，笑语听儿童。说道今年重午，节物随宜稍具，还与去年同。已喜酒樽冽，更觉粽盘丰。

愿人生，常醉饱，百年中。独醒竟复何事，憔悴佩兰翁[1]。我有青青好艾，收蓄已经三载，疗病不无功。从此更多采，莫遣药囊空。

【注释】
[1] 佩兰翁，指屈原。

临江仙·春夜

帘外萧萧风色恶，呼儿掩上重门。小窗孤坐赋招魂。碧梧花落尽，篱雀又黄昏。

回首人间行乐事，春风过水无痕。旅游谁肯重王孙。长歌人不解，明月照空樽。

诗酒山东

大江东去·为张可子郎中寿

九秋风露，洗尘埃、人似华峰独立。兰省东南经济地，正赖风流筹画。湖海胸襟，冰霜气节，邈矣公难及。苍生望重，故园休梦泉石。

且对得意江山，登临一笑，香满黄花席。更把西湖都酿酒，醉取白云诗客。乘兴为公，遍游仙府，检下长生籍。妙毫浓墨，书公寿禄无极。

临江仙·为子周兄寿

童稚相看今白首，情因儿女尤深。霜天昨夜卷层阴。舟中明月照，华屋寿星临。

气敛风云归寂寞，谁知经济雄心。南阳烟雨卧龙吟。行藏安所遇，有酒且同斟。

木兰花慢·寿泰安石监州

泰山雄胜地，人物出，必豪英。看衍庆堂中，使君才气，磊落高明。春风又临初度，正梅花、香满腊嘉平[1]。唤取茅仙[2]送酒，尊前共祝长生。

青云居第筑初成，燕雀亦欢声。仵梦叶熊罴[3]，祥占弧矢[4]，兰玉春荣。山城岂能淹滞，佩飞霞、终上紫霄行。留着兰轩老笔，他年歌颂功名。

【注释】

〔1〕嘉平，腊月的别称。　〔2〕茅仙，指西汉茅盈、茅固、茅衷兄弟三人。他们于安徽凤台县三峰山洞内修道成仙，故此洞后称茅仙洞。　〔3〕梦叶熊罴，叶，通

"协";叶梦,符合梦中所见。祝贺人生子。语出《诗经·小雅·斯干》:"维熊维罴,男子之祥。" 〔4〕孤矢,指弓箭。《易·系辞下》:"弦木为弧,剡木为矢,孤矢之利,以成天下。"

大江东去·登鲸川楼

飞楼缥缈,碍行云、势压鲸川雄杰。宾主落成登眺日,正是炎蒸时节。把酒临风,凭栏一笑,忘尽人间热。四围烟树,万家金碧重叠。

休问去棹来帆,南商北旅,欢会并离别。且向樽前呼翠袖,歌取阳春白雪。千古兴亡,百年哀乐,天远孤鸿灭。酒阑人散,角声吹上明月。

> 刘敏中,元济南章丘人,字端甫,号中庵。世祖时由中书掾擢兵部主事,拜监察御史。劾权臣桑哥,不报,辞归。起为御史台都事。成宗大德中,历集贤学士,商议中书省事,上疏陈十事。武宗立,召至上京,庶政多所更定。官至翰林学士承旨。卒谥文简。平生义不苟进,进必有所匡救。为文辞理备辞明。有《平宋录》《中庵集》。

卜算子·长白山[1]中作

长白汝来前,问汝何年有。只自云间偃蹇[2]高,不肯轻低首。
我即是中庵,汝作中庵友。怪得朝来爽气多,浮动杯中酒。

【注释】
〔1〕长白山,在山东邹平与章丘交界处,范仲淹曾在山中苦读十余年。 〔2〕偃蹇,高耸貌。

乌夜啼·月下用前韵

夜深谁伴中庵？太初岩。满酌一杯和月，吸浓岚。琼露滴，霜鬓湿，兴方酣。不觉河倾东北，月西南。

乌夜啼·含晖亭芍药谢

含晖亭下春风，锦云丛。临到开时别去，苦匆匆。人乍到，花已老，酒瓶空。惟有一溪流水，照诗翁。

凤凰台上忆吹箫·赠吹箫东原[1]赵生

千古虞韶[2]，凤凰飞去，太平雅曲谁传。有碧琼霜管，犹似当年。妙处风流几许，待试问、天外飞仙。西州客，心边赚得，一味春偏。

清秋画栏高倚，屏金缕红牙，羯鼓湘弦。倩玉舠唤起，悲壮清圆。袅袅余音未了，正夜静、月上寒天。青灯外，有人无语凄然。

【注释】
〔1〕东原，古地区名。相当今山东运河以西，汶水下游一带。 〔2〕虞韶，谓虞舜时的《韶》乐。汉班固《幽通赋》："《虞韶》美而仪凤兮，孔忘味于千载。"孔忘味，指孔子闻《韶》，三月不知肉味。

木兰花慢·会有诏止征南之行，复以木兰花慢

妙年勋业在，正千载、会风云。有横槊新诗，投壶[1]雅唱，将武儒文。风流圣朝人物，算锦衣、难避软红尘。琼岛羽林清晓，紫垣星月黄昏。

悠悠轩斾下东秦，宾客满于门。看戏彩萱堂，挥金置酒，和气回春。平生事，忠与孝，但图忠、云路莫因循。此去秋光正好，龙墀再荷新恩。

【注释】
[1] 投壶，古代宴会礼制。亦为娱乐活动。宾主依次用矢投向盛酒的壶口，以投中多少决胜负，负者饮酒。

木兰花慢

适得醉经乐章，读未竟而彦博尚书有兵厨之饷，因用其韵书二本，一呈醉经，一谢彦博。

待支撑暮境，道比旧、不争多。奈白日难留，丹心易感，绿发全皤。行乐处，浑一梦，忆黄公垆下几回过。振策千峰绝顶，濯缨万里长河。

红尘世事费磋磨，人海驾洪波。怅学古无成，于今何补，谩尔蹉跎。闲揽镜，还独笑，甚苍颜一皱不曾酡。忽报鸣鞭送酒，开轩自洗空螺[1]。

【注释】
[1] 洗空螺，洗空酒杯。

诗酒山东

木兰花慢·八月二十五日为仲敬寿

对南山秋色,湖海气、郁峥嵘[1]。更落叶疏风,黄花细雨,何限诗清。良辰醉中高兴,料殷勤、喜见故人情。玉斝[2]云腴[3]仙酿,木兰花慢新声。

归鸿远目入青冥,相与慰飘零。尽起舞狂歌,新愁旧恨,一笑都平。平生事,天已许,道青霄有路上蓬瀛[4]。随分人间富贵,不妨游戏千龄。

【注释】
〔1〕郁峥嵘,葱郁峥嵘。〔2〕玉斝(jiǎ),玉制的酒器。酒杯的美称。〔3〕云腴,茶的别称。亦指酒。〔4〕蓬瀛,蓬莱和瀛洲。神山名,相传为仙人所居之处。亦泛指仙境。

木兰花慢·代人赠吹箫赵生

甚无情枯竹,使人喜、使人悲。爱太古遗音,承平旧曲,吹尽参差。千秋凤台人去,算风流、只有赵郎知。秋晚楼空月夜,日长人静花时。

酒阑更与尽情吹。欲起不能归。怕幽壑潜蛟,孤舟嫠妇,掩泣惊飞。伤心少年行乐,奈春风、不染鬓边丝。静倚阑干十二,醉魂飞上瑶池。

木兰花慢·次韵答张直卿见寄

两城无百里,算只是、一家乡。愧每每相看,来迎去送,水影山光。殷勤举杯一笑,要都收、百福与千祥。镜里吾衰已甚,尊前君意何长。

谁能齐物似蒙庄。岁月去堂堂。更多病何堪,闲愁万绪,恼乱诗肠。明年定须丰稔,看桑蚕成簇麦登场。君到野亭应喜,酒帘花外悠扬。

水龙吟·同张大经御史赋牡丹

春风一尺红云,粉蕤金粟重重起。天香国色,宜教占断,人间富贵。最喜风流,妆台卯酒,欲醒还醉。算年年岁岁,花开依旧,问当日、人何似。

休说花开花谢,怕伤它、老来情味。依稀病眼,故应犹识,旧家姚魏。无语相看,一杯独酌,幽怀如水。料多情、笑我苍颜白发,向风尘底。

水龙吟·次韵答马观复左司九日

二毫侍侧何知,举头一幕青天大。归盘乐矣,丁宁更说,闲居粉黛。我见沙鸥,盖尝有问,无言意对。道试看自古,忘机未了,空无益、又遗害。

万事宜须自得,笑衰翁、几时方会。今朝重九,西风杖屦,一番轻快。满地黄花,清泉酾醴[1],新诗嚼胜。若东篱老子,能来共此乐,吾当拜。

【注释】
〔1〕酾醴(lǐ),酾酒。

六州歌头[1]

窥天以管,认得几多星。嗟扰扰。矜完美,校奇零,蚁缘庭。物化无穷已,石生火,火生壤,壤生湿,湿生木,木生萍。梦里高车驷马,蘧然觉、瓮牖紫扃。记达人有语,痛饮读骚经。非醉非醒,妙难形。

曾经滟滪,夷险地,人上瓢,比心宁。更谁问,桃李冶,蕙兰馨。水东亭。一曲沧浪咏,都分付,野鸥听。还渐喜,乡社饮,近高龄。但愧霜台旧友,平生念、铁石通灵。办林间一笑,酒盏滟风舲。饭白刍青。

诗酒山东

【注释】

〔1〕六州歌头，词牌名。本《鼓吹曲》，六州为唐之伊、凉（梁）、甘、石、氐（熙）、渭，每州各有歌曲，统称《六州》。歌头即引歌。后用为词牌。双调平仄韵互叶，一百四十三字。音调悲壮，多以写吊古之词。

玉楼春

次韵，答赵签事学子温来词末句云，天教酒禁几时开，准拟与君同一醉。

清官厨馔无兼味，饥待公庭人吏退。
野人尊俎有余欢，明月可批风可脍。
野人衰残清官贵，生死论交吾未愧。
天开酒禁已多时，却甚不来同一醉。

好事近·赠吹箫赵生

行乐酒尊前，全减向来时节。今日玉箫声里，卷露荷金叶。
醉中如在凤凰台，风境更清绝。扶起满身花影，步溪桥明月。

西江月·寿杜醉经左丞

有道实关消长，无心不异行藏。问公独乐醉经堂，何似凌烟阁上。
画戟清香宴寝，春风玉树诸郎。台星明动紫霞觞，正与寿星相望。

沁园春

张君周卿将赴济南提刑经历，出示乐府，因其韵以饯之。

簿领埃尘，鞍马风沙，逸才未舒。但平安豪宕，黄金易散，高怀洒落，白璧难迂。我问行藏，掀髯一笑，意外功名不用图。南游兴，爱华峰北渚[1]，云海方壶。

故园风景非殊。恍六载别来一梦如。想疏篁缺处，多应得笋，新松种后，迤渐成株。归去来兮，东楼南浦，烂醉何妨翠袖扶。明年必，记此时休厌，折简相呼。

【注释】
[1] 华峰、北渚，指济南华山与北渚亭。

沁园春

大德甲辰之岁，张君秀实得石百脉泉南麓土中，辍以遗余，余使视之，石四旁皆大石附而不属土，周隙间宛然犹胞胎，抉其土，碎其旁石而取焉，置之所居中庵之前，余命之曰太初之岩，且号曰苍然子，奇之也。顷余族弟仲仁得石太初所出之旁，又以见遗，其胞胎犹太初，而艰深倍之。仲宽弟合众力出之，辟垣而纳之，置之中庵之后，又一奇也。徐思其名，自混沌始分，而有是质，迄于兹远矣，乃得安常守密，无动移摧剥之患，浑然天全，独立远矣。其状雄拔高峻，壁岭窥穴，岗彩辉焕，意态横出，虽具眼未易尽其妙，远矣。生而与太初并处，出而与太初对列，协久要不忘之义又远矣。有是四远，而秀发如此，乃定名曰远秀峰，号之曰顾然子云。且用太初乐章韵，作歌以喻之。石之至延祐戊午仲春十有九日也，其歌曰：

石汝何来，政尔难忘，平生太初。想将迎媚悦，无心在此，清奇古怪，有韵铿如。何乃排垣，直前不屈，似此疏顽其可乎。今而后，有芳名雅号，听我招呼。

世间贵客豪夫，问几个回头认得渠。既千岩气象，君都我许，四时襟抱，我为君虚。无语相看，悠然意会，自引壶觞不愿余。商歌发，恰风生细竹，月上高梧。

沁园春

仲敬吾友归自曹南，而寿辰适至，喜可知也已。因忆仆前日所寄《沁园春》章，遂用其韵，俾奉觞者歌以侑欢云。

万里长风，一夕吹君，飞来自南。想江东渭北，同惊过雁，升高望远，几度停骖。蓦地相看，茫然皓首，依旧华峰碧玉簪。风雷起，放连宵痛饮，拥席高谈。

君才何地非堪。从此看、恩麻彩凤衔。但平生出处，于心已卜，古人事业，着力须贪。有道如斯，区区更问，紫绶朱衣青布衫。今秋菊，也为君开早，香满均庵。

南乡子

鹏举兄致仕，寓家松江。今年秋，独身至历下，顾予绣江野亭。忆兄往年由南中赴调北上，过绣江，宿女郎山下，予会焉。时有诗云，南北分飞十五年。归来相见各华颠。只应又作明朝别，酒醉更阑不肯眠。诘旦，兄别去，距今又二十寒暑，悲喜恍惚，乃情何如。酒中兄喟曰，吾数日常又南矣，因成小词，举觞为寿，以发一笑。

忆昔叹华颠。一别曾惊十五年。醉里知君明便去,留连。酒尽更阑不肯眠。

今更老于前。二十年间又别筵。安得柳丝千百丈,缠联。不放东吴万里船。

减字木兰花

王彦博尚书,由刑部迁礼部之明日,乃其寿旦,戏以小词为贺。

年时寿酒,共喜秋卿新拜后。寿酒今朝,道改春闱是昨宵。
官随福转,一到生辰须一换。看取明年,凤诏迎年醉寿筵。

婆罗门引·寿大智先生

草堂潇洒,今年初种碧琅玕。更宜野菊幽兰。便信先生于此,真个不求官。但西负揽镜,落日凭栏。

耕笔钓磻。算遭遇,未应难。好待青霄得路,稳上长安。良辰乐事,且展放尊前舞袖宽。天影外、秋色南山。

清平乐·张秀实芍药词

牡丹花落,梦里东风恶。见说君家红芍药,尽把春愁忘却。
隔墙百步香来,数丛为我全开。拼向彩云堆里,醉时同卧苍苔。

菩萨蛮·月夕对玉簪独酌

遥看疑是梅花雪,近前不似梨花月。秋入一簪凉,满庭风露香。举杯香露洗,月在杯心里。醉眼月徘徊,玉鸾花上飞。

菩萨蛮

看君自是丰年玉,赠行不用阳关曲。但把此心论,几人能似君。到官消息好,来岁春风早。再折绣江梅,寄君挥一杯。

菩萨蛮·送秦主簿赴宿迁二首(其一)

绣江江水清如玉,梅花香满清江曲。风味此中论,可怜惟有君。江头春正好,别去君何早。折得一枝梅,送君三百杯。

最高楼

古斋受益所居,当绣江之源,江北流二十里,其东壖有日野亭者,则余之别墅也。顷岁,余与古斋同在京师,而同有归欤之思,逮兹而同如其志同乐也,作词以道之,同一笑云。

山家好,河水净涟漪。茅舍绿荫围。儿童不解针垂钓,老翁只会瓮浇畦。我思之,君倦矣,去来兮。

也问甚野芳亭上月。也问甚太初岩下雪。乘款段,载鸱夷[1]。兴来便作寻花去，醉时不记插花归。问沙鸥，从此后，可忘机。

【注释】

〔1〕鸱（chī）夷，革囊。指盛酒器。

黑漆弩

吾庐恰近江鸥住。更几个、好事农父。对青山、枕上诗成，一阵沙头风雨。

酒旗只隔横塘，自过小桥沽去。尽疏狂、不怕人嫌，是我生平喜处。

摸鱼儿·九日上都次韵答邢伯才

叹萍蓬、此生无定，年年客里重九。南来北去风沙梦，弹指已成白首。谁有酒，都唤起、一天秋色开林薮。还开笑口。对满意青山，多情黄菊，莫唱渭城柳。

龙钟态，也向人前叉手，思量难以持久。东涂西抹皆倾国，只有效颦人丑。嗟汝叟，今误矣，江亭好去藏衰朽。鸣鸡吠狗，尽里社追随，何须更说，鼻醋吸三斗。[1]

【注释】

〔1〕《忍经》云："鼻吸三半醋，能做宰相。"以其味酸难忍，能忍而饮者必成大事。

满江红

十一月十六日,为蔡知事寿。

爱日回春,恰开放、江头梅萼。还更有、远山晴雪,竹溪松壑。晚节丰年人尽喜,良辰美景君须乐。便拚教寿酒一千钟,深深的。

眉宇秀,胸怀廓。问谁识,平生略。只优游无事,笑谈宾幕。万里秋天鸿鹄志,高名四海麒麟阁。待此时、满意祝庄椿,扬州鹤。

满江红

至元丙戌,敏中兴广平安思承同为御史,吾二人者仕同,道同,齿同,而志意又同,以是交甚款。又因思承得拜其兄今宣慰公于其家,公即欢然相接,倾倒如书。公时在京领漕运,明年为刑曹尚书。会夏暑,以恩例决诸司囚。敏中以御史公以秋官实同其事。旦夕相从者弥月,凡公之毅敏公恕,尽于斯得之,而情好益密矣。又再岁,思承为四川副按察之成都,敏中为御史都司,岁余,谢病归济南。已而闻公由刑曹宣慰云朔,又闻思承还京为冬官侍郎。今年癸巳夏六月,公复以宣慰来山东,常治益都,过济南,顾敏中于陋巷,且致思承之问。凡与思承别盖五年,而公则四年矣,陈叙契阔,甚相乐也。明旦,公已行矣,乃知公近有充闾之庆,则又喜焉,而独恨不得为一贺也。十月,公以行部复过济南,见公于皇华驿,退以鄙怀作乐府一篇献于公,以发一笑,其亦古人所谓情动于中,而形于言,言不足而咏歌之义也。

十载京华,也曾是、飘零狂客。还有幸、公家兄弟,相逢相识。记得宣恩疏决日,柏台骢马秋官笔。甚人生聚散等闲间,都难测。

摩抚手,天西北。放浪迹,江湖国。忽高轩飞下,今夕何夕。头上貂蝉看欲见,掌中珠颗今先得。暂放教、诗酒豁平生,公休惜。

满江红

大德己亥冬，余再至京师，闻中书掾东平张君敬甫以练达俊伟游诸公间，名声籍籍。已而认君于王礼部博家，岁余，君篆秩满，出尹余乡阳丘。阳丘大县，繁阜难治，君至，剖疣抉蠹，善政日闻。甲辰春，余还绣江野亭，实迩县郭，君苟有暇，必从容就余，啸咏相忘，追泉石之乐。是岁十月，君受代，自尔来益数，情益款，而知益以深。忆昔言曰，吾当去矣，途既戒矣，先生岂有言乎。余念之曰，敬甫，子以敬自铭者也，人之才不同，概言则有能有不能无可无不可二者而已，若吾子无可无不可者欤，以无可无不可之才，而行之以敬，则异时功业之所就，非余所得虑者，子惟持子之敬，慎子之才而已矣。衷怀激烈，不觉黯然，于是饮之酒，而赠之以歌，实乙巳三月下瀚一日也。

百花开后，殿余春、只有翻阶红药。人似春光留不住，半夜东风作恶。寥落离怀，苍凉行色，更与花前酌。浩歌一曲鸟，啼花自飞落。

潇洒谁复如君，溪山如此，何限山中乐。政尔功名相促迫，眼底台东阁。我识君才，青云明日，万里秋天鹤。有时还梦，野亭亭下岩壑。

念奴娇

看花须约，一千年、知赴瑶池缘浅。雪里花枝来索句，恍觉春生冷砚。却忆前时，寻芳处处，霞影浮杯面。酒醒花落，树头飞下余片。

何事岁晚重妍，多情应笑，我早朱颜变。依样铅华红胜锦，争得瓶梅并剪。小阁幽窗，回寒向暖，百怕霜风卷。旧家野老，也来惊讶希见。

念奴娇·自述呈知己时有小言

乌飞兔走[1]，叹劳生[2]、浮世匆匆如此。眼底风尘今古梦，到了谁非谁是。击短扶长，曲邀横结，为问都能几。悠悠长啸，谩嗟真个男子。

数载黄卷青灯，种兰植蕙，颇遂平生喜。冷笑纷纷儿女语，都付春风马耳。美景良辰，亲朋密友，有酒何妨醉。高歌一曲，二三知己知彼。

【注释】

[1]乌飞兔走，谓光阴流逝。乌，指日。兔，指月。 [2]劳生，《庄子·大宗师》："夫大块载我以形，劳我以生，佚我以老，息我以死。"后以"劳生"指辛苦劳累的生活。

满江红·送郑鹏南经历[1]赴河东廉访幕

宿酒初醒，秋已老、故人来别。情味恶、从前万里，不堪重说。大抵男儿忠孝耳，此身如叶心如铁。但始终夷险要扶持，平生节。

湖海气，诗书业，霜雪地，风云客。问而今月旦，果谁豪杰。君去还经汾水上，依然照见齐州[2]月。怕相思、休费短长吟，生华发。

【注释】

[1]经历，官名。 [2]齐州，济南。

鹊桥仙·谢人惠酒

江村岁晚，山寒雪落。一树梅花寂寞。门前剥啄问谁来，惊不起、檐间噪鹊。

白衣锦字,清尊玉络。尽把离愁忘却。历城[1]春色故人心,放老子、梅边细酌。

【注释】
〔1〕历城,此指齐州历城县。

蝶恋花

帘底青灯帘外雨,酒醒更阑,寂寞情何许。肠断南园回首处,月明花影闲朱户。

听彻楼头三叠鼓,题遍云笺,总是伤心句。咫尺巫山无路去,浪凭青鸟丁宁语。

蝶恋花·次韵答魏鹏举

五日祥风十日雨,国泰年丰,天也应相许。见说少年行乐处,青楼宛转低琼户。

城市笙箫村社鼓,何碍狂夫,醉里闲诗句。明日南山携酒去,共君一笑云间语。

鹧鸪天·寿潘君美

萱草堂前锦棣花。灵椿树下玉兰芽。二毛鬓莫惊青鉴,五朵云须上白麻。
携斗酒,醉君家。春风吹我帽檐斜。座中贵客应相笑,前日疏狂未减些。

诗酒山东

鹧鸪天·秋日

竹瘦桐枯菊又开。远山合抱水萦回。几行银篆[1]蜗行过,一朵梨花蝶舞来。

秋意思,闷情怀。懒将闲事强支排。倚栏目送归鸿尽,万里晴空入酒杯。

【注释】

[1] 银篆,指练银篆书也。

张养浩(1270—1329),汉族,字希孟,号云庄,又称齐东野人,济南(今属山东)人,元代著名散曲作家。历任县尹、监察御史、礼部尚书等职。至治元年(1321),因上书谏元夕放灯得罪辞官,隐居故乡。至顺二年(1331),追封滨国公,谥文忠,后人尊称为张文忠公。诗、文兼擅,而以散曲著称。代表作有《山坡羊·潼关怀古》《山坡羊·骊山怀古》等。

越调·天净沙

昨朝杨柳依依,今朝雨雪霏霏,社燕秋鸿忒疾。若不是浊醪有味,怎消磨这日月东西。

年时尚觉平安,今年陡恁衰残,更着十年试看。烟消云散,一杯谁共歌欢?

休言咱是谁非,只宜似醉如痴,便得功名待怎的?无穷天地,那驼儿用你精细?

中吕·普天乐

水挼蓝,山横黛。水光山色,掩映书斋。图画中,嚣尘外。暮醉朝吟妨何碍?正黄花三径齐开,家山在眼,田园称意,其乐无涯。

树连村,山为界。分开烟水,隔断尘埃。桑柘田,相襟带。锦里风光春常在,看循环四季花开。香风拂面,彩云随步,其乐无涯。

折腰惭,迎尘拜。槐根梦觉,苦尽甘来。花也喜欢,山也相爱。万古东篱天留在,做高人轮到吾侪。山妻稚子,团栾笑语,其乐无涯。

看了些荣枯,经了些成败。子猷兴尽,元亮归来。把翠竹栽,黄茅盖。你便占尽白云无人怪,早子收心波竹杖芒鞋。游山玩水,吟风弄月,其乐无涯。

只为爱山的别,耽书的煞。轻轻搽下,黄阁乌台。整八年,江村外。偿却从前莺花债,但客至玳瑁筵开。金瓢劝酒,玉人同坐,其乐无涯。

芰荷衣,松筠盖。风流尽胜,画戟门排。看时节采药苗,挑芹菜。捕得金鳞船头卖,怎肯直抢入千丈尘埃?片帆烟雨,一竿风月,其乐无涯。

楚《离骚》,谁能解?就中之意,日月明白。恨尚存,人何在?空快活了湘江鱼虾蟹,这先生畅好是胡来。怎如向青山影里,狂歌痛饮,其乐无涯。

莫刚直,休豪迈。于身无益,惹祸招灾。放的这眼界高,胸襟大。问甚几度江南浮云坏,且对青山适意忘怀。子真谷口,元龙楼上,其乐无涯。

布袍穿,纶巾戴。傍人休做,隐士疑猜。鬓发皤,心神怠。拱出无边功名赛,我直待要步走上蓬莱。神游八表,眼高四海,其乐无涯。

洞壶中,红尘外。友从江上,载得春来。烟水间,乾坤大。缓步云山无遮碍,胜王家舞榭歌台。酒斟色艳,诗吟破胆,其乐无涯。

大明湖泛舟

画船开，红尘外。人从天上，载得春来。

烟水闲，乾坤大，四面云山无遮碍。

影遥遥动城郭楼台，杯斟的金波滟滟，诗吟的青霄惨惨，人惊的白鸟皑皑。

双调·胡十八

正妙年，不觉的老来到。思往常，似昨朝，好光阴流水不相饶，都不如醉了，睡着。任金乌搬废兴，我只推不知道。

从退闲，遇生日，不似今，忒稀奇。正值花明柳媚大寒食，齐歌着寿词，满斟着玉杯，愿合堂诸贵宾，都一般满千岁。

客可人，景如意，檀板敲，玉箫吹。满堂香蔼瑞云飞，左壁厢唱的，右壁厢舞的。这其间辞酒杯，大管是不通济。

试算春，九十日，屈指间，去如飞。三分中却早二分归，便醉的似泥，浑都有几时。把金杯休放闲，须臾间日西坠。

人会合，不容易，但少别，早相离。幸然有酒有相识，对着这般景致，动着这般乐器。主人家又海量宽，劝诸公莫辞醉。

人笑余，类狂夫，我道渠，似囚拘。为些儿名利损了身躯，不是他乐处，好教我叹吁。唤蛾眉酒再斟，把春光且邀住。

自隐居，谢尘俗，云共烟，也欢虞。万山青绕一茅屋，恰便似画图中间裹着老夫。对着这无限景，怎下的又做官去。

中吕·朝天曲

挂冠，弃官，偷走下连云栈。湖山佳处屋两间，掩映垂杨岸。满地白云，东风吹散，却遮了一半山。严子陵钓滩，韩元帅将坛，那一个无忧患？

柳堤，竹溪，日影筛金翠。杖藜徐步近钓矶，看鸥鹭闲游戏。农父渔翁，贪营活计，不知他在图画里。对着这般景致，坐的，便无酒也令人醉。

自劾，退归，用不着风云气。疏狂迂阔拙又痴，今日才回味。玩水游山，身无拘系，这的是三十年落的。翠微，更奇，知道我闲居意。

玉田，翠烟，鸾鹤声相唤。青山摇动水底天，把沙鸟都惊散。物外风光，同谁游玩？有蓬莱海上仙。绰然，四边，滚滚云撩乱。

牧笛，酒旗，社鼓喧天擂。田翁对客喜可知？醉舞头巾坠。老子年来，逢场作戏，趁欢娱饮数杯。醉归，月黑，尽踏得云烟碎。

翠微，四围，无一点尘俗气。水声不解说是非，到处相寻觅。想为吾侬，心灰名利，他也要相陪闲坐的。寝食，不离，倒殢得人先醉。

日居，月诸，断送了人无数。自从开辟君试数，那个不到邙山路？何况吾侬。些儿名誉，向电光中谁做主？据着这老夫，志趣，把乌兔常拴住。

恰阴，却晴，来往云无定。湖光山色晦复明，会把人调弄。一段幽奇，将何酬应？吐新诗字字清。锦莺，数声，又唤起游山兴。

锦屏，翠屏，极目山无尽。白云忽向树杪生，似林影波光定。故把清风，遮映摇动，水和山俱有声。兴清，半晴，天意也还相应。

咏四景

春

远村，近村，烟霭都遮尽。阴阴林树晓未分，时听黄鹂韵。竹杖[1]芒鞋[2]，行穿花径，约渔樵共赏春。日新，又新，是老子山林兴。

诗酒山东

【注释】
〔1〕竹杖，竹制的手杖。　〔2〕芒鞋，用芒茎外皮编织成的鞋。亦泛指草鞋。

夏

自酌，自歌，自把新诗和。人间甲子一任他，壶里乾坤大。流水当门，青山围座，每日家叫三十声闲快活。就着这绿蓑，醉呵，向云锦香中卧。

秋就咏水仙妆白菊花

此花，甚佳，淡秋色东篱下。人间凡卉不似他，倒傲得风霜怕。玉蕊珑葱，琼枝低压，雪香春何足夸。羡煞，爱煞，端的是觑一觑千金价。

冬

此杯，莫推，雪片儿云间坠。火炉头上酒自煨，直吃的醺醺醉。不避风寒，将诗寻觅。笑襄阳老子痴，近着这剡溪，夜黑，险冻的来不得。

过金山寺

长江浩浩西来，水面云山，山上楼台。山水相连，楼台相对，天与安排。诗句成风烟动色，酒杯倾天地忘怀。醉眼睁开，遥望蓬莱，一半儿云遮，一半儿烟霾。

中秋

　　一轮飞镜谁磨？照彻乾坤，印透山河。玉露冷冷，洗秋空银汉无波。比常夜清光更多，尽无碍桂影婆娑。老子高歌，为问嫦娥，良夜恹恹，不醉如何？

越调·寨儿令寿日燕饮

　　一雨晴，百花明，谢诸公不辞郊外行。尽是簪缨，充塞门庭，车马闹纵横。递香罗争祝长生，捧金杯斗和歌声。彻青霄仙乐响，扶翠袖玉山倾。眼睁睁，险踏碎绰然亭。

　　辞参议还家，连次乡会十余日，故赋此离省堂，到家乡，正荷花烂开云锦香。游玩秋光，朋友相将，日日大筵张。会波楼醉墨淋浪，历下亭金缕悠扬。大明湖摇画舫，华不注倒壶觞。这几场，忙杀柘枝娘。[1]

【注释】

[1] 柘枝娘，跳柘枝舞的女艺人。柘枝舞，唐代西北民族舞蹈。自西域石国（今中亚塔什干一带）传来。最初为女子独舞，舞姿矫健，节奏多变，大多以鼓伴奏。后来有双人舞，名《双柘枝》。又有二女童藏于莲花形道具中，花瓣开放，出而对舞，女童帽施金铃，舞时转动作声。宋时发展为多人队舞。

中吕·最高歌兼喜春水咏玉簪

　　想人间是有花开，谁似他幽闲洁白？亭亭玉立幽轩外，别是个清凉境界。裁冰剪雪应难赛，一段香云历绿苔；空惹得暮云生，越显的秋容淡。常引得月华来，和露摘，端的压尽凤头钗。

诗酒山东

诗磨的剔透玲珑，酒灌的痴呆懵懂。高车大纛成何用？一部笙歌断送。

金波潋滟浮银瓮，翠袖殷勤捧玉钟。对一缕绿杨烟，看一弯梨花月，卧一枕海棠风。似这般闲受用，再谁想丞相府帝王宫？

双调·雁儿落带过得胜令

往常时为功名惹是非，如今对山水忘名利；往常时趁鸡声赴早朝，如今近晌午犹然睡。往常时秉笏立丹墀，如今把菊向东篱；往常时俯仰承极贵，如今逍遥谒故知；往常时狂痴，险犯着笞杖徒流罪；如今便宜，课会风花雪月题。

云来山更佳，云去山如画。出因云晦明，云共山高下。倚仗立云沙，回首见山家，野鹿眠山草，山猿戏野花。云霞，我爱山无价。看时行踏，云山也爱咱。

抖擞了元亮尘，分付了苏卿印；喜西风范蠡舟，任雪满潘安鬓。乞得自由身，且作太平民；酒吸华峰月，诗吟沵水春。而今，识破东华梦；红裙，休歌南浦云。

三十年一梦惊，财与气消磨尽。把当年花月心，都变做了今日山林兴。早是不能行，那更鬓星星。镜里常嗟叹，人前强打撑。歌声，积渐的无心听；多情，你频来待怎生？

自高悬神武冠，身无事心无患。对风花雪月吟，有笔砚琴书伴。梦境儿也清安，俗势利不相关，由他傀儡棚头闹，且向昆仑顶上看。云山，隔断红尘岸；游观，壶中天地宽。

也不学严子陵七里滩，也不学姜太公磻溪岸，也不学贺知章乞监湖，也不学柳子厚游南间。俺住云水屋三间，风月竹千竿。一任傀儡棚中闹，且向昆仑顶上看。身安，倒大来无忧患；游观，壶中天地宽。

七弟兄

唱歌，弹歌，似风魔，把功名富贵都参破。有花有酒有行窝，无烦无恼无灾祸。

收江南

向花前莫惜醉颜酡，古和今都是一南柯，紫罗襕未必胜渔蓑。休只管恋他，急回头好景亦无多。

明朝

诗酒山东

> 边贡（1476—1532），字庭实，因家居华泉附近，自号华泉子，历城（今山东济南市）人。明代著名诗人、文学家。弘治九年（1496）丙辰科进士，官至太常丞。边贡以诗著称于弘治、正德年间，与李梦阳、何景明、徐祯卿并称"弘治四杰"。后来又加上康海、王九思、王廷相，合称为明代文学"前七子"。

次韵留别张西盘大参[1]

满酌岂辞醉，未行先忆君。山城稀见菊，关树不开云。
地入河源渺，天连塞日曛。那堪北来雁，偏向别时闻。

【注释】

〔1〕大参，参政的别称，官名。宋代参知政事的省称，为宰相的副职。

> 谢榛（1495—1575），字茂秦，号四溟山人、脱屣山人，明代布衣诗人。山东临清人。十六岁时作乐府商调，流传颇广，后折节读书，刻意为歌诗，以声律有闻于时。嘉靖间，挟诗卷游京师，与李攀龙、王世贞等结诗社，为"后七子"之一，倡导为诗摹拟盛唐，主张"选李杜十四家之最者，熟读之以夺神气，歌咏之以求声调，玩味之以裒精华。"后为李攀龙排斥，削名"七子"之外，客游诸藩王间，以布衣终其身。其诗以律句绝句见长，功力深厚，句响字稳。谢榛诗文，著有《四溟集》共24卷，一说10卷，《四溟诗话》（亦题《诗家直说》）共4卷。

按：为了节约篇幅，此卷注释进行了简化或不予注释。想了解典故和其他细节的请参照原著及相关注释。

除夕徐子与宅得年字

客里岁时迁，还来醉此筵。吴歌怜子夜，潘鬓[1]感丁年。
列炬明深院，繁星动远天。宫梅殊有意，更向早春妍。

【注释】
[1]潘鬓，晋潘岳《秋兴赋》序："余春秋三十有二，始见二毛。"后因以"潘鬓"谓中年鬓发初白。

岁暮卢次楩过邺[1]有感

燕霜[2]终古愤，梁狱[3]昔年书。世事疏狂里，交情患难余。
相看年欲老，多感岁将除。醉拟应刘[4]赋，春风起敝庐。

【注释】
[1]邺，邺都，建安九年，曹操平定袁绍，修缮营建邺城，后定为魏王王都。魏文帝曹丕在此受禅登基称帝后移都洛阳，仍以邺城为五都之一，史称邺都（在今河北省临漳县）。 [2]燕霜，《初学记》卷二引《淮南子》："邹衍事燕惠王，尽忠。左右之，王系之。仰天而哭，夏五月，天为之下霜。"后以"燕霜"为蒙冤之谱典。系，拘捕。 [3]梁狱，邹阳受诬陷系狱，自狱中上书梁孝王辩白，终获释。事见《史记·鲁仲连邹阳列传》。后因以"梁狱"代指冤狱。 [4]应刘，汉末建安文人应玚、刘桢的并称。二人均为曹丕、曹植所礼遇。后亦用以泛称宾客才人。

诗酒山东

暮秋对雨感怀

山昏云到地，江白雨连天。鸿雁寒无赖[1]，芙蓉秋可怜。
旅怀[2]聊独酌，世事且高眠。京国迷茫外，空歌美女篇。

【注释】
〔1〕无赖，无聊。 〔2〕旅怀，羁旅伤怀。

宿淇门驿感怀

驻马淇门夕，空堂暑气徂。暝烟官树合，寒雨驿灯孤。
浊酒[1]聊幽兴，悲歌亦壮图。相违旧朋好，三径[2]日荒芜。

【注释】
〔1〕浊酒，用糯米、黄米等酿制的酒，较浑浊。 〔2〕三径，晋赵岐《三辅决录·逃名》："蒋诩归乡里，荆棘塞门，舍中有三径，不出，唯求仲、羊仲从之游。"后因以"三径"指归隐者的家园。

暮春晦夜同冯汝强、汝言昆季饯别章行人[1]景南使上党，得光字

官舍延星使[2]，灯前数举觞。何当添夜漏，聊复驻春光。
鸿雁北来尽，关山西去长。赠君有芳草，岁晏[3]莫相忘。

【注释】

〔1〕行人，明代官名。掌传旨、册封、抚谕等事。亦使者通称。 〔2〕星使，古时认为天节八星主使臣事，因称帝王的使者为星使。 〔3〕岁晏，一年将尽的时候。

夜宿齐岭口

空林烟火夜，茅宇暂幽栖。缺月低松杪，流星堕岭西。
浩歌当绿酒[1]，逸兴在丹梯。不见功名客，飘然独杖藜。

【注释】

〔1〕当绿酒，对绿酒。

送王端甫归浦坂

惜别京华道，秋风送马啼。日斜孤雁外，家远万峰西。
归计聊樽酒，行歌且杖藜。何时首阳[1]下，共尔吊夷齐[2]。

【注释】

〔1〕首阳，山名。一称雷首山，相传为伯夷、叔齐采薇隐居处。 〔2〕夷齐，伯夷和叔齐的并称。

周子才惠菊并酒

分我名园种，迎霜花正开。故山有篱落，秋色此亭台。
坐赏成孤酌，吟看信几回。因君兴不浅，昨遣白衣来。

诗酒山东

中秋夜南园同故人酌

不谒金张[1]第，相期松桂边。人须今夜酒，月朗故乡天。

归思逢秋色，狂歌度老年。阴晴如可定，早上玉峰巅。

【注释】

〔1〕金张，汉时金日䃅、张安世二人的并称。二氏子孙相继，七世荣显。后因用为显宦的代称。

暮秋集小山王孙[1]第分得新字

悲秋仍兔苑[2]，华发几茎新。黄菊频催老，青山久待人。

交情且樽俎[3]，世事各风尘。醉别王孙去，天涯草自春。

【注释】

〔1〕王孙，旧时对人的尊称。 〔2〕兔苑，即兔园。园囿名。也称梁园。在今河南商丘县东。 〔3〕樽俎，古代盛酒食的器皿。樽以盛酒，俎以盛肉。

送黄隐君南归

黄生久不见，一见即言归。落叶世情薄，浮云生事微。

潮声随晚棹，江色照寒衣。还醉莆[1]中酒，春风自掩扉。

【注释】

〔1〕莆，水草名。即"蒲草"。

寓晁太史湖亭，王乐三见过同酌

子猷[1]吾旧好，乘兴过林扉。席外沧波近，歌边白鸟归。

浦烟开霁色，松日转春辉。学士呼新酒，宁教幽事迟。

【注释】

〔1〕子猷，此以王子猷代指王乐三。

冬夜范宪伯尧卿宅，同许宪副[1]子春得天字

宦情[2]与客思，岁暮共悠然。云暗春前树，山明雪后天。

浮沉惟短褐[3]，聚散几芳筵。莫惜今宵醉，相期[4]动隔年。

【注释】

〔1〕宪伯、宪副，官名，执法的正副官。 〔2〕宦情，做官的志趣、意愿。 〔3〕短褐，粗布短衣。古代贫贱者或僮竖之服。指地位卑下的人。 〔4〕相期，期待，相约。

暮秋夜雨同温纯甫、方敏之，集吕子性书斋对菊

席畔幽芳合，相留客尽欢。天将雨色暝，夜使菊花寒。

取醉[1]飞觞促，题诗剪烛看。晴明复何处，摇落[2]感秋残。

【注释】

〔1〕取醉，喝酒致醉。 〔2〕摇落，凋残，零落。

暮秋大伾山禅院同孟得之、卢次梗醉赋

胜游随故侣，幽兴在禅林。石上晴云起，松间晚磬沉。
青山无久客，黄菊有归心。我亦悲秋者，樽前学楚吟。

敬轩、诚轩携酒见过[1]西岩西池，同赋

日落寒城闭，天空倦鸟归。高楼才暝色，新月亦清辉。
秋兴骚人赋，乡心客子衣。王门岂无事，载酒过玄晖。

【注释】
[1]见过，到访。

园亭月下观妓分得戡字

月白池台迥，征歌[1]客共酣。名花出山右，春色似江南。
漏转仍呼酒，参横[2]尚驻骖。重来赏音处，感旧对何戡[3]。

【注释】
[1]征歌，谓征招歌伎。 [2]参横，参星横斜。指夜深。 [3]何戡（kān），唐长庆时著名歌者。借指遭逢世乱后幸存的歌者。

忆都门[1]酒家王四

尚忆高楼饮，青帘[2]出绿杨。频赊宁沮兴[3]，浩唱不嗔狂。
谢客惟深醉，胡姬[4]自盛妆。几回清梦里，听雨滴糟床[5]。

【注释】
〔1〕都门，京都城门。 〔2〕青帘，旧时酒店门口挂的幌子。多用青布制成。借指酒家。 〔3〕宁沮兴，指以酒抚慰沮丧的心情。宁，使安宁、慰藉。 〔4〕胡姬，原指胡人酒店中的卖酒女，后泛指酒店中卖酒的女子。 〔5〕糟床，榨酒的器具。

石门秋夜有怀

歇马空山夕，劳歌塞上归。野霜明古剑，峡月冷秋衣。
坐里蛩螀[1]乱，愁边乌鹊飞。酒杯时在手，不与故人挥。

【注释】
〔1〕蛩螀（qióng jiāng），蟋蟀和寒蝉。

北园同刘国藩夜酌

花时招酒伴，几度北林游。改席依芳树，鸣琴对碧流。
天高微月出，沙迥断烟浮。明日还乘兴，垂竿杜若[1]洲。

【注释】
〔1〕杜若，香草名。多年生草本，高一二尺。叶广披针形，味辛香。夏日开白花。果实蓝黑色。

诗酒山东

同内阁张友衡、张文光二公饮崔京山园亭

锦石高于屋，名香霭若云。笙镛间清响，花草杂幽芬。
人醉瑶京酒，天成紫阁文。广除多皓月，改席坐宵分。

集[1]孟得之园亭

万竹生秋意，林园六月初。骚人宜物色，樽酒坐庭除。
落日横孤嶂，清风满太虚。兴高归去晚，池上采芙蕖。

【注释】
〔1〕集，雅聚、文人集会。

春日同李于鳞、王元美比部[1]，集韦氏水亭，得韵二首

都门联辔[2]出，此地访烟萝[3]。共酌清樽酒，还成白苎歌。
春云花外度，幽鸟水边多。更拟池亭上，相将采芰荷。

【注释】
〔1〕比部，官名。比部郎中的简称。 〔2〕联辔（pèi），犹联骑。 〔3〕烟萝，草树茂密，烟聚萝缠，谓之"烟萝"。借指幽居或修真之处。

章景南署中对竹

谁种此亭竹,当樽一问君。相看成野意,自觉远尘氛。
幽色霜前见,秋声月下闻。醉来堪隐几[1],清梦入湘云。

【注释】
〔1〕隐几,靠着几案,伏在几案上。

冬夜,宗考功子相宅,同张比部士直、钱进士惟重、饯别方行人[1]仲安使阙里[2],便道[3]还蜀

虚堂秉烛共开樽,岁晚梅花发禁园。
南北交情今夜醉,江湖别思几时论。
天边候雁逢燕使,雪后春泥过鲁门。
家在涪川暂归去,万峰回首隔中原。

【注释】
〔1〕行人,官名。 〔2〕阙里,曲阜孔庙。 〔3〕便道,顺路。

送宋行人进之,使太原潼关诸郡

高城拂曙[1]乱鸦啼,别酒临风征马嘶。
使节天边云渺渺,王程[2]春暮草萋萋。
黄河南去晋山断,紫塞[3]西连秦树低。
宋玉[4]三秋还有赋,谁同华岳一攀跻[5]。

诗酒山东

【注释】

〔1〕拂曙，拂晓。 〔2〕王程，奉公命差遣的行程。 〔3〕紫塞，北方边塞。 〔4〕宋玉，战国时楚人，辞赋家。或称是屈原弟子，曾为楚顷襄王大夫。其流传作品有《秋赋》等，以《九辩》最为可信。 〔5〕攀跻（pān jī），犹攀登。

秋夜过吴职方[1]子有宅

凤城[2]西畔独寻君，无奈寒蛩坐里闻。
灯下旅愁惊老至，天涯秋兴醉宵分。
禁钟[3]隐隐来深院，海月微微出断云。
绿酒黄花知有约，不辞风雨更论文。

【注释】

〔1〕职方，古指职掌方面之官。古官名，《周礼》夏官所属有职方氏。唐宋至明清皆于兵部设职方司。 〔2〕凤城，京都的美称。 〔3〕禁钟，宫禁中的钟。

重阳夜感怀

月冷燕城断旅魂，广庭[1]风露坐来[2]繁。
老将浊酒酬今夕，秋到黄花忆故园。
多病淹留[3]孤剑在，当年游好几人存。
狂歌重此登高意，满眼浮云不可论。

【注释】

〔1〕广庭，宽阔的厅堂。引申为公开的场所。 〔2〕坐来，犹本来，向来。 〔3〕淹留，久留，滞留。淹，久。

冯郡丞[1]汝言入计[2]暂还海口，吴郎中峻伯、沈参军子刚出饯同赋，得山字

岁暮长安送客还，驿亭疏柳不堪攀。
星轺欲发仍呼酒，春草相期一解颜[3]。
陌上清霜迎剑舄[4]，笛中明月动关山。
海门冻合[5]三吴舫，此日冯唐鬓易班[6]。

【注释】
〔1〕郡丞，郡守的副贰。 〔2〕入计，谓地方官入京听候考核。 〔3〕解颜，指开颜，心情变好。 〔4〕剑舄，剑与鞋。 〔5〕冻合，冻住。 〔6〕班，同斑，即变白。

天宁寺[1]同章景南、李于鳞、王元美饯别李伯承还宰新喻，得春字

野寺门前杨柳新，一樽同此驻征轮。
西山物候仍余雪，南国芳菲更有春。
楚棹正逢归塞雁，淮云遥送渡江人。
他时陶令[2]应相忆，不待秋霜下绿蘋。

【注释】
〔1〕天宁寺，在今北京市内西南二环外侧。 〔2〕陶令，指晋陶潜。陶潜曾任彭泽令，故称。

送栗道夫下第[1]归上党

早岁名成庾信[2]流，春风走马向燕州。
壮心对酒惟长剑，华发论文一敝裘。
落日寒生杨柳陌，乱云晴绕凤凰楼。
圣朝何事淹[3]才子，归卧青山复几秋。

【注释】

〔1〕下第，落榜。 〔2〕庾信，南北朝时期著名诗人。 〔3〕淹，埋没。

季冬[1]十五夜蚀集云阶云涧书斋

骚雅[2]于今伯仲知，坐谈深夜缓清卮[3]。
雪凝苔砌光逾净，水冻莲壶漏转迟。
聚散老怀聊共醉，浮沉世事总难期。
眼前皓魄翻多感，一诵卢仝[4]月蚀诗。

【注释】

〔1〕季冬，冬季的最后一个月，农历十二月。 〔2〕骚雅，《离骚》与《诗经》中《大雅》《小雅》的并称。 〔3〕卮（zhī），古代一种盛酒器。圆形。容量四升。 〔4〕卢仝（约795—835），唐代诗人，初唐四杰卢照邻嫡系子孙。早年隐少室山，后迁居洛阳。自号玉川子，破屋数间，图书满架，终日苦吟，邻僧赠米；刻苦读书，博览经史，工诗精文，不愿仕进，被尊称为"茶仙"。性格"高古介僻，所见不凡近"，狷介类孟郊；雄豪之气近韩愈。韩孟诗派重要人物。835年11月，死于甘露之变。

初春夜过西池书斋留酌，赋得钟字

燕台[1]故事老年踪，楚调狂歌圣代容。

乘兴西来秋草遍，凭高北望暮云重。

自疏客计闲长铗，几向王门驻短筇[2]。

春酒淹留何限意，满城华月夜深钟。

【注释】
〔1〕燕台，指战国时燕昭王所筑的黄金台。故址在今河北省易县东南。相传燕昭王筑台以招纳天下贤士，故也称贤士台、招贤台。 〔2〕长铗、短筇，均隐士代指。此处指作者官场顺利，无意归隐。

雪中感怀（其二）

天教强健老年身，自觉诗成调转新。

三晋关河[1]无旅雁，万家风雪几愁人。

樽中醴酒[2]堪怀古，笛里梅花未是春。

形胜肯淹青玉杖，乾坤何愧白纶巾。

【注释】
〔1〕关河，指函谷等关与黄河。 〔2〕醴酒，甜酒。

诗酒山东

同敏轩昆季赋得登城楼望五龙山

松杪龙山纵目时，龙精[1]长寄万松枝。
烟岚忽动遥堪挹，风雨频来暗有期。
半世客怀聊此醉，千年帝力岂予知。
高城倚仗空幽兴，安得岩栖日赋诗。

【注释】

[1] 龙精，指日。南朝齐谢朓《侍宴华光殿曲水》诗："龙精已映，威仰未移。"

送别张佥宪肖甫之颍州，兼忆徐太守[1]子与

浮云蓟北叹相违，旧社词人各是非。
谪后两迁心事定，醉中多赋宦情微。
黄花含笑孤秋色，白雁离群几夕晖。
颍上有怀徐干远，建安风调迩来稀。

【注释】

[1] 徐干（170—217），"建安七子"之一。此以徐太守比徐干。

中秋宴集

满空华月好登楼，坐倚高寒揽翠裘。
江汉先翻千里雪，桂花香动万山秋。
黄龙塞上征夫泪，丹凤城中少妇愁。
词客共耽今夜酒，谩弹瑶瑟唱伊州[1]。

【注释】

〔1〕伊州,曲调名。商调大曲。

曹茂才希孟迁居

灯下书生山月斜,夜深清梦到梅花。
树头黄鸟阳春巷,屋角青云孝弟家。
自古人情多玉石[1],即今世事几龙蛇[2]。
我来樽酒论骚雅,帘卷中庭驻落霞。

【注释】

〔1〕玉石,玉与石头。比喻好与坏、贤与愚。 〔2〕龙蛇,此指人生沉浮。

送白子钟南游

广陵南去水浮天,枫华蓼花秋正妍。
岛屿遥连三楚树,风云低逐九江船。
驿亭津阁好沽酒,黄橘白鱼宁惜钱。
汗漫直须穷胜绝,子长高躅忆当年。

忆天坛山

目极天坛路渺茫,往时高步采琼芳[1]。
白云壑断笙音度,红叶林空酒气香。

诗酒山东

仙客并游心自逸，野猿一见意相忘。
醉呼童子收诗草[2]，月上千峰卧石床。

【注释】
〔1〕琼芳，色泽如玉的香草。　〔2〕诗草，诗作。

冯大参汝言出饯临汾驿留别

归鸿不失洞庭群，樽酒天涯此别君。
残岁冰霜仍道路，早春书剑又河汾。
驿亭驻马淹行色，官柳啼鸦送落曛。
二十年来频聚散，那堪白首叹浮云。

夜集陆道函官舍，同丁子学、张肖甫漫赋

乌鹊翻飞月满城，可堪漂泊旅魂惊。
三秋共赋嗟吾老，四海论心见友生[1]。
天转明河[2]分夜色，风摧落木乱寒声。
醉来击筑[3]高台上，燕赵悲歌自古情。

【注释】
〔1〕友生，朋友。　〔2〕明河，天河，银河。　〔3〕击筑，筑，古代一种弦乐器，似筝，以竹尺击之，声音悲壮。

送陈参政汝忠还任[1]太原

邺城春酒共跻攀，芳草相违一怆颜。
北极云开燕道路，中原天划晋河山。
宦情独感星霜[2]下，国计[3]长忧战伐间。
后夜月明千里梦，随君西度马陵[4]关。

【注释】
〔1〕还任，返回原任。 〔2〕星霜，星辰一年一周转，霜每年遇寒而降，因以星霜指年岁。 〔3〕国计，治国的方针大计。 〔4〕马陵，古地名。春秋卫地。在今河北大名东南。公元前年晋景公与诸侯会盟于此。战国属齐，公元前341年齐将孙膑伏兵杀魏将庞涓于此。

中秋夜卫河泛舟，同王元美、顾圣少醉赋

王郎乘舸下重滩，相送清樽一尽欢。
客路艰虞[1]知己在，老年离合定期难。
月光初上孤帆落，秋气平分万木寒。
后夜登楼叹圆缺，回瞻北斗是长安[2]。

【注释】
〔1〕艰虞，艰难忧患。 〔2〕长安，此指燕京。

诗酒山东

汪子廷见过赠别

疏才实愧建安人[1]，茅屋频过见尔真。
甘向清朝藏玉璞，自知幽事在纶巾。
酒杯动落关山月，诗箧能收海岳春。
老病送君成一笑，相看谁是葛天[2]民。

【注释】
[1]建安人，指"建安七子"。 [2]葛天，传说中的远古帝名。

重九[1]董户部子才过邺，饯别北园，赋得中字

上客论交樽酒空，高台送别剑歌[2]雄。
半天白雁登临外，九日黄花聚散中。
草树西看凄晚照，关山北去急秋风。
青云各重功名念，动说匡时有异同。

【注释】
[1]重九，九月九日。 [2]剑歌，弹剑而歌。

元日[1]武安野望有感

短褐冲寒[2]一杖随，孤城雪后漫游时。
愁经残猎风何凛，老得新年春却迟。
天外紫山晴自出，谷中黄鸟暗相期。
今朝柏酒[3]人多醉，伫立斜阳独赋诗。

【注释】

〔1〕元日，正月初一。 〔2〕冲寒，冒着寒冷。 〔3〕柏酒，即柏叶酒。古代习俗，谓春节饮之，可以辟邪。

丁明府、陈主簿同谒原陵[1]，晚酌道院有感

汉陵谒罢命车行，聊憩丹房待赋成。
绿酒黄花衰老兴，浮云落日古今情。
狂夫欲驾蓬山鹤，道士能吹缑岭笙。
忆昔豪华总消歇，北邙[2]松柏起悲声。

【注释】

〔1〕原陵，陵名。东汉光武帝刘秀之陵。 〔2〕北邙，亦作"北芒"。山名。即邙山。因在洛阳之北，故名。东汉、魏、晋的王侯公卿多葬于此。

温纯甫宅，同诸词丈[1]夜集，得池字

为赓白雪郢中词，坐久寒生风露时。
万菊绕筵秋不老，几人耽酒月偏迟。
怀同旷逸山云度，道在行藏野鹤知。
应惜衰年荐仙味，西来碧藕自瑶池。

【注释】

〔1〕词丈，诗人雅称。

诗酒山东

送赵汝中归垣曲

天涯作客空成赋，岁杪还家未拜官。
到日音书仍北寄，别时风物重西看。
云迷燕赵千山暮，雪满关河一骑寒。
樽酒相期春草绿，好听鸿雁度长安。

送王理卿归平原

春来三日君即归，长安陌上车尘飞。
沧洲[1]有约自知晚，白雁多情相见稀。
千里还应叹萍梗[2]，一樽谁更采芳菲。
平原旧侣论心处，肯向天边望少微[3]。

【注释】
[1]沧洲，濒水的地方。古时常用以称隐士的居处。 [2]萍梗，浮萍断梗。因漂泊流徙，故以喻人行止无定。 [3]少微，星座名。共四星，在太微垣西南。

冬夜同宣允则集徐进士子与宅

城上乌啼春雪余，满庭寒色月来初。
病当岁晚心方切，老向天涯计转疏。
湖海相知今夜酒，风尘一别几年书。
可堪京国多烽火，王粲[1]谁怜未定居。

【注释】
〔1〕王粲，三国时山东诗人，客居荆州十年，有《登楼赋》怀念故乡。

送刘水部致卿出守嘉兴

孤馆别怀聊对酒，双旌行色复催人。
马嘶燕甸才芳草，帆到江城已暮春。
作赋水曹非往日，垂衣天子念征尘。
三吴雕弊多忧思，不待秋风白发新。

春日潞河舟中，饯别莫子良、吴峻伯、徐汝思、袁履善，赋得樽字

自怜多病留京国，复送群才下蓟门[1]。
帆外夕阳催去鸟，水边春草对离樽。
交游渐老天涯梦，湖海难期醉后论。
不待江淹[2]词赋就，才临南浦[3]自消魂。

【注释】
〔1〕蓟（jì）门，即蓟丘。亦作"蓟邱"。古地名。在北京城西德胜门外西北隅。　〔2〕江淹，南北朝诗人，有《别赋》，其中有句，"黯然销魂者，唯别而已矣"。　〔3〕南浦，南面的水边。后常用称送别之地。

诗酒山东

春日同李于鳞、贾守淮、刘子成比部[1]游南园，得杯字

花到清明满树开，三春幽兴此池台。
风光何必论金谷[2]，世事聊须醉玉杯。
一望青山云缥缈，数声黄鸟客徘徊。
诸君有意看红药[3]，乘暇还应结驷来。

【注释】

〔1〕比部，古代官署名。明清时对刑部及其司官的习称。 〔2〕金谷，指钱财和粮食。 〔3〕红药，芍药花。

青龙桥上有感

落落狂歌一阮公[1]，旗亭把酒送归鸿。
湖光不定春风里，山气偏多夕照中。
满眼莺花双鬓改，百年愁思几人同。
边庭李牧[2]空遗迹，此日谁论定远功。

【注释】

〔1〕阮公，阮籍，晋竹林七贤之一，以酒狂闻名。 〔2〕李牧（？—前229），嬴姓，李氏，名牧。汉族，战国时期赵国柏仁人（今邢台隆尧），战国时期的赵国将领。李牧战功显赫，生平未尝一败仗。李牧生平事迹大致可划分为两个阶段，先是在赵国北部边境，抗击匈奴；后以抵御秦国为主。与白起、王翦、廉颇并称"战国四大名将"，并得到武安君的封号。前229年，赵王迁中了秦国的离间计，听信谗言夺取了李牧的兵权，不久后将李牧杀害；3个月后赵国即灭亡。

送御医顾世安辞官归上海

中岁辞官向薜萝,西风回首问兵戈。
雁飞海徼寒云断,帆落江城秋雨多。
欲采兰花留楚赋,还期樽酒听吴歌。
辟疆自是林园主,何日相寻杖屦过。

送刘明府朝宗之瑞安

八月秋风吹帝京,剑歌杯酒送君行。
烽传九塞愁中报,云隔三吴望里情。
江路回连秣陵树,海帆飞度永嘉城。
鸣琴尚忆天涯客,莫待梅花始寄声。

送徐鸿胪奉使兼还辽东

三载论交两送君,更堪惆怅道涂分。
离樽欲尽难成醉,去马长嘶又失群。
玄菟[1]城孤开晓日,黄龙[2]塞远断秋云。
时平知我无东意,莫遣音书久不闻。

【注释】
〔1〕玄菟(tú),古郡名。汉武帝置。辖境相当于我国辽宁东部及朝鲜咸镜道一带。后亦泛指边塞要地。 〔2〕黄龙,即黄龙府。

诗酒山东

秋夜灵济宫同薛朱二进士赋

晚来骑马过仙坛，宝笈灵文试一看。
月度三花瑶殿静，风吹独鹤玉阶寒。
漫闻天籁知秋远，共酌霞觞坐夜阑。
会待他年游汗漫，武夷相约访还丹。

环山楼为刘封君赋

日上江楼紫翠开，凭阑四顾郁崔嵬。
晴云低傍重檐合，秋色高从叠嶂来。
老至应期弘景[1]卧，赋成堪惜仲宣[2]才。
楚天黄鹤还飞下，谁共仙翁醉酒杯。

【注释】
〔1〕弘景，即陶弘景（456—536），南朝齐梁时期道教思想家、医学家，有《养性延命录》。 〔2〕仲宣，汉末文学家王粲的字，为"建安七子"之一。博学多识，文思敏捷，善诗赋，尤以《登楼赋》著称。

送方职方禹绩使江南兼寄童侍御仲良

汉苑梅花客兴新，不堪杯酒送征轮。
朔庭战马今犹急，南国苍生日转贫。
古道飞霜寒拂剑，长江落月晓催人。
凭君为问乘骢使，莫惜春风寄绿蘋。

初春夜同漫山方伯、琼泉将军酌樗庵书斋

客子灯前酒,梅花雪后天。
不须横玉笛,春意满山川。

夜期贾道简不至

呼童开玉樽,对此春庭月。
故人期不来,云外清钟歇。

春兴

夜月悬银烛,春江湛绿醅[1]。
美人歌古调,烂醉百花台。

【注释】
[1]绿醅(pēi),绿色美酒。

大伾山夜约李子庚不至

凉月照青萝,山亭坐深夕。
放歌聊一杯,待我同怀客。

愚公园春酌

共醉春风且放情,白云无定若浮名。
好花开落寻常事,遮莫黄鹂不住声。

侠客行

晓来独酌酒家楼,掷下黄金不掉头。
走马西山射豹虎,风霜吹满锦貂裘。

送周秀才归钱塘

燕京陌上送周郎,归到西湖春草长。
清夜开樽多旧侣,满船歌管月如霜。

送吴二少陆归洞庭山省亲(其二)

鹤发相辉堂上人,吴天遥望瑞云新。
洞庭酒熟梅花发,同醉沙村几树春。

寄文五峰

半醉吴歌何处游,白云寄意不胜秋。
乘风欲落秦淮水,遮莫[1]寻君傍酒楼。

【注释】
〔1〕遮莫,约摸,尽管。

送徐进士子绳谪建阳少尹

长亭别酒见平生,越水吴山去国情。
欲采江蓠何处泊,一帆秋雨听潮声。

送王梦白归吴次韵

八月浮云满帝畿,长江风送一帆归。
皋桥无限黄花酒,莫遣秋霜上客衣。

山中观芍药醉赋

山亭芍药正花开,白石栏边对酒杯。
醉折红芳[1]还起舞,天风忽送彩云来。

【注释】
〔1〕红芳,指红花。这里指芍药花。

郭寿卿园,同申伯宪、牛国祯诸君吟酌

苍凉海日上亭台,无数幽花带露开。
人在万山秋色里,白云低傍酒樽来。

即席赠薛之翰

园花樽酒日相期,共尔留连欲暮时。
醉倚山亭歌楚调,秋萤飞过石榴枝。

次孔丈对花二韵

桃树有花春可怜,醉归犹望洞门前。
美人不得分明见,咫尺空蒙隔暮烟。

酬方子文见寄登岱之作

风骚谁继鲍参军[1],浩唱凌秋碧落闻。
独秀峰头闲对酒,月华高出海东云。

【注释】
[1] 鲍参军,鲍照(414—470)。

秋暮登九龙山

兴来携酒一登攀，满径秋花照客颜。
醉舞天风人不见，白云飞度九龙山。

春夜，徐进士子与宅，饯别陈进士宪卿使楚

帝里论文夜，从来哲匠能。月邀金谷酒[1]，人对玉壶冰[2]。
楚调谁相和，吴歌思不胜。多情有徐干，何计挽陈登。[3]
昼锦怀湘浦，春帆下竟陵。凉秋听过雁，望断白云层。

【注释】
[1]金谷酒，指豪侈的酒宴。 [2]玉壶冰，酒名。 [3]徐干，陈登，汉末著名文人。

送中丞许公伯诚出镇昌平

才名动海内，白首华山阿。阅世存泾渭，逢时谢薜萝。
几年怀赵璧，独醉发燕歌。赋陋阴常侍，功高马伏波[1]。
金钲传雁塞，铁骑渡榆河。长啸将平寇，雄图定偃戈。
春生千嶂早，云傍七陵多。应忆论文侣，山城一雁过。

【注释】
[1]马伏波，指东汉初期伏波将军马援。年迈请缨，东征西战，屡立战功，被尊称"马伏波"。

诗酒山东

送童侍御仲良谪羊城

把袂看春早，天涯几故知。离歌初断处，迁客欲行时。
帆度三江尽，云飞五岭迟。炎方殊物色，秋水澹心期。
正气惊山鬼，威名伏岛夷。瘴烟聊复酒，海月尚堪诗。
地远身仍健，官清俗可移。罗浮春万里，还望早梅枝。

七夕留别汪伯阳、李于鳞、王元美得知字

久客言归计，留连几故知。鹊桥星度夜，燕馆月沉时。
天上才欢洽，人间有别离。晴分绛河影，秋动白榆枝。
佳醑[1]还成醉，萍踪不可期。年年湖海上，今夕定相思。

【注释】
〔1〕醑，美酒。

冬夜集张兵部茂参宅

秉烛坐深更，严城乱柝声。寒云双阙迥，夜雪万家明。
世事清樽尽，边愁白发生。匡时须计远，和敌竟功成。
自有张衡赋，谁怜李广情。剑尘时一拂，莫遣暗龙精。

十六夜同汪伯、阳梁公实对月得求字

昨夜醉南楼，西堂兴未休。共看九霄月，仍是一轮秋。
影傍关山落，光连河海流。盈亏本无定，悲乐岂同游。
肯负琴樽雅，还怜松桂幽。颓颜空自感，灵药复何求。

送彭明府子殷谪留都[1]教授

故人三月宰，即有蓟门行。握手惊相问，当樽气未平。
醉怀多旧感，别赋更新成。野色浮云阔，春流去棹轻。
日斜桃叶渡，潮起石头城。江上孤吟处，天涯两谪情。
官闲疏世事，地胜助才名。岂待临宣室，今王召贾生[2]。

【注释】
[1]留都，指南京，明朝时为留都，即陪都。 [2]贾生，指汉贾谊。汉桓宽《盐铁论·箴石》："贾生有言曰：'恳言则辞浅而不入，深言则逆耳而失指。'"唐杜甫《久客》诗："去国哀王粲，伤时哭贾生。"

同程子仁守岁有感

岁尽边庭铁骑回，孤城秉烛旅颜开。
乱离已过三关静，生死相违几处哀。
渐觉寒威今夜减，可怜春色异乡来。
老年结伴青藜杖，圣代逃名浊酒杯。
淮浦南通吴客棹，漳河东绕魏王台[1]。
身缘留滞常同感，书寄平安各自裁。
忆昔京华更愁思，笛声吹落汉宫梅。

【注释】

〔1〕魏王台，即曹操所建邺城之铜雀台等。

李鸿胪仲白归自成都赋此慰怀

每怜张俭一身多，妻子相将奈尔何。
巫峡落帆灯外雨，岷江倚杖泪前波。
官微谁识寸心赤，愁剧偏令双鬓皤。
赖有松篁同岁暮，龙依冰雪待阳和。
梦驰乡路书难达，酒尽郫筒[1]市再过。
时序频惊蜀风土，云霞常忆晋山河。
索居自惜残年病，混俗宁为古调歌。
万里全生还旧业，太行佳气郁嵯峨。

【注释】

〔1〕郫（pí）筒，竹制盛酒具。郫人截大竹二尺以上，留一节为底，刻其外为花纹，或朱或黑或不漆，用以盛酒。

客居篇呈孔丈

客居寥落天积阴，其奈二毛[1]愁复侵。
东篱有花白衣至，菊花恨不栽成林。
糟床[2]雨声夜彻耳，醅瓮[3]春色时关心。
昨梦长江变绿酒，茫茫不知几许深。
倒吞明月荡豪兴，下有蛟龙[4]那敢吟。
屈原李白莫相笑，肯与尔辈俱浮沈。

醒者醉者怀不同，我狂独在醒醉中。

百年形骸匪金石，讵可[5]一日无春风。

燕台梁园旧游处，好客迩来惟孔融[6]。

太行山头共俯仰，人间谁识真英雄。

几醉良宵感秋别，大火[7]自西人自东。

【注释】

〔1〕二毛，斑白的头发。晋潘岳《秋兴赋序》曰"余春秋三十有二，始见二毛"。 〔2〕糟床，榨酒的器具。 〔3〕醅瓮，酒坛子。 〔4〕蛟龙，古代传说的两种动物，居深水中。相传蛟能发洪水，龙能兴云雨。 〔5〕讵可，岂可。 〔6〕孔融（153—208），字文举，东汉文学家。鲁国（治今山东曲阜）人。"建安七子"之一。曾任北海相，后任少府，因触犯曹操，降为太中大夫，被杀。善诗文，辞采富丽，有《荐祢衡疏》《与曹公论盛孝章书》等名篇。明人辑有《孔少府集》。 〔7〕大火，星宿名。即心宿。

醉歌行崔太傅席上作[1]

绿草何葳蕤，秋风吹复吹。

名园物色照罗绮，转眼萧条鹎鸠悲。

富贵可能长满意，就中忧喜多参差。

君不见平原待士重然诺，豪侠酬恩终是谁。

未必知人在仓卒，难将宝剑分雄雌。

故园还寻旧朋好，一丘半壑相游嬉。

路傍采菊花，林间指酒旗。

杖挂百钱随兴尽，瓦杯无谢黄金卮[2]。

城头月出任归迟，醉和青莲居士[3]诗。

山鬼亦久立，岭云亦低垂。

173

诗酒山东

惊波荡平鹳鹤渚，大风吹断猢狲枝。
落落胸怀自天地，前身或是偷桃儿。
白首狂歌倒接，接与尔偏相知。
旦浥海霞之清气，夜沾松露之华滋。
轩冕几人老无恙，野谈宁结渔樵期。
万古圣愚一生死，山川不异开辟时。
我欲买田种黍剩酿酒，丹侣遮莫留茅茨。
阅世独醒太索寞，请看北邙高下冢累累。

【注释】

〔1〕此历数历代酒豪，最后感叹人生终将归于寂寞。　〔2〕卮，古代一种盛酒器。圆形。容量四升。　〔3〕青莲居士，唐代诗人李白的别号。

送杨员外子畏之江东

龙剑千里神相通，心知不在离合中。
都亭久别今一晤，美人又去长江东。
帆外水天渺无际，白波如练摇丹枫。
阊门[1]樽酒复谁同，孤怀惨淡生秋风。
乱草已非伍胥宅，百花曾绕吴王[2]宫。
霸业往事但明月，浩歌五湖惟钓翁。
虎丘[3]凭高正慨古，飞鸟远没苍烟空。
莫忘词客疏幽意，老却春洲芳杜丛。

【注释】

〔1〕阊（chāng）门，城门名。在江苏省苏州市城西。伍胥，伍子胥（前559—前484）。　〔2〕吴王，特指吴王夫差。　〔3〕虎丘，山名。在江苏省苏州市

西北，亦名海涌山。唐时因避讳曾改称武丘或兽丘，后复旧称。相传吴王阖闾葬此。

元夕同李员外于鳞登西北城楼，望郭外人家，时经兵后，慨然有赋

仙郎邀我元夜游，联镳驰向都城陬。
凭高北望余杀气，初春惨淡翻如秋。
银花无光火树死，月明空作金波流。
忆昔华灯乱星斗，天叫陆海通瀛洲。
美人盛服散香霭，侠少相随簇锦裘。
万家歌舞帝王州，广衢深巷连崇楼。
杨枝插门春不见，膏粥祠户今何由。
燕京女儿去朔漠，紫姑寥落亦含愁。
城中箫鼓太平象，城外风烟边戍头。
御宴黄柑存故事，浊醪不解骚人忧。
洞庭佳酿醉方休，来岁今宵复何处，
客踪宦辙如云浮。

山中隐者

晚风吹云覆四野，有人晦迹萝岩下。
百年杖屦柢荒径，万里山河一草舍。
御寇至言顺造物，不知力命非达者。
何必空名束此身，比邻酒熟杯堪把。
蚁群列阵眼前兵，世事浮尘隙外马。

诗酒山东

烟火隔林古兰若,石罅迸泉散地脉。
飞流倒向山厨泻,诸天在心半偈写。
白莲正花香满池,陶潜又醉远公社。
月转松西坐深夜,晓来俗客忽敲门,
啄苔驯雀上屋瓦。

蝴蝶叹

醉来万事无不掷,醒后多思那有益。
月当中天光渐昃[1],人逢盛时病相迫。
君不见花间蝴蝶草间飞,清霜满园何处归。

【注释】
〔1〕昃(zè),倾斜。

送杨玉伯归泾阳

凤凤城南杨柳丝,当春袅袅牵别离。
古人折赠意偶尔,至今千里传相思。
风吹柳花正西去,黄鹂唤春春不住。
落日关河怅远人,青丝白马归三秦。
壮年不叹功名薄,独将宝剑淹风尘。
有时大笑对樽酒,七雄能战不能守。
燕昭之策非远图,空使黄金高北斗。
君才落落谁见知,且向沧浪随钓叟。
秋来水上烟云重,慎勿濯足惊鱼龙。

暮雨送春

花盛春将归，岂待百花飞。
有人独先见，感叹当斜晖。
霍家豪贵从头数，金谷繁华无定主。
客边杯酒且酣歌，向夕闭门风又雨。

雪中偶过李鸿胪东明宅留酌，因怀卢太史浚卿，刘少参才甫，王侍御子梁，张户曹聚甫

前雪未消今雪来，寒侵宫殿朝不开。
昆池冻合石鲸卧，玉笛唤春催落梅。
白日远迷涿鹿野，黄云低暗轩辕台。
铁甲如冰战士苦，城头饥乌啼正哀。
北风吹人僵欲死，驱马不动空徘徊。
道傍官舍何幽寂，我亦山阴乘兴客。
入门自拂谢庄衣，开樽为我破寒色。
中怀倾倒醉不辞，春灯吐花向深夕。
同乡朋旧各天涯，绿鬓忧时谁易白。
宦情客计成暌违，海雁江鱼断消息。
重来清夜益相思，月明偏照燕京陌。

诗酒山东

秋夜云峰书斋饯别，赋得秋字

丈夫平生何所求，百年与世同沈浮。
枕上一思动万里，黄金容易齐山丘。
君家父子继刘向，时振藻思多冥搜。
著书堆案未满意，眼前岂暇观蜉蝣。
君不见五龙山上千松稠，松枯石烂名应休。
况今乐善存古道，日无俗扰轩庭幽。
晚来有客自延款，呼童出典青绮裘。
高烛结花照几席，西风吹动湘帘钩。
共谈世务复文字，宾主相看俱白头。
笑我吟诗胡不饮，清时独抱三闾愁。
讵知醉客轻王侯，剑歌豪气不能收。
豪气混茫隘江海，弯弓欲向扶桑游。
巨涛欻腾在跬步，翻空不定风飕飕。
万蜂衔珠夺明月，鳌鱼背上信宿留。
仙侣相将踏紫雾，才穷三岛仍十洲。
肯学书生拘细论，寓言聊尔从庄周。
人生大小各有志，岂徒衰老工雕锼。
龙蛇已藏地窟夜，鹰隼争击天关秋。
君还闭扉我行路，扬鞭西北指并州。
故人相逢说旷达，空囊去住能自由。
托乘山川随处赋，姑射洞开石髓流。
山灵为喜标形胜，禁彼众鸟无啁啾。
翠华杳然吊汉武，白云汾水空悠悠。

英雄不遇生太晚，何时且遂田园谋。
漳河之源自发鸠，因忆邺中走马经长楸。

徐陈零落罢欢宴,不闻广殿弹箜篌。
惊心两堕井梧叶,嗟哉太行何阻脩。
上党有待几朋俦,黄花正开酒新篘。
定约登高醉九重,满天秋色当西楼。

【注释】
〔1〕新篘(chōu),新漉取的酒。

留别程侍御信夫、宋比部汝化

孤琴瘦马临长陌,执手那堪惆怅色。
雪中疏柳动啼鸦,林外斜阳催去客。
二子正当经济时,我向江湖任所之。
故乡意气且杯酒,天外浮云安可期。

雪夜过李于鳞宅,适已醉卧,因留宿作

雪天骑马禁城隈,官舍中宵为我开。
太白醉眠呼不起,惠连赋就却空来。
满城朔气侵人骨,试问宫梅几枝发。
上苑寒生千树云,西山暗落三更月。
起来风物重凄凄,门外日高鸦乱啼。
莫惜余杯醉归去,天街不畏踏春泥。

诗酒山东

> 李开先（1502—1568），汉族，山东济南章丘人。明代文学家、戏曲作家。字伯华，号中麓子、中麓山人及中麓放客。嘉靖八年（1529）进士，历官户部主事、吏部考功主事、员外郎、郎中，后升提督四夷馆太常寺少卿。二十年，目睹朝政腐败，抨击夏言内阁，被罢官。他壮年归田，"龙泉时自拂，尚有气如虹"，希望朝廷重新起用，但又不肯趋附权贵，所以只能闲居终老。李开先的文学主张和唐宋派接近。他推崇与正统诗文异趣的戏曲小说，主张戏曲语言"俗雅俱备"，"明白而不难知"。

元夕邀客赏灯兼听筝笛二乐

上元又是新年节，狂客高歌醉不休。
橘酒生春连百爵，莲灯照夜足千篝。
风前铁笛惊三弄，月底银筝试一搊。
听彻落梅兼出塞[1]，居人自是不关愁。

【注释】
[1] 落梅，出塞，均古曲名。

塞上曲一百首（其一）

堂上张灯酒正豪，帐前骏马缩寒毛。
忽闻羽檄[1]传来急，上马酕醄[2]弄宝刀。

【注释】
[1] 羽檄（xí），古代军事文书，插鸟羽以示紧急，必须迅速传递。 [2] 酕醄（máo táo），大醉的样子。

> 李攀龙（1514—1570），明山东历城人，字于鳞，号沧溟。少孤家贫，嗜诗歌，不喜训诂之学，日读古书，里人目为狂生。嘉靖二十三年进士。授刑部广东司主事，擢陕西提学副使，累迁河南按察使。母丧，心痛病卒。官郎署时，与谢榛、吴维岳、梁有誉、王世贞称"五子"，又益以吴国伦、徐中行称"后七子"，而以攀龙、世贞为魁首，操海内文章之柄垂二十年。其持论诗不读盛唐以后人集，文不读西汉以后人作。攀龙有才力，诗以声调称，然古乐府似临摹帖，并无可观。文章失之模拟生涩，而效之者甚众。有《沧溟集》。

十五夜谢山人同李明府见过得宵字

客有山中约，人来江上遥。张灯传彩笔，换酒出金貂。
贫病看交好，文章慰寂寥。天涯还此会，留醉驻春宵。

张驾部宅梅花

仙郎雪后建章回，清夜西堂拥上才。
笛里春愁燕塞满，梁间月色汉宫来。
即看芳树催颜鬓，莫厌寒花对酒杯。
共忆故人江北望，因君罢赋倚徘徊。

徐汝思见过林亭

五柳阴阴逼酒清，一杯须见故人情。
明朝马上听黄鸟，不似尊前唤友声。

早夏示殿卿二首（其一）

长夏园林黄鸟来，百花春酒复新开。
人生把酒听黄鸟，黄鸟一声酒一杯。

戚继光（1528—1588），字元敬，号南塘、孟诸，山东登州（今山东蓬莱）人，明朝抗倭名将，杰出的军事家、书法家、诗人，民族英雄。他凭借战功，累迁左都督、少保兼太子太保。著有《纪效新书》十八卷、《练兵实纪》十四卷本等著名兵书。

登盘山绝顶

霜角一声草木哀，云头对起石门开。
朔风边酒不成醉，落叶归鸦无数来。
但使雕龙销杀气，未妨白发老边才。
勒名峰上吾谁与，故李将军舞剑台。

伏龙寺

梵宇萧条隐翠微，丹枫白石静双扉。
曾于山下挥长戟，重向尊前醉落晖。
衰草尚迷游鹿径，秋云空锁伏龙矶。
遥看沧海舒孤啸，百尺仙桥一振衣。

客馆

酒散寒江月，空斋夜宿时。
风如万里斗，人似一鸡栖。
生事甘吾拙，流年任物移。
边愁频入眼，俯仰愧心期。

韬钤深处

小筑暂高枕，忧时旧有盟。
呼樽来揖客，挥麈坐谈兵。
云护牙签满，星含宝剑横。
封侯非我意，但愿海波平。

诗酒山东

> 于慎行（1545—1607），明山东东阿（今山东平阴县）人，字可远，更字无垢。于慎思弟。隆庆二年进士。万历初历修撰、日讲官，以论张居正"夺情"，触其怒。以疾归。居正死后复起。时居正家被抄没，慎行劝任其事者应念居正母及诸子颠沛可伤。累迁礼部尚书。明习典制，诸大礼多所裁定。以请神宗早立太子，去官家居十余年。万历三十五年，廷推阁臣，以太子少保兼东阁大学士，入参机务，以病不能任职。旋卒，谥文定。学问贯穿百家，通晓掌故。与冯琦并为一时文学之冠。

按：于公饮酒诗甚多，为节省篇幅起见，仅作简单注释或不予注释。如需详细了解，请参照《谷城山馆诗集》。

送张洪阳太史请急[1]南还

宁亲[2]承予告[3]，秋尽理行装。橐载[4]兰台[5]笔，衣残粉署[6]香。酒边燕月近，帆外楚天长。旧识张华剑，寒锋起豫章。

【注释】
[1]请急，请假。急，古代休假名。　[2]宁亲，省亲。　[3]予告，汉代二千石以上有功官员依例给以在官休假的待遇，谓之予告。告，休假。后代凡大臣因病、老准予休假或退休的都叫予告。　[4]橐（tuó）载，谓袋装车载。　[5]兰台，指御史台。汉代的御史中丞掌管兰台，故称。　[6]粉署，即粉省。尚书省的别称。

少虚赵丈见过[1]二首（其一）

上客回高驾，过予松桂林。题诗白云暮，对酒飞花深。
远树浮残雨，高城下夕阴[2]。草玄[3]芸阁[4]吏，寂寞此时心。

【注释】
[1]见过，谦辞。犹来访。 [2]夕阴，傍晚阴晦的气象。 [3]草玄，指汉扬雄作《太玄》。《汉书·扬雄传下》："哀帝时，丁、傅、董贤用事，诸附离之者或起家至二千石。时雄方草《太玄》，有以自守，泊如也。"后因以"草玄"谓淡于势利，潜心著述。 [4]芸阁，即芸香阁。秘书省的别称。因秘书省司典图籍，故亦以指省中藏书、校书处。

少虚赵丈见过二首（其二）

经春犹卧病，长日[1]掩衡门[2]。岂谓山阴[3]棹，能寻谷口村。
世情双白眼[4]，生事一青尊。不浅忘年契，千秋事可论。

【注释】
[1]长日，指夏至。夏至白昼最长，故称。亦指整天、终日。 [2]衡门，横木为门。指简陋的房屋。 [3]山阴，山朝北的一面。 [4]白眼，露出眼白。表示鄙薄或厌恶。

寄庠师周介轩先生二首（其二）

望望徐方道，怀人白露秋。湖光晴载酒，山色暮登楼。
倦迹看林鸟，闲情寄海鸥。红颜殊未老，欲接羡门[1]游。

诗酒山东

【注释】
〔1〕羡门，传说中的海上仙人。

河西务雨夜

归舟今信宿，犹倚潞河干[1]。树色春汀暗，鸡声夜雨寒。
孤帆灯际落，短剑酒中弹。明发[2]乘流进，沧波正渺漫[3]。

【注释】
〔1〕河干，河边，河岸。 〔2〕明发，早晨起程。 〔3〕渺漫，水流广远的样子。

德州舟中遇李户部两山北上别后却寄二首

广川西渡口，倚棹[1]此逢君。别久情难喻，欢多酒易醺。
江声过暮雨，帆影夹残云。踯躅[2]南枝鹊，能堪羽翮分。

【注释】
〔1〕倚棹（zhào），靠着船桨，犹言泛舟。 〔2〕踯躅（zhí zhú），徘徊不进貌。

送崔亚沂博士游齐

共作名山隐，三秋采蕨薇[1]。宁辞今日别，祇恐故人稀。
斗酒不得醉，白云相与归。秋来玄雁度，可向海门飞。

【注释】

〔1〕采蕨薇，借指隐居不仕的生活。

雨中东流泉上同可大[1]赋

风雨鸣丹谷[2]，林亭倚翠岑。一尊今日酒，千里故人心。

树动三秋色，泉飞万壑音。夜凉横吹[3]起，直欲想龙吟[4]。

【注释】

〔1〕可大，朱维京（1549—1595），字可大，别号讷斋，江西万安人，于慎行挚友，工部尚书朱衡之子。举万历五年进士，授大理评事，进右寺副。万历九年（1581），京察谪汝州同知，改知崇德，入为屯田主事，再迁光禄丞。 〔2〕丹谷，绚丽的岩谷。 〔3〕横吹，乐器名。即横笛。又名短箫。 〔4〕龙吟，龙鸣。借指大声吟啸。

同馆[1]诸丈城西看花二首

别苑[2]惜春残，开尊聚旧欢。花间张绮幕[3]，柳外簇雕鞍[4]。

飞雪歌中度，回风掌上看。倚阑[5]浑欲醉，犹索酒杯宽。

【注释】

〔1〕同馆，指同在翰林院任职。馆，馆阁。 〔2〕别苑，专供帝王游猎的园林。 〔3〕绮幕，美丽的帷帐。 〔4〕雕鞍，刻饰花纹的马鞍；华美的马鞍。借指宝马。 〔5〕倚阑，倚栏，凭靠在栏杆上。

诗酒山东

朱可大邀同冯太史饮摩诃庵南园步至钓鱼台夜眺还宿法藏精舍次日观慈寿浮图，纪游[1]四首·南园

胜会开芳苑，春愁入远峰。壶觞连竹树，歌咏起鱼龙。
花落空林雨，风传别院钟。淹留[2]公子爱，移席转从容。

【注释】
〔1〕纪游，记述旅游情况。 〔2〕淹留，羁留；逗留。

朱可大邀同冯太史饮摩诃庵南园，步至钓鱼台夜眺，还宿法藏精舍。次日观慈寿浮图，纪游·钓台

行歌随步远，已到水云天。夜色千峰月，湖光万顷烟。
衔杯心跌宕，脱帽态蹁跹[1]。醉眼迷归径，相看枕腹眠。

【注释】
〔1〕蹁跹（pián xiān），行不正貌；跛行貌。此醉态。

黄仪庭司城[1]邀集冯虚阁

振衣[2]山畔寺，载酒寺边楼。笛散千峰雨，砧[3]传万井[4]秋。
地因邀月胜，人拟御风游。不尽萧森气，寒江正北流。

【注释】

〔1〕司城，官名。即司空。补：冯虚阁，即凭虚阁。〔2〕振衣，抖衣去尘，整衣。〔3〕砧（zhēn），捶、砸或切东西的时候，垫在底下的器具。〔4〕万井，古代以地方一里为一井，万井即一万平方里。千家万户。"笛散"二句是说地处空旷，时值清秋，笛声和捣衣声可以传得很远。

京口[1]赠邬山人汝翼

握手秋江上，依然旧布袍。十年燕市酒，八月广陵涛[2]。
侠骨贫逾健，狂歌醉正豪。不缘湖海遇，何地见风骚。

【注释】

〔1〕京口，古城名。在今江苏镇江市。公元209年，孙权把首府自吴（苏州）迁此，称为京城。公元211年迁至建业后，改称京口镇。东晋、南朝时称京口城。为古代长江下游的军事重镇。　〔2〕广陵涛，汉枚乘《七发》："将以八月之望，与诸侯远方交游兄弟，并往观涛乎广陵之曲江。"后即以"广陵涛"称广陵（今扬州）曲江潮。汉时其势浩大，蔚为壮观。尔后势渐杀。唐大历后迄不见。

可大邀游张常侍[1]园二首

夙慕[2]名园胜，因君载酒看。山容虚榭满，竹色小楼寒。
地主[3]更新贵，游人续旧欢。愁中春色过，才此一凭阑。

【注释】

〔1〕常侍，官名。皇帝的侍从近臣。秦汉有中常侍，魏晋以来有散骑常侍，隋唐内侍省有内常侍，均简称常侍。　〔2〕夙慕，旧有的慕求。　〔3〕地主，此指园的主人。

闭门

闭门多所适，懒与病相宜。岸帻全忘沐，匡床久未移。
酒醒微雨夜，衣减落花时。只忆河桥柳，应余未折枝。

立春日，杨户部庐山谪官河南，枉道过访

轩车来远道，执手意何长。喜对春盘[1]酒，愁分画省[2]香。
士龙名入洛，司马赋游梁[3]。莫漫悲岐路，雄心在四方。

【注释】

〔1〕春盘，古代风俗，立春日以韭黄、果品、饼饵等簇盘为食，或馈赠亲友，称春盘。帝王亦于立春前一天，以春盘并酒赐近臣。 〔2〕画省，指尚书省。汉尚书省以胡粉涂壁，紫素界之，画古烈士像，故别称"画省"，或称"粉省""粉署"。 〔3〕游梁，典出《史记·司马相如列传》："（司马相如）以赀为郎，事孝景帝，为武骑常侍，非其好也。会景帝不好辞赋，是时梁孝王来朝，从游说之士齐人邹阳、淮阴枚乘、吴庄忌夫子之徒，相如见而说之，因病免，客游梁。"后以"游梁"谓仕途不得志。

除夕前四日送杨户部之官河南

送子岁云晏，踟蹰[1]可奈何。酒边生白发，雪里渡黄河。
落魄才难尽，飞扬意故多。春风洛阳道，早晚听鸣珂[2]。

【注释】
〔1〕踟蹰（chí chú），亦作"踟躇"。徘徊不前貌；缓行貌。 〔2〕鸣珂，显贵者所乘的马以玉为饰，行则作响，因名。

泰山绝顶对酒

茫茫今古事，欲问岱君灵。汉柏虚称观，秦松枉勒铭[1]。
此生游已倦，何地酒能醒。杖底千峰色，依然未了青[2]。

【注释】
〔1〕勒铭，秦始皇游泰山遇雨，避雨松下，因勒石封松树为大夫。 〔2〕未了青，杜甫诗："岱宗夫如何，齐鲁青未了。"

灵岩[1]禅室子冲、兴甫夜饮大醉

对酒不能醉，明星已在天。放歌知爱客，纵饮是逃禅[2]。
世事惊心后，时才[3]屈指[4]边。乾坤吾党在，把臂意茫然。

【注释】
〔1〕灵岩，即泰山灵岩寺，在泰山北麓长清境内。 〔2〕逃禅，逃出禅戒。 〔3〕时才，治世的贤才。 〔4〕屈指，比喻数量少。

安我素吏部倚舟过访酬赠

沙边能系缆，相顾到林庐[1]。斗室[2]虚高枕[3]，衡门有驻车。
桃灯秋雨后，漉酒菊花初。好在山公启[4]，休忘北阙[5]书。

诗酒山东

【注释】
〔1〕林庐，林中茅屋。多指隐居之所。 〔2〕斗室，狭小的房间。 〔3〕高枕，枕着高枕头。谓无忧无虑。 〔4〕山公启，同"山公启事"。晋山涛为吏部尚书，凡选用人才，亲作评论，然后公奏，时称"山公启事"。比喻公开选拔人才。 〔5〕北阙，古代宫殿北面的门楼。是臣子等候朝见或上书奏事之处。

张山人告行灯下言别

幽居无与晤，殊喜故人来。秉烛频开卷，逢花数举杯。
寒云江上树，冻雪陇头梅。明发黄山路，离愁不可裁。

六月十二夜可大小酌即事

客乘残雨至，席对晚凉开。酒畔移灯去，花间送月来。
风流河朔[1]会，倡和[2]柏梁[3]才。更忆长杨路，青葱玉树栽。

【注释】
〔1〕河朔，古代泛指黄河以北的地区。 〔2〕倡和，一人首唱，他人相和，互相应答。 〔3〕柏梁，指柏梁台。诗有柏梁体，始自汉代。此指可大诗好。

七夕可大小会即事和韵

小阁驱残暑，当筵夜色青。楼头生片月，河畔度双星[1]。
桃叶虚称扇，松枝戏作屏。秋声惊白纻[2]，沉醉不能听。

【注释】
〔1〕双星,指牵牛、织女二星。神话中是一对恩爱的夫妻。传说每年七月七日喜鹊架桥,让他们渡过银河相会。 〔2〕白纻(bái zhù),纻,同"苎",白色的苎麻。此指白纻曲,汉乐府之一,吴地歌曲。

秋日从诸亲友饮城南溪上遇雨,呈亭山周师二首(其一)

雨后南溪水,新添几尺流。壶觞陪父老,笑语到林邱[1]。
扫石聊施簟,烹鱼旋摘钩[2]。酒阑[3]更坐起,随意看凫鸥。

【注释】
〔1〕林邱,林丘,树木与土丘。泛指山林。 〔2〕"扫石"二句,指在溪边钓鱼,石上烹鱼饮酒。 〔3〕酒阑,谓酒筵将尽。

秋日从诸亲友饮城南溪上遇雨,呈亭山周师二首(其二)

阔略[1]师生礼,相将把钓竿。青山闲共适,白发醉同欢。
雨色尊前近,滩声树杪[2]寒。踏泥连骑缓,归路不知难。

【注释】
〔1〕阔略,不讲究不拘束。 〔2〕树杪(shù miǎo),树梢。

同可大对饮黄山[1]玉龙峡上

看山意不厌，复此濯尘缨[2]。涧落飞虹影，泉飘喷玉声。
隔花分送酒，凿石共题名[3]。相对濠梁[4]意，翛然[5]少世情。

【注释】
〔1〕此处黄山指诗人所居南面之山，在今平阴县域南。 〔2〕尘缨，比喻尘俗之事。 〔3〕题名，古人为纪念科场登录、旅游或佳会等，在石头或墙壁上写诗或题记。 〔4〕濠梁，犹濠上。梁，桥梁。濠上，濠水之上。《庄子·秋水》记庄子与惠子游于濠梁之上，见鯈鱼出游从容，因辩论鱼知乐否。后多用"濠上"比喻别有会心、自得其乐之地。 〔5〕翛（xiāo）然，无拘无束貌；超脱貌。

田父[1]

欣承田父过，相对亦陶然[2]。泥客携村酒，迎神醵[3]社钱。
禾麻新受雨，桑柘[4]远成烟。解问兰台史，还书大有年[5]。

【注释】
〔1〕田父，老农。 〔2〕陶然，醉乐貌。喜悦、快乐貌。 〔3〕醵（jù），大家凑钱饮酒。 〔4〕桑柘（zhè），桑木与柘木。 〔5〕大有年，大丰年。

雨中谢周师送酒

积雨不出户，空斋自检书。如何陶令[1]酒，亦到子云庐。
闭阁青山少，开帘远树疏。沈冥应独醉，无计屈高车[2]。

【注释】

〔1〕陶令，陶渊明。子云，西汉辞赋家杨雄字。刘禹锡《陋室铭》句中"西蜀子云亭"中子云指杨雄。此处"子云庐"即陋室之意。 〔2〕高车，显贵所乘，此指周师。

雪中独酌

北风一以凛，雨雪昼霏霏[1]。酒畔疑花落，春前学絮飞。
田家占岁事，海国念戎机[2]。万里三韩[3]道，征人几队归。

【注释】

〔1〕霏霏，雨雪盛貌。 〔2〕戎机，战事。 〔3〕三韩，朝鲜半岛的马韩、辰韩、弁辰（亦称弁韩），合称三韩。此指作者忧心国事。

送吴澄阳文学还越

翩翩江左彦，藻思[1]薄云天。观乐重游鲁，谈经旧客燕。
归舟鸿雁后，别酒菊花前。明岁[2]长杨猎，看君赋草传。

【注释】

〔1〕藻思，做文章的才思。 〔2〕明岁，明年。

送朱元长北试京兆

西风吹桂树，欲发上林枝。河畔停舟夜，花前对酒时。
愁深谈旧事，别久见新诗。几日泥金[1]到，山中有梦思。

【注释】

〔1〕泥金,泥金帖子。此指考中的喜报。

三月廿八日饮侯六山庄四首(其一)

问讯东山馆,名花几树开。不愁春色去,自有故人来。
淑影明衣袖,香风近酒杯。未须尊俎[1]具,且共倚亭台。

【注释】

〔1〕尊俎,古代盛酒肉的器皿。尊,盛酒器;俎,置肉之几。

三月廿八日饮侯六山庄四首(其二)

少小欢游地,君家旧竹林。每逢春酒夜,常醉绿萝阴。
树密云过慢,楼高月上深。婆娑[1]看老态,颇识故交心。

【注释】

〔1〕婆娑,醉态或蹒跚貌。

东园牡丹小会四首(其一)

老去怜交态[1],春归念岁华。还将今日酒,同对故年花。
色染丹台[2]露,香流玉洞[3]霞。惟应栏槛[4]小,不似五侯家。

【注释】
〔1〕交态,犹言世态人情。 〔2〕丹台,道教指神仙的居处。 〔3〕玉洞,岩洞的美称。亦指仙道或隐者的住所。 〔4〕栏槛,古时以门第大小表示地位,门槛高、房屋(第)大者为王侯将相显贵人家。

东园牡丹小会四首(其二)

园林刚半亩,木药满亭台。向日朝犹敛,迎风夜尽开。
酒从新岁待,客是隔城来。俗杀平章第,朱门锁绣堆。

东园牡丹小会四首(其三)

多少东风恨,天香正满林。影摇春酒艳,色傍玉楼深。
乐曲临时制,花名按谱寻。清平[1]当日调,回忆久沈吟[2]。

【注释】
〔1〕清平,此指《清平乐》曲子。 〔2〕沈吟,亦作"沉吟"。深思。

东园牡丹小会四首(其四)

倾国俱名品,呈姿媚一堂。倚阑浑欲醉,入座转闻香。
月下千金[1]笑,灯前百宝装。夜深春更暖,忍负紫霞觞[2]。

【注释】
〔1〕千金此指歌妓。 〔2〕紫霞觞,此指美酒。

诗酒山东

五月十三日南溪会集

高会南溪始,芳尊[1]午日同。登亭来暮雨,敞阁受林风。
岁月飞花好,河山醉眼中。莫闲青玉盏,俱是白头翁。

【注释】
〔1〕芳尊,芳樽,此指美酒。

东园即事

蓬门长日闭,俯仰[1]自为欢。酹酒[2]邀花饮,分鱼唤鹤餐。
闲看秋水淡,老觉世涂[3]宽。不是无萧索,人间事更难。

【注释】
〔1〕俯(miǎn)仰,即俯仰。 〔2〕酹(lèi)酒,以酒浇地。 〔3〕世涂,世途,人生。

九月廿五日东园菊下小集四首(其四)

岁逢鸿雁候,日敞菊花筵。祇恐虚秋色,谁愁负酒钱。
移灯情缱绻,卷袖醉蹁跹。且采簪华发,相将步月旋。
亦有池台胜,如君结构稀。横槎能作榭,蟠木可为矶。
漫取花行酒,真愁露湿衣。层轩销暑气,赤日石林微。

九月廿一日，同赵少虚文学，李前峰司马，饮宫秀才山房，对菊三首（其一）

西风萧瑟雁声哀，处士篱边菊树开。
翠幄总从霜后见，幽香半自雨中栽。
高云锦石明秋日，淡蕊繁枝映酒杯。
况是故人同驻马，不妨沈醉碧山隈。

九月廿一日，同赵少虚文学，李前峰司马，饮宫秀才山房，对菊三首（其二）

芳筵高会听鸣筘，徙倚疏篱感岁华。
九日已过南浦雁，一尊还对故园花。
繁英烂漫迎人冷，疏影萧条向月斜。
白酒东篱[1]成往迹，千年秋色落谁家。

【注释】
[1] 东篱，即陶渊明"采菊东篱下，悠然见南山"诗意。

九月廿一日，同赵少虚文学，李前峰司马，饮宫秀才山房，对菊三首（其三）

木落霜天万树林，谁怜艳菊自萧森。
一丛寂寞香难近，百草飘零色更深。
地僻常能留客醉，秋高才得对花吟。
明年又作燕城客，水畔东篱何处寻。[1]

诗酒山东

【注释】

〔1〕"明年"句，指作者应召于明年进京赴任。

七汲登舟留别[1]亲友

阊门烟树此时分，回首春江惜鹭群。
金匮[2]虚当东观[3]草，荷衣[4]实负北山文[5]。
花前酒尽人将远，雨后帆开日未曛。
满眼浮荣浑是梦，骊歌[6]缱绻不堪闻。

【注释】

〔1〕留别，多指以诗文作纪念赠给分别的人。 〔2〕金匮，亦作"金柜"。铜制的柜。古时用以收藏文献或文物。 〔3〕东观，称宫中藏书之所。 〔4〕荷衣，传说中用荷叶制成的衣裳。亦指高人、隐士之服。 〔5〕北山文，《北山移文》的省称。《北山移文》是孔稚珪（447—501，南朝齐骈文家）所写的骈体文。 〔6〕骊歌，告别的歌。

送张泰宇谏议[1]出守卫辉

绿鬓金章出上林[2]，两朝献纳[3]主恩深。
宫云晓映仙台佩，禁漏[4]春移画省[5]阴。
酒入骊歌魂易断，路随明月梦难寻。
知君坐啸苏门[6]夜，竹影泉声几处吟。

【注释】

〔1〕谏议，官名。谏议大夫。卫辉，卫州和辉州，在今河南。 〔2〕绿鬓，白发。金章，官印。上林，宫中。 〔3〕献纳，指献忠言供采纳。 〔4〕禁漏，宫中计时漏刻。亦指漏刻发出的声响。 〔5〕画省，指尚书省。 〔6〕苏门，山名。在河南省辉县西北。又名苏岭、百门山。晋孙登曾隐居于此。

送于嵩毓年兄下第[1]

蓟门芳草路悠悠，尊酒相看忆旧游。
苑外春风杨柳陌，湖边秋雨芰荷舟。
论心暂解陈蕃榻[2]，失意还凋季子裘[3]。
明夜思君孤馆[4]梦，萧条云月不胜愁。

【注释】

〔1〕下第，落第。 〔2〕陈蕃榻，后汉陈蕃为太守，在郡不接宾客，唯徐稚来特设一榻，去则悬之墙上。见《后汉书·徐稚传》。后因以"陈蕃榻"为礼贤下士之典。 〔3〕季子裘，季子的貂裘。指战国时苏秦入秦求仕，资用耗尽而归之事。《战国策·秦策一》："（苏秦）说秦王书十上而说不行。黑貂之裘弊，黄金百斤尽，资用乏绝，去秦而归。羸縢履蹻，负书担橐，形容枯槁，面目犁黑，状有归色。"后以"季子裘"谓旅途或客居中处境困顿。 〔4〕孤馆，孤寂的客舍。

秋日同馆中诸丈[1]饮谢都尉林亭

蓟苑秋高望不穷，主家台榭苑墙东。
凭阑暝入千峰雨，对酒寒生万木风。
画角声残龙塞远，玉箫曲断凤楼空。
先朝邸第多零落，鲁馆[2]依然气色中。

诗酒山东

【注释】
〔1〕诸丈,诸同僚。 〔2〕鲁馆,此指声色场所。

遣迎子冲、可大[1]二丈入对

旅鬓风尘感岁华,故人今日尚天涯。
三年梦隔长安月,千里春期上苑花。
济北鸿声来拥传,湖西雪色隐乘槎。
即看醉握双龙剑,依旧燕城卧酒家。

【注释】
〔1〕子冲、可大均作者好友。

子冲、可大二君新第同饮朝天宫台上

倚马高台兴不禁,垂髫旧侣共登临。
三山暮雨飞仙阙,万户春花满禁林。
缥缈箫声云里近,纵横剑气酒边深。
回思二十年来事,今日吾曹可醉吟。

题韩敬堂殿讲牡丹石榴画卷时值双寿称觞并呈此瑞

仙种何年福地栽，巧分春色艳亭台。
丹房并倚珠林结，绣萼双依翠幄开。
味胜绯桃金母醉，花先红药侍臣回。
合欢正值称觞日，满目天香拂酒杯。

同可大城西寺楼眺望

石林香岫锁氤氲，百尺危阑[1]倚落曛。
双阙湖光涵镜彩，九陵云气吐龙文。
烟销野色愁中见，风起边声醉里闻。
谐俗不妨聊对酒，从他尘世自纷纷。

【注释】
[1] 危阑，危栏，此指寺楼。

送朱鏊峰鸿胪[1]之金陵

二十年来忆旧欢，相逢斗酒醉长安。
尊前华发流光[2]易，陌上骊歌别路难。
江月遥分鸡鹍[3]观，宫云不散骏蚁[4]冠。
到来绵蕞[5]开王会，剑佩声中拥汉官。

诗酒山东

【注释】

〔1〕鸿胪，官名。 〔2〕流光，指如流水般逝去的时光。 〔3〕鸩（zhī）鹊，传说中的异鸟名。 〔4〕骏鹥（jùn yì），中国传说中的鸟类，传说骏鹥能吐人言，见者大不祥也。有学者说是玄鸟或金乌，还有学者说"鸳鸯"亦称"骏鹥"。 〔5〕绵蕞（zuì），据《史记·刘敬叔孙通列传》载，叔孙通欲为汉高祖创立朝仪，使征鲁诸生三十余人，叔孙通"遂与所征三十人西，及上左右为学者与其弟子百余人为绵蕞野外"，习肄月余始成。引绳为"绵"，束茅以表位为"蕞"。后因谓制订整顿朝仪典章为"绵蕞"。"上"，此指皇帝。绵蕞，通俗讲就是演练，排练。

送杨庐山之官[1]盐城

宫草含青雪未消，送君斗酒夜迢迢。
愁边晓月双凫远，醉里晴云五凤娇。
泽国鱼盐多负海，春城烟雨半通潮。
只今满目看萑苇[2]，岂藉催科[3]荅[4]圣朝。

【注释】

〔1〕之官，上任；前往任所。 〔2〕萑苇（huán wěi），两种芦类植物，蒹长成后为萑，葭长成后为苇。 〔3〕催科，催收租税。租税有科条法规，故称。 〔4〕荅，同"答"。此处指报答。

都门留别诸丈

不缘多病壮心消，敢向清时[1]远市朝。
三殿恩华淹日月，十年归梦落渔樵。

204

宫云欲散飘衫袖，别酒初醒见柳条。

最是河梁[2]分手地，桃花潭水碧迢迢。

【注释】

〔1〕清时，清平之时；太平盛世。 〔2〕河梁，桥梁。旧题汉李陵《与苏武》诗之三："携手上河梁，游子暮何之？……行人难久留，各言长相思。"后因以"河梁"借指送别之地。

香山寺阁同朱令君赋

海岳秋光几处看，珠林[1]高阁此凭阑。

河流曲抱孤城远，山色低邀落日寒。

野思[2]萧条聊对酒，愁心跌宕罢弹冠。

仙游幸蹑王乔履[3]，夜月双凫去不难。

【注释】

〔1〕珠林，林木的美称。指佛寺。 〔2〕野思，闲散自适的心思。 〔3〕王乔履，指王乔飞凫入朝故事。汉叶县县令王乔，有神仙之术，常乘双凫到朝廷朝见皇上。

赵庄泉流觞[1]

处处名泉尽客欢，一泓[2]复向道旁观。

林衣[3]倒拂仙杯动，石发晴分宝镜寒[4]。

要眇[5]琴声流水和，疏狂酒态野人看。

他时漫拟兰亭[6]胜，不似沧洲[7]有钓竿。

诗酒山东

【注释】

〔1〕古人有曲水流觞饮酒风俗。 〔2〕一泓，清水一片或一道。 〔3〕林衣，指树叶。 〔4〕石发，生于水边石上的苔藻。宝镜，此指水清如镜。 〔5〕要眇，要妙，精深微妙。 〔6〕兰亭，指王羲之兰亭聚会事。 〔7〕沧洲，指隐士居处。

冬日徐检庵殿读北上过访

契阔[1]人间未易论，劳君越陌枉相存[2]。

尺书[3]久绝南天雁，斗酒犹销别日魂。

欲笑子牟[4]怀魏阙，曾随方朔隐吴门[5]。

鸾扉旧侣应垂问，窃吹青山是主恩。

【注释】

〔1〕契阔，远近，指相聚或分别。 〔2〕相存，互相问候。 〔3〕尺书，指书信。 〔4〕子牟（mù），即魏公子牟。战国时人。因封于中山，也叫中山公子牟。曾说："身在江海之上，心居乎魏阙之下。"见《吕氏春秋·审为》。指心存朝廷或忧国。范仲淹云"居庙堂之高则忧其民，处江湖之远则忧其君"，其致一也。 〔5〕"曾随方朔隐吴门"句，指自己也在朝廷任过职。东方朔侍奉汉武帝时曾讲过类似"大隐隐于朝，小隐隐于野"这种意思的话。本诗作者的寓意也是如此。

方仞庵、陶兰亭二比部，邀游栖霞寺[1]

禅宫遥对石城[2]开，上客邀欢载酒来。

霞散千岩成佛土，天开双峡锁香台[3]。

齐梁[4]文物余残刹，吴楚[5]云山映举杯。
正自登临多感慨，秋声萧瑟若为裁。[6]

【注释】
〔1〕此指南京栖霞寺。比部，明清时对刑部及其司官的习称。 〔2〕石城，即石头城，南京别称。 〔3〕香台，佛殿的别称。 〔4〕齐梁，南北朝时期偏安南方的两个王朝。由于政治腐败，国势不振，统治时间都很短。 〔5〕吴楚，春秋吴国与楚国。泛指春秋吴楚之故地。即今长江中、下游一带。 〔6〕齐梁后四句均指对世代与人生遭际的感叹。与李白《登金陵凤凰台》"吴宫花草埋幽径，晋代衣冠成古丘"意思相同。

朱光禄可大[1]倚舟河上，携公子过访，对酒话别

兰桡几日倚江关，命驾相过水竹间。
星聚陈荀聊对酒，春深黄绮暂还山。
分携[2]易下中年泪，落魄难销烈士颜。
愁杀城南新柳色，依依青眼[3]若为攀。

【注释】
〔1〕朱可大时任光禄大夫。 〔2〕分携，离别。 〔3〕青眼，与"白眼"相对，借指知心朋友。

诗酒山东

宿云翠山洞送可大南还

十年重作碧山游,万事相看两鬓秋。
夜鹤有情惊别梦,岩花无语殢春愁。
天开洞壑双樽酒,人去沧浪一叶舟。
峰后峰前往来路,少时还拟待鸣驺。

夏日东园诸友同郑承武小会

山园五月海榴开,小会欣逢上客来。
竹里诗题青玉管,花间酒泛紫霞杯。
庭皋远树留残雨,城堞轻阴阁晚雷。
欲似当年河朔饮[1],翩翩词赋盛论才。

【注释】
〔1〕河朔饮,《初学记》卷三引三国魏曹丕《典论》:"大驾都许,使光禄大夫刘松北镇袁绍军,与绍子弟日共宴饮,常以三伏之际,昼夜酣饮,极醉,至于无知。云以避一时之暑,故河朔有避暑饮。"后因以"河朔饮"指夏日避暑之饮或酣饮。都许,指皇帝驻跸许地。"河朔饮"实指醉后不知冷热,即神经麻痹也。

送郑承武文学还闽

归客翩翩玉剑装,河桥斗酒对飞扬。
帆前雨色来吴会[1],马上秋声渡汶阳。
万里攀留[2]徐孺榻[3],百年寥落陆公庄。
从今梦入三山[4]月,夜夜骊珠[5]采海旁。

【注释】

〔1〕吴会,东汉分会稽郡为吴、会稽二郡,并称吴会。后亦泛称此两郡故地为吴会。 〔2〕攀留,攀辕恳留。表示对去职官吏的眷恋。泛指挽留。 〔3〕徐孺榻,见前注。 〔4〕三山,福州的别称。福州城中西有闽山,东有九仙山,北有越王山,故福州又称三山。 〔5〕骊珠,宝珠。传说出自骊龙颔下,故名。

正月四日香山寺阁同侯大将军送孙湛明侍御北上二首

宝阁高临不住天,霏微春色画阑前。

孤城欲堕寒峰雨,野水犹凝远戍烟。

上界香花开胜境,故园风物入新年。

屠苏[1]剩作东林饮,又送离歌到酒边。

【注释】

〔1〕屠苏,亦作"屠酥"。药酒名。古代风俗,于农历正月初一饮屠苏酒。

四月五日,周师携尊过岳麓山房,同少泉侯丈小集

三径[1]常邀载酒欢,小亭散发对凭阑。

春残未觉花香尽,日午才分竹色寒。

仙令[2]双凫初解绶[3],将军万马旧登坛。

浮名已入高阳会[4],莫忆人间道路难。

诗酒山东

【注释】

〔1〕三径，晋赵岐《三辅决录·逃名》："蒋诩归乡里，荆棘塞门，舍中有三径，不出，唯求仲、羊仲从之游。"后因以"三径"指归隐者的家园。〔2〕仙令，对县令的美称。〔3〕解绶，解印绶，解下印绶。谓辞免官职。〔4〕高阳会，指已加入"高阳酒徒"聚会行列。

朱可大饮饯言别

秋歌一曲入清商[1]，斗酒踟蹰夜未央[2]。
子舍[3]应看云北向，征车却逐雁南翔。
行藏自信心如水，离合相看鬓有霜。
闻道尚方孤剑在，征书[4]早晚下明光[5]。

【注释】

〔1〕清商，商声，古代五音之一。古谓其调凄清悲凉，故称。〔2〕夜未央，夜未尽，谓夜深还未到天明。〔3〕子舍，小房；偏室。〔4〕征书，指征召或征调的文书。〔5〕明光，汉代宫殿名。后亦泛指朝廷宫殿。

四月十一日，侯将军兄弟邀从亭山先生游洪范、东流二池[1]，宿南天观，登云翠山绝顶，奉和四首·洪范池

百尺高台古树林，池边不雨昼萧森。
游逢载酒春先暮，兴到看山客自深。
片石千秋留鸟篆，寒潭百尺想龙吟。
何时得遂移家计，长日垂竿藉绿阴。

【注释】

〔1〕洪范、东流二池及云翠山,均在今山东平阴县西南。

四月十一日,侯将军兄弟邀从亭山先生游洪范、东流二池,宿南天观,登云翠山绝顶,奉和四首·东流泉

马上壶觞处处从,花源又入白云封。
石渠飞沫溅春酒,茅屋临流响夕舂。
雨色微侵青薜荔,山光倒映紫芙蓉。
南天咫尺今须到,万壑丹霞宿几峰。

秋日送可大南旋

万里过从乐未休,花时胡不少淹留。
东篱晓色方含雨,上苑天香欲报秋。
岳畔携将三秀草[1],湖边归去一扁舟。
豫愁明夜思君处,别酒初醒月满楼。

【注释】

〔1〕三秀草,灵芝草的别名。灵芝一年开花三次,故又称三秀。

诗酒山东

甲午除夕

孤怀此夜倍凄然，明日应过半百年。
瞥眼声华杯酒外，惊心节序晓钟边。
围炉对妇更残烛，帖胜呼儿觅彩笺。
最是春游关意念，早时留取杖头钱[1]。

【注释】
〔1〕杖头钱，《晋书·阮脩传》："常步行，以百钱挂杖头，至酒店，便独酣畅。"后因以"杖头钱"称买酒钱。

十三夜周师邀饮，同侯将军赋

绮席清尊送晚霞，节临元夜[1]艳春华。
河桥欲满城头月，火树初开雪后花。
万里风尘今对酒，百年时序此闻笳。
相看可奈疏狂甚，烂醉行歌漏转赊[2]。

【注释】
〔1〕元夜，即元宵。节临，指元宵节临近了。 〔2〕漏转赊，指夜漏已尽，时间已晚。

夏日山居，周文伯起部[1]倚舟过访

长夏斋居玉树林，蓬门忽复听车音。
停桡别浦[2]江云远，对酒明河夜色深。

佩向仙曹[3]分水玉，名从国士重南金[4]。
清时[5]报主多同志，野老应余击壤[6]吟。

【注释】

〔1〕起部，官署名，掌建造事。 〔2〕别浦，渡口。 〔3〕仙曹，良吏。 〔4〕南金，南方出产的铜。此指起部为良才。 〔5〕清时，太平盛世。 〔6〕击壤，古代的一种游戏。把一块鞋子状的木片侧放地上，在三四十步处用另一块木片去投掷它，击中的就算得胜。《艺文类聚》卷十一引晋皇甫谧《帝王世纪》："（帝尧之世）天下大和，百姓无事，有五十老人击壤于道。"后因以"击壤"为颂太平盛世之典。

秋日亭山周师招饮黄石山[1]顶

岩峣片石枕双流，载酒登临欲暮秋。
万古长留高士传，一编曾启帝师筹。
川原回合浮佳气，烟树微茫结远愁。
亦有受书年少客，白头今伴赤松游。[2]

【注释】

〔1〕黄石山，在今平阴南。即前注黄山也。 〔2〕"亦有"二句，指诗人年少从周师读书，而今白发仍从师同游，赤松，此指周师亭先生。

秋日偕亭山先生暨诸亲友饮城南寺山石上

南溪[1]不到已经年，溪上高丘坐渺然。
日夕千峰悬片雨，城秋万木起寒烟。

213

人归洛社[2]真堪隐，地入桃源自是仙。
眼底旧游浑欲尽，当歌莫惜酒如泉。

【注释】
〔1〕南溪，在山东平阴南山中。〔2〕洛社，宋欧阳修、梅尧臣等在洛阳时组织的诗社。

初夏陈东甫、张仲参东园小集

竹间三径午凉新，四月烟光似上春。
倚槛青山全入座，隔林黄鸟故窥人。
花香零落随歌管，酒态蹁跹傍舞茵。
但使求羊[1]能共醉，知他何地有风尘。

【注释】
〔1〕求羊，汉代隐士求仲与羊仲的并称。

夏日侯将军过访黄石山庄

谷城山畔旧田家，坐客开尊对晚霞。
种秫[1]新醅陶令酒，为园近接邵侯瓜[2]。
同时朋好人谁在，早岁行藏鬓已华。
闻道边尘今稍靖，尽堪农圃寄生涯。

【注释】
〔1〕秫（shú），黏高粱，可以做烧酒，有的地区泛指高粱。〔2〕邵侯瓜，邵平瓜，即东陵瓜。邵平，秦故东陵侯，秦亡后，为布衣，种瓜长安城东青门外，瓜味甜美，时人谓之"东陵瓜"。

夏日访侯兄东山别业，因阅两甥行卷[1]

怅别东山岁颇深，将军楼阁郁萧森。
松涛昼送孤亭雨，薜幌晴交满院阴。
万里风烟今日酒，百年兄弟白头心。
吾甥更自多文藻，最羡君家桂树林。

【注释】
[1] 行卷，即作文。

西山夕眺

城上高峰带晚烟，峰头石阁启秋筵。
空岩雨色寒相入，曲洞松枝静可怜。
落日千帆飞鸟外，浮云万壑酒杯前。
辽阳烽火何时断，醉眼愁心望远天。[1]

【注释】
[1] "辽阳烽火"句，明朝时与北方地区少数民族的战争一直不断，现存长城主要是明代所建，最后终为以辽阳为中心的清朝所灭。

寄吴少溪宫录七十·人日亲友夜集

人日[1]阴云起岸沙，不知春色落谁家。
寒更[2]怯对歌边酒，短发羞簪胜里花。

掷罢明琼[3]呼得雉[4]，烧残银烛听啼鸦。

相看一笑浑难事，莫惜追欢负岁华。

【注释】

〔1〕人日，旧俗以农历正月初七为人日。　〔2〕寒更，寒夜的更点。借指寒夜。　〔3〕明琼，琼，古博具，如后世的骰子。投琼得五白曰"明琼"。　〔4〕雉，鸟，雄的羽毛很美，尾长；雌的淡黄褐色，尾较短。善走，不能久飞。肉可食，羽毛可做装饰品。通称"野鸡"。

寄吴少溪宫录七十·正月十五日李黄羽司理行部过访

中州文苑旧名家，结驷相过巷路赊。

雪后初倾元夜酒，灯前已发上林花。

六条[1]问俗推星使，两世论交感岁华。

为讯高堂[2]容鬓好，春山谁伴采明霞。

【注释】

〔1〕六条，汉制，刺史班行六条诏书，以考察官吏。　〔2〕高堂，父母。

寄吴少溪宫录七十·暮春邢侍御子愿命驾过访夜谈喜赋

十五年来系梦思，轩车何意到茅茨。

探春正及花开候，对酒还当月上时。

色动青天看倚剑,寒生白雪坐论诗。
芳樽十日君休厌,眼底交情更有谁。

寄吴少溪宫录七十·子愿东园小集和韵

草玄[1]亭阁负山城,上日[2]开尊命友生。
花事欲阑初驻马,柳阴才合已闻莺。
林中几醉平原酒,云里疑飘洛苑笙。
廿载相看浑似梦,白头缱绻不胜情。

【注释】

〔1〕草玄,指汉扬雄作《太玄》。《汉书·扬雄传下》:"哀帝时,丁、傅、董贤用事,诸附离之者或起家至二千石。时雄方草《太玄》,有以自守,泊如也。"后因以"草玄"谓淡于势利,潜心著述。泊如,指淡于名利。 〔2〕上日,佳日,佳节。

寄吴少溪宫录七十·春暮与陈东甫饮白庄柳树下,怀傅伯俊侍御,时有驿使投书,语中及之

门前五柳映楼居,倚杖看山迥自如。
夕雨霏微芳草路,人家历乱白云墟。
田间斗酒为君醉,陇上梅花何处书。
却忆薄游周柱史[1],江南春色满回车[2]。

诗酒山东

【注释】

〔1〕周柱史，周之柱下史。唐代侍御史职位与其相当，故唐人亦用为侍御史的代称。 〔2〕车的发音在古诗中大都与"驹"的发音相同，中国象棋中的"车"，也念"jū"。

寄吴少溪宫录七十·九月七日南昌太守王君华冈过访东郭小园，有诗见遗，酬赠[1]

负郭[2]停骖路未赊，孤亭麈尾[3]发烟霞。
题诗坐听千林雨，对酒先看九日花。
寥落山中逢胜侣[4]，风流江表[5]见名家。
知君佩有丰城剑，斗畔何人识物华。

【注释】

〔1〕见遗，赠送给我。酬赠，再以诗酬谢。 〔2〕负郭，亦作"负廓"。谓靠近城郭。 〔3〕麈（zhǔ）尾，古人闲谈时执以驱虫、掸尘的一种工具。俗名"掸子"。 〔4〕胜侣，良伴。 〔5〕江表，江外。指长江以南的地区。

寄吴少溪宫录七十·送朱可大文学南归

前年此日双鸿影，今见孤鸿思不禁。
燕市黄金难得意，楚天白雪重知音。
秋声萧瑟来杯酒，旧事凄凉结寸心。
华阅才名归二阮，君家桂树总成林。

寄吴少溪宫录七十·携陈山人东甫饮黄石山顶

黄山片石如斗大，与尔扪萝到上头。
击剑放歌云雾裂，攀崖送酒猿猱愁。
咸阳帝子何事业，圯上老人无土丘。
兵戈满眼那得问，元龙啸傲真吾俦。

寄吴少溪宫录七十·同冯用韫少宰登岱因送北上

三年书札镇相闻，倚杖高丘此送君。
憭栗秋声天末起，微茫海色雾中分。
情关离合诗难就，兴到登临酒易醺。
颇讶连朝多雨气，已知携出上峰云。

寄吴少溪宫录七十·登楼

重门无客少时开，独上高楼坐不回。
落日霞光还潋滟，隔城山势自崔嵬。
时名正可抛诗卷，世事惟应付酒杯。
怅望冥鸿方有念，群飞燕雀莫相猜。

诗酒山东

夏日东园方胥成小集

五月虚亭载酒过,疏林高树晚凉多。
驯将鹤子闲能舞,飞出莺雏小解歌。
城上斜风吹暮雨,洞门白石长春萝。
炎天远道君何往,且醉花前金叵罗[1]。

【注释】
〔1〕金叵(pǒ)罗,金制酒器。

叶台山宗伯入贺过访夜集

黄石峰头驻彩斿,蓬蒿三径埽寒烟。
他年别梦金闺迥,此日秋声玉树偏。
幸有卿云能捧日,不须杞国浪忧天。
山深朋旧相逢少,莫厌城笳触酒筵。

正月二日大雪

岁龠[1]初更雪满天,知留灵瑞符新年。
樽余柏叶寒仍泛,笛入梅花调并传。
六出休疑开腊后,三农犹喜降春前。
只怜吹上双愁鬓,不逐东风散酒边。

【注释】
〔1〕岁龠(yuè),犹岁月。

立秋吴翁晋郭汝承南溪小集和韵

积雨空斋久闭门,溪亭为客下壶飧[1]。
长林一叶传秋气,绝壁层波吐浪痕。
莫向时艰空指画,且将文事细评论。
晚凉不待东山月,已觉明珠照酒尊。

【注释】
[1] 壶飧(sūn),壶飧。酒和饭。

寿表兄少石刘翁八十

苕溪渔隐旧称仙,一卧菰芦近百年。
门径不通车马路,行踪只在水云天。
鱼梁日落频呼酒,柳岸风轻每放船。
试数同时钟鼎客,几人能结海鸥缘。

寿业师周先生八十

朱袍黄发态蹁跹,寿算今齐钓渭年。[1]
渤海旧民祠令长,蓬莱新籍注神仙。
石函自有还丹药,菊径曾无贳酒[2]钱。
自幸白头称弟子,长陪杖屦醉花前。

【注释】

〔1〕"寿算"句，指周师年龄可与姜太公渭滨垂钓时相当了。　〔2〕赊酒，赊酒。此指陶渊明无钱买酒。

冬至恭侍庆成[1]大宴

南郊夜燎泰坛[2]烟，内殿朝开大庆筵。
两陛衣冠承湛露[3]，千门钟鼓震钧天[4]。
亲瞻玉几云霄上，久泛仙杯日月边。
温旨[5]三传咸已醉，欢声动地未央[6]前。

【注释】

〔1〕庆成，指古代皇帝祭祀、封禅之礼告毕。　〔2〕泰坛，古代祭天之坛。在都城南郊。即天坛。　〔3〕湛露，《诗·小雅》篇名。《左传·文公四年》："昔诸侯朝正于王，王宴乐之，于是乎赋《湛露》。则天子当阳，诸侯用命也。"后因喻君主之恩泽。　〔4〕钧天，天的中央。古代神话传说中天帝住的地方。　〔5〕温旨，对帝王诏谕的敬称。　〔6〕未央，天没亮。

送田钟台殿读省觐[1]南还四首（其三）

零落心期世路难，河梁[2]斗酒为谁欢。
不知十二街[3]头月，今夜君从何处看。

【注释】

〔1〕省觐（xǐng jìn），探望父母或其他尊长。　〔2〕河梁，桥梁。旧题汉李陵《与苏武》诗之三："携手上河梁，游子暮何之？……行人难久留，各言长相思。"后因以"河梁"借指送别之地。　〔3〕十二街，唐长安皇城南北七街，东西五街，因以"十二街"借指官城。

闻子冲被征[1]寄问兼趣早出四首

谷城山色五峰亭，十日相过酒未醒。

底事西河桥畔柳，残枝又傍马头[2]青。

【注释】

〔1〕被征，即见召朝廷。〔2〕马头，船只停泊处。即码头。

古意十二首（其二）

春夜一何永，置酒临高堂。宾从列四座，广乐奏东厢。

清歌激流羽，琴瑟悲且良。高张发促柱，哀音不可详。

沈吟欲何待，酌醴[1]不盈觞。人生天地间，譬彼隙驹光。

世路岂不怀，坎壈多所伤。乘时慎自保，为欢殊未央。

【注释】

〔1〕酌醴，酌酒。

送朱可大南还三首

驱车渔阳坂，四野何苍苍。我友驾言迈，去去天一方。

踟蹰一斗酒，相送渡河梁。岂无弦歌曲，可以佐杯觞。

仰视浮云驰，苍白忽相望。黄鹄[1]一为别，悲鸣声正长。

何况同心子，当为参与商。人生如浮梗[2]，良会安可常。

俯仰[3]感平生，岂不结中肠[4]。愿为双飞翼，送子以翱翔。

【注释】

〔1〕黄鹄（hú），鸟名。后以"黄鹄"指离乡的游子。 〔2〕浮梗，漂流的桃梗。 〔3〕俯仰，亦作"俛仰"。指人生沉浮。 〔4〕中肠，犹内心。

送田钟台宫谕视篆南都二首（其二）

别日一何久，会日一何难。浮云满天地，游子路间关。
为君置斗酒，四座惨无欢。仰视明星辉，俯观沟水澜。
聚散谅无准，浮沈宁足叹。少年多意气，碌碌非所安。
愿敦久要谊，相期以岁寒。

送杨庐山户部左迁淮阳

华月出高牖，新淼激广轩。斗酒酌良夜，君怀胡不[1]欢。
昔艺名城树，今握画省兰。作吏[2]既强项，为郎亦苦颜。
如何流云景，奄忽[3]无定端。言从淮海至，又客淮海畔。
掺袂[4]即往路，永啸涕汍澜[5]。骡骥[6]志千里，松柏厉岁寒。
壮心苟不渝[7]，坎壈亦何叹。去矣崇令图[8]，久要慎莫谖。

【注释】

〔1〕胡不，何不。 〔2〕作吏，谓担任官职。 〔3〕奄（yǎn）忽，疾速，倏忽。 〔4〕掺袂（shǎn mèi），执袖。犹握别。 〔5〕汍（wán）澜，亦作"汍兰"。泪疾流貌。 〔6〕骡骥（lù jì），指骏马。 〔7〕不渝，不改变。 〔8〕令图，远大的谋略。

新春独坐有念

青阳布岁和，鼓龠回嘉律。如何后皇心，条风犹惨栗。
七日不出门，块焉坐斗室。咄嗟顾庭除，感念端非一。
岂无闾巷欢，亦多朝市匹。白首尽如新，谁为胶与漆。
避世良所欣，延龄岂有术。人生陶大块，飘如驹过隙。
苟欲役风尘，何物关名实。旨哉盈觞酒，优游以永日。

元夕家宴示诸子侄

端居逢节序，中情鲜所欢。常华既云瘁，谷风良不完。
佳夕谢宾徒，且复陈盘餐。卯弁既列侍，孩抱亦团栾。
尊酒日云晏，华镫烂以繁。九枝兰桂烬，四照玻璃丹。
笑语不知疲，迢迢清夜阑。永怀家门念，俯仰固多端。
依栖幸不远，蕃硕已可观。慎旃各努力，保作诚为难。

泰山对酒赠冯琢吾少宰

晨登泰山坂，四顾何茫茫。浮云蔽若木，旭日开扶桑。
阴晴倏忽变，登顿多苍黄。长风四面至，烈烈吹我裳。
客子驾言迈，行行陟帝乡。前有一尊酒，临此万仞冈。
绸缪亦何念，展转不尽觞。结交眷金石，怅别怀参商。
高举步万里，游目涉四荒。其雨怨杲日，若济思舟航。
努力事明主，庶令泰道昌。

诗酒山东

灵岩送别琢吾

山馆夜不寐，起视明星微。北斗挂楹牖，天河垂欲晞。
客行一何遽，申旦从此辞。十年聊一晤，此后长相思。
斗酒不得醉，涕下沾裳衣。君如山上云，作雨弥天施。
我如涧中石，抱此不化姿。浮沈各有以，本自相因依。
寸心苟不渝，安在合与离。愿言保黄发，待子成功归。

对酒行送朱廷评可大左迁汝州别驾

朱君朱君，为我楚舞，我为君歌。金尊绿酒春风过，天长道远可奈何。

尔不能泛泛与凫俱上下，一朝海水生白波。我今送尔万里长河道，歌声一阕令人老。

上有悲鸣嗷嗷离群啸匹之春鸿，下有萋萋断肠草。断肠西去思悠悠，洛水齐山两地愁。

平生不作儿女态，今日为君双涕流。

朱君朱君，与尔登高丘，望远海。茫茫尘世不知年，秦皇汉武今安在。天生豪俊必有用，如君自是人间才。纵然落魄江海上，浮云于我何有哉。朱君朱君，尔今且饮三百杯。

行行[1]且游猎篇为于子冲赋

渔阳九月阵云黑，使君叱拨[2]桃花色。
酒酣弄箭意气豪，呼鹰出猎燕然[3]侧。
黄间欲挽倚宝刀，银镝[4]飞过双青骹[5]。
千群玄鹿[6]大如兕，排风跖地[7]走且号。

226

日斜勒马原上立,萧条狐兔无遗迹。

书生自学万人敌[8],为君却扫阴山[9]北。

【注释】

〔1〕行行,古乐府名。 〔2〕叱拨,良马名。 〔3〕燕然,古山名。东汉永元元年,车骑将军窦宪领兵出塞,大破北匈奴,登燕然山,刻石勒功,记汉威德。泛指边塞。 〔4〕银镝,银制的箭头。 〔5〕青骹(xiāo),一种青腿的猎鹰。 〔6〕玄鹿,传说中的黑鹿,古人以为食其肉可长寿。 〔7〕跖(zhí)地,以足踏地。指走兽。 〔8〕万人敌,战胜万人之术。指兵法。 〔9〕阴山,山脉名。即今横亘于内蒙古自治区南境、东北接连内兴安岭的阴山山脉。山间缺口自古为南北交通孔道。

杯盘舞[1]歌

吹鸾箫,考鼍鼓[2],四座停酌看盘舞[3]。

七盘[4]宛转一匕举,左翻右覆势如取。

九日落天星作雨,晦明灭没不可睹。

观者叠迹[5]色怖沮[6],跳丸[7]弄剑安足数。

夜长酒多弦管清,收盘按节作缓声。

月高露下天宇平,向来巧拙虚无形。

【注释】

〔1〕杯盘舞,晋代舞名。 〔2〕鼍(tuó)鼓,用鼍皮蒙的鼓。其声亦如鼍鸣。 〔3〕盘舞,古代的一种舞蹈。因舞时用盘,故名。 〔4〕七盘,古舞名。在地上排盘七个,舞者穿长袖舞衣,在盘的周围或盘上舞蹈。 〔5〕叠迹,形容众多。 〔6〕怖沮,恐惧沮丧。 〔7〕跳丸,古代百戏之一。表演者两手快速地连续抛接若干圆球。

荆门歌送沈澄川太史奉使楚藩

荆门望望渺何许,横跨三巴控三楚。
高台落日大王风,明月空江帝子渚。
侍臣持节下蓬莱,三楚豪游意壮哉。
银扉朱邸江边峙,玉检金泥阙下开。
青门柳枝日未午,胡姬压酒当花坞。
聚散浑如陌上云,别离苦恨尊前雨。
驿楼官树潞河西,七十长亭路不迷。
赠客几投青玉案,当歌一听白铜鞮。
南登即向巴陵道,苦竹香枫相映好。
斾指芙蓉泽畔花,槎凌鹦鹉洲边草。
兰台仙馆白云秋,飞盖争随上客游。
应教非同灵运赋,怀乡不上仲宣楼。
嗟君声名何炜煜,彩笔惊人珠万斛。
论道三年侍石渠,校书乙夜开天禄。
长安春色正霏微,侍从翩翩满禁闱。
早看方朔归金马,莫学相如恋锦衣。

夜郎歌送贾谏议德修奉使黔中,临问属夷酋长

燕城客舍经春草,落花如雪闲不扫。
故人忽作夜郎行,离心沟水长安道。
与君追逐竞高踪,翩翩矫若双飞龙。
春风共载承明笔,晓月同趋长乐钟。
嗟君风度何磊磊,夙昔大名满东海。

千言倚马疾如飞,赋成四座腾光彩。
一列金闺法从班,朝朝鸣玉侍天颜。
牵裾折槛偶然事,谏草琅琅动九关。
夜郎越巂天南土,万里夷荒开幕府。
倚剑秋回七泽云,挂帆夜渡三湘雨。
天书远向百蛮开,辫发番君夹道来。
啸咤风雷震山岳,白日罔两何有哉。
金杯红烛月鸣杵,酌酒与君对君语。
区区离合安足陈,怀抱平生吾与汝。
春晴日观转愁予,十二河山锦不如。
莫诧故林偏得到,吾将走马深岩居。

白将军歌[1] 为吉轩令君赋

君不见关西故将五陵豪,束发从军受六韬。
莲花玉剑浮云骑,横击阴山塞月高。
又不见五云楼阁春窈窕,射策彤庭海日晓。
碧衣行尽长安陌,玉勒银鞍弄骠袅。
君家甲第陇云东,文武家声霄汉通。
已看彩凤鸣秦苑,早见仙凫出汉宫。
三年试政齐城宰,万树名花何罨蔼。
函关却望紫气深,姑射山中春未改。
将军矍铄状如何,七十犹能击缶歌。
廉颇善饭英风在,马援凭鞍壮志多。
封侯万户吾何有,庭种芳兰门种柳。
结束还征侠少游,十千一醉新丰酒。
齐城东去是三山,弱水蓬莱路不艰。

诗酒山东

郎君跪乞长生药，为驻仙人千岁颜。
吾闻黄河东来三万里，横亘榆关天际起。
将军世泽亦如此，累累肘后何足比。

【注释】
〔1〕白将军歌，汉乐府名。

投笔歌[1]送侯兄上清浪参将

昔年谒告黄山侧，西风送尔游京国。
我来昨日入明光，送尔南登古夜郎。
相逢相送何其迫，踟蹰沟水令心伤。
翩翩尔自佳公子，丞相勋名在国史。
中丞踔跞本如龙，汗血神驹更千里。
关西老将力不如，鲁国诸生名大起。
十年不售昭王台，辕下长鸣泣未已。
尔时投笔大昂藏，仗剑悲歌去故乡。
两臂常开十石弩，千金笑入五陵场。
横行直贯单于幕，手缚楼烦紫塞旁。
六骡已遁一骑返，雪花如席高云黄。
马首血悬月氏器，小妇垆头索酒尝。
赤囊一日奏阙下，锦鞯飞尘朝建章。
三十男儿好身手，腰悬两绶黄金珰。
旄头已落胡天久，郅支呼韩同稽首。
不闻天子猎长杨，却召将军屯细柳。
西南未罢伏波军，都护金章大如斗。
生年自有封侯骨，弹铗长歌劝君酒。

长歌未已涕沾裳，客子浮云各一方。
两甥牵裾啼不去，一双白璧腾精光。
大者日受三四卷，小者学语声琅琅。
顾我犹多离别叹，怜君不作儿女肠。
吁嗟乎，桂水横烟不可迫，流入牂牁天地坼。
湘潭七十五长亭，羡尔今为万里客。
旌节遥连铜柱阴，楼船直压鲸波白。
诸部蕃王伏道周，千群将吏喧江泽。
玄猿暝啸跕鸢惊，正使豪游壮心魄。

【注释】

〔1〕投笔歌，乐府名。

送业师郑舒轩先生署教海宁，同子冲、可大二君

蓟门四月杨花白，丹凤城南送行客。
两生击筑酒欲阑，先生默默不尽欢。
我今为歌行路难，忆昔振翮闽海滨，才名踔绝无与伦。
腹中万卷已成笥，笔底千言若有神。
数奇不逢得意荐，赋成谁念马卿贫。
十年汉阙泥穿履，几度燕城桂作薪。
道傍明珠真按剑，枥上骅骝空绝尘。
长歌投袂出门去，江上聊开绛帐春。
绛帐青毡殊不恶，东南山水堪游乐。
千峰夕翠入讲堂，一枕夜潮浸郡郭。
东风桃李色方深，秋雨芙蓉颜自若。

231

天生豪俊岂无心，不合先生长落拓。
君不见会稽寒士西入秦，公车不收小吏嗔。
偶然怀中探尺绶，黄金系肘意气新。
又不见新丰市中贳酒客，寒贱时逢里媪谪。
一日忽承内殿宣，青骢蹀躞生颜色。
人生得意自有时，世事浮沈那可知。
还看独对彤庭问，接迹夔龙集凤池。

听琴篇呈李雪沪先生

雨鸣潇潇风满壁，虚堂孤坐春草夕。
何来两客登我堂，坐索瑶琴鼓前席。
吾家焦尾旧无弦，世路逢人不解传。
丈人锦囊出绿绮，为我挥手松风前。
宫声一曲试瀛洲，文物翩翩禁苑游。
人间帝子铜龙馆，海上仙人绛玉楼。
倏忽凉飙飘四屋，新声转作潇湘曲。
沙清石碧江水寒，月明叫入汀洲宿。
弦悲调急声转微，满堂击节泪沾衣。
幽兰白雪何要眇，此意世人知者稀。
丈人自是贤豪客，横琴呼酒双眼白。
借我朱弦三尺强，试理清商入萧索。

匡庐山人歌寄胡少白文学

庐山之高高入天，孤峰秀出真青莲。
峰悬石镜何年影，照尽彭湖[1]三万顷。
平开双阙赤霞浮，翠嶂丹崖万木秋。
飞涛倒泻银河水，洒入长江九派流。
青山亦不摧，流水亦不绝。
谢公[2]行处空云烟，东林旧迹莓苔灭。
豫章胡生才且雄，匣中玉剑双飞龙。
拂衣欲出人间世，走卧匡庐[3]第一峰。
香炉云气飘山阁，明灭千岩与万壑。
雨急朝闻岭上猿，月寒夜听江皋鹤。
有时结束帝城游，侠骨常轻万户侯。
上书北阙不待报，笑卧胡姬旧酒楼。
垆头日高金管歇，杨花茫茫春雨雪。
此时弹剑却归来，脱帽长歌舞秋月。
胡生胡生无与伦，心雄万夫步绝尘。
英贤古乃起屠钓，何况儒术逢昌辰。
彭蠡为君腹，瀑布为君口。
俯瞰洞庭波，吸作一杯酒。
但欲浇尔胸中万古之垒块，风尘踆踔吾何有。
胡生胡生何时与尔同上匡庐巅，足蹑星虹礼南斗。

【注释】
[1]彭湖，此指鄱阳湖。　[2]谢公，指谢灵运。　[3]匡庐，庐山别称。

诗酒山东

寿李北山先生八十

君不见扶桑之下一杯水,一峰突出三千里。

其北有济西有濮,当代词坛宗二李。

济南修文地府深,濮阳垂老卧空林。

同时已抱千秋恨,异调俱称大雅音。

江淮当日嗟流落,尚玺先朝官不薄。

双袖天风逐鸟还,一竿秋水知鱼乐。

至人遗形在杜机,如翁达生识者稀。

不从北阙怀簪绂,不向西山采蕨薇。

安期大药欺人久,石家金谷谁能守。

有田但种东陵瓜,有钱但买宜城酒[1]。

只今号作北山人,素发丹颜八十春。

蹑屐当闲青玉杖,呼卢时侧紫纶巾。

半酣击缶耳稍热,笑拥如花歌未歇。

洛阳七贵眼中尘,长安五陵原上月。

天道有盈日有虚,得名得寿福已余。

璇闺况继中郎业,金匮还传太史书。

中郎太史亦尔尔,君家柱下差足拟。

请为小著五千文,藏在白云封中石间底。

【注释】

〔1〕宜城酒,古代襄州宜城(今湖北省宜城市)所产美酒。据《方舆胜览》载,宜城县东一里有金沙泉,造酒极美,世谓宜城春,又名竹叶酒。

寄送贾石葵大卿之任南都

昨夜南山射猎归，松窗[1]醉卧星露微。

五更乌啼窗月白，酒醒梦见长安客。

平明[2]厩吏来相闻，为见春帆驻浦云。

春帆信宿不知处，建业澄江杳然去。

缄书[3]送君江水长，此时脉脉空断肠。

【注释】
〔1〕松窗，书斋。 〔2〕平明，犹黎明。 〔3〕缄书，书信。

岱西山人歌寿何吏部敬庵

君不见岱宗之山海上起，云霞沃宕三千里。

七十二峰峰插天，西支半落清河水。

山川回合势连绵，灵气应钟不世贤。

大名谁者齐北斗，岱西山人行地仙。

山人旧隐双龙阙，左省含香陪上列。

共道诗名水部传，更闻启事山公绝。

一时流品入陶甄，简要清通世所珍。

三十朱轮行宝陌，衣香风动洛阳尘。

素心忽忆栖岩谷，解组归来双鬓绿。

玉树多从院宇生，兰房近傍烟云筑。

山人修翛六十余，赪颜绰约玉不如。

载酒时游广里月，垂竿闲钓锦川鱼。

石间有伴餐瑶草，玉几金床春色晓。

人问已自有蓬瀛，何人更说蓬瀛好。

为翁亢节歌欲长，琼卮[1]起寿春茫茫。

泰山若砺海水竭，大年不凋齐日月。

【注释】

[1]琼卮，玉制的酒器。亦用作酒器或酒的美称。

桃花岭图歌寿太宰杨梦山先生

长安三月烟如织，上苑桃花看不极。

主人旧是武陵人，别有春林千树色。

千树万树玉岭赊，烂漫风前十里花。

细缬半含仙掌露，繁枝齐吐赤城霞。

主人数椽筑洞口，手植城堤几十亩。

笛里香分画阁梅，楼头艳拂金堤柳。

花间涟酒醉朱颜，石几松床自闭关。

不遣红尘来陌上，惟容流水到人间。

只道林中聊可住，芳菲又满咸阳路。

扫尽玄都观[1]里泥，栽成濯锦江头树。

还将幅素写花源，半染山光半水痕。

拂拭自疑真境近，不知春色在公门。

君不见度索山[2]前花落晚，千年一结条支卵。

东方先生太苦饥，啖余半核如金椀。

又不见仙人子晋遨五城，白鹤朝骖海上行。

猴山瞥见花成雨，沈醉吹残月夜笙。

主人亦住三山岛，瑶池仙种分来早。

花开几度笙几曲，日上扶桑春未老。

【注释】
〔1〕玄都观,在洛阳。刘禹锡有诗,"玄都观里桃千树,尽是刘郎去后栽"。 〔2〕度索山,即度朔山。

炙兔行为于子冲赋

渔阳大使齐大侠,行边数奏甘泉捷。
千金饱士士欲死,领向狐奴山下猎。
黄榆九月号北风,双鞭怒马如盘空。
弓影向天毛羽落,弦声撇地霜草红。
绿眼健儿马前走,血悬两兔镫贯首。
传火无烦玉鼎调,擘肩未假鸾刀剖。
鸱夷[1]吐酒复不住,月氏[2]漆器在左手。
酒酣握槊还大叫,笑谓鲁生尔能否。
沙头月出燕云黑,枕藉相看头不帻。
平生肝胆向谁倾,说着世人双眼白。
羽猎虚随卜祝群,词人亦自树功勋。
试问陇西李都尉[3],雄材肯数霍将军[4]。

【注释】
〔1〕鸱(chī)夷,革囊。指盛酒器。 〔2〕月氏,印大月氏,公元前5世纪—前2世纪初活跃在今河西走廊张掖至敦煌一带游牧历险。后迁徙到中亚地区。 〔3〕李都尉,即汉将李广。 〔4〕霍将军,指汉将霍去病。

双桂行寿宜兴蒋郡丞

堂前双桂树，堂上双樽酒。
太湖一曲住者谁，淮南秋色落君手。
使君潇洒豪且贤，东方千骑何翩翩。
一日上书抛紫绶，走种阳羡山间田。
山田种秫收不薄，荆溪如画堪行乐。
桂花已见湖上开，桂子还闻月中落。
月中清影碧天秋，花下斑衣对白头。
陶令归来浑是醉，徐卿老去百无忧。
不见玄都观里桃，不见灞陵桥畔柳。
桃花吹作素衣尘，柳色歌残行客口。
谁能向桂花树下日陶然，万斛天香近酒边。
燕山五枝君不羡，蒋家三径益可传。

甲午五月，朱可大自江右来访，相见喜极，对酒放歌

别君春花落，思君春鸟啼。春风吹远梦，夜夜到湖西。
只言尺素迷江树，不道隔年即相遇。元方执御季常随。
德星应卜贤人聚。揽衣出迎雨满衣，秉烛相看暑气微。
炎天命驾三千里，如此交情古亦稀。
笑杀山阴一夜舟，笑杀平原十日酒。
把杯脱帽双眼白，放歌大叫无不有。
与君譬如双吴钩，神精会合自有由。
兴君譬如双飞燕，差池羽翼时相见。

莫将逐客当沈沦，自是江湖合有人。
试观青海营中月，试望长安陌上尘。
羡君红颜发盈帧，我已如霜镜中白。
回头三五少年时，半百光阴如过客。
赤绳系日那得还，长鲸吸海几时干。
灯前起舞劝君酒，何处含情可尽欢。

雪中登楼看山歌

月中看山不辨色，雪中看山不辨影。
阑前九叠锦屏张，一时幻作虚无境。
苍茫颢气万里通，轻琼冷絮飘鸿蒙。
阎浮几许还遭劫，色界由来总是空。
忆昨筑楼对城缺，本为看山亦看雪。
那令有雪却无山，倚楼满目成瀿沕。
山亦非真无，雪亦非常有。
自顾梦觉身，至竟谁为偶。
此时欲说已忘言，拍阑且尽杯中酒。

雪后登楼看山歌

昨朝飞雪满大荒，登楼四顾天茫茫。
今朝登楼禁不得，吾与青山头并白。
筠床呼酒晶宇开，瑶华积作中天台。
对山遥劝一杯酒，平生与君为素友。
君今头白青有时，奈何吾鬓真成丝。

诗酒山东

游蜀山湖歌示任城王甥季辅

昔闻钜泽湖,溰沆三百里。
自从中作宋公渠,两岸长虹夹汶济。
我家湖北缆扁舟,住近沧浪不解游。
王郎亦住湖南曲,携我来探水国秋。
叩舷湖口渺然入,洲渚萦回望不极。
荷芰残花棹底分,鸥凫乱影帆前失。
波心宛在一丘悬,直上苍茫尽水天。
万顷泓淳沈碧落,千林黯淡入寒烟。
萧然似欲来风雨,感慨愁心吊千古。
秦皇片石有孤峰,鲁国荒台无旧土。
玉罂[1]春酒欲尽无,沈醉烟波兴未孤。
西风不过山阴道,枉向君王乞镜湖。

【注释】

[1]玉罂(yù yīng),玉瓶,此指酒器。

九华山歌送施幼淳省元南还青阳省觐

九峰名九子,幻作九莲花。
去天不知尺有几,晴空片片飞丹霞。
南宫才子江东客,笔带九华峰顶色。
学书欲作万人敌,一日声名倾上国。
青春谒帝入神京,黄石寻师驻穀城。

经术远宗燕太傅，门墙半列鲁诸生。
忽登泰岱看乡陌，望见江头云气白。
愁心一夜渡淮阳，不为莼鲈秋兴迫。
千里宁亲愿不违，西风萧瑟送将归。
尊前落木浑成雨，马上微霜欲点衣。
为君长歌劝君酒，便是别离未应久。
去日聊随朔雁飞，来时莫在春鸿后。
玉树青荧上苑栽，君王正忆子虚材。
好将九朵芙蓉露，泻向仙人掌上开。

岁暮送汪山人敬仲南还

寒风飒飒愁云繁，江南浮客来到门。
手出瑶华八百片，雪花错落飞琼轩。
自言落魄无何有，湖海豪游成皓首。
竟陵学士座上宾，新都司马社中友。
燕南作客岁将阑，弹铗长歌道路难。
知公当代论风雅，曾向人家卷里看。
蓬门旧日不迎客，为君拂拭凝尘席。
谈诗静夜一炬红，呼酒高斋双眼白。
送君南去及新春，残雪初消路少尘。
行到石城应早渡，隔江桃叶唤归人。

诗酒山东

日观峰歌

岱岳峰头一片石，天光杳杳连空碧。
我来夜扫石上云，未明看见海中日。
日出海东几千里，茫茫不辨云与水。
天鸡啁喔海上啼，东方霞气半边紫。
忽然潋滟琉璃丹，一泓捧出赤玉盘。
长绳斜挽不得上，半时方到扶桑端。
扶桑枝叶成五色，海水明灭一线白。
日旁云气如连山，目中欲识鲛人国。
平明日高海水干，满天翕赩红气团。
三山金阙流安在，六鳌背骨秋霜寒。
忆昔秦帝东封年，欲浮白浪游灵仙。
驱石作桥不可涉，金支翠羽空西旋。
几时得见海中出日三千丈，脱屣妻子如浮烟。
眼前朱生信豪士，侧帽大叫石上眠。
我亦欲取巨石填东海，挥戈且止羲和鞭。
六龙不停日如矢，仰天呜呜酒热耳。

泉林歌

雷泽[1]万顷波，澎渤如万马。
陪尾[2]镇之不得溢，酾为灵渎出其下。
洞门喷薄泻飞泉，沸珠迸玉声潺湲。
天山雪花四月落，片片吹上春衣寒。
清流可漱复可枕，拍浮大白相对饮。
潭中石子成五色，荧荧细濯巴江锦。

行尽回溪地转偏，疑是镜湖春水旋。
深林蔽亏不见日，但闻杂树多鸣蝉。
树里泉声百道重，木根诘曲盘虬龙。
解衣罗坐泛流羽，天光水色何溶溶。
远峰隐见多明灭，残霞飞丹手可掇。
此时林壑暝色来，呼酒弹琴望云月。
月上青山醉若何，临流垂手挹素波。
且歌白石吟渌水，红尘万事空蹉跎。
旭日高林送客子，清风四面松声起。
市桥一出到人世，武陵桃花空流水。

【注释】

〔1〕雷泽，古泽名。本名雷夏泽。在河南省范县东南接山东省菏泽市界。传说舜帝曾在此捕鱼。　〔2〕陪尾，古山名。所在之地有二说，一说在今湖北安陆北，一说在今山东泗水东，泗水所出的陪尾山。

前赠李本宁歌

一别十五年，再别十二春。
人生百岁苦不满，可堪几作别离人。
前年君入蜀，为李醉歌为陈哭。
酒挹玉华山色青，泪洒嘉陵江水绿。
去年君入越，曾讯朱公[1]访禹穴[2]。
邀欢又作湖上吟，沈侯细腰可已折。
今年君向燕京游，千骑朱衣唱八骢[3]。
道旁忽问鲁狂叟[4]，半夜停车南陌头。
我病伏床君坐膝，呼儿出酒陈曲室。

诗酒山东

相看如梦烛影残，屈指良游话夙昔。
我年多君两岁强，君头如漆我如霜。
浮沈聚散不盈眦，回首万事空茫茫。
北风吹雪角晓寒，车帷欲裂嘶马酸。
莫言岁晏别离苦，更有时危道路难。
知君词赋满人口，六符鼎足多故友。
君王倘复问同时，旧日岁星人识否。

【注释】

〔1〕朱公，即陶朱公。范蠡的别称。 〔2〕禹穴，相传为夏禹的葬地。在今浙江省绍兴之会稽山。 〔3〕八驺（zōu），古代贵官出行，有八卒骑马前导，称"八驺"。 〔4〕狂叟，疯老头。

瀛海仙人歌为任丘刘翁双寿赋

君不见碣石高悬海上台，九河之水昆仑来。
一入淮阳五百载，地灵犹向瀛州开。
瀛州云气何超忽，北拱渔阳连汉阙。
赤畿总号帝王州，瑶堂别有神仙窟。
仙人碧发更方瞳，天姥霓衣出阆风。
台上时骑双彩凤，垆边共跨两茅龙。
当年自种蓝田璧，瑶草琳华堂下植。
学士丝纶接上台，中丞节钺通南极。
宁亲暂许帝师旋，几道封函降自天。
上食分将仙禁酒，舞衣携得御炉烟。
七十已稀况八九，如此齐眉古未有。
蓬莱谩道枣如瓜，度索虚传桃似斗。

嗟乎仙人谁与俦，瀛州平地是瀛洲。

从今岁月真多少，海水还成浅碧流。

吴郎歌送翁晋北游京师

旧知吴郎名，不识吴郎面。

长帆忽卷大江云，炎风五月来相见。

披衣倒屣开我关，举杯熟视成潺湲。

身如海鹤目岩电，恍然再对吾师颜。

谓我垂髫称国士，于今垂白栖空山。

生死凄凉知已报，南望其如路阻艰。

吾师当日诗名起，后驾方称王与李。

庭前秀出琼树枝，复向骚坛执牛耳。

源泉万斛泻胸中，风雨千重飞笔底。

能以遗形貌古人，还将学步嗤余子。

白眼情知礼法疏，神心不受风尘滓。

北游一泊汶阳船，小谷城东寄数椽。

几回暝色来新涨，几夜秋声听早蝉。

仰天击剑舍我去，又向长安大道边。

昭王台畔金精拄，邹衍宫前海气悬。

吊古应歌明月塞，忧时欲赋帝京篇。

江南才人满人口，目中如君不数有。

有衣莫染洛阳尘，有钱莫买新丰酒。

汉廷公卿多世交，燕市屠沽非素友。

君王正起通天台，子虚上林出君手。

男儿七尺遇有时，安得奇才长不偶。

归来为我一扫岱峰云，夜看海中赤丸跳如斗。

诗酒山东

夏日村居四十二首（其十）

抚枕沈吟焦鹿，衔杯啸傲嬴螟。

已悟觉时是梦，还知醉里为醒。

夏日村居四十二首（其二十四）

春尽新醅绿醑[1]，日高旋煮雕胡[2]。

不羡金齑玉脍[3]，休称琬液琼苏[4]。

【注释】

〔1〕绿醑（xǔ），绿色美酒。 〔2〕雕胡，茭白子实，即菰米。煮熟为雕胡饭。 〔3〕金齑（jī）玉脍，谓精美的食物。 〔4〕琬液，指美酒。琼苏，酒名。

夏日村居四十二首（其二十八）

龌龊汉庭作吏，盘跚鲁国为儒。

羞杀杜陵男子，笑倒高阳酒徒。

夏日村居四十二首（其三十七）

黄鸟声中酒肆，绿杨影里渔蓑。

隔舍村翁泥饮[1]，随身竖子[2]征歌。

【注释】

〔1〕泥饮,强留饮酒。犹痛饮。 〔2〕竖子,童仆。

相逢行

相彼双阙间,车马夜行游。相逢问君家,君家南陌头。
黄金为门枢,碧玉疏高楼。中庭垂珠树,灵鸟翔庭陬。
长子侍中郎,中子大长秋。小子胜揖拜,赐爵关内侯。
五日一洗沐,宾客满道周。通名不敢进,雨汗交横流。
置酒高堂上,歌舞无时休。越姬调鸣瑟,赵女弹箜篌。
一酌山岳寿,再酌江海酬。行乐未及终,年岁忽已遒。
日匿西崦嵫,月出咸池隅。日月有亏盈,荣华能久留。
所以古贤圣,视若烟云浮。

满歌行

适意能几何,日月不居,逝如江河。裴回路岐,自使蹉跎。
遥望旧乡,郁何嵯峨。心之烦忧,其端孔多。
炯炯多所念,鼎鼎欲何为。
举世如驰,拙者守道,智者趋时。上观下获,以博铢锱。
岂不洵美,匪伊所思。秋风既寒,昔蹈东海,一何盘桓。
流水出门,白云在山。风尘挠予,去不遑安。
夙夜在公,凋此华颜。
天道难知,人胡可谋。遗荣避世,师彼庄周。
凿坏逾垣,亦复何求。
楚楚贵人,不知春秋。斗酒相呼,以游以遨。

诗酒山东

岂伊异人，夙昔同袍。

莫小泰山，莫大秋毫。直木先伐，薰香自烧。

尔不自夷，岁月其慆。

葆真缮性，含光自韬。存神观化，睎彼松乔。

箜篌引

今日斗酒会，为欢诚未央。高堂罗尊俎[1]，四座何清凉。

庖人[2]出珍膳，嘉旨[3]充圆方[4]。吴歈[5]中酒发，赵瑟[6]激清商。

丝竹洞心耳，悲至不尽觞。为客起行游，游彼大道旁。

车马若流水，佩剑寒秋霜。被服心所喜，聊且为乐康。

朱门多媌少，磬折有容光。春华耀朝日，夕暮从风扬。

四时舍我逝，日月递相藏。人生天壤内，譬鸟集枯桑。

何不适情志，恣君技所长。含情欲何待，但为达者伤。

【注释】

〔1〕尊俎，古代盛酒肉的器皿。尊，盛酒器；俎，置肉之几。 〔2〕庖人，厨师。 〔3〕嘉旨，语出《诗·小雅·頍弁》："尔酒既旨，尔肴既嘉。"后以"嘉旨"形容酒、肴之美。指美酒佳肴。 〔4〕圆方，古代盛菜肴的器具。 〔5〕吴歈（yú），春秋吴国的歌。后泛指吴地的歌。 〔6〕赵瑟，指瑟。因这种乐器战国时流行于赵国，渑池会上秦王又要赵王鼓瑟（见《史记·廉颇蔺相如列传》），故称。

燕歌行七解燕歌行六解（其二）

来日苦短去日长，四时代谢[1]心茫茫。
为客置酒临中堂，吴歈齐讴[2]出东厢。
引宫刻征为乐方，悲音浏浏激中肠。
劳心恻切不可忘，西风吹衣天雨霜。
列宿[3]灿烂罗成行，双星明明在河梁。
咫尺不语空相望，何为含忧令心伤。

【注释】
[1]代谢，指新旧更迭，交替。 [2]齐讴，同"齐歌"。 [3]列宿，众星宿。特指二十八宿。

燕歌行七解·艳歌何尝行

何为侘傺[1]长吁。但当饮旨酒[2]，吹笙竽。
二十为侍中郎，三十执金吾[3]。
四十虽不大贵，车马骎骎[4]往来，公卿长者居。
但当在五陵，陌上快独呼。鸡走狗被服襜褕[5]。
男儿堕地，横绝四海，皇皇日夜，心一何愚。
畴昔相追随，斗酒从游盘。
一日不相及，中道与君成间关。束发奉明主，忠诚岂所殚。
上有公家三尺[6]，下为众庶[7]所观。
彼美人子，何为营营，日夜诚足叹。

【注释】
[1]侘傺（chà chì），失意而神情恍惚的样子。 [2]旨酒，美酒。 [3]金

吾，古官名。负责皇帝大臣警卫、仪仗以及徼循京师、掌管治安的武职官员。其名称、体制、权限历代多有不同。汉有执金吾，唐宋以后有金吾卫、金吾将军、金吾校尉等。〔4〕骎骎（qīn），马疾速奔驰貌。〔5〕襜褕（chān yú），古代一种较长的单衣。有直裾和曲裾二式，为男女通用的非正朝之服，因其宽大而长作襜襜然状，故名。〔6〕三尺，指法律。引申为法则、准绳。〔7〕众庶，众民；百姓。

董逃行

西风木落天秋〔1〕。江寒露下霜流。
三星〔2〕素月当楼。芳筵嘉客娱游。
促觞接郲淹留。肴核〔3〕充溢壶觞。
吴趋〔4〕越艳〔5〕登堂。皎如星文电光。
丹唇素齿流芳。歌声上薄楣梁〔6〕。
瑶笙象管〔7〕中微。七盘〔8〕奇舞何迟。
腕弱不任铢衣〔9〕。仙仙举手欲飞。
四座太息忘疲。三清旨酒既醺。
都梁沉水氤氲。腾觚献寿欣欣。
宾心既醉如焚。意气激薄青云。
日月不居岁阑。世道崄巇万端。
春华坐失渥丹。何不被服罗纨。
逍遥永夕为欢。

【注释】

〔1〕天秋，谓天行秋肃之气；时令已值清秋。〔2〕三星，《诗·唐风·绸缪》："三星在天。"毛传："三星，参也。"郑玄笺："三星，谓心星也。"均专指一宿而言。天空中明亮而接近的三星，有参宿三星，心宿三星，河鼓三星。据近人研究，《绸缪》首章"绸缪束薪，三星在天"，指参宿三星；二章

"绸缪束刍，三星在隅"，指心宿三星；末章"绸缪束楚，三星在户"，指河鼓三星。 〔3〕肴核，肉类和果类食品。 〔4〕吴趋，吴趋曲，吴地歌曲名。 〔5〕越艳，古代美女西施出自越国，故以"越艳"泛指越地美貌女子。 〔6〕楣梁，房屋的次梁。 〔7〕象管，指笛。 〔8〕七盘，古舞名。在地上排盘七个，舞者穿长袖舞衣，在盘的周围或盘上舞蹈。 〔9〕铢衣，传说神仙穿的衣服。重量只有数铢甚至半铢。因用以形容极轻的分量，如舞衫之类。都梁，亦称"都梁香"。泽兰的别名。香名。腾觚（gū），举杯，传杯。岁阑，岁暮，一年将尽的时候。崄巇（xiǎn xī），险峻崎岖。指险峻崎岖的山地。喻人事艰险或人心险恶。坐失，白白地失掉。渥丹，润泽光艳的朱砂。多形容红润的面色。罗纨，泛精美的丝织品。永夕，长夜；通宵。

白纻舞[1]歌晋体

兰膏[2]明烛秋夜长，齐讴秦吹响洞房。
二八[3]徐舞为仙倡[4]，纨袖拂面飞朝霜。
游龙宛转双雁行，如却复进低且昂。
朱唇妙响含宫商，凝娇流态不可详。
弦悲管急欲断肠，人生百年如电光。
春华未落秋风凉，盘中美酒琥珀香。
凤腊[5]麟脯[6]充圆方，君今胡为不尽觞，
生逢圣世乐且康。

【注释】

〔1〕白纻舞，盛行于晋、南朝各代的江南民间舞蹈。有独舞和群舞两种。舞者穿轻纱般的白色长袖舞衣，故称。 〔2〕兰膏，古代用泽兰子炼制的油脂。可以点灯。 〔3〕二八，即十六。十六人。古代歌舞分为两列，每列八人。 〔4〕仙倡，古代乐舞中扮神仙的艺人。倡，古称歌舞艺人。 〔5〕凤腊，凤凰的肉干。 〔6〕麟脯，干麒麟肉。

诗酒山东

将进酒

君不见洛阳城东桃李花,暮时红雨早时霞。

又不见瑶台素月飞银阙,三五蟾光[1]四五缺。

人生行乐不须愁,富贵豪华电露[2]流。

昔时鼎盛五侯里,今时零落成荒丘。

长安贵人眼中数,规名规利[3]何太苦。

日中走马平津第,绛尘拂衣汗成雨。

白衣苍狗[4]在须臾,雷公砰訇震下土。

扬雄寂寞默守玄,贾谊太息将安补。

青玉案[5],紫霞杯,与君沽酒临高台。

烹龙炰凤白日暮,清歌妙舞香风来。

朝不从骐骥[6]游,暮不从黄鹄[7]栖。

浮名碌碌果何有,天地于我如醯鸡[8]。

茫茫吹万同一哄,曾史[9]桀跖皆电灭。

君今少壮复不饮,坐使红颜镜中歇。

红颜销歇奈尔何,华发萧萧日以多。

直须枕藉杯中酒,莫问浮沉海上波。

【注释】

〔1〕三五蟾光,农历十五夜的月光。 〔2〕电露,闪电和露水。借指天地。喻短暂。 〔3〕规利,谋求利益。 〔4〕白衣苍狗,唐杜甫《可叹》:"天上浮云如白衣,斯须改变如苍狗。"后以"白衣苍狗"比喻世事变化无常。 〔5〕青玉案,青玉所制的短脚盘子。名贵的食用器具。 〔6〕骐骥(qí jì),骏马。喻贤才。 〔7〕黄鹄,鸟名。比喻高才贤士。 〔8〕醯(xī)鸡,即蠛蠓。古人以为是酒醋上的白霉变成。 〔9〕曾史,曾参和史䲡的并称。古代

视为仁与义的典型人物。桀跖（jié zhí），夏桀和柳下跖的并称。泛指凶恶残暴的人。电灭，如闪电之光迅速消失。

行路难送可大

典我千金裘，共醉千钟[1]酒。何处正愁人，月落青门柳[2]。
长跪问行子，君今何所之。海风五六月，岂是客游时。
北上太行坂，羊肠[3]诘曲[4]何时返。
南去渡长河，津梁隔阂生风波。
蛟龙出游云雨多，雷公砰訇[5]奈若何。
行路难，难未已，何当与子浮沧溟[6]，一挂长风三万里。

【注释】

〔1〕千钟，千盅，千杯。极言酒多或酒量大。 〔2〕青门柳，古长安东霸城门，俗称青门，青门外有桥名霸桥，汉人送行至此，折柳赠别。后因以"青门柳"为赠别送行的典故。 〔3〕羊肠，喻指狭窄曲折的小路。 〔4〕诘曲，屈曲；屈折。 〔5〕砰訇（hōng），象声词。迅雷声。 〔6〕沧溟，大海。苍天，高远幽深的天空。

白马篇送可大

白马黄金羁[1]，蹀躞沟水头。君今且莫去，为我暂淹留。
昔我束发年，与子同出入。幸承明主恩，并列金闺籍[2]。
行彼长安途，宛如双飞翼。
自谓连行两不离，岂知一旦成分析。
我栖东海岸，君去洛阳游。天津桥下水，不尽古今愁。
陆机名高[3]翻见妒，贾生[4]胡遭绛灌[5]仇。

人心对面如山海，世情交道何悠悠。

丈夫得意自有数，岂能与蜉蝣翠羽楚楚争春秋。

为君笑尽一杯酒，弹剑悲歌醉未休。

【注释】

〔1〕黄金羁，以黄金为饰的马笼头。 〔2〕金闺籍，金门所悬名牒，牒上有名者准其进入。后用以指在朝为官。 〔3〕名高，崇高的声誉；名声显著。 〔4〕贾生，指汉贾谊。 〔5〕绛灌，汉绛侯周勃与颍阴侯灌婴的并称。均佐汉高祖定天下，建功封侯。二人起自布衣，鄙朴无文，曾谮嫉陈平、贾谊等。

江南曲

萧萧烟雨秋江口，两岸青旗拂细柳。

估客[1]初回锦缆舟，妖姬[2]正熟银槽酒。

珠楼宛转画桥[3]东，油壁[4]轻舟绮绣中。

桃叶江前对明月，莫愁湖上起西风。

繁华莫唱江南曲，吴宫旧草茫茫绿。

【注释】

〔1〕估客，即行商。 〔2〕妖姬，美女。多指妖艳的侍女、婢妾。 〔3〕画桥，雕饰华丽的桥梁。 〔4〕油壁，油壁车，古人乘坐的一种车子。因车壁用油涂饰，故名。

明朝

少年行四首（其一）

五云[1]深处见仙家，十二楼[2]头醉彩霞。
莫倚阑干横玉笛，春风愁杀[3]白杨花。

【注释】
[1]五云，青、白、赤、黑、黄五种云色。古人视云色占吉凶丰歉。 [2]十二楼，指神话传说中的仙人居处。 [3]愁杀，亦作"愁煞"。谓使人极为忧愁。杀，表示程度深。

少年行四（其二）

骏鹥[1]着出未央宫，粉色[2]争看汉侍中。
昨夜春寒沾赐酒，天香不散舞衣红。

【注释】
[1]骏鹥（jùn yì），亦作鵕鹥，中国传说中的鸟类，传说骏鹥能吐人言，见者大不祥也。有学者说是玄鸟或金乌，还有学者说"鷩鷖"亦称"骏鹥"。 [2]粉色，喻女子容颜美好。借指美女。

少年行四（其三）

锦带珠袍绿臂韝[1]，相逢尽说富平侯[2]。
南山夜猎春城晚，系马新丰[3]旧酒楼。

【注释】
[1]臂韝（gōu），臂衣，古人用以套于臂上者。 [2]富平侯，汉张安世封

255

诗酒山东

富平侯，传子延寿，延寿传勃，勃传临，临传放，五世袭爵。见《汉书·张安世传》。后因誉称朝廷重臣。〔3〕新丰，镇名。在今江苏省丹徒县，产名酒。诗文中用以泛指美酒产地。

冯琦（1558—1604），字用韫，号琢庵，山东省青州府临朐县人。明朝政治人物，官至礼部尚书。冯琦出自临朐冯氏，是冯裕的曾孙。自幼颖慧绝人，授书日记千言，万历四年（1576）山东乡试第一，万历五年（1577）沈懋学榜二甲第三十二名进士，改庶吉士，历任翰林院编修、侍讲，礼部右侍郎、礼部尚书等职。张居正称其"此幼而硕者，国器也"。卒于官，赠太子少保，谥文敏。编有《经济类编》百卷，近三百万字。沈云龙编《明代传记丛刊》收入《冯琢庵先生北海集》。

结交行怀于谷山年伯[1]，兼讯侯将军

呜呼！结交难结心，无论廊庙及山林。
下里浮沉世事浅，中朝出入人情深。
二十年来与公厚，倒屣倾筐[2]无不有。
亹亹[3]清谈曲席前，沉沉夜酌疏钟后。
有时联骑游郊衢，谁相从者葛与朱。
侯生亦自有侠骨，酒酣击缶歌呜呜。
远从京华望丘壑，迥如樊笯[4]思寥阔。
一朝客散长安邸，千林万点从风落。
朱君窜，葛君死，贵阳老将亦归里。
齐鲁天青两少微[5]，并驱中原与公耳。
尚书鸟学士鱼，岁云暮矣公何如。
安得朝廷新事少，渐看社稷旧人疏。

公别长安能几载，故侣心期复谁在。
里中何人与同调，公近岱宗仆近海。
丈夫岂必长垂绅，羡公有笔如获麟。
城边黄石应知我，海上青山不负人。
问余山中何所有，冶湖一曲竹十亩。
有山有水复有酒，公能命驾一来否？

【注释】
〔1〕年伯，科举时代为对父亲同年登科者的尊称，明代中叶以后亦用以称同年的父亲或伯叔，后用以泛指父辈。　〔2〕倒屣倾筐，急于出迎，把鞋子左右穿反，把筐子碰倒，形容热情迎客。　〔3〕亹亹（wěi），勤勉不倦的样子，亹亹不舍昼夜。　〔4〕樊笯，指鸟笼。　〔5〕少微，此指太微星，代指于谷山与侯将军。

立秋前一日载酒过懋忠

今日良宴会，情深更起愁。追欢还卜夜[1]，恋别不禁秋。
萤火含风冷，灯花近雨收。休言尊酒尽，归及细君[2]谋。

【注释】
〔1〕卜夜，卜昼卜夜，尽情欢乐昼夜不止。　〔2〕细君，古称诸侯之妻，后为妻的通称。

送杨楚亭太史王柱山侍御外转闽蜀藩臬

分袂俱千里，同袍尚几人。非关劳侍从，讵合走风尘。
天尽刀州路，云迷剑水津。莫辞今夕醉，犹对汉宫春。

257

诗酒山东

送公孝与下第东归三首（其一）

素衣不禁帝京尘，出郭看春已暮春。
我自倦游君未遇，杨花如雪送归人。
南浦春波照酒卮，谩将离恨托前期。
如何命驾能千里，不为临歧住少时。

送公孝与下第东归三首（其二）

万里苍烟海气通，欲从何处望东蒙[1]。
斜风细雨长安道，赖得[2]分携[3]是醉中。

【注释】

〔1〕东蒙，此指山东。　〔2〕赖得，幸亏，好在。　〔3〕分携，离别。

> 公鼐（1558—1626），字孝与，号周庭，今山东蒙阴（今山东临沂市蒙阴县）人。明代著名文学家、诗人，明朝万历前期"山左三大家"之一。官至礼部右侍郎兼翰林院侍读学士、协理詹事府詹事、两朝实录副总裁，赠礼部尚书，谥"文介"。公鼐出生于明代后期的江北一个声势显赫的"馆阁世家"里，从公鼐高祖公勉仁开始，代代蝉联进士，到公鼐一代，"五世进士、父子翰林"，成为明朝末期著名的进士家族。他们或文治，或武功，多有建树，一时彪炳海内。公氏家族的集大成者，以公鼐为最，他也是公氏家族在文学上最有成就的一位。

出戒坛[1]北行岢罗山道遇雨小憩村家

路转瑶坛背，阴崖[2]石更奇。前峰堆冒絮[3]，过雨扬游丝[4]。暂问油囊[5]酒，旋铺马鬣棋。却因争席处，转畏野人知。

【注释】

〔1〕戒坛，僧徒传戒之坛。　〔2〕阴崖，背阳的山崖。　〔3〕冒絮，头巾。　〔4〕游丝，指缭绕的炉烟。　〔5〕油囊，涂有桐油的可盛液体的布袋。

清朝

诗洒山东

> 刘正宗（1594—1661），明末清初大臣，字可宗，号宪石，赐号中轩，世称"刘阁老"，山东安丘城里人。生于书香门第，天启五年（1625）县岁试第一，天启七年（1627）八月乡试中举。崇祯元年（1628）三月中进士，历任真定府司理、翰林院编修、东宫讲读官、侍讲、礼部会试副主考。清顺治元年（1644）为暂避战乱，携眷南下金陵。翌年五月清兵破金陵后，携眷回归安丘故里。

初度[1]日客过

长安逐队[2]又三年，此日秋光亦可怜。
诗酒有情禁白发，风尘无恙剩青毡[3]。
浮云过眼千峰矗，良夜当杯片月[4]悬。
莫道乡心惊旅梦，兴衰曾见海为田。

【注释】

〔1〕初度，生日。 〔2〕逐队，谓随众而行。此指供职京城。 〔3〕青毡，青毡故物，泛指仕宦人家的传世之物或旧业。 〔4〕片月，弦月。

> 宋琬（1614—1674），字玉叔，号荔裳，清初著名诗人，清八大诗家之一。莱阳（今属山东）人。顺治四年进士，授户部主事，累迁永平兵仆道、宁绍台道。族子因宿憾，诬其与闻逆谋，下狱三年。久之得白，流寓吴、越间，寻起四川按察使。琬诗入杜、韩之室，与施闰章齐名，有南施北宋之目，又与严沆、施闰章、丁澎等合称为燕台七子，著有《安雅堂集》及《二乡亭词》。

九日同姜如农、王西樵、程穆倩诸君登慧光阁饮于竹圃分韵

塞鸿犹未到芜城，载酒登临雨乍晴。
山色浅深随夕照，江流日夜变秋声。
上方钟磬疏林满，十里笙歌画舫明。
空负黄花羞短鬓，寒衣三浣客心惊。

重晤李舒章

漠漠阴风吹草莱，故人悲喜更衔杯。
竟传河朔陈琳檄[1]，谁念江南庾信哀。
避地何如金马署，伤心莫问柏梁台。
蛾眉自昔逢谣诼[2]，嗟尔登高作赋才。

【注释】
〔1〕陈琳檄，《三国志·魏志·王粲传》："军国书檄，多琳瑀所作也。"裴松之注引三国魏鱼豢《典略》："琳作诸书及檄，草成呈太祖。太祖先苦头风，是日疾发，卧读琳所作，翕然而起曰：'此愈我病。'数加厚赐。"后因以"陈琳檄"泛指檄文。 〔2〕谣诼，造谣毁谤。

癸丑上元游赤壁作[1]

步屧[2]临皋[3]芳草生，断崖千尺夕阳横。
赋成赤壁人如梦，江到黄州夜有声。

雪后归鸿频代谢，渚边孤鹤自哀鸣[4]。
烟波极目凭阑客，载酒还应酹月明[5]。

【注释】
[1]此诗人忆苏东坡在黄州作《赤壁赋》时情形与感慨。 [2]屧（xiè），古代鞋中的木底。木板拖鞋。 [3]皋（gāo），水边的高地，岸。 [4]"雪后"句，指东坡公诗："人生到处知何似，应似飞鸿踏雪泥。" [5]"载酒"句，东坡词《赤壁怀古》："人生如梦，一樽还酹江月。"

从军行送王玉门之大梁

有客有客髯而紫，左挟秦弓右吴矢。
自言家本关中豪，黄金散尽来江沚[1]。
年来倦上仲宣楼[2]，裹粮且访侯嬴[3]里。
腰间匕首徐夫人[4]，河上荒祠魏公子[5]。
悬知吊古有深愁，慷慨登车不可止。
自从盗决[6]黄河奔，大梁[7]未有千家村。
烽火但增新战垒，尘沙非复古夷门[8]。
短衣[9]聊向将军幕，长剑终酬国士恩。
落日驱车临广武[10]，春风试马出轘辕[11]。
丈夫佩印乃恒事，安能郁郁老丘樊[12]。
王郎顾我深叹息，一见欢如旧相识。
此行不但为封侯，人生贵在抒胸臆。
江上杨花白雪飞，梁园芳草青袍色。
盾鼻[13]犹堪试彩毫，莺声聊为停珠勒[14]。
醉后狂歌气若云，军中教战容如墨。
春风拂地车斑斑[15]，起看明月览刀镮。

平台宾客久零落,至今汴水空潺湲。
怜予偃蹇[16]风尘际,年来磬折[17]凋朱颜。
已知苦被雕虫[18]误,强弩欲挽不可关。
待尔他年分虎竹[19],相从射雁终南山。

【注释】

〔1〕江沚(zhǐ),江中小洲。借指江南一隅之地。　〔2〕仲宣楼,即当阳县城楼,在今湖北省。汉王粲(字仲宣)于此楼作《登楼赋》,故称。　〔3〕侯嬴,战国魏人。家贫,为守门小吏,信陵君奉为上宾,侯言有恩必当厚报。后秦围赵,侯献计于信陵君,退秦兵。　〔4〕徐夫人,战国赵人,以藏锋利匕首闻名。荆轲刺秦王所用匕首即得自徐夫人。　〔5〕魏公子,指信陵君。　〔6〕盗决,非法决裂堤岸。　〔7〕大梁,古地名。战国魏都。在今河南省开封市西北。隋唐以后,通称今开封市为大梁。　〔8〕夷门,战国魏都城的东门。故址在今河南开封城内东北隅。因在夷山之上,故名。　〔9〕短衣,短装。古代为平民、士兵等所服。　〔10〕广武,古城名。故址在今河南荥阳东北广武山上。有东西二城。隔涧相对。楚汉相争时,刘项各占一城,互相对峙。　〔11〕轘辕(huán yuán),山名,关口名。在河南。因山路有十二曲,盘旋往还得名。　〔12〕丘樊(fán),园圃;乡村。亦指隐居之处。　〔13〕盾鼻,盾牌的把手。　〔14〕珠勒,珠饰的马络头。指马。　〔15〕车班班,车班班,形容车辆众多,络绎不绝。　〔16〕偃蹇(yǎn jiǎn),犹困顿,艰难。　〔17〕磬折,磬,通"罄"。曲躬如磬,表示不得志。　〔18〕雕虫,比喻从事不足道的小技艺。常指写作诗文辞赋。　〔19〕分虎竹,亦作"分虎节"。南朝宋鲍照《拟古》诗之三:"留我一白羽,将以分虎竹。"前蜀韦庄《和郑拾遗秋日感事一百韵》:"功高分虎节,位下耻龙骧。"

诗酒山东

古银槎[1]歌

我有匣中银凿落[2]，碧山山人手所作。
背镂至正壬寅字，点画形模今宛若。
断节枯根纷错纠，中有仙人博望侯[3]。
衣冠甚古须鬓苍，飘飘一似乘孤舟。
肘后[4]惜无筇竹杖，袖中或有安石榴[5]。
人言八月泛天汉，支机石[6]畔逢牵牛。
奇事流传见图画，炼师何意穷雕镂。
当年亲致汗血马，饱历条支[7]经大夏[8]。
安知骨貌久销歇，供人把玩充杯斝[9]。
金人已去柏梁台，玉液常沾白莲社。
嗟我瓠落[10]沟断同，潦倒赖尔衰颜红。
有酒如渑不称意，欲求仙术寻壶公[11]。
跳身[12]此槎之腹中，穷源[13]再入冯夷宫[14]。为侯改号鸱夷[15]翁。
胡为低眉偃蹇在尘世，枕蛟骑虎愁我躬。

【注释】

〔1〕银槎（chá），一种银质的盛酒器。银质船形酒杯。 〔2〕凿落，以镌镂金银为饰的酒盏。 〔3〕博望侯，指西汉张骞。因出征西域有功被封为博望侯。博望，张骞故里，在今陕西汉中市城固县城南之汉水滨。 〔4〕肘后，谓随身携带的。 〔5〕安石榴，即石榴。因产自古安息国，故称。 〔6〕支机石，传说为天上织女用以支撑织布机的石头。 〔7〕条支，古西域国名。约在今伊拉克境内。 〔8〕大夏，古国名。音译巴克特里亚（Bactria），也叫希腊·巴克特里亚王国。我国汉代称之为大夏。 〔9〕杯斝（jiǎ），古代酒器。泛指酒杯。指酒或饮酒。 〔10〕瓠（hù）落，潦倒失意貌。犹落拓。 〔11〕壶公，传说中的仙人。 〔12〕跳身，轻身逃走。 〔13〕穷源，穷尽水流的源头。 〔14〕冯夷宫，传说中的水府，水神官殿。 〔15〕鸱夷，酒囊。

减字木兰花·招友人游湖

孤山之下,雨中正好看花也。待得晴时,杏嫁梅娠绿满枝。
空囊[1]乌有,三百青铜难赊酒[2]。亟典春衣,莫待东君[3]致政[4]归。

【注释】
〔1〕空囊,无钱的口袋,谓倾尽钱财。 〔2〕赊酒,赊酒。〔3〕东君,指执掌春天的天神。 〔4〕致政,犹致仕,指官吏将执政的权柄归还给君主。

生查子·暮春将半桃花始开

梅花开已迟,却恨桃花晚。把酒问花神,何事今春懒。
春风如画工,粉黛凭深浅。花是女儿家,迟早由他遣。

眼儿媚·忆故园作

朝来沽酒典春衣,梅子雨初肥。杜鹃言语,枝头教诲,道不如归。
十年踪迹沙鸥是,负却旧渔矶。邻翁相候,山间茅屋,松下柴扉。

诗酒山东

南歌子

南国牡丹始开，吴六益、董苍水过饮，薄暮方归。

碧沼看鱼䱩[1]，雕栏放鼠姑[2]。君来拍手唱乌乌[3]，恰好枝头啼鸟、唤提壶。

嫩白全羞粉，嫣红半点朱。醉眠堪卧锦氍毹[4]，偏要戴花归倩、细君扶[5]。

【注释】

〔1〕鱼䱩（yìng），游鱼往来。　〔2〕鼠姑，牡丹的别名。　〔3〕乌乌，歌呼声。　〔4〕氍毹（qú shū），一种毛织或毛与其他材料混织的毯子。可用作地毯、壁毯、床毯、帘幕等。　〔5〕"偏要"句，指醉了也偏要回去让妻子扶着。倩，请，让。细君，指妻子。

虞美人·遣怀

一从[1]勘破[2]邯郸梦[3]，遇饮长须痛。醉乡只道可藏愁，却被塞鸿呼起又从头。

吴头楚尾[4]经年寓，岸上牵船住。非关王粲怯登楼，自是吾家家法善悲秋。

【注释】

〔1〕一从，自从。　〔2〕勘破，犹看破。　〔3〕邯郸梦，唐沈既济《枕中记》载：卢生在邯郸客店中遇道士吕翁，用其所授瓷枕，睡梦中历数十年富贵荣华。及醒，店主炊黄粱未熟。后因以"邯郸梦"喻虚幻之事。　〔4〕吴头楚尾，指古豫章（今江西省）一带。其地位于春秋吴的上游，楚的下游，故称。

满红红（其五）

刀俎余生欲断荤者数矣，奈茹素[1]辄饥，故篇中及之。

伏枕吴山，羁愁[2]共、桐江[3]春涨。喜邂逅、客星忽聚，酒徒无恙。杨恽南山歌太苦[4]，邹阳北阙书难上[5]。向精蓝、深处问枯禅，伊蒲馔[6]。

双燕外，游丝漾。六桥[7]侧，红牙[8]唱。惜杜康骨朽，无人能酿。我愧老饕[9]难戒肉，君方强健何须杖。看白衣、苍狗[10]任他忙，浮云状。

【注释】

〔1〕茹素，吃素食，不吃鱼肉等荤腥。 〔2〕羁愁，旅人的愁思。 〔3〕桐江，富春江的上游。即钱塘江流经桐庐县境内一段。 〔4〕"杨恽"句，指汉杨恽（？—前54年），司马迁的外孙，官至诸吏光禄勋，位列九卿。以耿直敢言闻名，后因写《报孙会宗书》犯上被腰斩。其有诗云："田彼南山，芜秽不治。" 〔5〕"邹阳北阙"句，指邹阳《上书吴王》刘濞谏其不要谋叛事，语多隐晦委婉，不被采纳与枚乘等离吴去梁。邹阳（约前206—前129），齐人。西汉文学家。 〔6〕精蓝，佛寺；僧舍。精，精舍；蓝，阿兰若。枯禅，指老僧。伊蒲，斋供，素食。 〔7〕六桥，浙江省杭州西湖外湖苏堤上之六桥：映波、锁澜、望山、压堤、东浦、跨虹。宋苏轼所建。 〔8〕红牙，乐器名。檀木制的拍板，用以调节乐曲的节拍。 〔9〕老饕，极能饮食。指贪食的人。 〔10〕白衣苍狗，唐杜甫《可叹》诗："天上浮云似白衣，斯须改变如苍狗。"后以此比喻世事变幻无常。

念奴娇

丙午小春，善伯希韩招诸同人宴集红桥之韩园，分韵。

玉钩斜畔，最伤心游子，断肠难续。佳丽繁华谁领略，惟有清狂杜牧[1]。我辈重来，为欢苦短，急办三条烛天寒木落，佳人同倚修竹。

况乃词客都豪，雍容车骑，落笔云烟族。乐莫乐兮今夕会，莫学阮公痴哭。绿酒黄橙，银筝翠袖，偷送初成目。朦胧别后，知他何处金屋。

【注释】
〔1〕杜牧有诗云："十年一觉扬州梦，赢得青楼薄幸名。"

沁园春三首（其一）

把酒花前，俯仰乾坤，犹剩吾曹。忆西清奉引，曾陪汲黯，南冠憔悴，同祭皋陶。谏草空焚，钓竿长把，三径荒芜仲蔚蒿。长安道，叹东门黄犬[1]，几度悲号。

于今华发萧萧，但痛饮狂歌兴未消。向莲社参禅，无人能解，醉乡娱老，有脱而逃。白眼看他，飞扬跋扈，蠃裸螟蛉之二豪。三年后，看两家儿子，谁似枚皋？

【注释】
〔1〕东门黄犬，秦二世二年七月，丞相李斯因遭奸人诬陷，论腰斩咸阳市。临刑谓其中子曰："吾欲与若复牵黄犬俱出上蔡东门逐狡兔，岂可得乎！"事见《史记·李斯列传》。

鹧鸪天五首（其四）

门外垂杨隐约船，醉来留客大床眠。风前铁笛[1]谁三弄？壁上雷琴[2]剩一弦。

颜沃若[3]，室萧然。盟欧狎鹭费周旋。笼中娇鸟歌偏好，辛苦教成十二年。

【注释】

〔1〕铁笛，铁制的笛管。相传隐者、高士善吹此笛，笛音响亮非凡。三弄，《梅花三弄》。 〔2〕雷琴，唐代琴工雷威所制作的琴。 〔3〕沃若，润泽貌。

鹧鸪天五首（其五）

且系兰舟上小坡，闲看春社[1]杖横拖。数家白板鱼鳞屋，几道青渠燕尾波。

灯烂漫，舞婆娑。朱颜暂借酒微酡[2]。小儿何似香山妪，爱听衰翁赤壁歌。

【注释】

〔1〕春社，古时于春耕前（周用甲日，后多于立春后第五个戊日）祭祀土神，以祈丰收，谓之春社。 〔2〕微酡（tuó），犹稍醉。

念奴娇

武安湖畔，问当日、秦七[1]遗踪何处？水啮城根葭苇[2]乱，鹅鸭纷纷无数。词客云亡[3]，无人解道，山抹微云[4]句。停桡沽酒，一樽欲酹君墓。

乐府名擅无双，乌丝[5]写罢，檀板歌金缕。同调东坡居士在，高唱大江东去。红豆抛残，白杨凋尽，郭外渔舟鼓。流萤千点，月明还绕烟树[6]。

【注释】

〔1〕秦七，北宋词家秦观辈行第七，故称。 〔2〕葭（jiā）苇，芦苇。 〔3〕云亡，死亡。 〔4〕山抹微云，宋秦观有《满庭芳》词，为苏轼所赏识。因词中有"山抹微云"句，故苏戏为句云："山抹微云秦学士，露花倒影柳屯田。" 〔5〕乌丝，即乌丝栏。亦作"乌丝阑"。指上下以乌丝织成栏，

其间用朱墨界行的绢素，后亦指有墨线格子的笺纸。〔6〕"月明"句，曹操诗："月明星稀，乌鹊南飞，绕树三匝，何枝可依。"

贺新郎

双桨将鸣也。投半刺[1]、汝南叔度[2]，丰姿闲雅。倒屣[3]延君居上座，谈笑风生朱夏[4]。长太息[5]、娉婷[6]未嫁！袖出明珠三百斛，是元和、而上开元下。堪把臂，远公社[7]。

相思久矣相逢乍，立斯须、回帆羯鼓[8]，为君重打。同学少年多不贱，强半[9]五陵裘马[10]。谁通道黄钟喑哑？载酒陈琳[11]荒冢畔，是当年、曾遇知音者。千载后，尔其亚。

【注释】

[1]半刺，指州郡长官下属的官吏，如长史、别驾、通判等。[2]叔度，汉黄宪字。叔度品学超群，尤以气量广远著称。[3]倒屣，急于出迎，把鞋倒穿。[4]朱夏，夏季。[5]长太息，深长地叹息。[6]娉婷，姿态美好貌。美人；佳人。[7]远公社，晋慧远法师于庐山东林寺结白莲社，又名远公社。[8]羯鼓，古代打击乐器的一种。起源于印度，从西域传入，盛行于唐开元、天宝年间。[9]强半，大半；过半。[10]五陵裘马，五陵，长安附近汉朝皇帝的五座陵墓。王官贵族多居周边；裘马，轻裘肥马。[11]陈琳，"建安七子"之一。

满江红·李方山归自滇中，喜而有赠二首（其二）

抱瑟归来，叹游子、飘零南国。君贺我、商瞿有子，狂歌浮白[1]。大者才能呼父执，黄鸡绿酒娱今夕。但无如、琼树倚阶前，夸双璧。

吹玉笛，长干陌[2]。携蜡屐[3]，江淹[4]宅。曰身将隐矣，北山之北。

远害且寻麋鹿伴,那能老作诸侯客。况竹溪、六逸[5]尚堪招,徂徕[6]侧。

【注释】

〔1〕浮白,汉刘向《说苑·善说》:"魏文侯与大夫饮酒,使公乘不仁为觞政,曰:'饮不釂者,浮以大白。'"原意为罚饮一满杯酒,后亦称满饮或畅饮酒为浮白。 〔2〕长干陌,长干陌上,乐府有长干行。 〔3〕蜡屐,以蜡涂木屐。语出南朝宋刘义庆《世说新语·雅量》:"或有诣阮(阮孚),见自吹火蜡屐,因叹曰:'未知一生当着几量屐!'神色闲畅。"后因以"蜡屐"指悠闲、无所作为的生活。 〔4〕江淹(444—505),字文通,南北朝时期南朝著名政治家、文学家,历仕三朝,著名作品有《别赋》,其中"黯然销魂者,惟别而已矣"常被引用。 〔5〕竹溪六逸,《新唐书·文艺传中·李白》:"(李白)更客任城,与孔巢父、韩准、裴政、张叔明、陶沔居徂来山,日沉饮,号'竹溪六逸'。" 〔6〕徂徕,山名。又名尤来、尤崃、尤徕。在山东泰安东南。

赵进美(1620—1692),字嶷叔,一字韫退,号清止,益都人。年十四,补博士弟子。崇祯九年(1636)乡试第一。又四年(明崇祯庚辰)进士,授太常寺博士,与钱谦益等相倡和。入清,使江西,使楚,终于福建按察使。进美诗清真绝俗,得王维、孟浩然之趣,有《清止阁集》八卷,《诗余》一卷,另有《瑶台梦》《立地成佛》诸传奇行于世。

按:为避免重复,对该卷诸诗不予注释。

宿兴安

徙倚庭阶暮,苔衣见履痕。月临官舍小,山带女墙尊。
古木寒兼雨,荒城静似村。天涯伤短发,独坐对虚樽。

夏日范泉

清酒遥寻野树香，鹅岩烟后渐苍苍。
十年马迹惭幽磬，六月蝉鸣在草堂。
雨接泉声摇竹色，云含日气作山光。
方塘影暗流萤起，绕坐桐阴引夕凉。

送宋玉叔还莱阳

长安二月东风回，九门如雾凌晨开。
莺花得时自婀娜，笳鼓向暮何啾哀。
此时重筑黄金台，莱阳宋子天下才。
献书至尊赐颜色，穷巷不扫公卿来。
干戈自昔有反覆，神物岂合终蒿莱。
忆昨飘零逐渔艇，夜火荻花对清影。
一身入世常坎坷，二十为文最遒警。
怀古萧条拟过秦，开樽感慨歌哀郢。
难同年少登石渠，稍喜词人称画省。
意气何如诗崛奇，世情颇厌官孤冷。
白日燕市愁风尘，张镫清夜留故人。
我昔结发与子友，十年落魄安居陈。
江湖扰扰箭满眼，荆棘月暗生飞磷。
昭王寝墓群兔走，千岁松柏摧为薪。
狐裘贵人光道路，冲泥瘦马何嶙峋。
尺书远至妻孥泣，投策欲去僮仆嗔。
巢父钓竿不肯住，仿佛夏云开岛树。

灵药神山自渺茫，海鸥野老非难遇。
绕陌垂杨黄鸟飞，骊歌踟蹰送子归。
天涯双鬓愁摇落，海上浊醪无是非。

> 王士禄（1626—1673），字子底，一字伯受，号西樵，山东新城（今山东桓台）人。王世禛（渔洋）兄。士禄工诗，于唐诗人中，独爱孟浩然。与弟王士祜、王士禛齐名，称为"三王"。著有《读史蒙拾》《然脂集》《表余堂诗存》及《十笏山房》《辛甲》《上浮诸集》，并传于世。

按：为节约篇幅，典故等前人诗中已注者，不再重复。诗通俗易懂者，简注或不注。

八月十五夜

把酒邀明月，清光遍薜萝[1]。芙蓉秋水寂，丛桂小山多。
一雁归湘楚，繁星点绛河[2]。虚堂弦索静，独和越人歌。

【注释】
[1]薜萝，薜荔和女萝。两者皆野生植物，常攀缘于山野林木或屋壁之上。亦借指隐者或高士的住所。 [2]绛河，即银河。又称天河、天汉。

如梦令五首（其一）

沙尾孤舟潮拥，手底离觞酒重。忽忽[1]恼云帆，不似青骢[2]堪控。如梦，如梦，昨夜短篷相共。

诗酒山东

【注释】
〔1〕忽忽，倏忽，急速的样子。 〔2〕青骢（cōng），毛色青白相杂的骏马。

金蕉叶[1] · 咏雁，用蒋竹山秋夜不寐韵

晴空淡幕，远飞来、互鸣似索。鱼鳞云影断续，斜河正络角。

几个疏星作作[2]。井梧飘、酒怀乍恶。楚天秋水浩渺，寒沙几处落。

【注释】
〔1〕金蕉叶，酒杯名。 〔2〕作作，形容光芒四射。

南歌子 · 次湘真春月韵

琼树蒙蒙映，红窗漫漫流。雪儿[1]好为唱无愁。休负一规亲切[2]，照藏钩。

珠露从教湿，金樽莫遣收。余光潋滟小眉头。不似清秋楚楚，咽箫楼。

【注释】
〔1〕雪儿，唐李密爱姬。能歌舞。密每见宾僚文章有奇丽入意者，即付雪儿叶音律歌之。 〔2〕作者自注：用坡公王夫人语意。一规，一轮，指圆月。

浪淘沙 · 次李后主韵

愁似水潺潺，百意阑珊，几棂风做晚来寒。倩[1]酒浇愁愁不顾，醉也无欢。

岸帻[2]倚疏栏,愧负青山,试歌行路古来难。何似随僧闲洗钵,溪畔松间。

【注释】
〔1〕倩,借,请。 〔2〕岸帻,推起头巾,露出前额。形容态度洒脱,或衣着简率不拘。

木兰花令·遣愁

三春日日和愁住,愁汝来前与汝语。连朝愧汝太殷勤,我醉欲眠君且去[1]。麾之不去愁良误,心已厌君君好喻。不然便觅一丸泥,封却汝愁来往路。

【注释】
〔1〕此处汝、君,皆指"愁"。

鹊桥仙·醉罢

只须冷笑,无烦细说,世事侭多[1]鹘突[2]。楚囚[3]莫更泣南冠[4],教达者、嗤人录录[5]。

且酣醇酒,试弹长剑,醉罢一歌独漉[6]。庄生[7]齐物有遗编,说千古、觞延彭促。

【注释】
〔1〕侭(jǐn)多,全都,尽皆。 〔2〕鹘(hú)突,即糊涂。 〔3〕楚囚,被俘到晋国的楚国伶人。见《左传·成公九年》。 〔4〕南冠,南方的衣冠,此指楚人衣冠。 〔5〕录录,碌碌。平庸。 〔6〕独漉,亦作"独禄"。古乐府中晋和南朝齐拂舞歌辞名。 〔7〕庄生,即庄周,有《齐物论》。

诗酒山东

解佩令·酒怀

　　淡妆轻裹，柳慵花惰。畅幽情、鸱夷[1]仙舸。茉莉风凉，泊向段家桥左。悄窥人、月痕星颗。

　　别来无那，魂销梦夥。寄离愁、雁儿难逻。烛烬宵深，独有单衾[2]同我。问何时、酒怀能妥。

【注释】

〔1〕鸱（chī）夷，盛酒革囊。　〔2〕单衾，指孤衾。

行香子·别恨

　　别恨曾谙，往事重拈。记临歧、暮色红帘。牵衣回抱，细语喃喃。见眉痕重，泪痕滴，酒痕咸。

　　峡云归后，雨来空识，只宵阑、梦断魂黏。孤眠无赖，回忆何堪。是炉香歇，发香腻，被香甘。

锦缠道·用宋子京韵

　　落拓心情，寂寂难销长昼。看罗巾、合欢双绣。殷红知是啼痕透。梦里蘅芜，往事空回首。

　　记楼头细语，暗萦纤手。态盈盈、脸红宜酒。怅萍踪、雨落青天信，芳心一寸，恩怨应双有。

青玉案·用贺方回韵

清宵盼盼银河路，只惆怅、华年去。密约芳期经几度。红弦翠管，风帘月篁，并与人何处。

别时夏杪春还暮，燕燕莺莺漫成句。旧事萦心还几许。微酣曾访，短篷相遇，荷叶西陵雨。

天仙子·用张子野韵

河满不堪临别听，别酒醉来容易醒。持侬只问几时来，频揽镜。怜光景，此意料君能暗省。

离绪最愁窗色暝，明月又还窥只影。空房应是怯孤眠，风欲定。钟初静，踏遍合欢[1]廊下径。

【注释】
〔1〕合欢，植物名。一名马缨花。落叶乔木，羽状复叶，小叶对生，夜间成对相合，故俗称"夜合花"。

风入松

路歧不用更迟回，任运安排。从来造物多颠倒，将颓颜、好付樽罍。急景如春有脚，逸民似古无怀。

啼鹃休更向人哀，红友[1]新开。裁书已报春山去，道先生、早晚归来。此意还如江水，东流到海难回。

【注释】

〔1〕红友,酒的别称。

扑蝴蝶·用词统无名氏韵

歌阑酒歇,闷把乌巾[1]岸。牢愁未涤,看空庭又晚。幽拘白发频添,故隐春光欲满,纵饶十床琼管。

抒情短。当年曾记,鲁陂渔翁爱余懒。风尘缅邈,荏苒芳讯断。梦从蚁垤初回,意与鸥波共远,息壤旧盟须暖。

【注释】

〔1〕乌巾,黑头巾。即乌角巾。古代多为隐居不仕者的帽子。岸,掀起。

红林檎近·春日旗亭即事,用周美成韵

蕨叶晴溪小,柳花春店香。鹅儿黄似酒,凫影碧浮塘。偶来临风曳杖,坐喜对水开窗。垆侧小妇凝妆,莺语更如簧。

十载羁宛洛[1],此日踏江乡。侧身吊古,茫茫金粉齐梁。况南徐南兖,江山如画,放怀且饮千百觞。

【注释】

〔1〕宛洛,二古邑的并称。即今之南阳和洛阳。借指都城。

满江红·自寿

四座[1]休喧，听贱子[2]、狂歌自祝。端只为、命遭磨蝎[3]，运逢百六[4]。徒欠书鱼[5]文字债，未修沤鸟[6]烟波福。念崎岖、三十九年过，唐衢哭。

清癯[7]相，难食肉。渺茫事，空握粟[8]。算何须多寿，方才多辱。乘筏误教浮业海[9]，携家悔不栖愚谷[10]。问今朝、底物[11]侑持觞，樽前筑。

【注释】

〔1〕四座，四席。借指四周座位上的人。〔2〕贱子，谦称自己。〔3〕磨蝎，星宿名。"磨蝎宫"的省称。旧时迷信星象者，谓生平行事常遭挫折者为遭逢磨蝎。〔4〕百六，古代以为厄运。〔5〕书鱼，即衣鱼。蛀蚀衣服、书籍的一种小虫。借指书籍，亦指死啃书本的读书人。〔6〕沤鸟，即鸥鸟。沤，通"鸥"。〔7〕清癯（qú），犹清瘦。〔8〕握粟，握粟出卜，用以指祈求神明护佑，去凶赐吉。〔9〕业海，佛教语。谓世间种种恶因如大海，故称"业海"。〔10〕愚谷，愚公谷，在山东省淄博市西。借指隐居之地。〔11〕底物，何物，此物。

满江红

湖上遇顾庵，见余和词用韵见柬，复次奉答。

积雨湖头，看门外、岸痕添涨。欣乍到、屐声[1]随过，故人无恙。易得浊醪[2]谋若下[3]，难逢春水如天上。况韶光、淡宕[4]恰新晴，天公饷。

青雀舫[5]，徐徐漾。白苎[6]曲、惜惜唱。须好怀如涤，闲愁休酿。我醉欲持铜绰板[7]，君闲那负青藤杖。任六桥、人指两狂生，多奇状。

诗酒山东

【注释】

〔1〕屐声，脚步声。 〔2〕浊醪（láo），浊酒。 〔3〕若下，若下酒，酒名。 〔4〕淡宕，同"淡荡"。水迂回缓流貌。引申为和舒。 〔5〕青雀舫，《方言》卷九："舟……或谓之鹢首。"郭璞注："鹢，鸟名也。今江东贵人船前作青雀，是其像也。"后因称船首画有青雀之舟为"青雀舫"。 〔6〕白苎，乐府吴舞曲名。 〔7〕绰板，即拍板，乐器名。用来打拍子。

满江红

顾庵有同荔裳、西樵湖楼小坐，因忆阮亭之作，再次韵，并寄诸弟。

杯酒从容，拂斜槛、茶烟初涨。断桥外、柳眉微蹙，苎萝新恙。顾我已甘栖庑下，如公才合居楼上。喜遥山、排闼送青来，还谁饷。

看天半，晴云漾。听湖舫，朱丝唱。纵肠悭蕉叶[1]，宜城须酿。试寄离心频梦草[2]，要扶残醉还携杖。好舒怀、为指白苏堤[3]，阴晴[4]状。

【注释】

〔1〕蕉叶，浅底的酒杯。 〔2〕梦草，指谢灵运梦中所得佳句："池塘生春草，园柳变鸣禽。" 〔3〕白苏堤，指白堤、苏堤，白居易、苏轼任职杭州时于西湖上所筑。 〔4〕阴晴，指苏轼诗："水光潋滟晴方好，山色空蒙雨亦奇。欲把西湖比西子，淡妆浓抹总相宜。"

水调歌头·用吴梅村祭酒韵

年少耽游冶[1]，脱帽[2]倚红楼[3]。兴酣龙挐凤攫，文采并珊钩。目眳公孙妙舞，足付宾王余沥，落拓也风流。醉卧胡姬肆，忽忽不知愁。

涉迷津，婴世网，任虚舟。小山春草，也应怪我久淹留。难挽韶华似水，难掇忧思如月，陶写[4]付箜篌。可耐艳歌歇，白日淡幽州。

【注释】
〔1〕游冶，出游寻乐，寻欢作乐。特指留连妓馆，追逐声色。 〔2〕脱帽，形容豪放，无所检束。 〔3〕红楼，青楼。 〔4〕陶写，消愁解闷。

声声慢·次韵刘青田咏愁

难搜难括，非去非来，做成一寸千曲。欲尽根株，除是马还生角。任教春风荡涤，只昏昏、月黄烟绿。甚追逐，最难拼、更是天寒茅屋。

漏向眉间一半，揽清镜、已觉雾萦烟蠹。仿佛真形，五岳寸心矗矗。能令酒来都化，作鲛珠、界破幽独。算千种，还谁解、区别细目。

八声甘州·扬州作

醉余惆怅绝，是从来、佳丽说扬州。看隋家天子，江都[1]梦好，离别无愁。更有平安夜报，书记最风流。总此花和月，好任淹留。

旧迹如尘难觅，空垂杨鸦暮，腐草萤流。望玉勾斜畔，落日渗荒丘。更何来、玉人箫管，唤二分明月向珠楼。好怜取、红桥烟艇，试泛清秋。

【注释】
〔1〕江都，扬州的别名。

诗酒山东

酹江月·赠亦世

人生几许,叹经年[1]契阔[2]、不殊梁燕。西子湖[3]头判袂[4]后,携手又来隋苑[5]。苏小[6]车尘,钱王潮水,回首同飞电。芒芒交集,顿成洗马清叹。

擢秀大别清湘,吾宗才子,允矣邦之彦。抚字阳城书下考,漫说安仁花县。巨眼如箕,高情似水,肯作浮云恋。举杯醉月,澄江莫负如练。

【注释】

[1]经年,经过一年或若干年。例如:此去经年。 [2]契阔,久别。契,近;阔,远。指人生离合聚散。 [3]西子湖,即西湖。 [4]判袂,分袂;离别。 [5]隋苑,园名。隋炀帝时所建。即上林苑,又名西苑。故址在江苏省扬州市西北。 [6]苏小,即苏小小,钱塘名妓。

石州慢·用高季迪[1]韵

浅夏萧森,犹自余寒,襟袖时洒。愁来还似荷珠,不定虽多难把。盈樽浊酒,总来凭仗消除,片时依旧相萦惹[2]。若拟绘愁形,这三毛谁写。

东冶。有徒能赋,旋释髡钳[3],日边云下。长乐钟声,仍近漫听频打。柔成绕指,人道磊落刘琨[4],欲惭方外狂司马[5]。便使赋归兮,较渊明迟也。

【注释】

[1]高季迪,即高迪,元末明初著名诗人。 [2]萦惹,招惹。 [3]髡钳,一种刑罚,此指刘琨被执,狱中写诗的事。 [4]刘琨,西晋著名诗人。有著名诗句,"何意百炼钢,化为绕指柔。" [5]狂司马,指晋谢奕。《晋书·谢奕传》:"(奕)与桓温善。温辟为安西司马,犹推布衣好……奕每饮酒,无复朝廷礼,尝逼温饮,温走入南康主门避之。主曰:'君若无狂司马,我何由得相见!'"走入,指跑入。走,跑。

泛清波摘遍

新秋。同无言、豹人、二瞻、又百广陵城西泛舟作。

玉壶携酒，烟舫冲波，暇日共寻城畔路。雾花风柳，拂槛排窗看无数。还时遇，金钗照水，玉珮当歌，几许芳洲游冶女。乱叶翳蝉，回渚行鸥，触景成趣。

沿洄屡。更拟遥山舒眺，却值片云催句。兼带荐爽迎凉，数点疏雨。情休遽。睥睨烟际不遥，招提竹边重驻。听取花宫夕梵，缓缓归去。

南乡子·午日[1]

愁剧意模糊，粽子还能益智无。且碾朱砂[2]浮药玉，胡卢[3]。图得闲愁半日逋。

醉里惜幽拘，吟罢怀沙日又徂[4]。记得弇州[5]诗句好，非诬。信有人间屈左徒[6]。

【注释】

〔1〕午日，即端午节。 〔2〕朱砂，矿物名，为古代方士炼丹的主要原料，也可制作颜料、药剂。 〔3〕胡卢，喉间的笑声。 〔4〕怀沙，《楚辞·九章》中的篇名。《史记·屈原贾生列传》谓此篇为屈原自投汨罗江前的绝笔，述其怀沙砾以自沉之由。徂，短促。 〔5〕弇州，指王世贞（1526—1590），字元美，号凤洲，又号弇州山人，明代南直隶苏州府太仓州人。王世贞与李攀龙、徐中行、梁有誉、宗臣、谢榛、吴国伦合称"后七子"。李攀龙死后，王世贞独领文坛二十年，著有《弇州山人四部稿》《弇山堂别集》《嘉靖以来首辅传》《觚不觚录》等。 〔6〕左徒，战国时楚国官名。后人因屈原尝为楚怀王左徒，即用以指屈原。

诗酒山东

念奴娇·送宋荔裳前辈北行，兼寄舍弟贻上

征帆竟举，怅客中分手，旧游难续。洒酒船头看去浪，愁绝离舠屡覆。却忆频年，萍踪数聚，春草欢鸣鹿。子荆零雨，醉来那忍重读。

道遇小弟仪曹，为言别久，和仲思同叔。畴昔逍遥堂后意，不尽远书几幅。淹迹江乡，倦游京国，寂寞东西屋。黑窑重九，会同谁把黄菊。

贺新郎·赠永叔

池上荷花赭。映珠帘、冰盘[1]消暑，青禽[2]飞下。亲旧宾朋闲笑语，满座称觯[3]劝斝。更休问、年华老大。绿酒[4]金尊聊玩世，笑白云苍狗[5]由他罢。最堪乐，天山卦。

北窗曲榭花枝亚。遣余年、阮宣筇杖[6]，邺侯[7]书架。学易知天从此始，说甚屠龙[8]呼马。早报道[9]、先生醉也。种竹观鱼都乐事，况清谭[10]、诗卷真佳话。谁复数，耆英社[11]。

【注释】

[1]冰盘，盘内放置碎冰，上面摆列藕菱瓜果等食品，叫作冰盘。夏季用以解渴消暑。 [2]青禽，即青鸟。喻信使。 [3]称觯，举杯祝酒。 [4]绿酒，美酒。 [5]白云苍狗，比喻世事变幻无常。 [6]阮宣筇杖，《世说新语·任诞》："阮宣子（阮籍）常步行，以百钱挂杖头，至酒店，便独酣畅。虽当世贵盛，不肯诣也。" [7]邺侯，宋王应麟《困学纪闻·考史》："（邺侯）李泌父承休，聚书二万余卷，戒子孙不许出门，有求读者，别院供馔。邺侯家多书，有自来矣。" [8]屠龙，《庄子·列御寇》："朱泙漫学屠龙于支离益，单千金之家，三年技成，而无所用其巧。"后因以指高超的技艺或高超而无用的技艺。单，同殚，耗尽。 [9]报道，亦作"报导"。报告；告

知。〔10〕清谭，亦作"清谈"。清议。谈论的内容以对人物、时事的批评为主。〔11〕耆（qí）英社，年高望重者的会社。

> 王士祜（1632—1681），字子测，号东亭、古钵山人。山东新城（今桓台县）人，康熙九年进士。与兄王士禄、弟王士禛均有诗名。未仕而卒。有《古钵集》。

阁上坐雨望敬亭

楼外青山碧四围，荡胸云气欲沾衣。
愁中碧草侵阶长，望里春禽接翅归。
闲倚枯藤清兴极，漫倾浊酒赏心违。
苍松翠筱空如画，怊怅烟岚屐齿稀。

> 曹贞吉（1634—1698），字升六，又字升阶、迪清，号实庵，清代著名诗词家。安丘县城东关（今属山东省安丘市）人。曹申吉之兄。康熙三年进士，官至礼部郎中，以疾辞湖广学政，归里卒。嗜书，工诗文，与嘉善诗人曹尔堪并称为"南北二曹"，词尤有名，被誉为清初词坛上"最为大雅""东鲁词人第一"的词家。

按：对于非冷僻的词句和典故，给予简注或不注。

诗酒山东

蝶恋花

　　读《六一集》十二月鼓子词，嫌其过于富丽。吾辈为之，正不妨作酸馅语耳。闲中试笔，即以故乡风物谱之十二首录一。

　　五月黄云[1]全覆地。打麦场中，咿轧[2]声齐起。野老讴歌天籁耳，那能略辨宫商[3]字？
　　屋角槐阴耽美睡，梦到华胥[4]，蝴蝶翩翩矣。客至夕阳留薄醉，冷淘饦馎穷家计。

【注释】
〔1〕黄云，此指打麦场尘土飞扬的景象。〔2〕咿轧（zhá），象声词。〔3〕宫商，五音中的宫音与商音。此指百姓唱民谣，不懂音乐曲调。〔4〕华胥，华胥国，梦境的代称。

减字木兰花

　　偶然游戏，人道东方真玩世。君曰非狂，历落[1]嵚崎也未妨。
　　当年花底，斗酒双柑[2]吾共尔。黄叶东村，车过难为腹痛人。

【注释】
〔1〕历落，磊落，洒脱不拘。〔2〕斗酒双柑，唐冯贽《云仙杂记·俗耳针砭诗肠鼓吹》引《高隐外书》："戴颙春携双柑斗酒，人问何之，曰：'往听黄鹂声。'"后因以"斗酒双柑"指春日胜游。

卖花声·丁巳[1]清明

烟草似愁生。绿满长汀。隔墙一一卖花声。十日雨丝天作剧,渲染清明。

林外乍啼莺。楼外峰青。东风拂面酒微醒。倚帽垂鞭何处去,淰淰寒轻。

【注释】
〔1〕丁巳,此指1677年。

蝶恋花·夏夜酒醒口占

解识浊醪多妙理。八尺琉璃,引入甜乡里。酒重灯昏慵不起。梦回已是三千里。

残月几榠斜界纸。天色空青,银汉光垂地。苔涩流萤飞且止。穿帘好趁荷风细。

满庭芳·闻雁

细草摧霜,寒风败叶,楼头一雁初鸣。偶来嘹呖,何事恰关卿。惆怅沙平月落,衡阳路、几点峰青。还堪忆,江枫渔火,只影傍人明。

伶俜。山枕上,梦回酒醒,哀韵偏清。更阶前蛩语,林外秋声。同是一般憔悴,算只少、猿叫三更。从今去,湘流曲折,莫近小窗横。

诗酒山东

水调歌头·大醉放言

左手把欢伯[1]，右手擘双螯。淋漓酒浓衫重，一任发萧萧。我自狂歌潦倒，醉看长安市上，若个插金貂。邓禹[2]莫相笑，阮籍正逍遥。

列蛾眉，调锦瑟，响云璈。君侯应自，贵耳吾欲等鹔鹴。腐鼠才堪一饱，仰视鹓雏曰吓，意气二虫骄。安往非贫贱，三径问蓬蒿。

【注释】

〔1〕欢伯，酒的别名。　〔2〕邓禹，东汉大将，封高密（在今山东安丘、高密、诸城一带）侯。

玲珑[1]四犯[2]·送杞园游西湖

三月吴山，记梅子黄时，几多烟雨。载酒西泠[3]，千顷嫩荷澄暑。沉醉失却湖光，似梦里、断云飞絮。叹软尘十载遮留，翻送故人游去。

一枝柔橹穿花路。淡空明、个侬眉妩。檀栾[4]金碧天然丽，都在晚霞红处。试问堤畔垂杨，尚否、青青如故。遇禅灯老衲，还为我，殷勤语。

【注释】

〔1〕玲珑，乐章名。宋张端义《贵耳集》卷上："自宣政门，周美成、柳耆卿辈出，自制乐章，有曰侧犯、尾犯、花犯、玲珑四犯。"　〔2〕四犯，古代乐曲转调的名称。曲调中宫调犯四调者谓之四犯。唐人以为犯有正、旁、偏、侧四种，即宫犯宫为正犯，宫犯商为旁犯，宫犯角为偏犯，宫犯羽为侧犯。其实宫调可犯商、角、羽诸调，而十二宫之间则不容相犯。　〔3〕西泠（líng），此指西湖。　〔4〕檀栾，秀美貌。

百字令

三台[1]鼎峙，俯清漳[2]如带，东流凄切。数载谯南[3]泥水路，射猎读书人杰。横槊悲歌，临江洒酒，一片雄心热。二乔[4]何在，东风吹浪成雪。

更忆绣虎[5]蜚声，陈思[6]才调，舞蔗中郎[7]绝。缥缈西园飞盖处，宾客应刘[8]心折[9]。吴蜀君臣，魏家父子，人物皆英发。何哉青史，世龙犹自羞说。

【注释】
[1]三台，指魏都邺城铜雀、金凤、并井三台。 [2]清漳，指漳河。古邺城在今河北邯郸临漳县。 [3]谯南，指曹操思贤心切。谯，在安徽亳州，曹操故乡。 [4]二乔，指三国吴乔公二女大乔、小乔。分别嫁给孙策和周瑜。杜牧句："东风不与周郎便，铜雀春深锁二乔。"苏轼《赤壁怀古》有句："遥想公瑾当年，小乔初嫁了。" [5]绣虎，《类说》卷四引《玉箱杂记》："曹植七步成章，号绣虎。" [6]陈思，指陈思王曹植。南朝梁刘协《文心雕龙·时序》："陈思以公子之豪，下笔琳琅；并体貌英逸，故俊才云蒸。" [7]舞蔗中郎，指曹丕与邓展以甘蔗比剑术的故事。 [8]应刘，汉末建安文人应场、刘桢的并称。二人均为曹丕、曹植所礼遇。明谢榛《送王侍御按河南》诗："知君最爱应刘赋，更向西园一寄声。" [9]心折，佩服。

渡江云·送蒋京少下第游楚，步其年韵

对西风一笑，碧云黄叶，惆怅[1]旧霜毫[2]。珠投仍按剑，悔杀平生，未谱郁轮袍[3]。雪花似翼，桑干[4]路、寒色刁骚。任纷纷、黄金白璧，意气属吾曹。

帆摇。女儿浦口，新妇矶边，看江天影倒。问六朝[5]、艨艟[6]铁锁，尽逐洪涛。芦声瑟瑟鹍弦[7]急，伴渔火、酒醒无聊。湘岸阔、回头咫尺青霄。

诗酒山东

【注释】

〔1〕怊（chāo）怅，犹惆怅。　〔2〕霜毫，指毛笔。　〔3〕郁轮袍，古曲名。相传为唐王维所作。维未冠而有文名，又精音律，妙能琵琶，为岐王所重。维方将应举，求王庇借。王遂引至公主第，使为伶人。维奏新曲号《郁轮袍》，为公主所激赏，乃为之说项，维遂得高中。　〔4〕桑干，河名。今永定河之上游。相传每年桑椹成熟时河水干涸，故名。　〔5〕六朝，三国吴、东晋和南朝的宋、齐、梁、陈，相继建都建康（吴名建业，今南京市），史称为六朝。　〔6〕艨艟（méng chōng），亦作"艨冲"。古代战船。　〔7〕鹍弦，用鹍鸡筋做的琵琶弦。

绮罗香·宋牧仲座上闻歌

抹丽[1]凝香，池塘过雨，屈注明河天际。雪酒[2]银桃，六月燕山风味。倩数声、玉笛吹来，似一串、骊珠掷碎。看盈盈、初日芙蕖[3]，双瞳剪水[4]两眉翠。

青衫留落旧客，遮莫娇丝脆管，难令沉醉。几点萤光，犹照苍苔无寐。好宫调[5]、贺老[6]教成，倦心情、屏风立地。漫流连、入破[7]伊州[8]，记枫香曲子。

【注释】

〔1〕抹丽，即茉莉花。　〔2〕雪酒，名酒名。　〔3〕芙蕖，亦作"芙渠"。荷花的别名。　〔4〕双瞳剪水，形容眼珠的清澈。　〔5〕宫调，戏曲、音乐名词。我国历代称宫、商、角、变徵、徵、羽、变宫为七声，其中任何一声为主均可构成一种调式。凡以宫为主的调式称宫，以其他各声为主的则称调，统称"宫调"。　〔6〕贺老，指唐贺怀智。唐天宝末乐工，善弹琵琶，世称贺老。　〔7〕入破，唐宋大曲的专用语。大曲每套都有十余遍，归入散序、中序、破三大段。入破即为破这一段的第一遍。　〔8〕伊州，曲调名。商调大曲。

秋霁·本意

过雨长天,早露重闲阶,新月如沐。射角明河,垂檐珠斗,苔影上人眉绿。流萤谁扑。霜纨小扇银塘曲。浑无寐。风度。药栏戛戛响修竹。

漏残酒醒,篆冷烟销,隐壁秋虫,似伴幽独。拂莓墙、花香作阵,秋兰绰约疑空谷。故国难穷千里目。悠然归兴,只在黄叶村中、白苹乡里,数间茅屋。

贺新凉·冬夜书怀

斜汉[1]西南落。正繁霜、关河凄紧[2],撼林风恶。历历大星[3]垂几点,光射五云楼阁[4]。听寒夜、数声残柝。浊酒一杯浇磊块[5],笑枯肠、那得生芒角。吾所志,在林壑。鲰生[6]福相天然薄。

对西风、棱棱瘦骨,支床[7]如削。老矣北堂[8]人健否,梦里乍逢还觉。惭愧煞、林边乌鹊。头秃毛君归亦得,淡生涯、老瓦盆中乐。追麋鹿,力耕作。

【注释】

〔1〕斜汉,指秋天向西南方向偏斜的银河。 〔2〕凄紧,谓寒风疾厉,寒意逼人。 〔3〕大星,星宿中大而亮者。 〔4〕五云楼阁,指豪华富丽的楼阁。 〔5〕磊块,石块。比喻郁积在胸中的不平之气。 〔6〕鲰生,浅薄愚陋的人;小人。古代骂人之词。犹小生。多作自称的谦词。 〔7〕支床,支撑在床上。 〔8〕北堂,古代居室东房的后部,为妇女盥洗之所。指母亲的居室,代称母亲。

诗酒山东

贺新凉·送洪昉思归吴兴

年少愁如许。叹羁栖、京华倦客,雄文难遇。广漠寒风吹觱篥[1],弹铗歌声太苦。且白眼、看他词赋。单绞[2]岑牟[3]直入座,拚酒酣、挝碎渔阳鼓。欹帽影,棹头去。

湖山罨画[4]迎人住。溯空江、白云红叶,一枝柔橹。归矣家园烧笋熟,五岳胸中平否。学闭户[5]、读书怀古。舟过吴门频问讯,是伯鸾[6]、德耀[7]佣舂处。魂若在,定相语。

【注释】

〔1〕觱篥(bì lì),古簧管乐器名。以竹为管,管口插有芦制哨子,有九孔。又称"笳管""头管"。本出西域龟兹,后传入内地,为隋唐燕乐及唐宋教坊乐的重要乐器。 〔2〕单绞,暗黄色的薄衣。 〔3〕岑牟(cén mù),古代鼓角吏所戴的帽子。牟,通"鍪"。帽锐上,故称。 〔4〕罨(yǎn)画,色彩鲜明的绘画。 〔5〕闭户,指人不预外事,刻苦读书。 〔6〕伯鸾,汉梁鸿的字。鸿家贫好学,不求仕进。与妻孟光入霸陵山中,以耕织为业。夫妇相敬有礼。作为贤丈夫的代称。 〔7〕德耀,汉梁鸿妻孟光的字。初,夫妇耕织于霸陵山中,后随夫至吴地,鸿贫困为人佣工,每归,光为具食,举案齐眉,恭敬尽礼。事见《后汉书·逸民传·梁鸿》。后为贤妻的典范。

贺新凉·地震后喜濂至都门

乍见衔悲喜。又经过、空花泡影,途分人鬼。瘦骨岩岩驴背下,强拭阑干别泪。带秋雨、秋风情味。尔未成名吾将老,问荒山、负耒何年事。生计在,尚余几。

传闻消息惊千里。累衰亲、萧条白发,关心游子。无限苍生归劫火,我辈偶然活耳。还共饱、长安珠米。苦语难终嫌夜短,灯荧荧、一点摇窗纸。燕酒薄,那能醉。

294

大酺[1]·石林席上闻弦索

正酒船行，人声寂，好月如圭偷照。鹍鸡[2]初入破，响风筝刀尺，麻姑[3]手爪。银甲徐调，冰丝[4]轻拨，啄木丁丁小鸟。空山无人处，任花开花落，洞天深窅[5]。忽变作玉关，千群铁马，平沙衰草。

吴侬[6]歌缥缈。叹旧曲、谁似临川好。遮莫向、岐王筵上，崔九堂前，琵琶弹出伤心调。未抵繁弦巧，引蝶翅蜂须相恼。但羁客、青衫老。奈何频唤，顿减中年怀抱。鬓边明日白了。

【注释】
〔1〕大酺（pú），大宴饮。 〔2〕鹍（kūn）鸡，古曲名。 〔3〕麻姑，神话中仙女名。 〔4〕冰丝，指琴弦。 〔5〕深窅（yǎo），幽深；深邃。 〔6〕吴侬，吴地自称曰我侬，称人曰渠侬、个侬、他侬。因称人多用侬字，故以"吴侬"指吴人。

百字令·婺源道中记所见

湿云泼墨，尽连宵做弄，碎琼零玉。滩雪惊飞流不定，轧轧水车翻轴。出鬼荒祠，女郎遗庙，撮听秋坟曲。乱鸦枯树，峰腰犹抹青绿。

莫是洪谷云林，匆匆渲染，健笔能医俗。一缕炊烟来木末，篱落人家堪宿。乌桕红销，棕榈叶散，掩映千竿竹。数杯浊酒，敌他檐际风肃。

诗酒山东

> 王士禛（1634—1711），原名王士禛，为避皇子胤禛（即雍正帝）讳而改名。字子真，一字贻上、豫孙，号阮亭，又号渔洋山人，人称王渔洋，谥文简。汉族，祖籍诸城，后迁新城，遂为新城（今山东桓台县）人，常自称济南（彼时新城属济南府）人。清初杰出诗人、文学家。博学好古，能鉴别书、画、鼎彝之属，精金石篆刻，诗为一代宗匠，与朱彝尊并称"南朱北王"。书法高秀似晋人。康熙时继钱谦益而主盟诗坛。论诗创神韵说。早年诗作清丽澄淡，中年以后转为苍劲。擅长各体，尤工七绝。但未能摆脱明七子摹古余习，时人诮之为"清秀李于麟"，然传其衣钵者不少。好为笔记，有《池北偶谈》《古夫于亭杂录》《香祖笔记》等。

按：本卷所选饮酒诗部分取自齐鲁书社《渔洋精华录集注》。为了减少注释的篇幅，仅对个别词句进行注释说明。

蠡勺亭[1]观海

登高丘而望远海，坐见万里之波涛。
长天寥廓云景异，春阴偃蹇[2]鱼龙高。
怒潮乘风立千丈，虎蛟水兕[3]纷腾逃。
群灵潜结万蜃气，一痕未没三山椒[4]。
须臾势尽潮亦止，波淡天清静如绮。
菱苔沈绿纷塘坳[5]，螺蚌摇光散沙汭[6]。
参差岛屿罗殊域[7]，纷如星宿秋天里[8]。
击我剑，听君歌，有酒不饮当奈何。
日主祠前水萧瑟，仙人台上云嵯峨。
羡门高誓[9]不可见，秦皇汉武空经过[10]。
只今指顾伤怀抱，黄腄甾[11]鉼尽荒草。

人生快意无几时，明镜朱颜岂长好。

吾将避世女姑山[12]，不然垂钓蜉蝣岛[13]。

【注释】

〔1〕蠡勺亭，原在今山东莱州西北之海边，今不存。 〔2〕惠注：偃蹇，高貌。 〔3〕水兕，一种形状像牛的水兽。 〔4〕三山椒，三山之巅。莱州正北二十五公里有三山岛。原在海中浅滩中，明清时逐渐与陆地相连，成为半岛。椒，山巅曰椒。另据王渔洋《与林吉人手札》，此三山当指"海中三神山"，即蓬莱、瀛洲、方丈三山。 〔5〕塘坳，低洼地。 〔6〕沙汭，指沙滩。此句意为：螺蚌等海产品散落于沙滩上，在阳光照射下闪闪发光。摇光，光影摇落生辉。 〔7〕殊域，远方。 〔8〕"参差"二句意为，错落的岛屿分列海中，就像天上的星宿布满秋天的星空。 〔9〕羡门，高誓，传说中的海中仙人。 〔10〕秦皇汉武空经过，意为这些都是往事和传说，我们只能作远古之思。 〔11〕黄县，今烟台龙口。黄县，在黄水之畔，故名。腄县，在今烟台栖霞福山一带。腄，生产陶瓷之染料。甄县，古县名，去黄县南100里，大概在今莱州东栖霞西一带地区，古时以生产陶瓷染料及瓷器闻名。甄，陶瓷之类。此三县所在地区，大概在今牟平、福山、栖霞、龙口、莱西西部一带。 〔12〕女姑山，位于崂山之西，胶州湾东岸，现属青岛城阳区。秦汉时为著名求仙望海处。今青岛有女姑口，胶州湾高速女姑口大桥。 〔13〕蜉蝣岛，今莱州芙蓉岛。名称与浮游谐音。取其名雅。位置在今莱州市东北约30公里海中。

秋暮与家兄礼吉叔子小饮有怀

萧瑟秋为气，凋蘦[1]始欲愁。酒人方落魄，名士半离忧。

桂树犹招隐，云旗[2]未远游。吾曹如野鹤，偃蹇待浮丘[3]。

【注释】

〔1〕蘦（lìng），同"零"，零落。 〔2〕云旗，以云为旗。《楚辞·九

歌·东君》:"驾龙辀兮乘雷,载云旗兮委蛇。"王逸注:"以云为旌旗。"〔3〕吾曹,我辈。偃蹇,此处指落魄,不得志。浮丘,即浮丘公,接王子乔至嵩山升仙之人。此指伯乐、知己。唐刘禹锡《酬令狐相公见寄》:"何时得把浮丘袖,白日将升第九天。"此句意为我辈当前郁郁不得志,等待有朝一日遇见伯乐,我们便会如野鹤一样一飞冲天。

浒山道中

断霭望沉沉,关河岁暮心。苍山连冻浦[1],雪屋入寒林。

凫雁荒陂[2]晚,鸡豚古社深。墨王亭[3]畔路,载酒忆登临[4]。

【注释】

〔1〕冻浦,结冰的水泊。〔2〕陂(bēi),山坡,斜坡。〔3〕惠注:《居易录》:"长白山会仙峰之北浒山泺中,有墨王亭。"金注:先生(指诗人渔洋先生)《研北杂志跋》:"从叔祖洞庭工怀素草书,崇祯时,官光禄署正,尝奉诏写御屏。有别业在长白山下浒山泺中,筑一亭,榜曰'墨王'。从叔祖,父亲的叔父,堂爷爷。〔4〕"载酒"句,在此置酒缅怀过去从叔祖登临的情景。此诗整篇意思是诗人经过祖先曾经居住的地方,表达深切的缅怀之情。

晓雨复登燕子矶[1]绝顶

岷涛万里望中收,振策[2]危矶最上头。

吴楚青苍分极浦,江山平远入新秋。

永嘉南渡[3]人皆尽,建业[4]西风水自流。

洒洒重悲天堑险[5],浴凫飞鹭满汀洲。

298

【注释】

〔1〕燕子矶，地名。在江苏省南京市东北部观音山。突出的岩石屹立长江边，三面悬绝，宛如飞燕，故名。矶，突出江边的岩石或小石山。　〔2〕振策，扬鞭走马。　〔3〕永嘉南渡，西晋永嘉五年（311）匈奴攻陷洛阳，掳走怀帝。自此中原内忧外患，战乱不断。中原人大批南渡长江避乱。史称永嘉南渡。李白有诗形容安史之乱："三川北虏乱如麻，四海南奔似永嘉。"这是唐朝又一次大规模的中原人南渡时期。　〔4〕建业，古县名。东汉建安十七年（212）孙权改秣陵县设置，治所在今南京市。吴黄龙元年（229）自武昌迁都于此。今称建邺，南京市有建邺区。　〔5〕"洒洒"句意，诗人在此饮酒祭奠怀古，感慨即便长江天险，也避免不了战乱造成人民流离失所，国破家亡。此句实际上隐含了明朝灭亡，国家被满人取代的悲凉与无奈。重悲，再次感到悲伤。因为是复登，故言重悲。

登金山二首（其一）

振衣[1]直上江天阁，怀古仍登海岳楼。
三楚[2]风涛杯底合，九江云物坐中收。
石簰[3]落照翻孤影，玉带山门[4]访旧游。
我醉吟诗最高顶，蛟龙惊起暮潮秋。

【注释】

〔1〕抖衣去尘，整衣。鲍照有诗："振衣千仞冈，濯足万里流。"金山寺又名江天寺，阁在山顶。　〔2〕三楚，战国楚地疆域广阔，秦汉时分为西楚、东楚、南楚，合称三楚。金注：孟康曰："旧名江陵为南楚，吴为东楚，彭城为西楚。"　〔3〕石簰，金注：《金山府志》："三山石，一名笔架山，东曰巧石，虽大水不没，曰石牌山，亦曰石簰。"簰，竹木制大筏。　〔4〕玉带山门：作者简，此处用苏轼过金山寺时以玉带换山僧衲衣以结友谊故事。玉带山，此指金山。

诗酒山东

润州[1]怀古二首（其一）

兴亡六代已销沉，对此茫茫思不禁。
黄鹄山头寒雨暝，佛狸帐外暮涛深。
兵闻北府千年劲，云入西津一片阴。
兴剧[2]且倾京口酒[3]，三山[4]破豁足开襟。

【注释】
〔1〕润州，北宋政和三年（1113）升为镇江府。今镇江市辖区，另有镇江辖区京口区。　〔2〕兴剧，高兴到极致。　〔3〕京口酒，指镇江京口所出之酒。　〔4〕京口有三山，即焦山、金山、北固山。

海门[1]歌

岷峨[2]东下江水长，远从井络来吴乡。
奔涛万里始一曲，古之天堑维朱方[3]。
北界中原壮南纪[4]，鱼龙日月相回翔。
中流一岛号浮玉，登高眺远何茫茫。
长空飞鸟去不尽，江海一气同青苍。
山外两峰远奇绝，双阙屹立天中央。
左江右海辨云气，如为八裔[5]分纪疆。
江流到此一缚束，早潮晚汐无披猖[6]。
烛龙[7]晓日出云海，山光照曜连扶桑。
年来海戍未停罢，峨舸[8]大舰来汪洋。
胡豆洲前起烽火，徒儿浦上披裲裆[9]。
古闻京口[10]兵可用，寄奴[11]一去天苍凉。

我愿此山障江海，七闽[12]百粤[13]为堤防。
作歌大醉卧岩石，起看江月流清光。

【注释】

〔1〕金注：焦山东北有二岛对峙，谓之海门。　〔2〕岷峨，岷山峨眉山，渔洋公诗中有时也称峨岷，指四川地区。古人认为长江发源于岷山之下的岷江。　〔3〕朱方，春秋时吴地名。治所在今江苏省丹徒县东南。　〔4〕南纪，《诗·小雅·四月》："滔滔江汉，南国之纪。"郑玄笺："江也，汉也，南国之大水，纪理众川，使不壅滞；喻吴楚之君能长理旁侧小国，使得其所。"后因以指南方。　〔5〕八裔，八方边远地区。　〔6〕披猖，猖獗，猖狂。　〔7〕烛龙，古代神话中的神名。传说其张目（亦有谓其驾日、衔烛或珠）能照耀天下。　〔8〕峨舸（é gě），高大的船。　〔9〕裲裆（liǎng dāng），古代的一种长度仅至腰而不及于下，且只蔽胸背的上衣。形似今之背心。军士穿的称裲裆甲。一般人穿的称裲裆衫。　〔10〕京口，古城名。在今江苏镇江市。公元209年，孙权把首府自吴（苏州）迁此，称为京城。公元211年迁治建业后，改称京口镇。东晋、南朝时称京口城。为古代长江下游的军事重镇。　〔11〕寄奴，南朝宋高祖刘裕的乳名。刘裕曾从京口挥师北上，一度统一中原。并在彭城（今徐州）项羽戏马台大宴群臣，并邀当时著名诗人写诗庆祝。　〔12〕七闽，指古代居住在今福建省和浙江省南部的闽人，因分为七族，故称。　〔13〕百粤，百越，我国古代南方越人的总称。分布在今浙、闽、粤、桂等地，因部落众多，故总称百越。亦指百越居住的地方。

舟暮

向晚[1]金牛道，林寒响宿禽。雪晴烟树小，日夕竹园深。
川路[2]通萧港，扁舟动越吟[3]。兰陵今夜酒，无那故乡心[4]。

诗酒山东

【注释】
〔1〕向晚，临近晚上的时候。〔2〕川路，水路。〔3〕越吟，据《史记》载：战国时越人庄舄在楚国做了大官，据说身体好时吟楚歌，病了则吟越歌以寄乡思。后遂以"越吟"表达思乡之情。〔4〕惠注：李白《客中行》："兰陵美酒郁金香，玉碗盛来琥珀光。但使主人能醉客，不知何处是家乡。"此两句谓，如果喝醉了，思乡的事情就忘了。无那，没有那。

送苕文之京

森森江湖春水生，淮南风景过清明。
故人恰向愁中至，感激真从难后平。
竹外寒烟瓜步镇[1]，花时细雨广陵[2]城。
谢公埭[3]下通宵语，酒冷香残十载情。

【注释】
〔1〕瓜步镇，地名。在江苏六合东南。有瓜步山，山下有瓜步镇。古时瓜步山南临大江，南北朝时屡为军事争夺要地。公元450年，北魏太武帝攻宋，率军至此，凿山为盘道，设毡殿，隔江威胁建康（今南京市）。〔2〕广陵，扬州。〔3〕惠注：谢公埭，《御览·晋中兴书》曰："谢安筑埭于新城北，百姓赖之，名召伯埭。"

赠蒋虎臣[1]先生

卢橘[2]已垂实，杨梅初满林。仙人一相访，樽酒话同心。
天台烟雾远，华阳丘壑深。平生山水意，兹夕寄瑶琴。

【注释】

〔1〕蒋虎臣，金坛人，居华阳洞不远，自号华阳山人。　〔2〕卢橘，金橘的别称。指枇杷。苏轼有诗："罗浮山下四时春，卢橘杨梅次第新。日啖荔枝三百颗，不辞长作岭南人。"

对酒

对酒歌慨慷[1]，自我属有生，共得睹太平。

皇帝陛下惟乐康。宫府治，丞相无私人。

诸谏官，弹射奸慝[2]，咸有直声。

自中丞刺史良二千石，各各有廉名。

日南交趾，皆我郡县，蛮夷君长，以时稽首殿庭。

属国具为令，文笴生翠来王京。幸太学，三老而五更。遂赐民爵一级，存问长老，遣都吏循行。

大脯十日除宫刑[3]。美人曼寿，百室丰盈。

按：此诗效曹操《对酒》。

【注释】

〔1〕惠注：沈约《宋书·乐志》："魏武帝（曹操）《对酒》词云：对酒歌，太平时，吏不呼门（官员不登门骚扰百姓）。"金注：古乐府魏武《短歌行》："对酒当歌，人生几何？"又："慨当以慷，忧思难忘。"　〔2〕弹射奸慝，弹劾奸佞小人。直声，正直的名声；廉名，廉洁的声名。　〔3〕宫刑，一种残酷的刑罚，即阉割。

诗酒山东

秦邮杂诗六首（其一）

夹岸[1]人家短竹篱，鸭头[2]新绿雨如丝。
几年寒食秦邮[3]路，拂面杨花被酒[4]时。

【注释】
[1]夹岸，水流的两岸；堤岸的两边。 [2]鸭头，鸭头色绿，形容水色。 [3]秦邮，今江苏省高邮县的别称。 [4]被酒，为酒所醉。犹中酒。

九日与方尔止、黄心甫、邹訏士、盛珍示集平山堂[1]，送方黄二子赴青州谒周侍郎

西风萧萧天雨霜，秋高木落当重阳。鹁鸠先鸣蕙芳歇，雁门鸿雁来何方？今我不乐出行迈，西城近对平山堂。欧公风流已黄土，旧游寂寞风烟苍。乔木修竹无复在，荒芜断垄栖牛羊。刘（原父）苏到日已陈迹[2]，况复清浅论沧桑。京江南望流汤汤，北固山高枕铁瓮。萧公旌旆何飞扬，云龙[3]直北云茫茫。彭城戏马[4]启高宴，至今边朔传名章。孤蓬惊沙振丛薄，哀萤蔓草缠雷塘[5]。从来王霸已如此，牛山何必沾衣裳。与君并坐但鼓瑟，醉倒聊复呼葛强[6]。樽前聚散况难必，羽声变徵何激昂[7]。明朝送汝望诸泽，欲趁桓公作急装。

【注释】
[1]金注：平山堂，《扬州府志》："平山堂，在郡城五里大明寺侧。宋庆历八年，欧阳修建堂，负高遥眺江南诸山，皆拱揖槛前，山与堂平，故名……" [2]"刘苏"句，指刘敞（字原父）、苏轼，二人均做过扬州知府。《东坡年谱》："元祐七年，改知扬州。" [3]惠注：《南畿志》："云龙山在徐州城南二里，山形蜿蜒如龙，故名。" [4]戏马台在徐州城

南，项羽戏马于此。惠注：《宋武述征记》："九月九日，王登戏马台，宴百僚，赋诗，作者百余人，谢灵运最工。"　〔5〕雷塘，江都县北十五里。隋炀帝曾在此捉萤火虫取乐。　〔6〕葛强，东晋名士山简（字）的爱将，并州人。山季伦自称"高阳酒徒"，任荆州刺史时，每醉尚能骑骏马，还一边问葛强：并州儿，看我怎么样？　〔7〕"羽声"句，见《史记·刺客列传》，高渐离、荆轲刺秦王前，高渐离击筑，荆轲和而歌的故事。羽、徵，为五音（宫商角徵羽）之一。

冶春绝句十二首（选四）

同林茂之前辈、杜于皇、孙豹人、张祖望、程穆倩、孙无言、许力臣、师六修禊红桥，酒间赋冶春诗。

冶春绝句十二首（其二）

野外桃花红近人，秾华簇簇照青春。
一枝低亚[1]隋皇墓[2]，且可当杯[3]酒入唇。

【注释】

〔1〕惠注："亚枝"，谓临水低枝也。　〔2〕金注：隋皇墓，《扬州府志》："隋炀帝墓，在府城西北十五里雷塘侧。"　〔3〕当杯，对着酒杯。

冶春绝句十二首（其五）

髯公三过平山[1]下，白发门生感故知。
欲觅醉翁[2]呼不起，碧虚[3]楼阁草离离。

【注释】

〔1〕惠注，徐夔曰：东坡《西江月》词："三过平山堂下，半生弹指声中。十年不见老仙翁，壁上龙蛇飞动。"平山，即平山堂，在扬州西北，宋欧阳修牧扬州时所建，因建蜀冈上，望江南诸山似与堂平，故名平山堂。老仙翁，指欧阳修。龙蛇，指欧阳公题壁。 〔2〕醉翁，此当指欧阳修。欧阳修自号醉翁，守滁州时有名作《醉翁亭记》此诗上阕言东坡公三过平山堂见欧阳文忠公题壁因相忆事；下阕当为渔洋先生因忆坡公词而追忆欧阳公事。 〔3〕惠注：碧虚，先生自注："碧虚，窗也。"

冶春绝句十二首（其七）

坐上同矜作达[1]名，留犁[2]风动酒鳞生。
江南无限青山好，便与诸君荷锸行[3]。

【注释】

〔1〕作达，即闻达，闻名。酒鳞，酒面的微波。 〔2〕金注：留犁，饭匕也。指以饭匕当酒杯。 〔3〕惠注：徐夔曰：《晋书·刘伶传》："伶尝乘鹿车，携一壶酒，使人荷锸而随之，曰：'死便埋我。'"锸，铁锹，掘土的工具。

冶春绝句十二首（其八）

海棠一树淡胭脂，开时不让锦城[1]姿。
花前痛饮情难尽，归卧屏山看折枝[2]。

【注释】

〔1〕惠注：放翁（陆游）《渭南文集》："故蜀燕王宫海棠之盛，为成都第

一，今属张氏。"锦城,代指成都。 〔2〕屏山,屏风。折枝,指屏风上的海棠花枝。

上巳,辟疆招,同邵潜夫、陈其年修禊水绘园八首(其二)〔1〕

碧琉璃上双玉壶〔2〕,兰桡宛转沿春芜。
未传洛下羊酪法,且醉淮南樱笋〔3〕厨。
射雉〔4〕城中烟景暮,流莺唤人且须住。
回头笑谢襄阳儿〔5〕,讵可摇鞭背花去〔6〕。

【注释】

〔1〕此诗题目言皇上下诏修禊园事。辟疆招,即皇帝下令。上巳,正月十五。 〔2〕琉璃,指酒杯,玉壶,酒壶。 〔3〕秦中谓三月为樱笋时。 〔4〕惠注:陈沂《南畿志》:"雉皋在如皋县马塘河岸,水中有高岸名雉皋,即《春秋》贾大夫射雉之所。" 〔5〕金注:李白诗:"山公欲上马,笑杀襄阳儿。" 〔6〕惠注:赵蝦诗:"不待管弦终,摇鞭背花去。"

送陶季〔1〕之滁州

先生昔日登武夷〔2〕,铁船峰头看弈棋。
中冠离支三百颗,酒酣自擘轻红肌。
峰头烂睡忘甲子,坐笑曾孙生白髭。
张帆伐鼓下黄鹤,欲滥三湘穷九嶷〔3〕。
披襟兰台发高唱,快哉不辨风雄雌。
平生名岳屐齿遍,风尘京洛〔4〕嗟衣缁。

诗酒山东

投我奇文浩千顷，蛟龙大泽缠躩跜[5]。
谓我四海一知己，譬若庄休[6]从惠施。
高斋茗饮坐清昼，风炉活火分枪旗[7]。
我时无事似犀首，酒鳞[8]浮动银留犁。
丰台红药花照眼，骊驹[9]忽告将西驰。
壮心犹作骥伏枥，适志无如泥曳龟。
我闻上党天下脊，当年潜邸传临淄。
飞龙荒宫没烟莽，断碣仿佛开元词。
纷纷梁晋夹河战，鸦儿万骑陈军麾。
锦囊负矢盛意气，歌声慷慨留三垂。
时平不用弓箭手，空老昭义[10]千熊黑。
战场下马问亭长，鬼磷飒飒寒飙吹。
君家草堂临射陂，门前五柳[11]藏东篱。
何时单舸径归去，北窗高枕谈黄羲。

【注释】

〔1〕陶季（约1661年前后），初名澄（澂），字季深，以字行，乃去深称季，晚号括庵，江苏宝应县人。生卒年不详，约清世祖顺治末前后在世。诸生。早负异才，潜心经史。明亡后，弃举子业，专肆力诗古文词。与莱阳董樵友善，同以布衣游辇下。时方诏举"博学鸿儒"，有人欲以季荐，力辞不就。季性好游历，所作诗多于舟车中得之。王士禛尝删定其客湖南、闽中诸诗。著有《湖边草堂集》及《舟车集》二十卷，《清史列传》并行于世。　〔2〕武夷山，在今福建省。金注：祝穆《方舆胜览》："武夷山，道书谓第十六洞天。《列仙传》云：篯铿炼丹之所也。铿二子，长曰武，次曰夷，因以名山。"　〔3〕九嶷，山名。在湖南宁远县南。　〔4〕京洛，等于说京城。本指洛阳，因东周、东汉曾在这里建都，故称京洛。衣缁，缁衣，百姓穿的衣服。此句说陶寄怀才不遇。　〔5〕躩跜，盘曲蠕动貌。　〔6〕庄休，庄周，惠施以为知己。　〔7〕枪旗，指茶叶的尖和叶，一枪一旗为茶之精品。　〔8〕酒鳞，酒花，酒波；留犁，饭勺，匈奴单于以此盛酒。　〔9〕骊驹，纯黑色的马。亦泛指马。　〔10〕昭义，为唐及五

308

代著名步兵名称。 〔11〕陶渊明曾言，夏天无事，高卧北窗之下，清风徐来，日子就像皇帝。陶公宅边有五柳，自称五柳先生。

瓶中荷花开偶成二首

载酒红桥[1]日，扁舟莲叶东。萧萧沙鸟白，漠漠渚花红。
明镜生潇照，清流澹[2]惠风。别来一千日，相见胆瓶[3]中。

【注释】

〔1〕红桥，桥名。在江苏省扬州市。明崇祯时建，为扬州游览胜地之一。 〔2〕澹（dàn），恬静、安然的样子。水波纤缓的样子。 〔3〕胆瓶，因器型如悬胆而得名。直口，细长颈，削肩，肩以下渐硕，腹下部丰满，为花器，始烧于唐代至清中晚期，盛行于宋代，是陶瓷器型中的经典。

宗梅岑画红桥小景见寄赋怀二首（其一）

辛夷[1]花照明寒食，一醉红桥便六年[2]。
好景匆匆逐流水，江城几度沈郎钱[3]。

【注释】

〔1〕辛夷，香木名，指木兰。 〔2〕"六年"句，指作者在扬州已经过了六个寒食节。 〔3〕沈郎钱，钱币名。榆未生叶时，枝条间先生榆荚，形状似沈充所制之钱，故称。俗亦称榆钱。惠注：徐夔曰：《晋书·食货志》："吴兴沈充铸小钱，谓之沈郎钱。"

诗酒山东

送吴天章归中条山

月始在房群阴终，冻禽塌翅啼酸风[1]。
吕生置酒邀我饮，清歌笑倚商玲珑。
朝来宿醒卧未析，吴郎告我归河东。
北风雨雪满天地，层冰千里高穹窿[2]。
行人皲瘃[3]手足堕，孤裘嗟汝胡蒙茸[4]。
长安甲第高入云，马蹄动地声隆隆。
浆酒霍肉[5]不足道，金玉磊砢[6]堆堂中。
汝诗千首文百轴，洿涂[7]未拔谁相通。
汝家王官谷，中条青蒙蒙。
藤萝相纠水相激，至今猿鸟悲司空。
汝归读书甘寂茂。致君尧舜会有日，飞伏讵变谁雌雄[8]。

【注释】
〔1〕酸风，指刺人的寒风。 〔2〕穹窿，天空。 〔3〕皲瘃，手足冻裂生疮。 〔4〕蒙茸，单薄。 〔5〕浆酒霍肉，把酒肉当作水浆、豆叶一样。形容饮食的奢侈。 〔6〕磊砢，众多委积貌。 〔7〕洿涂，污泥。 〔8〕"汝家王官谷"以下句，意思是你就像归隐中条山王家谷的唐代司空图一样，道路阻且险，何时能再相见？但你总有"致君尧舜上"的那一天。

徂徕怀古二首（其一）

徂徕林壑美，复爱竹溪清。应有云霞侣，幽居远民情。
钓竿想巢父[1]，酒态忆长庚[2]。寂寞空山道，寥寥千载情。

【注释】
〔1〕巢父,即孔巢父,与李白同隐徂徕山的"竹溪六逸"之一。　〔2〕长庚,黄昏时出现在西方天空的金星的名称,亦称太白。此指李白母亲生李白时梦见金星入怀,遂名李白,字太白。忆长庚,指怀念李白醉酒的样子。

金花桥道中作

半年浪迹锦城游,才数归程已暮秋。
晚照开时见千里,寒鸦飞尽过双流。
眼明修竹横塘路,心逐江云下峡舟。
异域忽惊摇落久,今宵一醉失乡愁。

晓渡平羌江步上凌云绝顶

真作凌云载酒游,汉嘉奇绝冠西州。
九峰向日吟江叶,三水通潮抱郡楼。
山自涪翁亭畔好,泉从古佛髻中流。
东坡[1]老去方思蜀,不愿人间万户侯。

【注释】
〔1〕东坡,指苏轼。

诗酒山东

曹升六、谢千仞携酒过饮、宋牧仲、张杞园亦至，同赋长句

陵州罗酒玉雪清，青州金露琥珀赪[1]。直沽冰开酒船到，属车捆载连瓶罂[2]。

二子提挈肯过我，鸱夷[3]交卧纷纵横。我爱徐景山，不知曹事惟酒枪[4]。复爱谢安西，玩弄元子如老兵。眼中况是我辈客，谈天炙毂声彭觥[5]。一斗枯肠芒角生，五斗胸中鳞甲平。一石旷若游八极，逍遥齐物无亏成[6]。

幽州二月草始萌，小桃照地如红鞓。天涯酒人不易得，何必琴筑琵琶筝。十掷辄犍讵缘拙，三语作掾谁所令。蜡炬成堆冠帻堕，西南月作金盆[7]倾。

【注释】

[1]陵州罗酒、青州金露都是指客人送来的山东出产的酒。陵州，今山东德州。青州，今山东青州。赪（chēng），浅红色；红色。 [2]瓶罂，泛指小口大腹的陶瓷容器。 [3]鸱（chī）夷，指盛酒器。《艺文类聚》卷七二引汉·扬雄《酒赋》："鸱夷滑稽，腹如大壶，尽日盛酒，人复藉酤。"鸱夷本为大鸟，后人用其皮盛酒，故为酒器的代称。现在仍有皮囊酒。 [4]酒枪，旧时一种三足温酒器。 [5]彭觥，象声词。 [6]"一斗"以下四句，指饮酒数量不断增加后的感受。 [7]金盆，圆月。

曹升六、谢千仞携酒过饮，宋牧仲、张杞园亦至，同赋长句（其二）

昔闻马文渊，居后欲轩前欲轻。又闻栾将军，贱贫辱身贵快意。此语非长者，亦复非游戏。劲翮扶摇九万里，岂识青冥更垂翅。

鸢肩火色多少年，一老行吟独憔悴。惟应中山酿，供我千日醉。

驶騠[1]为胾[2]驼作羹，有酒如渑那复记。千秋亭上相叫呼，不知何与痴人事。

丈夫不得手执丈二殳，身领渔阳万突骑。亲射蛮毡缚鬼章，谁识邓先好奇计。

此酒须满百斛[3]船，使我反覆没饮[4]如渴骥[5]。子路百榼[6]尧千钟[7]，黄土谁能别愚智。

诸君不釂[8]阁当闭，举觯径须烦杜蒉。

【注释】

〔1〕驶騠（jué tí），良马名。 〔2〕胾（zì），切成的大块肉。 〔3〕百斛（hú），泛指多斛。斛，量具名。古以十斗为斛，南宋末改为五斗。汉焦赣《易林·节之师》："稼穑成熟，亩获百斛。"唐李贺《江南弄》诗："鲈鱼千头酒百斛，酒中倒卧南山绿。" 〔4〕没饮，犹痛饮。《三国志·吴志·吴主传》："权使太中大夫郑泉聘刘备于白帝。"裴松之注引《吴书》："（郑泉）博学有奇志，而性嗜酒，其闲居每曰：'愿得美酒满五百斛船，以四时甘脆置两头，反覆没饮之……不亦快乎！'" 〔5〕渴骥，口渴的骏马。 〔6〕百榼，犹言很多杯酒。喻善饮。宋苏轼《酒子赋》："吾饮少而辄醉兮，与百榼其均齐。" 〔7〕千钟，千盅，千杯。极言酒多或酒量大。 〔8〕釂（jiào），饮尽杯中酒。

大雪次汶上[1]题路氏北堂壁

百里中都道，苍茫欲暮天。

湖平蜀山树，雪没汶阳田[2]。

鲁酒[3]盈觞醉，银鳞[4]下箸鲜。

东楼无李白，且就北堂眠。

313

诗酒山东

【注释】
〔1〕汶上，汶上县。即今山东省济宁市辖县。　〔2〕汶阳田，徐夔曰：杜预《左传》注："汶阳田，汶水北地。"　〔3〕鲁酒，语出《庄子·胠箧》："鲁酒薄而邯郸围。"人们邀请客人饮酒，常谦称自己的酒为"鲁酒"，鲁酒于是成为薄酒的代称。　〔4〕银鳞，指鱼。

田雯（1635—1704），字纶霞，又字子纶、紫纶、号漪亭，晚号蒙斋。山东德州人。康熙三年进士，授中书，累迁工部郎中，督江南学政，历江宁、贵州巡抚，官至户部侍郎。诗师黄山谷，欲以奇丽驾王士禛之上。有《古欢堂集》《黔书》等。

七月十九夜

秋夜三更尽，今宵尚在家。
可怜一尊酒，明日又天涯。
僮仆催行李，园林噪暮鸦。
镫前看白发，老泪数行斜。

赭阳酒民歌

赭阳土风[1]古罕有，潘水[2]清甘酿作酒。
比屋曲米各斗强，多者百缸少十瓿。
糟床下注鹅子黄，味较索郎[3]辄不丑。
此风不变已千年，传来疑是杜康后。
凌晨孤斟带微醺，出门醵饮[4]呼其偶。

分曹浮白鲜虚日，或三五人或八九。

伯伦[5]便埋岂为酗，王绩之乡此居首。

快哉举国皆欢伯，可惜无螯空左手。

以醒为醉醉为醒，孰好鼓瑟孰击缶。

前年刺史来新官，眼花落井印悬肘[6]。

沈湎一临听事堂，薄书置左杯斝[7]右。

国人疾趋称兕觥，茗艼[8]骑马舆隶[9]走。

如此真可博通侯，加以九锡[10]赐圭卣。

我亦逢车流涎者，信宿那能停大斗[11]。

漫云习俗善移人[12]，鲁人猎较[13]孔所取。

男耕女织何未闻，愿除曲蘖戒童叟。

莫教嵇康李白知，老生常谈同敝帚。

软饱[14]登途太匆匆，夕阳在山鸦鸣柳。

【注释】

〔1〕土风，当地的风俗。 〔2〕潘水，淘米水。 〔3〕索郎，酒名。桑落酒的别称。 〔4〕醵（jù）饮，凑钱饮酒。 〔5〕伯伦，晋刘伶的字。伶与阮籍嵇康等六人友好，称竹林七贤。尝作《酒德颂》，自称"惟酒是务，焉知其余"。 〔6〕悬肘，谓写字时臂肘空悬不着几案。 〔7〕杯斝（jiǎ），古代酒器。 〔8〕茗艼，酩酊。大醉貌。 〔9〕舆隶，古代十等人中两个低微等级的名称。 〔10〕九锡，古代天子赐给诸侯、大臣的九种器物，是一种最高礼遇。 〔11〕大斗，酌酒的长柄勺。 〔12〕移人，使人的精神情态等改变。 〔13〕猎较，争夺猎物。泛指打猎。 〔14〕软饱，谓饮酒。

颜光敏（1640—1686），字逊甫，更字修来，号乐圃。山东曲阜人。颜光猷弟。康熙六年进士，由中书舍人累迁吏部郎中，充《一统志》纂修官。书法擅名一时，尤工诗。有《乐圃集》《未信编》《旧雨堂集》《南行日记》。

送王考功[1]西樵归里

生不愿封万户侯，但愿百岁无离忧。
绕床呼卢[2]醒复醉，嘈腾[3]不觉清商[4]流。
向来思逐巫峡舟，君复垂翅归齐丘。
瀛台[5]荷花御沟[6]柳，何时快作联镳[7]游。
忆昔神仙邈相接，紫骝并剪三花鬣。
同时卿相皆雁行，天人忽堕修罗[8]劫。
回首刀砧[9]梦犹怯，放臣意气凌荆聂[10]。
大江白浪高于山，歌笑中流掷轻楫。
焦山古鼎龙鸟文，驳荦颇类王司勋。
苍松绿藓光不分，结成缥缈空中云。
尘埋波滚不能没，人间再出愁绲缊。
江天安可无此君，玉堂绮席何足云。
一官再罢客常满，长斋绣佛矜迂诞。
秋夜渐长日苦短，破除文字挥金碗。
忽睨苍生肺肝热，银瓶欲上丝绳断。
古来贤达皆转蓬，尼山片席何曾暖。
鲛人泪迸明月珠，可怜弃掷沈泥涂。
海水直下深万里，谁施铁网求珊瑚。
朝来日射黄金铺，鹤盖成阴水接轱。
空劳天上悬冰壶，吁嗟归休乎大夫。

【注释】
[1]考功，官名。三国魏尚书有考功定课二曹，隋置考功郎，属吏部，掌官吏考课之事，历代因之。此指王士禄，号西樵。王士禛之长兄。 [2]呼

316

卢，古代一种游戏，也指赌博。〔3〕瞢腾（méng téng），形容模模糊糊，神志不清。〔4〕清商，商声，古代五音之一。古谓其调凄清悲凉，故称。〔5〕瀛台，台名。在北京清故宫西苑太液池（即今中南海）中，也名南台，趯台。三面临水，中有勤政、涵光、香扆三殿，康熙、乾隆两朝常作为夏日听政之所。〔6〕御沟，紫禁城之护城河。〔7〕联镳（biāo），犹联鞭。〔8〕修罗，"阿修罗"的省称。意译为"不端正"或"非天"，是古印度神话中的一种恶神，住在海底，常与天神战斗。佛教采用其名，把它列为天龙八部之一，又列为轮回六道之一。〔9〕刀砧（zhēn），刀和砧板。此指人为刀砧，我为鱼肉，指屡遭险恶。〔10〕荆聂，荆轲和聂政的并称。战国时著名刺客，后亦以谓仗义行侠者。

蒲松龄（1640—1715），字留仙，又字剑臣，号柳泉居士，世称聊斋先生，自称异史氏。淄川（今山东省淄博市淄川区）城外蒲家庄人。明末清初著名的小说家、文学家。著有传世名作《聊斋志异》。

按：蒲松龄以《聊斋志异》闻名天下，但他的诗造诣也很深，世人多不知，《聊斋诗集》1000多首，饮酒诗自然也占了很大的比例。为了节约篇幅，对部分诗的注释从简或不注。

水面亭

论心话旧一樽前，风送荷香媚远天。
酒遇刘伶[1]醒亦醉，月逢庾亮[2]过不圆。
雄谈欲碎珊瑚树，小酌堪凌玳瑁筵[3]。
闻说圣朝新右武[4]，好投文笔去筹边。

诗酒山东

【注释】

〔1〕刘伶，"竹林七贤"之一，以喜饮著称。《晋书·刘伶传》："刘伶字伯伦，沛国人也……常乘鹿车，携一壶酒，使人荷锸（扛着铁锹）而随之，谓曰：'死便埋我。'" 〔2〕庾亮（289—340），字元规，颍川鄢陵（今河南鄢陵北）人。东晋时期外戚、名士。因为名震天下，赏月时人多避之。 〔3〕玳瑁筵，谓豪华、珍贵的宴席。 〔4〕右武，崇尚武功。

早雪，与儿孙筥[1]酒瀹[2]腐[3]

大雪纷纷落，掩帘四壁寒。出门深没履[4]，入舍急弹冠。
人稠炉益暖，饮剧酒忘酸。喜得家人聚，人生此乐难。
早起雪飞扬，拥衾[5]懒下床。呼儿自酾[6]酒，瀹腐佐传觞[7]。
榻上三行尽，阶前半尺强。须知名教乐，不必在膏粱。

【注释】

〔1〕筥，一种竹制的滤酒的器具，此处作动词，用筥滤。 〔2〕瀹（yuè），煮。 〔3〕腐，豆腐的省称。 〔4〕履，鞋，西装革"履"。 〔5〕衾，被子。 〔6〕酾（shāi），滤酒。 〔7〕传觞，宴饮中传递酒杯劝酒。

夜饮再赋

蹇[1]驴乘兴到君家，秋菊登盆列似麻。
雅集喜倾圣人酒，尘容惭对隐逸花[2]。
夜深风定香初剧，绿暗枝稠叶亦嘉[3]。
此物侑觞[4]堪一石，何须锦帐[5]按红牙[6]？

三十年前我所欢，相逢相对一开颜。

犹存傲骨欺霜雪，羞散柔芳较麝兰。

雅业久从愁里废，好花忽自雾中看。

放怀尽饮三蕉叶[7]，酒醒床头香梦残。

堂中花满酒盈觞，妙遣花香入酒香。

祥发庆云纷五色，秋余冷艳殿群芳。

酬三生愿通宵饮，博一夕欢半岁忙。

不似别花近脂粉，辄教词客比红妆。

【注释】

〔1〕蹇（jiǎn），骑驴。 〔2〕隐逸花，指菊花，对应上文秋菊，周敦颐《爱莲说》中有著："予谓菊，花之隐逸者也。" 〔3〕嘉，善，美。 〔4〕侑觞（yòu shāng），在筵席旁助兴，劝人吃喝。 〔5〕锦帐，锦制的帷帐，亦泛指华美的帷帐，这里借指郎官职位。 〔6〕红牙，乐器名。檀木制的拍板，用以调节乐曲的节拍。 〔7〕三蕉叶，犹言三杯。淄川酒厂有"三蕉叶"酒。

岁暮与友人小酌

北风吹雪冷如刀，坐对寒窗感二毛[1]。

但有儒生三尺喙，羞逢世俗片言褒。

菟裘[2]未办身行老，樽酒将空饮不豪。

丰草年年如鹿卧，故人相见慰蓬蒿。

【注释】

〔1〕二毛，斑白的头发。常用以指老年人。 〔2〕菟裘，地名。在今山东省泗水县。后以称告老退隐的居处。

诗酒山东

赠酒人

白堕[1]声名满贝邱,青帘[2]遥动异香浮。

订成良友三年约,销尽英雄万古愁。

海蠡[3]新雕鹦鹉[4]残,芙蓉初典鹔鹴裘[5]。

仙人烂醉垆头卧,天子传呼不上舟[6]。

【注释】

[1]白堕,指刘白堕,相传为南北朝时善于酿酒的人。旧时中国民间信仰之一,为酿酒业所崇拜的行业神祇之一。 [2]青帘,旧时酒店门口挂的幌子。多用青布制成。 [3]海蠡,海螺。 [4]鹦鹉,这里指鹦鹉杯,鹦鹉杯出土于河南省偃师市杏园村的一座唐墓。此杯并非形状像鹦鹉,而是用鹦鹉螺制作而成纯天然的酒杯,故称为鹦鹉杯,高2.5厘米、口径4.7—12.5厘米。现藏于中国社会科学院考古研究所。 [5]"芙蓉"句,指以千金裘换酒也。典,典当,赊。 [6]垆,旧时酒店里安放酒瓮的土台子,亦指酒店。"天子"句,杜甫《饮中八仙歌》言李白:"天子呼来不上船,自言臣是酒中仙。"

寿学师曲文若除日[1]

不尽樽前意,聊倾葵藿[2]情。觞中余寿酒,犹足贺新正[3]。

笑噱皆风雅,居官似水清。愿将作人意,早去福苍生!

【注释】

[1]除日,除夕,农历十二月最后一天。 [2]葵藿,指葵与藿,均为菜名。葵性向日。古人多用以比喻下对上赤心趋向。 [3]新正,指农历新年正月,或农历正月初一,元旦。

除夕

忽然腊尽又春阳,寒暑徒催鬓发霜。
经过岁除七十夕,犹余浑醉九千场。
莺花亦逐人情变,日月空随世俗忙。
一事无成身已老,欲持杯酒劝飞光。

九日同邱行素兄弟登豹山[1]

东西翠嶂[2]列烟鬟,百里风云指顾间。
解恋穷愁惟白发,犹堪告语但青山。
酒如庄列增人放,海样乾坤任我闲。
知己相逢无好景,茱萸相对一开颜。

青女[3]初临树色枯,游人逸兴满归途。
牢骚喜赴高阳[4]约,醉渴欣逢便了沽。
危磴石多苔密绣,冷秋山半草横铺。
可知此日登高乐,插得黄花过酒垆。

【注释】
〔1〕豹山,位于冲山山脉的最西端,为古时淄川县与章丘县界山,在西铺村(蒲松龄在王村西铺毕家教书度过了三十几年时光)西南1.5公里,从毕家石隐园南门眺望,可谓开门见山,青山似屏,饭后即可信步登山观景。 〔2〕嶂,形容高险像屏障的山。 〔3〕青女,传说中掌管霜雪的女神。借指霜雪。 〔4〕高阳,古乡名,在今河南杞县西南。秦末郦其食即此乡人,对刘邦自称"高阳酒徒",后专指嗜酒而放荡不羁的人。

诗酒山东

次韵[1]载酒堂倡和之什，寄郢社[2]诸同人（选三）

花满园林水满塘，暮城返照乱流光。
草随意绿如招隐，柳傍溪生不作行。
几曲町畦黄叶路，数声鸡犬白云庄。
移情最是清秋夜，深树无人月一方。

数里山村间曲塘，长河隐隐接天光。
醉吟白雪诗千首，笑坐金鞍人一行。
落日丰林成鸟市，空城流水绕鱼庄。
风流太傅东山卧，区画苍生自有方。

半亩芳塘荇亦花，山林清兴浩无涯。
踏青伴去鱼窥沼，载妓人来鹦唤茶。
细竹当窗添个个，垂杨流水自家家。
何当再续十年约，蜡屐从君采石华。

【注释】

〔1〕次韵，旧时古体诗词写作的一种方式。按照原诗的韵和用韵的次序来和诗。　〔2〕郢（yǐng）社，指蒲松龄与同乡学友王鹿瞻、李希梅、张笃庆等人结成的"郢中诗社"。

九日赠王宪侯

蜡屐行穿落叶堆，攀缘石磴上高台。
白云满地群羊卧，衰草连天野菊开。

一点青中人共坐,十年望处客初来。
主人曳下南山路,烂醉华堂踏月回。

载酒堂遥和唐太史韵

锦水仙舟蹴浪花,龙门咫尺似天涯。
霞觞共泛兰亭酒,石鼎新烹谷雨茶。
曾向三生联旧约,喜从累世续通家。
无缘得预习池饮,枯守寒窗愧物华。
闲向石床扫落花,闭门书卷旧生涯。
屋梁残月三更梦,枕簟清风七碗茶。
浪迹浮生空蜡屐,良宵沉醉不知家。
平明萧索闻疏雨,悔向风尘老岁华。

同沈燕及[1]饮园中

公子名园景物芳,两人把酒话沧桑。
丛丛绿树含生雾,面面青山补缺墙。
细柳才眠莺唤舞,春花欲嫁鸟催妆。
从来饮少先成醉,又感知音发旧狂。

【注释】
[1]沈燕及,沈天祥,也就是蒲松龄札中所说曾与之"共灯火"的"大兄"。

诗酒山东

王八垓[1]过访

玉案无缘寄所思，一朝握手喜翻悲。
樽开风雨挑灯夜，人似池塘入梦时。
不合世撄流俗怒，无他肠恃故人知。
别来岁月曾多少？话到生平事每遗。

【注释】
〔1〕王八垓，王永胤，号八垓，以恩贡生终老田亩，只做过忠信乡里正。据考证，蒲松龄年轻时曾经在王永胤家坐过馆。

古历亭[1]

历亭湖水绕高城，胜地新开爽气生。
晓岸烟消孤殿出，夕阳霞照远波明。
谁知白雪清风渺，犹待青莲旧谱兴。
万事盛衰俱前数，百年佳迹两迁更。

胜会题诗遍野塘，才华欲与月争光。
荷能留客香盈座，柳不禁风烟数行。
荒草乍开松菊径，明霞多照水云庄。
篮舆载酒游莲社，遥羡德星聚一方。

剪剪波声出小塘，山城楼阁漾寒光。
溪流恨不深千尺，篱竹喜添翠几行。
青杖人分荷叶座，白羊车系蓼花庄。
角巾自有东山[2]乐，何必镜湖[3]水一方？

【注释】

〔1〕历亭，即济南大明湖历下亭。〔2〕东山，据《晋书·谢安传》载，谢安早年曾辞官隐居会稽之东山，经朝廷屡次征聘，方从东山复出，官至司徒要职，成为东晋重臣。〔3〕镜湖，一名鉴湖，在今绍兴（旧称会稽）。杜甫诗："越女天下白，鉴湖五月凉。"

小饮

新筥[1]绿蚁[2]不曾赊，笑语哄堂兴转嘉。
衰亦怜人惟柳色，冷尤沁骨但梅花。
卷长烛短更难尽，酒暖杯深月易斜。
此乐不知老将至，何须锦帐按红牙？

【注释】

〔1〕筥，一种竹制的滤酒的器具。〔2〕绿蚁，新酿的酒还未滤清时，酒面浮起酒渣，色微绿（即绿酒），细如蚁（即酒的泡沫），称为"绿蚁"。

答朱子青见过惠酒

镜影萧萧白发新，痴顽署作葛天民。
爱莲舟过明湖水，问舍衣沾历下尘。
狂态久拼宁作我，高轩乃幸肯临臣！
不嫌老拙无边幅，东阁还当附恶宾。

踏泥借马到南城，高馆张筵肺腑倾。
岂以作宾拟枚乘？徒劳入市过侯嬴。

诗酒山东

锦堂蕴藉诗千首，褐父叨沾酒一盛。
公子风流能好士，不将偃蹇笑狂生。

棨戟门庭近女墙，梁园上客满高堂。
童心儇佻迟方悔，戏技穷愁老已忘。
北海论文怜杜甫[1]，江州赍酒过柴桑[2]。
淫霖快读惊人句，未觉深秋旅夜长。

【注释】
[1]"北海"句，指杜甫与李邕（北海太守）饮历下亭事。杜甫以"海右此亭古，济南名士多"句令济南人自豪。 [2]"江州"句，指陶渊明赊酒事。江州即今九江，柴桑为陶渊明故乡。

饮时明府署中，酬唱倾谈，不觉蜡泪沾衣，归后赋此却寄

初绽官梅廨署清，漫劳折柬召狂生。
快成佳句才情敏，洞启重门腑肺倾。
马踏月明人半醉，香流墨气夜三更。
青衫蜡泪淋浪在，留表贤侯下士荣。
王门未许滥竽逃，又赐衙斋玉色醪。
可喜孟公能倜傥，尚容叔夜纵爬搔。
垂帘已觉琴书静，开卷全清鼓吹器。
平昔最愁谒官苦，今逢贤令不能高。

家居（选一）

十月一日风满庭，小斋树色晚冥冥。
愁逢霜信头逾白，梦到松窗眼亦青。
久以鹤梅当妻子，直将家舍作邮亭。
中宵酒醒闻秋雁，枕上还疑客里听。

斋中薄饮

鬓发萧搔老病身，惊逢客里苦寒辰。
怜随阳雁痴如我，喜傲霜花淡似人。
久典青衫惟急税，生添白发为长贫。
直将卯后三杯酒，洗却胸头万斛尘。

十月风寒叶尽凋，小春日暖水平桥。
月明长缺应多恨，柳树无眠更不聊。
过尽雁行情兴减，无边山色梦魂遥。
白莲社里诗狂友，把手相逢意气消。

东归（选一）

偃蹇[1]风尘四十秋，长途款段[2]不能休。
制芰荷裳怜宋玉，疑蝴蝶队有庄周。
家门暂到浑如客，瓮米将空始欲愁。
尤恐黄花笑人老，醉中不敢插盈头。

诗酒山东

【注释】
〔1〕偃蹇，艰难，困顿。 〔2〕款段，马行迟缓的样子。

客斋

匡床酒醒鼓三挝，卧看车窗月影斜。
入客旅橙怀楚水，惊霜宿鸟梦梨花。
句臻工处贫逾甚，士得微名谤亦加。
枚叔年来薄州吏，梁园馆榭住为家。

黄叶成村山四围，远天风起夕阳微。
老逢花放犹思饮，魂与客安不梦归。
梅影疏随新月冷，雁行斜入断云飞。
半年貂敝尘三尺，思到门庭浣旧衣。

大雪连朝

窗扑银沙晓箭[1]催，柴门乱落豆秸灰。
薄衾如铁朝寒入，老屋无风雪气来。
读过旋忘犹抱卷，饮少辄醉亦衔杯。
急烧柑柮煨新酒，为问梅花几朵开？

【注释】
〔1〕晓箭，拂晓时漏壶中指示时刻的箭。常借指凌晨这段时间。

客邸晨炊

大明湖上就烟霞，茆屋三椽赁作家。
粟米汲泉炊白粥，园蔬登俎带黄花。
罹荒幸不沟渠转，充腹敢求脍炙嘉。
余酒半壶堪数醉，青帘[1]虽近不曾赊。

【注释】
〔1〕青帘，借指酒家。旧时酒店门口挂的幌子，多用青布制成。

闻孙树百[1]以河工[2]忤大僚[3]

西风策策雁声残，酌酒挑灯兴未阑。
星斗夜摇银汉动，芙蓉[4]醉击玉龙寒。
故人憔悴折腰苦，世路风波强项难。
吾辈只应焚笔砚，莫将此骨葬江干！

【注释】
〔1〕孙树百，孙蕙（约1631—?），字树百，号泰岩，又号笠山，山东淄川人。曾任宝应县令，邀蒲松龄任幕僚半年。 〔2〕河工，治河工程。 〔3〕忤，逆，不顺从。大僚，大官。 〔4〕芙蓉，芙蓉杯，此指酒杯。

射阳湖[1]

射阳湖上草芊芊，浪蹴长桥起暮烟。
千里江湖影自吊，一樽风雨调同怜。

诗酒山东

春归远陌莺花外，心在寒空雁影边。
翘首乡关何处是？渔歌声断水云天。

【注释】
〔1〕射阳湖，因古射阳城得名，汉时称射陂，位于宝应县东北，现有面积约8平方公里。

河堤远眺

春城丽日散明霞，漫向东风老物华。
江树笼烟莺唤柳，渔庄落日鸟衔花。
客中剪烛[1]翻疑梦，醉里长歌不记家。
极目平原无限恨，断鸿漠漠渡寒沙。

【注释】
〔1〕剪烛，语出唐李商隐《夜雨寄北》诗："何当共剪西窗烛，却话巴山夜雨时。"此句指思念故乡。

舟中

芦花簇簇晚舟横，何处风吹画角声。
微雨暗添芳草绿，夕阳多向乱流明。
酒邀江月成三客，人踏水云第几程。
我欲扣舷歌水调，残荷风起落红英。

斋中

瘦草浓华总可怜，垂杨深处见啼鹃。
回风已逐潇湘冷，山鬼犹披薜荔还。
苔径花深人不到，蕉窗酒醒梦无缘。
长松浓绿生秋色，疑是江南九月天。

超然台[1]

插天特出[2]超然台，游子登临逸兴开。
浊酒尽随乌有[3]化，新诗端向大苏[4]裁。
蛾眉新月樽前照，马耳[5]云烟醉后来。
学士风流贤邑宰[6]，令人凭吊自徘徊。

【注释】
〔1〕超然台，位于山东诸城市内，为北宋熙宁八年（1075）苏轼任密州（治所在今山东诸城）太守时所建。 〔2〕特出，格外突出；特别出众。 〔3〕乌有，虚幻，不存在。 〔4〕大苏，指宋代文学家苏轼。宋王辟之《渑水燕谈录·才识》："于是，父子名动京师，而苏氏文章擅天下，目其文曰三苏。盖洵为老苏，轼为大苏，辙为小苏也。" 〔5〕马耳，山名。在山东省诸城市西南。 〔6〕邑宰，县邑之长。即县令。此指东坡公。

九月望日，怀张子历友

临风惆怅一登台，台下黄花次第开。
名士由来能痛饮，世人原不解怜才！

诗酒山东

蕉窗酒醒闻疏雨，石径云深长绿苔。
零落寒山秋树冷，啼乌犹带月明来。

饮希梅斋中

樽酒狂歌剑气横，壮怀喜遇故人倾。
竹溪水暖流春恨，梅阁香寒解宿酲[1]。
事业无成忧鬓改，俗缘一去觉身轻。
与君共钓羊裘雪[2]，尚有鸥群续旧盟[3]。

【注释】

〔1〕宿酲（chéng），宿醉。 〔2〕羊裘雪，汉代严光和与刘秀一起游学，刘秀即帝位，严光改名披羊裘隐钓济中，谓不与俗同。 〔3〕鸥盟，与鸥结盟约。指隐居江湖。

独酌

独酌危楼夜月高，寒庭秋尽长蓬蒿。
半生粉蠹争膏火，一枕长松卷怒涛。
苦趣只因诗债结，愁人拟向醉乡逃。
荒斋梦断闻砧杵，百感伤心首重搔。

同九日[1]

九日晴和天未霜，清游强附少年行。
愁怀遇景思先发，蜡屐登山兴益狂。

沉醉只须三大斗,余年能得几重阳?

村人并不知佳胜,辜负山岩野菊香。

【注释】

〔1〕此指重阳节。

六月十一日晚,呼箸[1]共饮

欲饮苦炎热,今宵暑气清。

酒温芳气烈,风起夜凉生。

庭有朦胧月,乡无长短更。

妇如能鼓瑟,当为奏秦声。

【注释】

〔1〕箸,此指蒲松龄妇。

登玉皇阁[1]

高峰列坐一徘徊,恨少涤襟酒一杯。

青嶂不穷弥望尽,白云无数荡胸来。

石连星宿群羊卧,树接天门孤殿开。

鬓发鬖鬖狂似昔,蹑衣直上最高台。

【注释】

〔1〕玉皇阁,在山东淄川西部磁村山顶。

赠别邱行素

芳园扫榻发新醅，聊破尘容尽一杯。
歧路情怀惟我谅，半年笑口为君开。
黄花强插愁方剧，白首相看涕欲来。
饥岁难沽欢会少，莫言归去且徘徊。
无秋同是虑饥寒，君更遭逢较我艰。
坐受儿家供养福，方知老景旷鳏难。
三生亦复奈何许，万劫应为如是观。
冷暖还应觅长策，莫将惫骨久摧残。

三月十九日同邱行素乔梓、毕莱仲兄弟登豹山看桃花

重重花影日光微，主客开襟坐四围。
春满芳林红渐老，寒凝新草绿初肥。
君家子弟皆英妙，我兴颠狂欲遄飞。
此际不因匏系苦，便应潦倒醉忘归。

开樽琥珀漾金光，良友欢逢意兴长。
山石如林青绕座，桃花无缝锦成行。
谈倾雅剧飞觞缓，风起微尘坠粉忙。
可喜芳辰仍载酒，英英年少半门墙。

九日赠九如昆仲[1]

临风把手一登高，但觉英龄健似猱。
清饮辄缘佳客醉，白头频为故人搔。
十年落拓悲吾党，千古文章赖我曹。
世上莫愁无知己，少年坚志欲持牢。

玉皇宫阙绣苔痕，白草青岚接观门，
上下云堆迷鸟道，东西雨脚暗山村。
阁中屦满人盈座，殿角烟寒酒一樽。
呼吸若能通帝座，便将遭遇问天孙。

【注释】
[1]昆仲，称人兄弟。长曰兄，次曰仲。

九日有怀袁子续

绿野黄花酒一樽，荒亭烟雨送黄昏。
夕阳殿阁青蓝寺，树色楼台远近村。
不遣须眉随气数，犹留皮骨傲乾坤。
何人月下弹湘瑟，弹到高山不忍论。

九日同王如水登高，时定甫欲北上

佳节风寒物色宜，又牵杨柳动离思。
庭前篱菊先生酒，山上笙歌太傅棋。

诗酒山东

挫折全消惟舌在，声容已变恃交知。
与君共订茱萸会，覆雨翻云莫浪悲。

深坐匡床欲闭关，忽闻长笛泪潸潸。
人随星汉乘槎去，客醉秋风戏马还。
旧事伤心惟白菊，离人幽梦只青山。
拟携斗酒临高处，与尔论文天地间。

穷途落魄叹遭逢，把酒登临问化工。
三载浮名怜主弃，十年孤调与君同。
离骚欲读羞名士，山水之间见醉翁。
夜夜丰城高剑气，谁从雷雨辨雌雄。

何人作赋怀王粲？此日登临忆孟嘉。
一醉只须眠绿草，满头无用插黄花。
搔残短发风吹帽，卧趁斜阳云作家。
莫向樽前辞潦倒，不妨对菊市中赊。

送赴试者

闲看年少奋南图，白首低垂义兴无。
轩轩方是奇男子，悻悻犹为小丈夫。
列万牙签凭引睡，饮三蕉叶[1]易行沽。
十围柳大[2]英雄老，犹似高阳旧酒徒。

【注释】
〔1〕三蕉叶，指酒。　〔2〕十围柳大，《世说新语》：桓温北征，经金城，见

年轻时所种之柳皆已十围,慨然曰:"木犹如此,人何以堪!"攀枝执条,泫然流泪。

赋得阴阴夏木啭黄鹂[1]

夏日初长春又过,闲亭嘉树绿婆娑。
疏松日澹苔痕涩,弱柳风清鸟语和。
何处乘云吹玉笛?忽看动影掷金梭。
犹将往听携柑酒,五月莺声奈老何!

【注释】
〔1〕赋得阴阴夏木啭黄鹂,出自唐代诗人王维的《积雨辋川庄作》:"漠漠水田飞白鹭,阴阴夏木啭黄鹂。"

历下旅邸

前年此日始到家,今年此日仍天涯。
鲤鱼风起荷花老,蓝蔚天高雁影斜。
书价虽腾犹欲买,酒胡[1]相识不愁赊。
闲收市上青莲子,归作明湖景物夸。

【注释】
〔1〕酒胡,酒家胡,原指酒家当垆侍酒的胡姬。后亦泛指酒家侍者或卖酒妇女。

诗酒山东

历下南郊偶眺

客邸萧然昼漏催，郡城西去路萦回。
池边绿冷黄花发，郭外天空白雁来。
日日清狂频贳酒，朝朝逸兴一登台。
谁家庭榭垂杨柳？小阁朱门傍水开。

秋兴

枫林秋欲暮，霜树醉颜酡[1]。
留客惟尊酒，开怀只剑歌。
交缘贫病寡，梦为别离多。
日暮东篱下，黄花隐翠萝。

【注释】
[1] 酡，饮酒脸红的样子。

华不注晴望

城里看山山愈幽，依微城畔雨初收。
楼台影浸花千亩，烟水晴归鹭一洲。
人在木兰俱是客，月采香国更宜秋。
轻桡去向寒烟外，醉拍红桥又放舟。

黄河晓渡

扁舟风急晓伶仃，宿酒萦怀醉未醒。
河汉微茫人影乱，鱼龙出没浪花腥。
当窗丛荻移新绿，隔水长堤送远青。
一曲棹歌烟水碧，沙禽飞过白蘋汀。

张笃庆（1642—1715），山东淄川人，字历友，号厚斋，别号昆仑山人，为淄川相国宪松（至发）曾孙。康熙二十五年拔贡生。为施闰章所赏识。荐鸿博，力辞不就。后受学使荐为山东明经第一，赴京应试，下第。回乡隐居，闭门著书。诗以盛唐为宗，歌行尤为擅场。著有《八代诗选》《班范肪截》《五代史肪截》《昆仑山房集》。与王渔洋、蒲松龄、唐梦赉等文人交厚。《渔洋诗话》言张"文章淹博华赡，千言可立就，诗尤以歌行擅场"。《四库全书总目》："笃庆才藻富有，洋洋洒洒，动辄千言。风发泉涌，不可节制。"

杖头钱

富莫富于杖头钱，贫莫贫于严道之铜山。
铜山铸钱万万千，到头不得名一钱。
杖头百钱真我有，取自杖头且沽酒。
今日百钱今日醉，得钱沽酒常酣睡。
君不见，何曾一日食万钱，便欲下箸心茫然。
洛阳离乱救不得，纵饶沽酒无颜色。
眼看荆棘埋铜驼，钱乎钱乎奈若何。

诗酒山东

> 谢重辉（1644—1711），字千仞，号方山，又号匏斋，德州城南关街人，致仕后定居德城区黄河涯镇谢家坟村。父亲谢升，明万历三十五年（1607）进士，官至吏部尚书、建极殿大学士，入清后仍任建极殿大学士、吏部尚书。谢重辉25岁时，于康熙八年（1669）赴吏部领职，后历官刑部主事、刑部员外郎、刑部郎中。有《杏村诗集》。王渔洋评其诗曰："去肤存骨，去枝叶存老干。真赏甚稀，存之箧中，以待元次山（唐诗人元结）、杜清碧（元朝诗人）其人相赏弦指之外。"沈归愚曰："比部诗学陶公（陶渊明），未极自然而旨趣已高，摆脱尘垒，真样处，殊近储太祝［按：即储光羲（约706—763），田园山水诗派代表诗人之一］。"

岁暮绝句

小槽[1]新压胜流霞，斟酌鸡钟酒浪斜。
漫笑醉余无个事[2]，胆瓶亲插水仙花。

【注释】
〔1〕小槽，古时制酒器中的一个部件，酒由此缓缓流出。 〔2〕无个事，没有一点儿事。

中庭

绿阴不须期，日出临户牖。空翠侵衣襟，坐来遍左右。
夏屋[1]匪我存，而况贵与富。但收十斛麦，易酒[2]招亲旧。
礼失求诸野，无宁理笾豆[3]。相逢争席[4]罢，便谭桑麻茂。
依依情既真，留连惟卜昼[5]。可怜世上人，斯乐谁能究。

340

【注释】
〔1〕夏屋,大屋。 〔2〕易酒,换酒。 〔3〕笾(biān)豆,笾和豆。古代祭祀及宴会时常用的两种礼器。竹制为笾,木制为豆。此指无须过于讲究礼节。 〔4〕争席,争坐位。表示彼此融洽无间,不拘礼节。 〔5〕"留连"句,指希望不要天黑,没有尽兴。

春来

春来何所事,依然耽琴书。亲昵稀来往,人事欣无余。
我身既暇懒,我性日益疏。时从池上酌,往往临清渠。
春山到眼前,好风遍庭除。碧柳渐覆井,苍松郁不舒。
时鸟解人怜,相向各自如。因之坐松下,日暮倾一壶。

> 赵执信(1662—1744),字伸符,号秋谷,晚号饴山老人、知如老人,清代诗人、诗论家、书法家。山东省淄博市博山人。14岁中秀才,17岁中举人,18岁中进士,后任右春坊右赞善兼翰林院检讨。28岁因佟皇后丧葬期间观看洪升所作《长生殿》戏剧,被劾革职。此后50年,终身不仕,徜徉林壑。赵执信为王士禛甥婿,然论诗与其异趣,强调"文意为主,言语为役"。所作诗文深沉峭拔,亦不乏反映民生疾苦的篇目。

秋暮吟望

小阁高栖老一枝,闲吟了不为秋悲。
寒山常带斜阳色,新月偏明落叶时。

诗酒山东

烟水极天鸿有影,霜风卷地菊无姿。
二更短烛三升酒,北斗低横未拟窥。

除夜杂感

闲身恋残岁,相守海南偏。旧历随灯尽,春星傍户悬。
客愁先入醉,归梦不知年。迢递今宵漏,遥同故国传。

昌乐过阎谕德前辈话旧

菊篱茅屋正萧然,往事随君到眼前。
荷锸真堪唤牛走,拂衣同是值蛇年。
青门夜月三更梦,丹水秋风十亩田。
莫倚清樽说生计,神洲东去海浮天。

冒雨归自碧落洞[1],夜泛浈江[2]饮酒,示门人田英德及同舟诸子

雨飐仙舟似在空,故教蜡炬照江红。
扶筇幸不虚灵境,载酒何辞信好风。
三月烟花荒徼外,二更宾主乱流中。
州民他日传遗事,莫唤闲身作醉翁。

【注释】
〔1〕碧落洞,在今广东英德市,有苏轼诗文等摩崖石刻90多处。 〔2〕浈江,北江的上游,此指北江英德段。

雪晴过海上，适海市见之罘[1]下，自亭午至晡，快睹有述，时十月十日

今晨雪乍晴，寒日升扶桑。出门邀河伯，东向同眝洋。

昨日之罘山，紫翠点水如鸳鸯。未至二三里，见人欲飞翔。

坐来忽复不相识，回峰叠嶂皆摧藏。

赫然烟霭中，城郭连帆樯。疑是秦楼船，归来阅千霜。

又疑瑶宫与贝阙，神山倒影沧流长。

飞仙骖虎豹，晃漾凌波光。招招不得语，目极天苍黄。

同游竞指是海市，对之使我神扬扬。

岁序闭冰雪，鱼龙走颠僵。

非时出瑰丽，此遇超寻常。当年苏夫子[2]，雄词自炫惊海王。

惭予本凡才，未敢纵笔相颉颃。不请亦得睹，失喜欲发狂。

巨川细流两无拒，信知大海真难量。

准拟还家诧乡党，讵肯[3]此地辞杯觞？

天穷人厄总莫问，微尘大地俱荒唐。

客散境变灭，半山还夕阳。

醉归却听暮潮上，浩浩天风吹面凉。

【注释】

〔1〕之罘（fú），山名。也作芝罘，在今山东烟台市北。　〔2〕当年苏夫子，指苏轼，知登州时曾作《海市》诗。　〔3〕讵肯，岂肯。此句指看到这样的美景怎么能不饮酒欢乐呢。

诗酒山东

> 高凤翰（1683—1749），字西园，号南阜，胶州三里河人，19岁考中秀才，20到45岁四赴乡试而不中。雍正六年（1728），46岁时经胶州知州推荐，应"贤良方正科"特试入选，被雍正帝于圆明园召见，授职修郎发安徽试用。他46岁到54岁的仕途命运多舛。1736年到1741年诗人返乡的这段时间，常在扬州与当时的"扬州八怪"流派人物交往，是其中年龄最大的。当世诗宗山东王渔洋（王士禛）非常欣赏他的诗才，遗命为私淑门人。先生工书、画，草书圆劲。善山水，纵逸不拘于法，纯以气胜，兼北宋之雄浑，元人之静逸。花卉亦奇逸得天趣。南阜先生的诗，体例多变，风格各异，但都达到了非凡的境界，其诗最大的特点就是一个"真"字。写景生动传神，写己直抒胸臆，寄友情真意切。在康乾之时，应该未有几人可以匹敌。先生饮酒诗不多，应该与其冷峻的性格有关。虽然豪情万丈，但少有寄于诗者，应该在书、画方面用墨更多，但这丝毫不影响他饮酒诗的价值。

按：本诗注释主要取自孙龙骅先生《高凤翰诗集笺注》。

霞裳先生暨潜庵、采臣、得臣兄弟过赏西亭[1]木香

哭忆杜陵老[2]，题诗寄草堂[3]。
翩然乘野兴，骑马到山庄。
酒碗倾荷叶，檐花散木香[4]。
谢家兄弟[5]好，风雅有诸郎。

【注释】

〔1〕西亭，作者家中亭名。 〔2〕杜陵老，杜甫，字少陵。此处指霞裳。 〔3〕草堂，原指成都杜甫草堂，此处指霞裳先生家。诗人题诗约霞裳先

生来西亭赏木香，于是几个好友骑马过来了。　〔4〕"酒碗"句，大碗喝酒，荷叶斜倾，木香萦绕，檐花飘香。指饮酒赏花的快乐情景。　〔5〕谢家兄弟，东晋时官宦才子谢灵运、谢惠连兄弟，此处指其他兄弟。前两句主要写霞裳先生，后两句写其他兄弟。

郡中李书升同学过访山居

薄日下林莽，寻诗倚暮寒。
故人何处至？驻马下征鞍[1]。
暝色村边合，余光竹外团。
入门俱问询，握手发清欢。
趣妇[2]搜藏酒，粗粝足盘餐。
一笑披巾坐，明朝醉药栏[3]。

【注释】

〔1〕"薄日"后四句，诗人正在暮色中寻诗之际，老友骑马到了。　〔2〕趣妇，催促夫人。　〔3〕"一笑"两句，故人来至，高兴异常，今夜要通宵饮谈。

喜晤王元裳月下快饮[1]

久别当今夕，离怀喜共论。
风流[2]薄[3]北院[4]，落魄爱南邨[5]。
冷艳花侵座，清宵月在尊。
不愁蟾影[6]下，烧烛续黄昏[7]。

【注释】

〔1〕快饮，畅快地喝。　〔2〕风流，指王元裳。　〔3〕薄，接近，靠

近。〔4〕北院，指王元裳的家。 〔5〕南邨，南村，诗人的家。落魄，诗人自指。屡试不第，自然落魄。 〔6〕蟾影，月光下。 〔7〕"烧烛"句，月光不亮无碍，我们点上烛光继续喝。

开门

种柳已成围，不计三与四[1]。
相向插篱门，聊复[2]存古意[3]。
西南临高原[4]，来往足云气。
有时具壶觞，藉草成薄醉[5]。
兀然千载人，我爱陶征士[6]。

【注释】

〔1〕"种柳"句，指种柳一大片。不计，不止。 〔2〕聊复，姑且又。 〔3〕古意，陶渊明曾在门前种植柳树五棵，人称五柳先生。此处诗人意思指门前插柳，姑且还原保存了陶翁意境。 〔4〕"西南"句，诗人家之西南乃低矮的丘陵，故曰高原。 〔5〕壶觞，酒壶和酒杯。此处指酒。藉草，坐卧杂草中。 〔6〕"兀然"句，茫茫千载人中，我最爱陶渊明。征士，应征做官而不去的士大夫。颜延之《陶征士诔》："有晋征士浔阳陶渊明，南岳之幽居者也……有征召为著作郎，称疾不到。"

长山[1]道中二首

小憩征车[2]坐驿亭，一壶村酒[3]对山灵[4]。
看他柳眼[5]长桥外，似为行人着意青。

十里飞花五里鹦,三分微雨一分晴。
临歧[6]莫问东西路,只向柳塘深处行。

【注释】
〔1〕长山,旧县名,1956年并入山东邹平县。现有长山镇,范仲淹故居在此。〔2〕征车,长途旅行所坐之马车。〔3〕村酒,浊酒。〔4〕山灵,山神。〔5〕柳眼,初春柳叶如人睡眼初展,故名。〔6〕歧,歧路,岔路。杜甫有句:"无为在歧路,儿女共沾巾。"

陵州[1]九日振河阁登高

危楼百尺抱寒汀,落叶萧萧倚暮听。
岸隔斜阳林气紫,城林秋水市烟青。
肮脏[2]别自成今古,磊块何曾问醉醒。
惆怅故园谁载酒,黄花闲煞竹西亭。

凭栏一啸俯长川,万里苍茫接暮烟。
身世最怜东去水,帝乡空望北来船[3]。
夕阳人语黄芦外,孤客秋风白雁前。
纵酒可能酬令节,独搔短发问青天。

年年故国登高处,万里天风醉海门[4]。
云驾螭龙[5]招白帝[6],潮惊风雨送黄昏。
人怀汉代田横岛[7],山拟华峰玉女盆。
回首哪堪漂泊日,却弹短铗[8]对饮尊。

诗酒山东

【注释】

〔1〕陵州,元置,明降为陵县。今属德州所辖县。 〔2〕肮脏,同昂藏,桀骜不驯之状。 〔3〕"身世"句,大好时光如东逝水一样去而不返。帝乡,首都。从首都来的船也没带来自己期望的消息。慨叹仕途不顺。 〔4〕海门,海口。诗人家乡在海边。 〔5〕螭龙,古代传说中的无角龙。 〔6〕白帝,古代神话中的五天帝之一,掌西方之神。 〔7〕田横岛,在山东即墨市东北海中。齐王田横义不帝秦,率五百壮士逃到田横岛。后全部自杀。今为旅游景点。 〔8〕短铗,短剑。

客怀[1]对雨

生憎作客费追陪[2],怀抱经时[3]郁未开[4]。
花事空繁三月节[5],酒筵深负十分杯。
他乡归雁衔芦[6]去,故国春阴送雨来。
惆怅山园好良夜,天涯桃李首重回[7]。

【注释】

〔1〕客怀,作客他乡的感怀。 〔2〕追陪,犹言寄人篱下,到处为客。 〔3〕怀抱,指心情。经时,长时间。 〔4〕郁,郁闷。未开,没有释放出来。 〔5〕"花事"两句,因为心情不好,所以对赏花、饮酒都提不起精神。三月节,古代以三月三为游春节气。 〔6〕衔芦,雁飞时口衔芦草以防人弓矢。典出《淮南子·修务》。 〔7〕"惆怅"句,诗人想到故乡现在桃李争艳,良辰美景也无人清赏,所以惆怅万分。山园,此指故园,故乡。

饮王青霞东村夜归

谁从明月下，邀客醉荆扉[1]。
能饮即名士，何辞[2]深夜归。
流水一溪冷，青山四面围。
溪桥坐不厌，云影满裳衣[3]。

【注释】
[1]荆扉，柴门。 [2]辞，拒绝。 [3]裳衣，上身衣服为衣，下身衣服为裳。

月夜泛大明湖

将别济南，诸同人邀饯于湖上亭[1]。载酒溯月，薄暮放舟，有所撼[2]怀。同集者为张榆村、朱伦仲、朱篠园、叙园、祜存昆季[3]。

名士轩头载酒过，一杯空酹[4]旧烟萝[5]。
人同驹影销沉久，地为鸿泥感慨多。
柳叶春归莺乍语，荻花秋老水微波。
此中定有诗魂在，欲问真灵可若何。

一曲湖光月一轮，兰桡[6]相送好黄昏。
他乡兄弟怜萍叶[7]，异代文章付酒樽[8]。
渚水空蒙迷旧迹，柳枝憔悴剩遗痕。
藕花不断年年发，消尽千秋楚客[9]魂。

明月芦花何处寻，回船雨气载重阴。

诗酒山东

来招子晋[10]吹笙鹤,却得成连[11]入海琴。
去住情怀总漫兴[12],晦明山水各清音。
相将莫放樽前醉,白雨声中好共吟[13]。

【注释】

[1]湖上亭,现称湖心亭,为大明湖中一小岛,上有名士轩。名士轩一名得之于杜甫诗"海右此亭古,济南名士多"。岛上有乾隆诗碑。 [2]摅,同抒。 [3]昆季,犹言兄弟。 [4]酹,祭奠。 [5]烟萝,即烟萝子,相传为古代学仙得道者,此指逝去的故人。 [6]兰桡(ráo),小舟的美称。唐太宗《帝京篇之六》:"飞盖去芳园,兰桡游翠渚。"渚,水中小洲。 [7]他乡兄弟,诗人自指。萍叶,浮萍的叶子。这里诗人自怜身世若浮萍。 [8]异代文章,过去时代的诗文。此处也是慨叹旧时的文章与诗文在筵席上的吟诵中成了云烟。有时光荏苒、风流不复之感。后两句也是此意。 [9]楚客,指战国诗楚人钟仪。乐官钟仪囚于晋,晋侯使鼓琴,而钟仪操楚音,后因以为思乡的故事。这里是诗人自指。 [10]子晋,即王子乔。神话人物,相传为周灵王太子。喜欢吹箫作凤凰鸣声。为浮丘公引往嵩山修炼。三十年在缑氏山顶上,向人世告别,升天而去。 [11]成连,春秋时著名琴师。传说伯牙曾从成连学琴,三年不能精通。成连因与伯牙同往东海蓬莱山,使闻海水激荡、林鸟悲鸣的声音,伯牙得到启发,援琴而歌,终于成为天下妙手。海琴,大海的激荡声。 [12]去住,去留。漫兴,随兴,随意。 [13]相将,相互。放,放纵。意思是别在酒桌上喝醉了,以免影响白雨声中的吟诗。苏轼诗:"黑云翻墨未遮山,白雨跳珠乱入船。卷地风来忽吹散,望湖楼下水如天。"

海曲[1]留别署中[2]诸君子,时方养虚先生亦将南归

春到天涯老[3],家山[4]薇蕨[5]生。
浮云游子意,樽酒故人情[6]。

驴背千山雨，江帆几日程[7]。
何日买短棹[8]，慷慨赋南征。

【注释】

〔1〕海曲，古县名，治所在今山东日照西。 〔2〕署中，官署中。当时诗人寄寓海曲朋友官署。 〔3〕老，将尽的意思。 〔4〕家山，故乡。 〔5〕薇蕨，野菜。古诗云："采薇采薇胡不归。"此处诗人有思乡意。 〔6〕"浮云"两句，李白诗："浮云游子意，落日故人情。"借用其意以饯别友人。 〔7〕"驴背"二句，指诗人想象客人路途中可能遇到的困苦。 〔8〕短棹，指小船。词句言诗人也想追随老友足迹，四海为家干一番事业。

莱阳道中宿山家

山田种秫[1]酿山泉，老瓦盆香不取钱。
兴至偶然留客醉，开封刚到第三年[2]。

屋枕荒冈草树昏，后村云起接前村。
偷闲暂洗风尘[3]眼，看尽云飞不出门。

【注释】

〔1〕秫，高粱之黏者为秫，用以酿酒。 〔2〕"开封"句，刚刚满三年开启酒坛封盖。 〔3〕风尘，人间俗务，如科举宦游之类。

抵郡假寓[1]刘豪斋馆舍为除草

下马荒庭晚，呼奴[2]刈恶丛。
竹疏快节见，院静得心空。

凉雨澄鲜翠，幽花落晚红[3]。

投蓑石砌[4]外，招酒市林[5]东。

暑去消尘碍，云闲许梦通。

敢言洒扫处，经宿郭林宗[6]。

【注释】

〔1〕假寓，借住。 〔2〕呼奴，招呼奴仆。 〔3〕"凉雨"二句，清凉的雨滴洗净了翠绿的草木，清幽的鲜花有几朵开了很久的花掉落在地上。 〔4〕投蓑，扔下蓑衣。蓑，用草编织的雨衣。石砌，石阶。 〔5〕招酒，召唤仆人去买酒。市林，市镇。 〔6〕郭林宗，名泰，字林宗，后汉介休（山西介休）人，东汉末的太学生首领。博通经典而不就官府征召，后归故里。经宿，曾经住过。诗人以郭林宗自况，表达清高脱俗之意。

野泊

石头城[1]外放舡行，野泊荒滩欲二更。

露下平沙闻雁[2]语，月明春水看潮生[3]。

上元节候[4]余村鼓，薄宦心期付酒觥[5]。

满眼升沉直底事[6]，海边鸥鹭久寒盟[7]。

【注释】

〔1〕石头城，南京别称。 〔2〕平沙，水边或水中平缓的沙地或沙丘。古曲有《平沙落雁》，诗人意境与此曲相同。 〔3〕看潮生，张月虚《春江花月夜》有"海上明月共潮生"句。 〔4〕上元节候，正月十五时节。 〔5〕薄宦心期付酒觥，微薄小吏的心愿和志向都交给了酒杯。 〔6〕"满眼升沉"句，宦海沉浮又算得了什么呢？底事，什么事。 〔7〕"海边鸥鹭"句，我早违背了与家乡鸥鹭订下的盟约了。古曲有《鸥鹭忘机》。此指早有归乡隐居之意。

芜湖舟中同李啸村分赋得"痕"字

凌晨一棹出天门[1]，小泊严关[2]雾尚昏。
芳树灵祠[3]金粉画，酒旗鱼舍水云村。
箬帆[4]绿重江南雨，沙岸黄添野涨痕。
且尽眼前好风物，向来踪迹不须论。

【注释】

[1]天门，天门山，即东梁山，在安徽当涂县城西南十五公里，与和县西梁山隔江对峙，合称天门山。 [2]严关，重要的渡口，关隘。 [3]灵祠，作者云"隔岸为孙夫人祠"。孙夫人，三国时孙权夫人。其祠时称灵泽夫人祠。 [4]箬帆，一种船帆。箬，竹的一种。

泊舟浒墅关偶作

眼前心事忽全删，柔橹声中尽日闲。
沙嘴黄芦闲井落[1]，云窝红寺小烟鬟[2]。
时时注酒浇新句，处处停桡榻好山。
襆被[3]一囊书数卷，不知津吏有严关[4]。

【注释】

[1]沙嘴，流水中泥沙沉淀形成的与陆地相连的沙滩。井落，院落。 [2]红寺，即红叶寺。唐钱起诗："归来红叶寺，堪忆玉京秋。"烟鬟，如发鬟似的烟雾。苏轼诗："淮山相媚好，晓镜开烟鬟。" [3]襆被，以包袱裹束衣被。 [4]津吏，管渡口桥梁的官吏。严关，险要的渡口，关隘，此指浒墅关。

诗酒山东

客舍[1]晚桂述怀

忽惊秋色老天涯[2]，又见黄金缀露芽[3]。
燕子已归还作客，牡丹开后更思家。
浇将酒盏香初活[4]，看近重阳月渐华。
太息[5]淮南[6]宾客尽，小山空负后开花。

【注释】

〔1〕客舍，旅舍。题后原注："余前有《客舍牡丹》诗。" 〔2〕老天涯，遍天涯。老，尽。 〔3〕"又见"句谓：又看到金黄的桂花如露珠缀满枝头。 〔4〕"浇将"句，斟上酒，举起杯，花香刚开始荡漾，重阳登高节临近了，月亮也逐渐明亮起来。华，此指发出光华。 〔5〕太息，叹息。长叹。 〔6〕淮南，指淮南王刘安。西汉思想家、文学家、汉高祖刘邦之孙。小山，即"淮南小山"。刘安一部分门客的共称。刘安喜好文艺，王逸《楚辞·招辞士解题》："昔淮安王安博雅好古，招怀天下俊伟之士……各谒才智，著作篇章，分造辞赋，以类相从，故或称小山，或称大山。"此诗当写于诗人以仪征县丞兼任泰坝掣制司，因受两淮都转盐运使司卢见曾结党案牵连获罪之时。尽管诗人后"抗辩不屈，本款得白"，但右手已废，复不见用。诗人用典当有所指。刘安后因谋反自尽，株连数千人。

沧浪亭

老去登临感慨多，浮云影里一高歌。
名王池馆石空在，居士清凉梦亦讹[1]。
药裹随人剧潦倒，酒杯到手肯蹉跎。
世间清浊真难说，欲濯沧浪可奈何[2]。

【注释】

〔1〕"名王池馆"句，南宋韩世忠辟沧浪亭为住宅，大加扩建修整。宋孝总时追封他为蕲王。韩世忠因上书指责秦桧的罪行，被罢官解职。后隐居西湖，自号清凉居士。这句说清凉居士为国除奸的梦想也是空想。 〔2〕"世间"两句，世间是非黑白说不清，即便跳进沧浪水里清洗一下又能怎样呢？这还是诗人蒙冤后的感慨。 《孟子·离娄上》，"歌曰：沧浪之水清兮，可以濯吾缨，沧浪之水浊兮，可以濯吾足。"沧浪，汉水的支流。濯，洗。

赋得"行行重行行"再别西冈[1]

行行重行行，同是浮生客。
况我与使君，年且逾半百。
老眼看光阴，冉冉驹过隙。
那堪伤别离，坐使头添白。
人生笑口难，能着几两屐。
且扣掌中杯，为君诗按拍[2]。
明日送我归，尽日成陈迹。

【注释】

〔1〕西冈，鲍西冈，诗人的老友，浙江嘉兴人，当过县令。 〔2〕"且叩"句，以叩酒杯打节拍吟诗。

诗酒山东

旧为张温如画册，未毕而右痿病[1]作，遂用残本寄还。越岁庚申，再会吴间[2]，出此本，左手作题了之，并赋一诗

画经右手留残本，此日重看左手悲。
五六年间如隔世，百千劫里更题诗。
客怜短发春同老，酒放狂歌醉不辞。
拂砚梅花落香雪，风帘相对把疏枝[3]。

【注释】

〔1〕痿病，指右手痹废。　〔2〕越岁，过了几年。庚申，1740年。吴间，江苏苏州。　〔3〕"拂砚"句，把酒拂砚，对着风帘以左手挥毫题字，仿佛梅花落香雪，疏枝自横斜。

邀赵公子万君[1]过饮

老友毕琨朗，说诗常及君。
不谓西峰[2]雨，竟接东溟云。
请从牛马风[3]，遂此麋鹿[4]群。
鱼虾出水市，野蕨开山尊[5]。
已为扫荒径[6]，曷来坐夕曛？

【注释】

〔1〕赵万君，原注云："怡山老人季子。"　〔2〕不谓，不意，没想到。西峰，指赵公子住处。东溟，指诗人住处。不谓，不意，没想到。　〔3〕牛马风，风马牛之活用。从，跟随。　〔4〕麋鹿，兽名，俗称四不像。这里诗人自谦。说自己这里是凡夫俗子之处。　〔5〕"鱼虾"两句意为：海里的

鱼虾、山里的野菜和酒都准备好了。山尊，山樽，犹山杯，有山云图案的酒具。〔6〕"扫荒径"句，表示殷切盼望之意。杜甫《客至》诗有句："花径不曾缘客扫，蓬门今始为君开。"此句借用其意。

法镜野馈蟹

守蟹吾能谙[1]，昔游沽水[2]乡。
寒沙响野簖[3]，藏火闪渔梁[4]。
盈亮膏初紫，开尊菊正黄。
美人[5]珍重意，匕箸肯荒唐[6]。

【注释】

〔1〕守蟹，原注云："河上取蟹，多在夜中，架茅水中俟之。谓之'守蟹'。"余幼时常于舅氏河东村见之。谙，熟悉。 〔2〕沽水，胶州城东之大沽河。 〔3〕簖（duàn），插在水中用以阻拦鱼蟹的竹木栅栏。 〔4〕藏火，螃蟹喜光，夜间会涌向火光处。螃蟹众多时直接置于笼中或瓮中即可。渔梁，同簖一样，也是一种捕鱼蟹的工具。 〔5〕美人，指法镜野。 〔6〕匕箸，吃螃蟹的工具。荒唐，谓漫不经心，不严肃。友人情谊深厚，吃起来也要庄重用心。

约陈贞符公子及诸同人过饮

拨雨[1]新劚[2]野菜根，炊糜作饼足盘飧[3]。
山家风日乘晴暖，正好来倾老瓦盆[4]。

【注释】

〔1〕拨雨，把雨水弄乱的田地收拾好。 〔2〕劚（zhú），同锄，挖。 〔3〕糜，粥。飧，晚饭。 〔4〕倾，倾尽，喝光。瓦盆，此指成就的陶器。

现当代山东饮酒诗选

诗酒山东

> 姜辉先,字周,山东胶州人。1962年9月10日生。山东新闻网创始人。有大学中文、英文、新闻三个学历。曾任教师、团委干事、子弟学校副校长,《矿业导报》(山东地质矿产报)社社长、总编辑;山东省专业报刊新闻工作者协会秘书长;山东省新闻工作者协会网络新闻委员会副主任兼秘书长。1981年刊行自选诗集《星月集》;1991年与孔庆友共同主编旅游地学专著《齐鲁风光大全》;1997年创办山东新闻网。足迹遍及中国大部,自驾里程超过100万公里;1997年出游美国以后,又游历欧、日、加拿大诸地,以诗酒自娱。

济南南山葫芦峪[1]与戈扬等饮席上见赠

朗月寄空谷,万里同此辉。
浪急清波远,风轻孤照垂。
相知久弥久,对饮谁与谁。
今夜只须醉,高谈忘寤寐。

【注释】

[1]自注:葫芦峪,在济南西营东枣林村南。中有溪流,每至夏,常置酒溪流中,取其凉也。

睿园[1]酒后

寒雨连山去复来,芭蕉带泪独徘徊。

残酒未消更欲醉,新衣便添谁与谁?

孤影亭下犹困兽,华楼门前似木柴。

书生意气方奋发,万千心事底中催。

【注释】

〔1〕自注:睿园,女儿云南玉溪家。

睿园小酌怀济南诸酒友

开轩四望绿,卧榻雨轻寒。

独怜小儿女,未解忆济南。

把酒临草径,扶槛观清浅。

滇风迢遥寄,直欲到北蛮。

邀友人饮齐州因事不至

故人出旧都,慷慨赋新词。

风雨飘摇日,新仇旧恨时。

极目云出岫,沾襟泪涌池。

何当共举觞,一醉扫千丝。

席上赠旧

关关难吟渐销魂，寒夜买醉逐风尘。

孤雁衰影路漫漫，枯枝余辉夕沉沉。

惊鸿一瞥百日暖，暗香长袭万年醺。

人人争说春光好，春光无君不是春。

伤今

鲸吞三斛如卷龙，华发至今笑乌青。

壮士自古伤易水，今人不学陶渊明。[1]

【注释】

〔1〕"壮士"二句，指现在既乏荆轲那样的壮士，也鲜见陶渊明那样的隐者了。

别深圳酱门会[1]见酬

一别酱门涕泗流，阿姑含笑姐摇头。

木棉如血亦如泪，紫荆着火亦着愁。

汽笛三声肠欲断，局长[2]两句再登楼。

谁人席上动歌舞，教客夜阑满白头。

【注释】

〔1〕自注：酱门会，为深圳著名的以传播中国酱香型白酒文化和中国酒文化为

己任的艺术创意及电商运营机构。　〔2〕自注：局长，酱门会掌门人杜应红曾经直播了6个省22个市的酒厂品酒活动和酒局，被称为中国最大的"局长"。

醉酬阎先会诗赠

扶头无钱老泪横，况说才高意气清。

酒狂曾经轻年少，累觞岂止三五升。

半夜诗酬犹醉客，一番寂寞向林青[1]。

明朝还伴阎开府[2]，频剪灯花忆东瀛[3]。

【注释】

〔1〕林青，指青林。蒲松龄《聊斋志异·序》："经霜寒雀，抱树无温，吊月秋虫，偎栏自热。知我者，其在青林黑塞间乎？"此用其意。　〔2〕阎开府，指阎先会。杜甫有诗，"清新庾开府，俊逸鲍参军"。阎诗清新如庾信，故以开府称之。　〔3〕东瀛，日本也。此指相与日本"潜游"事。潜游者，不以外国游客身份，而浪迹于冲绳、本州、九州等地也。

圣谷山茶主高建华宴有寄

美人[1]幽意来东海，半日驰驱真乐哉。

宴罢拾阶竹溪[2]上，光影摇落拂青苔。

茶王[3]高踞危岩下，老树低云夸石槐[4]。

夜泊琼阁沧溟畔，高君邀友开盛筵。

鲸饮三尊如吞川，吓煞刘伶并老阮[5]。

诗酒山东

次日山深路盘桓,飞龙高举茶煮泉。

清风不舍结庐瓦,加国浮来好木船[6]。

圣谷茶好非自许,迢遥始知远人烟。

茶农挥汗如飞雨,小苗初栽须三年。

远望茶园参差里,晴日曛和白云闲。

惜别依依向溪山,相期何必邈云汉[7]。

与君再约逍遥游,烹茶煮酒说众仙。

作者自注:

〔1〕美人,君子之谓也。出自《诗·望陂》:"有美一人,硕大且俨。" 〔2〕竹溪,李白居山东时,常与友人于徂徕山竹林中饮酒唱和。人称"竹溪六逸"。圣谷山有茂林修竹,溪水四时不歇。颇与"竹溪"境合,故生此联想。 〔3〕茶王,圣谷山有野茶树,高八尺。人以茶王称之。 〔4〕老树低云夸石槐,化自孟浩然诗:"野旷天低树,江清月近人。"言山高也。夸石槐,圣谷山有神木,出于巨石中,拔地通天,人皆以为奇。 〔5〕刘伶与老阮,指刘伶与阮籍。魏晋时期"竹林七贤"中人。以能饮与狂散著称。 〔6〕加国浮来好木船,高君圣谷山中有茶舍,言自加拿大原木与原样泊来重组而得,吾以诺亚方舟喻之。 〔7〕相期何必邈云汉,李白诗:"永结无情游,相期邈云汉。"此反取其意。

哭诗人张寥寥

一夜寒雨木叶稀,惊闻佛灭未生疑。

前世提酒忘归处,今宵挑灯证菩提。

寥寥大星黯晓月,耿耿虚怀昭海西。

从此但求梦中会,与公痛饮醉长堤。

泰山酒话

张用蓬

(原泰山学院中文系主任、教授,中国现代文学专家。)

少小学桑麻,踽踽泰山行。春花多灿烂,秋草偏凋零。

晨兴沐雨露,暮归披霞红。炊烟锁村寨,犬吠惊梦醒。

远眺眼迷离,登高秋色浓。耕耩锄割耙,筋骨常酸疼。

几番燕呢喃,稼穑学未成。忧劳何以解,杜康慰我情。

泰山有好酒,四乡酒风盛。李白饮徂徕,千秋留美名。

饮酒非为醉,曲折藏隐情。沽酒实无钱,做牛独有命。

终年无一醉,一醉入蓬瀛。风吹枯草抖,贫病常双生。

邻里或相助,杯酒慰我情。前邻养鸡鸭,后邻栽罗藤。

把酒话丰歉,叔伯亲情浓。孤单难自立,拘牵乃本性。

旧朋与新友,三杯豪气升。诗默三百首,游伴午夜星。

天门长啸处,万里来清风。(2016作)

后记　都在酒里了

诗与酒，在任何国度里，都是难舍难分的。这里不作比较文学研究，单谈中国古代诗人的性情与诗风：李太白狂狷，杜工部沉郁，易安、柳永才情兼备。李煜哀恸，刘禹锡清新，白居易朴质，陆放翁真切；而商隐艰涩，贾、孟悲苦，陶潜逍遥于外而郁乎中；高适、王昌龄、王勃、王维、孟浩然，星斗闪耀；离骚作而汨罗江浑，风雅尽而王国维死。"蒹葭苍苍"，读之欲绝；"有美一人"，无奈且伤。大漠孤烟，心如昆仑；枯藤昏鸦，欲说还休。人生一喜一悲可叹，万物一生一死难避。

所以说了半天，还是先喝一杯再说。诗和酒的关系就这样不言自明了。杜工部有言"功夫在诗外"，辛稼轩说"莫嫌浅后更频斟，要他诗句好，须是酒杯深"；诗酒如一体，若悟空之能耐，其能跳出如来之掌心乎！

山东饮酒诗，当然是山东人或是时居山东的人写的诗。郝桂尧先生在其《山东人的酒文化》一书中考证说山东是最早发现或发明酒的地方，那么我想一定也是最早诗酒结合的地方。因为中国文化，乃至文字，山东是发源地之一。东夷的骨刻文比甲骨文还要早，丁再献先生已有专著证之。那你想象一下，喝了几盏以后，肯定要兴奋地哼几句，刻在骨头上、甲骨上以表欢乐。象形的，就算文字，再进一步达意的，岂不就是诗嘛！舜是东夷人的祖先，据考证，中国最早的关于诗歌的论述就是舜

讲的。《尚书·尧典》载："舜命夔主持乐官，舜言：'诗言志，歌永言。声依永，律和声。八音克谐，无相夺伦，神人以和。'"据考东武（今诸城、安丘一带）地区，是舜最早活动的地方，而诗与酒最早的诞生地，山东也是其中之一吧？恰恰过了几千年，苏东坡就在那里，写出了著名的"明月几时有，把酒问青天""但愿人长久，千里共婵娟"。

真正成集、规模恢宏的包含饮酒诗在内的诗歌作品，自然非《诗经》莫属，其中的很多篇章就是与酒有关的。子曰："食色性也。"食自然也包含酒。写诗的人如果不读《诗经》，不解诗与酒的关系，诗人的称号是要大大地打折了。

山东作为儒家文化的发源地，文化地位自不待言，而历代生长、游历、仕宦山东的文豪，也是如群星般闪耀。鼎鼎大名者如三国曹操、曹植父子，南北朝鲍照，唐代李白、杜甫，北宋欧阳修、苏轼、苏辙，南宋李清照、辛弃疾，明代于慎行、蒲松龄，清代王士禛、高凤翰，等等，无不在齐鲁大地上留下了许多脍炙人口的饮酒诗。把这些饮酒诗汇编成册，既能反映诗与酒的紧密联系，也是山东文化、诗酒文化的重要内容，因此也就成了一项不可或缺的文化建设工程。为此，山东白酒协会专门组成了编委会，指导和组织本书的编著工作。

编这本书我们定了三个原则。一是尽量全。凡在山东出生、生活或工作、游历过的人写的与酒有关的诗尽量一网打尽。二是有些好的注释直接从书上、网上拿来，不做狗尾续貂的事。另外，古代诗人的注释都是当朝或者下一个朝代的人注释的，比如王渔洋（士禛）的《渔洋精华录集注》就是当朝惠栋、金荣所注。也就是说用的都是文言文，所以为了通俗化，我们不得不补注或者把古人的注释简化翻译成现代文字，以方便今人阅读，这个的确费了不少的功夫。找到这几千首饮酒诗尚且不易，况乎编乎、注乎、译乎？尤其是翻译，实在是头疼。好在能读古诗的，大都有古文的功底，所以有一些觉得翻译后索然无味的，一仍其旧。

三是选了一些我们自己写的诗,这个是为了坚持饮酒诗的文化传承。至于水平,那肯定连狗尾都说不上了。

这里面有一个人是要特别说明的,那就是"诗仙酒圣"李白。李白虽不是山东人,但他从38岁到57岁将近20年的时间都在东鲁。东鲁、鲁郡、任城、瑕丘,这些地点有的说在现在的山东济宁,有的说在兖州,有的说在曲阜,但其实都离得不远,不过我们考证应以兖州为是。不管他的家在哪个具体的位置,住在今济宁地区是肯定的了。而且他年谱中提及的五个夫人中有三个是山东人(详见李白年谱),所以李白的诗,我们选得比较多。有的当然是在山东写的,有的是家在山东,但在外地游历时写的,有的是既不在山东,也没提及山东的,但因为太喜欢,也忍不住选了几首。这实际上"越界"了。不过辛弃疾虽生在山东,但他没有一首诗词是在山东写的;范仲淹不是山东人,但他的母亲改嫁给了山东人,他的青年时代是在山东邹平的山里苦读度过的。苏轼在山东诸城(密州)、蓬莱(登州,只待了5天),知徐州两年时辖境包括当今枣庄、济宁许多地方,与山东的渊源也足够深厚,当然比不过李白。所以说李白是山东人也不为过,他的饮酒诗选一部分入本书也不是没有理由。

因为毕竟不是专业的诗注家,所以我们的编与注,相比古人而言,实在是惭愧,对于今天一些专注于古代诗词专业的前辈后进来说,也是不敢自夸的。好在得到许多朋友同好的支持,比如张用蓬、张欣、尹凤教授,常常给予勉励与诗酒唱和;山东白酒协会姜祖模会长、蒋彬秘书长;老领导高挺先、老大哥杨晓洲、老大姐李掖平教授伉俪,老友伊戈扬、郝桂尧、崔齐东、刘玉祥,齐鲁云商的诸多友人;著名画家赵无眠、著名日本文学翻译家阎先会,山东新闻网(鲁网)刘新、尹昂等同事们,或唱和,或勉励,或帮助检索、修改本书,促使我们终于完成了这项任务。对他们所有人的感谢只有一句话——"都在酒里了"……

诗酒山东

　　特别要说明的是,虽然我们就此书下了一些功夫,但由于时间和水平的原因,遗漏和错谬自不可免。仅此抛砖引玉,就教方家。希望大家共同努力,使山东的诗酒文化发扬光大。拳拳此心,日月可鉴!

2021 年 5 月于济南
姜辉先